○南戲文獻全編　劇本編○

俞爲民　主編

# 琵琶記

第五册

王良成　整理

ZHEJIANG UNIVERSITY PRESS
浙江大學出版社
·杭州·

# 凌刻臞仙本琵琶記

# 目録

# 重訂慕容喈琵琶記序

見江陰徐充《暖姝由筆》

白雲散仙歸自蓬萊，爲酒食，演《琵琶記》以娱客。客曰：『此南戲之祖，妙哉。』散仙曰：『是戲詞麗調高，謂爲南戲之祖，信矣。然不免誣誑前賢耳。史稱蔡邕三世同居，父子同朝。又稱邕至孝，侍母病不解衣，廬母墓致瑞，蓋非貧仰於鄰而賴妻治葬者也。此戲失真，何以取信於世？』客曰：『必求其真，則鑿矣，但取其戲之足以動人可也。』散仙云：『瓊臺先生云：每見世人扮雜劇，無端誣賴前賢，伯喈受屈十朋冤。九原如可作，怒氣定冲天。豈不信哉？本《記》云：「不關風化體，縱好也徒然。」又謂伯喈棄親不顧，棄妻别娶，事斁彝倫，何關風化？趙氏孤身遠行，入寺乞糧，玷身莫甚焉。牛氏背父從夫，九問十八答，不敬莫過焉，又何關於風化乎？此失之大者，小節未可概舉。由是觀之，似非高明者所作。然詞曲富麗，有非庸流可到。竊意作於高明，而亂於庸流者耳。』客唯唯而退。散仙就枕，夢一儒者愀然其容，揖散仙而言曰：『予元進士永嘉高則成也，嘗編《琵琶記》以刺東晉慕容喈之不孝，牛金之不義，時爲柳文肅公所責，稿隨焚矣。不意好事者猶録斷稿，中間殘缺，妄意增補，至訛慕容爲蔡邕，則尤可怪。按：慕容覆姓名喈，字伯喈，鮮卑慕容廆之族。自廆受晉命爲平州刺史，而鮮卑人多入中國，喈之祖父占籍陳留。喈有文學，應元帝詔爲議郎。時牛金以小吏私幸母后，竊秉相權，招喈爲婿。喈棄父母於陳留，連遇饑荒，所在盜起，音問不通，卒爲餓殍。其妻趙氏克養克葬，報夫同歸。事載野史。牛金敗績，國史佚之。今錯爲蔡邕，昧予本意，可勝嘆哉！蓋慕、蔡字相似，而容、邕聲相近故也。然東漢無牛相，東晉有牛金，自有不能錯者。抑不知蔡邕雖嘗舉於董卓爲祭酒，爲侍御史，爲侍書御史，爲尚書，然輔卓以正，未嘗附其所好。若邕筮仕爲議郎時，與卓絶不相知，邕以忠諫靈帝得罪遠徙，其忠孝大節載在信史，不可誣也。予豈不知而錯之哉？好事者錯之耳。後人不察，莫不唾其不孝。邕靈有知，不勝忿忿，遂訴冥司究予之罪，予莫能辨。今賴吾子之明，敢備以告。』散仙曰：『然。請燬之何如？』曰：『燬安能盡？但願以予言更戲，使真者出，則僞者自熄也；吾與中郎之恨釋然矣，幸毋靳。』予諾而寤，遂援筆更之，而序其事於首簡。

弘治戊午年菊花新時，白雲散仙書於雙桂堂。

# 琵琶記凡例凡十則

一　《琵琶》一記，世人推爲南曲之祖，而特苦爲妄庸人强作解事，大加改竄，至真面目竟蒙塵莫辨。大約起於崑本，上方所稱依古本改定者，正其謬筆。所稱時本作云云者非，則强半古本，顛倒訛謬，爲罪之魁。厥後徽本盛行，則又取其本而以意更易一二處，然仍之者多，而世人遂不復睹元本矣。即今世所行古曲，如《荆釵》《拜月》，皆受改竄之冤。觀《拜月》末折【尾聲】云：『中山兔穎端溪硯，斷處完成絶處聯，從此梨園儘可搬。』則豈施君美之舊哉？故舊譜所載，多今《拜月》所無者，可爲痛恨。惜無從得一善本正之，獨此曲偶獲舊藏臞仙本，大爲東嘉幸，亟以公諸人。毫髮畢遵，有疑必闕，以見恪守。

一　時本《琵琶》大加增減，如《考試》一折，古本所無。古本後八折，去其三折，今悉遵原本。但其所增者，人既習見，恐反疑失漏者，則附之末帙。

一　曲有不可不用【尾】者，有不可用【尾】者，有可用可不用者，元自有體。今凡見古本無【尾】者，即妄增一【尾】，殊爲可笑。然恐人所習熟，以不見而駭，則備記上方；其曲之竟異者亦然。

一　東嘉精於調，故凡宜平宜仄處，上去去上處，以入作平處，皆有深意，非苟作者。悉爲拈出，以俟知音。獨其最喜雜用韻，每有三四韻合爲一曲者，亦曲家所深忌。意東嘉之爲人，必善聲律，而地産音舌不甚正者。今失韻處亦皆拈出，使瑕瑜不掩。

一　曲有宫調，東嘉所作【引子】【過曲】，時不用一宫。時本混刻，難以辨調。又一調雜犯者，時刻止標一牌名，使唱者不得了然，兹悉著某宫【引子】、某宫【過曲】。一牌名所犯幾調，俱一一注明，知音者謂此爲《琵琶》作譜可也。

一　此記襯字極多，昧者誤認，易至失調，今嚴譜以細書别之。其點板悉遵《九宫譜》，故有與今時清唱板異者，非不知今時板也。

一　白中科諢，宜喜宜怒，上文原自了然。故古本時以一『介』字概之，以俟演者自辨，不屑屑注明，莫以今本致疑也。

一　歷查諸古曲，從無標目，其有標目者，如『末上開場』『伯喈慶壽』之類。皆後人謅增也。且時本亦互相異同，俱不甚雅，從臞仙本不録。

一　曲中妙處，專取當行本色俊語，非取麗藻。今人選曲，但知賞『新篁池閣』『長空萬里』等，皆不識真面目。此本加丹鉛處，必曲家勝場，知者自辨。至近時有贋李卓吾批點本。夫真卓吾且不解曲，况效顰拾唾者？益不足論矣。

一　弘治間有白雲散仙者，以東嘉見夢，謂蔡伯喈乃慕容喈之誤，改之行世，以爲東嘉洗垢，亦一奇也。兹附載其序，以發好事者一笑。

即空觀主人識。

# 琵琶記卷一

元高東嘉塡詞

## 第一折

（末上）

【水調歌頭】秋燈明翠幕，夜案覽芸編。今來古往，其間故事幾多般。少甚佳人才子，也有神仙幽怪，瑣碎不堪觀。正是：不關風化事，縱好也徒然。論傳奇，樂人易，動人難。知音君子，這般另作眼兒看。休論插科打諢，也不尋宮數調，只看子孝共妻賢。正是：驊騮方獨步，萬馬敢爭先。

【中呂・沁園春】趙女姿容，蔡邕文業，兩月夫妻。奈朝廷黄榜，遍招賢士；高堂嚴命，强赴春闈。一舉鰲頭，再婚牛氏，利綰名牽竟不歸。饑荒歲，雙親俱喪，此際實堪悲。堪悲，趙氏支持，剪下香雲送舅姑。把麻裙包土，築成墳墓；琵琶寫怨，逕往京畿。孝矣伯喈，賢哉牛氏，書館相逢最慘悽。重廬墓，一夫二婦，旌表耀門閭。

　　極富極貴牛丞相，施仁施義張廣才。

　有貞有烈趙真女，全忠全孝蔡伯喈。

## 第二折

（生扮蔡伯喈上）

【正宮引子・瑞鶴仙】十載親燈火，(一)論高才絕學，休誇班馬。風雲太平日，正驊騮欲騁，魚龍將化。沉吟一和，怎離雙親膝下？(二)且盡心甘旨，功名富貴，付之天也。(三)

〔鷓鴣天〕宋玉多才未足稱，子雲識字浪傳名。奎光已透三千丈，風力行看九萬程。經世手，濟時英，玉堂金馬豈難登？要將萊綵歡親意，且戴儒冠盡子情。蔡邕沉酣六籍，貫串百家。自禮樂名物以及詩賦詞章，皆能窮其妙；由陰陽星曆以至聲音書數，靡不得其精。抱經濟之奇才，當文明之盛世。

---

(一) 夾批：十：可平。

(二) 夾批：怎：可平。離：去聲。

(三) 眉批：『沉吟』句浙本所無，則本調缺四字矣。『怎離』『且盡』俱上去聲，『付』字去聲，『也』字上聲。俱妙。用韻甚雜。

幼而學，壯而行，雖望青雲之萬里；(一) 入則孝，出則弟，怎離白髮之雙親？到不如盡菽水之歡，甘虀鹽之分。正是：行孝於己，責報於天。更喜新娶妻房，纔方兩月。却是陳留郡人，趙氏五娘子。儀容俊雅，也休誇桃李之姿；德性幽閒，儘可寄蘋蘩之托。正是：夫妻和順，父母康寧。自家記得《詩》中云：『爲此春酒，以介眉壽。』今喜雙親既壽而康，對此春光，就花下酌杯酒，與雙親稱壽。昨日已分付媳婦安排，不免催促他則個。娘子，安排酒，請爹媽出來。(二)（旦内應介）（外扮蔡公上）

【雙調引子·寶鼎現】小門深巷，春到芳草，人閒清晝。（净扮蔡婆上）人老去星星非故，春又來年年依舊。（旦扮趙氏上）最喜得今朝春酒熟，滿目花開似繡。(三)（合）願歲歲年年，人在花下，常斟春酒。

（外云）孩兒，請爹媽出來做甚麽？（生跪介）告爹媽：人生百歲，光陰幾何？幸得爹媽年滿八旬，孩兒一則以喜，一則以懼；況當此春光佳景，閒居無事，孩兒要與爹媽稱慶則個。（外、净）如此也好。(四)（生進酒介）

---

(一) 眉批：雖：諸本作『誰』，非。

(二) 眉批：如此賓白稱喚，自是元體。試取時本改竄者一對看，便覺雅鄭之分。後倣此。

(三) 眉批：【寶鼎現】係詩餘名，今人改『現』作『兒』，誤。時本『巷』字下增『裏』字，『最喜』下去『得』字，『似繡』改作『如繡』，即非【寶鼎現】本調矣。

(四) 眉批：時本此處增净作醜態語，可恨。

【雙調過曲·錦堂月】【晝錦堂】簾幕風柔，庭幃晝永，朝來峭寒輕透。人在高堂，(一)一喜又還一憂。(二)【月上海棠】惟願取百歲椿萱，(三)長似他三春花柳。(合)酌春酒，(四)看取花下高歌，共祝眉壽。(五)

【前腔換頭】(旦)輻輳，獲配鸞儔。深慚燕爾，持杯自覺嬌羞。怕難主蘋蘩，不堪侍奉箕箒。惟願取偕老夫妻，(六)長侍奉暮年姑舅。(七)(合前)

【前腔換頭】(外)還愁，白髮蒙頭，紅英滿眼，心驚去年時候。只恐時光，催人去也難留。惟願取黃卷青燈，及早換金章紫綬。(合前)

---

(一) 眉批：『人』字作『親』，非。

(二) 夾批：一：作平。一：作平。

(三) 夾批：百：作平。

(四) 夾批：酌：作平。

(五) 夾批：祝：作平。

(六) 眉批：『偕』字不可唱作『諧』字。凡【前腔】之復唱前合曲者，但書『合前』，不復載前文，猶第二曲止云【前腔】，不重書本牌名一例也。考諸古本傳奇，與新、舊《南宮譜》及琴譜皆然，意此亦其體，原非簡略，近惟贋李卓吾本乃備刻之。夾批：不：作平。

(七) 夾批：『暮』字改去聲乃妙。

【前腔換頭】（浄）還憂，松竹門幽，桑榆暮景，明年知他安否？(一) 嘆蘭玉蕭條，一朵桂花難茂。(二) 惟願取連理芳年，得早遂孫枝榮秀。(三)（合前）

【醉公子】(四)（生）回首，嘆瞬息烏飛兔走。（旦）喜爹媽雙全，謝天相佑。（生）不謬，更清淡安閒，樂事如今誰更有？（合）相慶處，但酌酒高歌，共祝眉壽。(五)

【前腔換頭】（外）卑陋，論做人要光前耀後。願我兒青雲萬里，(六) 早當馳驟。（浄）聽剖，(七) 真樂在田園，何必當今公與侯？(八)（合前）

---

(一) 眉批：時本『知他』下多『健否』二字，非調。

(二) 夾批：一：作平。

(三) 眉批：『難茂』即含下一子不忍遣求功名之意，時本作『堪茂』，無解。『芳年』先埋伏下『早』字，今本作『芳妍』，自稱對『榮秀』爲工者，非。

(四) 夾批：公：時本作『翁』，誤。

(五) 眉批：時本此曲下有外與生一段白，旦云『如此』可接『卑陋』，不知古本『不謬』以下係生唱，故外云然。時本疑『爹媽』二字，遂并爲生唱，而旦唱『不謬』以下，則外語不可接，不得不增白矣。豈知元劇『爹媽』乃通稱者乎？本記以後旦稱『爹媽』者亦不少。夾批：不：作平。夾批：共祝眉壽：或作『更復何求』，非。祝：作平。

(六) 夾批：願：時本作『勸』，非。

(七) 夾批：聽：平聲。

(八) 夾批：當今：時本作『區區』，非。

【僥僥令】（生、旦）春光明彩袖，春酒滿金甌。(一)但願歲歲年年人長在，父母共夫妻相勸酬。(二)

【前腔換頭】（外、净）夫妻長厮守，父母願長久。坐對送青排闥青山好，(三)看將緑護田疇，緑水溦。(四)

【十二時】（合）山青水緑還依舊，嘆人生青春難又，惟有快活是良謀。

（外）逢時對景且高歌，（净）須信人生能幾何。

（生）萬兩黄金未爲貴，（旦）一家安樂值錢多。

## 第三折

（末扮院子上）風送爐香歸别院，日移花影上閒庭。晝長人静無他事，惟有鶯啼三兩聲。小人不是别人，却是牛太師府裏一個院子。若論我那太師富貴，真個只有天在上，更無山與齊；舉頭紅日近，回

---

(一)　夾批：　滿：　今本作『泛』。

(二)　眉批：　【僥僥令】即【綵旗兒】，又與【正宫・綵旗兒】不同。『歲歲年年』用仄仄平平，妙甚。若平平仄仄，不發調矣。或點板在『共』字、『妻』字上，而『夫』字無板，滞矣。

(三)　夾批：　闥：　作平。

(四)　眉批：　時本作『坐對兩山排闥青來好，一水護田疇，緑遶流』，蓋以荆公詩改之也，今俗亦多從之，然非古本。古本語思之亦自有味，況『送青』『將緑』，本荆公語中警字乎。夾批：　緑：　作平。

首白雲低。怎見得富貴？只見勢壓中朝，富傾上苑。白日映河堤，青霜凝畫戟。門外車輪流水，城中甲第連山。瓊樓酬月十二層，錦障藏春五十里。香散綺羅，寫不盡園林景致；影摇珠翠，描不就庭院風光。好耍子的油碧車輕金犢肥，没尋處的流蘇帳煖春鷄報。畫堂内持觴勸酒，走動的是紫綬金貂；繡屏前品竹彈絲，擺列的是紅粧粉面。玳瑁筵中爇寶香，真個是朝朝寒食；琉璃影裏燒銀燭，果然是夜夜元宵。這般福地洞天，可知有仙姝玉女。休言富貴牛太師，且説賢德小娘子。看他儀容嬌媚，一個没包彈的俊臉，似一片美玉無瑕；體態幽閒，半點難勾引的芳心，似幾寸清冰徹底。珠翠叢中長大，倒欣着雅淡梳粧；綺羅隊裏生來，却厭他繁華氣象。怪聽笙歌聲韻，惟貪針黹工夫。(一)愛景清幽，鎮白日何曾離繡閣；笑人游冶，傍青春那肯出香閨。開遍海棠花，也不問夜來多少；飛殘楊柳絮，竟不知春去幾何。(二)要知他半點貞心，惟有穿瑣窗皓月；能回他一雙嬌眼，除非翻翠幌的清風。決非慕司馬的文君，肯學選伯鸞的德耀。更羡他知書知禮，是一個不趨蹌的秀才；若論他有德有行，好一位戴冠兒的君子。多應是相門相種，可惜不做廝兒；(三)少甚麽王子王孫，争要求爲佳配。呀！理會得麽？他是玉皇殿上掌書仙，一點塵心謫九天。莫怪蘭香薰透骨，霞衣曾惹御爐烟。好怪！只

(一) 眉批：針黹：諸本作『針指』，非。
(二) 眉批：『不知』二字，一本作『道』。
(三) 眉批：廝兒：猶言男子。

見老姥姥和惜春養娘舞將來做甚麽？[一]（浄扮老姥姥、丑扮惜春舞上）

【仙吕入雙調過曲·雁兒舞】（浄）庭院重重，怎不怨苦？要尋個男兒，並無門路。（丑）甚年能勾，和一丈夫，一處裏雙雙雁兒舞？[二]

（相見介）（末）我且問你兩個，每常間不曾恁地戲耍，怎地今日十分快活？（丑）院公，你不得知我喫小娘子苦！並不許我一步胡踹，並不要男兒邊廂去。苦咳！你不要男兒，我須要。他也道我和他相似，也不放我笑一笑。今日天可憐見，喫我千方百計去説化他，只限我一個時辰去花園中賞玩一番。苦咳！我如何不快活？（浄）便是我也千不合萬不合，前生不種福地，把我這裏做丫頭，苦如何説得？做丫頭老了，並不曾有一日得眉頭開。今日得老相公出去，我且來這裏遊賞則個。（末）元來恁地，可知道你快活也。（浄）你伏侍老相公，公的又撞着公的；我伏侍小娘子，雌的又撞着雌的。（末）又道是鳳隻鸞孤。惜春姐年紀小，也怪他傷春不得。你老老大大，也説這説，甚麽様子？（浄）哱嗚老畜生！喫你識破了。秋茄晚結，菊花晚發；老便老，似京棗，外面皺，裏頭好。你不見東村李太婆？年紀七十歲，頭光光的，只是要嫁人。人問他：你老了，嫁甚的？這婆子做四句詩，做得好。（末）四句詩如何説？（浄）道是：人生七十古來稀，不去嫁人待何時？下了頭髻床上睡，枕頭上放出大擂

---

[一] 眉批：養娘：稱丫頭之别名，元人小説中多如此。俗本作『姐』，非。

[二] 眉批：『怨苦』『處裏』，俱去上聲，俱妙。即用『雁兒舞』三字在曲中，古人多用此體。

搥。（末）你有些個欠尊重。（浄）休閒説。今日能勾得在此閒戲則個，也不是容易。正撞着院公在此，咱每兩三個自作耍子。（丑）還是做甚麽耍好？（浄）踢氣毬耍。（末）不好。（浄）怎地不好？〔西江月〕（末）白打從來逞勢，官場自小馳名。如今年老脚臁疼，圓社無心馳騁。空使繡襦汗濕，漫教羅襪生塵，兀的是少年子弟俏門庭，不是寶妝行徑。（丑）鬥百草耍？（末）也不好。（丑）怎的不好？（末）香徑裏攀殘草色，(一)雕蘭畔折損花容。又無巧藝動王公，枉費工夫何用？驚起嬌鶯語燕，打開浪蝶狂蜂。若還尋得個並頭紅，早把你芳心引動。（浄、丑）打鞦韆耍？（末）這個却好。（浄、丑）打鞦韆怎的便中？（末）你聽我説：　玉體輕流香汗，繡裙蕩漾明霞。(二)纖纖玉手把綵繩拿，真個堪描堪畫。本是北方戎戲，移來上苑豪家。女娘撩亂隔墻花，好似半仙戲耍。(三)（浄、丑）恁地便打鞦韆。只是那裏有鞦韆架？（末）我這花園裏那討鞦韆架？一來老相公不忻，二來娘子又不好，縱有也折了。（丑）院公，没奈何，咱每三人在這裏，厮輪做鞦韆架，一人打，兩人擡。（末）誰先打？（浄、丑）我兩人擡，院公你先打個。（做架介）（貼内叫介）老姥姥，將我的《列女傳》那裏去了？（浄、丑放，末跌介）（末）你兩人騙得我好也！（浄）今番當我打。（末、丑擡，浄打介）（貼又叫介）惜春，將我針箱那裏去了？（末、

(一) 眉批：草色：今本改『柳眼』，以犯出『草』字也。
(二) 眉批：繡裙：一作『湘裙』。
(三) 似：原作『以』，據汲古閣刊本《繡刻琵琶記定本》改。

丑放，浄不跌介）（末）你奸得我索性。（丑）今番當我打，疾忙着。（丑打介）㈠（貼扮牛氏上）莫信直中直，須防仁不仁。（末、浄放，走下）（丑做不知介）又要！罷罷，來麽，輪當我打，便奚落人。（貼扯丑耳，丑驚介）（貼）賤人！你直恁的爲人不自重，只要閒嬉并閒哄？（丑）娘子，教人怎不去閒嬉？（貼）怎的？（丑）你看麽，鞦韆架尚兀自走動。（貼）賤人！我只教你在此翫賞片時，誰許你在此閒哄？（丑）娘子，奴家名唤做惜春，見這春去了，自傷春起來，如何不悶？（貼）你有甚傷春？（丑）娘子，我早晨間見疏辣辣寒風，吹散了一簾柳絮；餉午間，只見淅零零小雨，打壞了滿樹梨花。一霎時囀幾對黄鸝，猛可地叫几聲杜宇。見此春去，如何不悶？（貼）春光自去，有甚麽悶來？我和你去習些女工便了。（丑）苦咳！這般天氣，誰不去閒嬉？娘子却教惜春去習女工，兀的不悶殺惜春麽？（貼）婦人家誰許你閒嬉？不習女工，有甚勾當？你却不學不出閨門的。（丑）娘子，你千箱羅綺，滿頭珠翠，少甚麽了，却這般自苦？（貼）賤人！好怪麽？做生活是你本分的事，問有和不有做甚麽？（丑）恁地，惜春辭娘子去了。我伏侍别人，與他傳消遞息，隨趂也得些快活。我伏侍着你，見男兒也不許我擡眼。前日艷陽天氣，花紅柳緑，猫兒狗兒也動心，你也不動一動；如今莫春時候，鳥啼花落，誰不傷情？你也不愁一愁。惜春其實難和娘子過活。（貼）賤人，你是狂是顛？我對老相公説，好生施行你。（丑）娘子，可憐見惜春心裹悶，自這般説。（貼）你看麽。

---

㈠　眉批：時本末、浄、丑打時各有【窣地錦襠】一隻，古本所無，不敢從。恐人疑其掛漏，附載於後。

【越調引子・祝英臺近】綠成陰，紅似雨，春事已無有。（丑）聞説西郊，車馬尚馳驟。（貼）怎如柳絮簾櫳，梨花庭院，（合）好天氣清明時候。(一)

〔玉樓春〕（丑）清明時節單衣試，争奈晝長人静重門閉。（貼）我芳心不解亂縈牽，羞見遊絲與飛絮。（丑）我在繡窗欲待拈針黹，忽聽鶯燕雙雙語。（貼）無情何事管多情？ 任取春光自來去。（丑）娘子有甚法度，教惜春休悶了？（貼）

【越調過曲・祝英臺】(二)把幾分春，三月景，分付與東流。（丑）鳥啼花落，（貼）須煩惱你。啼老杜鵑，飛盡紅英，端不爲春閑愁。（丑）不閒愁也去賞翫否？（貼）休休，婦人家不出閨門，(三)怎去尋花穿柳？（丑）不遊賞，只消瘦了你。（貼）把花貌，(四)誰肯因春消瘦？(五)

---

(一) 眉批： 凡【引子】皆曰『慢詞』，【過曲】皆曰『近詞』，此當作【祝英臺慢】。 但此調出自詩餘，原作【祝英臺近】，不敢改也。 舊譜於『尚』字下增『然』字，今人於『氣』字下增『正是』二字，皆非。

(二) 眉批： 或作【祝英臺序】。 按： 第二【换頭】與起調處不同，而第三、第四【换頭】又與第二不同。

(三) 夾批： 不： 作平。

(四) 夾批： 今本作『我花貌』。

(五) 眉批： 『景』字、『鵑』字、『門』字、『飛』字、『隊』字、『輪』字、『鞍』字、『人』字、『簾』字、『懷』字、『年』字、『清』字、『雲』字、『風』字，俱不可用韻。 而第三隻『愁』字用韻，非也。 『東流』『清幽』『來由』俱用平平，而『求友』二字用平上。 『休休』『休憂』，俱用平平，而『難守』『聽剖』俱用平上。 『誰肯因春消瘦』與『擔閣相如琴奏』用平仄平平平仄，而『終身休配鸞儔』用平平平仄平平。 此正高先生之妙處，詞中之從心所欲不踰矩也。

【前腔第二换頭】春晝，只見燕雙飛，(一)蝶引隊，鶯語似求友。(貼云)你是人，却説那虫蟻做甚麽？(丑)那更柳外畫輪，花底雕鞍，都是少年閒遊。(貼)賤人，你是婦人家，説那少年事做甚麽？(丑)難守，繡房中清冷無人，我待尋一個佳偶。(二)(貼)呀，賤人！你倒思量男兒！(丑)這般説，(三)我終身休配鸞儔？

【前腔第三换頭】(貼)知否？我爲何不捲珠簾，(四)獨坐愛清幽？(丑)清幽，清幽，怎奈人愁！(貼)縱有千斛悶懷，百種春愁，難上我的眉頭。(丑)只怕你不長似這般。(貼)休憂，任他春色年年，我的芳心依舊。(丑)只怕風流年少的哄着你。(貼)這文君，可不擔閣了相如琴奏？

【前腔】(丑)今後，方信你徹底澄清，(五)我好没來由。(貼)怎的不收拾了心下？(丑)相像暮雲，分付東風，情到不堪回首。(貼)你怎不學我？(丑)聽剖，你是蕊宮瓊苑神仙，不比塵凡相誘。

---

(一) 夾批：燕雙飛：今作『燕成雙』，以爲三疊文。
(二) 夾批：一：作平。
(三) 夾批：説：作平。
(四) 夾批：不：作平。
(五) 夾批：徹：作平。

（貼）恁地，自隨我習些女工便了。（丑）謹隨侍，窗下拈針挑繡。(一)

（貼）休聽枝上子規啼，（丑）悶在停針不語時。

（貼）窗外日光彈指過，（丑）席前花影坐間移。

## 第四折

（生上）

【南呂引子·一剪梅】(二)浪暖桃香欲化魚，期逼春闈，(三)詔赴春闈。郡中空有辟賢書，心戀親闈，(四)難捨春闈。

世間好物不堅牢，彩雲易散琉璃脆。蔡邕本欲甘守清貧，力行孝道。誰知道朝廷黃榜招賢，郡中把自家保申上司去了；一壁廂來辟召，自家力以親老爲辭。這吏人雖則已去，只怕明日又來，我只得力辭

(一) 眉批：坊本增丑一白以引起『子規啼』句，此弋陽梨園惡套，且與『謹隨侍』句意不合。

(二) 眉批：第一句不可用平平仄仄仄平平，第四句不可用仄仄平平仄仄平。今人多混用之，不可不辨。『魚』字、『書』字借用魚模韻。

(三) 夾批：浙本作『心戀親闈』。

(四) 夾批：浙本作『詔赴春闈』。

便了。正是：人爵不如天爵貴，功名争似孝名高？

【南吕過曲・宜春令】雖然讀萬卷書，論功名非吾意兒。只愁親老，夢魂不到春闈裏。便教我做到九棘三槐，怎撇得萱花椿樹？我這衷腸，一點孝心對着誰語？(一)（末扮張大公上）

【前腔】相鄰並，相依倚，往常間有事來相報知。（生）來的却是張大公。（相見介）（末）解元，試期逼矣，早辦行裝前途去。（生）雙親老了，不敢去。（末笑介）子雖念親老孤單，親須望孩兒榮貴。解元，趁此青春不去，更待何日？(二)

解元既不肯去呵，待老員外和老安人出來如何説，便有分曉。道猶未了，老員外早到。（外上）

【前腔】時光短，雪鬢催，守清貧不圖甚的。有兒聰慧，但得他爲官吾足矣。（外、末相見介）（外）孩兒，天子詔招取賢良，秀才每都求科試。(三)快赴春闈，急急整着行李。（末）兀的老安人也出來了。

---

(一) 眉批：『雖然』二字從來如此，今人皆唱作『然雖』，不知何解。『夢魂不到』用仄仄平平亦可。『書』字、『樹』字、『語』字借用魚模，『兒』字借用支思。元曲多大公、大郎之稱，俗作『太公』，謬。

(二) 眉批：『親須望孩兒』乃是對他親説，故言『孩兒』，亦泛論其理也。今人必欲改作『解元』，是欲改人之不通，而不知自家反不通者也。

(三) 眉批：吾足矣：諸本作『吾心足矣』，非調。『試』字借用支思。

【前腔】娘年老，八十餘，眼兒昏又聾着兩耳。(一) 又没個七子八婿，只有一個孩兒，要他供甘旨。方纔得六十日夫妻，强逼他爭名奪利。細思之，怎生不教老娘嘔氣？(二)

（相見介）（浄）我到不合娶媳婦與孩兒，只得六十日，便把我孩兒都瘦了；若過三年，怕不做一個骷髏？（末）只要他不諧？（外）孩兒，如今黄榜招賢，試期已逼，你這般人才，如何不去赴選？（末）老員外和老安人，不可不作成秀才去走一遭。（生）告爹爹：孩兒非不要去，争奈爹媽年老，家中無人侍奉。（浄）苦麽！又没七子八婿，只有一個孩兒，老賊，你眼又昏，耳又聾，又走動不得。教孩兒去，萬一有些差池，教誰來看管你？真個没飯喫便着餓死，没衣穿便着凍死。（外）你理會得甚麽？孩兒做官，也改换門閭，如何不教他去？（生）孩兒難去。

【繡帶兒】親年老光陰有幾？行孝正當今日。(三) 終不然爲着一領藍袍，却落後戲綵班衣。(四)

---

(一) 夾批：又聾着兩耳：句法。

(二) 眉批：『耳』字、『旨』字借支思。浄曲諸本多作【吴小四】云：『眼又昏，耳又聾，家私空又空，只有孩兒肚内聰。若做得官時，我運通，我兩人不怕窮。』則蔡婆亦要伯喈去矣，與後折相背。況【吴小四】在【商調】，與【南吕】亦不協。別本有從【宜春令】者，又與此少異。第四句以下云『有兒聰慧，娶得媳婦方纔六十日，强逼他赴着春闈。怕等不得孩兒榮貴』，餘俱同。

(三) 夾批：當：一作『是』。日：作平。

(四) 夾批：戲：一作『五』。

思之，此行榮貴雖可擬，怕親老等不得榮貴。（外）春闈裏紛紛大儒，難道是没爹娘的孩兒方去？(一)

【前腔換頭】休迷，男兒漢凌雲志氣，何必苦恁淹滯？　可不乾費了十載青燈，枉捱半世黄虀？　須知，此行是親命，休固拒。　秀才，那些個養親之志？（净）百年事只有此兒，老賊！難道是庭前森森丹桂？

【太師引】（外）他意兒難提起，這其間就裏我自知。（末）他爲甚麽？（外）他戀着被窩中恩愛，捨不得海角天涯。　你是讀書人，説個比方與你。　塗山四日離大禹，你直恁地捨不得分離？（末）敢是如此，秀才？　你貪鴛侶守着鳳幃，多誤了鵬程鶚薦消息。(二)

【前腔】（净）他意兒只要供甘旨，又何曾貪歡戀妻？　自古道曾參純孝，何曾去應舉及第？

---

(一)　眉批：『戲綵』『費了』，去上聲。『苦恁』，上去聲。俱妙。『春闈裏』『百年事』，俱暗用韻於句中而人不覺者。『儒』字、『去』字、『拒』字借魚模之字，『志』字、『兒』字，借支思。『没爹娘的孩兒方去』，諸本作『没爹娘的方去求試』，何如舊本句法之俊？

(二)　眉批：『兒』字借支思，『禹』字、『侣』字借魚模。『兒』字、『侣』字俱暗用韻，惜其借耳。時本『海角』上增一『離』字，贅甚。『就裏』『大禹』『誤了』，去上聲，俱妙。夾批：涯：音溪。

功名富貴天付與，天若與不求而至。〔一〕（生）娘言是，望爹行聽取。孩兒戀媳婦，不肯去呵，天須鑒孩兒不孝的情罪。〔二〕

告爹爹：教孩兒出去，把爹媽獨自在家，萬一有些差池，別人道孩兒不孝，撇了爹娘，去取功名；二來道爹爹所見不達，止有一子，教他遠離；以此上不敢從命。（外）不從我的言語，也由你；你但說如何喚做孝？（净）老賊！你年七八十歲，也不識做孝？披麻帶索便是孝。（末收介）（生）告爹爹：凡爲人子者，冬温而夏凊，昏定而晨省，問其燠寒，搔其疴痒，出入則扶持之，問所欲則敬進之。是以父母在，不遠遊；出不易方，復不過時。古人的大孝，也只是如此。（外）孩兒，你説的都是小節，不曾説那大孝。（净）老賊！你又不曾死，只管教他做大孝，越出去赴選不得。（末）這話有些個不祥。（外）孩兒，你聽我説：大孝始於事親，中於事君，終於立身。身體髮膚，受之父母，不敢毀傷，孝之始也。立身行道，揚名後世，以顯父母，孝之終也。是以家貧親老，不爲禄仕，所以爲不孝。你去做官時節，也顯得父母好處，不是大孝，却是甚麼？（生）爹爹説得自是。但孩兒此去，知他是做官不做官？若還不中時節，又不能勾事君，又不能勾事親，可謂兩擔閣了？（末）秀才説話差了。老漢嘗聽得秀才每説道：幼而學，壯而行；懷寶迷邦，謂之不仁。孔席不暇煖，墨突不待黔，伊尹負鼎俎於湯，百里

〔一〕眉批：『旨』字、『至』字借支思，『與』字借魚模。『付與』，去上聲，妙。

〔二〕眉批：此自父子家門對答。時作跪天而矢，改『孩兒』爲『蔡邕』，覺陋。

五羊皮自鬻，也只是順時行道，濟世安民。秀才，這個正是：學成文武藝，貨與帝王家。秀才，你這般人才，如何不去做官、濟世安民？（净）你都有言語勸我兒去赴選，我有故事說與你聽。在先東村有個李員外孩兒，他爹爹每日只鬧炒，只是教孩兒去做官。他喫不過爹爹鬧炒，去到長安那裏，無人擡舉他，流落教化。見平章宰相，疾忙地上拜着。宰相可憐見他，道：我與你做個養濟院頭目，去管你爹娘。這個人道：做個養濟院頭目，如何去管得爹娘？比及他回來，爹娘果在養濟院裏。他爹問他娘道：我教孩兒去得是？今日我孩兒做頭目，人也不敢欺負我。你今日去千萬做個養濟院頭目、卑田院大使回來，也休教人欺負我。（末）只有乞丐相，教我聽了半日。（外）孩兒你便去。（生）孩兒去則不妨，爹媽教誰看管？（末）秀才，自古道：千錢買鄰，八百買舍。老漢既忝在鄰舍，秀才但放心前去；不揀有甚欠缺，或是老員外老安人有些疾病，老漢自當早晚應承。（生）如此，謝得公公！凡事專托公公周濟。卑人没奈何，只得收拾行李便去。

【三學士】謝得公公意甚美，(一)凡事仗託維持。假饒一舉登科日，難道是雙親未老時。(二)只

---

(一) 夾批：意：可平。美：可平。

(二) 夾批：一：可平。時：可平。

恐錦衣歸故里，雙親的不見兒。(一)

【前腔】(外)萱室椿庭衰老矣，指望你改換門閭。休道無人供奉，你做得官呵，三牲五鼎供朝夕，須勝似啜菽并飲水。你若錦衣歸故里，我便死呵，一靈兒終是喜。

【前腔】(末)托在鄰家相依倚，自當效些區區。秀才，你爲甚十年窗下無人問？只圖個一舉成名天下知。你若不錦衣歸故里，誰知你讀萬卷書？

【前腔】(淨)一旦分離掌上珠，我這老景憑誰？忍將父母飢寒死，博得孩兒名利歸。你縱然錦衣歸故里，補不得你名行虧。

(外)急辦行裝赴試闈，(生)父親嚴命怎生違。

(淨)一舉首登龍虎榜，(末)十年身到鳳凰池。

---

(一) 眉批：【三學士】或改作【玉堂人】，可恨。按：此調第三句與【解三醒】第三句相似而實不同，此曲無截板故也。今清唱者皆與唱【解三醒】同，而梨園中素稱有傳授者亦踵其訛矣。欲存古調，不亦難哉？第三句不用韻亦可，『時』字、『兒』字借支思，『閭』字、『區』字、『書』字、『珠』字借魚模。夾批：雙親的：一作『怕雙親』。『未』字改平聲，更妙。『的』字，上聲。『甚美』『未老』『故里』，去上聲，俱妙。

# 第五折

（旦上）

【雙調引子・謁金門】春夢斷，臨鏡緑雲撩亂。聞道才郎遊上苑，又添離別嘆。（生上）苦被爹行逼遣，默默此情何限。（合）骨肉一朝成折散，可憐難捨拚。(一)

（旦）解元，雲情雨意，雖可抛兩月之夫妻；雪鬢霜鬟，竟不念八旬之父母？功名之念一起，甘旨之心頓忘，是何道理？（生）娘子休説那話。膝下遠離，豈無眷戀之意？奈堂上力勉，不聽分剖之辭。咳！教卑人如何是好？（旦）我猜着你了。

【仙吕入雙調過曲・忒忒令】你讀書思量做狀元，我只怕你學疏才淺。（生）我學也不疏，才也不淺。（旦）只是《孝經》《曲禮》，早忘了一段。(二)（生）那見忘了？（旦）却不道夏清與冬温，昏須定，晨須省，親在遊怎遠？

【前腔】（生）我哭哀哀推辭了萬千，他鬧炒炒抵死來相勸。將我深罪，不由人分辯。（旦）罪你

(一)　眉批：「斷」字、「亂」字、「拚」字用桓歡，「怨」字、「遣」字用先天，「限」字、「散」字用寒山，此高先生痼疾。「嘿嘿」句，言説不出苦情也。時本以「默默」屬言語而改「脉脉」，以爲屬情緒，正不必。

(二)　眉批：「段」字借桓歡。「一段」諸本作「一半」，不穩。

甚麼？（生）他道我戀新婚，逆親言，貪妻愛，不肯去赴選。(一)

【沉醉東風】你爹行見得好偏，只一子不留在身畔。(二)公婆如今在那裏？（生）在堂上。（旦）既在堂上，我和你同去説。（生）請。（旦）奴家不去了。（生）欲去欲不去，却是爲何？（旦）我去時節呵，他只道我不賢，要將你迷戀。(三)這其間怎不悲怨？（合）爲爹淚漣，爲娘淚漣，何曾爲着夫妻上意牽？(四)

【前腔】（生）做孩兒節孝怎全？做爹行不從幾諫。呀！俺爲人子的，不當恁地説。也不是要埋冤，影隻形單，我出去有來誰看管？（合前）

（生）娘子，爹媽來了，你且拭了眼淚。（外、净上）

【仙呂過曲·臘梅花】孩兒出去在今日中，爹爹媽媽來相送。但願得魚化龍，青雲得路，(五)桂枝高折步蟾宮。

---

(一) 眉批：赴選：去上聲，妙甚。夾批：一：作平。

(二) 眉批：『畔』字借桓歡。

(三) 眉批：『要將迷戀』，用仄仄平平亦可。

(四) 眉批：末句或作『夫妻意上掛牽』，非也。

(五) 眉批：或無『在』字，本調缺一字，非也。『路』字可用韻。夾批：出：作平。在：可平。得：作平。

(外)孩兒，安排行李了未？(生)安排已了。(外)安排既了，如何不去？(淨)他若出去，家中更無第二人，只有一個媳婦，如何不分付幾句？(生)孩兒没别事，只待張大公來，把爹娘托付與他，教他早晚應承，孩兒庶可放心前去。(旦)張大公早來。(末)仗劒對樽酒，恥爲遊子顔。所志在功名，離别何足嘆？(相見介)(生)卑人如今出去，家中並無親人。爹媽年老衰倦，一個媳婦只是女流之輩，他理會得甚麼？凡事全賴公公相與扶持，早晚看管。家中倘有些欠缺，亦望公公周濟。昨日已蒙親許，今日特此拜懇。卑人倘有寸進，自當效結草銜環之報，決不忘恩。(末)受人之托，必當終人之事。況一言既出，駟馬難追。昨日已許秀才，去後決不相誤。(生、旦)謝得公公！(外)孩兒去。(生)孩兒相辭爹媽便去。

【仙吕入雙調過曲・園林好】兒今去，爹媽休得要意懸，兒今去今年便還。但願得雙親康健，(合)須有日拜堂前，須有日拜堂前。(一)

【前腔】(外)我孩兒不須掛牽，爹只望孩兒貴顯。若得你名登高選，(二)(合)須早把信音傳，須早把信音傳。

【江兒水】(淨)膝下嬌兒去，堂前老母單，臨行只得密縫針綫。眼巴巴望着關山遠，冷清清倚

---

(一) 眉批：諸曲用先天，而雜犯寒山、桓歡二韻。

(二) 眉批：貴顯：一作『做官』亦可。『選』字不可唱作去聲。

定門兒盼，（生）母親，且自寬懷消遣。（浄）教我如何消遣？（合）要解愁煩，須是頻寄音書回轉。(一)

【前腔】（旦）妾的衷腸事，有萬千，説來又恐添縈絆。六十日夫妻恩情斷，八十歲父母如何展？(二)教我如何不怨？（合前）

【五供養犯】【五供養】（末）貧窮老漢，託在隣家，事體相關。此行雖勉强，不必恁留連。你爹娘早晚，早晚裏吾當陪伴。(三)（生悲介）（末）丈夫非無淚，不灑別離間。（合）【月上海棠】骨肉分離，寸腸割斷。（生跪介）

【前腔】公公可憐，俺的爹娘望你周全。此身還貴顯，自當效銜環。（旦）有孩兒也枉然，你

---

(一) 眉批：【江兒水】第四句須用仄仄平平起，而後人多用平平仄仄，即落調矣。即如此二曲，『六十日夫妻恩情斷』最得體，人皆不學。至『眼巴巴』乃落調敗筆，而人争學之。故識曲貴聽其真，人所難也。『只得密縫針綫』諸本作『密縫針綫』。『盼』諸本作『遍』，於『定』字有礙。

(二) 眉批：如何展：諸本作『教誰看管』，非。

(三) 夾批：諸本少『早晚』二字，調亦不全矣。

爹娘倒教別人看管。此際情何限，偷把淚珠彈。(一)（合前）

【玉交枝】（外）別離休嘆，我心中非不痛酸。非爹苦要輕拆散，也只是圖你榮顯。（淨）蟾宮桂枝須早攀，北堂萱草時光短。（合）又不知何日再圓？(二) 又不知何日再圓？

【前腔】（生）娘子，雙親衰倦，你扶持看他老年。飢時勸他加餐飯，寒時頻與衣穿。（旦）做媳婦事舅姑，不待你言；做孩兒離父母，何日返？（合前）

【川撥棹】（外）歸休晚，莫教人凝望眼。（生）但有日回到家園，(三)但有日回到家園，怕回來雙親老年。（合）怎教人心放寬？不由人不珠淚漣。

【前腔換頭】（旦）我的埋冤怎盡言？我的一身難上難。（生）你寧可將我來埋冤，你寧可將

---

(一) 眉批：第二曲『此際』二字用仄聲方是【五供養】本調。若如『丈夫非無淚』『夫』字平聲，唱不順矣。然此止借一『夫』字，『非』『無』二字俱平聲，未嘗全拗也。而《浣紗》之『忠良應阻隔』，《明珠》之『便教肢體碎』，乃用平平仄仄，殊誤後學，作詞者不可不嚴。『不灑』『偷把』乃襯字也，人皆以實在字唱之，非本調。此二曲人皆不知其犯【月上海棠】者，而凡作【五供養】者，皆從此，不知其本調末句七字。試查《拜月》《殺狗》《白兔》《八義》等記便知。

(二) 眉批：『蟾宮』句當用平平仄平平仄平，後人多用平平仄仄仄平平，或用仄仄平平仄仄平，便無調矣。『又不知』，『不』字入聲作平。此字宜用平，今人改作『未』字，即音律不調，不可入絃索矣。夾批：拆：作平。北：作平。不：作平。

(三) 夾批：日：作平。

我來埋冤，莫將我爹娘冷看。(一)（合前）

（生）此行勉强赴春闈，（外）專望明年衣錦歸。

（合）世上萬般哀苦事，無過死別共生離。

（外、浄、末下）（生、旦吊場）（旦）秀才，你如何割捨便去？（生）教卑人如何是得？

【中吕引子・尾犯】（旦）懊恨別離輕，悲豈斷絃，愁非分鏡。只慮高堂，風燭不定。（生）腸已斷欲離未忍，(二)淚難收無言自零。（合）空留戀，天涯海角，只在須臾頃。(三)

【中吕過曲・尾犯序】無限別離情，兩月夫妻，一旦孤另。此去經年，望迢迢玉京。思省，奴不慮山遥路遠，奴不慮衾寒枕冷。奴只慮公婆没主，一旦冷清清。(四)

---

(一) 眉批：今人或認此【換頭】爲【嘉慶子】，誤矣。時本增【尾聲】云：『生離遠別何足嘆，但願得名登高選。衣錦還鄉，教人作話傳。』語皆重複不稱。不知譜云：每牌名各二隻者，俱可不用【尾】。且後有吊場，此正不必益信古本之爲確也。今人於古曲不用【尾】者，俱妄增。如《拜月》《金印》及本傳【高陽臺】之類，不少流傳已久，必有反疑其缺者。夾批：『冷看』，妙甚。坊本作『冷眼看』，非調而且索然。

(二) 夾批：燭、不：作平。欲：作平。

(三) 眉批：【尾犯】，詩餘亦可唱，或多一『引』字，非也。『懊恨』『豈斷』『已斷』，上去聲。『未忍』，去上聲。俱妙。

(四) 眉批：『此去』，上去聲，『路遠』，去上聲，妙。諸本『思省』下逐句增生問語，極似弋陽醜態。夾批：一：作平。玉：作平。省：可平。只：作平。没：作平。『主』字、『冷』字，俱上聲，妙絶。『路遠』，諸本作『水遠』，非。

【前腔】何曾，想着那功名？欲盡子情，難拒親命。年老爹娘，望伊家看承。畢竟，你休怨朝雲暮雨，只替我冬温夏清。思量起，如何教我割捨得眼睜睜？(一)

【前腔】(旦)儒衣纔換青，快着歸鞭，早辦回程。十里紅樓，休重娶娉婷。(二)叮嚀，不念我芙蓉帳冷，也思親桑榆暮景。我頻囑付，知他記否？空自語惺惺。(三)

【前腔】(生)寬心須待等，我肯戀花柳，甘爲萍梗？只怕萬里關山，那更音信難憑。須聽，我没奈何分情破愛，誰下得虧心短行？從今去，(四)相思兩處，一樣淚盈盈。(五)

(旦)官人去，千萬早早回程。(生)卑人有父母在上，豈敢久戀他鄉？(拜別介)

【仙吕引子・鷓鴣天】(生)萬里關山萬里愁，(旦)一般心事一般憂。(生)親闈暮景應難保，客館風光怎久留？(生下)(旦)他那裏，漫凝眸，正是馬行十步幾回頭。歸家只恐傷親意，閣

---

(一) 眉批：『盡子』『暮雨』，去上聲，妙。『教我』、『我』字、『眼』字俱上聲，妙甚。只替我：時本作『且爲我』。夾批：畢：作平。

(二) 眉批：重娶：時本作『戀着』。

(三) 眉批：『帳冷』『記否』上去聲，妙。『語』字上聲，妙甚。夾批：頻：作『親』。

(四) 眉批：去：時本作『後』，非。

(五) 樣：原作『漾』，據汲古閣刊本《繡刻琵琶記定本》改。

淚汪汪不敢流。(一)(下)

## 第六折

(末扮院子上)大道青樓御苑東，玉闌朱户閉簾櫳。(二)金鈴犬吠梧桐月，朱鬣馬嘶楊柳風。(三)小人乃是牛太師府中一個院子是也。這幾日老相公入朝，不知有甚勾當？久留省中，未曾回府，聞知府裏幾個使女和老媽媽但見相公出去，每日在後花園閒耍。今日想必知道老相公回來，都不見了。小人免不得灑掃廳堂，安排書館，等相公回來。好怪麽！只見一個婆子走入來做甚麽？(凈扮媒婆上)

【仙吕入雙調過曲・字字雙】我做媒婆甚妖嬈，談笑。說開說合口如刀，波俏。合婚問卜若都好，有鈔。只怕假做庚帖被人告，喫拷。(四)

(末)婆婆來做甚麽？(凈)院公萬福。老媳婦特來與張直閣做媒。(末)我這小娘子，不比別的，老相

---

(一) 眉批：『萬里』『暮景』『那裏』去上聲，『久』字、『馬』字、『九』字、『恐』字、『敢』字俱上聲，妙甚。古本『親闈』對下『客館』，諸本作『桑榆』，重上。凡【鷓鴣天】後不得用落場詩，俗添者謬。夾批：萬：可平。一：可平。莫：可平。客：可平。怎：可平。十：可平。歸：可仄。閣：可平。不：可平。

(二) 櫳：原作『隴』，據汲古閣刊本《繡刻琵琶記定本》改。

(三) 眉批：時本改用石曼卿『珠幌斜連』四句。

(四) 夾批：合：作平。好：可平。有：可平。庚：作平。告：可平。喫：作平。

公不輕許人。你且慢着，又有一個媒婆來了。（丑扮媒婆上）

【前腔】我做媒婆甚艱辛，尋趂。有個新郎要求親，最緊。咱每只得便忙奔，(一)討信。（淨介）（丑）路上更有早行人，心悶。

（末）婆婆你來做甚麽？（丑）老媳婦特來與李供奉求親。（末）我方纔却對那婆婆説，我這媒難做。（丑）元來這婆婆也來做媒。苦咳！我是張媒婆，幾年在府前住，今日這媒倒喫你做？（淨）偏你會做媒？但是門當户對的便成。終不然你在府前住，定要你做媒？你與乞兒做媒也嫁他？（末）休鬧，等相公回來，自有區處。(二)

（外扮牛太師上）

【正宫引子・齊天樂】鳳凰池上歸環珮，衮袖御香猶在。棨戟門前，平沙堤上，何事車填馬隘？星霜鬢改，怕玉鉉無功，赤舄非材。回首庭前，淒涼丹桂好傷懷。(三)

---

(一) 眉批：便忙奔：一作『忙前奔』。

(二) 眉批：古白皆直致可喜，時本多添問答之類，葛藤重複，可厭。

(三) 眉批：與詩餘同，但詩餘此調『材』字、『懷』字俱用仄韻。首句七字句，本調也。時本『歸』下添『來』字爲句，『環珮』連下，不合調，且不通。『衮袖』句即『衣惹御爐香』之意。坊本作『滚滚』者，非。『衮袖』『馬隘』，上去聲，『鬢改』『桂好』，去上聲，俱妙。前直閣、承奉，乃公子別稱，如衙内之類。今人見此是尚書、樞密，并前亦改之。夾批：鳳：可平。衮：可平。玉：可平。赤：可平。回：可仄。淒：可仄。

(末喏)(净、丑見介)(外)這兩個婆子做甚麽的?(净)奴家是張尚書府裏來取親。(丑)奴家是李樞密府裏來做媒。(外)不揀甚麽人,但是有才學,一筆掃盡千張紙的,方可中選。(净)奴家的新郎,一筆掃盡一千五百張。(丑)直屁!我的新郎,一筆掃盡五千五百張紙。(净)直屁!我的新郎一筆掃盡三萬三千三百單三張紙。(末收介)休得這等閙炒。(外)不要胡説。除非做得天下狀元,方可嫁他。若是别人,不許問親。(净)告相公:這個新郎庚帖,人算他命,道他做得天下狀元。(丑背後搶介)相公,他的不做狀元,奴家這個庚帖,定做狀元。(又搶打介)(外怒)這兩人到在我家裏無禮!左右與我搜着,不揀有甚麽庚帖,都與我扯碎。(末扯碎介)左右的,把他兩個吊起,各打十八。(末打介)(外)急把媒婆打離廳,(末)狀元方可問姻親。(净)甘喫十八黄荆杖,(丑)那些個成與不成喫百瓶?(末、净、丑下)(外)光陰似箭催人老,日月如梭趲少年。自家没了夫人,只有一個女兒,如今不覺長大成人,又未曾問親。只是一件,我的女孩兒性格温柔,是事實會,若將他嫁一個膏粱子弟,怕壞了他;只教他嫁個讀書人,成就他做個賢婦,多少是好?這幾日自不在家,聽得使唤的每日都去後花園中閒耍,這是我的女孩兒不拘束他。如今人來做媒,相將做人媳婦,怎不教道他?孩兒和惜春、老姥姥過來。

(貼上)

【雙調引子·花心動】幽閣深沉,問佳人爲何懶添眉黛?繡綫日長,圖史春閒,誰解屢傍粧臺？絳羅深護奇葩小，不許蝶識蜂猜。（净、丑上）笑瑣窗，多少玉人無賴。〔一〕（見介）（外）婦人之德，不出閨門，你如何不省得？我這幾日入朝去了，見人説道幾個使喚每，都在後花園閒耍，却不是你不拘束他？你如今年紀長大，今日是我孩兒，明日做别人媳婦。你如不鈐束他，倘或做出些歹事來，却不把你名兒污了？（貼）謝得爹爹教道，孩兒再不敢違慢。（外）老姥姥年紀大矣。你做管家婆，到哄着女使每閒耍，是何所爲？（净）不干老身事，都是惜春。（丑）這都是你。（净）是你！（外）

【仙吕入雙調過曲・惜奴嬌】你杏臉桃腮，當有松筠節操，蕙蘭襟懷。閨中言語，不出閫閾之外。老媽媽，不教我孩兒伊之罪。惜春，這風情今休再。（合）記再來，把不出閨門的語言相戒。〔二〕

【前腔換頭】（貼）堪哀，萱室先摧，嘆婦儀姆教，未曾諳解。蒙爹嚴訓，從今怎敢不改？老媽

---

〔一〕眉批：『沉』字、『小』字、『窗』字可用韻。『絳羅深護』用仄仄平平，或平平仄仄亦可。『猜』，詩餘韻作仄，非平聲也。夾批：幽：可仄。繡：可平。蝶：作平。識：作平。

〔二〕眉批：按：《荆釵》『家道貧窮』二曲亦是此調，而五句下多『空空』『重重』兩個平聲字。此調當以《荆釵》爲正，此恐誤後學，不可從也。

媽，早晚望伊家將奴誨。(一) 惜春，改前非休違背。(合前)

【黑蟆序】(净)看待，父母心，婚姻事，須要早諧。勸相公，早畢兒女之債。(外)休呆，如何女子前，胡將口亂開？(合)記今來，但把不出閨門前的語言相戒。(二)

【前腔】(丑)輕浼，受寂寞擔煩惱，教我怎捱？細思之，怎不教人珠淚盈腮？(貼)寧耐，温衣并美食，何須苦掛懷？(合前)

(外)婦人不可出閨門，(貼)多謝嚴君教育恩。

(净)休道成人不自在，(丑)須知自在不成人。

## 第七折

(生上)

---

(一) 誨：原作『悔』，據汲古閣刊本《繡刻琵琶記定本》改。

(二) 眉批：此【黑蟆序】之【換頭】也，作者皆用於【夜行船】之後。此用於【惜奴嬌】之後，不得不用其【換頭】耳。今人但知此而不知其本調矣。『父母心』以下十字又此調之小變也。至於點、截板在『諧』字下，不從時點在『要』字下者，因『早諧』『早』字上聲難唱，且『父母心』六個字直趕下，『要』字點不得截板耳，知音者辨之。夾批：呆：本音『爺』，今叶『崖』。

【中呂引子・滿庭芳】飛絮沾衣，殘花隨馬，輕寒輕煖芳辰。江山風物，偏動別離人。回首高堂漸遠，嘆當時恩愛輕分。傷情處，數聲杜宇，客淚滿衣巾。(一)（末扮秀才上）

【前腔】萋萋芳草色，故園人望，(二)目斷王孫。謾憔悴郵亭，誰與温存？（淨、丑扮秀才同上）聞道洛陽近也，又還隔幾座城闉。（合）澆愁悶，解鞍沽酒，同醉杏花村。

（相見介）（生）千里鶯啼緑映紅，（丑）水村山郭酒旗風，行人如在畫圖中。（末）不煖不寒天氣好，或來或往旅人逢，此時誰不嘆西東？

【仙呂過曲・甘州歌】（生）【八聲甘州】衷腸悶損，嘆路途千里，日日思親。青梅如豆，難寄隴頭音信。高堂已添雙鬢雪，客路空瞻一片雲。【排歌】（合）途中味，客裏身，爭如流水蘸柴門。休回首，欲斷魂，數聲啼鳥不堪聞。(三)

【前腔換頭】（末）風光正暮春，便縱然勞役，何必愁悶？緑陰紅雨，征袍上染惹芳塵。雲梯

---

(一) 眉批：『漸遠』『杜宇』『淚滿』『近也』俱去上聲，『幾座』上去聲，俱妙。巾：時本作『襟』，犯侵尋閉口韻，非；譜亦作『巾』。

(二) 眉批：人望：一作『入望』，非。此言其家人之思慕耳，豈有行日遠而故園一反入望乎？

(三) 眉批：諸本此詞後妄增入姓字、問志等白，而反詭云古本所有，可恨。徽本又以《易》《書》《春秋》《禮記》爲題各唱一曲，益可笑。『悶損』『寄隴』去上聲，『已添』上平聲，『水蘸』上去聲，俱妙。蘸柴門：係古詩，吴本改作『舊柴門』，非。夾批：一：作平。客：作平。欲：作平。

月殿圖貴顯，水宿風餐莫厭貧。（合）乘桃浪，躍錦鱗，一聲雷動過龍門。榮歸去，緑綬新，休教妻嫂笑蘇秦。(一)

【前腔换頭】（净）誰家近水濱，(二)見畫橋烟柳，朱門隱隱。鞦韆影裏，墻頭露出紅粉。他無情笑語聲漸杳，却不道惱殺多情墻外人。（合）思鄉遠，愁路貧，肯如十度謁侯門？(三)行看取，朝紫宸，鳳池鰲禁聽絲綸。

【前腔】（丑）遥瞻霧靄紛，想洛陽宫闕，行行將近。程途勞倦，欲待共飲芳樽。垂楊瘦馬莫暫停，只見古樹昏鴉棲漸盡。（合）天將暝，日已曛，(四)一聲殘角斷樵門。尋宿處，行步緊，前村燈火已黄昏。

【餘文】（合）向人家，忙投奔，解鞍沽酒共論文，今夜雨打梨花深閉門。

---

(一) 眉批：嫂笑：上去聲，妙。夾批：必：作平。緑：作平。躍：作平。緑：作平。

(二) 眉批：近水：去上聲，妙。

(三) 夾批：十：作平。

(四) 楊：原作「陽」，據汲古閣刊本《繡刻琵琶記定本》改。眉批：瞻：一作「望」。然「望」平聲，不可唱作去聲。「霧靄」「共飲」「瘦馬」「步緊」去上聲，妙。「垂楊」二句，末一字先平後仄，與前三曲不同，然不失其正。妙哉！夾批：莫：作平。日：作平。

（生）江山風物自傷情，（浄）南北東西爲利名。
（丑）路上有花并有酒，（末）一程分作兩程行。㈠

## 第八折

（旦上）

【正宫引子・破齊陣】【破陣子頭】翠減祥鸞羅幌，香銷寶鴨金爐。【齊天樂】楚館雲閒，秦樓月冷，動是離人愁思。【破陣子尾】目斷天涯雲山遠，親在高堂雪鬢疏，緣何書也無？㈡

明明匣中鏡，盈盈曉來妝。憶昔事君子，鷄鳴下君床。臨鏡理笄總，隨君問高堂。一旦遠別離，鏡匣掩青光。流塵暗綺疏，青苔生洞房。零落金釵鈿，慘淡羅衣裳。傷我憔悴容，無復蕙蘭芳。有懷悽以楚，有路阻且長。妾身豈嘆此，所憂在姑嫜。念彼原柔遠，㈢眷此桑榆光。願言盡婦道，遊子不可望。㈣

---

㈠ 眉批：此下諸本增入『考試』一折，古本所無，今恐人駭其缺，附載於後。

㈡ 眉批：【破齊陣】：諸本多一『引』字，非。翠減：去上聲。『楚館』二字、『遠』字、『也』字俱上聲，妙。『思』字借支思韻。『目斷』一句不可用平平仄仄平平仄，慎之。

㈢ 眉批：原柔：無解，必有誤。時作『狷猱』，且解云即心猿也，恐無謂。

㈣ 眉批：望：平聲，時作『忘』，非。

勿彈綠綺琴，紘絶令人傷。勿聽《白頭吟》，哀音斷人腸。人事多錯違，羞彼雙鴛鴦。奴家嫁與伯喈，纔方兩月，指望他同事雙親，偕老百年。誰知公公嚴命，强他赴選。自從去後，竟無消息。把公婆抛撇在家，教奴家獨自應承。奴家一來要成丈夫之孝名，二來要盡爲婦之孝道，盡心竭力，朝夕奉養。正是：

天涯海角有窮時，只有此情無盡處。

【仙吕入雙調過曲·風雲會四朝元】【五馬江兒水】春闈催赴，同心帶綰初。嘆《陽關》聲斷，送別南浦，早已成間阻。【桂枝香】謾羅襟淚漬，謾羅襟淚漬，(一)【柳摇金】和那寶瑟塵埋，錦被羞鋪。寂寞瓊窗，蕭條朱户，【駐雲飛】空把流年度。嗏，酩子裏自尋思，【一江風】妾意君情，一旦如朝露。君行萬里途，妾心萬般苦。(二)【朝元令】君還念妾，迢迢遠遠，也須回顧。(三)

【前腔】朱顔非故，綠雲懶去梳。奈畫眉人遠，傅粉郎去，鏡鸞羞自舞。把歸期暗數，把歸期暗數，只見雁杳魚沉，鳳隻鸞孤。綠遍汀洲，又生芳杜。空自思前事。(四)嗏，日近帝王都。

---

(一) 眉批：按：詞隱生謂高先生慣以「漬」字入魚模，觀後【蘇幕遮】詞可見。不知他曲自差，而此曲犯【桂枝香】者。此句元可不用韻，觀後「書生愚見」「危絃已斷」等曲可見。

(二) 眉批：「漬」字、「思」字借支思。「妾心」諸本作「妾身」，非。夾批：阻：可平。途：可仄。妾：作平。

(三) 夾批：須：一作「索」，平聲。

(四) 眉批：「事」字借支思。

芳草斜陽，教我望斷長安路。君身豈蕩子，妾非蕩子婦。(一) 其間就裏，千千萬萬，有誰堪訴？

【前腔】輕移蓮步，堂前問舅姑。怕食缺須進，衣綻須補，要行時須與扶。奈西山景暮，奈西山景暮，教我倩着誰人，傳語我的兒夫。你身上青雲，只怕親歸黄土，我臨別也曾多囑付。嗏，那些個意孜孜，只怕十里紅樓，貪戀着他豪富。雖然是忘了奴，也須念父母。無人説與，這淒淒冷冷，怎生辜負？(二)

【前腔】文場選士，紛紛都是才俊徒。少甚麼鏡分鸞鳳，都要榜登龍虎，偏是他將奴誤。也不索氣蠱，也不索氣蠱，既受托蘋蘩，有甚推辭？索性做個孝婦賢妻，也落得名標青史，(三)不枉受了些閒悽楚。嗏，俺這裏自支吾，休得污了他的名兒，左右與他相回護。你便做腰金與衣紫，須記得釵荆與裙布。一場愁緒，堆堆積積，宋玉難賦。(四)

---

(一) 夾批：妾：作平。

(二) 眉批：諸本以後二曲與前二曲雖一調，而句法長短不同。『不知』『不過』，襯字耳，豈句有異也？呆甚。『孜』字借支思。夾批：缺：作平。

(三) 眉批：『士』字、『辭』字、『史』字借支思。夾批：不：作平。索：作平。

(四) 夾批：俗本此下有添【尾聲】者，可恨。

回首高堂日已斜，遊人何事在天涯。
紅顔勝人多薄命，莫愁東風當自嗟。

琵琶記卷一終

# 琵琶記卷二

## 第九折

（末扮首領官上）朝爲田舍郎，暮登天子堂。將相本無種，男兒當自强。自家不是别人，却是河南府中首領官。每年狀元及第，赴瓊林宴，遊街三日，不揀鞍馬酒食供設，樂人祇應，都是河南府尹提調辦事。今年蔡伯喈做狀元，今日赴宴，府尹相公不出來，委着自家提調。昨日已分付太僕寺掌鞍馬祇候，洛陽縣管排設的令史，鳴鼓三通，都要到此會聽點視。（擂鼓介）掌鞍馬的祇候那裏？（丑上）告大人：馬在先有一萬匹好馬。（末）怎見得好馬？（丑）但見：耳批雙竹，鬃散五花。展開鳳臆龍鬐，擡起烏頭虎額。響篤篤翠蹄削玉，點滴滴赤汗流珠。隅目青熒夾鏡懸，肉鬃碨礧連錢動。一跳時尾捎雲漢，横驀過玄圃崆峒；一霎時走遍神州，直趕上流星掣電。九方皋管他稱賞，千金價不枉了追求。（末）有甚顔色的？（丑）布汗、論聖、虎刺、合里烏、赭啞兒、爺屈良、蘇盧（一）、棗騮、栗色、燕色、兔黄、真白、玉面、銀鬃、繡膊、青花。（末）有甚麼好名兒？（丑）飛龍、赤兔、騕褭、驊騮、紫燕、驌驦、嚙膝、踰暉、騏驎、山子、白義、絶塵、浮雲、赤電、絶群、逸驃、騄驪、龍子、驎駒、騰霜驄、皎雪驄、凝露驄、照影驄、懸光驄、決波騟、飛霞驃、發電赤、流金騧、翔麟紫、奔紅赤、照夜白、一丈烏、九花虬、望雲騅、忽雷駁、拳毛騧、獅子花、玉逍遥、紅叱撥、紫叱撥。青海月氏生下，大宛越睒將來。（末）有甚麼好廐？（丑）飛龍、祥麟、吉良、龍媒、騊駼、駃騠、鵷鸞、出群、天花、鳳苑、奔星、内駒、左飛、右飛、左坊、右坊、東南内、西南内。盡印三花飛鳳字，中藏萬匹好龍媒。（末）怎的打扮？（丑）錦韉燦爛披雲，金鐙熒煌曜日。香羅帕深護金鞍，紫遊韁牽動玉勒。瑪瑙粧就鑾頭，珊瑚做成鞍子。（末）如今選幾個在這裏？（丑）告相公：如今無了。只有一萬匹馬，却一千三百個漏蹄，三千七百個抹靨，二千八百個熟瘸，二千二百個慈眼。那更鞍橋又破損，坐子又傾攲。抽韉盡是麻繩，鞭子無非荆杖。餓老鴟全然拉搭，雁翅板一發彫零。鞍轡既不周全，牽鞚何曾完備？其實不中。（末）休胡説！若不完備時節，我禀過府尹相公説，好生打你。（丑）可憐見，小人一壁廂自理會。（末）馬完備時節，牽在午門外，伺候狀元謝恩出來乘坐，騎馬遊街。（丑）不妨，只教春風得意馬蹄疾，一日看遍長安花。（下）（末）洛陽縣管排設的令史過

---

（一）眉批：按，馬色自布汗至蘇盧，皆元人胡語。馬名大半是漢以後諸代畜産，馬廐皆是唐宋題額，考諸桓、靈以前，此類甚多，豈東嘉未之深思也？

來。（淨上）堂上一呼，堦下百諾。（末）排設完備了未？（淨）都完備了。但見珠簾高捲，翠幕低垂。珊瑚席饠饆精神，玳瑁筵安排奇巧。金爐内慢騰騰燒瑞腦，玉瓶中嬌滴滴插奇花。四圍環繞畫屏山，滿座重鋪錦褥子。金盤犀筯光錯落，掩映龍鳳珍羞；銀海瓊舟影搖蕩，翻動葡萄玉液。灑掃得乾乾淨淨，並無半點塵埃；鋪陳得整整齊齊，另是一般氣象。正是：移將金谷繁華景，粧點瓊林富貴春。（末）恁的，你去那裏，等候狀元遊街了赴宴。一霎時不完備，定施行你。（淨）瓊林勝處風光好，別是人間一洞天。（下）（末）日映宮花明翠幕，藍袍嫩緑新裁，五花門外榜初開。金鞍乘駿馬，敕賜上天堦。十里紅樓簾盡捲，美人爭看名魁，黃旗影裏鬧咳咳。大家齊雅静，看取狀元來。(一)（下）（生、淨、丑騎馬上）

【仙吕入雙調過曲・窣地錦襠】嫦娥剪就緑雲衣，折得蟾宫第一枝。(二) 宫花斜插帽簷低，一舉成名天下知。

【哭岐婆】洛陽富貴，花如錦綺。紅樓數里，無非嬌媚。春風得意馬蹄疾，天街賞遍方歸去。(三)

(一) 眉批：此【臨江仙】詞。
(二) 眉批：『枝』字借支思。夾批：『剪』可平。
(三) 眉批：『去』字借魚模。

（生、浄先下）（丑墜馬介）救我！爹爹、媽媽、伯伯、叔叔、哥哥、嫂嫂、孩兒、媳婦，都來救我。（末扮陪宴官騎馬上）

【越調過曲·水底魚兒】朝省尚書，昨日蒙聖旨，道狀元及第，教咱去陪宴席。（丑）跌壞了人了。（末）越着鞭越退，遣人心下疑。（丑叫介）（末）轉頭回望，叫我的還是誰？(一)漢子，你是誰？（丑）我是墜馬的狀元。（末扶介）（丑）你是誰？（末）我是中書省陪宴官，你爲甚麽墜馬？

【北正宮叨叨令】（丑）鬧炒炒街市上遊人亂，（末）你馬驚了？（丑）惡頭口抵死要回身轉。（末）（末）怎的不勒過？（丑）戰兢兢只怕繮繩斷，（末）爲甚不打他？（丑）怯書生早已神魂散。（末）不害事麽？（丑）險跌折了腿也麽哥，險椿破了頭也麽哥，好似小秦王三跳澗。（末）你馬那裏去了？（丑）知他那裏去？傷人乎？不問馬。（末）猶古自文騾騾的。我就這裏人家借一個馬與你騎。（丑）你静辦，你借馬與我騎，便着死。（末）怎的便着死？（丑）你不聞孔夫子説：有馬者，借人乘之，今亡矣夫！（末）一口胡柴！遠遠望見一簇人來，敢怕有馬，就借一匹與你騎。（生、浄騎馬上）

---

(一) 眉批：此調細查《拜月》《荆釵》皆如此，而第四句與第八句腔亦不同。今人但知有四句，遂誤認舊曲八句者爲二曲矣。末句可從俗重唱，而第四句必不可重。不然，前後全無分别。

【仙呂入雙調過曲・窣地錦襠】荷衣新惹御香歸，引領群仙下翠微。杏園惟有後題詩，此是男兒得志時。(一)

(丑)同行也好，我攧得渾身都粉磕麻碎了，你二人自去了。(生)原來足下墜馬。(末)不是小子相搭救時節，險送了他性命。(净)如此，更賴相公之力。(丑)你二人自去赴宴，我到太平坊下李郎中家裏去便來。(衆)去做甚麼？(丑)我去醫攧撲傷損瘡。(衆)你且來，我從人有馬，借一個與你騎。(丑)小子告退，你二人自去。(末)怎道你是狀元，如何不去赴宴？(丑)赴宴也自好，只是騎馬不得。休休！你三人騎馬先走，我隨着你提胡床來。(末)甚模樣！(丑)却有兩説：路上人問你，便説道是使喚的伴當；若是筵席之中，却説是打伴當的人。(末)好窮對副。(衆)

【哭岐婆】玉鞭裊裊，如龍驕騎。黄旗影裏，笙歌鼎沸。如今端的是男兒，(二)行看錦衣歸故里。

(末)這裏便是杏園，請衆人少駐。(丑)馬都牽到僻處。人道四位官員，只三個馬，是甚麼模樣？(末)教誰牽？(丑)小子自牽。(末)自不怕羞。諸公既然到此，年例請留佳作。(净)蔡兄先請。(生)五百名中第一仙，花如羅綺柳如綿。緑袍乍着君恩重，黄榜初開御墨鮮。禮樂三千傳紫禁，風雲

---

(一) 眉批：『詩』字、『時』字借支思。

(二) 眉批：『兒』字借支思。夾批：的：上聲。

九萬上青天。時人謾説登科早，未許嫦娥愛少年。（衆）好詩！（浄）小子也有一首詩。（衆）願聞。（浄）遲日江山麗，春風花草香。（衆）使不得，這是别人的。（浄）魍魎賊！我三場多是别人的，也中了。一首詩，倒使人的不得？（末）又道是七步成章。（浄）咳！你道我真個做不得？也鬧閻做一首。道是：赴選何曾入棘闈，此身不擬着荷衣。三場盡是渾身代，一個全然放屁龜。自笑持杯濫叨酒，却愁把筆怎題詩。有人問我求佳作，（衆）如何回他？（浄）問我先生便得知。（末）又道是當仁不讓於師。（丑）尊兄，諸位做律詩，學生不要做律詩，做一篇古風。尊兄都説赴選事，學生不要説那熟套，另立一題。（末）把甚爲題？（丑）便把小子方纔墜馬爲題。這是奇事，不可不入詠。（衆）願聞。（丑）君不見去年騎馬張狀元，跌了左腿不相聯？又不見前年跨馬李試官，跌了窟臀没半邊？世上三般拚命事，行船走馬打鞦韆。小子今年大拚命，也來隨趁跨金鞍。跨金鞍，災怎躲？叵耐畜生侮弄我。大叫三聲不肯行，連攛兩攛不是耍。便把韁繩緊緊拿，縱有長鞭怎敢打？須臾之間掉下來，一似狂風吹片瓦。昨日行過樞密院，三個軍人來唱喏。小子慌忙走將歸，（末）却如何？（丑）怕他請我教戰馬。〔一〕（末）這夢休學！（把酒介）

【雙調引子·五供養】文章過晁董，對丹墀已膺天寵。（合）赴瓊林新宴，顫宮花，緩引黃金

〔一〕教：原作『交』，據汲古閣刊本《繡刻琵琶記定本》改。

鞚。（生、浄、丑）九重天上聲名重，紫泥封已傳丹鳳。（合）便催歸玉簡侍宸旒，他日歸來金蓮送。[一]

【中吕過曲・山花子】（末）玳筵開處遊人擁，争看五百名英雄。（生）喜鰲頭一戰有功，荷君恩奏捷詞鋒。（合）太平時車書一同，[二]干戈盡戢文教崇，人間此時魚化龍。留取瓊林，勝景無窮。

【前腔】（浄）三千禮樂如泉湧，一筆掃萬丈長虹。[三]（丑）看奎光飛躔紫宫，光耀萬玉班中。（合前）

【前腔换頭】（生）青雲路通，一舉能高中，三千水擊飛冲。（浄）又何必扶桑掛弓？也强如劍倚崆峒。（合前）

【前腔】（丑）恩深九重，絲絡八珍送，無非翠釜駝峰。（末）看吾皇待賢恁隆，不枉了十年窗下

---

（一）眉批：此【五供養】与後『終朝垂淚』【引子】不同，又與前『貧窮老漢』【過曲】不同，豈【五供養】之名或有僞謬耶？然此調本是【引子】，而今人以『貧窮老漢』腔板唱之，尤覺牽强。豈有四【山花子】在後，而以二【五供養】居前者耶？況又非同調也。時本以『九重』以下作第二曲，尤誤。

（二）眉批：一同：諸本作『已同』，非。

（三）夾批：一：作平。筆：作平。

書攻。(一)（合前）

【大和佛】（生）寶篆沉烟香噴濃，（衆）濃熏綺羅叢。瓊舟銀海，翻動酒鱗紅，(二)一飲盡教空。（生悲介）持杯自覺心先痛，縱有香醪，欲飲難下我喉嚨。他寂寞高堂菽水誰供奉？俺這裏傳杯諠鬨。（衆）休得要對此歡娛意忡忡。

【舞霓裳】（合）願取群賢盡貞忠，盡貞忠。管取雲臺畫形容，(三)畫形容。時清莫報君恩重，惟有一封書上勸東封，更撰個河清德頌。乾坤正，看玉柱擎天又何用？

【紅繡鞋】猛拚沉醉東風，東風。倩人扶上玉驄，玉驄。歸去路，望畫橋東。花影亂，日曈朧。沸笙歌影裏紗籠，紗籠。(四)

【意不盡】今宵添上繁華夢，明早遥聽清禁鐘。皇恩謝了，鵷行豹尾陪侍從。(五)

（生）名傳金榜换藍袍，（净）酒醉瓊林志氣豪。

---

(一) 眉批：『通』字、『重』字，所謂句中韻也。『一舉』『絲絡』四字不可點板。夾批：必：作平。十：作平。

(二) 眉批：『濃』字、『叢』字、『紅』字用平聲，妙！妙！此曲襯字太多，且俱用實字，唱者不可不辨。

(三) 眉批：『管取雲臺』，用平平仄仄亦可。

(四) 眉批：曈朧：俗本作『朦朧』，非。末句今人皆改作『沸笙歌，引紗籠』，相沿已久，不知此調矣。

(五) 眉批：陪侍從：一作『相陪從』。

（丑）世上萬般皆下品，（末）思量惟有讀書高。

## 第十折

（旦上）

【商調引子・憶秦娥】長吁氣，自憐薄命相遭際。相遭際，暮年姑舅，薄情夫婿。(一)

〔清平樂〕夫妻兩月，一旦成分别。没主公婆甘旨缺，幾度思量悲咽。家貧先自艱難，那堪不遇豐年。恁的千辛萬苦，蒼天也不相憐。奴家自從兒夫出去，遭此飢荒；況兼公婆年老，朝不保夕，教奴家獨自如何區處？婆婆日日埋怨公公，當初不合教孩兒出去；公公又不伏氣，只管在家煎炒。免不得等公公婆婆出來，着些道理勸解則個。（外上）

【前腔換頭】孩兒一去無消息，雙親老景難存濟。（浄上扯外耳介）難存濟，不思前日，强教孩兒出去。

（旦勸介）（浄）老賊抵死教孩兒出去赴選，今日没飯喫，他便做得狀元，濟你甚事？若是孩兒在家，也會區處褌褲，也不到得恁的狼狽。老賊，你死休！（外）我是神仙，知道今日恁的飢荒？誰家不忍

(一)　眉批：雜用魚模、齊微、支思三韻。

餓？誰似你這般埋怨？休休！我死！我死！今日飢荒也是死，被你埋怨，喫不過也是死。（旦扯住介）公公婆婆且息怒，聽奴一句分剖：當初公公教孩兒出去時節，不道今日恁的飢荒，婆婆難埋怨公公；今日婆婆見這般飢荒，孩兒又不在眼前，心下焦燥，公公也休怪婆婆埋怨。請自寬心，奴家如今把些釵梳首飾，典些糧米，以充公婆一時口食。寧可餓死奴家，決不將公婆落後了。（淨）媳婦，你說得好，我只恨這老賊。

【商調過曲・金絡索】(一)【金梧桐】區區一個兒，兩口相依倚。没事爲着功名，不要他供甘旨。你教他做官，(二)【東甌令】要改換門閭，只怕他做得官時你做鬼。你圖他三牲五鼎供朝夕，【針綫箱】今日裏要一口粥湯却教誰與你？【解三酲】相連累，【懶畫眉】我孩兒因你做不得好名儒。【寄生子】（合）空争着閒是閒非，(三)只落得雙垂淚。

【前腔】（外）養子教讀書，指望他身榮貴。黄榜招賢，誰不去求科試？譬如范杞良差去築城

---

(一) 眉批：此調或作【金索掛梧桐】，非也。

(二) 夾批：教：平聲。

(三) 眉批：『空争着』句坊本重一句，唱者亦然。著至《浣紗》等曲，竟另增一句，失【寄生子】本調矣。【寄生子】，或作【寄生草】，非也。南曲無【寄生草】。

池，他的娘親埋怨誰？(一) 合生合死皆由命，少甚麽孫子森森也忍飢。休聒絮，畢竟是咱每三口受孤恓。(二)（合前）

【前腔】（旦）孩兒雖暫離，須有日回家裏。奴有些釵梳，解當充糧米。公公婆婆休争麽，教傍人道媳婦每，(三)有甚差池，致使公婆争鬥起。婆婆，他心中愛子，指望功名就；公公，他眼下無兒，因此埋怨你。難逃避，兀的不是從天降下這災危？（合前）

【南吕過曲・劉潑帽】（浄）有兒却遣他出去，教媳婦怎生區處？媳婦，可憐誤你芳年紀。（合）一度裏思量，一度裏肝腸碎。(四)

【前腔】（外）我每不久須傾棄，嘆當初是我不是，不如我死了無他慮。（合前）

【前腔】（旦）媳婦便是親兒女，勞役事本分當爲。但願公婆從此相和美。（合前）

---

(一) 夾批：誰：作平。

(二) 眉批：三口：諸本作『兩口』。

(三) 夾批：婦：平聲。

(四) 眉批：詳味此枝，浄全是怨詞，外終不伏氣。諸本置浄曲於外曲後，不惟不踵前枝，抑亦頓無争意，徒以浄有『媳婦可憐』句，而旦亦有『媳婦便是』句，以爲相接而更之，不知尚隔合前二句也。且各自道其衷，即間外曲，何妨聯貫？夾批：度裏：去上聲。妙！

（外）形衰力倦怎支吾，（旦）口食身衣只問奴。
（浄）莫道是非終日有，（合）果然不聽自然無。

## 第十一折

（末上）縹緲紗窗映霧烟，深沉金屋鎖嬋娟。屏間孔雀人難中，幕裏紅絲誰敢牽？自家是牛丞相府中堂候官。這幾日聽得府中喧傳，相公要招女婿。我這小娘子，不比别的小娘子，一來丞相之女，二來他才貌兼全，必須有文章、有官職、有福分的，方可做得女婿，如何容易？不知招得甚麼人，只得候相公出來，便知端的。（外上）

【仙吕引子・似娘子】華髮漸星星，憐愛女欲遂姻盟，蟾宫桂子才堪稱。〔一〕紅樓此日，紅絲待選，須教紅葉傳情。

（末喏）（外）男子生而願爲之有室，女子生而願爲之有家。老夫人傾棄多年，只有一女，美貌娉婷。昨日見官裏，問我：你的女孩兒嫁了未？我回道：不曾。官裏道：如今蔡邕好人物、好才學，你招他做了女婿，却不是好？那時節我謝恩了。官裏又道：我與你主婚。我如今要唤個官媒婆，去蔡伯

---

〔一〕眉批：桂子：去上聲。

喈那裏説親如何？（末）覆相公：男大須婚，女大須嫁。小娘子是瑶臺閬苑神仙，蔡狀元是天禄石渠貴客；何況玉音主盟，金口説合？若做了百年夫婦，不枉了一對姻緣。相公，佳人才子實堪誇，天付姻緣事不差。試看月輪還有意，定知丹桂近仙娃。（外笑）既如此，你與我唤府前張媒婆來，教他去説親。（末）領鈞旨。（唤介）（丑扮媒婆拿鞋、秤、斧上）

【正宮過曲・醉太平】張家李家，都來唤我，我每須勝別媒婆。（末）爲甚麽？（丑）有動使偌多。(一)

（末）婆婆，我且問你，你挑着惹多鞋做甚麽？（丑）總領哥，你不知近日來宅院中娘子要嫁得緊了，媒婆與他攛掇出門去，臨行做對鞋謝媒婆。今年知他攛掇了多少親事，鞋都穿不迭，有剩的都賣了。（末）有誰買？（丑）只是宅院小娘子買去。（末）宅院裏小娘子脚都小小的，買這鞋做甚用？（丑）魍魎賊！他要嫁得緊了，買來謝媒婆，省得做。（末收科介）（外）左右，媒婆那裏？（末引見外介）（外）媒婆挑着惹多東西做甚麽？（丑）覆相公：這個便是媒婆的招牌。（外）且問你，這斧頭做甚麽？（丑）《毛詩》裏面説得好：『析薪如之何？匪斧弗克。娶妻如之何？匪媒不得。』以此把斧頭爲招

---

（一）眉批：此【醉太平】另是一調，與詩餘及【北醉太平】相似。考《張叶傳奇》及《牧羊記》皆有之，與他處異，不知者以其與後『蹉跎，光陰易過』不同，遂改爲【踏莎行】，誤矣。俗本改云：『我做聰俊的媒婆，兩脚疾走如梭。生得不矮又不矬，人都來請我。』此猶不失本調也。而下又接云：『我只要金多銀多，綾羅段匹多，方肯做。張家李家誇談我，道我每須勝別媒婆。』則不知何調矣，乃反謂如彼方叶，何謂？

牌。(末)你在魯班面前掉快口。(外)更問你襪做什么?(丑)也是招牌。人都道做媒的執伐。(外)更問你將秤作何用?(丑)最要緊,這個喚做量人秤。凡做媒時節,先把新人新郎稱過相似,方與説親去,後夫妻便和順不相嫌。若是輕重頭了,夫妻只是相打駡。老媳婦前日在張宅門前過,見一個小娘子在那裏哭。老媳婦問那小娘子,你爲甚哭?他道:嫁不得一個好人。老媳婦試把秤來,與他兩個稱一稱看,可知不是對。(外、末)如何?(丑)新郎稱得二十八斤半,新人只稱得二十三斤。(末)你也不十分平等。(外)且問他將繩要做甚麽?(丑)這是赤繩。做夫妻須把繩繫定他兩個脚,方可做得夫妻。(末)如何繫?(丑)我與你繫看。(丑繫末脚,又繫自脚絆倒末)(末叫介)(丑)可知不是姻緣。(末、外)休得閒説。你來,我昨日奉聖旨,教我女孩兒嫁與蔡伯喈狀元,我如今教你去蔡伯喈那裏説。你好生成就這頭親兒,多多賞你。(丑)這有甚難處?一來奉聖旨,二來託相公威名,三來小娘子才貌兼全,是人知道,蔡狀元有何不可?(末)這話極説得是。(外)你來,我説與你聽。

【南吕過曲・瑣窗郎】【瑣窗寒】吾家一女娉婷,不曾許公與卿。昨承聖旨,選個書生。媒婆,你對他説:不須用白璧、黄金爲聘。(合)【賀新郎】説道姻緣前世已曾定,今日裏,共歡慶。(一)

(一) 眉批:《荆釵》中『這門親至回俺』數句,即此調前半曲。今人於『富室』下增一截板,遂覺與此調異。且唱彼則極其慢,唱此則極其粗,不知【瑣窗郎】之出於【瑣窗寒】耳,必求歸之一腔乃妙。『一女』、『一』字上一板,必不可無。『昨』字或可無板;『許』字用平聲更妙。『已』字拗,改平乃協。『聖旨』『事已』『事體』,去上聲。『選個』『選中』,上去聲。妙,妙。夾批:一:作平。不:作平。説:作平。公與卿:諸本作『與公卿』,非。

【前腔】（丑）住東京極有名聲，論媒婆非自逞。今朝事體，管取完成。怕有一輕一重，[一]全憑這條官秤。（合前）

【前腔】（末）雖然他高占魁名，得相招多少榮縈。依繡幕，選中雀屏。媒婆你此去，他必從命。[二]（合前）

（丑）管取門楣得俊才，（外）爲傳芳信仗良媒。

（末）百年夫婦今朝合，（合）一段姻緣天上來。

## 第十二折

（生上）

【商調引子·高陽臺】夢遠親闈，愁深旅邸，[三]那更音信遼絶。淒楚情懷，怕逢淒楚時節。重門半掩黄昏雨，奈寸腸此際千結。守寒窗，一點孤燈，照人明滅。

---

[一] 夾批：極：作平。一：作平。

[二] 眉批：『媒婆』二字係調中字，坊本刻爲細字作白，本調缺二字矣。夾批：榮縈：一作『榮紆』。中：作平。必：作平。

[三] 眉批：此【引】用入聲，皆作平。『夢遠』，古本及舊譜皆然，正與『愁深』相對。時本作『遶』字。

【前腔】當時輕散輕別。嘆玉簫聲杳，小樓明月。(一) 一段愁煩，翻成兩下悲切。枕邊萬點思親淚，伴漏聲到曉方徹。鎖愁眉，慵臨青鏡，(二) 頓添華髮。

〔減字木蘭花〕(三) 鰲頭可羨，須知富貴非吾願。雁足難憑，没個音書寄子情。田園將蕪，不知枳菊猶存否？光景無多，争奈椿萱老去何？自家爲父親所强，來此赴選，誰知逗遛在此，竟不能歸。今又復拜皇恩，除爲議郎。雖則任居清要，争奈父母年老，安敢久留他鄉？天那！知我的父母安否如何？知我的妻室侍奉如何？欲待上表辭官，又未知聖意如何？苦！好似和針呑却綫，刺人肚腸繫人心。

（末、丑上）

【仙吕過曲·勝葫蘆】（末）特奉皇恩賜結婚，來此把信音傳。（丑）若是仙郎肯諧姻眷，一場好事，管取今朝便團圓。(四)

（生）兒家門户重重閉，春色緣何得入來？未審何人到此？（末、丑）奉天子之洪恩，領牛公之嚴命，欲與狀元諧一佳偶。（生）

---

(一) 眉批：『玉簫』句乃引用『小樓吹徹玉笙寒』之意。時作『庾樓』，無謂。

(二) 眉批：慵臨青鏡：用平平平仄，與上『一點孤燈』用仄仄平仄，皆可互用。

(三) 眉批：白詞。時本失『減字』二字，竟作【木蘭花】，非也。【木蘭花】自有本調。

(四) 眉批：此曲時本多混從【商調引子】而不別出。『婚』字用韻亦可，此信。好事：俱上去聲。妙。夾批：若：可平。一：可平。

【商調過曲・高陽臺】宦海沉身，京塵迷目，名韁利鎖難脱。目斷家鄉，空勞魂夢飛越。閒聒，閒藤野蔓休纏也，俺自有正兔絲的親瓜葛。是誰人無端調引，謾勞饒舌。(一)

【前腔換頭】（末）閥閲，紫閣名公，黄扉元宰，三槐位裏排列。金屋嬋娟，妖嬈那更貞潔。（丑）歡悦，紅樓此日招鳳侶，遣妾每特來執伐。望君家慇懃肯首，早諧結髮。(二)

【前腔換頭】（生）非别，千里關山，一家骨肉，教我怎生抛撇？妻室青春，那更親鬢垂雪。差迭，須知少年自有人愛了，謾勞你嫦娥提挈。滿皇都豪家無數，豈必卑末？(三)

【前腔換頭】（末）不達，相府尋親，侯門納禮，兀自拒他不屑。繡幕奇葩，春光正當十八。

---

(一) 眉批：凡入聲韻有作平者，有作仄者，當按其宜而用之，方能不失音律。高先生喜用入聲，此曲如宜入作平韻唱者，妙。『葛』字、『髮』字本作仄，亦妙。若『舌』字、『伐』字乃作平者。既用『謾勞』『特來』等仄平二字，則其下當用平去、平上乃妙。今却用作平之入聲，則與入作上去者混雜，音律欠諧矣，知者辨之。夾批：『纏』字不可唱作平聲，即與『非爹胡纏』八字同。『宦海』『利鎖』『纏也』『自有』『調引』，俱去上聲。『野蔓』『俺自』，俱上聲。妙。宦：可平。脱：作平。越：作平。聒：作平。纏：去聲。調：去聲。

(二) 眉批：此雜用歌戈、家麻、魚模、車遮各入聲韻。位裏、鳳侶：去上聲，妙。夾批：閥：作平。閲：作平。列：作平。那：平聲。潔：作平。悦：作平。執：作平。結：作平。

(三) 眉批：『愛了』『數』『豈』去上聲，妙。夾批：别：作平。雪：作平。迭：作平。必：作平。

（丑）休撇，知君是個折桂手，㈠留此花待君攀折。況親奉丹墀詔旨，非我自相攛掇。

【前腔換頭】（生）心熱，自小攻書，從來知禮，忍使行虧名缺。父母俱存，娶而不告須難說。悲咽，門楣相府雖要選，奈戾彥佳人實難存活。縱然有花容月貌，怎如我自家骨血。㈡

【前腔換頭】（末）迂闊，他勢壓朝班，威傾京國，你却與他相別。只怕那轉日迴天，那時須有個決裂。（丑）虛設，夜静水寒魚不餌，笑滿船空載明月。下絲綸不愁無處，笑伊村殺。㈢

（生）你不須多言。果蒙聖恩來，我明日上表辭官，一就辭婚便了。

（末）君王詔旨不相從，（生）明日應須奏九重。

（丑）有緣千里來相會，（合）無緣對面不相逢。

---

㈠　眉批：　桂手：　去上聲。妙！　夾批：　不：　作平。達：　作平。十：　作平。撇：　作平。

㈡　眉批：　要選：　去上聲。妙！　夾批：　熱：　作平。說：　作平。咽：　作平。骨：　作平。

㈢　眉批：　如此作煞語，勁不可言，非庸俗所識。此後諸本增【尾聲】云：『明朝有事朝金闕，歸家事親心下悅，只怕聖旨不從空自說。』不知此調不拘二曲四曲六曲，皆不可用【尾聲】。乃反謂無【尾】者欠結果，妄續貂以訾高先生，冤哉！　夾批：　闊：　作平。決：　作平。裂：　作平。設：　作平。

# 第十三折

（外上）

【黄鍾過曲・出隊子】朝夕縈掛，只爲孩兒多用心。不知月老事何因，[一]爲甚冰人没信音？顒望多時，情緒轉深。

目斷青鸞瞻碧霧，情深紅葉看金溝。昨日遣人蔡狀元處説親，尚未回音。待他來時，便知分曉。

【前腔】（末、丑）喬才堪笑，故阻佯推不肯從。豈無佳婿近乘龍？有甚福緣能跨鳳？[二]料想書生，只是命窮。

（見介）（外）媒婆，你來了。事體若何？（丑）他千不肯，萬不肯；即不肯，又不肯；定不肯，硬不肯；都不肯，只是不肯不肯。（末）你住休！告相公，蔡狀元道：已有妻房，雙親年老；娶而不告，實難從命。

【正宫過曲・雙鸂鶒】（外）聽伊説教人怒起，漢朝中惟吾獨貴，我有女，偏無貴戚豪家匹

---

[一] 眉批：『因』字犯真文。夾批：夕：作平。

[二] 夾批：福：作平。

配？奉聖旨使我招狀元爲婿，不知他回話有何言語？(一)

【前腔第二換頭】（丑）媒婆告相公知：恨那人作怪蹺蹊。(二) 道始得及第，縱有花貌休提。他罵相公，罵小姐，道脚長尺二。（末）這般説謊没巴臂。

【前腔第三換頭】恩官且聽咨啓：蔡狀元聞説皺眉。忠和孝，恩和義，念父母八十年餘。(三) 况已娶了妻室，再婚重娶非禮。待早朝上表文，要辭官家去，請相公别選一佳婿。

【前腔】（外）他元來要奏丹墀，敢和我厮挺相持。讀書輩没道理，不思量違背了聖旨，只教他辭官辭婚俱未得。(四)

（外）院子，你和官媒再去蔡伯喈處説，看他如何？我如今先去朝中奏官裏，只教不准他上表罷。

（外）枉把封章奏帝宫，（末）不如及早便相從。

---

(一) 眉批：雜用齊微、支思、魚模三韻。

(二) 眉批：時本『蹺蹊』下有『千不肯，萬推辭，這話頭不惹些兒』，與第三【換頭】正同。然古本所無。

(三) 眉批：此【換頭】多『忠和孝』至『年餘』十三字。

(四) 眉批：此與第三【換頭】前段正同，而『聖旨』下又少數句，不合調。豈有脱誤耶？時本因其不合，而於『相持』下添『細思之，可奈他將人輕覷。我就寫表奏與我皇知，與他官拜清要地。務要來我處爲門楣』，遂割『讀書輩』以下爲【意不盡】，及細覈之，又與第三【換頭】字句不合。及查《千金》《尋親》，皆古傳奇，而【雙鸂鶒】各與此不同，最不可曉。今姑從元本，缺疑以俟知者。

（合）羈縻鸞鳳青絲網，牢絡鴛鴦碧玉籠。

## 第十四折

（貼上）

【中吕過曲・剔銀燈】忒過分爹行所爲，但索强全不顧人議。背飛鳥硬求來諧比翼，隔墻花强攀做連理。姻緣，還是怎的？我與爹爹説呵，婚姻事女孩兒家怎提？

姻緣姻緣，事非偶然。好笑俺爹爹將奴家招取蔡狀元爲婿，那狀元不肯，俺這裏也索罷了，誰想爹爹苦不放過他。他不肯，便做了百年，到底也不和順。奴家待將此事與爹爹説，又不是女孩兒家説的話。苦！好悶呵！（浄上）慚愧，慚愧，今日能勾得小姐悶也。小姐，你想着甚麽？（貼）我不曾想着甚麽。（浄）既不想甚麽，爲何手托香腮，在此憂悶？我且問你，你往常間件件不煩惱，事事不動情，看起來你都是假。你今日這般愁悶，莫不是對景傷情？（貼）你説那裏話？我爲爹爹做事不停當，以此上憂悶。（浄）你爹爹做甚事不停當？（貼）我爹爹要將奴家嫁與蔡狀元，使官媒婆去説親，狀元不肯從命。他既不肯，俺這裏也索罷了。如今爹爹苦不放過他，又叫官媒婆去説，未知若何？老姥姥，你怎生與我對爹爹説一聲也好。（浄）這的事，你爹爹主見，怎的肯聽我説？

【仙吕過曲・桂枝香】書生愚見，忒不通變。不肯坦腹東床，謾自去哀求金殿。想他每就

裏，他每就裏，將人輕賤。非爹胡纏，怕被人傳。道你是相府公侯，不能勾嫁狀元。(一)

【前腔】(貼)百年姻眷，須教情願。他那裏抵死推辭，俺這裏不索留戀。想他每就裏，他每就裏，有些牽絆。怕恩多成怨。滿皇都，(二)少甚麼公侯子，何須去嫁狀元？

【南呂過曲·大迓鼓】(净)非干是你爹意堅，怕春花秋月，誤你芳年。況兼他才貌真堪羨，又是五百名中第一仙。故把嫦娥，付與少年。(三)

【前腔】(貼)姻緣雖在天，若非人意，到底埋冤。料想赤繩不曾綰，(四)多應他無玉種藍田。强把嫦娥，付與少年。

---

(一) 眉批：今人於『愚』字、『通』字、『金』字處每用仄聲，誤矣。第五、第六句用韻亦可，第九句不用韻亦可，但第三句不可用韻。夾批：就裏：去上聲，妙。纏：去聲。

(二) 眉批：『滿皇都』自爲句，非連下句。

(三) 眉批：考【大迓鼓】本調，《殺狗記》云：『聽咱説事因，一人心痛，一個腰疼。假意佯推病，果然日久見人心，到此方知没義人。』則此『況兼他』三字、『料想』二字、『付與』『與』字俱襯。今人俱以實在唱之，而【大迓鼓】本調遂亡矣。

(四) 眉批：『赤繩』二字易用平仄乃妙。

# 第十五折

（末扮小黄門上）

【北仙吕點絳唇】夜色將闌，晨光欲散，把珠簾捲。移步丹墀，擺列着金龍案。

【混江龍】官居宫苑，謾道是天威咫尺近龍顔。每日間親隨車駕，只聽鳴鞭。去螭頭上拜跪，隨着豹尾盤旋。朝朝宿衛，早早隨班。做不得卿相當朝一品貴，先隨着朝臣待漏五更寒。空嗟嘆，山寺日高僧未起，算來名利不如閒。(一)

自家是漢朝一個小黄門。往來紫禁，侍奉丹墀。領百官之奏章，傳一人之命令。正是：主德無瑕因宦習，天顔有喜近臣知。如今天色漸明，正是早朝時分，官裏升殿，怕有百官奏事，只得在此祗候。怎見得早朝？但見銀河清淺，珠斗班斕。數聲角吹落殘星，三通鼓報傳清曙。銀箭銅壺，點點滴滴，尚有九門寒漏；瓊樓玉宇，聲聲隱隱，已聞萬井晨鐘。曈曈曚曚，蒼茫初日映樓臺；拂拂霏霏，葱菁瑞烟浮禁苑。臬臬巍巍，千尋玉掌，幾點瀼瀼露未晞；澄澄湛湛，萬里璇空，一片團團月初墜。三唱天

---

(一) 眉批：『去螭頭上』以下數句乃此調增句，至『卿相當朝』以下始入正調。或於『五更寒』下添四字疊句，而以平平仄一韻句收之。所謂此調可增者止此，非可亂增也。時本不解北曲，而曰與《西厢》不類。又云：字句可增損，不可一律拘。夫增可也，於本調損之可乎？此皆不知其深者。

鵷，咿咿喔喔，共傳紫陌更闌；　百囀流鶯，間間關關，報道上林春曉。午門外碌碌剌剌，車兒碾得塵飛；　六宫裏嘔嘔啞啞，樂聲奏如鼎沸。只見那建章宫、甘泉宫、未央宫、長楊宫、五柞宫、長秋宫、長信宫、長樂宫，重重疊疊，萬萬千千，盡開了玉關金鎖；　昭陽殿、金華殿、長生殿、披香殿、麒麟殿、鵷鸞殿、太極殿、白虎殿，隱隱約約，三三兩兩，都捲上繡箔珠簾。半空中忽聽得一聲轟轟劃劃，如雷如霆，震耳的鳴梢響；　合殿裏只聞得一陣氤氤氳氳，非烟非霧，撲鼻的御爐香。縹縹緲緲，紅雲裏雉尾扇遮着赭黄袍；　深深沉沉，丹陛間龍鱗座覆着彤芝蓋。左列着森森嚴嚴、前前後後的羽林軍、旗門軍、控鶴軍、神策軍、虎賁軍，花迎劒佩星初落；　右列着蹡蹡蹌蹌、高高下下的金吾衛、龍虎衛、拱日衛、千牛衛、驃騎衛，柳拂旌旗露未乾。金間玉，玉間金，燗燗爍爍、燦燦爛爛的神仙儀從；　紫映緋，緋映紫，行行列列、整整齊齊的文武官寮。螭頭陛下，立着一對妖妖嬈嬈、花容月貌、繡鸞袍鴛鴦靴的奉引昭容；豹尾班中，擺着一對端端正正、銅肝鐵膽、白象簡獬豸冠的糾彈御史。拜的拜，跪的跪，那一個敢挨挨拶拶縱諠譁？　升的升，下的下，那一個不欽欽敬敬依禮法？　但願得常瞻仙仗，聖德日新日新日日新；　與群臣共拜天顔，聖壽萬歲萬歲萬萬歲。從來不信叔孫禮，今日方知天子尊。道猶未了，一個奏事官早到。（生上）

【黄鍾引子·點絳唇】月淡星稀，建章宫裏千門曉。御爐烟裊，隱隱鳴梢杳。忽憶年時，問

寢高堂早。鷄鳴了，悶縈懷抱，此際愁多少？(一)

不寢聽金鑰，因風想玉珂。明夜有封事，數問夜如何？自家只爲父母在堂，今日上表辭官，家去侍奉。天色已明，這裏是午門外廂，進入去咱。（末介）

【黄鍾過曲·神仗兒】（生）揚塵舞蹈，揚塵舞蹈，遥瞻天表，見龍鱗日耀。（末）不得升殿。（生）咫尺重瞳高照，(二)□□□□□□□。遥拜着赭黄袍，遥拜着赭黄袍。

【滴溜子】臣邕的，臣邕的，荷蒙聖朝。臣邕的，臣邕的，拜還紫誥。念邕非嫌官小，奈家鄉萬里遥，雙親又老。干瀆天威，萬乞恕饒。

（末）吾乃黄門，職掌奏章。有何文表，在此披宣。（生跪介）

【越調近詞·入破第一】議郎臣蔡邕啓：今日蒙恩旨，除臣爲議郎官職，重蒙賜婚牛氏。干瀆天威，臣謹誠惶誠恐，稽首頓首。伏念微臣，初來有志。誦詩書力學躬耕修己，不復貪

---

(一) 眉批：時本作【過曲】，謬。此南【引子】，不可作北曲唱。北第四句平仄平平，南第四句仄平平仄。北不用【换頭】，南有【换頭】。今人凡唱此及【粉蝶兒】，俱作北腔，竟不知自有南調也。况【北點絳唇】就在前，有何難辨？

(二) 眉批：『高照』下宜尚有八字，向脱落，臞仙空之，以俟補。又一舊本有『只須在此，一一細剖』八字，未知的否。然八字本調必不可少者，觀下『多應哀念』八字可知。自《香囊記》偶失此句，後人遂皆不知，而并此亦竟缺矣。曷不觀《牧羊》《八義》諸古戲乎？可嘆！

榮利。事父母，樂田裏，初心願如此而已。不想州司，謬取臣邕充試。到京畿，豈料愚蒙叨居上第。[一]

【破第二】重蒙聖恩，婚以牛公女。[二] 草茅疏賤，如何當此隆遇？況臣親老，一從別後，光陰又幾？[三] 廬舍田園，荒蕪久矣。

（末）老親在堂，必有人奉侍，狀元不必憂慮。（生）

【衮第三】那更老親鬢垂白，筋力皆癯瘁。形隻影單，無弟兄，誰奉侍？況隔千山萬水，生死存亡，雖有音書難寄。最可悲，他甘旨不供，我食禄有愧。

【歇拍】不告父母，怎諧匹配？臣又聽得家鄉裏，遭水旱，遇荒飢。多想臣親，必做溝渠之鬼，未可知。怎不教臣，悲傷淚垂？

（末）此非哭泣之處，不得驚動天聽。（生）

---

[一] 眉批：時本此曲不注宫調，緣不識耳。此調或作北曲唱，謬矣。此調一至九不拘多寡，「頓首」「父母」「謬取」「又幾」「更老」「萬水」「未可」俱上聲。「首頓」「有志」「豈料」「有愧」「享厚」「守令」俱上去聲，俱妙。「愚蒙」時作「恩蒙」，非。

[二] 眉批：婚以：時作「婚賜」。

[三] 眉批：又幾：或作「有幾」，「鬢垂」或作「鬢髮」，「弟兄」或作「兄弟」，皆非也。

【中衮第五】臣享祿厚紆朱紫，出入承明地。獨念二親寒無衣，飢無食，喪溝渠。憶昔先朝買臣出守會稽，(一)司馬相如，持節錦歸。

【煞尾】他遭遇聖時，皆得回鄉里。臣何故，別父母，遠鄉閭，没音書，此心違？伏惟陛下特憫微臣之志，遣臣歸。得侍雙親，隆恩無比。

【出破】若還念臣有微能，鄉郡望安置。庶使臣忠心孝意得全美，臣無任瞻天仰聖，激切屏營之至。(二)

（末）元來如此。吾當與汝轉達天聽，汝只在午門外廂伺候聖旨。正是：眼望捷旌旗，耳聽好消息。

（下）（生起介）

【黄鍾過曲・神仗兒】揚塵舞蹈，揚塵舞蹈，見祥雲縹緲。想黄門已到，料應重瞳看了，多應哀念私情烏鳥。顒望斷九重霄，顒望斷九重霄。

【滴溜子】天應念，(三)天應念，蔡邕拜禱。雙親的，雙親的，死生未保。可憐恩深難報。一封奏九重，知他聽否？會合分離，都在這遭。

---

(一) 眉批：或作『朱買臣守會稽』，非也。

(二) 眉批：【出破】亦不拘幾曲，至第七而止。『庶使』去上聲，『仰聖』上去聲，俱妙。

(三) 眉批：應：時本作『憐』，非。

怎的黄門不見回報？想必是官裏准了。天天！若能勾回鄉見父母，何須做官？（末捧詔上）

【前腔】今日裏，今日裏，議郎進表。傳達上，傳達上，聖目看了。道太師昨日先奏，㈠把乘龍女婿招，多少是好？見有玉音傳降聽剖。

聖旨已到，跪聽宣讀。（生跪介）（末）皇帝詔曰：孝道雖大，終於事君；王事多艱，豈遑報父？朕以涼德，嗣纘丕基。眷兹警動之風，未遂雍熙之化。爰招俊髦，以輔不逮。咨爾才學，允愜輿情。是用擢居議論之司，以求繩糾之益。爾當恪守乃職，勿有固辭。其所議婚姻事，可曲從師相之請，以成桃夭之化。欽予時命，裕汝乃心。謝恩。（生拜起介）黄門大人，你與我官裏跟前再奏咱，我情願不做官。（末）這秀才好不曉事，聖旨誰敢別？這裏不是你鬧炒去處。（生荒介）我自去拜還聖旨如何？（末扯介）做甚麼？這秀才好怪麼，你去不得。（生哭介）

【啄木兒】親衰老，妻幼嬌，萬里關山音信杳。他那裏舉目淒淒，俺這裏回首迢迢。他那裏望得眼穿兒不到，俺這裏哭得淚乾親難保。閃殺人一封丹鳳詔。㈡

【前腔】（末）何須慮，不用焦，人世上離多歡會少。大丈夫當萬里封侯，肯守着故園空老？

---

㈠ 眉批：『奏』字借尤侯。

㈡ 眉批：『音』字、『丹』字，兩平聲。及『望得眼穿』，用仄平仄平；『哭得淚乾』，用平平仄平。皆絶妙。他人若不用平平仄仄，則用仄仄平平矣。次隻倣此。

畢竟事君事親一般道，人生怎全忠和孝？却不見母死王陵歸漢朝？

【三段子】（生）這懷怎剖？望丹墀天高聽高。這苦怎逃？望白雲山遥路遥。（末）你做官與親添榮耀，高堂管取加封號。與你改換門閭，偏不好？(一)

【歸朝歡】（生）冤家的，冤家的，苦苦見招，俺媳婦埋冤怎了？飢荒歲，飢荒歲，怕他怎熬？俺爹娘怕不做溝渠中餓殍？（末）譬如四方戰争多征調，從軍遠戍沙場草，也只是爲國忘家怎憚勞。(二)

（生）家鄉萬里信難通，（末）争奈君王不肯從。

（合）情到不堪回首處，一齊分付與東風。

## 第十六折

（丑上）

---

(一)　夾批：時本作『偏不是好』。

(二)　眉批：用二【啄木兒】、二【三段子】、二【歸朝歡】，古體也。今本將【三段子】『做官』以下分爲二曲，【歸朝歡】末三句作【尾聲】，則調俱不全矣。兩個『這』字、兩個『望』字及『聽』字、『路』字，俱用去聲。兩個『怎』字又和協。『耀』字、『號』字俱去聲。而以上聲收之，尤妙，真作手也！

【仙呂入雙調過曲・普賢歌】身充里正實難當，雜泛差徭日夜忙。官司點義倉，並無些子糧，拚一頓拖翻喫大棒。

我做都官管百姓，另是一般行逕。破靴破笠破衣裳，打扮須要廝稱。到州縣百般下情，下鄉村十分高興。討官糧大大做個官升，賣食鹽輕輕弄些喬秤。點催首放富差貧，保上户欺軟怕硬。猛拚把持放潑，畢竟是個畢竟。誰知道天不由人，萬事皆由前定。詐得五兩十兩，到使五錠十錠。主人家不時要饋送，晝卯酉人多要雇倩。田園盡都典賣，並無寸土餘剩。叵耐廳前走隸，叵奈司房典令。把我千樣凌辱，把我萬般督併。動不動丢了破笠，打得黄瘇成病。幾番要自縊投河，不要這條性命。今番又點義倉，並無糧米支應。若還把我拖番，便叫高擡明鏡。小人也不是都官，小人也不是里正。休得錯打了平民。猜你是誰？我是搬戲的副浄。苦！往常間把義倉穀搬在家裏去，養老婆孩兒了，今日上司官點義倉，支穀賑濟貧民，那裏討穀？且無錢糴還，没奈何，我把老婆賣了，取錢糴還義倉。老婆，你且出來。（浄上）老公老公，苦咳！點義倉那里討穀，又着喫打。（丑）没奈何，一夜夫妻百夜恩，你終不然教我喫打？這般荒年，又供膳不得，我如今把你賣幾貫錢糴穀還義倉。（浄）哼嗚！你怕喫打，便賣老婆？骨臀難得，老婆難得？（丑）没奈何。（扯浄叫介）一街兩市，上户官人，里正賣老婆，誰要買麼？（浄）我弗賣。（推丑倒介，走下）（丑起介）好好！討得這好老婆！没奈何，只有一個孩兒，把他賣了。孩兒出來。（浄上）爹爹，你喫打莫要賣了我。（丑）你來。我這孩兒極孝順，阿爹養孩兒，如何不愛惜你？事到頭來，官司逼臨。往常將義倉穀家裏喫，終不然都是我喫了？你也有分子孫。

我如今賣了你，糴穀還官司。（淨）苦咳！怕喫打，便賣孩兒？骨髓難得，孩兒難得？（丑）不依我說。（扯淨叫介）一街兩市，上户官人，里正賣孩兒，誰要買麽？（淨推丑倒介，走下）（丑起介）好好！討得好老婆，養得好兒子！這是我平日潑皮放刁的報應。我没奈何，與李社長商量看。轉灣抹角，兀的便是李社長家裏。李社長，李社長。（淨應介，扮李社長上）

【前腔】身充社長管官倉，老小一家得倉裏養。事發儘不妨，里正先喫棒。尊官，打了都官，方打社長。

都官，苦了。上司便來，你都不商量糴穀還官司，你喫打也。（丑）教我如何商量？穀都是你喫了，你自着商量。（淨）你在這裏，我在相識家張外郎處借些穀子影射便了。（丑）你去便來，我開倉等你。（淨）我去。只恐上山擒虎易，開口告人難。（淨下）（丑開倉介）好義倉也。没穀在倉裏，不知社長去借有麽？（望介）妙哉！妙哉！社長借穀來了。（淨上）求人須求大丈夫，濟人須濟急時無。好！好！借得兩扛三石七斗四升八合零二百一十五粒在這裏。你上倉去，我在下送上與你。（介）（丑）妙哉！倉滿了。你去看上司官來了未，我在這裏封了倉。（淨）我去。正是：眼望捷旌旗，耳聽好消息。（淨下）（丑）好了，一倉穀都滿了，省得喫打。不知相公在那裏，免不得向前迎接則個。（行介）

（淨扮喬孤、末引上）

【前腔】親承朝命賑饑荒，躍馬揚鞭到此方。里正那裏？疾忙開義倉，支與百姓糧，從實支收休要謊。

里正，將那支收帳簿來看。（丑介）（净讀介）元管二十九石，新收三十六石，除支一十九石，見在四十六石。開了倉。（末、丑）開倉。（净）胡説！ 這倉裏那有四十六石？（丑）有，有，相公。（净）與他取了甘結。（末介）（净）里正，去喚飢民來此請糧。（丑）小人去。 一心忙似箭，兩脚走如飛。（下）（净）那廝説謊，這些兒穀，如何有四十六石？（末）由他。 果不勾，只教他賠償便了。（净）也説得是。（丑扮丐子上）

【商調過曲・吴小四】(一)肚又饑，眼又昏，家私没半分，子哭兒啼不可聞。 聞知相公來濟民，請些官糧去救窘。

（末）老的姓甚名誰？ 家裏有几口？（丑）小的姓丘名乙己，住上大村，有三千七十口。（净）胡説！（丑）告相公： 上大人，丘一己，化三千，七十士。（末）一口胡柴！（净）你實有幾口？（丑）小人夫妻兩口，孩兒兩口。（净）支糧與他。（末）支四口糧了。（丑）小人有五口，如何只支四口？（净）你一個媳婦，兩個孩兒，和你只有四口，如何有五口？（丑）小人媳婦下面有一口。（末）戾家不識吕字法。（丑）正是： 一日不識羞，三日喫飽飯。（下）（净）與他勾了帳。 已支一名去了，怎的里正都不見來？（末）告相公，寧管千軍，莫管一夫。 偌多百姓，如何喚得齊到？ 由他續後來便了。（丑换扮上）

【前腔】嘆連朝，饑怎忍？ 家中有八九人。 前日老婆典了裙，今日媳婦又典裩，恰好官司來

(一) 眉批：【吴小四】：或作【吴纖機】。

濟貧。

（净）你問他，姓甚名誰？有幾口？（丑）小人姓大，名比丘僧。（末）住在那裏？（丑）小人住在祇樹給孤獨園，與大比丘僧一千二百五十人俱。（末）佛口蛇心！（净）實有幾口？（丑）小人有二個媳婦，三個孩兒，和小人共六口。（净）支糧與他。（末）支六口糧了。（丑）小人有七口。（末）你説了六口，那得七口？（丑）老婆懷胎在肚裏，孩兒也要喫飯。（末）且打你喫胎去。（丑）正是：今日得君提挈起，免教人在污泥中。（下）（旦上）

【雙調引子·搗練子】嗟命薄，嘆年艱，含羞和淚向人前，只恐公婆凝望眼。㈠路逢險處難迴避，事到頭來不自由。奴家少長閨門，不識途路。今日見官司支糧濟貧，免不得去請些穀救公婆之命。（見净介）（净）婆娘，你姓甚名誰？（旦）奴家姓趙，名五娘，是蔡伯喈的妻房。（净）你丈夫那裏去了？（旦）

【正宫過曲·普天樂】兒夫一向留都下。（净）你家裏還有誰？（旦）只有年老的爹和媽。（净）有兄弟也没有？（旦）弟和兄更没一個。（净）誰看奉公婆？（旦）看承盡是奴家。（净）何不使人來請？婦人家怎生路上走？（旦打悲介）歷盡苦，誰憐我，怎説得不出閨門的清平話？（净）支

㈠ 眉批：『含羞』句用平平仄仄仄平平，與詩餘不同，然皆可唱，但比詩餘偶少一句耳。至於後折『辭别去』一調，則一字不少矣。

糧與他。（末）糧没了。（旦哭介）若無糧，我也不敢回家。豈忍見公婆受餒？叹奴家命薄，直恁摧挫。(一)

（浄）左右，你去拿那里正來，要那厮賠償。（末）小人去。假饒走上焰魔天，脚下騰雲須趕上。（旦）望相公主張，與奴家出些氣力。（浄）不妨，不妨。（末押丑上）一似甕中捉鱉，手到拿來。（浄罵介）這潑皮賊，你將糧那裏去了？你快招伏。（丑）小人不招。（浄介）（末介）（丑）小人招了。（浄）讀。（丑讀招介）招狀人姓猫名狸，見年三十有餘。身上並無疾病，只有白帶不除。今與短狀招伏，蓋爲官糧欠虧。説到義倉情弊，中間無甚蹺蹊。稻熟排門收斂，斂了各自將歸。並無倉庫盛貯，那有帳目收支？縱然有得些小，胡亂寄在民居。官司差人點視，便糴米穀支持。上下得錢便罷，不問倉庫空虚。假饒清官廉吏，喫我影射片時。東家借得十扛，西家借得五箕。但見倉中有穀，其間就裏怎知？年年把當常事，番番一似耍嬉。不道今年荒旱，不道今年民飢。不因分俵賑濟，如何會泄天機？假饒奏到三十三天，里正都無甚罪過。（末）爲甚的？（丑）只是點糧詐錢的做馬做驢。招狀執結是實，伏乞相公裁旨。（浄）打那厮，要他賠償。（末押丑下）慣法朝朝樂，欺官日日憂。（浄、旦介）（末押丑上）假饒人心

---

(一) 眉批：『兒夫一向』四字欠協，故譜取《拜月亭》『氣全無』一曲。第二句用六個字乃妙。如散曲『從別後多顛倒』是也。若《拜月亭》『兩頭來往千百步』，則七字矣，故此宜襯『只有』二字。『的』字上聲，『盡苦』『受餒』，俱去上聲，妙。第七句第一字必用入聲乃妙。雜用家麻、歌戈、魚模。

似鐵，怎逃官法如爐？ 穀在這裏了。（净）將與這小娘子。（旦）謝相公。（丑覷覷介）由你半路去，我但好歹與你奪了。（旦）謝得恩官爲主維，（丑）只教中路有災危。（末、净）正是：當權若不行方便，如入寶山空手回。（净、末、丑下）（旦）一斛一酌，莫非前定。今日奴家去請糧，誰知道里正作弊，倉中無穀。若不得相公主張，教里正賠償，奴家如何得這些穀回家救濟二親之餓？ 正是：飢時得一口，强如飽時得一斗。（欲下）（丑上攔住介）恩人相見，分外眼明；讐人相見，分外眼睁。我也會見你！適來不是你只管告不了，相公如何要我賠償？ 這穀是我責老婆，責家私得來的，你如何把去？（奪介）

【雙調過曲・鎖南枝】（旦）兒夫去，竟不還，公婆兩人都老年。[一] 自從昨日到如今，不能勾一餐飯。奴請糧，他在家凝望眼。念我年老公婆，做方便。（丑介）

【前腔换頭】（旦）鄉官可憐見，[二] 這是公婆命所關。若是必須將去，寧可脱下衣裳，就問鄉官換。（丑）這等你身上寒冷。（旦）寧使奴身上寒，只要與公婆救殘喘。（丑奪下介）

---

[一] 眉批：「間」借先天韻。「人」「都」兩字俱平聲，真作家！

[二] 眉批：細查舊板《戲曲全錦》皆如此，始知「鄉官可憐見」以下乃【换頭】也。「自從昨日」一句元該用六個字，今人用五個字與下句相對，非也。【换頭】中「寧可脱下衣裳」一句亦然。觀下「縱然他不埋冤」「叮嚀囑付爹娘」「你在這裏閒行」「不如早赴黄泉」「兩人一旦身亡」「到底日久日深」「縱有八口人家」皆六字句法可知矣。但「鄉官」句用五字，與「兒夫去」二句不同。若是句同六字，與「公婆兩人」句不同，此定體也。

【前腔】(旦)奪將去，真可憐，公婆望奴奴不見。縱然他不埋冤，道做媳婦有何幹？他忍飢添我夫罪愆，怎得見得我夫面？我終久是個死！這裏有一口井，不免投入井中。(投介)呀！

【前腔換頭】將身赴井泉，思量左右難。我丈夫當年分散，叮嚀囑付爹娘，教我與他相看管。我死却，他形影單。夫婿與公婆，可不兩埋怨？(外上)

【前腔】媳婦去，不見還，教人在家凝望眼。(外跌旦扶介)你在這裏閒行，教我望得肝腸斷。(旦)奴請糧，與你充午餐，又誰知被人騙。

(外)元來你被人騙。

【前腔換頭】思量我命乖蹇，不由人珠淚漣。料想終須餓死，不如早赴黃泉，免被相牽絆。媳婦，婆老年，不久延。你須是，好看管。

【前腔】(旦)公公，身傾棄，苦怎言，公還死了婆怎免？你兩人一旦身亡，教我獨自如何展？你喫苦辛，其實難過遣；我痛傷悲，只得强相勸。(外)

【前腔換頭】媳婦，你衣衫盡皆典，囊篋又罄然。縱使目前存活，到底日久日深，你與我難相

戀。衣食缺，行孝難，不如活冤家早拆散。(一)（外投井）（旦救介）（末挑穀上）

【前腔】不豐歲，荒歉年，生離死別真可憐。縱有八口人家，飢餓應難免。子忍飢，妻忍寒，痛苦聲，恁哀怨。(二)

相逢盡是飢寒苦，安樂何曾見一人？呀！兀的不是蔡員外和小娘子在這裏？員外、娘子，你在這裏做甚麼？（旦）告公公，一言難盡。奴家今日聞知給散義倉，去請些糧穀，與公婆爲口食之資。誰想里正作弊，倉中無穀。謝得相公督令里正賠納，把穀付與奴家；來到半途，又被里正奪去，將奴家推倒。如今公公見説，要投井死，奴家正在此勸解公公。（末）(三)元來恁地，我與你罵那使一和嘈。官司差設你爲里正，教你管着鄉都。義倉乃豐年聚斂，以爲荒歉之儲，你却與社長偷盜，致令賑濟不敷。比及這娘子到來請穀，倉中已自空虛。相公督併你賠納，於理不亦宜乎？你顛倒半途奪去，又將他推倒街衢。却不道救人一命，勝造七級浮屠？他公公見説要投井死，我倘若來遲，他險喪溝渠。你這般不仁不義，謾自家有嬴餘。空喫人的五穀，枉帶人的頭顱，身着人的衣服，一似馬牛襟裾。我歷數你從前過

(一) 眉批：時本改『不如』二字在『拆散』上。夾批：目：作平。

(二) 眉批：時本改『生離』以下作『官司把糧來給散，見一個年老公公，在那裏頻嗟嘆。待向前，仔細看，你兩人在此有何幹』，與舊本迥別。

(三) 眉批：時本此處作末唱云：『我聽你説這言，罵那廝鉄心腸，昧心漢。你且不須憂慮，我也請得官糧，與你兩下分一半。休恁推，莫弃嫌，且將回，權作兩厨飯。』較此白似雅，且足上【換頭】爲十隻，但舊本無之，而舊白亦自莽蒼古色。

惡，真個罪不容誅。動不動逞凶行惡，你那些個恤寡憐孤？我若早來一步，放不過你橫死蠻驢！拚着七十年老命，和你生死在須臾。（介）休休！人知的只道我好心睹事，不知我的道我恃老無藉之徒。小娘子，你丈夫當年出去，把爹娘分付與老夫，今日荒年飢歲，虧殺你獨自支吾。終不然我自飽煖，教你受飢寒勤劬？古語救災恤鄰，濟人須濟急時無。我也請得些糧在此，小娘子，分了一半與你，胡亂救公姑。（與介）（旦）謝得公公。

【正宮過曲·洞仙歌】苦！家私没半分，靠着奴此身。只要救取公婆，豈辭多苦辛？（合）空把淚珠搵，誰憐飢與貧，這苦說不盡。(一)

【前腔】（外）我本爲泉下人，他救我一命存。只怕我不久身亡，報不得媳婦恩。（合前）

【前腔】（末）見說不可聞，況我托在鄰。終不然我享安和，忍見你受飢窘？（合前）

（旦）命薄多磨受苦辛，（外）不如身死早離分。

（末）惟有感恩并積恨，（合）萬年千載不生塵。

---

(一) 眉批：『救取』『這苦』俱去上聲，『把淚』上去聲，『此』字、『豈』字、『與』字俱上聲，俱妙。夾批：家：可仄。要：可平。

# 第十七折

（丑上）

【越調過曲・蠻牌令】終日走千遭，走得脚無毛。何曾見湯水面？也不見半錢糟。到不如做虔婆頂老，也得些鴨汁喫飽。窮酸秀才直恁喬，老婆與他粧甚麼幺？(一)

我做媒婆老了，不曾見這般好笑。叵耐一個秀才，老婆與他不要。别人見媒婆歡喜，他到和我尋鬧。相公又不肯干休，只管在家焦燥。把媒婆放在中間，旋得七顛八倒。走得鞋穿襪綻，説得唇乾口燥。休休！也不怕你親事不成，也不怕你姻緣不到。不喫你男兒不從，不信你婦人不好。紅羅帳裏快活，不嫌媒婆聒噪。好好！狀元來了。（生上）

---

(一)　眉批：『窮酸秀才』句乃襯一『窮』字。六字二句者，《進梅諫》傳奇云『雕欄畔，曲檻西』可証。《殺狗》《牧羊》諸舊曲皆然。自此及後『匆匆的聊附寸箋』，襯一『聊』字。時曲又有『他道是風流汗，温主腰』，襯『他道是』三字。今人遂認作八九字一長句，乃於『才』字下不點截板，而本腔失矣，况又改名曰【四般宜】乎？夾批：粧幺：元語，即拿班之意。北劇《金錢記》云『今日輪到我粧幺』，可証。時作『故推不要』，不惟直致，而『要』字仄声，非調。鴨：作平。喫：作平。直：作平。

【越調過曲・金蕉葉】恨多怨多，俺爹娘知他怎麽？擺不去功名奈何？送將來冤家怎躲？(一)

(丑)萬福。狀元賀喜。牛丞相選定今日畢姻，安排已了，請狀元早赴佳期。

【南吕過曲・三换頭】(生)名韁利鎖，先自將人摧挫。況鸞拘鳳束，甚日得到家？我也休怨他。這其間，只是我，不合來，長安看花。閃殺我爹娘也，淚珠空暗墮。(合)這段姻緣，也只是無如之奈何。(二)

【前腔】(丑)鸞臺罷粧，鵲橋初駕，佳期近也，請仙郎到河。此事明知牽掛，這其間，只得把，那壁厢，且都拚捨。況奉君王詔，怎生别了他？(合前)

(丑)及早赴佳期，(生)歡娱成悲怨。

(合)情知不是伴，事急且相隨。

---

(一) 眉批：『恨』字去聲，妙甚。舊譜改作『恩』字便索然。時本作『愁』，益非。『怨』字、『奈』字去聲，兩『怎』字、『躲』字上聲，俱妙。『躲』字若用平聲，則『何』字可用仄聲。

(二) 眉批：舊譜注云：前二句是【五韻美】，中四句是【臘梅花】，後四句是【梧葉兒】。今按：前二句、後二句俱近似矣，但中四句不似，而『閃殺』二句亦不似【梧葉兒】，缺疑可也。

# 第十八折

（外上）

【黄鍾引子·傳言玉女】燭影揺紅，簾幕瑞烟浮動，畫堂中珠圍翠擁。粧臺對月，下鸞鶴神仙儀從。玉簫聲裏，一雙鳴鳳。㈠

左右何在？（末上）華堂深處風光好，别是人間一洞天。（外）院子過來。我今日與小姐畢姻，筵席安排了未？（末）安排已了。（外）怎見得？（末）〔水調歌頭〕屏開金孔雀，褥隱繡芙蓉。獸爐烟裊，蓮臺絳燭吐春紅。廣設珊瑚席子，高把真珠簾捲，環列翠屏風。人間丞相府，天上蕊珠宫。錦遮圍，花爛熳，玉玲瓏。繁絃翠管，歡聲鼎沸華堂中。簇擁金釵十二，座列三千珠履，談笑盡王公。正是：門闌多喜氣，女婿近乘龍。（外）狀元來了未？（末）望見一簇人馬鬧炒，想是狀元來了。（生上）

【女冠子】馬蹄篤速，傳呼齊擁雕轂。（外）金花帽簇，天香袍染，丈夫得志，佳婿乘龍。㈡（貼

㈠ 眉批：此折本用東鍾而下轉入，故『龍』字、『宫』字皆與入韻叶耳。臺：原作『堂』，據汲古閣刊本《繡刻琵琶記定本》改。

㈡ 眉批：此以下用入聲韻。『龍』字，龍、隴、弄、六，亦可轉入入聲者也。『乘龍』或作『坦腹』，非。『綵扇』一作『嬌面』。

上）妝成閨喚促，又將彩扇重遮，羞蛾輕蹙。（淨、丑執掌扇上）這姻緣不俗。（合）金榜題名，洞房花燭。

（淨、丑）請新人交拜。[一]（生、貼介）

【黃鍾過曲・畫眉序】（生）攀桂步蟾宮，豈料絲蘿在喬木。喜書中今日，有女如玉。堪觀處絲幕牽紅，恰正是荷衣穿綠。（合）這回好個風流婿，偏稱洞房花燭。[二]

【前腔】（外）君才冠天祿，我的門楣稍賢淑。看相輝清潤，瑩然如玉。[三]光掩映孔雀屏開，花爛熳芙蓉芮褥。（合前）

【前腔】（貼）頻催少膏沐，金鳳斜飛鬢雲矗。喜逢他蕭史，愧非弄玉。[四]清風引珮下瑤臺，明月照粧成金屋。（合前）

---

[一] 眉批：俗本增出贊禮等語，惡甚。

[二] 眉批：宮、拱、貢各轉入入聲以叶下韻，猶前引用『龍』字也。『紅』字不用韻，妙。今人或於『回』字處用韻，亦可。按：舊譜【畫眉序】起句止三字，《八義記》『與民歡』一曲可証。自此四隻俱用五字起，而遍考時曲，皆以五字爲固然，遂不知三字本調矣。夾批：玉：作平。

[三] 夾批：祿：作平。玉：作平。

[四] 夾批：沐：作平。玉：作平。

【前腔】（淨、丑、末）湘裙展六幅，似天上嫦娥降塵俗。喜藍田今已種成雙玉。（一）風月賽閬苑三千，雲雨笑巫山二六。（合前）

【滴溜子】（生）漫説道姻緣事，果諧鳳卜。細思之，此事豈吾意欲？有人在高堂孤獨。可惜新人笑語諠，不知舊人哭。兀的東床，難教我坦腹。（二）

【鮑老催】（合）翠眉謾蹙，（三）赤繩已繫夫婦足，芳名已注婚姻牘。空嗟怨，枉嘆息，休摧挫。（四）畫堂富貴如金谷，休戀故鄉生處好，受恩深處親骨肉。

【滴滴金】金猊寶鼎香馥郁，銀海瓊舟汎醽醁，輕飛彩袖呈嬌舞。囀鶯喉，歌麗曲，歌聲斷續，持觴勸酒人共祝。人共祝，百年夫婦永睦。（五）

【鮑老催】意深愛篤，文章富貴珠萬斛，天教艷質爲眷屬。（六）似蝶戀花，鳳棲梧，鸞停竹。男

---

（一）夾批：幅：作平。玉：作平。

（二）眉批：漫説道：少一疊句，而另增『姻緣事』三字。『細思之』亦少一疊句，而止增『此事』二字，皆小變。夾批：説：作平。的：上聲。

（三）眉批：『翠』字去聲，叢調，妙甚。

（四）眉批：摧挫：諸本作『推故』，吴本作『推速』，皆非。夾批：足：作平。息：作平。

（五）眉批：俗本『永』下增一『和』字，非本調。夾批：睦：作平。

（六）夾批：篤：作平。斛：作平。屬：作平。

兒有書須勤讀，書中自有黄金屋，也自有千鍾粟。

【雙聲子】郎多福，郎多福，看紫綬黄金束。娘分福，(一)娘分福，看花誥紋犀軸。兩意篤，兩意篤。豈反覆，豈反覆。(二)似文鸞彩鳳，兩兩相逐。

【餘文】郎才女貌真不俗，占斷人間天上福，百歲歡娱萬事足。(三)

清風明月兩相宜，女貌郎才天下奇。
正是洞房花燭夜，果然金榜掛名時。

## 第十九折

（旦上）

【南吕引子·薄倖】野曠原空，人離業敗。謾盡心行孝，力枯形瘁。幸然爹媽，此身安泰。恓惶處，見慟哭飢人滿道，嘆舉目將誰倚賴？(四)

(一) 眉批：分福：一作『萬福』，一作『介福』，皆通。

(二) 眉批：反覆：一作『反目』，亦可。一作『非福』，便重上兩『福』矣。夾批：福：作平。篤：作平。

(三) 眉批：歡娱：一作『姻緣』，無味。夾批：福：作平。足：作平。

(四) 眉批：瘁：一作『憊』，是韻。然言形，則『瘁』字爲是。

曠野蕭疏絶烟火，日色慘淡黯村塢。死別空原婦泣夫，生離他處兒牽母。睹此恓惶實可憐，思量自覺此身難。高堂父母老難保，上國兒郎去不還。力盡計窮淚亦竭，看看氣盡知何日？空原黃土謾成堆，誰把一抔掩奴骨？奴家自從丈夫去後，屢遭飢荒，衣衫首飾，盡皆典賣，家計蕭然。爭奈公婆死生難保，朝夕又無可爲甘旨之奉，只得饆饠幾口淡飯；奴家自把些細米皮糠饆饠喫，苟留殘喘。也不敢交公公婆婆知道，怕他煩惱。奴家喫時，只得迴避便了。公公婆婆早來。

【雙調引子・玉井蓮後】（外、浄上）忍餓擔飢，未知何日是了？(一)

（旦請喫飯介）（浄嫌介）雖則是飢荒年歲，只兀的教我怎喫？（外）胡亂。這般時節，分甚好歹？

【南呂過曲・鑼鼓令】【刮鼓令】（浄）終朝裏受餒，你將來的飯怎喫？可疾忙便擡，非干是我有些饞態。（外）看他衣衫都解，好茶飯將甚去買？婆婆，兀的是天災，教媳婦每難佈擺。（旦）婆婆息怒且休罪，待奴霎時却得再安排。【皂羅袍】（合）思量到此，淚珠滿腮。看看做鬼，溝

(一) 眉批：舊譜亦於題下注一『後』字，但不知全調幾句耳。舊譜『忍餓』上有『終朝』二字，今依古本不用。然此二句又不叶韻，不可曉也。時刻此爲【夜行船】，曲云『忍餓擔飢何日了，孩兒一去，竟無音耗。甘旨蕭條，米糧缺少，真個死生難保』，豈因調之不全，而私意更益之與？

渠裏埋。縱然不死也難捱，【包子令】教人只恨蔡伯喈。(一)

【前腔】（浄）如今我試猜，多應他犯着獨噇病來，背地裏自買些鮭菜。我喫飯他緣何不在？這些意兒真是歹。（外）婆婆，他和你甚相愛，不應反面直恁的乖。（旦）我千辛萬苦，有甚情懷？(二) 可不道我臉兒黄瘦骨如柴？（合前）

（浄）擡去，擡去。（外）收拾將去罷。（旦收介）待奴家去買些東西，再安排飯。（浄、外）你去。（旦）正是：啞子謾嘗黄柏味，難將苦口對人言。（下）（浄）公公，親的到底只是親。親生兒子不留在家，今日着媳婦供養你呵。前番兀自有些鮭菜，這幾番只是些淡飯，教我怎生過日子？更過幾日，和飯也没有。你看他前日自喫飯時節，百般躲我，敢是他背地裏自買些東西喫？（外）婆婆，休錯埋冤了人，我看這媳婦不是這般樣人。（浄）恁的，等他自喫飯時節和你去看他，便知端的。（外）也説得是。（合）正是：

混濁不分鰱共鯉，水清方見兩般魚。

---

(一) 眉批：『受餒』『飯怎』『佈擺』『怒且』『到此』『做鬼』，俱去上聲。『裏受』『的是』俱上去聲，俱妙。『餒』字、『罪』字借齊微。『也』上聲，可以作平，不得已而用之，切不可用仄聲。『此』字必平聲乃協。夾批：怎：可平。喫：作平。疾：作平。非：可仄。干：可仄。有：可平。衣：可仄。衫：可仄。買：可平。兀：作平，上聲。媳：作平。每：作平。息：作平。霎：可平。却：作平。淚：可平。不：作平。也：作平。捱：去聲。只：作平。

(二) 眉批：情懷：一作『疑猜』。

# 第二十折

（旦上）

【雙調過曲・山坡羊】亂荒荒不豐稔的年歲，遠迢迢不回來的夫婿。急煎煎不耐煩的二親，軟怯怯不濟事的孤身己。衣盡典，寸絲不掛體。幾番要賣了奴身己，争奈没主公婆，教誰看管取？思之，虚飄飄命怎期？難捱，實丕丕災共危。(一)

【前腔】滴溜溜難窮盡的珠淚，亂紛紛難寬解的愁緒。骨崖崖難扶持的病身，戰兢兢難捱過的時和歲。這糠呵，我待不喫，教奴怎忍飢？我待喫你呵，怎喫得下？（哭介）苦！思量起來，不如奴先死，圖得不知他親死時。(二)（合前）

(一)　眉批：詞隱生曰：予曾見前輩點【山坡羊】第一、第二句板如此。深以爲然，故用之。非不知今人點法也。『的』字俱上聲。『寸絲不掛體』，思要賣身，極言其窮也。時本以頭巾氣繩之，而改爲『拚死』。『没主』句只該七字，人不知『教』字是襯字，故多有用八字者。如時曲『種種思量，椿椿惆悵』是也。『惆』字又用平聲，誤而又誤矣。獨不觀此曲『誰管取』之『管』字，『親死時』之『死』字，《拜月亭》『珠淚滿腮』之『滿』字，皆用去聲及上聲耶？夾批：不：作平。怯：作平。典：可平。幾：可平。没：作平。捱：音移。

(二)　眉批：『親』字、『身』字不可用韻，『典』字用韻亦可。『取』字、『之』字、『捱』字、『死』字、『時』字俱借韻。夾批：喫：作平。

奴家早上安排些飯與公婆，非不欲買些鮭菜，奈無錢去買。不想婆婆抵死埋冤，只道奴家背地喫了好東西。不知奴家喫的是細米皮糠。喫時不敢與他知道，怕他煩惱，只得迴避他。縱埋冤殺了，也不敢分說。如今不免把這糠來鉀鑼充飢。（喫吐介）

【雙調過曲·孝順兒】【孝順歌】嘔得我肝腸痛，珠淚垂，喉嚨尚兀自牢嗄住。糠，你遭礱被舂杵，篩你簸颺你，喫盡控持。【江兒水】好似奴家身狼狽，千辛萬苦皆經歷。苦人喫着苦味，兩苦相逢，可知道欲吞不去。(一)

【前腔】糠和米，本是相依倚，誰人簸揚作兩處飛？一賤與一貴，(二)好似奴家與夫婿，終無見期。丈夫，你便是米麼，米在他方沒尋處。奴便是糠麼，怎把糠來救得人饑餒？好似兒夫出去，怎的教奴供饍得公婆甘旨？（不喫放碗介）

【前腔】思量我生無益，死又值甚的，不如忍饑死了爲餓鬼。公婆老年紀，靠奴家相依倚，只得苟活片時。片時苟活雖容易，到底日久也難相聚。謾把糠來相比，這糠尚兀自有人喫，奴家的骨頭，知他埋在何處？

---

(一) 眉批：坊本刻作【孝順歌】，人皆捩其腔以唱之，殊覺苦澀。首句不用韻，妙。篩你：『你』字改平聲乃協。夾批：喫：作平。着：作平。

(二) 眉批：『誰』字時作『被』字。『賤』字改平聲乃叶。

（外、净暗上）（净）媳婦，你在這裏喫甚麽？（旦）奴家不曾喫甚麽。（净）老兒，他在這裏喫好東西！（外）媳婦，你喫的是甚麽？

【前腔】（旦）這是穀中膜，米上皮，將來饆饠堪療饑。（外、净）這是糠，你却怎的喫得？（旦）嘗聞古賢書，狗彘食人食，也强如草根樹皮。（净、外）恁的不噎殺了你？（旦）嚙雪飡氈，蘇卿猶健；飡松食栢，到做得神仙侣。縱然喫些何慮？公公婆婆，别人喫不得，奴家喫得。（外、净）胡説！偏你如何喫得？（旦）爹媽休疑，奴須是你孩兒的糟糠妻室。㈠

（外、净哭介）元來錯埋怨了人，兀的痛殺了我！（倒介）（旦叫）

【正宫過曲・雁過沙】㈡他沉沉向冥途，空教我耳邊呼。公公，婆婆，我不能盡心相奉事，翻教你爲我歸黄土。教人道你死緣何故？公公，婆婆，怎生便割捨抛棄了奴？㈢（外醒介）

【前腔】媳婦，你擔饑事舅姑，你擔饑怎生度？媳婦，我錯埋冤了你，你也不推辭，到如今始信有糟糠婦。料應我不久歸陰府，也省得爲我死的，累你生的受苦。（旦叫婆婆介）

【前腔】婆婆氣全無，教奴怎支吾？你怎生割捨得便身殂？也不曾有半句親囑付。目前送

---

㈠ 眉批：如此收語，則上白自有波致。時本先從上白更之，氣脉俱不接續。

㈡ 眉批：時本作【仙吕入雙調】，誤。

㈢ 眉批：『爲我』『棄了』俱去上聲，俱妙。夾批：呼：可仄。心：可仄。事：可平。奴：可仄。

死無資助，况衣衾棺槨，是件皆無。(一)（外叫浄介）

【前腔】婆婆，我當初不尋思，教孩兒往帝都。把媳婦閃得苦又孤，把婆婆送入黄泉路，算來是我相擔誤。我骨頭，未知埋在何處所？(二)

（旦）婆婆都不省人事了，且扶入裏面去。正是：青龍與白虎同行，吉凶事全然未保。（旦扶浄下）（末上）福無雙至猶難信，禍不單行却是真。自家爲何説這兩句？爲鄰家蔡伯喈妻房，名唤趙氏五娘。嫁得伯喈秀才，方纔兩月，丈夫便出去赴選。自去之後，連年飢荒，家裏只有公婆兩口，年紀八十餘矣。甘旨之奉，虧殺這趙五娘子。把些衣服首飾之類，盡皆典賣，糴些糧米做飯與公婆喫；他却背地裏把些細米皮糠，饆饠充飢。即今這般荒年飢歲，少甚麽有三五個孩兒人家，供膳不得爹娘。這個小娘子，真個今人中少有，古人中難得。那公婆不知道，顛倒把他埋冤。今來聽得他公婆知道，却又疼他，都病倒。俺如今去他家裏探取消息則個。（行看介）呀！蔡小娘怎生恁地走的慌？（旦荒走上）天有不測風雲，人有旦夕禍福。（見末介）公公，我婆婆死了。（末介）（見外介）（外）太公休怪，我起來不得了。

---

(一) 眉批：時本將『你怎生』以下改爲『我千辛萬苦，爲你相看顧，如今到此難回護。只愁母死難留父，况衣衫盡解，囊篋又無』，較古本自覺别。

(二) 眉批：末句時本改爲『不如我死，免把你再辜負』，非調且讖，此與後折『骨頭休埋在土』相背。夫此先言不知埋在何所，而後臨死恨極，却言『休埋』，亦何背耶？《琵琶》之改壞，皆此迂陋者之爲也。

（末）不要勞動。（旦）公公，我衣衫首飾盡行典賣。今日婆婆又死，教我如何區處？　公公可憐見，相濟則個。（末）不妨。婆婆衣衾棺槨之費，皆出於我，你但盡心承直公公便了。

【仙吕入雙調過曲・玉抱肚】（旦哭介）千般生受，教奴家如何措手？　終不然把他骸骨，没棺槨送在荒坵？（合）相看到此，不由人淚珠流，不是冤家不聚頭。(一)

【前腔】（末）不須多憂，(二)送婆婆在吾身上有。但小心承直公公，莫教他又成不救。（合前）

【前腔】（外）謝得張公搭救，我媳婦實難啓口。(三)　孩兒去後，又遇饑荒，把衣衫典賣無留。（合前）

（末）老員外且進裏面去歇息，待我一霎時叫家僮討具棺木來，把老安人盛斂了，選定吉日良時，送去南山安葬。（旦）如此，多謝大公周濟。

---

(一)　眉批：『抱』或作『胞』，非。此調元只有一體，此曲第五句用『不由人』三襯字，而後人不解『不由人』句法，於『人』下襯二『不』字，遂謂另有一體。如《四節記》之『明朝管取』，時曲之中『心悒怏』，皆『不由人』下增『不』字誤之也。況古曲中凡『不由人』下并無又增『不』字者。不由人猶言由不得我也。按：【六幺令】【五供養】【玉交枝】【玉抱肚】第一句俱用四字，但【六幺令】【五供養】第二字必用仄聲；【玉交枝】【玉抱肚】必用平聲。夾批：手：可平。骨：可平。槨：作平。在：可平。坵：可仄。不：作平。

(二)　夾批：憂字用仄聲乃協。

(三)　夾批：搭：作平。實：作平。

（旦）只爲無錢送老娘，（末）須知此事有商量。
（合）歸家不敢高聲哭，只恐猿聞也斷腸。

琵琶記卷二終

# 琵琶記卷三

## 第二十一折

（生上）

【南吕引子·一枝花】閒庭槐影轉，深院荷香滿。簾垂清晝永，怎消遣？十二欄杆，無事閒凭遍。困來湘簟展，夢到家山，又被翠竹敲風驚斷。[一]

〔南鄉子〕萬竹影摇金，水殿簾櫳映碧陰。人静晝長無個事，沉吟，碧酒金罇懶去斟。幽恨苦相尋，離别經年無信音。寒暑相催人易老，關心，却把閒愁付玉琴。左右，將琴書過來。（末上）黄卷看來消白

---

[一] 眉批：與詩餘【滿路花】同，但無【换頭】。夾批：深：可仄。簾：可仄。十：可平。無：可仄。夢：可平。

日，朱絃動處引清風。炎蒸不到珠簾下，人在瑤臺閬苑中。琴書在此。（生）你與我叫學童琴童出來。

（末叫介）（淨把扇、丑把香爐上）

【南呂過曲·金錢花】自少承直書房，書房。快活其實難當，難當。㈠只管打扇與燒香，荷亭畔，好乘涼。喫飽飯，上眠床。

（見介）（生）院子，這琴在先得此材於爨下，斲成此琴，名曰焦尾。自從來到此間，久不整理。今日當此清涼，試操一曲，舒遣悶懷。學童搧涼，琴童管文書，院子管看燒香，休得擾誤。（衆）領鈞旨。（生操琴介）

【懶畫眉】强對南薰奏虞絃，只覺指下餘音不似前，那些個流水共高山？只見滿眼風波惡，似離別當年懷水仙。㈡

（淨困掉扇介）（末）告相公：打扇的壞了扇。（生）背起打十三。那廝不中用，只教他燒香。（末）領鈞旨。

---

㈠ 眉批：譜無『書房』『難當』二疊句，而云與末六字各重疊唱一句，亦通。

㈡ 眉批：此調第一字平仄不拘，第二字必用仄聲，第三、第四字必用平聲，乃是正體，此三曲皆然。今人首四字多用平平仄仄，絕非調矣。『懷』字切不可用上聲、去聲，若無平聲字，用入聲可也。或於第三句下點一截板，可笑。夾批：不：作平。

【前腔】(生)頓覺餘音轉愁煩,似寡鵠孤鴻和斷猿,又如别鳳乍離鸞。只見殺聲在絃中見,敢只是螳螂來捕蟬。(一)

(丑困滅香介)(浄)告相公:燒香的滅了香。(生)背起打十三。那廝不中用,只教他管文書。(末)領鈞旨。

【前腔】(生)日煖藍田玉生烟,似望帝春心托杜鵑,(二)好姻緣翻做惡姻緣。只怕眼底知音少,争得鸞膠續斷絃?

(末掉文書介)(丑)告相公:管文書的壞了文書。(生)背起打十三。(浄、丑)告相公:夫人出來了。(生)夫人出來,你且回避。(末、浄、丑)有福之人人伏侍,無福之人伏侍人。(並下)(生吊場,貼旦上)

【南吕過曲·滿江紅】嫩緑池塘,梅雨歇薰風乍轉。瞥然見新凉華屋,已飛乳燕。簟展湘波紈扇冷,歌傳《金縷》瓊巵暖。炎蒸不到水亭中,珠簾捲。(三)

---

(一) 夾批:别:作平。只:作平。

(二) 夾批:托:作平。

(三) 眉批:或於「歇」字下作句,非也。「乍轉」「簟展」「扇冷」「到水」俱去上聲,「乳燕」上去聲,俱妙。夾批:舊本「炎蒸」上有「是」字,尤俊。夾批:嫩:可平。乍:可平。

（見介）（貼）相公元來在這裏操琴。奴家久聞相公高於音樂，如何來到此間，杳然絕響？相公，今日試操一曲。（生）彈甚麽曲好？（貼）《雉朝飛》何如？（生）彈他做甚麽？這是無妻的曲，我少甚麽媳婦？（貼）如何少甚媳婦？（生彈介）呀！錯了，也只有個媳婦，到彈個《孤鸞寡鵠》。（貼）我一對夫妻正好，説甚麽孤寡？（生）你那裏知他孤寡的？（貼）相公，對此夏景，彈個《風入松》到好。（生）這個却好。（彈錯介）（貼）相公，你彈錯了。（生）呀！我彈個《思歸引》出來。（貼）相公，那個不知道你會彈琴，只管賣弄怎麽？（生）夫人，這絃不中彈。（貼）這絃怎得不中彈？（生）當元是舊絃，俺彈得慣；這是新絃，俺彈不慣。（貼）舊絃在那裏？（生）舊絃撇了多時。（貼）爲甚撇了？（生）只爲有了那新絃，便撇了那舊絃。（貼）何不把新絃撇了？（生）便是新絃難撇，我心裏只想着那舊絃。㈠

【仙呂過曲·桂枝香】危絃已斷，新絃不慣。舊絃再上不能，待撇了新絃難拚。我一彈再鼓，一彈再鼓，㈡又被宮商錯亂。（貼）你敢心變了？（生）非干心變，這般好涼天。正是此曲纔堪聽，又被風吹別調間。

【前腔】（貼）非彈不慣，只是你意慵心懶。既道是《寡鵠孤鸞》，又道是《昭君宮怨》，想《思

㈠ 眉批：古本如此白，自是關情，時本改壞。

㈡ 眉批：『再鼓』去上聲，妙。夾批：不：作平。

歸》《別鶴》，《思歸》《別鶴》，㈠無非愁嘆。相公，你心裏多敢是想着誰？（生）不想着甚麽人。（貼）有何難見。既不然，我猜着你了。你道是除了知音聽，道我不是知音不與彈。相公，只是你心裏不歡喜。你無心彈，教惜春、老姥姥安排酒過來何如？（生）我懶飲酒，待睡去也。（貼）老姥姥、惜春，安排酒過來。（浄、丑上）

【過曲・燒夜香】（浄）樓臺倒景入池塘，緑樹陰濃夏日正長，（丑）一架荼蘼滿院香。（合）滿院香，和你飲霞觴。傍晚捲起簾兒，明月正上。㈡（貼）將酒過來。

【南吕過曲・梁州新郎】【梁州序】新篁池閣，槐陰庭院，日永紅塵隔斷。碧欄杆外，空飛漱玉清泉。只覺香肌無暑，素質生風，小簟琅玕展。晝長人困也，好清閒，忽聽棋聲驚晝眠。【賀新郎】（合）《金縷》唱，碧筒勸，向冰山雪巘開華宴。清世界，幾人見？㈢

【前腔】（生）薔薇簾幕，荷花池館，一點風來香滿。湘簾日永，香消寶篆沉烟。漫有枕欹寒

---

㈠ 眉批：此無非用琴操數名演而成曲，時本因此曲而改前白，欲其語語相應，亦太拘矣。

㈡ 眉批：此譜載不知宫調中。「倒」字不可作上聲唱，「夏」字下或無「日」字，亦通。時本脱「傍晚」二字，非調。

㈢ 眉批：此乃犯【賀新郎】者，刻者仍作【梁州序】，而謂《荆釵記》「家私迭等」爲【古梁州】，不知彼乃是【梁州序】本調也。開華：今作「排佳」。

玉，扇動齊紈，怎遂黃香願？（作悲介）（貼）爲何掉下淚來？（生）猛然心地熱，透香汗，我欲向南窗一醉眠。

【前腔換頭】（貼）向晚來雨過南軒，見池面紅粧零亂。漸輕雷隱隱，雨收雲散。只覺荷香十里，新月一鈎，此景佳無限。蘭湯初浴罷，晚妝殘，深院黃昏懶去眠。（合前）

【前腔換頭】（生）柳陰中忽噪新蟬，見流螢飛來庭院。聽菱歌何處？畫船歸晚。只見玉繩低度，朱户無聲，此景尤堪戀。起來攜素手，鬢雲亂，月照紗厨人未眠。（合前）

【節節高】（淨、丑）漣漪戲彩鴛，把荷翻，(一)清香瀉下瓊珠濺。香風扇，芳沼邊，閒庭畔。坐來不覺人清健，蓬萊閬苑何足羨？（合）只恐西風又驚秋，不覺暗中流年換。(二)

【前腔】清宵思爽然，好涼天，瑶臺月下清虛殿。神仙眷，開玳筵，重歡宴。任教玉漏催銀箭，水晶宫裏把笙歌按。（合前）

【餘文】（合）光陰迅速如飛電，好良宵可惜漸闌，管取歡娱歌笑喧。

---

(一) 眉批：時本『荷』上多一『露』字。

(二) 眉批：人：今作『神』。『戲綵』『閬苑』俱去上聲，俱妙甚。『把』字上聲尤妙。『不覺暗中』作平平去平亦妙，然此四字用平平仄仄亦可。夾批：不：作平。覺：作平。

（生）樵樓上幾鼓了？（浄）三鼓了。

（貼）歡娱休問夜如何，（生）此景良宵能幾何。

（浄）遇飲酒時須飲酒，得高歌處且高歌。

## 第二十二折

（旦上）

【越調引子・霜天曉角】難捱怎避，災禍重重至？最苦婆婆死矣，公公病又將危。（一）

屋漏更遭連夜雨，船遲又被打頭風。（二）奴家自從婆婆死後，萬千狼狽；誰知公公一病，又成危困。如今贖得些藥，安排煎了；更安排一口粥湯。（煎介）

【過曲・犯胡兵】囊無半點挑藥費，良醫怎求？縱然救得目前，飲食何處有？料應難到後。謾説道有病遇良醫，饑荒怎救？（三）

公公這病呵，

---

（一）眉批：『公公病』文法略斷，不可連下。

（二）眉批：『船遲』句，一舊本作『困龍遇着許真君』。

（三）眉批：按譜，此載不知宮調中。

【前腔】百愁萬苦千生受，[一]粧成這症候。便做這藥喫時呵，縱然救得目前，怎免得憂與愁？料應不會久。他只爲不見孩兒，故得這病。若要這病好時，除非是子孝父心寬，方纔可救。藥已熟了，且扶公公出來喫些，看他如何？（旦扶外上）

【越調引子・霜天曉角換頭】悄然魂似飛，[二]料應不久矣。縱然擡頭强起，形衰倦，怎支持？

（旦）公公寬心，藥熟了，你喫些鬧閩身己。（外）我喫不得這藥。

【南呂過曲・香遍滿】（旦）論來湯藥，須索是子先嘗方進與父母。公公，莫不是爲無子先嘗，恰便尋思苦？你只索鬧閩，怎捨得一命殂？公公，再喫口。（外）媳婦，你喫糠，交我喫藥，怎的喫得下？（旦）元來不喫藥，也只爲我糟糠婦。

（旦）公公喫藥不得，喫一口粥湯如何？（外）我喫不得了。

【前腔】（旦）他萬千愁苦，堆積在悶懷，成氣蠱，可知道喫了吞還吐。（外）我敢不濟事了，必是死也。孩兒又不回來，只虧了你。（旦）公公寬心。（背哭介）怕添親怨憶，暗將珠淚墮。（外）媳婦，你

[一] 眉批：時本作『愁萬苦千恁生受』，以爲應後『萬千愁苦』，拘鄙可笑，且平仄俱拗而不調。
[二] 眉批：此【引】前已有，故用【換頭】耳。時本不解，改首句爲『神散魂飛』以合前調。

喫糠，却教我喫粥，怎喫得下！（旦）元來不喫粥，也只爲我糟糠婦。（外）媳婦，我死也不妨，只怨孩兒不在家，虧殺了你。你扶我起來走幾步兒。[一]（旦）有病的，走幾步兒倒好。（外）你站遠些。（作跌倒拜介）

【越調過曲・望歌兒】[二]媳婦，我三年謝得你相奉事，只恨我當初把你相擔誤。我待欲報你的深恩，待來生做你的兒媳婦。怨只怨蔡邕不孝子，[三]苦只苦趙五娘辛勤婦。

（旦）公公，奴家也有三怨。（外）那三怨？

【前腔換頭】（旦）一怨你死後有誰祭祀？二怨你有孩兒不得相看顧，三怨你三年間没一個飽煖的日子。三載相看甘共苦，一朝分别難同死。[四]

---

[一]　我：原闕，據汲古閣刊本《繡刻琵琶記定本》補。

[二]　眉批：詞隱生曰：此調刻本皆作【歌兒】，或分作四曲，或併作二曲。細查《九宫十三調譜》，并無【歌兒】。偶閲《周孝子》傳奇，有【望歌兒】正與譜中【越調・望歌兒】相合。況此調後【羅帳裏坐】亦係【越調】，始爽然自信此調乃【望歌兒】，而刻者誤也。但《琵琶》是全調，而《周孝子》乃從【換頭】處起耳。然第三曲又似從頭起，不從【換頭】起，不可曉也。又按：此曲本非【青歌兒】，崑本增一『青』字，又引《中原音韻》所謂字句可增減者以實之，不知彼乃謂【北青歌兒】也，何其謬哉？此點板亦未必確然，所謂訛以傳訛者也。

[三]　夾批：媳：作平。只：作平。

[四]　夾批：的：平聲。日：作平。

【前腔】（外）媳婦，我死後將我骨頭休埋在土。（旦）公公，百歲後不埋在土，放在那裏？（外）媳婦，當初是我誤了你。我甘受折罰，任取屍骸露。（旦）公公，你休這般説，被人談笑。（外）媳婦，不笑着你。留與傍人，道蔡邕不葬親父。怨只怨蔡邕不孝子，苦只苦趙五娘辛勤婦。

【前腔換頭】（旦）公公，你死呵，公婆已得做一處所，料想奴家不久也歸陰府。可憐一家三個怨鬼在冥途。三載相看甘共苦，一朝分别難同死。

（末上）歲歉無夫婿，家貧喪老親。可憐貞潔女，日夜受艱辛。五娘子，你公公病勢何如？（旦）我公公病勢十分危篤。（末）如此，待我上前看他。老員外，你貴體若何？（外）大公，我不濟事了，畢竟是個死。你正來得好，憑你爲証，寫下遺囑與媳婦收執。待我死後，教他休得守孝，早早改嫁了。（旦）公公，休要這般説。自古忠臣不事二君，烈女不更二夫。公公不要寫罷。（外）媳婦，你取紙筆過來。（旦）公公，奴家生是蔡郎妻，死是蔡郎婦，寫他做甚麼？（外）你不取紙筆來，要氣殺我也？（末）五娘子，你休逆他。待他寫下，那時嫁與不嫁在乎你。（旦取上）公公，紙筆在此。（外）廣才，你與我寫一寫。（末）老員外，這遺囑還是你的親筆纔是。（外）我拿這枝筆，倒有千斤來重。（末）有病人，可知道。

【羅帳裏坐】（外）媳婦，你艱辛萬千，是我擔伊誤伊。㈠ 你不嫁人呵，身衣口食，怎生區處？當元是我折散了你的夫妻，如今死了呵，終不然又教你守着靈幃？（放筆介）已知死別在須臾，更與甚麼生人做主？㈡

【前腔】這中間就裏，我難説怎的。㈢ 五娘子，你若不嫁人，恐非活計；若不守孝，又被人談議。（合）可憐家破與人離，怎不教人淚垂。

【前腔】（旦）公公嚴命，非奴敢違。只怕嫁了人呵，再如伯喈，却不誤奴一世？我一馬一鞍，誓無他志。㈣ （合前）

（外）我憑你爲証，留下這條拄杖，待我那不孝子回來，把他打將出去。（外虛倒旦扶介）

（旦）公公病裏莫生嗔，（末）員外寬心保自身。

---

㈠ 眉批：擔伊誤伊：時本作『擔誤了伊』，欠調。

㈡ 眉批：與甚麼：近作『有甚麼』，非也。

㈢ 眉批：難説怎的：言不好説得該若何也。下二語正言難説處，時本改作『怎提』，無味甚。夾批：説：作平。

㈣ 眉批：『再如伯喈，誤奴一世』，則伯喈之誤其半世，可知正恨極伯喈之詞，非真欲嫁人而慮其似也。時本改作『不更二夫』，且駁云：假使稍勝，便改嫁乎？頭巾之見，不堪説夢也。且『不更二夫』亦貫不下。夾批：一：作平。

（外）正是藥醫不死病，（合）果然佛度有緣人。

## 第二十三折

（生上）

【正宫引子・喜遷鶯】終朝思想，但恨在眉頭，人在心上。鳳侶添愁，魚書絶寄，空勞兩處相望。(一) 青鏡瘦顔羞照，寶瑟清音絶響。歸夢杳，繞屏山烟樹，那是家鄉？

〔踏莎行〕怨極愁多，歌慵笑懶，只因添個鴛鴦伴。他鄉遊子不能歸，高堂父母無人管。湘浦魚沉，衡陽雁斷，音書要寄無方便。人生光景幾多時，蹉跎負却平生願。

【正宫過曲・雁魚錦】【雁過聲】思量，那日離故鄉，記臨期送别多惆悵，攜手共那人不厮放。教他好看承，我爹娘，料他每應不會遺忘。聞知饑與荒，只怕捱不過歲月難存養。若望不見信音，却把誰倚仗？【二犯漁家傲】思量，幼讀文章，論事親爲子也須要成模樣。真情未講，怎知道喫盡多磨障？被親强來赴選場，被君强官爲議郎，被婚强傚鸞凰。三被强，衷腸説與誰行？埋冤難禁這兩廂：這壁廂道咱是個不撑達害羞的喬相識，那壁廂道咱是個不覩事負

---

(一) 眉批：『兩處』『那是』俱上去聲，『鳳侶』『夢杳』俱去上聲，妙。夾批：望：平聲。

心的薄倖郎。[一]【二犯漁家燈】悲傷，鷺序鴛行，怎如那慈烏返哺能終養？謾把金章，綰着紫綬；試問班衣，今在何方？斑衣罷想，縱然歸去，又恐怕帶麻執杖。只爲他雲梯月殿多勞攘，落得淚雨如珠兩鬢霜。【喜漁燈】幾回夢裏，忽聞鷄唱。忙驚覺錯呼舊婦，同問寢堂上。待朦朧覺來，依然新人鳳衾和象床。怎不怨香愁玉無心緒？更思想，被他攔擋，教我怎不悲傷？俺這裏歡娛夜宿芙蓉帳，他那裏寂寞偏嫌更漏長。【錦纏道犯】謾悒怏，把歡娛都成悶腸。菽水既清涼，我何心，貪着美酒肥羊？悶殺人花燭洞房，愁殺我掛名在金榜。魆地裏自思量，正是在家不敢高聲哭，只恐猿聞也斷腸。[二]

院子何在？（末上）有問即對，無問不答。相公有何指揮？（生）院子，你是我心腹人，有一件事與你商量，你休要走漏了我的消息。（末）小人怎麼敢？（生）我自從離了父母妻室，來此赴選，本非吾意。雖則勉强朝命，暫受職名，將謂之三年之後，可作歸計。誰想又被牛丞相招爲門婿。一向逗留在此，不

---

[一] 眉批：『識』字用韻亦可。『不撑達』『不覩事』皆詞家本色語，或作『不覩親』，非也。後四段每末二句俱犯【雁過聲】。

[二] 眉批：『怨香愁玉無心緒』，七字句。時本謂『無心緒』屬下，非也。『猿聞』句不過用成語耳。詞隱先生謂江邊可説猿聞，在家不可説猿聞，而改爲『人聞』，亦太拘矣。『手共』『倚仗』『强效』『覩事』『反哺』『紫綬』『兩鬢』『水既』『我掛』『也斷』俱上去聲，『未講』『被强』『這兩』『漫把』『罷想』『淚雨』『夢裏』『問寢』俱去上聲，俱妙。三個『强』字藏短韻於句中，不可不知。

能歸去見父母一面。我要和你商量個計策。（末）不鑽不穴，不道不知。男女每常間見相公憂悶不樂，不知這個就裏。相公何不對夫人説知？（生）夫人雖則賢慧，争奈老相公之勢，炙手可熱。我待説與夫人知道，假如老相公得知，只道我去了不來，如何肯放我去？不如姑且隱忍，和夫人都瞞了，且待任滿尋個歸計。（末）這的却是。（生）我如今要寄一封家書，没個便人；我差你去，又恐夫人知道。你在街坊上，倘有便人，教他進來寄書回去。（末）領鈞旨。

（生）終朝長痛憶，（末）尋便寄書尺。

（合）眼望捷旌旗，耳聽好消息。

## 第二十四折

（旦上）

【雙調引子・金瓏璁】饑荒先自窘，那堪連喪雙親。身獨自，怎支分？我衣衫都解盡，首飾並没分文。(一) 無計策，剪香雲。

〔蝶戀花〕萬苦千辛難擺撥，力盡心窮，兩淚空流血。裙布釵荆今已竭，萱花椿樹連摧折。　金剪盈盈

(一) 夾批：連：可仄。首：可平。並：可平。

明素雪，空照烏雲，遠映愁眉月。一片孝心難盡説，一齊分付青絲髮。奴家在先婆婆没了，却是張太公周濟。如今公公又亡故了，無錢資送，難再去尋張大公。尋思起，没奈何了，只得剪下青絲細髮，賣幾貫錢爲送終之用。雖然這頭髮值不得偌多錢，也只把他做些意兒，一似教化一般。正是：不幸喪雙親，求人不可頻。聊將青絲髮，斷送白頭人。

【南吕過曲・香羅帶】一從鸞鳳分，誰梳鬢雲？粧臺不臨生暗塵，那更釵梳首飾典無存也。頭髮，是我擔閣你度青春。如今又剪你，資送老親。剪髮傷情也，只怨着結髮薄倖人。(一)

【前腔】思量薄倖人，辜奴此身。欲剪未剪，教我先淚零。我當初早披剃入空門也，做個尼姑去，今日免艱辛。咳！只是一件，我的頭髮，比先珠圍翠擁蘭麝熏。呀！似這般光景呵，我的身死骨自無埋處，説甚麼頭髮愚婦人！(二)

【前腔】堪憐愚婦人，單身又貧。我待不剪你呵，開口告人羞怎忍？我待剪你呵，金刀下處應

(一)　眉批：一本【香羅帶】起頭，更一隻云：『思量兩淚零，如何禁聲。哭聲父親，哭聲母親，母親前日已身傾也。感得張公周濟，資送老親，何顔再求羞怎忍？剪髮傷情也，恨只恨當年鸞鳳分。』『存』字是暗用韻處，『情』字元非用韻。『情』下『也』字，隨意仄聲，不比前『也』字必不可换也。第五、第八句俱不用韻。一：作平。着：作平。結：作平。髮：作平。

(二)　夾批：髮：作平。

心疼也。却將堆鴉髻舞鸞髩，與烏鳥報答鶴髮親。教人道霧髩雲鬟女，斷送他霜鬟雪髩人。

（剪介，哭介）

【南吕引子・臨江仙】連喪雙親無計策，(一)只得剪下香鬟。非奴苦要孝名傳，正是上山擒虎易，開口告人難。

頭髮既已剪下，免不得將去街上貨賣。穿長街，抹短巷，叫幾聲賣頭髮。

【南吕過曲・梅花塘】賣頭髮，買的休論價。念我受饑荒，囊篋無些個。丈夫出去，那更連喪了公婆。没奈何，只得剪頭髮資送他。(二)

呀！怎的多没人問？

【香柳娘】看青絲細髮，看青絲細髮，剪來堪愛，如何賣也没人買？論饑荒死喪，論饑荒死喪，怎教我女裙釵，當得這狼狽？況連朝受餒，況連朝受餒，我的脚兒怎擡？其實難捱。(三)

---

(一) 眉批：『無計策』用仄仄平亦可。

(二) 眉批：以『髮』字、『價』字與『個』字、『婆』字、『何』字、『他』字作一韻，此《琵琶記》常態痼疾也。夾批：髮：作平。没：作平。

(三) 眉批：『髮』字、『喪』字不用韻，『餘』字不可不用韻，但此借韻耳。『剪』字仄聲，妙甚。『没』字上今人作掣板，非也。『没人買』三字，用四個字亦可。夾批：捱：去聲。

（跌倒起介）

【前腔】望前街後街，望前街後街，並無人在。我待再叫呵，咽喉氣噎，無如之奈。苦！我如今便死，我如今便死，暴露我尸骸，誰人與遮蓋？天那！我到底也只是個死。將頭髮去賣，將頭髮去賣，把公婆葬埋，奴死有何害？

（作倒介）（末上）慈悲勝念千聲佛，造惡徒燒萬炷香。呀！兀的不是蔡小娘子，爲何倒在街上？（旦）公公救我則個。（末杖扶介）小娘子，你手裏拿着頭髮做甚麽？（旦）奴家公公没了，將這頭髮資送他。（末哭介）元來你公公又死了！你怎的不來和我商量，把這頭髮剪了做甚麽？（旦）奴家多番來定害公公了，不敢再來相擾。（末）說那裏話！

【前腔】你兒夫曾付托，兒夫曾付托，我怎生違背？你無錢使用，我須當貸。你將頭髮剪下，將頭髮剪下，跌倒在長街，都緣我之罪。（合）嘆一家破敗，嘆一家破敗，否極何時泰來？各出珠淚。

【前腔】（旦）謝公公慷慨，謝公公慷慨，把錢相貸，我公婆在地下相感戴。只愁奴此身，只愁

奴此身，死也没人埋。公公，誰還你恩債？（合前）㈠

（末）五娘子，你先回家去，我即着人送些布帛米穀之類，與你使用。（旦）如此，多謝公公。請收這頭髮。（末）咳！　難得，難得。這是孝婦的頭髮，剪來斷送公婆的。我留在家中，不惟傳流做話名，後日蔡伯喈回來，將與他看，也使他惶愧。

（旦）謝得公公救妾身，（末）伊夫曾托我親鄰。

（合）從空伸出拿雲手，提起天羅地網人。

# 第二十五折

（淨扮拐兒上）

【仙呂入雙調過曲·打毬場】幾年價，爲拐兒，是人都理會得我名兒。遮莫你怎生逋峭的，也落在我圈襀。㈡

㈠　眉批：　一本有末唱一隻云：『我如今算來，（又）他并無倚賴，尋思只得相擔貸。送錢米布帛，（又）與你公公買棺材，這頭髮且留在。（合前）』

㈡　眉批：　『幾年價』『遮莫』『逋峭』，北曲中常用之，或又改『價』爲『間』，或又改爲『假』，或改第二句爲『脱空説謊爲最』，或改『遮莫』爲『者末』『者麼』『者莫』，或改『逋峭』爲『俌俏』，皆非也。襀：　音『諱』，紐也；　一本作『圍』。

自家脱空爲活計，掏摸作生涯。匈舌鎗唇，波俏的也引教他懵懂；虛脾甜口，慳吝的也哄教他粧風。鄉貫何曾有定居，姓名誰人知真實？粧成圈套，見了的便自入來；做就機關，入着的怎生出去？騙了鍾馗手裏蝙蝠，脱得洞賓瓢裏仙丹。但是來無跡，去無踪，對面騙人如撮弄；縱使和你行，和你坐，當場賺你怎埋冤？拐兒陣裏先鋒，哄局門中大將。何用剜墻穵壁，强如黑夜偷兒。不索挾斧持刀，真個白晝劫賊。正是：天不生無禄之人，地不長無根之草。自家正無買賣，聽得隨朝做官蔡伯喈相公家住陳留，父母在堂，竟無消息。自家在先陳留郡走得却熟，如今只做陳留人，假寫他父母家書，遞與他，必有回音。倘或附帶些盤纏回家，也不見得，却覓一小富貴；便不然，也索與我些少盤纏回家。這裏便是蔡伯喈相公府，進入去咱。呀！怎的都没一個人？（末）侯門深似海，不許外人敲。（相見介）（末）你那裏人？來府裏有甚勾當？（净）小人從陳留來，蔡伯喈的老官人、老安人有書來。（末）相公正要尋覓方便，寄書家去。你來得恰好，待我請相公出來。告相公：有個鄉里要見。（生内）既是鄉里，請他進來。（生上）

【商調引子・鳳凰閣】尋鴻覓雁，寄個家書無便。謾勞回首望家山，和那白雲不見。淚痕如綫，想鏡裏孤鸞影單。(一)

---

(一) 眉批：「便」字、「見」字、「綫」字俱借先天韻。「首望」「想鏡」俱上去聲，「鏡裏」去上聲，俱妙。按：此調本是【引子】，今人妄作【過曲】唱之。即如【打毬場】本【過曲】，而今人唱作【引子】也。

院子，他那裏來？（末）他説在陳留郡來。（浄見介）小人是陳留郡來的。（生）你帶我家書來麽？（浄）小人帶書來。（浄遞書介）（生看介）

【仙呂過曲·一封書】一從你去離，我家中常念你。是麽？我也常想家裏。功名事怎的？想多應折桂枝。我功名事成了，幸得爹娘和媳婦，各保安康無禍危。且喜家中安樂，見家書，可知之，及早回來莫更遲。我怕不要回？争奈不由我。院子，你將紙筆過來，我寫一封書與他去；一就取些金珠過來。（末取上）取紙筆金珠見在。（生寫介）

【越調過曲·下山虎】蔡邕百拜大人尊前：(一) 一自離膝下，頓經數年。目斷萬里關山，鎮日望懸。一向那堪音信斷，名利事嘆縈牽，謾空勞珠淚漣。上表辭金殿，要辭了官，争奈君王不見憐。(二)

【蠻牌令】忽爾拜尊翰，激切慰拳拳。幸喜爹娘和媳婦，盡安健。況兒身淹留旅邸，不能勾

(一) 眉批：舊本是『蔡邕』，時本改『男邕』者，是，然去聲發調。

(二) 眉批：時本無『空』字，本調缺一字。夾批：名利事嘆縈：作仄平仄仄仄亦可。那：作平。牽：去聲。不：作平。

承奉慈顔。匆匆的，聊附寸箋，草草伏乞尊照不宣。(一)鄉里，我這封書和這金珠將到我家裏；傳示俺雙親，俺早晚便回來，教都放心，不須煩惱。（淨）小人理會得。（生）這些個碎銀，與你路上作盤費。（淨）謝相公。

【中吕過曲・駐馬聽】（生）書寄鄉關，説起教人心痛酸。你傳示俺八旬爹媽，道與俺兩月妻房，隔涉萬水千山。啼痕緘處翠銷斑，夢魂飛遶銀屏遠。（合）報道平安，想一家賀喜，只説他日再相見。(二)

【前腔】（末）遥憶鄉關，有個人人凝望眼。他頻看飛雁，望斷孤舟，倚遍危欄。見這銀鈎飛動彩雲箋，玉筯界破殘粧面。（合前）

【前腔】（淨）西出陽關，却嘆今朝行路難。念取經年離别，跋涉萬里程途，帶着一紙雲箋。只怕豺狼紛擾路途間，又怕雁鴻不到家鄉畔。（合前）(三)

---

(一) 眉批：『匆匆的』六字，二句。『聊』字，襯字也，詳前『終日走千遭』一隻。夾批：激：可平。爹：可仄。健：可平。不：可平。附：可平。尊：可仄。不：作平。

(二) 眉批：末句七字，本調也，《拜月亭》《牧羊》《周孝子》諸古戲無不然者。今歌者定作八字，致增《拜月亭》『關山淚』爲『關山珠淚』，『今朝醉』爲『今朝沉醉』，不知何意？

(三) 眉批：一舊本此後有末唱一曲云：『滿紙雲烟，説盡離愁事萬千。想那層樓十二，有個人人，倚着危欄。望歸期，數飛雁，阻關山，見書如見經年面。（合前）』

（生）憑伊千里寄佳音，（末）説盡離人一片心。
（浄）須知相别經多載，（合）方信家書抵萬金。

## 第二十六折

（旦上）

【南吕引子・掛真兒】四顧青山静悄悄，思量起暗裏魂銷。黄土傷心，丹楓染淚，謾把孤墳獨造。(一)

〔菩薩蠻〕白楊蕭瑟悲風起，天寒日淡空山裏。虎嘯與猿啼，愁人添慘悽。窮泉深杳杳，長夜何由曉。灑淚泣雙親，雙親聞不聞？　奴家自喪了公婆，誰相扶助？　到如今免不得造一所墳，把公婆葬了。又無錢顧人，又無人得央靠，只得自家搬泥運土便了。不免拜了五方，奴家動土。（介）一拜中央戊巳土，二拜左青龍右白虎，三拜前朱雀後玄武，四拜四遠八方諸聖土。又恐冒犯神祇，請神各自游仙府。(二)

【南吕過曲・二犯五更轉】把土泥獨抱，麻裙裹來難打熬。空山静寂無人吊，但我情真實

(一)　眉批：『静悄』『暗裏』『謾把』俱去上聲，『染淚』上去聲，妙。『淚』字用韻亦可。夾批：　暗裏魂銷：　可用仄平平仄。　黄：　可仄。　獨：　作平。

(二)　眉批：　如此等白俱可笑，然元人慣喜用之。今爲學究家駭倒，盡删抹矣。

切，到此不憚勞。【五更轉】何曾見葬親兒不到？又道是三匝圍喪，那些個卜其宅兆？思量起，是老親合顛倒。你圖他折桂看花早，不道自把一身，送在白楊衰草。謾自苦，（打悲介）這苦憑誰告？（一）

【前腔】我只憑十爪，如何能彀墳土高？苦！只見鮮血淋漓濕衣襖。天那！我形衰力倦，死也只這遭。休休！骨頭葬處，任他血流好。（二）此喚做骨血之親，也教人稱道。教人道趙五娘真行孝。苦！心窮力盡形枯槁，只有這鮮血，如今也出了。這墳成後，只怕我的身難保。

【前腔】怨苦知多少？兩三人只道同做餓殍。公公，婆婆，我待不葬了你又不了。待葬了你，窮泉一閉無日曉，嘆如今永別，再無由相倚靠。我死和你做一處埋呵，也得相伏侍。只愁我死在他途道，我的骨頭何由來到？從今去，墳呵，只願得中乾燥，福子蔭孫也都難料；便蔭得個三公，也濟不得親老。淚暗滴，把蒼天禱。

呀！使得我力都乏了，免不得就此歇息睡一覺則個。

---

（一）眉批：詞隱生曰：前五句似犯【香遍滿】，末二句似犯【賀新郎】末六字。此二調余自查出，未敢明注也。『見』字改作平聲，『葬親』『親』字改作仄聲乃協。夾批：不：作平。卜：作平。宅：作平。合：作平。折：作平。一：作平。白：作平。

（二）夾批：血：作平。

【仙吕引子·卜算子前】墳土未曾高，筋力還先倦。（睡介）

【中吕引子·粉蝶兒】（外扮山神上）趙女堪悲，天教小神相濟。(一) 善哉！善哉！小神乃是當山土地。昨奉玉帝敕旨，爲趙五娘行孝，特令差撥陰兵與他助力，築造墳臺。不免叫出南山白猿使者、黑虎將軍，交他向前則個。猿、虎二將何在？（浄、丑扮猿、虎上）（外）吾奉玉帝敕旨：爲趙五娘行孝，交與添力，築造墳臺。汝等可變成人形，與他攝化土石，便成墳臺。（浄、丑）領神旨。（外）不得驚動孝婦。（造墳介）（浄、丑）告大聖，墳臺已成了。（外）趙五娘，你擡起頭來，聽吾囑付。

【仙吕入雙調過曲·好姐姐】五娘聽吾道語：吾特奉玉皇敕旨，憐伊孝心，故遣陰兵來助你。（合）墳成矣，葬了二親尋夫壻，改换衣裝往帝畿。(二)

【前腔】（浄、丑）我每元是小鬼，蒙上帝差來助你。搬磚運土，兩座墳臺在須臾。（合前）(三) 大抵乾坤都一照，免教人在暗中行。（外、浄、丑下）（旦醒介）

---

(一) 眉批：此【粉蝶兒】首二句也。【粉蝶兒】自有全調，『悲』字不必用韻，且無板。今止二句，則須用韻，須下一板矣。

(二) 眉批：『五』字、『孝』字仄聲，俱妙。『葬了二親』四字，用去上去平，妙。後人用花堆錦砌，索然矣。夾批：聽：平聲。特：作平。敕：作平。伊：可仄。陰：可仄。你：可平。

(三) 眉批：時本無此一隻。

【仙吕引子·卜算子後】夢裡分明有鬼神，想是天憐憫。(一)怪哉！怪哉！我睡間，恍惚之中，似夢非夢，聞有人囑付之語，道：墳成了，教去京畿尋取丈夫。但我全憑獨自一身，幾時能勾得墳成？(起看介)呀！果然這墳臺都成了。謝天地！分明是神通變化。(末同丑帶鋤器上)

【正宫近詞·刬鍬兒】悲風四起吹松栢，山雲黯淡日無色。虎嘯與猿啼，怎不慘慽。趲步行來到峭壁，都與孝婦添助力。(二)

自家是蔡老員外的鄰家張大公的便是。我老夫不忍見他兩個老的死了，虧殺他那媳婦趙五娘子，把羅裙包土，築造墳臺。但人家造一所墳，不着千百工造不成，他獨自一個女流，如何成得此事？免不得帶將小二與他添助力氣則個。呀！好怪麽！如何墳都成了？只見松栢森森繞四圍，孤墳新土掩泉扉。五娘子，空山獨自無人問，爲築墳臺有阿誰？(旦)夢裡有神真怪異，陰兵運土與搬泥。築成墳了親分付，教尋取兒夫往帝畿。(丑)公公，自古流傳多有此，畢竟感格上天知。長城哭倒孟姜女，五娘

---

(一) 眉批：『神』字用韻，故以『憫』字叶。時本改作『念』字，叶前【卜算】『倦』字，不知『倦』『念』本不同韻，況【卜算】第三句不可無韻乎。【卜算】一調既分前後，而中又隔别調、别韻，正不必前後一韻也。

(二) 眉批：此非【越調·鏵鍬兒】，【越調】自有『説得好笑』一曲。刬：音『華』。作『剗』作『鏟』俱非。然此末二句又與譜中《孟姜女傳奇》不同，必犯他調。

子，你他日芳名一樣題。

【仙吕入雙調過曲・好姐姐】（旦）念奴血流滿指，獨自要墳成無計。深感老天，暗中相護持。（合）墳成矣，葬了二親尋夫婿，改换衣裝往帝畿。

【前腔】（末）我每帶將小二，[一]待與你添助些力氣。誰知有神，暗中相救濟。（合前）

【前腔】（丑）你每真個見鬼，[二]這松柏孤墳在何處？恰纔小鬼是我粧做的。（合前）

（末）孝心感格動陰兵，（旦）不是陰兵墳怎成？

（丑）萬事勸人休碌碌，（合）舉頭三尺有神明。

## 第二十七折

（貼上）

【大石調引子・念奴嬌】楚天過雨，正波澄木落，秋容光浄。誰駕玉輪來海底，碾破琉璃千

[一] 夾批：每：平聲。

[二] 夾批：每：平聲。

頃。環珮風清，笙簫露冷，人在清虚境。（淨、丑上）真珠簾捲，小樓無限佳興。㊀〔臨江仙〕（貼）玉作人間秋萬頃，銀葩點破瑠璃。瑶臺風露冷仙衣，天香飄到處，此景有誰知？（淨、丑）未審明年明夜月，此時此景何如？（貼）珠簾高捲醉瓊巵，（合）正是：莫辭終夕看，動是隔年期。（貼）老姥姥、惜春，今夜中秋，月色澄霽，你與我請相公出來賞玩則個。（丑）是，是。夫人請相公玩月。（生内應）我睡了，不來。（淨）你可知道不請得相公出來？你甚麼臉兒，相公見了好？我去請。（請介）（生上）

【南吕引子・生查子】逢人曾寄書，書去神亦去。今夜好清光，可惜人千里。

（貼）相公，今夜中秋，月色可愛，我請你賞玩一番，你没事推阻做甚麼？（生）月有甚麼好處？（貼）怎的不好？你看：〔酹江月〕玉樓金氣捲霞綃，雲浪寒光澄徹。丹桂飄香清思爽，人在瑶臺銀闕。（生）影透鳳幃，光窺羅帳，露冷蛩聲切。關山今夜，照人幾處離別。（淨）須信離合悲歡，還如玉兔，有陰晴圓缺。便做人生長宴會，幾見冰輪皎潔？（丑）此夜明多，隔年期遠，莫放金樽歇。（合）但願人長久，年年同賞明月。

---

㊀　眉批：時本以『澄』字爲句，則七字起，非調矣。與詩餘同，但不用【换頭】。夾批：楚：可平。誰：可仄。琉：可仄。

【大石調過曲・念奴嬌序】(一)(貼)長空萬里，見嬋娟可愛，全無一點纖凝。十二欄杆，光滿處涼浸珠箔銀屏。偏稱，身在瑤臺，笑斟玉斝，人生幾見此佳景？(合)惟願取，年年此夜，人月雙清。

【前腔第二換頭】(生)孤影，南枝乍冷，見烏鵲縹緲，驚飛棲止不定。萬點蒼山，何處是修竹吾廬三逕？追省，丹桂曾攀，嫦娥相愛，故人千里謾同情。(二)(合前)

【前腔第三換頭】(貼)光瑩，我欲吹斷玉簫，驂鸞歸去，不知風露冷瑤京。環佩濕，似月下歸來飛瓊。那更，香霧雲鬟，清輝玉臂，廣寒仙子也堪並。(三)(合前)

【前腔第四換頭】(生)愁聽，吹笛《關山》，敲砧門巷，月中都是斷腸聲。人去遠，幾見明月虧盈。惟應，邊塞征人，深閨思婦，怪他偏向別離明。

---

(一) 眉批：一作【本序】，蓋【引子】是【念奴嬌】，而此曲即是【念奴嬌序】，故名，非別名【本序】也。白門詞家柳陳父云：曾見前輩道此與『新篁池閣』非高東嘉筆，乃他人雜取詩餘中【賀新郎】夏景諸詞、【念奴嬌】詠月諸詞而爲之者。觀此《記》他處多本色，獨二折藻麗，如出二手，意其言不妄也。『萬里』『見此』『願取』『乍冷』『萬點』，俱去上聲。『可愛』『滿處』『幾見』『此夜』，俱上去聲，俱妙甚。夾批：一：作平。玉：作平。

(二) 夾批：鵲：作平。不：作平。

(三) 夾批：瑩：爲命切。玉：作平。瓊：渠盈切。

【中呂過曲・古輪臺】（淨）峭寒生，鴛鴦瓦冷玉壺冰，欄杆露濕人猶凭，貪看玉鏡。萬里清明，皓彩十分端正。三五良宵，此時獨勝。把清光都付與酒杯傾，從教酩酊，拚夜深沉醉還醒。酒闌綺席，漏催銀箭，香銷金鼎。斗轉與參横，銀河耿，轆轤聲已斷金井。(一)

【前腔換頭】（丑）閒評，月有圓缺與陰晴，人世有離合悲歡，從來不定。深院閒庭，處處有清光相映。也有得意人人，兩情暢咏；也有獨守長門伴孤另，君恩不幸。有廣寒仙子娉婷，孤眠長夜，如何捱得更闌寂静？此事果無憑。但願人長永，小樓翫月共同登。(二)

【餘文】（合）聲哀訴，促織鳴，俺這裏歡娱未聽。却笑他幾處寒衣織未成。(三)

（貼）今宵明月正團圓，（生）幾處淒涼幾處喧。

（合）但願人生得長久，年年千里共嬋娟。

---

(一) 眉批：『横』字在此韻中當依詩韻，不作『红』音。夾批：玉：作平。十：作平。教：平聲。

(二) 眉批：『獨守』一句比前『把清光』句稍不同，亦變體。『咏』字、『永』字在此韻中不可作『用』字、『勇』字音，當作『爲命』『爲酩』切。夾批：不：作平。得：作平。寂：作平。

(三) 眉批：聽：時本作『罄』，索然無味。夾批：促：作平。織：作平。

# 第二十八折

（旦上）

【雙調引子·胡擣練】辭別去，到荒坵，只愁出路煞生受。畫取真容聊藉手，[一]逢人將此勉哀求。

鬼神之道，雖則難明；感應之理，不可不信。奴家昨日獨自在山築墳，正睡間，忽夢中有神人，自稱當山土地，帶領陰兵與奴家助力；却又囑付教奴家改換衣裝，逕往長安尋取丈夫。待覺來，果然墳臺俱已完備，分明是神道護持。正是：寧可信其有，不可信其無。今二親既已葬了，只得改換衣裝，將着琵琶做行頭，沿街上彈幾個勸行孝的曲兒，教化將去。只是一件，我幾年間和公婆廝守，一旦撇了去，如何下得？奴家從來薄曉得些丹青，何似想像畫取公婆兩個真容，背着一路去，也似相親傍的一般。但遇小祥忌辰，展開與他燒些香紙，奠些涼漿水飯，也是奴家心素。免不得就此畫描真容則個。（描畫介）

【過曲·三仙橋】一從他每死後，要相逢不能勾，除非夢裏暫時略聚首。若要描，描不就，暗

---

[一] 眉批：「手」字可不用韻。

想像，教我未寫先淚流。寫，寫不出他苦心頭；描，描不出他饑症候，(一)畫，畫不出他望孩兒的睁睁兩眸。只畫得他髮颼颼，和那衣衫敝垢。休休！若畫做好容顔，須不是趙五娘的姑舅。

【前腔換頭】我待畫他個龐兒帶厚，他可又饑荒消瘦。我待畫你個龐兒展舒，他自來長恁皺。若寫出來真是醜，那更我心憂，也做不出他歡容笑口。不是我不畫好的，我從嫁他家，只見兩月稍優游，他其餘都是愁。兩月稍優游，我又忘了。這三四年間，我只記得他形衰貌朽。這畫呵，便做他孩兒收，也認不得是當初父母。休休！縱認不得是蔡伯喈當初爹娘，須認得是趙五娘近日來的姑舅。

真容已描就了，就在這裏燒紙奠飯，拜辭了公公婆婆出去。(拜介)

【前腔換頭】非是奴尋夫遠游，只怕我公婆絶後。奴見夫便回，此行安敢久？苦！路途中，奴怎走？望公婆相保佑我出外州。天那！他兀自没人看守，如何來相保佑？這墳呵，只怕

(一) 眉批：按譜，載不知宫調中。若要描：言夢裏暫見，若描則難。時本作『苦』，且批云『若』字不通，不知何謂？夾批：每：作平。不：作平。略：作平。出：作平。

奴去後，冷清清有誰來拜掃？[一]縱使遇春秋，一陌紙錢怎有？休休！你生是受凍餒的公婆，死做個絶祭祀的姑舅。

奴家既辭了墳墓，背了真容，不免拜辭張大公，多少是好？（末上）衰柳寒蟬不可聞，西風敗葉正紛紛。長安古道休回首，西出陽關無故人。（相見介）（旦）奴家正要到宅拜辭大公。（末）呀！五娘子，你幾時去？（旦）奴家就去了。（末）五娘子，我有幾貫錢在此，與你路上少助盤費。（旦）多謝大公。（末）你手裏拿的是什麼？（旦）公婆的真容。（末）五娘子，没錢没米，畫甚麼真容？（旦）不是畫工畫的。（末）那個畫的？（旦）奴家頗曉丹青，自家畫的。（末）五娘子，畫工畫的不須觀得，五娘子的丹青，借與老夫一觀。（旦）是，大公請看。（末）好，畫得像，畫得像。五娘子，你這般孝心，我老夫不媿才疏，與你題個賛兒。（旦）如此多謝公公。（末）〔鷓鴣天〕死别多應夢裏逢，謾勞孝婦寫遺踪。可憐不得圖家慶，辜負丹青泣畫工。衣破損，鬢鬔鬆，千愁萬恨在眉峰。只怕蔡郎不識年來面，趙女空描别後容。[二]（旦）多謝大公妙賛，無恩可報。（末）五娘子，還有幾句言語囑付：你少長閨門，豈識途路？當初蔡郎未别時節，你青春嬌媚；如今遭這荒年，你貌陋身單。正是：桃花歲歲相似，人面年年不同。蔡郎臨别之時，可不道來？他道是若有寸進，即便回來。如今年荒親死，一竟不回，你知他心腹事何

---

[一] 眉批：『掃』字宜韻，而此不用韻，豈『掃』字可依偏旁而叶爲『帚』字耶？高先生最喜借韻，故有此等耳。

[二] 眉批：此題賛自是口題耳，原未嘗云用筆也，與後『觀像』折何礙？而時本必欲改之，亦何拘也。

如？正是：畫虎畫皮難畫骨，知人知面不知心。又一件：蔡郎元是讀書人，一舉成名天下聞。久留不知因個甚，年荒親死不回門？五娘子，你去京城須仔細，逢人下禮問虛真。見郎謾説千般苦，只把琵琶句語訴元因。未可便説他妻子，未可便説喪雙親。未可便説裙包土，未可便説剪香雲。若得蔡郎思故舊，可憐張老一親鄰。我今年老七十歲，比你公公少一旬。你去時猶有張公送，你回時未審張老死和存。惟有感恩并積恨，萬年千載不生塵。（旦）大公，奴家就此拜別。

【越調過曲·憶多嬌】公公，他魂渺漠，我没倚托。程途萬里懷夜壑。此去孤墳，望公公看着。（合）舉目蕭索，舉目蕭索，滿眼盈盈淚落。（一）

【前腔】我承委托，當領略。孤墳看守，決不爽約。（二）願你途中身安樂。（合前）

【鬥黑麻】（三）（旦）深謝得公公，便承允諾。從來的深恩，怎敢忘却？只怕途路遠，體却弱；病染孤身，力衰倦脚。（合）孤墳寂寞，路途滋味惡。兩處堪悲，兩處堪悲，萬愁怎模？（四）

---

（一）眉批：第三句用平平仄仄平仄平，與《荆釵記》平仄平平仄仄平者不同。『着』字在此韻中當作『濯』字音，不可作『朝』字音。夾批：漠：作平。没：作平。托：作平。壑：作平。看：平聲。索：作平。

（二）夾批：托：作平。略：作平。看：去聲。不：作平。

（三）眉批：此本宫之【鬥黑麻】也。時本作【仙吕入雙調】，不知彼乃【黑麻序】之誤爲【鬥黑麻】者，其調迥别。

（四）眉批：『病染孤身』正與下句相對，或改『孤身』爲『灾纏』，『力衰』作『衰力』，謬矣。『萬愁』句亦與上句對，或作『千愁萬惡』，可恨。夾批：諾：作平。却：作平。弱：作平。脚：作平。寞：作平。惡：作平。模：作平。

【前腔】(末)伊夫婿多應，是貴官顯爵，伊家去須當，審個好惡。只怕你這般喬打扮，他怎知覺？一貴一貧，怕他將錯就錯。(合前)

(旦)爲尋夫婿别孤墳，(末)只怕兒夫不認真。

(合)流淚眼觀流淚眼，斷腸人送斷腸人。

# 第二十九折

(生上)

【中吕引子·菊花新】封書自寄到親闈，又見關河朔雁飛。梧葉滿庭除，争如我悶懷堆積。(一)

〔生查子〕封書寄遠人，寄與萬里親。書去神亦去，兀然空自身。自家昨得家書，報道平安，極且自喜。當時亦付一書回去，不知如何？常懷想念，番成憂悶。正是：雖無千丈綫，萬里繫人心。(貼上)

【南吕引子·意難忘】緑鬢仙郎，懶拈花弄柳，勸酒持觴。眉顰知有恨，何事苦相防？(生)

(一) 眉批：自：或作『遠』，非。前二句用仄仄平平仄仄平，平平仄仄仄平平，亦可。『除』字借魚模，『積』字用去聲更妙。夾批：自：可平。又：可平。梧：可仄。如：可仄。

夫人，些個事，斷人腸。（貼）相公，試説與，又何妨？（生）只怕你尋消問息，添我恓惶。(一)

（貼）古人云：顰有爲顰，笑有爲笑。古之君子，當食不嗟，臨樂不嘆。無事而慽，謂之不祥。相公，你自來此，不明不暗，如醉如癡，鎮長憂慮，爲着什麽？你還少喫的，你還少穿的？

【南吕過曲・紅衲襖】你喫的是煮猩唇和燒豹胎。我待道你少穿的呵，你穿的是紫羅襴，繫的是白玉帶。你出入呵，我只見五花頭踏在你馬前擺，三簷傘兒在你頭上蓋。相公，休怪奴家説：你本是草廬中窮秀才，(二)如今做了漢朝中梁棟材。你有甚不足，只管鎖了眉頭也，唧唧噥噥不放懷？(三)

【前腔】（生）你道我有穿的呵，我穿的是紫羅襴，倒拘束得我不自在；我穿的是皂朝靴，怎敢胡去

(一) 眉批：『弄柳』『勸酒』『事苦』俱去上聲，『有恨』上去聲，俱妙。與詩餘同，但無【换頭】。夾批：緑：可平。何：可仄。添：可仄。

(二) 本：原作『不』，據汲古閣刊本《繡刻琵琶記定本》改。

(三) 眉批：按：此調及【青衲襖】，今人皆以其句法長短不定，遂妄改，多至不成音律。不知襯字只可用在每句上及句中間，至於每句末三字，其平仄斷不可易。不然，即不諧矣。作者審之。據《拜月亭》，似乎【青衲襖】八句，【紅衲襖】七句。及觀此，則【紅衲襖】亦有八句法，與【青衲襖】相似，但增一『也』字及『眉頭』『頭』字不用韻耳。二記必有一誤，不敢臆説。又按古曲如《八義》《金印》《拜月》皆以【紅衲襖】爲【引子】，獨《琵琶記》不作【引子】，故舊譜載於【過曲】，今不敢輕改。然畢竟是【引子】也，或作北，尤謬。夾批：白：作平。不：作平。足：作平。

踹？你道我有喫的呵，我口裏喫幾口慌張張要辦事的忙茶飯，手裏拿着個戰兢兢怕犯法的愁酒杯。到不如嚴子陵登釣臺，怎做得揚子雲閣上災？只管待漏隨朝，可不誤了秋月春花也，枉干碌碌頭又白。(一)

【前腔】（貼）莫不是丈人行性氣乖？（生）不是。（貼）莫不是妾跟前缺管待？（生）不是。（貼）莫不是畫堂中少了三千客？（生）不是。（貼）莫不是繡屏前少了十二釵？（生）那裏是？（貼）又不是。這意兒教人怎猜？這話兒教人怎解？我今番猜着了。敢只是楚館秦樓，有個得意人兒也，悶懨懨不放懷？(二)

【前腔】（生）不是。有個人人在天一涯，我不能勾見他，只落得臉銷紅眉鎖黛。（貼）我才道甚麼來？（生）不是。我不是傷秋宋玉無聊賴，有甚心情去戀着閒楚臺？（貼）有甚事說與我麼？（生）三分話兒也只恁猜，一片心兒也只恁解。（貼）你有甚麼事，問着也不說如何？（生）罷，罷。夫人，你休纏得我無語無言，若還提起那籌兒也，撲簌簌淚滿腮。

（貼）由你，由你。待我不勸你，又只管悶；待我問你，你又不應我，我也沒奈何。相公，夫妻何事苦相

---

(一) 夾批：閣：作平。碌碌：俱作平。

(二) 夾批：不：作平。

防？莫把閒愁積寸腸。正是：各人自掃門前雪，莫管他家瓦上霜。（貼下）（生吊場）難將我語和他語，未卜他心似我心。自家娶妻兩月，别親數年，朝夕思想，翻成怨嘆。我這新娶媳婦，雖則賢慧，累次問及，自家要對他説，也肯放歸去。只是我的岳丈知我有媳婦在家，必怕我去了不來，如何肯放我去？(一) 不如姑且隱忍，改日求一鄉郡除授，那時節却回去見雙親便了。夫人，非是隄防你太深，只愁伊父苦相禁。正是：夫妻且説三分話，（貼）呀！我理會得了。未可全抛一片心。好！好！你瞞我也由你，只是你爹娘和你媳婦須怨你。

【仙呂入雙調過曲・江頭金桂】【五馬江兒水】怪得你終朝攧窨，只道你緣何愁悶深？教咱猜着啞謎，爲你沉吟，那籌兒没處尋。【柳摇金】我和你共枕同衾，你瞞我則甚？自撇了爹娘媳婦，屢換光陰，他那裏須怨着没信音。【桂枝香】笑伊家短行，無情忒甚。(二) 到如今兀自道且説三分話，未可全抛一片心。

(一) 眉批：時本作：『若有媳婦，則辭親時幾曾瞞過的？』必如古本自妥。

(二) 眉批：時本單作【雙調】，非。『攧窨』元出詩餘，或作『迭窨』，或作『迭喑』，蓋『窨』『喑』二字仝音也。北曲或云『攧窨』，或云『迭窨』。而『攧』字與『跌』同，恐『跌』字誤而爲『迭』字。然『攧』字俗師不甚能識，因而譌作『顛』字。今人言及『顛』字，則皆知出於《琵琶》；言及『攧窨』，則或駭而笑矣。『笑伊』句不用韻，重疊一句亦可。但此下比【桂枝香】常調少一句，想高則誠因此曲乃三曲集成，或嫌其煩而删去之耳。高先生最喜借用别韻，獨此用侵尋閉口韻，不失一字。夾批：攧：作平。着：作平。没：作平。則：作平。媳：作平。忒：作平。

【前腔】(生)夫人，非是我聲吞氣忍，只爲你爹行勢逼臨。怕他知我要歸去，將人厮禁，要説又將口噤。我待解朝簪再圖鄉任，他不隄防着我，(二)須遣我到家林，我和你雙雙兩人歸晝錦。雙親老景，存亡未審。我前日附那書回家去，只怕雁杳魚沉。(貼)既有書信附去，怎麽没有回音？(生)又不是烽火連三月，真個家書抵萬金。

(貼)元來如此。我去對爹爹説知，和你同去便了。(生)你爹爹如何肯放我回去？你且休説破了。

(貼)不妨事。我爹爹身爲太師，風化所關，觀瞻所係，終不然不顧仁義。(生)你休説，不濟事，干枉了。

(貼)相公，我自有道理，不怕他不從。

(貼)雪隱鷺鷥飛始見，柳藏鸚鵡語方知。

(生)假如染就乾紅色，也被傍人講是非。

## 第三十折

(外上)

(二) 夾批：厮：作平。説：作平。着：作平。

門楣。

【黄鍾引子·西地錦】（外）好怪吾家門婿，鎮日不展愁眉。㈠教人心下常縈繫，也只爲着。

入門休問榮枯事，觀着容顔便得知。自家招贅蔡伯喈爲婿，可謂得人。只一件，自從到此，眉頭不展，面帶憂容，爲着甚麽？必有其故。等俺女孩兒出來問他則個

【前腔】（貼）只道兒夫何意，如今事理方知。萬里家山，要同歸去，未審爹意何如？

（見介）（外）孩兒，吾老入桑榆，自嘆吾之皓首；汝身乖琴瑟，每爲汝而懊懷。夫婿何故憂愁？孩兒必知端的。（貼）告爹爹：他娶妻六十日，即赴科場；别親三五年，竟無消息。温凊之禮既缺，伉儷之情何堪？今欲歸故里，辭至尊家尊而同行；待共事高堂，執子道婦道以盡禮。（外怒介）我乃紫閣名公，汝乃香閨艷質。何必顧此糟糠婦？豈肯事此田舍翁？他久别雙親，何不寄一封之音信？汝從來嬌養，安能涉萬里之程途？休惑夫言，唯從父命。（貼）爹爹，曾觀典籍，未聞婦道而不拜姑嫜；試論綱常，豈有子職而不事父母？若重唱隨之義，尚盡定省之儀。彼荆釵布裙，既已獨奉親闈之甘旨；此金屏繡褥，豈可久留監宅之歡娱？爹爹高居相位，坐理朝綱，豈可斷他人父子之恩，絶他人夫婦之義？使伯喈有貪妻之愛，不顧父母之愆；俾孩兒坐違夫之命，不事姑嫜之罪。望爹爹容恕，特賜矜憐。（外）休胡説！他有媳婦在家裏了，你去做甚麽？（貼）

㈠ 夾批：好：可平。鎮：可平。日：作平。

【黄鍾過曲・獅子序】他媳婦雖有之，念奴家須是他孩兒的妻。那曾有媳婦不事親幃？（外）孩兒，你去有甚麽勾當？（貼）若論做媳婦的道理，須當奉飲食，問寒暄，相扶持蘋蘩中饋。㈠（外）便做有許多勾當，既有媳婦在家裏了，他孩兒不去也不妨。（貼）爹爹，又道是養兒代老，積穀防饑。

（外）既道是養兒代老，何似當初休教他來應試？

【太平歌】他求科舉，指望錦衣歸，不想道你留他爲女婿。㈡（外）有緣千里能相會，須强他不得。（貼）他埋冤洞房花燭夜，那些個千里能相會？只要保全金榜掛名時，事急且相隨。㈢

（外）蔡伯喈自悶，與你何干？

---

㈠ 眉批：的妻：或作『次妻』，非也。牛氏在其父前豈就認次妻？後人不知『的』字是上聲，故謂難唱而改之耳。『的』音『底』字，書皆然。舊腔點板在『食』字下，而『理』字是正用韻處，反無截板，今依譜改正。《綵樓》《白兔》二記俱有此調，與此各不同，恐有訛謬耳。

㈡ 夾批：『你』字是女兒在父前稱你稱我，骨肉無文處，今人必欲改作『爹爹』，何也？

㈢ 眉批：【東甌令】屬【南吕】，近或將此調唱作【東甌令】，或謂此即【東甌令】，此所未解。縱云『指望』二字是襯字，不思『那些個』句是八字，『千』字一板，『能』字掣板，『會』字一板。而【東甌令】第五句只五字，況又難下掣板，止好兩實板，何可扭做一調？

【賞宫花】（貼）他終朝慘悽，我如何忍見之？〔一〕（外）他自慘悽，你管他怎的？（貼）若論爲夫婦，須是共歡娱。（外）不妨，他若在這裏，我教他做個大官，也由得我。（貼）他數載不通魚雁信，枉了十年身到鳳凰池。

（外）呀！你聽着丈夫的言語，却不聽我説，這妮子好痴迷。

【降黄龍】（貼）須知，非奴痴迷，已嫁從夫，怎違公議？（外）孩兒，你去不妨，只是我没個親人，如何放你去得？（貼）爹猶念女，怎教他爹娘不念孩兒？（外）不是我不放你去，既道有媳婦在家裏，你去時節，只怕擔擱了你。（貼）休提，縱把奴擔擱，比擔擱他爹娘何如？（外）恁地，教伯喈自去便了。（貼）爹爹，那些個夫唱婦隨，嫁鷄逐鷄飛？〔二〕

（外）孩兒，他是貧賤之家，你如何伏侍他去？

【南吕過曲·大聖樂】（貼）婚姻事難論高低，論高低何如休嫁與？假饒親賤孩兒貴，終不

〔一〕眉批：第一句若第一、第二字用平，則第四字亦可用上聲。若第二字用仄聲，則第四字切不可用仄。『我』字元是襯字，後人不知，故『如』字有一板，今按譜查正。

〔二〕眉批：爹娘：時本作『媳婦』，因問答而更之也。末四字用仄平平仄爲妙。此從【换頭】處起。今人唱此曲於『怎違』下，亦如『不顧』下及『鷄逐』下拖一長腔，所謂板斷腔不斷者，謬甚。

然便抛棄？(一)（外）他的孩兒抛不得，你怕怎的？（貼）奴是他親生兒子親媳婦，難道他是何人我是誰？（外）你怎地只管把言語來衝撞我？（貼）爹居相位，怎説着傷風敗俗非理的言語？

（外）這妮子好無禮，到將言語來衝撞我！ 我的言語不中聽。 孩兒，夫言中聽父言違，料想孩兒見識迷。 本待將心托明月，誰知明月照溝渠？（外下）（貼）酒逢知己千鍾少，話不投機半句多。 我爹爹好不顧仁義，到説道奴家把言語衝撞他。 當元蔡伯喈教我休説的是，如今何顏見他？ 免不得在此坐一回，尋思個道理，去回他話咱。（坐介）（生上）

【南吕引子・稱人心】撇呆打墮，早被那人瞧破。 要同歸，知他爹肯麽？ 料他每不允諾。 呀！ 夫人，你緣何獨坐？ 想你爹爹不肯麽？ 伊家道利齒伶牙，争奈爹行不可。（貼）我爹爹，全不顧，人笑呵，這其間只是他見差。 禍根芽從此起，災來怎躲？ 他道我從着夫言，罵我不聽親話。(二)

【南吕過曲・紅衫兒】（生）你不信我教伊休説破，到此如何？ 算你爹心性，我豈不料過。

---

(一) 眉批：第一句『難』字上一板，必不可無。無之，則板亂矣。今人必欲去之，可恨！ 可恨！ 『終不然』一句用仄平仄仄平平亦可。 夾批：與：可平。

(二) 眉批：用韻甚雜。『打墮』『早被』俱上去聲，『俐齒』『奈你』『道我』『罵我』俱去上聲，俱妙。『我爹爹』三字正對『撇呆』一句，乃【换頭】也。 夾批：怎：可平。

我爲甚亂掩胡遮？只爲着這些。你直待要打破砂鍋，是你招災攬禍。(一)

【前腔】(貼)不想道相揠把，這做作難禁架。我見你每每咨嗟要調和，誰知道好事多磨？(二)起風波，相公，把你陷在地網天羅，如何不怨我？天那！懊恨只爲我一個，却擔閣你兩三下。(三)

【正宮過曲・醉太平】(生)蹉跎，光陰易謝，縱歸去晚景之計如何？名韁利鎖，牢絡在海角天涯。知麼？多應我老死在京華，孝情事一筆都勾罷。苦！這般摧挫，(四)傷情萬感，淚珠偷墮。

【前腔換頭】(貼)非詐，奴甘死也。縱奴不死時，君去須不可。奴身值甚麼？只因奴誤你一家。差訛，假饒做夫婦也難和，你心怨我心縈掛。奴身拚捨，成伊孝名，救伊爹媽。

(貼)相公，妾當初勉承父命，遣事君子。不想君家有白髮之父母，青春之妻房。致君衷腸不滿，名行有

---

(一) 眉批：『性』字宜用韻，今不用，是其疏處。『信我』『到此』『算你』『亂掩』『是你』『道好』『地網』『怨你』『爲我』俱去上聲，『我爲』『打破』『攬禍』『想道』『揠把』『好事』『你陷』『懊恨』『兩下』俱上去聲，俱妙。夾批：不：作平。性：可平。過：作平。

(二) 眉批：揠：中州韻作『瓦』音，今人作『强』『雅』切者，非也。『把』字音『靶』。『每每咨嗟』句依譜點板，作襯字如此。然疑此以下或是二七字句，【換頭】之與【前腔】稍異者。不然，未有襯字太多，而有『咨嗟』二實字也。

(三) 眉批：此調亦從【換頭】處起。夾批：不：作平。我：作平。一：作平。個：可平。

(四) 眉批：『這』字仄聲，妙甚。下用『奴』字，平聲便索然矣。

虧。如今思之，誤君之父母者，妾也；誤君之妻房者，妾也；使君爲不孝薄倖之人，亦妾也。妾之罪大矣。縱偷生於今世，亦公議所不容。昔者聶政姐死，倚屍傍以成弟之名；王陵母死，伏劍下以全子之節。妾豈愛一身，誤君百行？妾當死於地下，以謝君家。小則可解君之縈掛，大則可以救君之父母，近則可以成孝子之令名，遠則可以免後世之公議，妾死何憾焉？（生）夫人，你只知其一，不知其二。古人云：身體髮膚，受之父母，不敢毀傷；豈可陷親於不義？那時節有人議論，道你從夫言而棄親命，此事不可。（貼）也説得是。（生）且慢着。怕你爹爹也自有回心轉意時節，且更寧耐，看如何。

（生）一心只欲轉家鄉，（貼）争奈爹行不忖量。

（合）大鵬飛上梧桐樹，自有旁人説短長。

## 第三十一折

（旦上）

【仙呂過曲・月雲高】(一)【月兒高】路途勞頓，行行甚時近？未到得洛陽縣，盤纏都使盡。回首孤墳，空教奴望孤影。他那裏，誰偢采？俺這裏，將誰投奔？【渡江雲】正是西出陽關無

(一) 眉批：此調犯【渡江雲】，而【渡江雲】本調竟缺。

故人，須信道家貧不是貧。(一)

〔蘇幕遮〕怯山登，愁水渡。暗憶雙親，淚把麻裙漬。回首孤墳何處是？兩下蕭條，一樣愁難訴。玉消容，蓮困步。愁寄琵琶，彈罷添悽楚。惟有真容時一顧，憔悴相看，無語恓惶苦。奴家爲尋丈夫，在路途上多少狼狽。況獨自一身，拿着一個琵琶，背着二親真容，登高履險，宿水飡風，其實難捱。只是一件，去到洛陽，尋見丈夫，相逢如故，也不枉了這遭辛苦；倘或他駟馬高車，前呼後擁，見奴家如此藍縷，不認呵，可不擔閣了奴家？

【前腔】暗中思忖，此去好無准。只怕他身榮貴，把咱不厮認。若是他不瞧，空教奴受艱辛。他未必忘恩義，我這裏自閒評論。他須記一夜夫妻百夜恩，怎做得區區陌路人？(二)

【前腔】只一件，他在府堂深隱，奴身怎生進？他在駟馬高車上，難將他認。我有個道理，來到他跟前，只提起二親真。又恐怕消瘦龐兒，他猶難十分信。他不到得非親却是親，(三)我自須

---

(一) 眉批：「縣」字時本作「城」，此字平聲，非調。「路」字去聲，妙；上聲亦可。「使盡」上去聲，妙。「景」字借庚青韻。「他那裏誰偢采」作仄仄平仄平平亦可。「無故人」「無」字用平聲；「不是貧」「不」字用入作平聲，及後二曲皆然，妙甚。今人則混用平仄矣。夾批：行：可仄。行：可仄。洛：作平。西：可仄。須：可仄。不：可平。

(二) 夾批：不：作平。百：作平。陌：作平。

(三) 夾批：親：作平。

防仁不仁。

哽咽無言對二真，千山萬水好艱辛。
見説洛陽花似錦，只恐來時不遇春。

## 第三十二折

（外上）

【仙吕引子・番卜算】兒女話堪聽，使我心疑惑。暗中思忖覺前非，有個團圓策。

良藥苦口利於病，忠言逆耳利於行。昨日女孩兒要和伯喈歸去同事雙親，自家不放他去。那孩兒少不得幾句言語勸解自家，自家一時間不勝焦躁。如今尋思起來，他句句有理，節節堪聽。自家待要放他回去，只慮他幼長閨門，難涉途路；况俺年老無人，如何放他去？如今有個道理，不免使一個人，多與盤纏，教他徑往陳留，將蔡伯喈爹娘媳婦都取將來，多少是好？且待叫出女婿、孩兒來，問他則個。

【前腔】（生上）淚眼滴如珠，愁事縈如織。（貼上）早知今日悔當初，何似休明白。

（相見介）（外）孩兒，你來。夜間仔細尋思你的言語，都説得有道理。我欲待教你和女婿回去，路途跋涉，這個也難。不如差人去取他父母妻子，同來做一處住，你兩人心下何如？（貼）這個隨爹爹主張。

（生）既然如此，多謝岳丈。（外）院子李旺何在？（丑上）頻聽指揮黄閣下，又聞呼唤畫堂前。（外）

來，我如今使你出去陳留走一遭。（丑）娘咳！陳留且是遠，我不去。（外）胡説！（丑）去做甚麼？若是有錢覓時李旺便去。（外）如今蔡伯喈老員外、老安人、小娘子三人在陳留郡裏，我如今教你去請將這裏來。（丑）李旺弗去。（生、貼）你去請得來，我這裏自多多賞你。（丑）娘子如今説道多多賞我，我取得來時，娘子又要争大争小。厮打時節，不賞李旺了。（外）李旺，即日便要你去，不得推拒。我如今更差幾個後生，伴你同去。（丑）如此却使得。（外）這一封書外，有金銀錢米與你盤纏，休要落後了。（生）李旺，你去時節，須要多方詢問。若是取得來時，路上千萬小心承直。（丑）不妨。我出路慣便，自有分曉。

【正宫過曲・四邊静】（外）你去陳留仔細詢端的，專心去尋覓。請過兩三人，途中好承直。（合）休憂怨憶，寄書咫尺。眼望捷旌旗，耳聽好消息。[一]

【前腔】（生）饑荒散亂無踪跡，他存亡想不測。何況路途間，難禁這勞役。（合前）

【福馬郎】（貼）李旺，你休説新婚在牛氏宅。（外）便説，又待怎的？（貼）他須怨我相擔誤；歸未得，傍人聞把奴責。[二]（合）若是到京國，相逢處做個大筵席。

【前腔】（丑）相公，多與我盤纏添氣力，萬水千山路，曾慣歷。（拜介）辭却恩官去，免憂憶。（合

---

[一] 眉批：『途中』句用平平仄平仄，『耳聽』句用仄仄仄平仄，不可混。

[二] 眉批：『聞』字改作仄聲尤妙。

前）

（外）限伊半載望回音，（生）路上看承須小心。
（貼）但願應時還得見，（丑）果然勝似岳陽金。

琵琶記卷三終

# 琵琶記卷四

## 第三十三折

(末扮五戒上)年老心閒無別事，麻衣草座亦容身。相逢盡道休官好，林下何曾見一人？自家乃是彌陀寺中一個五戒便是。今日俺寺中建一個無碍道場，不揀甚麽人，或是薦悼雙親，保安身己的，都來這裏聚會。真個好寺院、好道場呵。怎見得好寺院？但見：蘭若莊嚴，蓮臺整肅。佛殿嵯峨耀金壁，回廊繚繞畫丹青。千層塔高聳侵雲，半空中時聞清鐸；七寶樓晶光耀日，六時裏頻叩洪鐘。松下山門，紅塵不到；竹邊僧舍，白日難消。阿羅漢神像威儀，如靈山三十六萬億佛祖；比丘僧戒行清潔，似祇園千二百五十人俱。且看旛影石壇高，惟有棋聲花院静。休提清浄法界，且説嚴肅道場。只見珠幢寶蓋影飄颻，玉磬金鐘聲斷續。龍瓶中插九品紅蓮，開淨土春秋不老；鳳蠟内吐千枝絳蕊，(一)照佛天晝夜常明。齊整整的貝葉同翻，撲簌簌的天花亂墜。旃檀林裏，爇着清淨香、道德香；香積厨中，獻這禪悅食、法喜食。人人在十洲三島，個個淨五蘊六根。擊大法鼓，吹大法螺，仙樂一齊奏動；開甘露門，入甘露城，幽魂盡獲超生。正是：寄言苦海林中客，好向靈山會上修。今日寺中建設大會，怕有官員貴客來此遊翫。道猶未了，遠遠望見兩位官人來到。（淨、丑上）

【中呂過曲・縷縷金】胡廝啞，兩喬才，家中無宿火，有甚强追陪？自來粧風子，如今難悔。向叢林深處且徘徊，特來看佛會，特來看佛會。(二)

（末）官人請坐，告茶。（淨）五戒，你這佛會支費許多錢？（末）便是。官人休怪冒瀆，今日天與之幸，得遇兩位貴客到此，斗膽抄化些添助支費。（丑）五戒，你要抄化，將疏頭來看。錢是淌來之物，(三)何處不使？那裏不用？（淨）是。咱每這般人，那一日不使幾貫鈔？我捨五錠。（丑）我也捨五錠。（末）如此，多謝官人。（淨）遠遠望見一個婦人來，且是生得好。（丑）真個有個婦人來，背着琵琶，到像你每姐姐。（末收）又道是遠觀不審，近覷分明。（旦上）

---

(一) 絳：原作『鋒』，據汲古閣刊本《繡刻琵琶記定本》改。
(二) 眉批：末疊一句，腔板俱與上句不同。時本去之，非也。
(三) 淌：原作『倘』，據汲古閣刊本《繡刻琵琶記定本》改。

【前腔】途路上，實難捱。盤纏都使盡，好狼狽。試把琵琶撥，逢人乞丐。薦公婆魂魄免沉埋，特來赴佛會，特來赴佛會。

可喜已到洛陽，今日見説彌陀寺中做佛會，只得就此抄化幾文，追薦公公婆婆則個。（淨、丑）道姑，你背着甚麼東西？（旦）是奴家公婆真容。（淨、丑）道姑，你從那裏來？

【仙呂入雙調過曲・銷金帳】（旦）聽奴訴與：奴是良人婦，爲兒夫相擔誤。他一向赴選及第，未歸鄉故。饑荒喪了，喪了親的舅姑。我造墳墓，今爲尋夫來到此。（丑）你丈夫在那裏？（旦）尋夫不知，不知在何處所？㈠

（淨）道姑，你抱着這個琵琶做甚麼？（旦）奴家將此琵琶彈一兩個曲，抄化幾文鈔，就此寺中追薦公婆。（丑）元來如此。道姑，你會彈甚麼曲兒？你會彈《也兒四》麼？（旦）不會。（淨）你會彈《八俏手》麼？（旦）也不會。奴家只會彈些行孝曲兒。（末）道姑，難得兩位官人在此，你好生彈一個曲兒，交他重重賞你。（旦）既然如此，只怕奴家彈得不好，望官人休責。（彈介）凡人養子，懷抱最艱辛。欲語未能行未得，此際苦雙親。

【前腔】凡人養子，最是十月懷擔苦，更三年勞役抱負。休言他受濕推乾，萬千勞苦。真個千

㈠ 眉批：喪了：去上聲。妙！末句如此乃是本調。時本改作『未知他在何處所』，少一字而平仄又不合本調。『不知』用入平二音妙甚。

般愛惜，愛惜萬般回護。兒有些不安，父母驚惶無措。直待可了，可了歡欣似初。

（净）彈得好！彈得好！（末）真個彈得好！（丑）錢鈔那裏不使？我先與你一領好襖子。（脱衣與旦介）（丑）道姑，你再彈一彈。（旦）官人請坐聽着。（彈介）孩兒漸長成，父母漸歡欣。教語教行并教禮，一意望成人。

【前腔】兒行幾步，父母歡欣相顧，漸能言能走路。指望飲食羹湯，自朝及暮。懸懸望他，望他不知幾度。爲擇良師，只怕孩兒愚魯。略得他長俊，可便歡欣相賀。

（丑）彈得好！彈得好！（末）真個彈得好！（净）錢鈔那裏不用了些？再與他一領好襖子。（脱衣與旦介）（净）道姑，你再彈一彈。（旦）官人請坐聽着。（彈介）勤於教道，暮史及朝經。願得榮親并耀祖，一舉便成名。

【前腔】朝經暮史，教子勤詩賦，爲春闈催教赴。指望他耀祖榮先，改换門户。懸懸望他，望他腰金衣紫。兒在程途，又怕餐風宿露。求神問卜，問卜把歸期暗數。

（丑）彈得好！彈得好！（末）實是彈得好！（丑）錢鈔是人撰來的，我再與他一領襖子。（脱衣與旦介）（末）元來裏面都是破衣服。官人，把襖子都脱了，身上這般寒，甚麽意思？（净）寒冷由他寒冷，不可壞了局面。咱每這般人使錢慣的，怕甚麽寒冷？道姑，你再唱唱。（末）你再彈，看他再把甚麽與你？（旦彈介）孩兒在外，須早回程。忤逆孩兒并孝子，報應甚分明。

【前腔】兒還念父母，及早歸鄉土，看慈烏亦能返哺。莫學我的兒夫，把雙親擔誤。常言養子，養子方知父母。算忤逆兒男，和孝順爹娘之子，若無報應，果是乾坤有私。

（末）彈得好！彈得好！（净）他彈自好，唱自好，我没甚麽與他了。（末）可知道！（净作寒介）（丑）兄弟，我和你這般的走回家去，成甚麽模樣？（净）我只賴五戒討那衣裳。（扯末介）（末）呀！你扯我怎的？（丑）扯你怎的？你到粧成騙局，把我每的衣裳都剥去。（末）呸！你自家要他唱，與了他，干我什麽事？（净）秃驢！你不是粧局騙我？道姑彈了，喝采一聲；你也喝采一聲，只管攛掇，把我衣裳剥與他。這不是粧局騙我怎麽？（丑）你不還我，我扯你到洛陽縣裏去。（末）天那！不曾見這般没行止的人！道姑，你没奈何了，把衣服還他去罷。（旦）衣服在這裏，還他去，要做甚麽？（丑）錢鈔那裏不用了，只是寒冷，又忍不得。（穿衣介）（净）道姑，方纔説道你彈得好，唱得好；我尋思起來，你彈得也不好，唱得也不好。你不信時，再彈唱一曲與我們聽。（旦）我也彈不得了，也唱不得了。（净）可知道不敢再彈唱了。（丑）兄弟，他既不敢彈唱了，我和你且回家去。（净）説得是，和你回去。（丑）五戒，我小子不是豪富。（末）枉了教人題疏。（旦）你衣服敢是借的？（净、丑）可知道我褪上無個布袴。（末、净、丑下）（旦）一斟一酌，莫非前定。奴家準擬今日抄化幾文錢鈔，就此追薦公婆。誰知撞了兩個風子，擾鬧了一場。呀！遠遠望見一簇人馬，想必官員在此拈香，不免且躲在一邊。（末、丑隨生上）

【中呂過曲·縷縷金】（生）時不利，命何乖。雙親在途路上，怕生災。（末、丑）相公，此是彌陀寺，略停車蓋。（合）辦虔誠懇禱拜蓮臺，特來赴佛會，特來赴佛會。(一)（丑）道姑迴避。（打旦介）（旦）休打奴家，奴家自迴避。正是：在他矮簷下，怎敢不低頭？（慌下落真容介）（生）左右，那道姑失落什麽東西在地？（末）是一軸畫像。（生）叫他轉來，還他去。（丑叫不應介）去遠了，叫不應。（生）既叫不應，且與我收下。左右，和尚在那裏？（丑叫介）（淨上）

【前腔】能喫酒，會噇齋。喫得醺醺醉，却去打僧戒。(二) 講經和回向，全然魖魀。你官人若是有文才，休來看佛會，休來看佛會。

小僧請佛。

（見介）（生）這廝好打！怎麽不見你？（淨）小僧正在裏面莊嚴道場，不知老爹下降，有失迎接，萬乞恕罪。（生）和尚，下官爲取雙親來此，不知路上安否何如，特來三寶面前祈個保佑。（淨）元來如此。

【佛賺】如來本是西方佛，西方佛，却來東土救人多，救人多。結跏趺坐坐蓮花，丈六金身最高大，他是十方三界第一個大菩薩。摩訶薩，摩訶般若波羅糖。（末）和尚念差了，是波羅蜜。（淨）糖也這般甜，蜜也這般甜。南無南無十方佛，十方法，十方僧，上帝好生不好殺。好人

(一) 眉批：俗本此處旦掛真容禮拜，而增一【賞秋月】曲云：『在途路，歷盡多辛苦。把公婆魂魄來超度，焚香禮拜祈回護，願相逢我丈夫。』且批云：『無此，覺掛真容時冷淡。』不知古本只有落真容，無掛真容也。若掛，則豈遽落哉？

(二) 眉批：打僧戒：時本作『摟新戒』。

還有好提掇，惡人還有惡鑒察。好人成佛是菩薩，惡人做鬼做羅刹。第一滅却心頭火，心頭火。第二解開眉間鎖，眉間鎖。第三點起佛前燈，佛前燈。真個是好也快活我，快活我。諸惡莫作，奉勸世上人則個。浪裏稍公牢把舵，行正路，莫蹉跎。大家却去誦彌陀，誦彌陀，善男信女笑呵呵。聽大法鼓鼕鼕鼕鼕，聽大法鐃乍乍乍乍。手鐘摇動陳陳陳陳，獅子能舞鶴能歌。木魚亂敲逼逼剥，海螺響處嘖嘖嘖嘖。積善道場隨人做，伏願老相公、老安人、小夫人，西方極樂世界做個老猪婆。（末）和尚，這幾位皆不曾死。（浄）恁的佛轉來來來來，再聽小僧祝讚過。伏願老相公、老安人、小夫人，萬里程途悉安樂。南無菩薩薩摩訶，金剛般若波羅蜜。

請相公拈香。（生炷香拜介）

【仙吕入雙調過曲・古江兒水】如來證明，鑒兹邕啓：雙親在途路，不知如何的？仰惟菩薩大慈悲。（合）龍天鑒知，龍神護持，護持他登山渡水。(一)

【前腔】（浄）如來證明，鑒兹情旨。蔡邕的父母望相保庇，仰惟功德不思議。（合前）

(一)　眉批：今人欲以『膝下嬌兒去』之【江兒水】腔板唱之，大不通矣。

【前腔】（末）我東人鎮日，常懷憂慮。只愁二親在路途里，孝思情意感神祇。（合前）㈠

【前腔】（丑）我聞知做會，特來隨喜，饅頭素食多多與。若還不與，我自入齋厨。㈡（合前）

（净）與佛有緣蒙寵渥，（生）願親無事不艱難。

（末）因過竹院逢僧話，（丑）又得浮生半日閒。（並下）（旦復上）

【中呂過曲・縷縷金】原來是，蔡伯喈。馬前都喝道，狀元來。料想雙親像，他每留在。敢天教夫婦再和諧，都因這佛會？都因這佛會？

正是：不因漁父引，怎得見波濤？方纔那個官人，奴家詢問起來，到是蔡伯喈。只一件，奴家荒忙中失了真容，想必是他收下。且待明日逕到他家，以乞丐爲由，尋問消息便了。倘或天可憐見，就此相會，未可知道？

薄倖兒夫蔡伯喈，真容收去不疑猜。

縱使侯門深似海，從今引得外人來。

---

㈠ 眉批：閩本無末折。

㈡ 眉批：浙本無丑折。時本『齋厨』下增『去取』二字，非調。

# 第三十四折

（貼上）

【商調引子·十二時】心事無靠托，這幾日翻成悶也。父意方回，夫愁稍可。未卜程途裏的如何，教我怎生放下？㈠

不如意事常八九，可與人言無二三。奴家自嫁蔡伯喈之後，見他常懷憂悶，廢盡心機去問他，他又不說。比及奴家知道，去對爹爹説，要和他同去奉事，誰想爹爹不肯。如今幸得爹心回轉，使人去取他爹娘媳婦，倘或早晚來到，不免尋一個精細的婦人與他使喚，多少是好？院子那裏？（末上）書當快意讀易盡，客有可人期不來。世上幾多能稱意，光陰何用苦相催。夫人有何使令？（貼）院子，府中却少使喚的，你去街坊上尋一個精細婦人來用。（末）小人理會得。（行望介）踏破鐵鞋無覓處，得來全不費工夫。覆夫人得知，府前有個教化的道姑，來來往往，生得十分精細，不知他肯做使喚的否？（貼）既是生得精細，叫他入來，問着他則個。（末叫）（旦上）

【遶池遊】風飧水臥，甚日能安妥？問天天怎生結果？（貼）梳妝淡雅，看丰姿堪描堪畫。

㈠ 眉批：悶：一作『悲』。愁：一作『怨』。放：一作『撇』。

是何人教來問咱。

道姑何來？（旦）貧道是遠方人氏。（占）到此何幹？（旦）特來抄化。（占）有甚本事來此抄化？

（旦）貧道大則琴棋書畫，小則針黹女工，次則飲食餚饌，無所不通，無所不曉。（占）道姑有這等本事，何不在我府中喫些安樂茶飯如何？（旦）若得如此，感恩非淺。只怕貧道没福，無可當夫人之意。

（末）道姑，我且問你，你在嫁出家的，從幼出家的？（旦）貧道是在嫁出家的。（占）在嫁出家的怎麼說？從幼出家的怎麼說？（末）告夫人知道：在嫁出家是有丈夫的，從幼出家是没丈夫的。他是有丈夫的，難留在府中使用。（占）險些兒錯了。既有丈夫的，多打發齋糧與他别處抄化。（末）道姑，夫人說你有丈夫，多打發齋糧與你，别處去抄化罷。（旦）天那！不合說了有丈夫的。大哥，不來抄化。

（末）來做甚麼？（旦）尋取丈夫的。（末）夫人，這道姑不來抄化，尋取丈夫的。（占）道姑，你丈夫姓甚名誰？（旦）夫人一發問得緊了。臨别時，張大公分付，人前只可三分話，未可全拋一片心。把蔡伯喈三字折開與他說。夫人，奴家丈夫姓祭，名白諧。（貼）在那裏住過？（旦）人人都說道在牛府廊下住過，敢是夫人認得他？（貼）我怎麼認得他？院子，你管許多廊房，有那姓祭名白諧的麼？（末）小人管五百來家，並没有姓祭名白諧的。（貼）道姑，我這裏没有。（旦）天那！這裏尋不見，教我怎生過活？（貼）可憐這婦人！道姑，你住在我府中，我着院子在街坊上尋取你丈夫，心下何如？（旦）若得夫人收留，重生父母，再長爹娘。（貼）道姑，我老相公不喜這般打扮，我和你改換些衣服在此走動，多少是好？（旦）貧道有十二年大孝在身。（貼）大孝只有三年，如何有十二年？（旦）貧道公公死了三年，婆婆死了三年；丈夫久留都下，一竟不歸，替丈夫帶六年，共有十二年。（貼）這道姑到有孝心！你權且改换衣服，多少是好？（旦）天那！如何是好？（貼）院子，叫惜春取粧奩來。（丑取上）寶劒賣與烈士，紅粉贈與佳人。（貼）道姑，照鏡梳粧。（旦）鏡兒，這幾時不曾照你，這等消瘦了。

【商調過曲・二郎神】容消灑，照孤鸞嘆菱花剖破。（占）你不梳粧，須改换衣服。（旦）記翠鈿羅襦當日嫁，誰知他去後，釵荆裙布無些？（占）你不换衣服，須帶釵兒。（旦）他金雀釵頭雙鳳皹，奴家若帶了呵，羞殺人形孤影寡。（占）不帶釵兒，簪些花，到好别些吉凶。（旦）説甚麽簪花捻牡丹，教人怨着嫦娥。㈠

【前腔换頭】（占）嗟呀，心憂貌苦，真情怎假？你爲着公婆珠淚墮，道姑，我公婆自有，不能勾承奉杯茶。㈡道姑，你比我没個公婆得承奉呵，不枉了教人做話靶。我且問你：你公婆，爲甚的雙雙命掩黄沙？㈢

---

㈠　眉批：『剖破』『你爲』俱上去聲，『鳳皹』『貌苦』『自有』『甚的』『命掩』俱去上聲，俱妙。中間『剖破』二字、『影寡』二字、『話靶』二字尤妙。後人所作如《明珠記》之『睡來還覺，餘香猶裊』，《連環記》之『怎生能勾』『問君知否』，『還』字、『猶』字、『能』字、『知』字俱用平聲，便索然無調矣。《琵琶記》所以不可及全在此處，而人自不知耳。

㈡　夾批：不：作平。

㈢　夾批：的：上聲。

【囀林鶯】（旦）荒年萬般遭坎坷，丈夫又在京華。糟糠暗喫擔饑餓，公婆死，賣頭髮去埋他。把孤墳自造，(一)土泥盡是我羅裙包裹。（貼）道姑，你好誇口！（旦）也非誇，(二)手指傷，血痕尚在衣羅。

【前腔】（貼）愁人見説愁轉多，使我珠淚如麻。我丈夫亦久別雙親下，要辭官，被我爹蹉跎。（旦）他家有誰？（貼）他妻雖有麽，怕不似恁看承爹媽。（旦）夫人，如今在那裏？（貼）在天涯，謾取去，知他路上如何？

【啄木鸝】【黄鍾·啄木兒】（旦）聽言語，交我慘悽多，料想他每也非是假。夫人，他那裏既有妻房，取將來怕不相和？（貼）但得他似你能揢把，我情願侍他居他下。【商調·黄鶯兒】只愁他，程途上苦辛，教人望巴巴。(三)

【前腔】（旦）錯中錯，訛上訛，只管鬼門前空占卦。夫人，若要識蔡伯喈的妻房，（貼）他在那

(一) 眉批：『造』字還宜用韻。

(二) 眉批：『也非誇』以下原非犯【黄鶯兒】，不可强扭其腔以合之也。

(三) 眉批：舊譜注云：【黄鍾】不可居【商調】之前，恐前高後低也，此調正犯此病。雖起於高則誠，慎不可學。『假』字舊本有作『埋妬』者，於調不甚合，然字却新。

裏？（旦）奴家便是無差。（貼介）你果然是他非謊詐？〔一〕你原來爲我喫折挫，你爲我受波查。交伊怨我，交我怨爹爹。

姐姐請上坐。（旦）夫人在上，奴家不敢坐。

【金衣公子】（貼）一様和你做渾家，我安然你受禍。（貼）你名爲孝婦，我被傍人罵。公死爲我，婆死爲我，情願把你孝衣穿着，把濃粧罷。（合）事多磨，寃家到此，逃不得這波查。〔二〕

【前腔】（旦）他當元也是没奈何，被强將來，赴選科，辭爹不肯聽他話。（貼）他辭官不可，辭婚不可。（旦）三不從，做成災禍天來大。（合前）

（貼）姐姐休怪我説，你不肯换衣裳，只怕伯喈嫌你藍縷，不肯厮認。況他平日好看文章書史，你何似去書館中，寫幾句言語打動了他？那時我與你説合。（旦）夫人道得是。便寫不好，也索從他。凡事全靠夫人。（貼）姐姐，説那裏話？

（旦）無限心中不平事，一番清話又成空。

---

〔一〕眉批：時本以對面不宜稱『他』而改爲『真』，便索然。蓋猶在疑似，故指意中人而稱『他』耳，有何礙而爲此拘拘乎？

〔二〕眉批：『你受』上去聲，妙！若『你』字用平聲，即不發調矣。『到此』二字若不得已，寧用平聲於此字上，而『到』字必不可用平聲。此調及前二調皆然，足見東嘉之用意也。夾批：我：可平。

一葉浮萍歸大海，人生何處不相逢？

# 第三十五折

（末上）爲問當年素服儒，於今腰下佩金魚。分明有個朝天路，何事男兒不讀書？自家乃是蔡老爹府中一個院子。我老爹雖居鳳閣鸞臺，常在螢窗雪案。退朝之暇，手不停披；閒居之際，口不絶吟。如今將次回府，不免灑掃書館，等老爹到來。怎見得好書館？但見：明窗瀟灑，碧紗内烟霧輕盈；净几端嚴，虎皮上塵埃不染。粉壁間掛三四軸古畫，石床上安一兩張清琴。緗帙縹囊，數起看何止一萬卷；牙籖犀軸，乘將來彀有三千車。芸葉分香走魚蠹，芙蓉藏粉養龍賓。鳳咮馬肝，和那鴝鵒眼，無非奇巧；兔毫粟尾，和那犀象管，分外精神。積金花玉板之箋，列錦紋銅緑之格。正是：休誇東壁圖書府，賽過西垣翰墨林。且謾着。我老爹昨日去彌陀寺中燒香，拾得一軸畫像，不知是什麽故事？老爹當時交我收下，我如今將來掛在此間。我老爹飽學多才，怕曉得那故事，也未可知？正是：早知不入時人眼，當買臙脂畫牡丹。（下）（旦上）

【仙吕引子·天下樂】一片花飛故苑空，隨風飄泊到簾櫳。玉人怪問驚春夢，只怕東風羞

落紅。(一)

堦下落紅三四點，交人錯恨五更風。當初只道蔡伯喈貪名逐利，不肯回家，元來被人逗留在此。奴家昨日抄化來到這裏，甚感得牛氏夫人收録；又怕伯喈見奴家一身藍縷，不肯厮認，教奴家到書館中題幾句言語打動他。奴家只得從命來到這裏。如今寫在那處好？呀！公婆真容元來也掛在這裏。何似就此真容背面，寫幾句便了。向是受饑荒，雙親已死亡。如今題詩句，報與薄情郎。

【仙呂過曲・醉扶歸】我有緣結髮曾相共，難道是無緣對面不相逢？我鳳衾鸞枕也和他同，到憑兔毫蠒紙將他動。休休，畢竟一齊分付與東風，(二)把往事也如春夢。

奴家欲要題在粉壁上，恐怕污了他粉壁，不免就寫在公婆真容後面罷。（題詩介）崑山有良璧，鬱鬱璠璵姿。嗟彼一點瑕，(三)掩此連城瑜。人生非孔顔，名節鮮不虧。拙哉西河守，胡不如皐魚？宋弘既以義，王允何其愚。風木有餘恨，連理無傍枝。寄語青雲客，慎勿乖天彝。

---

(一)　眉批：此調雖似七言絶句，然第三句用韻，不可不知。『故苑』去上聲，妙。夾批：一：可平。飄：可仄。只：可平。

(二)　眉批：首句時本作『有緣千里能相會』。雖成句，然不用韻，非也。『有』字上聲，『鳳枕鸞衾』去上平平，俱妙。『和』字不可作平聲唱。今人於第三句每作平平仄仄仄平平，非也。夾批：和：去聲。一：可平。

(三)　彼：原作『被』，據汲古閣刊本《繡刻琵琶記定本》改。

【前腔】彩筆墨潤鸞封重，只爲玉簫聲斷鳳樓空。(一)這牛氏夫人見我衣裳藍縷，怕伯喈不肯相認，我須帶孝來！還是教妾若爲容？(二)我不寫這詩打動伯喈呵，只怕爲你難移寵。縱認不得這丹青貌不同，他若認我翰墨，教心先痛。

未卜兒夫意，聊憑一首詩。

正是得他心肯日，是我運通時。

## 第三十六折

（生上）

【仙呂引子・鵲橋仙】披香隨宴，上林遊賞，醉後人扶馬上。金蓮寶炬照回廊，正院宇梅稍月上。(三)

---

(一) 眉批：首一句一作『總是我詞源倒流三峽水，只怕你胸中別是一帆風』。俊則俊矣，然首句須用韻。夾批：筆：作平。

(二) 夾批：教：平聲。妾：作平。

(三) 眉批：『隨』字平聲，妙。或作『侍』，非也。『照』字去聲，妙。『月』字不可唱作入聲。『院宇』去上聲，妙。夾批：月：作平。上：上聲。

日晏下彤闈，平明登紫閣。何如在書案，快哉天下樂。自家早朝長樂，夜直嚴更。召問鬼神，或前宣室之席；光傳太乙，特頒天禄之藜。唯有戴星衝黑出漢宫，安能滴露研朱點《周易》？這幾日且喜朝無煩政，官有餘閒，庶可留志於詩書，從事於翰墨。正是：事業要當窮萬卷，人生須是惜分陰。這是什麽書？是《尚書・堯典》。這《堯典》説道：『舜父頑母嚚象傲，克諧以孝。』他父母那般相待，舜猶自克諧以孝；我父母虧了我什麽，到閃了不能勾厮見？看什麽《尚書》？且看《春秋》到好。（看介）『小臣有母，未嘗君之羹，請以遺之。』古人喫一口湯，兀自尋思着娘。我如今佐官，又享富貴，如何把父母撇了？呀！枉看這書，濟得甚事？你看書中那一句不説着孝義？當元俺爹娘只要俺學些孝義，交我讀書，誰知道到被書誤了。

【仙呂過曲・解三醒】嘆雙親把兒指望，教兒讀古聖文章。(一)比我會讀書的，到把親撇漾；少甚麽不識字的，到得終養。書，我只爲你其中自有黄金屋，却交我撇却椿庭萱草堂。還思想，畢竟是文章誤我，我誤爹娘。(二)

---

(一)　夾批：『聖』字若用平，則『章』字可去。

(二)　眉批：醒：或作『醒』，非也。此曲之病全在欲用『黄金屋』『顔如玉』兩成語，遂成拗體。而《香囊記》沿而用之，今遂牢不可破。然此曲【换頭】起處猶未失體也。後人概用『嘆雙親』句法，遂使【换頭】與起處相似矣。南曲之失體，惟此調爲甚。『指』字改平聲乃順。『古聖』上去聲。『誤我』『我誤』去上、上去聲，俱妙。『黄金』『金』字不如改作仄聲爲妙。若用仄，則『屋』字平仄俱可。夾批：得：作平。

【前腔換頭】比似我做了虧心臺館客，到不如守義終身田舍郎。《白頭吟》記得不曾忘，緑鬢婦何故在他方？書，我只爲你其中有女顔如玉，却交我撇却糟糠妻下堂。還思想，畢竟是文章誤我，我誤妻房。(一)

既不看書，看這壁間山水古畫散悶則個。呀！這一軸畫兒，是我昨日在寺中燒香拾的，院子好没分曉，也拿來掛在這裏。這是什麽故事？一個老兒，一個婆兒，像兩個人。我想不起來。

【南吕過曲·太師引】細端詳，這是誰筆仗？覷着他，教我心兒好感傷。（細看介）好似我雙親模樣。既是我雙親，我媳婦趙五娘會做女工針黹，怎穿着破損衣裳？他前日有書來，道別後容顔無恙，怎這般淒涼形狀？假如我蔡邕在此爲官，要寄一封書回去，尚不能勾。他那裏，誰來往，直將到洛陽？天下有這等厮像的？須知仲尼和陽虎一般龐。(二)

我理會得了。

---

(一) 眉批：『比似我』二句不可與『嘆雙親』二句一般點板。『忘』字不可作平聲唱。夾批：忘：去聲。

(二) 眉批：細查古曲，凡【太師引】皆用前『他意兒難提起』一體，并無有用『別後容顔無恙』句法者。必犯他調，今不可考矣。只末一句必是【刮鼓令】，聊記以俟知者。蓋此二曲末後各一句，俱用七字句法，全不與前曲末句相似。況古曲亦無此等句法而扭捏以唱者。今人俱於『陽虎』下下一截板，『王嬙』上增一『了』字，亦一截板，則高先生之扭捏甚矣。『詳』字、『往』字、『坊』字、『匠』字俱是句中暗用韻處。或於『詳』字下打截板，或唱作『誰往來』，皆非。『好似』『怎這』『敢是』俱上去聲。『似我』『破損』俱去上聲。俱妙。夾批：着：作平。直：作平。

【前腔】這是街坊誰劣相，砌莊家形衰貌黃。比我爹娘面貌呵，若没一個媳婦來相傍，少不得也這般淒涼。敢是神圖佛像？正看間，猛可的小鹿兒心頭撞。也不是。當元畫工畫差了？丹青匠，由他主張，須知漢毛延壽誤王嬙。

且慢着，若是神圖佛像，後面必有標題。呀！這詩不是當元寫的，却是纔寫的，墨跡尚未曾乾。這是什麼人到我書房裏來？夫人那裏？（貼上）

【雙調引子・夜游湖】(一)惟恐他心思未到，教他題詩句，暗中指挑。(二)翰墨開心，丹青入眼，强如把語言相告。(三)

（見介）（貼）相公大驚小怪做甚麼？（生）誰人入我書房裏來？（貼）没有人來。（生）我昨日去寺中燒香，拾得這軸畫，掛在這裏，不知誰人背後寫着一首詩？（貼）敢是當原畫工寫的？（生）那裏是？墨跡尚未曾乾。（貼）相公且讀一番與我聽。（生照前讀介）（貼）相公，奴家不解其意，你解一遍與我聽。（生）夫人聽我解：『崑山有良璧，鬱鬱璠璵姿。』崑山是地名，出得好美玉。玉之美而温潤者，乃

---

(一) 夾批：湖：或作『朝』，非也。

(二) 夾批：暗中指挑：或作『暗中相挑』。

(三) 眉批：舊譜《九宫十三調》俱無此調，而《琵琶記》俱刻其名，細查與【夜行船】字句皆同，但第一句宜於『心』字下略斷，則句法同矣。若是【夜行船】，反當依坊本『暗裏相挑』。

是璠璵之資質。『嗟彼一點瑕，掩此連城瑜。』嘆息這一塊美玉，没些兒瑕玷，價重連城；若有些兒瑕玷，便没人要了。『人生非孔顏，名節鮮不虧。』孔子、顔子兩個聖賢，德行渾全。大凡人能忠不能孝，能孝不能忠，所以名節欠缺。『拙哉西河守，胡不如皋魚？』西河守是戰國時人吴起也，魏文侯着他做西河守，母死不奔喪。皋魚是春秋時人，只爲周遊列國，父母死了，後來回歸，自刎而亡。『宋弘既以義，王允何其愚。』宋弘是光武時人，光武要把姐姐湖陽公主嫁他，宋弘不從，對官裏道：貧賤之交不可忘，糟糠之妻不下堂。王允，桓帝時人，袁隗要把女兒嫁他，他休了前妻，娶了袁隗女兒。『風木有餘恨，連理無傍枝。』孔子聽得皋魚啼哭，問其故。皋魚説道：樹欲静而風不止，子欲養而親不在。西晉時，東宫門前有槐樹二枝，連理接脉而生，四傍皆無小枝。『寄語青雲客，慎勿乖天彝。』叫人傳言與做官的，切莫違了天倫。（貼）相公，那不奔喪的和那自刎的，那一個是孝道？（生）那不奔喪的是亂道。（貼）相公，那不棄妻的和那休妻的，那一個是正道？（生）那休妻的是亂道。（貼）比如你待要學那一個？（生）呀！我的父母知他存亡如何？我決不學那不奔喪的見識。（貼）相公，你雖不學那不奔喪的，且如你這般富貴，腰金衣紫，假有糟糠之婦來尋你，可不辱邈了你？你莫必也索休了？（生）你説那裏話？縱是辱邈殺了我，終是我的妻室，義不可絶。夫人，

【越調過曲・鏵鍬令】(一)你説得好笑，可見你心兒窄小。我不學那王允見識，没來由漾却苦李，再尋甜桃。古人云：棄妻有七出之條。他不嫉不淫與不盜，終無去條。那弃妻呵，衆所誚；那不弃妻的呵，人所褒。縱然他醜貌，怎肯相休去了？

【前腔】（貼）伊家富豪，那更青春年少。看你紫袍掛體，金帶垂腰。做你的媳婦呵，應須有封號。金花紫誥，必俊俏，須美嬌。若還他醜貌，相公，怎不相休去了？

【前腔】（生）夫人，你言顛語倒，惱得我心兒焦躁。莫不是你把咱奚落，特兀自粧喬？引得我淚痕交，撲簌簌這遭。夫人，題詩的是誰？（貼）你待要怎的？（生）他把我嘲，難恕饒。説與我知道，怎肯干休住了？

【前腔】（貼）我心中忖料，想不是個薄情分曉。（生）却怎的？（貼）管交你夫婦，會合在今朝。相公，你認得題詩的麼？（生）我認不得。（貼）伊家枉然焦，只怕你哭聲漸高。是伊大嫂，身姓趙。正要説與你知道，怎肯干休住了？（旦上）

(一)　眉批：　此調與【正宮】之【刬鍬兒】不同，然【刬鍬兒】今多訛爲【剗鍬兒】；　或又訛爲【鏵鍬兒】。　而此曲惟《琵琶》《牧羊》二記有之，但恐人混於【刬鍬兒】耳。　大抵九宮之詞惟【雙調】與【越調】最多錯訛，安能一一正之哉？　《牧羊記》『受盡了千磨百滅』正與此同調。

【越調近詞・入賺】聽得鬧炒，敢是我兒夫看詩囉唣？（貼）姐姐出來。（旦）是誰忽叫？想是夫人召。（貼）相公，是他題詩句，你還認得否？（生）夫人，他從那裏來？（貼）他從陳留郡，爲你來尋討。（生認介）你怎的穿着破襖，衣衫盡是素縞？呀！莫不是我雙親不保？（旦介）從別後，遭水旱，（生）是水旱來。（旦）兩三人只道同做餓殍。（生）張大公曾週濟你麽？（旦）只有張公可憐，嘆雙親別無倚靠。（生）後却如何？（旦）兩口公婆相繼死，我剪頭髮賣錢來送伊妣考。（生）如今安葬也不曾？（旦）安葬了。（生）家中這等艱難，如何就安葬了？（旦）我把墳自造，土泥盡是羅裙裏包。（生）聽得你言語，教我痛傷噎倒。（一）

（倒地介）（旦、貼叫醒介）（生）娘子，這畫像，莫不就是我爹娘的真容麽？（旦）就是。（生）既是我爹娘的真容，將來掛起設拜。

【越調過曲・山桃紅】【下山虎】（頭）蔡邕不孝，把父母相拋。爹媽，我與別時也不恁地。早知你形衰耄，怎留漢朝？【小桃紅】（中）娘子，你爲我受煩惱，你爲我受劬勞。謝你葬我爹，葬我

---

（一）眉批：按，此調之前後俱係【越調】，又俱用蕭豪韻，而此調用在中間，其爲【越調】無疑矣，故明著之。又按：凡【賺】皆曰【入賺】，非但此曲也，今從時尚耳。按：譜『忽叫』下有『姐姐』二字，『題詩』下或無『句』字，『陳留』下或無『郡』字。『鬧炒』『爲你』『破襖』『素縞』『是我』『餓殍』『繼死』『是我』俱去上聲。『敢是』『想是』『怎地』『水旱』『倚靠』俱上去聲，俱妙。按：譜無『公婆』二字，俗本改爲『顛連』。

娘，你的恩難報也！【下山虎】（尾）又道是養子能代老。（合）這苦知多少，此恨怎消？天降災殃人怎逃？〔一〕

【前腔】（旦）儀容相貌，是我親描。教化把琵琶撥，怎禁路遥？丈夫，説甚麽受煩惱？説甚麽受劬勞？不信看你爹，看你娘，比别後容枯槁也。我的一身難打熬。〔二〕（合前）

【前腔】（貼）設着圈套，〔三〕被我爹相招。逼爲東床婿，怎行孝道？姐姐，你爲我受煩惱，你爲我受劬勞。丈夫，是我誤你爹，誤你娘，誤得你名不孝也。怎做得妻賢夫禍少？（合前）

【前腔】（生）我脱却官帽，卸下藍袍。（旦）急上辭官表，共行孝道。（貼）我豈敢憚煩惱？我豈敢憚劬勞？歸去拜你爹，拜你娘，親把墳塋掃也。與地下亡魂添榮耀。〔四〕（合前）

---

〔一〕眉批：『父母』『爲我』『葬我』『報也』『代老』『這苦』『恨怎』俱去上聲。『你爲』『我受』『此恨』俱去上聲，俱妙。『養子』二字俱改爲平聲乃協。

〔二〕眉批：『不信』三句，時本作『是我葬你爹來葬你娘，獨把墳塋造也』。與上【入賺】隻犯重。夾批：一：作平。

〔三〕設：原作『説』，據汲古閣刊本《繡刻琵琶記定本》改。

〔四〕眉批：『添榮耀』者，如此成名而歸，亦是榮事。猶前『錦衣歸故里，一靈兒終是喜』也，有何妨礙？時本批云『非賢媛口中語』而改爲『安宅兆』，可恨。

【尾聲】(合)幾年分別無音耗，奈千山萬水迢遥。只爲三不從，生出這禍苗。(一)

(生)我明日和他同歸去，拜守雙親墳臺，行些孝道，你意下何如？(旦)只怕他爹爹不肯。(貼)我爹爹見你這般行孝道，如何不肯？

(生)只爲君王三不從，(旦)致令骨肉兩西東。

(合)今宵賸把銀釭照，(二)猶恐相逢是夢中。

## 第三十七折(三)

(末上)

【南吕引子·虞美人】青山今古何時了，斷送人多少。孤墳誰與掃蒼苔？鄰塚陰風吹送紙錢來。(四)

冥冥長夜不知曉，寂寂空山幾度秋。泉下長眠人醒未，悲風蕭瑟起松楸。老漢曾受趙五娘之所托，交

---

(一) 夾批：出：作平。

(二) 今：原作『金』，據汲古閣刊本《繡刻琵琶記定本》改。

(三) 眉批：此以後前輩目爲後八折，其來已舊。時本删其三，遂得五折，而後八折之名虚設矣。

(四) 眉批：一調二韻，【引子】中之最有古意者。

我爲他看守墳塋。這幾日有些貧冗，不及拜看，今日不免去走一遭。呀！怎地？

【仙吕入雙調過曲·步步嬌】只見敗葉飄飄把墳頭覆，廝趕的皆狐兔。敢是誰砍了木頭？爲甚松楸漸漸疏？（跌介）呀！甚麽東西絆我這一脚？却元來苔把磚封，笋迸泥路。我想起來呵：未歸三尺土，難保百年身；已歸三尺土，難保百年墳。只恐難保百年墳，教憑誰看你三尺土？(一)

遠遠望見一個漢子，不知是甚麽人？（丑上）

【前腔】渡水登山多勞苦，來到荒村塢。遥觀一老夫，試問他家，住在何所。趲步向前行，却是一所荒墳墓。

老漢，問路。（末）小哥，你在那裏來的？（丑）我從京師來的。（末）你到我空山中何幹？（丑）我要問那蔡家府。（末）這裏是荒僻去處，没有什麽蔡家府。蔡家莊便有。（丑）既有蔡家莊，怎麽没有個蔡老爹？（末）你每老爹叫甚麽名字？（丑）我小人怎麽敢説他？（末）小哥，怎麽説不得？（丑）這老兒買乾魚放生，不知死活。俺京城中説了蔡老爹的名字，（介）就把頭來哈喇了。（末）京城中便説不得，這裏是荒僻去處，四顧無人，就説也不妨。（丑）我便説，你不要叫喊。（末）你老爹叫甚麽名字？

(一)　眉批：『敗葉飄飄』『渡水登山』俱用仄仄平平，妙甚。凡古曲皆然。觀《荆釵》之『往事今朝』，《金丸》之『昨日來宫』，《唐伯亨》之『半紙功名』，可見若用平平仄仄即落調矣。『笋迸』『住在』亦用仄聲，俱妙。觀《荆釵》用『且自』，《唐伯亨》用『半折』，可見後人用仄平平仄亦非也。

（丑）叫做蔡伯喈。（末）你且禁聲！

【風入松】(一)不須提起蔡伯喈，（丑）老老説起我每老爹，怎麼這等着惱？（末）説着他每忒歹！（丑）他做官的有甚歹處？（末）他做狀元六七載，撇父母拋妻不采。(二)（丑）老公公，他老老爹、老安人在那裏？（末）只兀的這磚頭土堆，是他雙親死在此中埋。

（丑）請問老公公，老老爹、老夫人爲何就死了？

【前腔】（末）一從他別後遇荒災，更無人倚賴。(三)（丑）有什麼人看待他？（末）虧他媳婦相看待，(四)把衣服和釵梳都解。（丑）他解當也有個盡時。（末）解當糧米，供膳公婆。他魆地裏把糟糠自捱，公婆的到疑猜。(五)（丑）敢是疑他喫了東西？（末）正是。（丑）後來？（末）後來親看見，雙雙死，無錢送，剪頭髮賣買棺材。（丑）剪頭髮賣買棺材，怎麼得這所墳墓完成？（末）他去空山裏，

---

(一) 眉批：細查舊曲，凡【風入松】或一曲，或二曲，其後必帶二段。今人謂之【急三鎗】，未知是否，未敢遽定其名也。末後一曲則止用【風入松】本調，更不帶此二段，不知何故。作此調者如事情多，不妨再增幾曲。但每一曲二曲【風入松】後必帶二段，末後須用本調。此不可不知也。

(二) 夾批：每：平聲。忒：作平。六：作平。七：作平。不：作平。忒：或譜作『哏』。

(三) 眉批：『倚』字改作平聲乃協。

(四) 看：原作『堪』，據汲古閣刊本《繡刻琵琶記定本》改。

(五) 夾批：別：作平。的：上聲。

把裙包土，血流指，感得神明助，與他築墳臺。

（丑）老老爹、老夫人葬在此處了，小夫人往那裏去了？

【前腔】（末）他如今直往帝京來。(一)（丑）什麼做盤纏？（末）他彈着琵琶做乞丐。(二)（丑）老公公，老爹差小人來請老老爹、老夫人，如今都死了，教小人怎麼回話？（末）你要請他父母，跪上前來，我與你請。老員外、老安人，你孩兒做了大官，差人在此請你，去也不去？老員外、老安人。苦！叫他不應魂何在？空教我珠淚盈腮。（丑）我小人去時，對老爹說，教他多做些功果，追薦他便了。（末）他生不能事，死不能葬，葬不能祭。這三不孝逆天罪大，空設醮，枉修齋。（末）你老爹如今在那裏？（丑）如今在京裏。（末）你如今便回，說張老的道與蔡伯喈。（丑）教小人怎麼說？（末）道你拜別人爹娘好美哉，親爹娘死，不值你一拜。

（丑）俺老爹在京辭官，官裏不肯；辭婚，牛太師不肯。不是他不肯回來。（末）

【前腔】元來他也只是無奈，好一似鬼使神差。他當元在家不肯來赴選，他爹爹不從他。這是三不從把他廝禁害，三不孝亦非其罪。（丑）老公公，這是那個命薄。（末）這只是他爹娘福薄運乖，人

---

(一) 眉批：直往：或作『也往』，或作『逕往』，非也。『直』字宜平。

(二) 夾批：直：作平。乞：作平。

生裏都是命安排。

（丑）老公公上姓？（末）我老夫張廣才的便是。你如今回去，路上見一個婦人，是道姑打扮，頭戴雲巾，身披鶴氅，手撥琵琶，便是他前妻夫人。你把盤纏承直他便了。（丑）老公公，既如此，小人告別了。

（合）妻孤親死兩無依，（末）今日回來也是遲。

（合）夜靜水寒魚不餌，滿船空載月明歸。

## 第三十八折

（外上）

【雙調引子・風入松慢】（一）女蘿松栢望相依，況景入桑榆。他椿庭萱室齊傾棄，怎不想家山桃李？中雀誤看屏裏，乘龍難駐門楣。（二）

---

（一）眉批：今人不知此調爲【引子】，故皆以『不須提起蔡伯喈』腔調唱之，謬甚矣。即《香囊》《浣紗》諸【引子】皆然。及至《還帶》《宝劍》，生衝場【引子】亦【風入松】也，何獨以【引子】唱之耶？非知其爲【引子】也，直以生初上唱，不敢不以【引子】唱之耳。識曲者能幾人哉？

（二）眉批：『裏』字可不用韻，亦可無截板。此折雜用齊微、魚模、支思。夾批：女：可平。松：可仄。中：可平。看：平聲。屏：可仄。

自古道：人無遠慮，必有近憂。自家當初不仔細，一時間招了蔡伯喈爲婿。我指望他養老百年，誰知他有父母妻子在家。如今他父母俱亡，他的妻子竟來尋他。聞説我的女孩兒也要同他回去，不知是否？且叫院子問他則個。院子那裏？（末上）紋犀欲下意沉吟，棋局排來仔細尋。猶恐中間差一着，教人錯認滿盤星。老爺有何使令？（外）院子，蔡狀元的妻子來，我的女孩兒要與他同去，你知道麽？（末）男女不知此事，問老姥姥便知端的。（外）教老姥姥過來。（净上）

【仙吕過曲・光光乍】女婿要同歸，岳丈意何如？忽叫奴家緣何的？想必與他做區處。㈠

（見介）（外）老姥姥，見説蔡狀元的父母身故，他媳婦已來了，我的小姐要同他回去，此事實否？（净）小姐果然要去。（外）小姐去做甚麽？（净）老爺，他父母都死了，只靠着一個媳婦。如今小姐要同他回去守孝，有何不可？（外怒介）我的女孩兒，如何與别人帶孝？（净）老爺休怒，聽妾告禀。

【南吕過曲・女冠子】㈡媳婦事舅姑合體例，怎不教女孩兒同去？當初是你相留住，今日裏怨着誰？㈢（外）我不教女孩兒去，便怎麽？（净）事須近理，怎使威勢？休道朝中太師威如火，更有路上行人口似碑。（合）想起此事，費人區處。

---

㈠ 夾批：的：上聲。與：可平。

㈡ 眉批：時本【女冠子】上多一『古』字，非也。

㈢ 夾批：不：作平。着：作平。

【前腔】（末）我相公只慮多嬌女，怕跋涉萬山千水。相公，女生向外從來語，況既已做人妻。夫唱婦隨，不須疑慮。相公，這是藍田種玉結親誤，今日裏到海沉船補漏遲。(一)（合前）

【前腔】（外）當初是我不仔細，誰知道事成差池？念深閨幼女多嬌媚，怎跋涉萬餘里？天那！我嫡親有誰，怎生分離？(二) 不教愛女擔煩惱，也被旁人講是非。（合前）

（外）老姥姥與院子到説得是，且由他去，我管這閒是非怎的？呀！狀元與小姐來了。（生、旦上）

【雙調引子·五供養】終朝垂淚，爲雙親教我心疼。（貼上）親墳須共守，只得離宸京。（生）夫人，商量個計策，猶恐你爹心不肯。（合）若是他不從，只索向君王請命。

（相見介）（外）賢婿，我聞得你父母傾世，你媳婦來此尋你，此事實否？（生）此事果然，劣婿正欲稟知岳父。（外）這是伯喈的媳婦？（旦）奴家便是。（外）賢哉！賢哉！（貼）孩兒有一事，稟覆爹爹知道：孟子云：『娶妻所以養親。』是謂奉事舅姑者也。《論語》云：『生，事之以禮；死，葬之以禮，祭之以禮。』是謂能盡其禮者也。若姐姐爲蔡氏之婦，生能竭奉養之力，死能備棺槨之禮，葬能盡封樹之勞。你孩兒爲蔡氏婦，生不能供甘旨，死不能盡擗踊，喪不能事窀穸。以此思之，何以爲人？誠得罪於舅姑，實有愧於姐姐。以今特講於爹爹之前，願居於姐姐之次。（外）賢哉！你道得是。（旦）相

(一) 眉批：『到海沉船』或作『船到江心』，即與上句不相對矣。夾批：結：作平。
(二) 夾批：離：去聲。

公，人有貴賤，不可概論。夫人是香閨繡閣之名姝，奴家是裙布荆釵之賤妾；況承君命而成婚，難讓妾身而居右。（外）五娘子，你今日既無父母，又喪公姑，你便是我的女孩兒一般；況你婚先歸與蔡氏，年又長於我兒，此實禮當，不必多辭。（生）他兩個只做姐妹相呼便了。（浄）這個説得極是。（生）劣婿今日欲就拜辭岳丈，領二妻同歸故里，共行孝道。待服滿，却同來奉侍尊顔。（外）賢婿，我其實捨不得你。奈你爹娘死了，我也難留你。（貼）爹爹，孩兒暫别尊顔，實出無奈。爹爹善保貴體，不必掛牽。孩兒此去，想是三年之期。（外）孩兒，你要去呵，路途這般遥遠，如何去得？（貼）皆賴爹爹洪福，且請不必掛念。（外）苦！女孩兒終是外向，兀的不痛殺我也！（旦）相公不須煩惱。（生）

【大石調過曲·催拍】(一)念蔡邕爲雙親命傾，遭不孝逆天罪名，今辭了漢廷。念岳丈深恩，非敢忘情。欲待不歸，又負了亡靈。（合）辭别去同到墳塋，心慽慽，淚盈盈。

【前腔】（旦）念奴家離鄉背井，謝公相教孩兒共行。非獨故里榮，(二)我陰世公婆，死也目瞑。我自看承你孩兒，不索叮嚀。（合前）

---

(一)　眉批：此調又名【急板令】。第二句『逆天』『天』字、『孩兒』『兒』字、『教人』『人』字、『存亡』『亡』字俱平聲，妙。第四句『岳丈』『丈』字、『陰世』『世』字、『誤了』『了』字、『你没』『没』字俱仄聲，妙。第三句今人或重唱一句，亦可。『念岳丈』四句，當面周全，世情話自應如此，況亦是真情。崑本以『欲待不歸』，分明有勉强之意，而改爲『岳丈殷勤，父母恩深』，可恨。夾批：不：作平。逆：作平。

(二)　夾批：獨：作平。

【前腔】（貼）顧爹爹衰顏皤鬓，思量起教人淚零。爹爹，我進退不忍。我待不去，誤了公婆，被人譏評；我待去呵，撇了爹爹，没人温凊。（合前）

【前腔】（外）孩兒，此别去，你的吉凶未憑；再來時，我的存亡未審。賢婿，吾今已老景，畢竟你没爹娘，我没親生。若念骨肉一家，須要早辦回程。（合前）

【正宫過曲·一撮棹】（二）（生）岳丈，你寬心等，何須苦牽縈？（外）賢婿，把音書寫，頻頻寄郵亭。（貼）老姥姥，爹年老，伊家須好看承。（净）程途裏，各要保安寧。（旦）死别全無准，生離又難定。（合）今去也，何日到京城？

（外）孩兒，你三人去，途中須要保重。（生）請不必掛念。

【南吕引子·哭相思】（合）最苦生離難拚捨，知他再會何時也。（生、旦、貼並下）

（外）婿女今朝已别離，（净）老身孤苦有誰知。

（合）婦隨夫唱同歸去，一處歡娱一處悲。

---

（一） 眉批：此調今皆用於【催拍】後，而不知用於【三字令】後尤妙。

# 第三十九折(一)

(生、旦、貼行上)(生)

【中呂引子・菊花新】(二)天風四野降寒霜，思憶雙親哭斷腸。(旦、貼)千里共奔喪，家何在，夢魂惆悵。(三)

(生)朔風刮地天將雪，是處寒林盡吹折。(旦)趲步向前行，(貼)今朝何處歇？(合)爲奔父母喪，豈辭途路涉？

【仙呂入雙調過曲・朝元令】(四)(生)晨星在天，早起離京苑；昏星燦然，好向程途趲。水

---

(一) 眉批：此折爲俗所删。

(二) 眉批：查此調乃【菊花新】，而舊本刻【臨江仙】，謬。今正之。

(三) 眉批：『里共』上去聲，『悵』字去聲，俱妙。夾批：四：可平。思：可仄。千：可仄。

(四) 眉批：此折詞隱生亦賞其音律與《荆釵》相合，而更覺和協，非淺學所能撰。遵舊譜收之入新譜，而猶疑其非高則誠所作，當亦惑於時本之皆無耳。第一隻乃【朝元令】本調第二【换頭】，依舊譜注明。第三、第四【换頭】各與第二【换頭】不同，今悉查注。然所以不同，必自有説。《香囊記》不知其説，而第三、第四亦與第二曲同，其見遠出《荆釵》下矣。『在』字、『燦』字俱用去聲，而『苑』字、『起』字俱用上聲，妙甚。『好向』『首望』『請自』『往事』『好向』『起暮』『舉棹』俱上去聲。『漸遠』『路古』『淚眼』『澗小』『念我』『代錦』『萬水』『寺晚』俱去上聲。俱妙。陳留名縣：譜作『舊家庭院』。

宿風餐，豈辭遥遠？要盡奔喪痛典。血淚漫漫，天寒地坼行步難。回首望長安，西風夕照邊。（合）洛陽漸遠，何處是陳留名縣？

【前腔第二換頭】【五馬江兒水】凛凛風吹雪片，【朝天歌】彤雲四望連，行路古來難。相看淚眼，血痕衣袖斑。【朝元令本調】請自停哀消遣，夫婦團圓，把凄涼往事空自嘆。（一）曲澗小橋邊，梅花照眼鮮。（合前）

【前腔第三換頭】【五馬江兒水】（貼）念我深閨姻眷，麻衣代錦鮮。崎嶇不慣，萬水千山，素羅鞋不耐穿。【朝天歌】老親衰暮年，誰與我承看？有日得重相見，淚珠空暗彈。【朝元令本調】何處叫哀猿？饑烏落野田。（合前）

【前腔第四換頭】【五馬江兒水】（合）好向程途催趲，漁翁罷釣還。【柳摇金】聽山寺晚鐘傳，路逐溪流轉。【朝天歌】前村起暮烟，遥望酒旗懸。【朝元令本調】且問竹籬茅舍邊，（二）舉棹更揚鞭，皆因名利牽。（合前）（並下）

（一）夾批：嘆：平聲。

（二）眉批：『且問』句用上平平去平平去，尤妙。

# 第四十折

（丑上）

【仙吕入雙調過曲・普賢歌】登山渡水受艱辛，到得陳留不見人。他雙親已身傾，妻室到帝京，只是枉了教人走路程。㈠

李旺蒙老爺差去陳留，接取蔡狀元的父母妻子。不想他父母都死了，妻子也來了，教我空走這遭。不免回覆知道。呀！老爺還未曾升廳呵。（外上）

【前腔】畫堂深處翠圍屏，舉步閒行出外廳。（丑見介）（外）呀！李旺，你去陳留郡，他人還怎生？一一從頭説事因。㈡

（丑）告老爺知道，小人蒙鈞旨前去陳留，接取蔡狀元父母妻子，不想他的父母都死了，只有他妻子，也到京尋取蔡老爹，不知曾到否？（外）到這裏了。我的小姐與他同去了。（丑）老爺，那裏去？（外）他回家去守孝。李旺，你到陳留什麽人對你説他父母死了？（丑）老爺聽小人告稟。

---

㈠　眉批：　丑上曲時本作【柳穿魚】云：『心忙似箭走如飛，歷盡艱辛有誰知？夜静水寒魚不食，滿船空載月明歸。歸來後，到庭除，未知相公在何處。』

㈡　眉批：　外上引：　時本作【翫仙燈】云：『門外有人聲，是誰來諠譁鬧炒？』

【過曲·風帖兒】到得陳留，逢一個故老，在他每爹娘墳上拜掃。他爹娘呵，果然饑荒都喪了。他媳婦也來到，枉教人走這遭。(一)

(丑)老爺，這個趙氏，其實難得。(外)便是。一家都難得。一來蔡伯喈不忘其親，二來趙五娘孝於舅姑，三來我的小姐又能成人之美。一門孝義如此，禮當保奏，請行旌表。(丑)老爺道得是。

(外)五更三點奏朝廷，(丑)今古難逢此樣人。

(合)管取一封天子詔，果然四海盡傳名。

## 第四十一折

(生上)

【雙調引子·梅花引】傷心滿目故人疏，看郊墟，盡荒蕪。(旦、貼上)惟有青山，添得個墳墓。

(一) 眉批：此不知宮調者，時本作【南吕過曲】，憒！憒！一本有外唱【前腔】云：『我如今去朝廷上奏表，奏他蔡氏一門孝道，管取我皇降丹詔。加封號，把他召，我自去陳留走一遭。』

(合)慟哭無由長夜曉，問泉下有人還聽得無？(一)

〔玉樓春〕(生)他鄉萬點思親淚，不能滴向家山地。(旦)如今有淚滴家山，欲見雙親渾無計。(貼)荒墳衰草連寒烟，蒼苔黄葉飛蘋蘩。(生)愁聽雁聲來問寢，忽驚蟻夢先歸泉。(旦)人生自古誰無死？嗟君此恨憑誰語？(貼)可憐衰絰拜墳塋，不作錦衣歸故里。(生)如今且喜回到此處，便是雙親墳墓。我和你先拜了雙親，然後去拜謝張大公。(貼)正是如此。

【仙吕入雙調過曲・玉雁子】(生)【玉交枝】(頭)孩兒相誤，爲功名擔閣了父母，都因我孩兒不得歸鄉故。我的爹娘，你怎便先歸黄土？【雁過沙】(中)乾坤豈容不孝子？名虧行缺不如死。呀！只愁我死缺祭祀。(二)【玉交枝】(尾)(合)對真容形衰貌枯，想靈魂悲咽痛苦。(三)

【前腔】(旦)百拜公姑，望矜憐恕責我夫。你孩兒贅居牛相府，日夜要歸難離步。你這新媳婦呵，堅心雅意勸親父，同歸故里守孝服，今日雙雙來廬墓。(合前)

---

(一) 眉批：『墟』字正是用韻處，高則誠慣於借韻。此調守之惟謹，正自可喜。而舊譜及時本又改『墟』爲『野』，是使則誠必每曲不韻而後已也。然則《琵琶記》之多不韻者，豈皆則誠之過哉？『墓』字改作平聲，『問泉下』改作平上去，尤妙。

(二) 夾批：只：作平。

(三) 夾批：咽：作平。

【前腔】（貼）不孝的媳婦，[一]恨當初擔閣了我夫，他喫人談笑生何補？我待死，又羞見公婆。公公，婆婆，我生前不能勾相奉侍，何如事你向黄泉路？只一件，我死呵，家中老父教誰看顧？（合前）（末上）

【前腔】樓臺銀鋪，遍青山渾如畫圖。（相見介）（末）蔡相公，乾坤似你齊衰素，故添個縞帶飛舞。你躃踊慟哭直恁苦，那堪大雪添淒楚，抑情就理通今古。[二]（合前）

（末）大人，恭喜榮回，老夫有失迎接，伏乞恕罪。（生）大公言重，卑人豈敢？卑人多謝得公公週濟，正欲展了父母墳塋，同賤累到宅拜謝大公，何勞大公先施？（末）不敢。老夫聞相公在此展墓，因見天道煞寒，無可慰勞，特備淡酒一杯，與相公敵寒則個。（生）何勞尊賜？（末）相公休謙。[三]

【玉山供】（生）【玉抱肚】公公尊賜，念天寒特來憫吾。我雙親受三載饑寒，我怎不禁一日淒楚？（末）不必推辭，且滿飲一杯。（生）【五供養】我心中想慕，謾有這香醪難度。（合）感此恩情

---

[一] 夾批：不：作平。媳：作平。

[二] 夾批：躃：作平。直：作平。抑：作平。

[三] 眉批：時本删去此白及後【玉山供】四曲，且譏其『前日相斥，今日厚禮，爲前倨後恭』。不思前日已對使面言『亦非其罪』矣。今見其廬墓之孝，而以舊情慰安之，何不可之有？且舊譜亦收此，自應爲東嘉筆也。

厚，這酒難辭，念取踏雪也來沽。(一)

【前腔】（旦）釵荆裙布，謝得公公頻頻相顧。嘆奴未獲報深恩，如今又蒙重賜。（末）夫人請。（旦）大公，此德非奴獨佩負，我的公婆呵，料想他啣恩在地府。（合前）

【前腔】（貼）勞公尊步，見寒威特來憫奴。（末）夫人請。（貼）公公，這裏是塚上墳間，比不得煖閣紅爐。這般天道呵，誰人愛護，愛護我家中親父？（合前）

【前腔】（末）相公，人生如朝露，論生死榮枯有定數。你休只管慟哭爹娘，也須要承他宗祖。況你腰金衣紫，不枉了光門耀户。（合前）

（生）甚勞公公美意，却當後報。（末）老夫何以克當？

（生）多謝深恩不敢違，（末）開懷暢飲免傷悲。

（合）休道世情看冷煖，果然人面逐高低。(二)

---

(一)　眉批：此調本【玉抱肚】【五供養】合成，故名【玉山供】。自《香囊記》妄刻【玉山頽】，使人不惟不知【玉山供】之來歷，且不知【五供養】之末句只當用七字。凡見【五供養】後有用七字句者，反以爲犯【玉山頽】矣。今唱《香囊記》者，又將中間四字句者只點二板，并【五供養】舊腔而失之，尤可恨可嘅也。

(二)　眉批：落場詩亦用成語之常，見得與前日凄楚迴別，非誚張公也。時本劇譏之，亦太拘矣。

# 第四十二折(一)

(外上)

【南呂過曲·劉衮】乘驛騎，乘驛騎，陳留去開旨。(净扮祗候、丑扮兀剌赤上)(二)相公，略請行軒，到此少住。(外)呀！此間是何處？駐此還怎的？(净、丑)此間站裏，待將鞍馬來換取。(外)左右，這裏既是站裏，叫站官過來，換了鞍馬。(净)小人理會得。(末上)

【前腔】聞知道，聞知道，相公忽來至。(喏介)不及迎接，萬乞恕罪。(外)不索要講理，(丑)疾忙與分例。(末)同去便與，不敢稽遲。

總領哥，不敢拜問，這相公還是去那裏勾當？(净)你不理會得？這是牛太師老相公。(末)他如今那裏去？(丑)他將詔書，去陳留旌表孝子門廬。(外)站官，你疾忙支與分例，換了鞍馬。(末)領鈞旨。(净)兀剌赤，俺路上要喫得勾，須索多討些則個。(丑)有道理。待我取了，你便偷將去，只道不曾與我便了。(净)説得是。(末)兀剌赤，酒四瓶，肉二斤，米兩斗在此，收去。(丑收)(净偷介)(丑)告相公

---

(一) 眉批：此折爲時本所删。

(二) 眉批：『兀剌赤』元人稱走站卒之常，《拜月亭》『兀剌赤門外等多時』可証也。要知此等非今人所增。

知道，驛官不與我分例。（外）唤那廝來。(一)（淨拖末跪介）（外）站官，大體分例，你主什麼意不與？你不服朝廷所管呵？（末）下官怎敢？纔方支與他，都是兀刺赤使人將去了。（外怒介）打那廝！

【黄鍾過曲・賞宫花】驛官無知，如何不與分例？左右，將他來拖下，打四十。（合）我若還不體好生意，一筆問罪，教伊悔遲。

【前腔】（末）相公聽啓：下官怎敢違理？我今從前再支與，望怒息。（合前）

（外）好好支與他，不得仍前無理。（末）領鈞旨。（支無介）（淨、丑偷介）（淨）兀刺赤，怎的不多討來？（丑）那廝説没有了，我和你剥了他衣服。（淨）道得是。（丑、淨剥衣）（外喝住介）（末）告相公，窮站官喫剥了衣服，（外）潑祇候只爲着口腹。（丑）大丞相不管閒是非，（淨）破衣裳且將來當酒肉。（並下）

## 第四十三折

（生上）

【商調引子・逍遥樂】寂寞誰憐我，空對孤墳珠淚墮。(二)（旦、貼上）光陰撚指過三春，（合）幽

---

(一) 唤：原作『換』，據文義改。

(二) 眉批：『珠淚墮』舊本一作『鎮相隨』，一作『將淚傾』。古本『墮』雖與『我』叶，然二字俱宜用本韻，非如【虞美人】之一調二韻也，必有誤。

魂渺渺，滯魄沉沉，誰與招魂？

（生）夫人，兩木連枝誰手栽？ 相馴白兔走墳臺。（旦）無情種植呈祥瑞，（貼）否極應須會泰來。（末上）一封丹詔從天下，忽聽傳聞動郊野。 説道旌表一門閭，未卜此郡何人也。（相見介）（末）相公賀喜。（生）何喜可賀？ （末）外厢喧傳，有詔書到此旌表，想必爲足下而來。（生）人之孝者亦多，卑人何足稱孝？ 假如周公、曾子之孝，亦是人子當爲之事，何足旌表？ （末）相公，你説那裏話？《孝經》云：『孝悌之至，通於神明，光於四海，無所不服。』見今你這墳傍枯木生連理之枝，白兔有馴擾之性。 祥瑞若此，吉慶必來。

【仙呂入雙調過曲·六幺令】連枝異木新，見這墳臺兔走如馴。 相公，禽獸草木尚懷仁，這一封詔，必因君。（合）料天也會相憐憫，料天也會相憐憫。（一）

【前腔】（生）皇恩若念臣，我也不圖禄及吾身。 只愁恩不到雙親，空辜負，這孤墳。（合前）

【前腔】（旦）知他假與真？ 謝得公公，報説殷勤。 大公，空教你爲我受艱辛，今日有誰旌表你門庭？（合前）

【前腔】（貼）來的是甚人？ 悶中無由詢問一聲。 無由詢問我家尊，知他安與否，死和存？

（一） 眉批：【六幺令】起句四字，獨此七曲用五字，且俱可止四字。 若故加一字者，豈此調又有五字一體而非襯字耶？ 第二句皆四字起，今人皆作三字，如【玉交枝】【玉抱肚】等調，謬也。『料』字不可用平聲。

（合前）（丑扮縣官上）

【前腔】敕書已來近，看街市上人亂紛紛。我每聽得忙便奔，辦香案，接皇恩。（合前）

（見介）（丑）大人，朝廷差牛丞相賫敕到來，請大人改换吉服。（生）父母大孝，如何改换？（丑）呀！先王制禮，賢者俯而就之，不賢者企而及之。今足下服制已過，有何不可？（生）也説得是。正是：

門閭旌表感吾皇，（旦）孝服今朝换吉裳。

（貼）不是一番寒徹骨，（合）怎得梅花撲鼻香？

# 第四十四折

（外上，淨隨上）

【仙吕入雙調過曲·六幺令】風霜已滿鬢，玉勒雕鞍，走遍紅塵。今日到此喜歡欣，重相見，解愁悶。（合）料天也會相憐憫，料天也會相憐憫。

（外）這是那裏？（淨）這是蔡狀元廬墓處，請老爺下馬。（生、旦、貼上）

【前腔】（生）心慌步又緊，想着皇恩已到寒門。（旦）披袍秉笏更垂紳，（貼）冠和帶，一番新。

（合前）

（外）聖旨已到，跪聽宣讀。皇帝詔曰：　朕惟風俗爲教化之基，孝義爲風俗之本。迨今去聖逾遠，淳風日漓。彝倫攸斁，朕甚憫焉。其有克盡孝義，敦尚風化者，可不奬勸，以勉四海？議郎蔡邕，篤於孝行。富貴不足以解憂，甘旨常關於動慮。雖違素志，竟遂佳名。退官弃職，厥聲尤著。其妻趙氏，獨奉舅姑。服勞盡瘁，克終養生送死之情，允一貞潔韋柔之德。糟糠之婦，今已見之。牛氏善諫其父，克相乃夫。罔懷嫉妬之心，實有遜讓之義。曰孝曰義，可謂兼全。斯三人者，朕甚嘉之。使四海億兆，皆當儀刑斯人，取法將來。風移俗易，教美化行，唐虞三代，誠可追配。是用寵錫，以彰孝義。蔡邕授中郎將，妻趙氏封陳留郡夫人，牛氏封河南郡夫人，限日下到京。父蔡從簡，贈十六動；母秦氏，贈天水郡夫人。於戲！風木之情何深，允爲教化之本；霜露之恩既極，宜沾雨露之恩。服此休嘉，慰汝悼念。謝恩！（生、旦、貼介）（見介）（生）荷蒙岳丈保奏，卑人何以克當？（貼）自別尊顔，且喜無恙。（外）孩兒，且喜各保安康，再得相見。（丑、末見介）（外）此兩位是誰？（丑）下官陳留縣知縣。（末）老漢是鄰人張廣才。（生）卑人父母，多多得他周濟。（外）元來是張大公，俺朝内也聞他名。賢婿，你今起復，與你回朝，未能報他深恩。我有黄金一笏，送與他聊爲報答之禮。（生）如此，多謝岳丈。（外送金介）（末）救災恤鄰，古之道也，何勞相公厚賜？（生）張大公，你且收下。卑人自當效犬馬之報。（外）賢婿，你可整備行裝，起復赴京謝恩。（生）卑人領命，即當收拾起程。

【仙吕過曲·一封書】（外）吾親奉聖旨，涉程途千萬里。念親親意甚美，探孩兒并女婿。數。

載艱辛雖自苦，一旦榮華人怎如？（合）耀門閭，進官職，㈠孝義名傳天下知。㈡

【前腔】（生）兒不孝，有甚德，蒙岳丈特主維？呀！何如免喪親？又何須名顯貴？可惜二親飢餓死，博換得孩兒名利歸。（合前）

【前腔】（旦）把真容再畫取，公公，婆婆，到如今封贈伊。把這眉頭放展舒，只愁瘦儀容難做肥。豈獨奴心知感德，料想他啣恩在泉世裏。（合前）

【前腔】（貼）從別後痛哀戚，況家中音信稀。爲公姑多怨憶，爲爹行又長淚垂。今見公姑無愧色，又得與爹行相倚依。㈢（合前）

【中呂過曲・永團圓】（合）名傳四海人怎比？豈獨是耀門閭？人生怕不全孝義，聖明世豈相棄。這隆恩美譽，從教四海何所愧，㈣萬古青編記。如今便去，相隨到京畿。拜謝君恩了，歸庭宇，一家賀喜。共設華筵會，四景常歡聚。

---

㈠ 夾批：職：作平。
㈡ 眉批：雜用齊微、支思、魚模。
㈢ 眉批：此曲時本混列之【仙呂】。
㈣ 眉批：時本無『四海』二字，則本調少二字矣。

【尾聲】顯文明，開盛治。盡是孝男并孝女，玉燭調和歸聖主。(一)
(生)自居墓室已三年，(旦、貼)今日丹書下九天。
(外)要識名高并爵貴，(末)須知子孝共妻賢。

琵琶記卷四終

---

(一) 眉批：時本將【尾聲】竟混入【永團圓】。『歸聖主』譜作『聖主垂衣』。顯：原作『顥』，據汲古閣刊本《繡刻琵琶記定本》改。

# 附録

## 第三折内

【仙吕入雙調・窣地錦襠】（末）花紅柳緑草芊芊，正值春光艷陽天。我和你不來此處打鞦韆，爲人一生也徒然。

【前腔】（净）春光明媚景色鮮，遊遍花塢聽杜鵑。那更上苑柳如綿，我和你不來打鞦韆枉少年。

【前腔】（丑）奴是人間快活仙，喫了飽飯愛去眠。若教小姐來撞見，那時高高吊起打三千。

## 第七折後時本增《考試》折

（末上）禮闈新榜動長安，九陌人人走馬看。一日聲名遍天下，滿城桃李屬春官。自家不是别人，却是禮部一個祗候的便是。今歲乃大比之年，朝廷委命試官，已在貢院之内；各省中式舉人，俱列棘闈之前。如今試官將次升堂，小人只得在此聽候。正是：一封纔下興賢詔，四海都無遺棄才。道猶未了，試官大人早到。（浄扮試官上）

【南吕引子·生查子】[一]承恩拜試官，聲價重丘山。左右，那來科舉的，只問有文材，何必拘鄉貫？（末）那有文才的，如何發落他？（浄）取他居上第，做個清要官。（末）那没文材的，如何發落他？（浄）縱有父兄勢，也教空手還。

（末）好公道老爹！（浄）左右，今年卻是大比之年，我爲國薦賢，但是各省、府、縣赴試的秀才，都唤入來。（末）領鈞旨。

【黄鍾過曲·賞宫花】（生）槐花正黄，赴科場舉子忙；太學拉朋友，一齊整行裝。（合）五百英雄都在此，不知誰做狀元郎？

【前腔】（丑）天地玄黄，略記得三兩行。才學無些子，只是賭命强。（合前）

（末叫開門科）（生）貢院門已開，列位尊兄依次而進。（浄）左右，這些秀才，每人給與卷子一本，蠟燭一條，各分東西廊下伺候題目。（末）領鈞旨。（相見介）（浄）你每秀才聽着：朝廷制度，開科取士，

---

[一] 眉批：【南吕·生查子】止有【引子】，并無【過曲】。然【引子】止有四句，下四句乃其【换頭】也。諸本刻爲【過曲】，惑於八句耳，誤矣。

雖有定期；　立意命題，任從時好。下官是個風流試官，不比往年的試官。往年第一場考文，第二場考論，第三場考策。我今年第一場做對，第二場猜謎，第三場唱曲。若是做得對好，猜得謎着，唱得曲好，就取他頭名狀元，插金花，飲御酒，遊街兒耍子。若是對得不好，猜得不着，唱得不好，就將他黑墨搽臉，亂棒打出去。（生、丑）學生領命。（浄）東廊下秀才蔡邕過來領題。（生）有。（浄）我出天文門一個對與你對。（生）願聞。（浄）星飛天放彈。（生）日出海抛毬。（浄）妙哉！妙哉！且站一邊。西廊下秀才落得嬉過來領題。（丑）快些。（浄）《毛詩》三百首。（丑）還有十一篇。（浄）不好，不好。且站一邊。蔡邕過來，我出天下八個省名的謎兒與你猜。（生）願聞。（浄）一聲霹靂震天關，兩個肩頭不得閒。去買紙來作褄褙，欠人錢債未曾還。（生）第一句是京東京西，第二句是江東江西，第三句是湖東湖西，第四句是浙東浙西。（浄）妙哉！妙哉！且站一邊。落得嬉過來，我出山上四樣樹名的謎兒與你猜。（丑）快些。（浄）雨中粧點望中黄，獨立深山分外長。廟廊之材應見取，家家織就綺羅裳。（丑）第一句是栢樹，第二句是槐樹，第三句是楓樹，第四句是柳樹。（浄）不是，不是。且站一邊。蔡邕過來，我唱一隻曲兒，你末後湊一句，要押得韻着。（生）願聞高音。

【北雙調·江兒水】(一)（浄）長安富貴真罕有，食味皆山獸。熊掌紫駝峰，四座馨香透。你押下韻。（生）把與試官來下酒。

---

(一)　眉批：即【清江引】。時本疑即【南江兒水】而刻爲【仙吕入雙調】，誤。

（浄笑介）妙哉！　妙哉！　三場都好，這是個真秀才。且在東廊下伺候。（浄）落得嬉過來，我再唱一隻曲兒，你末後也湊一句，要押得韻着。（丑）快唱。

【幺篇】[一]（浄）看你腹中何所有，一袋醃臢臭。若還放出來，見者都奔走。你押下韻。（丑）把與試官來下酒。

（浄）不濟，不濟。將他黑墨搽臉，亂棒打出去。（丑）不須打。正是：薄命劉生終下第，厚顔季子且還家。（浄）蔡秀才，今科中式舉人雖多，只有你才學高邁，文字老成。俺就復奏聖上，將你取爲第一甲頭名狀元，冠帶遊街赴宴。左右，取冠帶過來。（末取上介）正是：袍笏賜進士，鉄鉞贈將軍。（浄）蔡狀元換了冠帶，一就隨我入朝謝恩。（換冠帶介）

【南吕過曲·懶畫眉】[二]（生）君恩喜見上頭時，今日方顯男兒志。布袍脱下換羅衣，腰間横繫黄金帶，駿馬雕鞍真是美。

【前腔】（浄）狀元，你讀書萬卷非容易，喜得登科擢上第，功名分定豈誤期。那更三千禮樂無敵手，五百英雄盡讓伊。

---

[一] 眉批：北體第二曲曰【幺篇】，時刻作【前腔】，誤。

[二] 眉批：此【懶畫眉】三曲，平仄頗不甚合本調，嘗深疑東嘉何不協至此，或恐傳刻有誤。今見古本無之，爲之洗然。

【前腔】（末）人生當用顯門閭，廕子封妻榮自己。馬前喝道狀元歸，雁塔揮毫題姓字，一舉成名天下知。

（净）一舉鰲頭獨占魁，（生）誰知平地一聲雷。

（末）明朝跨馬春風裏，（合）盡是皇都得意回。

# 琵琶記跋

曲有當行之體，有自然之節，自元迄今僅二百餘年，而此脉幾斬。蓋一壞於不識本色者，徒取藻詞，致編摹者以故實詞華堆砌成篇，千章一律。諺所謂八寸三分帽子，人人可戴者也。再壞於不識法律者，止欲供聽，不辨襯茈。至於字句增損，平仄錯置，相沿不悟。不知古曲有必不可動移處，遵守恪然而可一一按者，竟蔑之若無，不一考索。余向爲憤懑，没由正之。會同叔即空觀主人度《喬合衫襟記》，更悉此道之詳。旋復見考覈《西厢記》，爲北曲一洗塵魔，因請并致力於《琵琶》以爲雙絶，遂相與參訂。殫精幾年許，始得竣業。此詞壇快事，敢以急公同好。因録其概如此。

西吴三珠生跋。

# 繡刻琵琶記定本

# 目録

# 繡刻琵琶記定本目録

# 第一齣　副末開場

【水調歌頭】（副末上）秋燈明翠幕，夜案覽芸編。今來古往，其間故事幾多般。少甚佳人才子，也有神仙幽怪，瑣碎不堪觀。正是：不關風化體，縱好也徒然。論傳奇，樂人易，動人難。知音君子，這般另作眼兒看。休論插科打諢，也不尋宫數調，只看子孝共妻賢。正是：驊騮方獨步，萬馬敢争先。

（問内科）且問後房子弟，今日敷演誰家故事，那本傳奇？（内應科）三不從《琵琶記》。（末）原來是這本傳奇。待小子略道幾句家門，便見戲文大意。

【沁園春】趙女姿容，蔡邕文業，兩月夫妻。奈朝廷黄榜，遍招賢士；高堂嚴命，强赴春闈。一舉鰲頭，再婚牛氏，利綰名牽竟不歸。饑荒歲，雙親俱喪，此際實堪悲。堪悲，趙女支持，翦下香雲送舅姑。把麻裙包土，築成墳墓；琵琶寫怨，逕往京畿。孝矣伯喈，賢哉牛氏，書館相逢最慘悽。重廬墓，一夫二婦，旌表門閭。

極富極貴牛丞相，施仁施義張廣才。

有貞有烈趙真女，全忠全孝蔡伯喈。

## 第二齣　高堂稱壽

【瑞鶴仙】（生上）十載親燈火，論高才絶學，休誇班、馬。風雲太平日，正驊騮欲騁，魚龍將化。沉吟一和，怎離却雙親膝下？且盡心甘旨，功名富貴，賦之天也。

〔鷓鴣天〕宋玉多才未足稱，子雲識字浪傳名。奎光已透三千丈，風力行看九萬程。經世手，濟時英，玉堂金馬豈難登？要將萊綵歡親意，且戴儒冠盡子情。蔡邕沉酣六籍，貫串百家。自禮樂名物，以及詩賦詞章，皆能窮其妙；由陰陽星曆，以至聲音書數，靡不得其精。抱經濟之奇才，當文明之盛世。幼而學，壯而行，雖望青雲之萬里；入則孝，出則弟，怎離白髮之雙親？到不如盡菽水之歡，甘虀鹽之分。正是：行孝於己，責報於天。自家新娶妻房，纔方兩月。却是陳留郡人，趙氏五娘。儀容俊雅，也休誇桃李之姿；德性幽閒，儘可寄蘋蘩之託。正是：夫妻和順，父母康寧。《詩》中有云：『爲此春酒，以介眉壽。』今喜雙親既壽而康，對此春光，就花下酌杯酒，與雙親稱壽，多少是好？昨已囑付五娘子安排，不免催促則個。娘子，酒席完備了未？請爹媽出來。

【寶鼎現】（旦内應科）（外蔡公、凈蔡婆上）（外）小門深巷，春到芳草，人閒清晝。（凈）人老去星星非故，春又來年年依舊。（旦趙五娘上）最喜今朝春酒熟，滿目花開如繡。（合）願歲歲年年，人在花下，常斟春酒。

（外）孩兒，你請我兩個出來做甚麽？（生跪科）告爹媽得知：人生百歲，光陰幾何？幸喜爹媽年滿八旬，孩兒一則以喜，一則以懼。當此青春光景，閒居無事，聊具一杯蔬酒，與爹媽稱慶則個。（淨笑介）阿老有得喫。（外）阿婆，這是子孝雙親樂，家和萬事成。

【錦堂月】（生進酒科）（生）簾幕風柔，庭幃晝永，朝來峭寒輕透。親在高堂，一喜又還一憂。惟願取百歲椿萱，長似他三春花柳。（合）酌春酒，看取花下高歌，共祝眉壽。

【前腔】（旦）輻輳，獲配鸞儔。深慚燕爾，持杯自覺嬌羞。怕難主蘋蘩，不堪侍奉箕箒。惟願取偕老夫妻，長侍奉暮年姑舅。（合前）

【前腔】（外）還愁，白髮蒙頭。紅英滿眼，心驚去年時候。只恐時光，催人去也難留。孩兒，惟願取黄卷青燈，及早換金章紫綬。（合前）

【前腔】（淨）還憂，松竹門幽。桑榆暮景，明年知他健否安否？歎蘭玉蕭條，一朵桂花難茂。媳婦，惟願取連理芳年，得早遂孫枝榮秀。（合前）

【醉翁子】（生）回首，嘆瞬息烏飛兔走。喜爹媽雙全，謝天相佑。（旦）不謬，更清淡安閒，樂事如今誰更有？（合）相慶處，但酌酒高歌，共祝眉壽。

（外）孩兒，你今日爲我兩個慶壽，這便是你的孝心。人生須要忠孝兩全，方是個丈夫。我纔想將起來，今年是大比之年。昨日郡中有吏來辟召，你可上京取應。倘得脱白掛緑，濟世安民，這纔是忠孝兩全。

（生）爹媽高年在堂，無人侍奉，孩兒豈敢遠離？實難從命。

【前腔】（外）卑陋，論做人要光前耀後。勸我兒青雲萬里，早當馳驟。（淨）聽剖，真樂在田園，何必區區公與侯？（合前）

【僥僥令】（生、旦）春花明彩袖，春酒泛金甌。但願歲歲年年人長在，父母共夫妻相勸酬。

【前腔】（外、淨）夫妻好廝守，父母願長久。坐對兩山排闥青來好，看將一水護田疇，緑遶流。

【十二時】山青水緑還依舊，歎人生青春難又，惟有快活是良謀。

逢時對景且高歌，須信人生能幾何。
萬兩黄金未爲貴，一家安樂值錢多。

## 第三齣　牛氏規奴

（末老院子上）風送爐香歸别院，日移花影上閒庭。晝長人静無他事，惟有鶯啼三兩聲。小子不是别人，却是牛太師府裏一個院子。若論俺太師的富貴，真個：只有天在上，更無山與齊。舉頭紅日近，回首白雲低。怎見得富貴？他勢壓中朝，資傾上苑。白日映沙堤，青霜凝畫戟。門外車輪流水，城中甲第連天。瓊樓酬月十二層，錦障藏春五十里。香散綺羅，寫不盡園林景致；影摇珠翠，描不就庭院風光。好耍子的油碧車輕金犢肥，没尋處的流蘇帳煖春鷄報。畫堂内持觴勸酒，走動的是紫綬金貂；繡屏前品竹彈絲，擺列的是朱唇粉面。玳瑁筵前爇寶香，真個是朝朝寒食；琉璃影裏燒銀燭，果然是夜夜元宵。這般樣福地洞天，可知有仙姝玉女。休誇富貴的牛太師，且説賢德的小娘子。真個好一位小娘子呵！看他儀容嬌媚，一個没包彈的俊臉，似一片美玉無瑕；體態幽閒，半點難勾引的芳心，如幾層清冰徹底。珠翠叢中長大，倒堪雅淡梳妝；綺羅隊裏生來，却厭繁華氣象。怪聽笙歌聲韻，惟貪針指工夫。愛景情幽，鎮白日何曾離繡閣？笑人游冶，傍青春那肯出香閨？開遍海棠花，也不問夜來多少；飛殘楊柳絮，竟不道春去如何。要知他半點貞心，惟有穿瑣窗的皓月；能回他一雙嬌眼，除非翻翠幌的清風。决非慕司馬的文君，肯學選伯鸞的德耀。更羡他知書知禮，是一個不趨蹌的秀才；若論他有德有行，好一位戴冠兒的君子。多應是相門相種，可惜不做厮兒。少甚麽王子王孫，争要求爲佳配。呀！理會得麽？他是玉皇殿前掌書仙，一點塵心謫九天。莫怪蘭香熏透骨，霞衣曾惹御爐烟。呀！好怪麽！只見府堂中老姥姥和惜春姐兩個，笑哈哈舞將出來。我且躲在一邊，看他來此做甚麽？（浄老姥姥、丑惜春上）

【雁兒落】（浄）庭院重重，怎不怨苦？要尋個男兒，又無門路。（丑）甚年能彀和一丈夫，一處裏雙雙雁兒舞？

（相見科）（末）來，我且問你兩個：往常間不曾恁的快活，今日如何這般快活？（丑）院公，你那得知我喫小姐苦哩！並不許半步胡踹，又不要我説男兒那邊厢去。咳！苦也！你不要男兒，我須要哩！他也道我和他相似，笑也不許我笑一笑。今日天可憐見，喫我千方百計去説動他，只限我半個時辰去後花園閒耍一遭。你道我如何不快活？（浄）院公，便是我也千不合萬不合前生不曾種得福田，爹娘把我送在府堂中做個丫頭。到今年紀老了，不曾得一日眉頭舒展。今日天可憐見，老相公入朝，我纔得偷身來此閒耍一遭。你道我如何不快活？（末）元來恁的，可知道你二人快活也。（浄）院公，你伏侍老相公，却是公的又撞着公的；我與惜春伏侍小姐，却是雌的又撞雌的。（末）呀！老姥姥，你怎的説這話？惜春年紀小，也怪他傷春不得。你年紀這般老大，也説這般傷春的話，成甚麼樣子？（浄）哼嗚老畜生，倒喫你識破了！却不道秋茄晚結，菊花晚發？我雖然老便老，似京棗。外面皺，裏頭好。你不聞東村有個李太婆，年紀七八十歲，頭光撻撻的，也只要嫁人。人問道：婆婆，你這的老了，又要去嫁人怎的？那婆婆做四句詩，應得好。（末）如何説？（浄）道是：人生七十古來稀，不去嫁人待何時？下了頭髻床上睡，枕頭上架兩個大擂搥。（末）你有些欠尊重。（丑）休閒話，今日能彀得來此花園遊嬉，也不容易。又撞着院公在此，咱每三個何不做個耍子？（末）也説得是。還是做甚麼耍子好？（浄）院公，和你踢氣毬耍子？（末）不好。（浄）怎的不好？〔西江月〕（末）白打從來逞藝，官場自小馳名。如今年老脚跛蹭，圓社無心馳騁。空使繡襦汗濕，漫教羅襪生塵。兀的是少年子弟俏門庭，老姥姥，不似你寶妝行徑。（丑）院公，踢氣毬不好，便和你鬥百草耍子？（末）也不好。（丑）怎的不好？（末）香徑裏攀殘柳眼，雕欄畔折損花容。又無巧藝動王公，枉費工夫何用？驚起嬌鶯語燕，打開浪蝶狂蜂。若還尋得個並頭紅，惜春姐，早把你芳心引動。（浄、丑）院公，你道兩樣都不好，如今打鞦韆耍子好麽？（末）這個却好。你聽我説：玉體輕流香汗，繡裙蕩漾明霞。纖纖玉手綵繩拿，真個堪描堪畫。本是北方戎戲，移來上苑豪家。女娘撩亂隔墻花，好似半仙戲耍。（净、丑）恁地便打鞦韆。只是没有架子。（末）這花園中那裏得他？一來老相公不喜，二來小娘子不好。縱有也倒壞了。（丑）院公，没奈何，我每三個在這裏廝輪做個鞦韆架，一人打，兩人擡。（末）如此也好。誰人先打？（净、丑）我兩人擡，院公先打起。（做架科）（末）你兩人不要跌了我。（净、丑）院公，你放心，只管上去打。（末打科）

【窣地錦襠】（末）花紅柳緑草芊芊，正值春光艶陽天。我和你不來此處打鞦韆，爲人一生也徒然。

（放跌科）（末）你兩個跌得我好！如今輪該老姥姥打。（净）你兩個也不要跌了我。（末）老姥姥放心，不妨事，只管打。（净打科）

【前腔】（净）春光明媚景色鮮，遊遍花塢聽杜鵑。那更上苑柳如綿，我和你不打鞦韆枉少年。

（放跌科）（净）你兩個騙得我好！如今輪該惜春打。（丑）你兩人也不要跌了我。（净）惜春放心，只管打便罷。（丑打科）

【前腔】（丑）奴是人間快活仙，喫了飽飯愛去眠。莫教小姐來撞見，那時高高弔起打三千。

（放跌科）（貼牛氏上）莫信直中直，須防仁不仁。是耍得好呵！（末、浄走下）（丑做不知云）你兩個騙得我好！　如今我打了，又該院公打。（貼扯丑耳科）賤人，恁的爲人不尊重，只要閙嬉並閙哄！（丑驚科）小姐，教人怎不去閙哄？　你看那鞦韆架尚兀自走動哩。（貼）賤人！　我只教你在此閒翫片時，誰許你如此？（丑）小姐，奴家心裏憂悶，只得在此消遣則個。（貼）賤人，你心中憂悶怎的？（丑）小姐，奴家名唤做惜春，見這春去了，便自傷春起來，教人如何不悶？（貼）賤人，有甚傷春處？（丑）小姐，我早晨裏只聽疏辣辣寒風吹散了一簾柳絮，餉午間只見淅零零細雨打壞了滿樹梨花。一霎時囀幾對黄鸝，猛可地叫數聲杜宇。奴家見此春去，如何不悶？（貼）春光自去，有甚麽悶來？　我和你去習學女工便了。（丑）咳！　苦也！　這般天氣，誰不去閙嬉？　小姐却教惜春去習女工，兀的不是悶殺惜春麽？（貼）婦人家誰許你閙嬉？　不習女工，有甚勾當？　你却不學那不出閨門的！（丑）小姐，你有盈箱羅綺，滿頭珠翠，少甚麽子，却這般自苦？（貼）賤人！　好怪麽！　做女工是你本分的事，問有和没有做甚麽？（丑）恁地，惜春拜辭小姐去也。（貼）你拜辭我那裏去？（丑）小姐，我去伏侍别人。與他傳消遞息，隨趁也得些快活。（貼）咳！　賤人，伏侍我，我有甚虧了你？（丑）小姐，我伏侍着你時節，見男兒也不許我擡頭看一看。前日艶陽天氣，花紅柳緑，猫兒也動心，你也不動一動；　如今暮春時候，鳥啼花落，狗兒也傷情，你也不傷一傷。惜春其實難和小姐過活。（貼）呀！　這賤人，你是顛是狂，説這般話？　我就去對老相公説，好生施行你。（丑跪科）小姐，可憐見惜春心裏悶，因此這般説。（貼）賤人，我饒你這遭。你看麽。

【祝英臺近】（貼）緑成陰，紅似雨，春事已無有。（丑）聞説西郊，車馬尚馳驟。（貼）怎如柳絮簾櫳，梨花庭院，（合）好天氣清明時候。

〔玉樓春〕（丑）清明時節單衣試，争奈晝長人静重門閉。（貼）我芳心不解亂縈牽，羞睹游絲與飛絮。（丑）小姐，我在繡窗欲待拈針指，忽聽鶯燕雙雙語。（貼）賤人！無情何事管多情，任取春光自來去。（丑）小姐，你有甚麽法兒，教惜春休悶哩？（貼）你且聽我説。

【祝英臺序】（貼）把幾分春，三月景，分付與東流。（丑）小姐，如今鳥啼花落，你須煩惱些麽？（貼）啼老杜鵑，飛盡紅英，端不爲春閒愁。（丑）你不閒愁，也還去賞翫麽？（貼）休休，婦人家不出閨門，怎去尋花穿柳？（丑）小姐，你不去賞翫，只怕消瘦了你。（貼）我花貌，誰肯因春消瘦？

【前腔】（丑）春晝，只見燕成雙，蝶引隊，鶯語似求友。（貼）呀！賤人！你是人，却説那蟲蟻做甚麽？（丑）那更柳外畫輪，花底雕鞍，都是少年閒遊。（貼）這賤人，你是婦人家，説那男兒的事做甚麽？（丑）難守，繡房中清冷無人，我待尋一個佳偶。（貼）呀！你倒思量丈夫起來！（丑）這般説，我終身休配鸞儔？

【前腔】（貼）惜春，知否，我爲何不捲珠簾，獨坐愛清幽？（丑）清幽，清幽，怎奈人愁！（貼）縱有千斛悶懷，百種春愁，難上我的眉頭。（丑）小姐，只怕你不常恁的。（貼）休憂，任他春色年年，我的芳心依舊。（丑）只怕風流年少的哄動你。（貼）這文君，可不擔閣了相如琴奏。

【前腔】（丑）今後，方信你徹底澄清，我好没來由。（貼）惜春，你怎的不收斂了心？（丑）想像暮雲，分付東風，情到不堪回首。（貼）你怎的不學着我？（丑）姐姐，聽剖，你是蕊宫瓊苑神仙，不比塵凡相誘。（貼）恁地，自隨我習女工便了。（丑）我謹隨侍娘行，拈針挑繡。

（丑）姐姐，你聽那子規却是啼得好哩！

休聽枝上子規啼，悶在停針不語時。
窗外日光彈指過，席前花影坐間移。

## 第四齣　蔡公逼試

【一剪梅】（生上）浪暖桃香欲化魚，期逼春闈，詔赴春闈。郡中空有辟賢書，心戀親闈，難捨親闈。

世間好物不堅牢，彩雲易散琉璃脆。蔡邕本欲甘守清貧，力行孝道。誰知朝廷黄榜招賢，郡中把我名字保申上司去了；一壁廂已有吏來辟召，自家力以親老爲辭。這吏人雖則去，只怕明日又來，我只得力辭便了。正是：人爵不如天爵貴，功名争似孝名高？

【宜春令】雖然讀萬卷書，論功名非吾意兒。只愁親老，夢魂不到春闈裏。便教我做到九棘三槐，怎撇得萱花椿樹？ 天那！ 我這衷腸，一點孝心對誰語？

【前腔】（末張太公上）相鄰並，相依倚。往常間有事，來相報知。（生）來的却是張太公呵。（相見科）（末）秀才，試期逼矣，早辦行裝前途去。（生）公公，我雙親年老，不去。（末）呀！ 秀才，子雖念親老孤單，親須望孩兒榮貴。你趁此青春，不去更待何日？

（生）公公言極有理。爭奈父母無人奉侍，如何去得？（末）你既不肯去呵，且看老員外和老安人出來如何說。我想起來，也只是教你去的分曉。道猶未了，老員外來也。（外上）

【前腔】時光短，雪鬢催，守清貧不圖甚的。有兒聰慧，但得他爲官吾心足矣。（外末相見科）

（外）孩兒，天子詔招取賢良，秀才每都求科試。你快赴春闈，急急整着行李。

（末）老安人也出來了。（淨上）

【前腔】娘年老，八十餘，眼兒昏又聾着兩耳。又没個七男八婿，只有一個孩兒，要他供甘旨。方纔得六十日夫妻，老賊強逼他爭名奪利。天那！ 細思之，怎不教老娘嘔氣？

（相見科）（淨）孩兒，我不合娶個媳婦與你。方纔得兩個月，你渾身便瘦了一半；若再過三年，怕不成一個枯髏？（末）呀！ 老安人，你要他夫妻不諧呵？（外）孩兒，如今黃榜招賢，試期已逼。郡中既然辟召你，你的學問可知，如何不去赴選？（生）告爹爹得知：孩兒非不要去，爭奈爹媽年老，家中無人侍奉。（末）老員外和老安人，不可不作成秀才去走一遭。（淨）咳！ 太公，你豈不知道？ 我家中又没有七子八婿，只有一個孩兒，如何去得？（外）呀！你怎說這話？如今去赴選的，家中都有七子八婿麽？（淨）老賊，你如今眼又昏，耳又聾，又走動不得。你教他去後，倘有些個差池，兀教誰來看顧你？真個没飯喫便餓死你，没衣穿便凍死你，你知道麽？（外）你婦人家理會得甚麽？孩兒若做得官時，也改換我門閭，如何不教他去？（生）爹爹説得自是，只是孩兒難去。

【繡帶兒】（生）親年老，光陰有幾？行孝正當今日。（末）秀才此行，必定脱白掛緑。（生）終不然爲着一領藍袍，却落後五彩斑衣。思之，此行榮貴雖可擬，怕親老等不得榮貴。（外）孩兒，春闈裏紛紛的都是大儒，難道是没爹娘的方去求試？

【前腔】（末）秀才，你休疑，男兒漢凌雲志氣，何必苦恁淹滯？秀才，你此回不去呵，可不干費了十載青燈，枉捱過半世黄虀？須知，此行是親志，你休固拒。秀才，那些個養親之志？

（淨）我百年事只有此兒，老賊！難道是庭前森森丹桂？

【太師引】（外）他意兒我也難提起，這其間就裏我自知。（末）老員外知他爲着甚麽？（外）他戀着被窩中恩愛，捨不得離海角天涯。（生）孩兒豈有此心！（外）你是個讀書之人，我説一個比方與你聽。塗山四日離大禹，你今畢姻已曾兩月，直恁的捨不得分離？（末笑科）呀！秀才，你敢是如此麽？（生）太公，卑人怎敢？（末）秀才，你貪鴛侶守着鳳幃，只怕誤了你鵬程鶚薦消息。

【前腔】（淨）太公，他意兒只要供甘旨，又何曾貪歡戀妻？自古道曾參純孝，何曾去應舉及第？功名富貴天付與，天若與不求而至。（生）娘言是，望爹行聽取。（外）呀！娘言的是，父言的非呵？你敢是戀新婚，逆親言麽？（生跪天科）天那！蔡邕若是戀着新婚，不肯去呵，天須鑒蔡邕不孝的情罪。

（外怒介）畜生！我教你去赴選，也只是要改換門閭，光顯祖宗。你却七推八阻，有許多説話！（生）爹爹，孩兒豈敢推阻？争奈爹媽年老，無人侍奉。萬一有些差池，一來人道孩兒不孝，撇了爹娘，去取功名；二來人道爹爹所見不達，止有一子，教他遠離；孩兒以此不敢從命。（外）不從我命也由你，你且説如何唤做孝？（浄）老賊！你年紀八十餘歲，也不識做孝？披麻帶索便唤做孝。（外）咦！你曉得甚麽？（生）告爹爹：凡爲人子者，冬温夏凊，昏定晨省，問其燠寒，搔其痾痒；出入則扶持之，問所欲則敬進之。所以父母在，不遠遊；出不易方，復不過時。古人的孝，也只是如此。（外）孩兒，你説的都是小節，不曾説着大孝。（浄）老賊！你又不曾死，只管教他做大孝，越出去赴選不得。（末）咦！這話有些不祥。（外）孩兒，你聽我説：夫孝始於事親，中於事君，終於立身。身體髮膚，受之父母，不敢毁傷，孝之始也。立身行道，揚名後世，以顯父母，孝之終也。是以家貧親老，不爲禄仕，所以爲不孝。你若是做得官時節，也顯得父母好處，兀的不是大孝是甚麽？（生）爹爹説得極是。但孩兒此去，知道做得官否？若還不中時節，既不能彀事親，又不能彀事君，却不兩下擔閣了？（末）秀才所見差矣。老漢嘗聞古人云：幼而學，壯而行；懷寶迷邦，謂之不仁。孔席不暇煖，墨突不待黔，伊尹負鼎俎於湯，百里奚五羊皮自鬻，也只要順時行道，濟世安民。自古道：學成文武藝，貨與帝王家。秀才，你這般才學，如何不去做官？（净）太公，你都有好言勸我孩兒去赴選，我有個故事説與你聽。（末）老漢願聞。（净）在先東村李員外有個孩兒，也讀兩行書。他爹爹每日鬧炒，只是教孩兒去求官。孩兒喫不過爹爹鬧炒，去到長安，那裏無人擡舉，他遂流落去街上乞食。見個平章宰相，他疾忙在地上拜着，叫聲擡舉他。那宰相道：我與你做個養濟院大使，去管你爹娘。這孩兒自思道：做個養濟院大使，如何管得自己的父母？比及他回家，不想他父母無人供養，流落在養濟院裏居住。他父母見孩兒回來，説道：我教孩兒去得是？今日我孩兒做個頭目，衆人也不敢欺負我。你如今勸我孩兒去赴選，千萬叫他做個養濟院頭目回來，衆人也不敢欺負我。（末笑科）老安人，你説這乞丐事，儘教我聽了半日。（外）孩兒，你趁早收拾行李起程。（生）爹爹，孩兒去則不妨，只是爹媽年老，教誰看管？（末）秀才不必憂慮。自古道：千錢買鄰，八百買舍。老漢既忝在鄰居，你但放心前去；若是宅上有些小欠缺，老漢自當應承。（生）如此，多謝公公！凡事仗托周濟。此行若獲寸進，決不敢忘恩。卑人没奈何，只得收拾行李便去。

【三學士】（生）謝得公公意甚美，凡事仗托扶持。假饒一舉登科日，難道是雙親未老時？只恐錦衣歸故里，怕雙親不見兒。

【前腔】（外）萱室椿庭衰老矣，指望你改換門閭。孩兒，你道是無人供養我，若是你做得官來時節呵，三牲五鼎供朝夕，須勝似啜菽並飲水。你若錦衣歸故里，我便死呵，一靈兒終是喜。

【前腔】（末）託在鄰家相依倚，自當效些區區。秀才，你爲甚十年窗下無人問？只圖個一舉成名天下知。你若不錦衣歸故里，誰知你讀萬卷書？

【前腔】（净）一旦分離掌上珠，我這老景憑誰？苦！忍將父母飢寒死，博得孩兒名利歸。你縱然錦衣歸故里，補不得你名行虧。

急辦行裝赴試闈，父親嚴命怎生違？
一舉首登龍虎榜，十年身到鳳凰池。

## 第五齣　南浦囑别

【謁金門】（旦上）春夢斷，臨鏡緑雲撩亂。聞道才郎遊上苑，又添離别嘆。（生上）苦被爹行逼遣，脉脉此情何限。（合）骨肉一朝成拆散，可憐難捨拚。

（旦）官人，雲情雨意，雖可抛兩月之夫妻；雪鬢霜鬟，竟不念八旬之父母？功名之念一起，甘旨之心頓忘，是何道理？（生）娘子，膝下遠離，豈無眷戀之意？奈堂上力勉，不聽分剖之詞。咳！教卑人如何是好？（旦）官人，我猜着你了。

【忒忒令】（旦）你讀書思量做狀元，我只怕你學疏才淺。（生）娘子那見我學疏才淺？（旦）官人，只是《孝經》《曲禮》，你早忘了一段。（生）咳！我幾曾忘了？（旦）却不道夏凊與冬温，昏須定，晨須省，親在遊怎遠？

【前腔】（生）我哭哀哀推辭了萬千，（旦）那張太公如何？（生）他閙炒炒抵死來相勸。（旦）官人，你不去時，也須由你。（生）將我深罪，不由人分辯。（旦）罪你甚的？（生）他道我戀新婚，逆親言，貪妻愛，不肯去赴選。

【沉醉東風】（旦）你爹行見得好偏，只一子不留在身畔。官人，公婆如今在那裏？（生）在堂上。（旦）既在堂上，我和你去説。（生）娘子，你怎的又不去了？（旦）罷！罷！罷！我和你去説時節呵，他又道我不賢，要將伊迷戀。苦！這其間教人怎不悲怨？（合）爲爹淚漣，爲娘淚漣，何曾爲着夫妻上掛牽？

【前腔】（生）做孩兒節孝怎全？做爹行不從幾諫。（旦）官人，你爲人子的，不當恁的埋冤他。（生）非是我要埋冤，只愁他影隻形單，我出去有誰看管？（合）爲爹淚漣，爲娘淚漣，何曾爲着夫妻上掛牽？

（生）呀！爹媽來了。娘子，你且揾了眼淚。

【臘梅花】（外、净上）孩兒出去在今日中，爹爹媽媽來相送。但願魚化龍，青雲得路，桂枝高折步蟾宫。

（外）孩兒，你行李收拾了未？（生）行李收拾已了。（外）收拾既了，如何不去？（净）老賊！他若出去了，家中别無第二人，止有一個媳婦，如何不分付幾句？（生）孩兒没别事，只待張太公來，把爹媽拜托與他，教他早晚應承，孩兒庶可放心前去。（旦）呀！　張太公早來。（末上）仗劍對樽酒，恥爲遊子顔。所志在功名，離别何足歎。（生）太公，卑人如今出去，家中並無親人。爹媽年老，只有一個媳婦，却是女流，凡事全賴公公相與扶持；　家中倘有些小欠缺，亦望公公周濟。昨日已蒙親許，今日特此拜懇。卑人倘有寸進，自當效結草銜環之報，決不敢忘恩。（末）秀才，受人之託，必當終人之事；　況一言既出，駟馬難追。昨日已許秀才，去後決不相誤。（生）如此，多謝公公！（外）孩兒，既蒙張太公金諾，必不食言，你可放心早去。（生）孩兒就此拜辭爹媽便去。

【園林好】（生）兒今去爹媽休得要意懸，兒今去今年便還。但願得雙親康健，（合）須有日拜堂前。

【前腔】（外）我孩兒不須掛牽，爹只望孩兒貴顯。若得你名登高選，（合）須早把信音傳。

【江兒水】（净）膝下嬌兒去，堂前老母單，臨行密密縫針綫。眼巴巴望着關山遠，冷清清倚定門兒盼。（生）母親且自寬懷消遣。（净）教我如何消遣？（合）要解愁煩，須是頻寄音書回轉。

【前腔】（旦）妾的衷腸事，有萬千，（生）娘子，你有甚麽事，當説與我知道。（旦）説來又恐添縈絆。（生）娘子，有甚縈絆？（旦）六十日夫妻恩情斷，八十歲父母教誰看管？（生）娘子，你這般説，

莫不怨着我麼？（旦）教我如何不怨？（合前）

【五供養】（末）貧窮老漢，託在隣家，事體相關。秀才，此行雖勉强，不必恁留連，（生）卑人去後，只慮父母獨自在堂，難度歲月。（末）秀才放心。你爹娘早晚間吾當陪伴。（生悲介）（末）丈夫非無淚，不灑別離間。（合）骨肉分離，寸腸割斷。（生跪告介）

【前腔】公公可憐，俺爹娘望你周全。（末扶起介）（生）此身還貴顯，自當效啣環。（旦挽生背介）有孩兒也枉然，你爹娘倒教別人看管。此際情何限，偷把淚珠彈。（合前）

【玉交枝】（外）別離休歎，我心中非不痛酸。孩兒，非爹苦要輕拆散，也只是圖你榮顯。（淨）孩兒，蟾宮桂枝須早攀，北堂萱草時光短。（合）又未知何日再圓？又未知何日再圓？

【前腔】（生）雙親衰倦，娘子，你扶持看他老年。飢時勸他加餐飯，寒時頻與衣穿。（旦）官人，我做媳婦事舅姑，不待你言；你做孩兒離父母，何日返？（合前）

【川撥棹】（外）孩兒，歸休晚，莫教人凝望眼。（生）但有日回到家園，怕回來雙親老年。（合）怎教人心放寬？不由人不珠淚漣。

【前腔】（旦）官人，我的埋冤怎盡言？（生）你埋冤我如何？（旦）我的一身難上難。（生）娘子，你寧可將我來埋冤，莫將我爹娘冷眼看。（合前）

【餘文】（合）生離遠別何足歎，但願得你名登高選。衣錦還鄉，教人作話傳。

此行勉强赴春闈，專望明年衣錦歸。
世上萬般哀苦事，無過遠别共生離。
（外、浄、末下）（旦）官人，你如何割捨得便去了？（生）咳！卑人如何捨得？
【犯尾引】（旦）懊恨别離輕，悲豈斷絃，愁非分鏡。只慮高堂，風燭不定。（生）腸已斷，欲離未忍。；涙難收，無言自零。（合）空留戀，天涯海角，只在須臾頃。
【犯尾序】（旦）無限别離情，兩月夫妻，一旦孤另。官人，你此去經年，望迢迢玉京。思省，（生）娘子，莫不是慮着山遥水遠麽？（旦）奴不慮山遥水遠，（生）莫不是慮着衾寒枕冷麽？（旦）奴不慮衾寒枕冷。奴只慮，公婆没主，一旦冷清清。
【前腔】（生）我何曾，想着那功名？（旦）官人，你不想着功名，如今又去怎的？（生）欲盡子情，難拒親命。娘子，年老爹娘，望伊家看承。畢竟，你休怨朝雲暮雨，且爲我冬温夏凊。思量起，如何教我割捨得眼睁睁？
【前腔】（旦）官人，你襦衣纔换青，快着歸鞭，早辦回程。十里紅樓，休戀着娉婷。叮嚀，不念我芙蓉帳冷，也思親桑榆暮景。咳！我頻囑付，知他記否？空自語惺惺。
【前腔】（生）娘子，你寬心須待等，我肯戀花柳，甘爲萍梗？只怕萬里關山，那更音信難憑。須聽，我没奈何分情破愛，誰下得虧心短行？從今後，相思兩處，一樣涙盈盈。

（旦）官人此去，千萬早早回程。（生）卑人有父母在堂，豈敢久戀他鄉？（旦）須是早寄個音信回來。

（生）音信不妨，只怕關山阻隔。（拜别介）

【鷓鴣天】（生）萬里關山萬里愁，（旦）一般心事一般憂。（生）桑榆暮景應難保，客館風光怎久留？（生下）（旦）他那裏，謾凝眸，正是馬行十步九回頭。歸家只恐傷親意，閣淚汪汪不敢流。

纔斟別酒淚先流，郎上孤舟妾倚樓。
片帆漸遠皆回首，一種相思兩處愁。

## 第六齣　丞相教女

（末院子上）珠幌斜連雲母帳，玉鈎半捲水晶簾。輕烟裊裊歸香閣，月影騰騰轉畫檐。小子不是别人，是牛太師府中一個院子。這幾日老相公久留省中，未曾回府，府裏幾個使女每，鎮日在後花園閒耍；今日知道老相公回來，都不見了。小子不免灑掃書館，伺候老相公回來。呀！好怪麽，只見一個婆子走入來做甚麽？（净媒婆上）

【字字雙】我做媒婆甚妖嬈，談笑。説開説合口如刀，波俏。合婚問卜若都好，有鈔。只怕假做庚帖被人告，喫拷。

（末）你來這裏做甚麽？（浄）老媳婦特來與張尚書的舍人做媒。（末）咳！我這小娘子的媒怕難做。（浄）如何難做？（末）老相公不肯輕許。（浄）院公，我這頭親事你老相公必然許我。（末）呀！且慢着，又有一個婆子來了。（丑媒婆上）

【前腔】我做媒婆甚艱辛，尋趁。有個新郎要求親，最緊。咱每只得便忙奔，討信。（浄）你這老乞婆來這裏怎的？（丑）真個是路上更有早行人，心悶。

（末）你這婆子也來這裏做甚麽？（丑）告勾管哥得知，老媳婦特來與樞密的舍人求親。（末）我方纔正對那婆子説了，這媒怕難做。（丑）如何難做？（末）我老相公要揀擇得仔細。（丑）院公，你休管，我説這樁親事，必定成也。（浄）呀！我是張媒婆，幾年在府前住，今日這媒，倒喫你老乞婆做去了？（丑）呀！老乞婆，偏你會做媒？但是門當户對的便好了。終不然你在府前住，定要你做媒？你與乞兒做媒，也嫁了他？（末）你休鬧，老相公回來了，你每且躲開一邊立地。（外牛太師上）

【齊天樂】鳳凰池上歸來環珮，衮袖御香猶在。棨戟門前，平沙堤上，何事車填馬隘？星霜鬢改，怕玉鉉無功，赤舄非材。回首庭前，凄涼丹桂好傷懷。

下官這幾日久留省府，不曾回家。左右，方纔甚麽人在我廳前喧鬧？（末）有事不敢不報，無事不敢亂傳，適間有兩個婆子來老相公處求親。（外）着他進來。你這兩個婆子做甚麽？（浄）奴家是張尚書府裏差來求親。（丑）奴家是李樞密府裏差來做媒。（外）不揀甚麽人家，但是有才學，做得天下狀元的，方可嫁他。若是其餘，不許問親。（浄）告相公得知：我的新郎，術人算他命，道他今年定做狀元。

（丑）告相公得知：他的新郎命不好，只有奴家這個新郎，人算他命，今科必定得中狀元。（淨丑相打介）（外）呀！這兩個婆子到我根前無禮！左右，不揀有甚麼庚帖，都與我扯破；把那兩個弔起，各打十八。（末扯打介）（外）急把媒婆打離廳，（末）除非狀元方可問姻親。（淨）甘喫打十七八下黄荆杖，（丑）那些個成與不成喫百瓶？（末、淨、丑下）（外）光陰似箭催人老，日月如梭趲少年。自家没了夫人，只有一個女兒，如今不覺長成，未曾問親。只一件：我的女孩兒性格温柔，是事實會。若將他嫁個膏粱子弟，怕壞了他；只將他嫁個讀書君子，成就他做個賢婦，多少是好？我這幾日不在家，適聽得那使喚的每日都在後花園中閒耍，這是我的女孩兒不拘束他。古人云：欲治其國，先齊其家。不免喚出女孩兒和老姥姥、惜春過來，好生訓誨他一番。（貼帶淨、丑上）

【花心動】幽閤深沉，問佳人，爲何懶添眉黛？繡綫日長，圖史春閒，誰解屢傍妝臺？絳羅深護奇葩小，不許蜂迷蝶猜。（淨、丑）笑瑣窗，多少玉人無賴。

（外）孩兒，婦人之德，不出閨門。你如今長成了，方纔有媒婆來與你議親。今日是我的孩兒，異日做他人的媳婦。我這幾日不在家，你却放老姥姥、惜春每都到後花園中閒耍，不習女工，是何道理？我想起來，都是你不拘束他。倘或做出歹事來，可不把你名兒污了？（貼）謝得爹爹教道，孩兒從今自拘束他。（外怒介）老姥姥，你年紀大矣，你做管家婆，倒哄着女使每閒耍，是何所爲？（淨）不干老身事，都是惜春小丫頭。（丑）不干惜春事，都是老姥姥。（外）這兩個賤人尚自相推，都拿下打。（貼跪禀介）爹爹息怒。（外）你且起來。

【惜奴嬌】孩兒，你杏臉桃腮，當有松筠節操，蕙蘭襟懷。閨中言語，不出閫閾之外。老姥姥，不教我孩兒伊之罪，惜春，這風情今休再。（合）記再來，但把不出閨門的語言相戒。

【前腔】（貼）堪哀，萱室先摧，嘆婦儀姆教，未曾諳解。蒙爹嚴訓，從今怎敢不改？老姥姥，早晚望伊家將奴誨。惜春，改前非休違背。（合前）

【黑麻序】（浄）看待，父母心，婚姻事，須要早諧。勸相公，早畢兒女之債。（外）休呆，如何女子前，胡將口亂開？（合）記今來，但把不出閨門的語言相戒。

【前腔】（丑）輕浼，我受寂寞，擔煩惱，教我怎捱？細思之，怎不教人珠淚盈腮？（貼）寧耐，温衣並美食，何須苦掛懷？（合前）

婦人不可出閨門，多謝嚴君教育恩。
休道成人不自在，須知自在不成人。

## 第七齣　才俊登程

【滿庭芳】（生、末、浄、丑上）（生）飛絮沾衣，殘花隨馬，輕寒輕暖芳辰。江山風物，偏動别離人。回首高堂漸遠，嘆當時恩愛輕分。傷情處，數聲杜宇，客淚滿衣襟。

【前腔】（末）萋萋芳草色，故園入望，目斷王孫。謾憔悴郵亭，誰與温存？（浄、丑）聞道洛陽近也，還又隔幾座城闉。（合）澆愁悶，解鞍沽酒，同醉杏花村。

〔浣溪沙〕（生）千里鶯啼緑映紅，（丑）水村山郭酒旗風，（净）行人如在畫圖中。（末）不暖不寒天氣好，或來或往旅人逢，（合）此時誰不嘆西東？（相見介）（净）動問老兄尊姓？（生）小子姓蔡。（净）貴表？（生）伯喈。（丑）動問老兄尊姓？（末）小子姓李。（丑）貴表？（末）群玉。（生）動問老兄尊姓？（净）小子姓落。（生）貴表？（净）得嬉。（末）動問老兄尊姓？（丑）小子姓常。（末）貴表？（丑）白將。（净）久聞列位高名，今日幸會，都是往長安赴選。（笑介）年兄年弟，休得拋撇。既然如此，且在此歇息片時，講些學識，説些志氣何如？（衆）正合愚意。（丑）敢問蔡兄學識如何？（生）小子坐則讀，行則吟，窮年屹屹苦搜尋。文章驚世無敵手，盡是當年惜寸陰。（丑）有意思，有意思。（净）敢問李兄學識如何？（末）小子不將窮達付前緣，常把勤勞契上天。人事盡時天理見，才高豈得困林泉？（净）自然，自然。（生）敢問落兄學識如何？（净）小子讀書費力，每在螢窗講習。常念青春不再，那更白日可惜。熟讀《孝經》《曲禮》，博覽《詩》《書》《周易》。《春秋》諸子百家，篇篇義理紬繹。前日行到學中，夫子潛自叫屈。（末）呀！聖人如何叫屈？（净）道是：可惜這個秀才，眼中一字不識。（末）你却説一場春夢！（生）敢問常兄學識如何？（丑）小子言不妄發，寫字極有方法。先將好墨磨濃，次把純毫蘸着。推開净几明窗，展舒錦箋繡札。不問真草隸篆，寫出都是法帖。大字麄如庭柱，小字細似頭髮。王羲之拜我爲師，歐陽詢見我謊殺。（笑介）早間寫個八字，忘了一撇一捺。（末）又道是一筆走龍蛇。（净）閒話休講。如今天色將晚，不免起程，趲行幾步。

【八聲甘州歌】(生)衷腸悶損，歎路途千里，日日思親。青梅如豆，難寄隴頭音信。高堂已添雙鬢雪，客路空瞻一片雲。(合)途中味，客裏身，争如流水繞柴門？休回首，欲斷魂，數聲啼鳥不堪聞。

【前腔】(末)風光正暮春，便縱然勞役，何必愁悶？緑陰紅雨，征袍上染惹芳塵。雲梯月殿圖貴顯，水宿風餐莫厭貧。(合)乘桃浪，躍錦鱗，一聲雷動過龍門。榮歸去，緑綬新，休教妻嫂笑蘇秦。

【前腔】(浄)誰家近水濱，見畫橋烟柳，朱門隱隱。鞦韆影裏，墻頭上露出紅粉。他無情笑語聲漸杳，却不道惱殺多情墻外人。(合)思鄉遠，愁路貧，肯如十度謁侯門？行看取，朝紫宸，鳳池鰲禁聽絲綸。

【前腔】(丑)遥瞻霧靄紛，想洛陽宫闕，行行將近。程途勞倦，欲待共飲芳樽。垂楊瘦馬莫暫停，只見古樹昏鴉棲漸盡。(合)天將暝，日已曛，一聲殘角斷樵門。尋宿處，行步緊，前村燈火已黄昏。

【餘文】向人家，忙投奔，解鞍沽酒共論文，今夜雨打梨花深閉門。

江山風物自傷情，南北東西爲利名。
路上有花並有酒，一程分作兩程行。

# 第八齣　文場選士

（末上）禮闈新榜動長安，九陌人人走馬看。一日聲名遍天下，滿城桃李屬春官。自家不是別人，却是禮部一個祇候的便是。今歲乃大比之年，朝廷委命試官，已在貢院之内；各省中式舉人，俱列棘闈之前。如今試官將次升堂，小人只得在此聽候。正是：一封纔下興賢詔，四海都無遺棄才。道猶未了，試官大人早到。（浄試官上）

【生查子】承恩拜試官，聲價重丘山。左右，那來科舉的，只問有文才，何必拘鄉貫？（末）那有文材的，如何發落他？（浄）取他居上第，做個清要官。（末）那没文材的，如何發落他？（浄）縱有父兄勢，也教空手還。

（末）好公道老爺！（浄）左右，今年却是大比之年，我爲國薦賢，但是各省府縣赴試的秀才，都唤入來。（末）領鈞旨。（生上）

【賞宫花】槐花正黄，赴科場舉子忙。太學拉朋友，一齊整行裝。（合）五百英雄都在此，不知誰做狀元郎？

【前腔】（丑上）天地玄黄，略記得三兩行。才學無些子，只是賭命强。（合前）

（末叫開門）（生）貢院門已開，列位尊兄依次而進。（浄）左右，這些秀才每人給與卷子一本，蠟燭一條，各分東西廊下伺候題目。（末）領鈞旨。（相見介）（凈）你每衆秀才聽着：朝廷制度，開科取士，須有定期；立意命題，任從時好。下官是個風流試官，不比往年的試官。往年第一場考文，第二場考論，第三場考策；我今年第一場做對，第二場猜謎，第三場唱曲。若是做得對好，猜得謎着，唱得曲好，就取他頭名狀元，插金花，飲御酒，遊街兒耍子。若是對得不好，猜得不着，唱得不好，就將他黑墨搽臉，亂棒打出去。（生、丑）學生領命。（凈）東廊下秀才蔡邕過來領題。（生）有。（凈）我出天文門一個對與你對。（生）願聞。（凈）星飛天放彈。（生）日出海抛毬。（凈）妙哉！妙哉！且站一邊。西廊下秀才落得嬉過來領題。（丑）快些。（凈）《毛詩》三百首。（丑）還有十一篇。（凈）不好！不好！且站一邊。蔡邕過來，我出天下八個省名的謎兒與你猜。（生）願聞。（凈）一聲霹靂震天關，兩個肩頭不得閒。去買紙來作裱褙，欠人錢債未曾還。（生）第一句是京東、京西，第二句是江東、江西。第三句是湖東、湖西，第四句是浙東、浙西。（凈）妙哉！妙哉！且站一邊。落得嬉過來，我出山上四樣樹名的謎兒與你猜。（丑）快些。（凈）雨中妝點望中黄，獨立深山分外長。廟廊之材應見取，家家織就綺羅裳。（丑）第一句是栢樹，第二句是槐樹，第三句是楓樹，第四句是柳樹。（凈）不是！不是！且站一邊。蔡邕過來，我唱一隻曲兒，你末後湊一句，要押得韻着。（生）願聞高音。

【北江兒水】（凈）長安富貴真罕有，食味皆山獸。熊掌紫駝峰，四座馨香透。你押下韻。（生）奉與試官來下酒。

（凈笑介）妙哉！妙哉！三場都好，這是個真秀才，且在東廊下伺候。落得嬉過來，我再唱一隻曲兒，你末後也湊一句，要押得韻着。（丑）快唱。

【前腔】（浄）看你腹中何所，一袋醃臢臭。若還放出來，見者都奔走。你押下韻。（丑）把與試官來下酒。

（浄）不濟！不濟！將他黑墨搽臉，亂棒打出去。（丑）不須打！正是：薄命劉生終下第，厚顔季子且回家。（下）（浄）蔡秀才，今科中式舉人雖多，只有你才學高邁，文字老成。俺就復奏聖上，將你取爲第一甲頭名狀元，冠帶遊街赴宴。左右，取冠帶過來。（末取上）正是：袍笏賜進士，鐵鉞贈將軍。（浄）蔡狀元換了冠帶，今就隨我入朝謝恩。（換冠帶介）

【懶畫眉】（生）君恩喜見上頭時，今日方顯男兒志。布袍脱下換羅衣，腰間横繫黄金帶，駿馬雕鞍真是美。

【前腔】（浄）狀元，你讀書萬卷非容易，喜得登科擢上第。功名分定豈誤期，那更三千禮樂無敵手，五百英雄盡讓伊。

【前腔】（末）人生當用顯門閭，廕子封妻榮自己。馬前喝道狀元歸，雁塔揮毫題姓字，一舉成名天下知。

一舉鰲頭獨占魁，誰知平地一聲雷。
明朝跨馬春風裏，盡是皇都得意回。

# 第九齣　臨妝感歎

【破齊陣引】（旦上）翠減祥鸞羅幌，香銷寶鴨金爐。楚館雲閒，秦樓月冷，動是離人愁思。目斷天涯雲山遠，親在高堂雪鬢疏，緣何書也無？

〔古風〕明月匣中鏡，盈盈曉來妝。憶昔事君子，鷄鳴下君床。臨鏡理笄總，隨君問高堂。一旦遠別離，鏡匣掩青光。流塵暗綺疏，青苔生洞房。零落金釵鈿，慘淡羅衣裳。傷哉憔悴容，無復蕙蘭芳。有懷悽以楚，有路阻且長。妾身豈歎此，所憂在姑嫜。念彼猸猱遠，眷此桑榆光。願言盡婦道，遊子不可忘。勿彈綠綺琴，絃絶令人傷。勿聽《白頭吟》，哀音斷人腸。人事多錯迕，羞彼雙鴛鴦。奴家自嫁與蔡伯喈，纔方兩月，指望與他同事雙親，偕老百年。誰知公公嚴命，强他赴選。自從去後，竟無消息。把公婆拋撇在家，教奴家獨自應承。奴家一來要成丈夫之名，二來要盡爲婦之道，盡心竭力，朝夕奉養。正是：　天涯海角有窮時，只有此情無盡處。

【風雲會四朝元】春闈催赴，同心帶綰初。嘆《陽關》聲斷，送別南浦，早已成間阻。謾羅襟淚漬，謾羅襟淚漬，和那寶瑟塵埋，錦被羞鋪。寂寞瓊窗，蕭條朱户，空把流年度。嗏，瞑子裏自尋思，妾意君情，一旦如朝露。君行萬里途，妾心萬般苦。君還念妾，迢迢遠遠，也須回顧。

【前腔】朱顏非故，綠雲懶去梳。奈畫眉人遠，傅粉郎去，鏡鸞羞自舞。把歸期暗數，把歸期暗數，只見雁杳魚沉，鳳隻鸞孤。綠遍汀洲，又生芳杜，空自思前事。嗏，日近帝王都，芳草斜陽，教我望斷長安路。君身豈蕩子，妾非蕩子婦。其間就裏，千千萬萬，有誰堪訴。

【前腔】輕移蓮步，堂前問舅姑。怕食缺須進，衣綻須補，要行時須與扶。奈西山暮景，奈西山暮景，教我倩着誰人，傳語我的兒夫。你身上青雲，只怕親歸黄土，我臨別也曾多囑付。嗏，那些個意孜孜，只怕十里紅樓，貪戀着他人豪富。丈夫，你雖然是忘了奴，也須念父母。苦！無人説與，這凄凄冷冷，怎生辜負？

【前腔】文場選士，紛紛都是才俊徒。少甚麽鏡分鸞鳳，都要榜登龍虎，偏是他將奴誤。也不索氣蠱，也不索氣蠱，既受託了蘋蘩，有甚推辭？索性做個孝婦賢妻，也落得名標青史，今日呵，不枉受了些閒悽楚。嗏，俺這裏自支吾，休得污了他的名兒，左右與他相回護。丈夫，你便做腰金衣紫，須記得荆釵與裙布。苦！一場愁緒，堆堆積積，宋玉難賦。

回首高堂日已斜，遊人何事在天涯。
紅顔勝人多薄命，莫怨春風當自嗟。

# 第十齣　杏園春宴

（末首領官上）朝爲田舍郎，暮登天子堂。將相本無種，男兒當自强。自家不是别人，却是河南府一個首領官。往年狀元及第，赴宴遊街，但是鞍馬酒席供設祗應等件，都是府尹提調。今年蔡伯喈做狀元，循例赴宴，府尹却委着當職提調。昨日已分付太僕寺掌鞍馬的令史，並洛陽縣管排設的驛丞，專聽俺這裏鳴鼓三聲，都要到此聚會聽點。（擂鼓介）掌鞍馬的在那裏？（丑令史上）有問即對，無問不答。相公有何鈞旨？（末）鞍馬備辦了未曾？（丑）告相公得知：俺這裏在先有一萬匹好馬。（末）怎見得好馬？（丑）但見：耳批雙竹，鬃散五花。展開鳳臆龍鬐，昂起豹頭虎額。轡篤篤翠蹄削玉，點滴滴赤汗流珠。隅目青熒夾鏡懸，肉駿碨礧連錢動。一躍時尾捎雲漢，横驀過玄圃崆峒；一霎時走遍神州，直趕上流星掣電。九方臯管教他稱賞，千金價不枉了追求。（末）有甚顔色的？（丑）布汗、論聖、虎剌、合里烏、赭啞兒、爺屈良、蘇盧、棗騮、栗色、燕色、兔黄、真白、玉面、銀鬃、繡膊、青花。正見：五花散作雲滿身，萬里方看汗流血。（末）有甚麽好名兒？（丑）飛龍、赤兔、騕褭、驊騮、紫燕、驌驦、嗤膝、踰暉、騏驎、山子、白義、絶塵、浮雲、赤電、絶群、逸驃、騄驪、龍子、驎駒、騰霜驄、皎雪驄、凝露驄、照影驄、懸光驄、决波騟、飛霞驃、發電、赤流、金騧、翔麟、紫奔、虹赤、照夜白、一丈烏、九花虬、望雲騅、忽雷駮、拳毛騧、獅子花、玉逍遥、紅叱撥、紫叱撥、金叱撥。正是：青海月氏生下，大宛越睒將來。（末）有甚麽好廐？（丑）飛龍、祥麟、吉良、龍媒、騊駼、駃騠、鵷鸞、出群、天花、鳳苑、奔星、内駒、左飛、右飛、左坊、右坊、東南内、西南内。正是：盡印三花飛鳳字，中藏萬匹好龍媒。（末）却怎的打扮？（丑）錦韉燦爛披雲，銀鐙熒煌曜日。香羅帕深覆金鞍，紫游韁牽動玉勒。瑪瑙妝就轡頭，珊瑚做成鞍子。正是：紅纓紫鞚珊瑚鞭，玉鞍錦籠黄金勒。（末）如今選多少在這裏？（丑）告相公，如今無了。（末）如何無了？（丑）元有一萬匹馬，却有一千三百個漏蹄，二千七百個抹鬣，三千八百個熟瘤，二千二百個慈眼。那更鞍橋又破損，坐褥又傾攲。抽轡盡是麻繩，鞭子無非荆杖。餓老鴟全然拉塔，雁翅板一發彫零。鞍轡既不周全，牽鞚何曾完備？此般物件，其實不中。（末）休胡説！若還不完備時節，我禀過府尹大人，好生打你。（丑）相公可憐見，容小人一壁厢自理會。（末）鞍馬若完備時節，可牽在午門外厢，等候狀元謝恩出來乘坐。（丑）理會得。只教他春風得意馬蹄疾，一日看遍長安花。（下）（末）管排設的在那裏？（淨驛丞上）廳上一呼，階下百諾。相公有何鈞旨？（末）排設完備了未曾？（淨）告相公，俺揀上等排設俟候點視。（末）怎見得上等排設？（淨）但見：珠簾高捲，繡幕低垂。珊瑚席鋰鑼得精神，玳瑁筵安排得奇巧。金爐内慢騰騰燒瑞腦，玉瓶中嬌滴滴插奇花。四圍環繞畫屏山，滿座重鋪錦褥子。金盤犀筯光錯落，掩映龍鳳珍羞；銀海瓊舟影蕩摇，翻動葡萄玉液。灑掃得乾乾淨淨，並無半點塵埃；鋪陳得整整齊齊，另是一般氣象。正是：移將金谷繁華景，妝點瓊林錦繡仙。（末）安排既齊整，你每且退去，待等狀元遊街了赴宴。（淨）領鈞旨。正是：瓊林勝處風光好，别是人間一洞天。（下）（衆）遠遠望見一簇人馬鬧炒，想是狀元來了。（末下）（生、淨、丑騎馬上）

【窣地錦襠】嫦娥翦就緑雲衣，折得蟾宫第一枝。宫花斜插帽簷低，一舉成名天下知。

【哭岐婆】洛陽富貴，花如錦綺。紅樓數里，無非嬌媚。春風得意馬蹄疾，天街賞遍方歸去。（生、淨先下）（丑墜馬介）救命！救命！爹爹、妳妳、伯伯、叔叔、哥哥、嫂嫂、孩兒、媳婦都來救命。

（末騎馬上）

【水底魚兒】朝省尚書，昨日蒙聖旨，道狀元及第，教咱去陪宴席。（丑叫）踏壞了人了。（末）越着鞭越退，遣人心下疑。（丑）救命！救命！（末）轉頭回望，叫我的還是誰？漢子，你是誰？（丑）我是墜馬的狀元。（末扶介）快起來。（丑）尊官是誰？（末）我是中書省陪宴官，不知足下爲甚墜馬？

【北叨叨令】（丑）鬧炒炒街市上遊人亂，（末）你馬驚了呵？（丑）惡頭口抵死要回身轉。（末）怎的不牽過一邊？（丑）我戰兢兢只怕韁繩斷，（末）爲甚不打他？（丑）怯書生早已神魂散。（末）你不害事麼？（丑呻吟介）險些跌折了腿也麼哥，險些舂破了頭也麼哥，我好似小秦王三跳澗。

（末）這馬如今那裏去了？（丑）問他那裏去了！傷人乎？不問馬。（末）咳！你兀自文縐縐的。我且就這裏人家借一個馬與你騎。（丑）你静辦，若借馬與我騎，便索死。（末）呀！怎的便死？（丑）你不聞孔夫子説道：有馬者借人乘之，今亡矣夫。（末）一口胡柴！呀！遠遠望見一簇人馬來，有馬就借一匹與你騎。（丑）不須得，不須得。（生、淨騎馬上）

【窣地錦襠】荷衣新染御香歸，引領群仙下翠微。杏園惟有後題詩，此是男兒得志時。

（丑）狀元，你每列位騎馬遊街，且是好。只不要似我騎馬，春破了頭，跌折了脚。（生）足下原來墜馬呵？（丑）可知哩。（末）不是下官搭救時節，險些送了一條性命。（净）如此，更賴足下之力。（生）請整頓同行。（丑）你們三位自去赴宴，我到太平坊下李郎中家去便來。（衆）你去做甚麽？（丑）我去醫攧撲傷損瘡。（衆）休要推故，我去借一個馬與你騎了同去。（丑）小子告退，你三位自去。（末）朝廷事例，如何不去赴宴？（丑）赴宴也好，只是騎馬不得。這等，你三位騎馬前去，我隨後提着胡床來。（末）成甚麽模樣！（丑）這個不妨，却有兩説：路上人問你，便説道是使喚的伴當；若是筵席之中，却説是打伴當的人。（末）好窮對副！

【哭岐婆】（衆）玉鞭裊裊，如龍驕騎。黄旗影裏，笙歌鼎沸。如今端的是男兒，行看錦衣歸故里。

（末）這裏便是杏園，請列位駐馬。（丑）左右，馬都牽到僻處去。倘或人道四位官員如何有三個馬，不像模樣。（末）好高見識！如今請列位照依年例，留下佳作。（净）蔡兄先請。（生）五百名中第一仙，花如羅綺柳如烟。緑袍乍着君恩重，黄榜初開御墨鮮。禮樂三千傳紫禁，風雲九萬上青天。時人謾説登科早，未許嫦娥愛少年。（净）妙！妙！紫金闕無極無上聖。（末）這裏不是玉皇閣，休要誦他的寶號。如今却輪當足下。（净）我也有四句：遲日江山麗，春風花草香。（末）且住。使不得，這是古詩。（净）呀！我前日三場，也都是別人的文章，尚自中了。如何一首別人的詩，倒使不得起來？（末）休道是七步成章。（净）咳！ 你道我真個不會作詩呵？ 我且將就做一首與列位看看： 赴選何曾入棘闈，此身未擬着荷衣。 三場盡是倩人做，一字全然匪我爲。 自笑持杯饕戀酒，却愁把筆怎題詩？ 有人問我求佳作，（衆）如何答他？（净）問我先生便得知。（末）又道是當仁不讓於師。（丑）倉官不識串字，中中。（末）且休誇口。 如今又輪當足下。（丑）有，有。 列位做律詩，都把那赴試的事爲題，恐是熟套； 小子如今另立一題。（末）你把甚麼爲題？（丑）便把小子方纔墜馬爲題，胡做古風一篇，以紀其事如何？（衆）尤妙！ 尤妙！（丑）君不見去年騎馬張狀元，跌了左腿不相聯？ 又不見前年跨馬李試官，跌了窟臀没半邊？ 世上三般拚命事，行船走馬打鞦韆。 小子今年大拚命，也來隨趁跨金鞍。 跨金鞍，災怎躲？ 叵耐畜生侮弄我。 大叫三聲不肯行，連攛兩攛不是耍。 便把韁繩緊緊拿，縱有長鞭怎敢打？ 須臾之間掉下來，一似狂風吹片瓦。 昨日行過樞密院，三個軍人來唱喏。 小子慌忙走將歸，（末）却如何？（丑）怕他請我教戰馬。（末）又説夢話！ 諸公請依位而坐，左右，看酒。（雜承直上）色動玉壺無表裏，光揺金盞有精神。 告相公，酒在此。（衆把酒介）

【五供養】（末）文章過晁董，對丹墀已膺天寵。（合）赴瓊林新宴，顫宫花，緩引黄金鞚。

【前腔】（净、丑）九重天上聲名重，紫泥封已傳丹鳳。（合）便催歸玉簡侍宸旒，他日歸來金蓮送。

【山花子】（末）玳筵開處遊人擁，争看五百名英雄。（生）喜鰲頭一戰有功，荷君恩奏捷詞鋒。（合）太平時車馬已同，干戈盡戢文教崇，人間此時魚化龍。留取瓊林，勝景無窮。

【前腔】（淨）三千禮樂如泉涌，一筆掃萬丈長虹。（丑）看奎光飛躔紫宮，光耀萬玉班中。（合前）

【前腔】（生）青雲路通，一舉能高中，三千水擊飛冲。（淨）又何必扶桑掛弓？也强如劍倚崆峒。（合前）

【前腔】（丑）恩深九重，絲絡八珍送，無非翠釜駝峰。（末）看吾皇待賢恁隆，不枉了十年窗下把書來攻。（合前）

【太和佛】（生）寶篆沉烟香噴濃，（衆）濃熏綺羅叢。瓊舟銀海，翻動酒鱗紅，一飲盡教空。（生悲介）持杯自覺心先痛，縱有香醪，欲飲難下我喉嚨。他寂寞高堂菽水誰供奉？俺這裏傳杯諠閧，（衆）狀元，你休得要對此歡娛意忡忡。

【舞霓裳】願取群賢盡貞忠，盡貞忠。管取雲臺畫形容，畫形容。時清莫報君恩重，惟有一封書上勸東封，更撰個河清德頌。乾坤正，看玉柱擎天又何用？

【紅繡鞋】（合）猛拚沉醉東風，東風。倩人扶上玉驄，玉驄。歸去路，望畫橋東。花影亂，日朦朧。沸笙歌，引紗籠。

【意不盡】（合）今宵添上繁華夢，明早遥聽清禁鐘。皇恩謝了，鵷行豹尾陪侍從。

名傳金榜换藍袍，酒醉瓊林志氣豪。
世上萬般皆下品，思量惟有讀書高。

## 第十一齣　蔡母嗟兒

【憶秦娥先】（旦上）長吁氣，自憐薄命相遭際。相遭際，暮年姑舅，薄情夫婿。

〔清平樂〕夫妻纔兩月，一旦成分别。没主公婆甘旨缺，幾度思量悲咽。家貧先自艱難，那堪不遇豐年。恁的千辛萬苦，蒼天也不相憐。奴家自從兒夫去後，遭此饑荒；况兼公婆年老，朝不保夕，教奴家獨自如何應奉？婆婆日夜埋怨着公公，當初不合教孩兒出去；公公又不伏氣，只管和婆婆鬧争。外人不理會得，只道是媳婦不會看承，以致公婆日夜鬧炒。且待公婆出來，再三勸解則個。

【憶秦娥後】（外上）孩兒一去無消息，雙親老景難存濟。（净扯外耳介）難存濟，不思前日，强教孩兒出去？

（旦勸介）（净）老賊，你抵死教孩兒出去赴選，今日没有飯喫，他便做得狀元，濟你甚事？若是孩兒在家，也會區處，終不到得恁的狼狽。如今凍得你好，餓得你好。老賊，你死了休！（外）老乞婆，你埋怨我則甚？我是神仙，知道今日恁的饑荒苦？這般時年，誰家不忍飢受餓？誰似你這般埋怨我？休休！我死！我死！我死！今日饑荒也是死，被你埋怨不過也索死。（欲死）（旦扯住介）（净）老賊，你便死也消不得我這場嘔氣！（旦）公公婆婆且息怒，聽奴家一言分剖：當初公公教孩兒出去時節，不道今日恁的饑荒，婆婆難埋怨公公；今日婆婆見這般饑荒，孩兒又不在眼前，心下焦躁，公公也休怪婆婆埋怨。請自寬心，如今奴家把些釵梳首飾之類，典些糧米，以充公婆一時口食。寧可餓死奴家，決不將公婆落後。（净）媳婦你説得好，我只是恨這老賊！

【金索掛梧桐】區區一個兒，兩口相依倚。没事爲着功名，不要他供甘旨。你教他做官，要改換門閭，只怕他做得官時你做鬼。老賊！你圖他三牲五鼎供朝夕，今日裏要一口粥湯却教誰與你？相連累，我孩兒因你做不得好名儒。（合）空争着閒是閒非，空争着閒是閒非，只落得雙垂淚。

【前腔】（外）養子教讀書，指望他身榮貴。黄榜招賢，誰不去求科試？老乞婆，我説個比方與你聽。譬如范杞良差去築城池，他的娘親埋怨誰？（净）老賊，你倒好比方，他是奉官差哩！（外）合生合死皆由命，少甚麽孫子森森也忍飢？（净）老賊，你固自口硬！再過幾時，餓得你口嗅屎哩！（外）休聒絮，畢竟是咱每兩口受孤恓。（合前）

【前腔】（旦）婆婆，孩兒雖暫離，須有日回家裏。（净）媳婦，我豈不知自有一日回家？只是眼下受餓難過。（旦）婆婆，奴有些釵梳，解當充糧米。（净）老賊！我若没有這般孝順的媳婦會擺佈，可不把我的肝腸也餓斷了？（外）老乞婆，這是時年如此，你苦死埋怨我怎的？（旦）公公婆婆恁的閒争呵，教旁人道媳婦每有甚差池，致使公婆争鬥起。婆婆，他心中愛子，指望功名就；公公，他眼下無兒，因此埋怨你。難逃避，兀的不是從天降下這災危？（合前）

【劉潑帽】（外）天那！我每不久須傾棄，歎當初是我不是。不如我死了無他慮。（合）一度裏思量，一度裏肝腸碎。

【前腔】（净）有兒却遣他出去，教媳婦怎生區處？媳婦，可憐誤你芳年紀。（合前）

【前腔】（旦）公公婆婆，媳婦便是親兒女，勞役事本分當爲。但願公婆從此相和美。（合前）

形衰力倦怎支吾？口食身衣只問奴。
莫道是非終日有，果然不聽自然無。

## 第十二齣　奉旨招婿

（末上）縹緲紗窗映霧烟，深沉華屋鎖嬋娟。屏間孔雀人難中，幕裏紅絲誰敢牽？自家是牛太師府中一個院子，這幾日聽得府中喧傳太師要招女婿。况我這個小娘子不比别的小娘子：一來是丞相之女，二來他才貌兼全。必須有文章有官職有福分的，方可中選。且在此俟候，相公出來，便知端的。

（外牛太師上）

【似娘兒】華髮漸星星，憐愛女欲遂姻盟，蟾宫桂子才堪稱。紅樓此日，紅絲待選，須教紅葉傳情。

左右那裏？（末）廳上一呼，堦下百諾。不知老相公有何鈞旨？（外）自古道：男子生而願爲之有室，女子生而願爲之有家。我老夫人傾棄多年，只有一個小姐，美貌娉婷。昨日見官裏，問我道：你的女孩兒曾嫁人未？我回言道：未曾嫁人。官裏道：既不曾嫁人，如今新狀元蔡邕，好人物，好才學，朕與你主婚，你可招他爲婿。你意如何？俺奉着聖旨，就謝了恩。你每道此事如何？（末）覆相公：男大須婚，女大須嫁。小姐是瑶臺閬苑神仙，狀元是天禄石渠貴客。況且玉音主盟，金口説合。若做了百年夫婦，不枉了一對姻緣。這是：佳人才子兩堪誇，天付姻緣事不差。試看月輪還有意，定知丹桂近仙娃。（外笑介）你言正合我意。你就去喚府前官媒婆來，同去蔡狀元處説親。（末）領鈞旨。

（喚介）（丑媒婆拿秤、斧上）

【醉太平】我做聰俊的媒婆，兩脚疾走如梭。生得不矮又不矬，人人都來請我。我只要金多銀多，綾羅段匹多，方肯做。又且張家李家誇談我，（末）誇談你甚的？（丑）道我每須勝是別媒婆。

媒婆媒婆，兩脚奔波。一斗好酒，一隻肥鵝。送到家裏，我和老公笑呵呵。（末）婆子休閒説，且去見老相公。（外）婆子，你手裏拿着甚麼東西？（丑）這是斧頭。（外）要他何用？（丑）這是媒婆的招牌。（外）如何將他做招牌？（丑）告相公得知：《毛詩》有云：『析薪如之何？匪斧弗克。娶妻如之何？匪媒不得。』以此將他爲招牌。（末）休在班門弄斧。（外）媒婆，你要秤何用？（丑）相公，這喚作量人秤，量是要緊的。大凡做媒時節，先把新婦新郎秤得一般，方纔與他説親，久後夫妻也和順。若是輕重了，夫妻到底相嫌。（外）休閒説！媒婆，我昨日奉聖旨，教我將小姐招贅蔡狀元爲婿，你如今去他跟前説知。若得成就了這頭親事，我多多賞你。（丑）這個有甚難處？一來奉當今聖旨，二來託相公威名，三來小姐才貌兼全。是人知道，蔡狀元有何不可？（末）這話極説得是。（外）媒婆，你近前來聽我説。

【瑣窗郎】吾家一女娉婷，不曾許與公卿。昨承聖旨，招選書生。媒婆，你和他説：不須用白璧黄金爲聘。（合）説道姻緣前世已曾定，今日裏共歡慶。

【前腔】（丑）住東京極有名聲，相公，論媒婆非自逞。今朝事體，管取完成。怕有一輕一重，全憑這條官秤。（合前）

【前腔】（末）雖然他高占魁名，得相招多少榮縈。依繡幕選中雀屏，媒婆，此一去他必從命。（合前）

爲傳芳信仗良媒，管取門楣得俊才。
百年夫婦今朝合，一段姻緣天上來。

## 第十三齣　官媒議婚

【高陽臺】（生上）夢繞親闈，愁深旅邸，那堪音信遼絶。淒楚情懷，怕逢淒楚時節。重門半掩黄昏雨，奈寸腸此際千結。守寒窗一點孤燈，照人明滅，當時輕散輕別。歎玉簫聲杳，庾樓明月。一段愁煩，翻成兩下悲咽。枕邊萬點思親淚，伴漏聲到曉方徹。鎖愁眉，慵臨青鏡，頓添華髮。

〔木蘭花〕鰲頭可羨，須知富貴非吾願。雁足難憑，没個音信寄子情。田園將蕪，不知松菊猶存否？光景無多，怎奈椿萱老去何？自家爲父母所强，來此赴選，誰知逗遛在此，竟不能歸。今又復拜皇恩，除爲議郎。雖則任居清要，争奈父母年老，安敢久留？天那！知我的父母安否如何？知我的妻室侍奉如何？欲待上表辭官，又未知聖意如何？苦！好似和針吞却綫，刺人腸肚繫人心。（末、丑上）

【勝葫蘆】（末）特奉皇恩賜結婚，來此把信音傳。（丑）若是仙郎肯與諧姻眷，一場好事，管取今朝便團圓。

（生）兒家門户重重閉，春色緣何得入來？未審何人到此？（末、丑）小人是牛太師府裏一個院子，老媳婦是媒婆，我兩人奉天子之洪恩，領太師之嚴命，特與狀元諧一佳偶。（生）元來如此。不索多言，且聽我説。

【高陽臺】宦海沉身，京塵迷目，名韁利鎖難脱。目斷家山，空勞魂夢飛越。（丑）狀元，是好一個小姐。（生）閒聒，閒藤野蔓休纏也。俺自有正兔絲，親瓜葛。是誰人無端調引，謾勞饒舌？

【前腔】(末)閥閲，紫閣名公，黄扉元宰，三槐位裏排列。金屋嬋娟，妖嬈那更貞潔。(丑)歡悦，秦樓此日招鳳侶，遣妾每特來執伐。望君家殷勤肯首，早諧結髮。

【前腔】(生)非別，千里關山，一家骨肉，教我怎生抛撇？妻室青春，那更親鬢垂雪。(丑)狀元，老公相見你這般青春年少，纔肯把小姐嫁與你，你不必推故。(生)差迭，須知少年自有人愛了，謾勞你嫦娥提挈。滿皇都豪家無數，豈必卑末？

【前腔】(末)不達，相府尋親，侯門納禮，兀自拒他不屑。繡幕奇葩，春光正當十八。(丑)休撇，知君是個折桂手，留此花待君攀折。況親奉丹墀詔旨，非我自相攛掇。

【前腔】(生)心熱，自小攻書，從來知禮，忍使行虧名缺？父母俱存，娶而不告須難説。悲咽，門楣相府雖要選，奈庾廖佳人實難存活。(丑)狀元，小姐生得十分美貌，你休錯過了。(生)縱然有花容月貌，怎如我自家骨血？

【前腔】(末)迂闊，他勢壓朝班，威傾京國，你却與他相別。只怕他轉日迴天，那時須有個決裂。(丑)虚設，夜静水寒魚不餌，笑滿船空載明月。下絲綸不愁無處，笑伊村殺。

【餘文】(生)明朝有事朝金闕，歸家奉親心下悦。(末)狀元，只怕聖旨不從空自説。(生)不須多説。你若果奉聖旨來，我明日上表辭官，一就辭婚便了。

君王詔旨不相從，明日應須奏九重。

有緣千里能相會，無緣對面不相逢。

## 第十四齣　激怒當朝

【出隊子】（外牛太師上）朝夕縈掛，只爲孩兒多用心。不知月老事何因？爲甚冰人没信音？顒望多時，情緒轉深。目斷青鸞瞻碧霧，情深紅葉看金溝。自家昨遣院子和官媒去蔡狀元處説親，尚未回音，且待他來，便知端的。

【前腔】（末、丑上）喬才堪笑，故阻佯推不肯從。豈無佳婿近乘龍？有甚福緣能跨鳳？料想書生，只是命窮。

（相見介）（外）媒婆，你回來了。事體若何？（丑）覆相公得知：他千不肯，萬不肯，只是不肯不肯。（末）你且住休，待小人覆知相公。蔡狀元道他家中有垂白之父母，年少之妻房；明日要上表辭官家去，實難從命。

【雙鸂鶒】（外）聽伊説，教人怒起。漢朝中惟吾獨貴，我有女，偏無貴戚豪家求配？奉聖旨使我招狀元爲婿，媒婆，不知他回話有何言語？

【前腔】（丑）媒婆告相公知：恨那人作怪蹺蹊。千不肯，萬推辭。（外）我奉聖旨招他爲婿，你曾把這話對他説麽？（丑）這話頭不惹些兒。道始得及第，縱有花容月貌休提。他罵相公罵小姐，（外）他罵小姐甚麽？（丑）道脚長尺二。（末）這般説謊没巴臂。（跪介）

【前腔】恩官且聽咨啓：蔡狀元聞説皺眉。忠和孝，恩和義，念父母八十年餘。況已娶了妻室，再婚重娶非禮。待早朝，上表文，要辭官家去。請相公別選一佳婿。

【前腔】（外）他元來要奏丹墀，敢和我廝挺相持。細思之，可奈他將人輕覷。我就寫表奏與吾皇知，與他官拜清要地。務要來我處爲門楣。

【意不盡】（衆）這讀書輩没道理，不思量違背了聖旨；只教他辭官辭婚俱未得。

（外）自古道：殺人可恕，情理難容。我的聲名，誰不欽敬？多少貴戚豪家求爲吾婿而不可得，叵耐一書生顛倒不肯，反要辭官家去。且由他。左右，你和官媒婆再去蔡狀元處説，看他如何？我如今先去奏知官裏，只教不准他上表便了。

枉把封章奏九重，不如及早便相從。

羈縻鸞鳳青絲網，牢絡鴛鴦碧玉籠。

## 第十五齣　金閨愁配

【剔銀燈】（貼上）忒過分爹行所爲，但索强全不顧人議。背飛鳥硬求來諧比翼，隔墻花强攀做連理。姻緣，還是怎的？天那！我待對爹爹説呵，婚姻事女孩兒家怎提？

姻緣姻緣，是非偶然。好笑我爹爹定要將奴家招贅蔡狀元爲婿，那狀元不肯，俺這裏也索罷了，誰想爹爹苦不放過。天那！他既不肯，便做了夫妻，到底也不和順。奴家待將此事對爹爹説，只是此事不是女孩兒每説的話。苦！好悶呵！（净魆地上探介）慚愧！慚愧！今日也能勾得小姐悶也。小姐，你想着甚麼？（貼）我不想着甚麼。（净）你既不想着甚麼，爲何手托香腮，在此憂悶？我且問你：你往常間件件不煩惱，事事不動情，我想起來你都是佯詐；今日莫不是對景傷情麼？（貼）老姥姥，你説那裏話？我爲爹爹做事不停當，以此憂悶。（净）老相公做甚事不停當？（貼）我爹爹要將奴家嫁與蔡狀元，使官媒婆去説，狀元不肯從命。他既然不肯，俺這裏也索罷了。如今爹爹苦不放過他，又叫媒婆去説。老姥姥，你怎生與我對爹爹説一聲也好。（净）小姐，這是你爹爹的主意，如何肯聽我每説？

【桂枝香】書生愚見，忒不通變。不肯坦腹東床，謾自去哀求金殿。想他每就裏，想他每就裏，將人輕賤。小姐，非爹胡纏，怕被人傳。（貼）呀！怕人傳甚麼？（净）道你是相府公侯女，不能彀嫁狀元。

【前腔】（貼）百年姻眷，須教情願。他那裏抵死推辭，俺這裏不索留戀。想他每就裏，想他每就裏，有些牽絆。（净）有甚牽絆？（貼）怕恩多成怨。滿皇都少甚麼公侯子，何須去嫁狀元？

【大迓鼓】（净）非干是你爹意堅，只怕春花秋月，誤你芳年。況兼他才貌真堪羨，又是五百名中第一仙。故把嫦娥，付與少年。

【前腔】（貼）姻緣雖在天，若非人意，到底埋怨。料想赤繩不曾綰，多應他無玉種藍田。休把嫦娥，强與少年。

匹配本自然，何須苦相纏。

眼前雖成就，到底也埋怨。

## 第十六齣　丹陛陳情

【北點絳唇】（末上）夜色將闌，晨光欲散，把珠簾捲。移步丹墀，擺列着金龍案。

【北混江龍】官居宫苑，謾道是天威咫尺近龍顔。每日間親隨車駕，只聽鳴鞭。去螭頭上拜跪，隨着豹尾盤旋。朝朝宿衛，早早隨班。做不得卿相當朝一品貴，先隨着朝臣待漏五更寒。空嗟嘆，山寺日高僧未起，算來名利不如閒。

自家是漢朝一個小黄門。往來紫禁，侍奉丹墀。領百官之奏章，傳一人之命令。正是：主德無瑕因宦習，天顔有喜近臣知。如今天色漸明，正是早朝時分，官裏升殿，怕有百官奏事，只得在此祗候。（内問)怎見得早朝時分？（末）但見： 銀河清淺，珠斗斑斕。數聲角吹落殘星，三通鼓報傳清曙。銀箭銅壺，點點滴滴，尚有九門寒漏； 瓊樓玉宇，聲聲隱隱，已聞萬井晨鐘。曈曈曚曚，蒼茫紅日映樓臺；拂拂霏霏，葱蒨瑞烟浮禁苑。 裊裊巍巍，千尋玉掌，幾點瀼瀼露未晞； 澄澄湛湛，萬里璇空，一片團團月初墜。 三唱天鷄，咿咿喔喔，共傳紫陌更闌； 百囀流鶯，間間關關，報道上林春曉。 午門外碌碌剌剌，車兒碾得塵飛； 六宮裏嘔嘔啞啞，樂聲奏如鼎沸。 只見那建章宮、甘泉宮、未央宮、長楊宮、五柞宮、長秋宮、長信宮、長樂宮，重重疊疊，萬萬千千，盡開了玉關金鎖； 又見那昭陽殿、金華殿、長生殿、披香殿、金鑾殿、麒麟殿、太極殿、白虎殿，隱隱約約，三三兩兩，俱捲上繡箔珠簾。 半空中忽聽得一聲轟轟劃劃，如雷如霆，震耳的鳴梢響； 合殿裏只聞得一陣氤氤氲氲，非烟非霧，撲鼻的御爐香。 縹縹緲緲，紅雲裏雉尾扇遮着赭黃袍； 深深沉沉，丹陛間龍鱗座覆着彤芝蓋。 左列着森森嚴嚴，前前後後的羽林軍、期門軍、控鶴軍、神策軍、虎賁軍，花迎劍佩星初落； 右列着濟濟鏘鏘，高高下下的金吾衛、龍虎衛、拱日衛、千牛衛、驃騎衛，柳拂旌旗露未乾。 金間玉，玉間金，烱烱爍爍，燦燦爛爛的神仙儀從； 紫映緋，緋映紫，行行列列，整整齊齊的文武官寮。 螭頭陛下，立着一對妖妖嬈嬈，花容月貌，繡鸞袍，鴛鴦靴的奉引昭容； 豹尾班中，擺着一對端端正正，銅肝鐵膽，白象簡，獬豸冠的糾彈御史。 拜的拜，跪的跪，那一個敢挨挨拶拶縱諠譁？ 升的升，下的下，那一個不欽欽敬敬依禮法？ 但願得常瞻仙仗，聖德日新日新日日新； 與群臣共拜天顔，聖壽萬歲萬歲萬萬歲。 從來不信叔孫禮，今日方知天子尊。 道猶未了，一個奏事官人早到。

【點絳唇】（生上）月淡星稀，建章宫裏千門曉。御爐烟裊，隱隱鳴梢杳。忽憶年時，問寢高堂早。鷄鳴了，悶縈懷抱，此際愁多少？

不寢聽金鑰，因風想玉珂。明朝有封事，數問夜如何。自家爲父母在堂，故上表辭官回去侍奉。如今天色已明，這是午門外廂，不免進入去咱。（末）奏事官搢笏三舞蹈。

【神仗兒】（生）揚塵舞蹈，揚塵舞蹈，遥瞻天表，見龍鱗日耀。咫尺重瞳高照，遥拜着赭黄袍，遥拜着赭黄袍。

【滴漏子】臣邕的，臣邕的，荷蒙聖朝。臣邕的，臣邕的，拜還紫誥。（末）狀元，你莫不是嫌官小麽？（生）念邕非嫌官小，奈家鄉萬里遥，雙親又老。干瀆天威，萬乞恕饒。

（末）狀元，吾乃黄門，職掌奏章。有何文表，就此披宣。（生跪介）

【入破第一】議郎臣蔡邕啓：今日蒙恩旨，除臣爲議郎之職，重蒙賜婚牛氏。干瀆天威，臣謹誠惶誠恐，稽首頓首。伏念微臣，初來有志，誦詩書，力學躬耕修己，不復貪榮利。事父母，樂田里，初心願如此而已。不想州司，謬取臣邕充試。到京畿，豈料蒙恩，叨居上第。

【破第二】重蒙聖恩，婚賜牛公女。臣草茅疏賤，如何當此隆遇？况臣親老，一從别後，光陰又幾。廬舍田園，荒蕪久矣。

（末）老親在堂，必自有人侍奉，狀元不必憂慮。

【衮第三】（生）但臣親老鬢髮白，筋力皆癯瘁。形隻影單，無兄弟，誰奉侍？況隔千山萬水，生死存亡，雖有音書難寄。最可悲，他甘旨不供，我食禄有愧。

（末）聖上作主，太師聯姻，狀元，這也是奇遇。

【歇拍】（生）不告父母，怎諧匹配？臣又聽得家鄉里，遭水旱，遇荒飢。多想臣親必做溝渠之鬼，未可知。怎不教臣，悲傷淚垂？

（哭介）（末）狀元，此非哭泣之處，不得驚動天聽。

【中衮第五】（生）臣享厚禄掛朱紫，出入承明地。惟念二親寒無衣，飢無食，喪溝渠。憶昔先朝朱買臣守會稽，司馬相如持節錦歸。

【煞尾】他遭遇聖時，皆得回鄉里。臣何故别父母，遠鄉閭，没音書，此心違？伏望陛下特憫微臣之志，遣臣歸。得侍雙親，隆恩無比。

【出破】若還念臣有微能，鄉郡望安置。庶使臣忠心孝意得全美，臣無任瞻天仰聖，激切屏營之至。

（末）狀元，元來如此。吾當與狀元轉達天聽，可在午門外廂俟候聖旨。正是：眼望旌捷旗，耳聽好消息。（下）（生起介）

【神仗兒】揚塵舞蹈，揚塵舞蹈，見祥雲縹緲，想黄門已到。料應重瞳看了，多應是念我私情烏烏。顒望斷九重霄，顒望斷九重霄。

黄門已將我奏章傳達，未知聖意允否？不免乘間禱告天地一番。

【滴漏子】天憐念，天憐念，蔡邕拜禱。雙親的，雙親的，死生未保。天那！可憐恩深難報。一封奏九重，知他聽否？爹娘呵，俺和你會合分離，都在這遭。

黄門去了多時，怎的不見回報？想必是官裏准了。天那！若能彀回家侍奉父母，蔡邕何須做官？

（末奉詔同二昭容上）

【前腔】今日裏，今日裏，議郎進表。傳達上，傳達上，聖目看了。（生）聖目看了如何説？（末）道太師昨日先奏，把乘龍女婿招，多少是好？（生）黄門大人，你莫不是哄我？（末）見有玉音傳降聽剖。

聖旨已到，跪聽宣讀。皇帝詔曰：孝道雖大，終於事君；王事多艱，豈遑報父？朕以凉德，嗣纘丕基。眷兹警動之風，未遂雍熙之化。爰招俊髦，以輔不逮。咨爾才學，允愜輿情。是用擢居議論之司，以求繩糾之益。爾當恪守乃職，勿有固辭。其所議婚姻事，可曲從師相之請，以成桃夭之化。欽予是命，裕汝乃心。謝恩。（生）黄門大人，煩你與我再去奏知官裏，我情願不做官。（末）咳！這狀元好不曉事，聖旨誰敢違背？（生）黄門大人，你不去時節，待我自去拜還聖旨如何？（末）呀！這狀元好怪麽，這所在你如何去得？（生哭介）

【啄木兒】我親衰老，妻幼嬌，萬里關山音信杳。他那裏舉目悽悽，俺這裏回首迢迢。他那裏望得眼穿兒不到，俺這裏哭得淚乾親難保。閃殺人一封丹鳳詔。

【前腔】(末)狀元，你何須慮，不用焦，人世上離多歡會少。大丈夫當萬里封侯，肯守着故園空老？畢竟事君事親一般道，人生怎全忠和孝？却不見母死王陵歸漢朝？

【三段子】(生)這懷怎剖？望丹墀天高聽高。這苦怎逃？望白雲山遥路遥。

【前腔】(末)狀元，你做官與親添榮耀，高堂管取加封號。與他改換門閭，偏不是好？

【歸朝歡】(生)冤家的，冤家的，苦苦見招。俺媳婦埋冤怎了？饑荒歲，饑荒歲，怕他怎熬？俺爹娘怕不做溝渠中餓殍？

【前腔】(末)狀元，譬如四方戰争多征調，從軍遠戍沙場草，也只是爲國忘家怎憚勞。

家鄉萬里信難通，争奈君王不肯從。
情到不堪回首處，一齊分付與東風。

## 第十七齣　義倉賑濟

【普賢歌】(丑上)身充里正實難當，雜泛差傜日夜忙。官司點義倉，並無些子糧，拚一頓拖翻喫大棒。

我做都官管百姓，另是一般行徑。破靴破帽破衣裳，打扮須要厮稱。到官府百般下情，下鄉村十分豪興。討官糧大大做個官升，賣私鹽輕輕弄條喬秤。點催首放富差貧，保解户欺軟怕硬。猛拚打强放潑，畢竟是個畢竟。誰知天不由人，萬事皆從前定。騙得五兩十兩，到使五錠十錠。田園盡都典賣，並無些子餘剩。叵耐廳前首領，嫌恨司房喬令。把我千樣凌辱，將我萬般督併。動不動去了破帽，打得我黄腫成病。幾番要自縊投河，不要了這條性命。今番又點義倉，並無糧米抵應。若還把我拖翻，便叫高臺明鏡。小人也不是都官，也不是里正。休將屈棒，錯打了平民。（内問）你是誰？（丑）我是搬戲的副浄。（内）休道出本來面目！（丑）苦！往常間把義倉穀子偷將家去，養老婆孩兒了。今日上司官點義倉放穀，賑濟貧民，倉中没有一些，那裏討還他？没奈何，我待把家私並老婆兒子都賣了，也賠不起，不免去與李社長商量則個。轉灣抹角，兀的便是李社長家裏。李社長！李社長！（浄）誰叫老爺？（丑）咦！你慣要做大。且出來。

【前腔】（浄上）身充社長管官倉，老小一家都在倉裏養。（丑）好！好！你一家老小都在倉裏養，事發時節，如何擺佈？（浄）事發儘不妨，里正先喫棒。（丑）尊兄，饒得你過麽？（浄）先打了都官，方纔打社長。

老夫年傍八旬，家中只有三人。因充社長勾當，誰知也不安寧。又要告官書題粉壁，又要勸民栽種翻耕。又要管淘河砌磡，又要辦水桶麻繩。若有人家嫁娶，須索請我去做賓。人人稱我年高伏衆，個個叫我社長官人。若得一紙狀子，强似廳上縣丞。原告許我銀子三錠五錠，被告送我猪脚十斤廿斤。若還得了兩家財物，只得矇朧寫個回文。每日去幹得泄水功德，竟不知自家家裏禍因。大的孩兒不孝不義，小的媳婦逼撇離分。單單只有第三個孩兒本分，常常搶去了老夫的頭巾。激得我老夫性發，只得唱個陶真。（丑）呀！陶真怎的唱？（净）呀！到被你聽見了。也罷，我唱，你打和。（丑）使得。（净）孝順還生孝順子，（丑）打打哈蓮花落。（净）忤逆還生忤逆兒，（丑）打打哈蓮花落。（净）不信但看簷前水，（丑）打打哈蓮花落。（净）點點滴滴不差移，（丑）打打哈蓮花落。（净）住休！（丑）你若不叫住，我直唱到天明。（净）里正，你叫我出來，有甚事説？（丑）社長哥，今日官司給散義倉，倉中又無稻子，如何是好？我和你不免合賠些子。（净）呀！倉中稻子都是你搬去喫了，怎的叫我和你合賠？小畜生，到不虧了你！上司來時，干我甚事？我自回去抱子弄孫嬉他娘。正是：閉門不管窗前月，一任梅花自主張。（下）（丑）苦！李社長又去了，上司官又來了，如何是好？呀！喝道聲漸漸近了，只得迎接則個。（外放糧官末皂隸上）

【前腔】（外）親承朝命賑饑荒，（末）躍馬揚鞭到此方。（丑）里正接老爺。（末）起去。疾忙開義倉，支與百姓糧，從實支收休要謊。

（外）里正，將支收簿來看。（丑）簿在此。（外讀介）元管二十九石，新收三十六石；除支一十九石，見在四十六石。左右，開倉。呀！這倉裏那有四十六石？（丑）有，有，相公。（外）左右，與他取了甘結；一面着他唤飢民來支糧。（丑）一心忙似箭，兩脚走如飛。（下）（外）左右，這廝説謊。倉裏那得這些稻子？（末）相公且由他，若是不足數，只要他賠償便了。（外）也説得是。（丑瞎子上）

【吴小四】肚又飢，眼又昏，家私没半分，子哭兒啼不可聞。聞知相公來濟民，請些官糧去救貧。

（作錯跪介）相公可憐見。（末）相公在這裏。（外）老的姓甚名誰？家裏有幾口？（丑）小的姓丘名乙己，家住上大村，有三千七十口。（外）胡説！那裏有許多口？（丑）告相公得知：上大人，丘乙己，化三千，七十士。（末）一口胡柴！（外）你實有幾口？（丑）小的夫妻兩口，孩兒兩口。（外）支糧與他。（末）支四口糧了。（丑）多謝相公。正是：一日不識羞，三日不忍餓。（下）（淨聾子上）

【前腔】歎連朝，飢怎忍？家中有五六人。前日老婆典了裙，今日媳婦又典裩，恰好遇官司來濟貧。

相公可憐見。（外）老的姓甚名誰？家裏有幾口？（淨作聾，外復問介）（淨）小的姓大名比丘僧，住在祇樹給孤獨園，有一千二百五十口。（外）胡説！那裏有許多口？（淨）告相公得知：《彌陀經》中道：祇樹給孤獨園，與大比丘僧一千二百五十人俱。（末）佛口蛇心！（外）你實有幾口？（淨）小的有兩個媳婦，三個孩兒，和我共六口。（外）支糧與他。（末）支六口糧了。（淨）多謝相公。正是：今日得君提掇起，免教人在污泥中。（下）（旦上）

【搗練子】嗟命薄，嘆年艱。含羞忍淚向人前，猶恐公婆懸望眼。

路逢險處難迴避，事到頭來不自由。奴家少長閨門，豈識途路？今日見官司放糧濟貧，只得去請些稻子，以救公婆之命。（外）婦人，你姓甚名誰？來此怎的？（旦）告相公，奴家姓趙，名五娘；公公蔡崇簡。因兒夫出外，特來請些糧米，以救公婆之命。（外）你丈夫那裏去了，使你婦人家來請糧？

【普天樂】（旦）兒夫一向留都下，（外）你家裏還有誰？（旦）只有年老爹和媽。（外）有弟兄麼？（旦）弟和兄更没一個。（外）既没有弟兄，誰看承你的爹媽？（旦）看承盡是奴家。（外）這般説起來，你好苦呵。婦人家不出閨門，你何不使個男子漢來請糧？（旦作悲介）歷盡苦，誰憐我，相公，怎説得不出閨門的清平話？（外）你家裏有幾口？（旦）只有三口。（外）左右，支糧與他。（末）没糧了。（旦哭）若無糧，我也不敢回家。（外）怎的不敢回家？（旦）相公，豈忍見公婆受餒？天那！嘆奴家命薄，直恁折挫。

（外）左右，這倉中稻子没了。一來湊原數不起，二來這婦人説得好苦，你去拿那里正來，要這厮賠償。（末）領鈞旨。假饒走上焰摩天，脚下騰雲須趕上。（旦）望相公可憐見，主張些糧米，與奴家救濟公婆之命。（外）我自有分曉。（末押丑上介）似甕中捉鱉，手到拿來。（外）里正，這倉中稻子湊原數不起，盡是你自偷了，你好好招伏。（丑）相公，小人招不得。自古道東量西折，難教小人賠償。（外）畜生，尖斛量入，平斛量出，如何會折了許多？左右，拿下打四十！（丑）相公不要打，小人情願招了。（讀招介）招狀人姓猫名狸，見年三十有餘。身上並無疾病，只有白帶不除。今與短狀招伏，因爲官糧久虧。説到義倉情弊，中間無甚蹺蹊。稻熟排門收斂，斂了各自將歸。並無倉廩盛貯，那有帳目收支。縱然有得些小，胡亂寄在民居。官司差人點視，便糴些穀支持。上下得錢便罷，不問倉實倉虚。假饒清官廉吏，被我影射片時。東家借得十扛，西家借得五箕。但見倉中有穀，其間就裏怎知？年年把當常事，番番一似耍嬉。不道今年荒旱，不道今年民飢。不因分俵賑濟，如何會泄天機？假饒奏到三十三天，我里正無甚罪過。（末）爲甚的？（丑）只是點糧詐錢的做馬做驢。招狀執結是實，伏乞相公指揮。（外）左右，押這厮去，就要賠償。（末押丑下）正是：懼法朝朝樂，欺公日日憂。（末押丑上）假饒人心似鐵，怎逃官法如爐？告相公，里正賠償的稻子有了。（外）支與那婦人去。（旦）多謝相公。（末與旦，丑覰覷科）由你半路去，我好歹與你奪了便罷。（旦）謝得恩官爲主維，（丑）只教中路有災危。（外）當權若不行方便，如入寶山空手回。（外、末、丑下）（旦）一斟一酌，莫非前定。今日奴家去請糧，誰知道里正作弊，倉中没了。若不得相公督併，里正賠償，奴家如何得這些穀回家救濟二親？正是：飢時得一口，强似飽時得一斗。（欲下）（丑上攔住介）恩人相見，分外眼明。仇人相見，分外眼睁。我也會見你過來呵！你快把稻子還我，萬事全休。（旦）呀！相公與奴家的稻子，如何還你？（丑）咳！方纔不是你只管告不休，相公如何要我賠償？這稻子是我賣老小賣家私的，你如何拿去？（搶介）（旦）里正官人，休要用强；可憐奴家艱辛！（丑）可憐你甚的？

【鎖南枝】（旦）兒夫去，竟不還，公婆兩人都老年。自從昨日到如今，不能彀一餐飯。（丑）你公婆没飯喫，也不干我事。（旦）奴請糧，他在家懸望眼。念我年老公婆，做方便。

（拜丑介）（丑）不要拜，不要拜。這般時年，我做不得方便；你將稻子還我便罷。

【前腔】（旦）鄉官可憐見，這些稻子呵，是我公婆命所關。若是必須將去，寧可脱下衣裳，就問鄉官换。（作脱衣介）（丑）不要，不要，你身上也寒冷。（旦）寧使奴身上寒，只要與公婆救殘喘。

（丑）娘子，罷，罷。你説起這話，都是孝心，我不忍問你取了。莫怪，莫怪。你去罷。（旦）如此多謝。（丑虚下躲介）（旦）謝天謝地！且喜里正去了，不免趲行幾步。（丑上推旦奪下介）

【前腔】（旦）奪將去，真可憐，公婆望奴不見還。縱然他不埋冤，道我做媳婦的有何幹？他忍飢添我夫罪愆，教我怎見得我夫面？

千死萬死，終久是死；不如早死爲强。此間有一口古井，不免投入死休。（欲投井介）

【前腔】將身赴井泉，思量左右難。我丈夫當年分散，叮嚀囑付爹娘，教我與他相看管。苦！我死却他形影單，夫婿與公婆，可不兩埋怨？

【前腔】（外上）媳婦去，不見還，教人在家凝望眼。（跌倒旦扶介）（外）呀！你在這裏閒行，教我望得肝腸斷。（旦）公公，奴請糧爲你供午餐，又誰知被人騙。

（外）媳婦，却怎麽説？（旦）公公，奴家請得些稻子，到半途之中，却被里正奪去了。（外哭）天那！元來如此。

【前腔】思量我命乖蹇，不由人不珠淚漣。料想終須餓死，不如早赴黄泉，免把你厮牽絆。

媳婦，婆老年，不久延，你須是好看管。

呀！元來這裏有一口古井，不免投入死休。

【前腔】（旦）公公，你若身傾棄，我苦怎言？公還死了婆怎免？你兩人一旦身亡，教我獨自如何展？公公，你喫苦辛其實難過遣，我痛傷悲只得强相勸。

【前腔】（外）媳婦，你衣衫盡解典，囊篋已罄然。縱使目前存活，到底日久日深，你與我難相念。苦！衣食缺你行孝難，活冤家不如早拆散。（欲投井旦救介）（末挑穀上）

【前腔】不豐歲，荒歉年，官司把糧來給散。見一個年老的公公，在那裏頻嗟嘆。待向前仔細看，呀！我道是誰，元來是蔡老員外和五娘子呵，你兩人在此有何幹？

（旦）公公，一言難盡。奴家今日聞知官司給散義倉，去請些糧米與公婆充飢。誰想里正作弊，倉中没了稻子。謝得相公，着令里正賠納，把些與奴家；來到半途，被里正奪去。奴家害羞回來，公公見説，也要投井死，奴家正在此勸解公公。（末）咳！五娘子，你差了。老夫方纔也請得些官糧，正要將來分送你公公，你怎的不來與我商量，却自家出去，被那狂徒欺侮？

【前腔】我聽你説這言，待我趕去，駡那厮鐵心腸，昧心漢。（旦）公公，他去得遠了。（外）罷，罷。太公，我和你是良善之人，不要與那狂徒一般見識。只是這幾日餓得難過。（末）員外，你且不須憂慮，我也請得些官糧，和你兩下分一半。（旦）這是公公請的，如何使得？（末）咳！五娘子，你休恁推，莫棄嫌，且將回，權做兩厨飯。

（旦）如此，多謝了公公。（末）怎説這話？五娘子，你伯喈當初出去，把爹娘囑付與老夫。今日是荒年飢歲，虧殺你獨自支吾。終不然我自温飽，教你忍飢受餓？古語云：濟人須濟急時無。你胡亂將這些救濟公姑則個。五娘子，你先回去，我和你公公隨後緩緩的來。

【洞仙歌】（旦）苦！家私没半分，靠着奴此身。只要救公婆，豈辭多苦辛？（合）空把淚珠揾，可憐飢與貧，這苦説不盡。

【前腔】（外）太公，我本爲泉下人，他救我一命存。只怕我不久身亡，報不得媳婦恩。（合前）

【前腔】（末）見説不可聞，况我託在隣。終不然我享安和，忍見你受飢窘？（合前）

命薄多年受苦辛，不如身死早離分。

惟有感恩並積恨，萬年千載不成塵。

## 第十八齣　再報佳期

【蠻牌令】（丑媒婆上）終日走千遭，走得脚無毛。何曾見湯水面？花紅也不曾見半分毫。到不如做個虔婆頂老，也落得些鴨汁喫飽。窮酸秀才直恁喬，老婆與他，故推不要。

咳！我做媒婆做到老，不曾見這般好笑。叵耐一個秀才，老婆與他不要。别人見了媒婆歡歡喜喜，他反和我尋争尋鬧。老相公又不肯干休，只管在家囉唣。把媒婆放在中間，旋得七顛八倒。走得我鞋穿襪綻，説得我唇乾口燥。也不怕你親事不成，也不怕你姻緣不到。只怕你紅羅帳裏快活，不叫媒婆聒噪。這裏便是狀元貴館。呀！恰好的狀元出來了。

【金蕉葉】（生上）愁多怨多，俺爹娘知他怎麽？擺不脱功名奈何？送將來冤家怎躲？

（相見介）（丑）狀元，賀喜！賀喜！牛太師選定今日與小姐畢姻，請狀元早赴佳期。（生）天那！此事如何是好？（丑）狀元，事皆前定，不必再推。

【三换頭】（生）名韁利鎖，先是將人摧挫。況鸞拘鳳束，甚日得到家？我也休怨他，這其間，只是我，不合來，長安看花。閃殺我爹娘也，淚珠空暗墮。（合）這段姻緣，也只是無如之奈何。

【前腔】（丑）鸞臺罷妝，鵲橋初駕。佳期近也，請仙郎到河。（生）媒婆，我去也不妨；只是一心掛兩頭，如何是好？（丑）狀元，此事明知牽掛，這其間，只得把，那壁廂，且都拚捨。況奉君王詔，怎生别了他？（合前）

狀元，門首轎馬都已齊備了。

及早赴佳期，歡娱成怨悲。

情知不是伴，事急且相隨。

# 第十九齣　强就鸞凰

【傳言玉女】（外牛太師上）燭影摇紅，簾幕瑞烟浮動，畫堂中珠圍翠擁。妝臺對月，下鸞鶴神仙儀從。玉簫聲裏，一雙鳴鳳。

左右何在？（院子上）獨立畫堂聽命令，珠簾底下一聲傳。老相公有何指揮？（外）左右，我今日與小姐畢姻，筵席安排了未？（院子）安排完備了。（外）完備得如何？〔水調歌頭〕（院子）屏開金孔雀，褥隱繡芙蓉。獸爐烟裊，蓮臺絳燭吐春紅。廣設珊瑚席子，高把真珠簾捲，環列翠屏風。人間丞相府，天上蕊珠宫。錦遮圍，花爛熳，玉玲瓏。繁絃脆管，歡聲鼎沸畫堂中。簇擁金釵十二，座列三千珠履，談笑盡王公。正是：門闌多喜氣，女婿近乘龍。（外）狀元來未？（院子）望見一簇人馬喧鬧，想是狀元來了。（生上）

【女冠子】馬蹄篤速，傳呼齊擁雕轂。（外）金花帽簇，天香袍染，丈夫得志，佳婿坦腹。

惜春，狀元已到，請小姐出來拜堂。（貼上）

【前腔】妝成聞唤促，又將彩扇重遮，羞蛾輕蹙。（净、丑執掌扇上）（合）這姻緣不俗，金榜題名，洞房花燭。

（净）狀元和小姐兩個，各自立一邊，請陰陽先生讚禮。（末賓人上）禀相公，告廟：維大漢太平年，團圓月，和合日，吉利時，嗣孫牛某，有女及笄，奉聖旨招贅新狀元蔡邕爲婿。以此吉辰，敢申虔告。告廟已畢，請與新人揭起方巾。（丑）待我來。伏以窈窕青娥二八春，緑雲之上覆方巾。玉纖揭起西川錦，露出嬌容賽玉真。掌禮，請喝拜。（末）竊以禮重婚姻，玆實人倫之大；義當配偶，爰思宗系之承。張設青廬，[一]熒煌花燭。祀供蘋藻，首嚴見廟之儀；贄備棗榛，抑講拜堂之禮。集珠履玳簪之客，環金釵玉珥之賓。慶會良宵，觀光盛事。香熏寶鴨，濃騰裊裊之烟；步擁金蓮，請下深深之拜。（喝拜介）拜禮已畢，請狀元小姐把酒。

【畫眉序】（生）攀桂步蟾宫，豈料絲蘿在喬木。喜書中今朝有女如玉，堪觀處絲幕牽紅，恰正是荷衣穿緑。（合）這回好個風流婿，偏稱洞房花燭。

【前腔】（外）君才冠天禄，我的門楣稍賢淑。看相輝清潤，瑩然冰玉。光掩映孔雀屏開，花爛熳芙蓉穩褥。（合前）

【前腔】（貼）頻催少膏沐，金鳳斜飛鬢雲矗。喜逢他蕭史，愧非弄玉。清風引珮下瑶臺，明月照妝成金屋。（合前）

【前腔】（淨、丑）湘裙展六幅，似天上嫦娥降塵俗。喜藍田今已種成雙玉。風月賽閬苑三

---

[一] 青廬：原作『青爐』，據文義改。

千，雲雨笑巫山二六。（合前）

【滴溜子】（生）謾説道姻緣事，果諧鳳卜。細思之，此事豈吾意欲？有人在高堂孤獨。可惜新人笑語喧，不知我舊人哭。兀的東床，難教我坦腹。

【鮑老催】（衆）翠眉謾蹙，赤繩已繫夫婦足，芳名已注婚姻牘。狀元，空嗟怨，枉嘆息，休摧挫。畫堂富貴如金谷，休戀故鄉深處好，受恩深處親骨肉。

【滴滴金】金猊寶鼎香馥郁，銀海瓊丹汎醽醁，輕飛彩袖呈嬌舞。囀鶯喉，歌麗曲，歌聲斷續，持觴勸酒人共祝。人共祝，百年夫婦永和睦。

【鮑老催】意深愛篤，文章富貴珠萬斛，天教艷質爲眷屬。似蝶戀花，鳳棲梧，鸞停竹。男兒有書須勤讀，書中自有黄金屋，也有千鍾粟。

【雙聲子】郎多福，郎多福，看紫綬黄金束。娘萬福，娘萬福，看花誥紋犀軸。兩意篤，兩意篤。豈非福，豈非福。似紋鸞綵鳳，兩兩相逐。

【餘文】郎才女貌真不俗，占斷人間天上福，百歲姻緣萬事足。

清風明月兩相宜，女貌郎才天下奇。
正是洞房花燭夜，果然金榜掛名時。

# 第二十齣　勉食姑嫜

【薄倖】（旦上）野曠原空，人離業敗。謾盡心行孝，力枯形憊。幸然爹媽，此身安泰。棲惶處，見慟哭飢人滿道，嘆舉目將誰荷賴？

曠野蕭疏絶烟火，日色慘淡黯村塢。死别空原婦泣夫，生離他處兒牽母。睹此恓惶實可憐，思量轉覺此身難。高堂父母老難保，上國兒郎去不還。力盡計窮淚亦竭，看看氣盡知何日？高岡黄土漫成堆，誰把一抔掩奴骨？奴家自從丈夫去後，頻遭饑荒。衣衫首飾，盡皆典賣，家計蕭然。争奈公婆年老，死生難保；朝夕又無甘旨膺奉，如何是好？只得安排一口淡飯，與公婆充飢。奴家自把些穀膜米皮鍔鑼來喫，苟留殘喘。喫時又怕公婆看見，只得迴避，免致他煩惱。如今飯已熟了，不免請出公婆早饍則個。

【夜行船】（外、淨上）苦！忍飢擔餓何日了？孩兒一去，竟無音耗。（淨）甘旨蕭條，米糧缺少。（合）天那！真個死生難保。

（旦）請公公婆婆早饍。（淨）媳婦，有果蔬麽？（旦）没有。（淨）有下飯麽？（旦）也没有。（淨）賤人，前日早饍還有些下飯，今日只得一口淡飯。再過幾日，連淡飯也没有了。快擡去！（外）咳！這般時年，胡亂喫一口充飢，還要分甚麽好歹？

【鑼鼓令】（净）我終朝受餒，賤人，你將來的飯教我怎喫？可疾忙便擡，非干是我有些饞態。

【前腔】（外）阿婆，你看他衣衫都解，好茶飯將甚去買？兀的是天災，教媳婦每難佈擺。

【前腔】（旦）婆婆息怒且休罪，待奴家霎時將去再安排。思量到此，珠淚滿腮。看看做鬼，溝渠裏埋。縱然不死也難捱，教人只恨蔡伯喈。

【前腔】（净）如今我試猜，多應他犯着獨噇病來，背地裏自買些鮭菜。（外）阿婆，他那裏得錢去買？（净）阿公，我喫飯他緣何不在？這些意兒真是歹。

【前腔】（外）阿婆，他和你甚相愛，不應反面直恁的乖。（旦背介）我千辛萬苦，有甚疑猜？可不道我臉兒黃瘦骨如柴。

（净）擡去，擡去。（外）媳婦，婆婆喫不得，你且收去。（旦收介）婆婆耐煩，待奴家去佈擺些東西，再安排過來。（净）你去，你去。（旦）正是：啞子謾嘗黄柏味，難將苦口向人言。（下）（净）阿公，親的到底是親。親生兒子不留在家，到倚靠着媳婦供養。你看前日兀自有些鮭菜，今日只得些淡飯，教我怎的喫？再過幾日，連飯也没了。我看他前日自喫飯時節，百般躲避我，敢是他背地裏自買些下飯受用分曉？（外）阿婆，休要錯疑了，我看媳婦不是這般樣人。（净）恁的，等他自喫時節，我和你潛地裏去探一探，便知端的。（外）也説得是。只一件那，（净）却怎的？

荒年有飯休思菜，媳婦無良把我虧。

混濁不分鰱共鯉，水清方見兩般魚。

## 第二十一齣　糟糠自厭

【山坡羊】（旦上）亂荒荒不豐稔的年歲，遠迢迢不回來的夫婿。急煎煎不耐煩的二親，軟怯怯不濟事的孤身己。苦！衣盡典，寸絲不掛體。幾番拚死了奴身己，争奈没主公婆，教誰看取？（合）思之，虚飄飄命怎期。難捱，實丕丕災共危。

【前腔】滴溜溜難窮盡的珠淚，亂紛紛難寬解的愁緒。骨崖崖難扶持的病身，戰兢兢難捱過的時和歲。這糠，我待不喫你呵，教奴怎忍饑？我待喫你呵，教奴怎生喫？思量起來，不如奴先死，圖得不知他親死時。（合前）

奴家早上安排些飯與公婆喫，豈不欲買些鮭菜？争奈無錢可買。不想婆婆抵死埋怨，只道奴家背地自喫了甚麼東西。不知奴家喫的是米膜糠粃，又不敢教他知道。便做他埋怨殺我，我也不分説。苦！這糠粃怎的喫得下？（喫吐介）

【孝順歌】嘔得我肝腸痛，珠淚垂，喉嚨尚兀自牢嗄住。糠那！你遭礱被舂杵，篩你簸颺你，喫盡控持。好似奴家身狼狽，千辛萬苦皆經歷。苦人喫着苦味，兩苦相逢，可知道欲吞不去。（外、净潛上探覷介）

【前腔】(旦)糠和米,本是相依倚,被簸颺作兩處飛。一賤與一貴,好似奴家與夫婿,終無見期。丈夫,你便是米呵,米在他方没尋處。奴家恰便似糠呵,怎的把糠來救得人饑餒?好似兒夫出去,怎的教奴供饍得公婆甘旨?(外、净潛下介)

【前腔】思量我生無益,死又值甚的,不如忍饑死了爲怨鬼。只一件,公婆老年紀,靠奴家相依倚,只得苟活片時。片時苟活雖容易,到底日久也難相聚。謾把糠來相比,這糠呵,尚兀自有人喫。奴家的骨頭,知他埋在何處?

(外、净上)(净)媳婦,你在這裏喫甚麽?(旦)(一)奴家不曾喫甚麽。(净搜奪介)(旦)婆婆,你喫不得!(外)咳!這是甚麽東西?

【前腔】(旦)這是穀中膜,米上皮,(外)呀!這便是糠,要他何用?(旦)將來饆饠堪療饑。(净)咦,這糠只好將去餵猪狗,如何把來自喫?(旦)嘗聞古賢書,狗彘食人食,也强如草根樹皮。(外、净)恁的苦澀東西,怕不噎壞了你?(旦)嚙雪吞氈,蘇卿猶健;餐松食柏,到做得神仙侶。這糠呵,縱然喫些何慮?(净)阿公,你休聽他説謊,糠粃如何喫得?(旦)爹媽休疑,奴須是你孩兒的糟糠妻室。

---

(一) 旦:原作「丑」,據文義改。

（外、浄看哭介）媳婦，我元來錯埋冤了你，兀的不痛殺我也！（悶倒）（旦叫哭介）

【雁過沙】（旦）苦！沉沉向冥途，空教我耳邊呼。公公婆婆，我不能彀盡心相奉事，反教你爲我歸黄土。教人道你死緣何故？公公婆婆，怎生割捨得拋棄了奴？

（外醒介）（旦）謝天謝地，公公醒了！公公，你閘閭。

【前腔】（外）媳婦，你擔飢事姑舅。媳婦，你擔飢怎生度？（旦）公公且自寬心，不要煩惱。（外）媳婦，我錯埋冤了你，你也不推辭，到如今始信有糟糠婦。媳婦，料應我不久歸陰府，也省得爲我死的，累你生的受苦。

（旦扶外起介）公公且在床上安息，待我看婆婆如何。（叫不醒介）呀！婆婆不濟事了，如何是好？

【前腔】婆婆氣全無，教奴怎支吾？咳！丈夫呵，我千辛萬苦，爲你相看顧，如今到此難回護。我只愁母死難留父，況衣衫盡解，囊篋又無。

（外）媳婦，婆婆還好麽？（旦）婆婆不好了！

【前腔】（外）天那！我當初不尋思，教孩兒往帝都。把媳婦閃得苦又孤，把婆婆送入黄泉路，算來是相耽誤。不如我死，免把你再辜負。

（旦）公公休説這話，請自將息。（外）媳婦，婆婆死了，衣衾棺槨，是件皆無，如何是好？（旦）公公寬心，待奴家區處。（末上）福無雙降猶難信，禍不單行却是真。老夫爲何道此兩句？爲鄰家蔡伯喈妻房趙氏五娘。他嫁得伯喈，方纔兩月，伯喈便出去赴選。自去之後，連遭饑荒。公婆年紀皆在八十之上，家裏更没個相扶持的。甘旨之奉，虧殺這五娘子。把些衣服首飾之類，盡皆典賣，辦些糧米，供給公婆；却背地裏把糠粃餜饠充飢。這般荒年飢歲，少甚麼有三五個孩兒的人家，供饍不得爹娘。這個小娘子，真個今人中少有，古人中難得。那婆婆不知道，顛倒把他埋冤；適來聽得他公婆知道，却又痛心，都害了病。如今不免到他家裏探望則個。呀！五娘子，你爲甚的慌慌張張？（旦）公公，天有不測風雲，人有旦夕禍福。奴家婆婆死了。（末）咳！你婆婆既死了，你公公如今在那裏？（旦）在床上睡着。（末）待我看一看。（外）太公休怪，我起來不得了。（末）老員外，快不要勞動。（旦）太公，我婆婆衣衾棺槨，是件皆無，如何是好？（末）五娘子，你不要愁煩，我自有區處。

【玉胞肚】（旦）千般生受，教奴家如何措手？終不然把他骸骨，没棺材送在荒坵？（合）相看到此，不由人不淚珠流，不是冤家不聚頭。

【前腔】（末）五娘子，不必多憂，資送婆婆，在我身上有。但你小心承直公公，莫教他又成不救。（合前）

【前腔】（外）張公護救，我媳婦實難啓口。孩兒去後，又遇饑荒，把衣衫典賣無留。（合前）

（末）老員外，你請進裏面去歇息。待我一霎時叫家僮討棺木來，把老安人殯斂了；選個吉日，送在南山安葬去。（外）如此，多謝太公周濟。

只爲無錢送老娘，須知此事有商量。
歸家不敢高聲哭，惟恐猿聞也斷腸。

## 第二十二齣　琴訴荷池

【一枝花】（生上）閒庭槐影轉，深院荷香滿。簾垂清晝永，怎消遣？十二欄杆，無事閒凭遍。悶來把湘簟展，夢到家山，又被翠竹敲風驚斷。

〔南鄉子〕翠竹影摇金，水殿簾櫳映碧陰。人静晝長無個事，沉吟，碧酒金樽懶去斟。幽恨苦相尋，離別經年没信音。寒暑相催人易老，關心，却把閒愁付玉琴。院子，將琴書過來。（末將琴書上）黄卷看來消白日，朱絃動處引清風。炎蒸不到珠簾下，人在瑶池閬苑中。相公，琴書在此。（生）院子，你與我唤那兩個學僮過來。（末叫介）（浄執扇、丑持香上）

【金錢花】自少承直書房，書房；快活其實難當，難當。只管打扇與燒香，荷亭畔，好乘涼。喫飽飯，上眠床。

（參見介）（生）我在先得此材於爨下，斲成此琴，即名焦尾。自來此間，久不整理。今日當此清涼，試操一曲，以舒悶懷。你三人一個打扇，一個燒香，一個管文書，休得熳誤。（衆）領鈞旨。（生操琴介）

【懶畫眉】强對南薰奏虞絃，只覺指下餘音不似前，那些個流水共高山？呀！只見滿眼風波惡，似離別當年懷水仙。

（淨困掉扇介）（末）告相公，打扇的壞了扇。（生）背起打十三！那厮不中用，只教他燒香。（末）領鈞旨。

【前腔】（生）頓覺餘音轉愁煩，似寡鵠孤鴻和斷猿，又如別鳳乍離鸞。呀！只見殺聲在絃中見，敢只是螳螂來捕蟬？

（丑困滅香介）（淨）告相公，燒香的滅了香。（生）背起打十三！那厮不中用，只教他管文書。（末）領鈞旨。

【前腔】（生）藍田日暖玉生烟，似望帝春心託杜鵑，好姻緣翻做惡姻緣。只怕眼底知音少，爭得鸞膠續斷絃？

（末掉文書介）（丑）告相公，管文書的亂了文書。（生）背起打十三！（貼上）（生）左右，夫人來也，且各迴避。（衆）正是：有福之人人伏事，無福之人伏事人。（末、丑、淨下）

【滿江紅】（貼）嫩綠池塘，梅雨歇，薰風乍轉。瞥然見新涼華屋，已飛乳燕。簟展湘波紈扇冷，歌傳《金縷》瓊巵暖。（衆）炎蒸不到水亭中，珠簾捲。

（貼）相公元來在此操琴呵。（生）夫人，我當此清涼，聊託此以散悶懷。（貼）奴家久聞相公高於音樂，如何來到此間，絲竹之音，杳然絕響？斗膽請再操一曲，相公肯麼？（生）夫人待要聽琴，彈甚麼曲好？我彈一曲《雉朝飛》何如？（貼）這是無妻的曲，不好。（生）呀！説錯了。如今彈一曲《孤鸞寡鵠》何如？（貼）兩個夫妻正團圓，説甚麽孤寡！（生）不然彈一曲《昭君怨》何如？（貼）兩個夫妻正和美，説甚麽宫怨！相公，當此夏景，只彈一曲《風入松》好。（生）這個却好。（彈介）（貼）相公，你彈錯了。（生）呀！到彈出《思歸引》來。待我再彈。（貼）相公，你又彈錯了。（生）呀！又彈出個《别鶴怨》來。（貼）相公，你如何恁的會差？莫不是故意賣弄，欺侮奴家？（生）豈有此心！只是這絃不中用。（貼）這絃怎的不中用？（生）俺只彈得舊絃慣，這是新絃，俺彈不慣。（貼）舊絃在那裏？（生）舊絃撇下多時了。（貼）爲甚撇了？（生）只爲有了這新絃，便撇了那舊絃。（貼）相公何不撇了新絃，用那舊絃？（生）夫人，我心裏豈不想那舊絃？只是新絃又撇不下！（貼）你新絃既撇不下，還思量那舊絃怎的？我想起來，只是你心不在焉，特地有許多説話。

【桂枝香】（生）夫人，舊絃已斷，新絃不慣。舊絃再上不能，待撇了新絃難拚。我一彈再鼓，一彈再鼓，又被宫商錯亂。（貼）相公，你敢是心變了麽？（生）非干心變，這般好涼天。正是此曲纔堪聽，又被風吹别調間。

【前腔】（貼）相公，非彈不慣，只是你意慵心懶。既道是《寡鵠孤鸞》，又道是《昭君宫怨》。那更《思歸》《别鶴》，《思歸》《别鶴》，無非愁嘆。相公，我看你多敢是想着誰？（生）夫人，我不想着甚麽人。（貼）相公，有何難見？你既不然，我理會得了。你道是除了知音聽，道我不是知音不與彈。

（生）夫人，那有此意？（貼）相公，這個也由你，畢竟你無心去彈他。何似教惜春安排酒過來，與你消遣何如？（生）我懶飲酒，待去睡也。（貼）相公休阻妾意，老姥姥、惜春，看酒來。（净、丑持酒上）

【燒夜香】（净）樓臺倒影入池塘，緑樹陰濃夏日長，（丑）一架荼蘼滿院香。（合）和你捧霞觴，納晚涼。捲起珠簾，明月正上。

（貼）將酒過來。

【梁州序】（貼）新篁池閣，槐陰庭院，日永紅塵隔斷。碧欄杆外，寒飛漱玉清泉。自覺香肌無暑，素質生風，小簟瑯玕展。晝長人困也，好清閒，忽被棋聲驚晝眠。（合）《金縷》唱，碧筒勸，向冰山雪巘排佳宴。清世界，幾人見？

【前腔】（生）薔薇簾箔，荷花池館，一陣風來香滿。湘簾日永，香消寶篆沉烟。謾有枕欹寒玉，扇動齊紈，怎遂黄香願？（作悲介）（貼）相公，你爲甚的下淚？（生）猛然心地熱，透香汗，我欲向南窗一醉眠。（合前）

【前腔】（貼）向晚來雨過南軒，見池面紅妝零亂。漸輕雷隱隱，雨收雲散。只覺荷香十里，新月一鈎，此景佳無限。蘭湯初浴罷，晚妝殘，深院黄昏懶去眠。（合前）

【前腔】（生）柳陰中忽噪新蟬，見流螢飛來庭院。聽菱歌何處？畫船歸晚。只見玉繩低

度，朱户無聲，此景尤堪戀。起來攜素手，鬢雲亂，月照紗櫥人未眠。（合前）

【節節高】（净）漣漪戲彩鴛，把露荷翻，清香瀉下瓊珠濺。香風扇，芳沼邊，閒亭畔。坐來不覺神清健，蓬萊閬苑何足羨？（合）只恐西風又驚秋，不覺暗中流年换。

【前腔】（丑）清宵思爽然，好涼天，瑶臺月下清虚殿。神仙眷，開玳筵，重歡宴。任教玉漏催銀箭，水晶宫裏把笙歌按。（合前）

【餘文】（衆）光陰迅速如飛電，好良宵可惜漸闌，管取歡娱歌笑喧。

（生）樵樓上幾鼓了？（净）三鼓了。

歡娱休問夜如何，此景良宵能幾何。
遇飲酒時須飲酒，得高歌處且高歌。

## 第二十三齣　代嘗湯藥

【霜天曉角】（旦上）難捱怎避？災禍重重至。最苦婆婆死矣，公公病又將危。

屋漏更遭連夜雨，船遲又被打頭風。奴家自從婆婆死後，萬千狼狽；誰知公公病又將危。如今贖得些藥，已煎在此；不免再安排一口粥湯。

【犯胡兵】囊無半點調藥費，良醫怎求？天那！然縱救得目前，飯食何處有？料應難到後。謾説道有病遇良醫，饑荒怎救？

公公這病呵，

【前腔】愁萬苦千恁生受，妝成這症候。藥呵，縱然救得目前，怎免得憂與愁？料應不會久。他只爲不見孩兒，纔得這病。若要這病好時呵，除非是子孝父心寬，方纔可救。

藥已熟了，且扶公公出來喫些，看何如？（旦下扶外上）

【霜天曉角】（外）神散魂飛，料應不久矣。（旦）公公請鬧閩。（外）我縱然擡頭强起，形衰倦，怎支持？

（旦）公公，藥已熟了，慢慢喫些。（外）媳婦，我喫不得這藥了。

【香遍滿】（旦）論來湯藥，須索是子先嘗，方進與父母。公公，莫不是爲無子先嘗，恰便尋思苦？（外喫藥吐介）（旦）公公，且耐煩喫些。（外）媳婦，這藥我喫不得了。我寧可早死了罷，免得累你。

（旦）公公，你須索鬧閩，怎捨得一命殂？（外）媳婦，你喫糠，省錢贖藥與我喫，我怎的喫得下？

（旦）苦！元來不喫藥，也只爲着糟糠婦。

（旦）公公，你既不喫藥，且喫一口粥湯，看如何？（外喫粥吐介）（旦）公公，還慢慢喫些。（外）媳婦，我肚腹膨脹，怎喫得下？

【前腔】（旦）公公，你萬千愁苦，堆積在悶懷，成氣蠱，可知道喫了吞還吐。（外）媳婦，我不濟事了，必是死也。孩兒又不回來，只是虧了你。（旦）公公且自寬心，不要煩惱。（旦背哭介）怕添親怨憶，暗將珠淚墮。（外）媳婦，你喫糠，却教我喫粥。我怎的喫得下哩！（旦）苦！元來不喫粥，也只爲着糟糠婦。

（外）媳婦，我死也不妨，只怨孩兒不在家，虧殺了你。你近前來，有兩句言語分付你。（旦）公公，如何？（外作跌倒拜介）

【青歌兒】媳婦，我三年謝得你相奉事，只恨我當初把你相擔誤。天那！我待欲報你的深恩，待來生我做你的媳婦。怨只怨蔡伯喈不孝子，苦只苦趙五娘辛勤婦。

（旦）公公，奴身不足惜。

【前腔】我一怨你身死後有誰來祀，二怨你有孩兒不得相看顧，三怨你三年間没一個飽暖的日子。三載相看甘共苦，一朝分别難同死。

（外）媳婦，我死呵，

【前腔】你將我骨頭休埋在土。（旦）呀！公公百歲後，不埋在土，却放在那裏？（外）媳婦，都是我當初不合教孩兒出去，誤得你恁的受苦。我甘受折罰，任取屍骸露。（旦）公公，你休這般説，被人談笑。（外）媳婦，不笑着你。留與傍人，道蔡伯喈不葬親父。怨只怨蔡伯喈不孝子，苦只苦趙五娘辛勤婦。

（旦）公公，倘你死呵，

【前腔】公婆已得做一處所，料想奴家不久也歸陰府。苦！可憐一家三個怨鬼在冥途。三載相看甘共苦，一朝分别難同死。

（外）媳婦，我畢竟是死了，你替我請張太公過來。（旦）公公，説猶未了，恰好張太公來也。（末上）歲歉無夫婿，家貧喪老親。可憐貞潔女，日夜受艱辛。五娘子，你公公病症何如？（旦）太公，我公公的病症，十分危篤。（末）如此，待我向前看看。老員外，你貴體若何？（外）苦！張太公，我不濟事了，畢竟是個死。你今來得恰好，我憑你爲證，寫下遺囑與媳婦收執。待我死後，教他休要守孝，早早改嫁便了。（旦）公公，你休那般説！自古道：忠臣不事二君，烈女不更二夫。公公，休要寫！（外）媳婦，你取紙筆過來。（旦）公公，奴家生是蔡郎妻，死是蔡郎婦。千萬休寫，枉自勞神。（外）媳婦，你不取紙筆來，要氣殺我也！（末）五娘子，你休逆他；嫁與不嫁在乎你。且取將過來。（旦取上外作寫介）咳！這一管筆倒有千斤來重。

【羅帳裏坐】媳婦，你艱辛萬千，是我擔誤了伊。你不嫁人呵，身衣口食，怎生區處？休，休，當元是我折散了你夫妻，我如今死了呵，終不然教你，又守着靈幃？（放筆介）已知死别在須臾，更與甚麼生人做主？

【前腔】（末）這中間就裏，我難説怎提。五娘子，你若不嫁人，恐非活計；若不守孝，又被人談議。可憐家破與人離，怎不教人淚垂？

【前腔】（旦）公公嚴命，非奴敢違。若是教我嫁人呵，那些個不更二夫，却不誤奴一世？公公，我一馬一鞍，誓無他志。可憐家破與人離，怎不教人淚垂？

（外）張太公，我憑你爲證，留下這條拄杖，待我那不孝子回來，把他與我打將出去。（外倒旦扶介）

公公病裏莫生嗔，員外寬心保自身。

正是藥醫不死病，果然佛度有緣人。

# 第二十四齣　宦邸憂思

【喜遷鶯】（生上）終朝思想，但恨在眉頭，人在心上。鳳侶添愁，魚書絕寄，空勞兩處相望。青鏡瘦顔羞照，寶瑟清音絕響。歸夢杳，繞屏山烟樹，那是家鄉？

〔踏莎行〕怨極愁多，歌慵笑懶，只因添個鴛鴦伴。他鄉遊子不能歸，高堂父母無人管。湘浦魚沉，衡陽雁斷，音書要寄無方便。人生光景幾多時，蹉跎負却平生願。

【雁魚錦】思量，那日離故鄉。記臨期送別多惆悵，攜手共那人不斷放。教他好看承，我爹娘，料他每應不會遺忘。聞知飢與荒，只怕捱不過歲月難存養。若望不見我信音，却把誰倚仗？

【前腔】思量，幼讀文章，論事親爲子也須要成模樣。真情未講，怎知道喫盡多魔障？被親强來赴選場，被君强官爲議郎，被婚强傚鸞凰。三被强，我衷腸事説與誰行？埋怨難禁這兩廂：這壁廂道咱是個不撑達害羞喬相識，那壁廂道咱是個不睹親負心的薄倖郎。

【前腔】悲傷，鷺序鴛行，怎如那慈烏返哺能終養？謾把金章，綰着紫綬；試問斑衣，今在何方？斑衣罷講，縱然歸去，又恐怕帶麻執杖。天那！只爲那雲梯月殿多勞攘，落得淚雨如珠兩鬢霜。

【前腔】幾回夢裏，忽聞鷄唱。忙驚覺錯呼舊婦，同問寢堂上。待朦朧覺來，依然新人鴛幃鳳衾和象床。怎不怨香愁玉無心緒？更思想，被他攔當。教我，怎不悲傷？俺這裏歡娱夜宿芙蓉帳，他那裏寂寞偏嫌更漏長。

【前腔】謾悒怏，把歡娱翻成悶腸。菽水既清涼，我何心，貪着美酒肥羊？悶殺人花燭洞房，愁殺我掛名金榜。魆地裏自思量，正是歸家不敢高聲哭，只恐猿聞也斷腸。

院子何在？（末上）有問即對，無問不答。相公，有何指揮？（生）院子，你是我心腹之人，有一件事和你商量；你休要走了我的消息。（末）小人安敢？（生）我自從離了父母妻室，來此赴選。不擬一擢高科，拜授當職。將謂數月之後，可作歸計，誰知又被牛太師招爲門婿。一向逗留在此，不得還家見父母一面，故此要和你商量個計策。（末）相公，自古道：不鑽不穴，不道不知。小人每常間見相公憂悶不樂，豈知這般就裏？相公何不説與夫人知道？（生）院子，我夫人雖則賢慧，争奈老相公之勢，炙手可熱。待説與夫人知道，一霎時老相公得知，只道我去了不來，如何肯放我去？不如姑且隱忍，和夫人都瞞了；且待任滿尋個歸計。（末）這的却是。老相公若還知道，如何肯放相公回去？（生）院子，我如今要寄一封書家去，没個方便的人；欲待使人逕去，又怕老相公知道。你與我出街坊上體探，倘有我鄉里人來此做買賣，待我寄一封家書回去。（末）小人謹領便去。

終朝長相憶，尋便寄書人。
眼望旌捷旗，耳聽好消息。

## 第二十五齣　祝髮買葬

【金瓏璁】（旦上）饑荒先自窘，那堪連喪雙親？身獨自，怎支分？我衣衫都解盡，首飾並没分文。無計策，只得剪香雲。

〔蝶戀花〕萬苦千辛難擺撥，力盡心窮，兩淚空流血。裙布釵荆今已竭，萱花椿樹連摧折。金刀盈盈明似雪，遠照烏雲，掩映愁眉月。一片孝心難盡説，一齊分付青絲髮。奴家前日婆婆没了，已得張太公周濟。如今公公又没了，無錢資送，難再去求告他。我思想起來，没奈何了，只得剪下頭髮，賣幾貫鈔，爲送終之用。雖然這頭髮值錢不多，也只把他做些意兒，恰似教化一般。苦！不幸喪雙親，求人不可頻。聊將青絲髮，斷送白頭人。

【香羅帶】一從鸞鳳分，誰梳鬢雲？妝臺懶臨生暗塵，那更釵梳首飾典無存也。頭髮，是我擔閣你度青春，如今又翦你資送老親。翦髮傷情也，怨只怨結髮薄倖人。

【前腔】思量薄倖人，辜奴此身。欲翦未翦，教我先淚零。我當初早披剃入空門也，做個尼姑去，今日免艱辛。咳！只有我的頭髮恁般苦。少甚麽佳人的，珠圍翠擁蘭麝熏。呀！似這般狼狽呵，我的身死兀自無埋處，説甚麽翦頭髮愚婦人？

【前腔】堪憐愚婦人，單身又貧。頭髮，我待不翦你呵，開口告人羞怎忍？我待翦你呵，金刀下處應心疼也。却將堆鴉髻舞鸞鬢，與烏鳥報答鶴髮親。教人道霧鬢雲鬟女，斷送霜鬟雪鬢人。（翦下哭介）

【臨江仙】連喪雙親無計策，只得翦下香鬟。非奴苦要孝名傳，正是上山擒虎易，開口告人難。

頭髮既已翦下，免不得將去貨賣。穿長街，抹短巷，叫一聲賣頭髮。

【梅花塘】賣頭髮，買的休論價。念我受饑荒，囊篋無些個。丈夫出去，那堪連喪了公婆。没奈何，只得剪頭髮資送他。

呀！怎的都没人買？

【香柳娘】看青絲細髮，看青絲細髮，剪來堪愛，如何賣也没人買？這饑荒死喪，這饑荒死喪，怎教我女裙釵，當得恁狼狽？況連朝受餒，況連朝受餒，我的脚兒怎擡？其實難捱。

（做跌倒起介）

【前腔】往前街後街，往前街後街，並無人采。我待再叫一聲，咽喉氣噎，無如之奈。苦！我如今便死，我如今便死，暴露我屍骸，誰人與遮蓋？天那！我到底也只是個死。將頭髮去賣，將頭髮去賣，賣了把公婆葬埋，奴便死何害？

（作倒介）（末上）慈悲勝念千聲佛，造惡徒燒萬炷香。今日蔡老員外病症不知如何？我且去看一看。呀！五娘子，你爲何倒在街上？（旦）苦！太公可憐見，救奴家則個。（末杖扶介）五娘子，你手裏拿着頭髮做甚麽？（旦）奴家公公又没了，無錢資送，只得把自己頭髮翦下，欲賣幾文鈔，爲送終之用。（末哭介）元來你公公又死了呵。你怎的不來和我商量？把這頭髮翦下做甚麽？（旦）奴家多番來定害公公，不敢再來相惱。（末）呀！你説那裏話？五娘子，

【前腔】你兒夫曾付託，兒夫曾付託，我怎生違背？你無錢使用，我須當貸。你將頭髮翦下，將頭髮翦下，又跌倒在長街，都緣我之罪。（合）嘆一家破敗，嘆一家破敗，否極何時泰來？各出珠淚。

【前腔】（旦）謝公公慷慨，謝公公慷慨，把錢相貸，我公婆在地下相感戴。只恐奴身死也，恐

奴身死也，兀自没人埋。公公，誰還你恩債？（合前）

（末）五娘子，你先回家去，我即着人送些布帛米穀之類與你使用。（旦）如此，多謝公公。請收這頭髮。

（末）咳！難得，難得。這是孝婦的頭髮，翦來斷送公婆的，我留在家中，不惟傳留做個話名；後日蔡伯喈回來，將與他看，也使他惶愧。

謝得公公救妾身，伊夫曾託我親鄰。
從空伸出拿雲手，提起天羅地網人。

## 第二十六齣　拐兒紿誤

【打球場】（浄上）幾年間，爲拐兒，脱空説謊爲最。遮莫你是怎生俏俏的，也落在我圈套。

自家脱空爲活計，掏摸作生涯。劍舌鎗唇，伶俐的也引教他懵懂；虚脾甜口，慳吝的也哄教他妝風。鄉貫何曾有定居？姓名誰人知真實？妝成圈套，見了的便自入來；做就機關，入着的怎生出去？騙了鍾馗手裏寶劍，拐了洞賓瓢裏仙丹。果然來無跡，去無踪，對面騙人如撮弄；縱使和你行，和你坐，當場賺你怎埋冤。拐兒陣裏先鋒，哄局門中大將。何用剜墻穵壁，强如黑夜偷兒；不索挾斧持刀，真個白晝劫賊。正是：天不生無禄之人，地不長無根之草。自家打聽得蔡狀元家住陳留，父母在堂，久無消息。他如今要寄家書回去。况我在陳留走得慣熟，頗習語音，不免裝扮做陳留人，假寫他父母家書遞與他，必有回音。倘或附帶些金帛回家，也不見得覓却一個小富貴；便不然也索與我些路費回家。這裏便是蔡狀元府前，不免進入去咱。呀！怎的不見一個人？我且咳嗽一聲。（末上）侯門深似海，不許外人敲。（相見介）你是那裏人？來此有甚勾當？（净）小子從陳留來，蔡相公的老大人有家書在此。（末）呀！我相公正要乘便寄家書回去。你來得恰好，待我請相公出來。（請介）（生上）

【鳳凰閣】尋鴻覓雁，寄個音書無便。謾勞回首望家山，和那白雲不見。淚痕如綫，想鏡裏孤鸞影單。

（末）告相公得知，有一個漢子，説他從陳留郡來，有老相公的家書在此。（生）快請他進來。（相見介）（生）多承足下帶得我家書來呵。（净）小子奉老大人尊命，特遞在此。（净遞書介）

【一封書】（生）一從你去離，我在家中常念你。功名事怎的？想多應折桂枝。幸得爹娘和媳婦，各保安康無禍危。謝天謝地！且喜家中多安樂。見家書，可知之，及早回來莫更遲。天那！我豈不要回去？争奈不由我。院子，你引鄉親到後堂茶飯，一面取紙筆，待我寫家書，就附與他去；可取些金珠碎銀過來。（生寫書介）

【下山虎】男邕百拜大人尊前：一自離膝下，頓經數年。目斷萬里關山，鎮日望懸。一向那堪音信斷，名利事，嘆牽縮，謾勞珠淚漣。上表辭金殿，要辭了官，争奈君王不見憐。

【蠻牌令】忽爾拜尊翰，激切意懸懸。幸喜爹娘和媳婦，盡安健。奈兒身淹留旅邸，不能彀承奉慈顏。匆匆的聊附寸箋，草草伏乞尊照不宣。

鄉親，我這一封書，並這金珠，托你將到俺家裏，與老相公收下。傳示家中大小，俺早晚便回來，教他放心，不須憂慮。（淨）小子理會得。（生）這些碎銀，送與鄉親路上做盤費。（淨）多謝！多謝！

【駐馬聽】（生）書寄鄉關，説起教人心痛酸。鄉親，傳示俺八旬爹媽，道與俺兩月妻房，隔涉萬水千山。啼痕緘處翠綃斑，夢魂飛遶銀屏遠。（合）報道平安，想一家賀喜，只説道再相見。

【前腔】（末）遥憶鄉關，有個人人凝望眼。他頻看飛雁，望斷孤舟，倚遍危欄。見這銀鈎飛動彩雲箋，又索玉筯界破殘妝面。（合前）

【前腔】（淨）西出陽關，却嘆今朝行路難。念取經年離別，跋涉萬里程途，帶着一紙雲箋。只怕豺狼紛擾路途間，雁鴻怕不到家鄉畔。（合前）

憑伊千里寄佳音，説盡離人一片心。
須知相別經多載，方信家書抵萬金。

# 第二十七齣　感格墳成

【掛真兒】（旦上）四顧青山靜悄悄，思量起暗裏魂銷。黄土傷心，丹楓染淚，謾把孤墳獨造。

〔菩薩蠻〕白楊蕭瑟悲風起，天寒日淡空山裏。虎嘯與猿啼，愁人添慘悽。窮泉深杳杳，長夜何由曉。灑淚泣雙親，雙親聞不聞？　奴家自從喪了公婆，家中十分狼狽。昨已多承張太公，將公婆靈柩，搬得到山。免不得造一所墳塋，把公婆安葬了。争奈無錢倩人，難以再去求他，只得自家搬泥運土。（裙包土介）

【五更轉】把土泥獨抱，麻裙裹來難打熬。空山静寂無人吊，但我情真實切，到此不憚勞。苦！　何曾見葬親兒不到？　又道是三匝圍喪，那些個卜其宅兆？　思量起，是老親合顛倒。公公，你圖他折桂看花早，不想自把一身，送在白楊衰草。謾自苦，（作悲介）這苦憑誰告？

【前腔】我只憑十爪，如何能彀墳土高？　苦！　只見鮮血淋漓濕衣襖。天那！　我形衰力倦，死也只這遭。休休！　骨頭葬處，任他血流好，此喚做骨血之親，也教人稱道。教人道趙五娘真行孝。苦！　心窮力盡形枯槁，只有這鮮血，到如今也出盡了。這墳成後，只怕我的身難保。

呀！　我氣力都用乏了，不免就此歇息睡一覺呵。

【卜算子先】墳土未曾高，筋力還先倦。（睡介）（山神上）

【粉蝶兒】趙女堪悲，天教小神相濟。

善哉！善哉！吾乃當山土地，今奉玉帝敕旨，爲見趙五娘行孝，特令差撥陰兵，與他併力築造墳臺。不免叫出南山白猿使者、北岳黑虎將軍，前來聽用。猿、虎二將何在？（浄、丑扮猿、虎上）（外）吾奉玉帝敕旨，爲見趙五娘獨自在山築墳，特差汝等率領陰兵，與他併力。汝等可變作人形，與他運化土石，務要頃刻完成，不得驚動孝婦。（浄、丑）領法旨。（造墳介）告大聖，墳臺已成了。（外）趙五娘，你擡起頭來，聽吾囑付。

【好姐姐】五娘聽吾道語：吾特奉玉皇敕旨，憐伊孝心，故遣陰兵來助你。（合）墳成矣，葬了二親尋夫婿，改换衣裝往帝畿。

趙五娘，你好生記着，正是：大抵乾坤都一照，免教人在暗中行。（外、浄、丑下）（旦醒介）

【卜算子後】夢裏分明有鬼神，想是天憐念。

呀！怪哉，怪哉。奴家睡間，恍惚中似夢非夢。見神人囑付道，墳已成了，教奴家前往京畿尋取丈夫。我思忖起來，獨自一身，幾時能彀得墳成？（起看介）呀！果然這墳臺都成了。謝天謝地！分明是神通變化。

【五更轉】怨苦知多少？兩三人只道同做餓殍。公公、婆婆，今日幸賴神明救濟，成此墳臺，你兩人已得安妥。只一件，我未曾葬時節，也還恰象相親傍的一般；如今葬了呵，窮泉一閉無日曉，嘆如今永別，再無由相倚靠。我死和公婆做一處埋呵，也得相伏侍。只愁我死在他途道，我的骨頭何由來到？從今去，墳呵，只願得中乾燥，福子蔭孫也都難料。呀！天那！便做蔭得個三公，也濟不得親老。淚暗滴，復把蒼天來禱。（末同丑帶鉏器上）

【鏵鍬兒】（末）悲風四起吹松柏，山雲黯淡日無色。（丑）虎嘯與猿啼，怎不慘慽？（合）趲步前來到峭壁，都與孝婦添助力。

（末）老夫張廣才，只爲蔡老員外夫妻相繼棄世，虧殺他媳婦趙五娘子支持。如今又聞得他把裙包土，築造墳臺。我想人家造一所墳，沒有千百工這不成，他獨自一個女流，如何成得此事？不免帶將小二，與他添助力氣則個。呀！好怪哉，如何墳都成了？只見：松柏森森繞四圍，孤墳新土掩泉扉。五娘子，空山獨自無人問，爲築墳臺有阿誰？（旦）太公，夢裏鬼神多怪異，陰兵運石與搬泥。墳臺成了親分付，教奴尋婿到京畿。（丑）公公，自古流傳多有此，畢竟感格上蒼知。長城哭倒稱姜女，五娘子，你他日芳名一樣題。（合）正是：善惡到頭終有報，只爭來早與來遲。

【好姐姐】（旦）公公，念奴血流滿指，獨自要墳成無計。深感老天，暗中相護持。（合）墳成矣，葬了二親尋夫婿，改換衣裝往帝畿。

【前腔】（末）五娘子，老夫帶領小二，待與你添助些力氣，誰知有神暗中相救濟。（合前）

【前腔】(丑)你每真個見鬼，這松柏孤墳在何處？恰纔小鬼是我裝扮的。(合前)

孝心感格動陰兵，不是陰兵墳怎成？

萬事勸人休碌碌，舉頭三尺有神明。

## 第二十八齣　中秋望月

【念奴嬌引】(貼上)楚天過雨，正波澄木落，秋容光浄。誰駕玉輪來海底，碾破瑠璃千頃。環珮風清，笙簫露冷，人在清虚境。(浄、丑)真珠簾捲，庾樓無限佳興。

〔臨江仙〕(貼)玉作人間秋萬頃，銀葩點破瑠璃。(浄)瑶臺風露冷仙衣，天香飄到處，此景有誰知？(丑)未審明年明夜月，此時此景何如？(貼)珠簾高捲醉瓊巵，(合)正是莫辭終夕勸，動是隔年期。(貼)老姥姥，今夜中秋，月色澄清，你與我請相公出來賞翫則個。(浄)是，是。夫人請相公翫月。(生内應介)我已睡了，不來。(丑)你甚麼嘴臉，可知道請他不來？(貼)惜春，你再去請。(丑)我去請。相公，夫人請相公出來翫月。(生)來也。(丑笑介)老姥姥，你看我嘴兒纔動一動，相公就出來了。(生上)

【生查子】逢人曾寄書，書去神亦去。今夜好清光，可惜人千萬里。

(貼)相公，今夜中秋，月色可愛，我請你賞翫一番，你没事推阻怎的？(生)月色有甚好處？(貼)相公，怎的不好？〔酹江月〕你看：玉樓金氣捲霞綃，雲浪空光澄徹。丹桂飄香清思爽，人在瑶臺銀闕。（生）影透鳳幃，光窺羅帳，露冷蛩聲切。關山今夜，照人幾處離别。（浄）須信離合悲歡，還如玉兔，有陰晴圓缺。便做人生長宴會，幾見冰輪皎潔？（丑）此夜明多，隔年期遠，莫放金樽歇。（合）但願人長久，年年同賞明月。（飲酒介）

【念奴嬌序】（貼）長空萬里，見嬋娟可愛，全無一點纖凝。十二欄杆光滿處，涼浸珠箔銀屏。偏稱，身在瑶臺，笑斟玉斝，人生幾見此佳景？（合）惟願取年年此夜，人月雙清。

【前腔】（生）孤影，南枝乍冷。見烏鵲縹緲驚飛，栖止不定。萬點蒼山，何處是修竹吾廬三逕？追省，丹桂曾攀，嫦娥相愛，故人千里謾同情。（合前）

【前腔】（貼）光瑩，我欲吹斷玉簫，乘鸞歸去，不知風露冷瑶京。環佩濕，似月下歸來飛瓊。那更，香霧雲鬟，清輝玉臂，廣寒仙子也堪並。（合前）

【前腔】（生）愁聽，吹笛《關山》，敲砧門巷，月中都是斷腸聲。人去遠，幾見明月虧盈。惟應，邊塞征人，深閨思婦，怪他偏向别離明。

【古輪臺】（浄）峭寒生，鴛鴦瓦冷玉壺冰，欄杆露濕人猶凭，貪看玉鏡。況萬里清明，皓彩十分端正。三五良宵，此時獨勝。（丑）把清光都付與，酒杯傾。從教酩酊，拚夜深沉醉還醒。酒闌綺席，漏催銀箭，香銷金鼎。斗轉與參横，銀河耿，轆轤聲已斷金井。

【前腔】（净）閒評，月有圓缺陰晴，人世上有離合悲歡，從來不定。深院閒庭，處處有清光相映。也有得意人人，兩情暢詠；也有獨守長門伴孤另，君恩不幸。（丑）有廣寒仙子娉婷，孤眠長夜，如何捱得更闌寂静？此事果無憑，但願人長久，小樓翫月共同登。

【餘文】（衆）聲哀訴，促織鳴。（貼）俺這裏歡娛未罄，（生）他幾處寒衣織未成。

今宵明月正團圓，幾處淒涼幾處諠。
但願人生得久長，年年千里共嬋娟。

## 第二十九齣　乞丐尋夫

【胡搗練】（旦上）辭別去，到荒坵，只愁出路煞生受。畫取真容聊藉手，逢人將此免哀求。鬼神之道，雖則難明；感應之理，未嘗不信。奴家昨日獨自在山築墳，正睡間，忽夢一神人，自稱當山土地，帶領陰兵，與奴家助力；却又囑付教奴家改换衣裝，逕往長安尋取丈夫。待覺來，果然墳臺並已完備，這的分明是神通護持。正是：寧可信其有，不可信其無。今二親既已葬了，只得改换衣裝，扮作道姑，將琵琶做行頭，沿街上彈幾個行孝的曲兒，抄化將去。只是一件，我幾年間和公婆厮守，如何捨得一旦撇了他？奴家自幼薄曉得些丹青，何似想像畫取公婆真容，背着一路去，也似相親傍的一般。但遇小祥忌辰，展開與他燒些香紙，奠些酒飯，也是奴家一點孝心。不免就此畫描真容則個。（描

畫介）

【三仙橋】一從他每死後，要相逢不能彀，除非夢裏暫時略聚首。苦要描，描不就，暗想像，教我未描先淚流。描不出他苦心頭，描不出他飢症候，描不出他望孩兒的睜睜兩眸。只畫得他髮颼颼，和那衣衫敝垢。休休，若畫做好容顏，須不是趙五娘的姑舅。

【前腔】我待要畫他個龐兒帶厚，他可又饑荒消瘦。我待要畫他個龐兒展舒，他自來長恁面皺。若畫出來，真是醜，那更我心憂，也做不出他歡容笑口。不是我不會畫着那好的，我從嫁來他家，只見他兩月稍優游，其餘都是愁。那兩月稍優游，我又忘了。這三四年間，我只記他形衰貌朽。這真容呵，便做他孩兒收，也認不得是當初父母。休休，縱認不得是蔡伯喈當初爹娘，須認得是趙五娘近日來的姑舅。

真容既已描就了，就在這裏燒些香紙，奠些酒飯，拜別了公婆出去。（拜辭介）

【前腔】公公婆婆，非是奴尋夫遠遊，只怕我公婆絕後。奴見夫便回，此行安敢久？苦！路途中，奴怎走？望公婆相保佑我出外州。天那！他兀自没人看守，如何來相保佑？這墳呵，只怕奴去後，冷清清有誰來祭掃？縱使遇春秋，一陌紙錢怎有？休休，你生是受凍餒的公婆，死做個絕祭祀的姑舅。

奴家既辭了墳墓，只得背了真容，便索去辭張太公。呀！如何恰好張太公來也？（末上）衰柳寒蟬不可聞，金風敗葉正紛紛。長安古道休回首，西出陽關無故人。（旦）奴家適間拜辭了墳塋，正要到宅上來告別。（末）呀！五娘子，你幾時去？（旦）太公，奴家今日就行了。（末）你背的是甚麼畫？（旦）是奴公婆的真容，待將路上去藉手乞告些盤纏，早晚與他燒香化紙。（末）是誰畫的？（旦）是奴家將就描摹的。（末）五娘子，你孝心所感，一定逼真。借我看一看。咳！畫得像！畫得像！（作悲介）衣老員外，老安人，〔鷓鴣天〕死別多應夢裏逢，謾勞孝婦寫遺踪。可憐不得圖家慶，辜負丹青泣畫工。破損，鬢鬔鬆，千愁萬恨在眉峰。只怕蔡郎不識年來面，趙女空描別後容。五娘子，我聽得你要遠行，將幾貫錢，與你路上少助些盤纏。（旦）多多定害公公了。奴家又有不識進退之懇：奴家去後，公婆墳塋，早晚望太公可憐見，看這兩個老的在日之面，與奴家看管則個。（末）這個不妨，你但放心前去，老夫少不得如此。（拜辭介）

【憶多嬌】（旦）公公，他魂渺漠，我没倚託。程途萬里，教我懷夜壑。此去孤墳，望公公看着。（合）舉目瀟索，滿眼盈盈淚落。

【前腔】（末）五娘子，我承委託，當領略。這孤墳我自看守，決不爽約。但願你途中身安樂。（合前）

【鬥黑麻】（旦）奴深謝公公，便相允諾。從來的深恩，怎敢忘却？只怕途路遠，體怯弱，病染災纏，衰力倦脚。（合）孤墳寂寞，路途滋味惡。兩處堪悲，萬愁怎摸？

【前腔】（末）伊夫婿多應是，貴官顯爵，伊家去須當審個好惡。五娘子，只怕你這般喬打扮，他怎知覺？一貴一貧，怕他將錯就錯。（合前）

（旦）公公，奴家拜别去也。（末）五娘子，且慢着，老夫還有幾句言語囑付你。（旦）望公公指教。（末）五娘子，你少長閨門，豈識路途？當初蔡郎未别時節，你青春正媚。你如今又遭這饑荒貧苦，貌怯身單。正是：桃花歲歲皆相似，人面年年自不同。蔡郎臨别之後，可不道來。（旦）公公，他道甚的？（末）他道是：若有寸進，即便回來。如今年荒親死，一竟不回，你知他心腹事如何？正是：畫虎畫皮難畫骨，知人知面不知心。唉！蔡郎元是讀書人，一舉成名天下聞。久留不知因個甚？年荒親死不回門。五娘子，你去京城須仔細，逢人下氣問虚真。若見蔡郎謾説千般苦，只把琵琶語句訴元因。未可便説他妻子，未可便説喪雙親。未可便説裙包土，未可便説剪香雲。若得蔡郎思故舊，可憐張老一親鄰。我今年已七十歲，比你公公少一旬。你去時猶有張老來相送，你回時不知張老死和存。我送你去呵，正是：流淚眼觀流淚眼，斷腸人送斷腸人。（哭介）（旦）謝得公公訓誨，奴家銘心鏤骨，不敢有忘。如今只得告别去也。（末）五娘子，早去早回。

爲尋夫婿别孤墳，只怕兒夫不認真。
惟有感恩並積恨，萬年千載不成塵。

## 第三十齣　瞯詢衷情

【菊花新】(生上)封書遠寄到親闈，又見關河朔雁飛。梧葉滿庭除，争似我悶懷堆積。

【生查子】封書寄遠人，寄上萬里親。書去神亦去，兀然空一身。自家喜得家書，報道平安。已曾修書附回家去，不知何如？這幾日常懷想念，翻成愁悶。正是：雖無千丈綫，萬里繫人心。(貼上)

【意難忘】緑鬢仙郎，懶拈花弄柳，勸酒持觴。眉顰知有恨，何事苦相防？(生)夫人，些個事，惱人腸。(貼)相公，試説與何妨？(生)只怕你尋消問息，添我悽惶。

(貼)古人云：顰有爲顰，笑有爲笑。是以君子當食不嗟，臨樂不嘆。無事而戚，謂之不祥。相公，你自來我家，不明不暗，如醉如癡，鎮日憂悶，爲着甚的？還少了喫的，少了穿的？相公，我待道你少喫的呵，

【紅衲襖】你喫的是煮猩唇和燒豹胎，我待道你少穿的呵，你穿的是紫羅襴，繫的是白玉帶。你出入呵，我只見五花頭踏在你馬前擺，三簷傘兒在你頭上蓋。相公，休怪奴家説。你本是草廬中一秀才，如今做着漢朝中梁棟材。你有甚不足，只管鎖了眉頭也，唧唧噥噥不放懷？

(生)夫人，你道我有穿的呵，

【前腔】我穿的是紫羅襴，倒拘束得我不自在。我穿的是皂朝靴，怎敢胡去踹？你道我有喫

的呵，我口裏喫幾口慌張張要辦事的忙茶飯，手裏拿着個戰兢兢怕犯法的愁酒杯。倒不如嚴子陵登釣臺，怎做得揚子雲閣上災？似我這般樣爲官呵，只管待漏隨朝，可不誤了秋月春花也，干碌碌頭又早白？

（貼）相公，我知道了。

【前腔】莫不是丈人行性氣乖？（生）不是。（貼）莫不是妾跟前缺管待？（生）不是。（貼）莫不是畫堂中少了三千客？（生）不是。（貼）莫不是繡屏前少了十二釵？（生）也不是。（貼）相公呵，這意兒教人怎猜？這話兒教人怎解？我今番猜着你了。敢只是楚館秦樓，有個得意人兒也，悶懨懨常掛懷？

（生）夫人，不是。

【前腔】有個人兒在天一涯，天那！我不能勾見他，只落得臉銷紅眉鎖黛。（貼）我道甚麽來？可知哩！（生）不是，我本是傷秋宋玉無聊賴，有甚心情去戀着閒楚臺？（貼）相公，你有甚事，明說與奴家知道。（生）夫人，三分話兒只恁猜，一片心兒直恁解。（貼）你有話如何不對我說？（生）罷，罷。夫人，你休纏得我無言，若還提起那籌兒也，撲簌簌淚滿腮。

（貼）由你，由你。我若不解勸，你又只管憂悶；待問着你，你又遮瞞我。我也莫奈何。相公，夫妻何事苦相防？莫把閒愁積寸腸。難道各人自掃門前雪，莫管他家瓦上霜？（貼虛下潛聽介）（生）天那！自古道：難將我語和他語，未卜他心似我心。自家娶妻兩月，别親數年。朝夕思想，翻成愁悶。我這新娶的媳婦，雖則賢慧，我待將此事和他説，他也肯教我回去。只是他的爹爹，若知我有媳婦在家，如何肯放我回去？不如姑且隱忍，改日求一鄉郡除授，那時却回去見雙親便了。咳！夫人，非是隄防你太深，只緣伊父苦相禁。正是：夫妻且説三分話，（貼）呀！我理會得了，你道是：未可全抛一片心。好，好。你瞞我也由你，只是你爹娘和媳婦嗟怨你！

【江頭金桂】（貼）相公，我怪得你終朝嚬嗜，只道你緣何愁悶深？教咱猜着啞謎，爲你沉吟，那籌兒没處尋。我和你共枕同衾，你瞞我則甚？你自撇了爹娘媳婦，屢换光陰，他那裏須怨着你没音信。笑伊家短行，笑伊家短行，無情忒甚。到如今，兀自道且説三分話，未可全抛一片心。

【前腔】（生）夫人，非是我聲吞氣忍，只爲你爹行勢逼臨。怕他知我要歸去，將人厮禁，要説又將口噤。我待解朝簪，再圖鄉任。那時節呵，他不隄防着我，須遣我到家林，我和你雙雙兩人歸晝錦。苦！我雙親老景，我雙親老景，存亡未審。我實不瞞你，前日曾附一封書回去，只怕雁杳魚沉。（貼）你既有書信附去，怎的也没有回報？（生）又不是烽火連三月，真個家書抵萬金。

（貼）元來如此。我去對爹爹説，和你同去便了。（生）你爹爹如何肯放我回去？你且休説破了。

（貼）不妨事。我爹爹身爲太師，風化所關，具瞻在望，終不然恁的不顧仁義。（生）你休説，不濟事，干枉了。（貼）相公，你不必憂慮，我自有道理；不由我爹爹不從。

雪隱鷺鷥飛始見，柳藏鸚鵡語方知。
假如染就乾紅色，也被傍人講是非。

## 第三十一齣　幾言諫父

【西地錦】（外上）好怪吾家門婿，鎮日不展愁眉。教人心下常縈繫，也只爲着門楣。

入門休問榮枯事，觀着容顔便得知。自家招贅蔡伯喈爲婿，可謂得人。只一件，他自從到此，眉頭不展，面帶憂容，不知爲着甚麽？必有緣故。且待女孩兒出來問他，便知端的。（貼上）

【前腔】只道兒夫何意，如今就裏方知。萬里家山，要同歸去，未審爹意何如？

（外）孩兒，吾老入桑榆，自嘆吾之皓首；汝身乖琴瑟，每爲汝而懊懷。夫婿何故憂愁？孩兒必知端的。（貼）告爹爹得知：他娶妻六十日，即赴科場；别親三五年，竟無消息。温凊之禮既缺，伉儷之情何堪？今欲歸故里，辭至尊家尊而同行；待共事高堂，執子道婦道以盡禮。（外怒介）呀！我乃紫閣名公，汝是香閨艷質。何必顧此糟糠婦？焉能事此田舍翁？他久别雙親，何不寄一封之音信？汝從來嬌養，安能涉萬里之程途？休惑夫言，唯從父命。（貼）爹爹，曾觀典籍，未聞婦道而不拜舅姑；　試論綱常，豈有子職而不事父母？　若重唱隨之義，當盡定省之儀。彼荆釵布裙，既已獨奉親闈之甘旨；　此金屏繡褥，豈可久戀監宅之歡娛？　爹爹身居相位，坐理朝綱，豈可斷他人父子之恩，絶他人夫婦之義？　使伯喈有貪妻之愛，不顧父母之愆；　俾孩兒有違夫之命，不事舅姑之罪。望爹爹容恕，特賜矜憐。（外）休胡説！　他既有媳婦在家，你去做甚麽？

【獅子序】（貼）爹爹，他媳婦雖有之，念奴家須是他孩兒次妻。那曾有媳婦不侍親闈？（外）孩兒，你去有甚麽勾當？（貼）若論做媳婦的道理，須當奉飲食，問寒暄，相扶持蘋蘩中饋。（外）便做有許多勾當，他有媳婦在家裏，你不去也不妨。（貼）爹爹，又道是養兒代老，積穀防飢。（外）既道是養兒代老，積穀防飢，何似當初休教他來應舉？

【太平歌】（貼）爹爹，他求科舉，指望錦衣歸，不想道爹爹留他爲女婿。（外）這個是有緣千里能相會，須强他不得。（貼）他埋冤洞房花燭夜，那些個千里能相會？　只要保全金榜掛名時，他事急且相隨。（外）孩兒，你到説我不是，這般埋冤着我？

【賞宫花】（貼）他終朝慘悽，我如何忍見之？（外）他自慘悽，你管他怎的？（貼）若論爲夫婦，須是共歡娱。（外）你對他説，他若在這裏，我教他做個大大的官！（貼）爹爹，他數載不通魚雁信，枉了十年身到鳳凰池。

(外)呀！你聽着丈夫的言語，却不聽我説。這妮子好癡迷呵！

【降黄龍】(貼)爹爹，須知，非奴癡迷。已嫁從夫，怎違公議？(外)孩兒，你去也不妨，只是我没個親人在傍，如何捨得你去？(貼)爹猶念女，怎教他爹娘不念孩兒？(外)孩兒，不是我不放你去。他既有媳婦在家，你去時節，只怕擔閣了你。(貼)休提，縱把奴擔閣，比擔閣他媳婦何如？(外)便不然，只教蔡伯喈自去便了。(貼)爹爹，那些個夫唱婦隨，嫁鷄逐鷄飛？

(外)孩兒，他是貧賤之家，你如何伏侍他的父母？

【大聖樂】(貼)爹爹，婚姻事難論高低，若論高低何似休嫁與？假饒親賤孩兒貴，終不然便抛棄？(外)他自有媳婦，你管他做甚麽？(貼)奴須是他親生兒子親媳婦，難道他是誰人我是誰？(外)孩兒，據你説起來，我到説得不是了？(貼)爹居相位，怎説着傷風敗俗非理的言語？

(外怒介)這妮子無禮！却將言語來衝撞我。我的言語到不中聽呵。孩兒，夫言中聽父言違，懊恨孩兒見識迷。我本將心托明月，誰知明月照溝渠。(外下)(貼)自古道：酒逢知己千鍾少，話不投機半句多。好笑我爹爹不顧仁義，却道奴家把言語衝撞他。昨日我丈夫教我休説破，我如今有何顔見他？只得且在此坐一坐，尋思個道理去回他則個。(悶坐介)(生上)

【稱人心】撇呆打墮，早被那人瞧破。他要同歸，知他爹怎麽？我料想他每不允諾。呀！夫人，你緣何獨坐？想你爹爹不肯麽？伊家道俐齒伶牙，争奈爹行不可。

【前腔】（貼）天那，我爹爹，全不顧，人笑呵，這其間只是我見差。禍根芽，從此起，災來怎躲？相公，他道我從着夫言，駡我不聽親話。

【紅衫兒】（生）夫人，你不信我教伊休説破，到此如何？算你爹心性，我豈不料過？我爲甚亂掩胡遮？也只爲着這些。你直待要打破砂鍋，是你招災攬禍。

【前腔】（貼）不想道相挋靶，這做作難禁架。我見你每每咨嗟要調和，誰知好事多磨起風波？相公，把你陷在地網天羅，如何不怨我？天那！懊恨只爲我一個，却擔閣了兩下。

【醉太平】（生）蹉跎，光陰易謝，縱歸去晚景之計如何？名繮利鎖，牢絡在海角天涯。知麽？多應我老死在京華，孝情事一筆都勾罷。苦！這般摧挫，傷情萬感，淚珠偷墮。

【前腔】（貼）非詐，奴甘死也。縱奴不死時，君去須不可。（生）夫人，你如何説這話？（貼）相公，奴身值甚麽？只因奴誤你一家。差訛，假饒做夫婦也難和，你心怨我心縈掛。奴身拚捨，成伊孝名，救伊爹媽。

（生）夫人，你不要這般説。萬一你爹爹知之，反加譴責。（貼）相公，妾當初勉承父命，遣事君子。不想君家有白髮之父母，青春之妻房。致君衷腸不滿，名行有虧。如今思之：誤君之父母者，妾也；誤君之妻房者，妾也；使君爲不孝薄倖之人，亦妾也。妾之罪大矣！縱偷生於今世，亦公議所不容。昔者聶政姊死，倚屍傍以成弟之名；王陵母死，伏劍下以全子之節。妾豈愛一身，誤君百行？妾當死於地下，以謝君家。小則可以解君之縈掛，大則可以救君之父母；近則可以成孝子之令名，遠則可以免後世之公議。妾死何憾焉！（生）夫人，你只知其一，不知其二。古人云：身體髮膚，受之父母，不敢毀傷。豈可陷親於不義？此事決然不可。（貼）相公，你也說得是；只是累你一時回去不得，如何是好？（生）夫人且慢着，怕你爹爹也有回心轉意時節。且更寧耐，看如何？

一心只欲轉家鄉，争奈爹行不忖量。

大風吹倒梧桐樹，自有傍人說短長。

## 第三十二齣　路途勞頓

【月雲高】（旦上）路途多勞倦，行行甚時近？未到洛陽城，盤纏多使盡。回首孤墳，空教奴望孤影。天那！他那裏，誰偢采？俺這裏，誰投奔？正是西出陽關無故人，須信道家貧不是貧。

〔蘇幕遮〕怯山登，愁水渡。暗憶雙親，淚把麻裙漬。回首孤墳何處是？兩下蕭條，一樣愁難訴。玉消容，蓮困步。愁寄琵琶，彈罷添凄楚。惟有真容時時顧，惟悴相看，無語恓惶苦。奴家爲尋丈夫，只在路途上多少狼狽。況獨自一身，拿着一個琵琶，背着二親真容，登高履險，宿水餐風，其實難捱。只是一件，若去到洛陽，尋見丈夫，相逢如故，也不枉了這遭辛苦；倘或他駟馬高車，前呼後擁，見奴家這般襤褸，不肯相認，可不擔閣了奴家？

【前腔】暗中思忖，此去好無准。只怕他身榮貴，把咱不厮認。若是他不偢采，空教奴受艱辛？他未必忘恩義，我這裏自閒評論。他須記一夜夫妻百夜恩，怎做得區區陌路人？

唉！只一件。

【前腔】他在府堂深隱，奴身怎生進？他在駟馬高車上，又難將他認。我有個道理。若到他跟前，只提起二親真容。天那！又怕消瘦了龐兒，他猶難十分信。呀！他不到得非親却是親，我自須防仁不仁。

哽咽無言對二真，千山萬水好艱辛。

見説洛陽花似錦，只恐來時不遇春。

## 第三十三齣　聽女迎親

【番卜算】（外）兒女話堪聽，使我心疑惑。暗中思忖覺前非，有個團圓策。

自古道：良藥苦口利於病，忠言逆耳利於行。昨日女孩兒要和伯喈歸去，同事雙親，自家不肯放他去。却將幾句言語衝撞我，我一時不勝焦躁。如今尋思起來，他的言語，句句有理，節節堪聽。待要放他回去，只慮他幼長閨門，難涉路途；况俺年老，無人奉侍，如何放得他去？如今有個道理，不免使

一個人，多與盤纏，教他徑去陳留，將蔡伯喈爹娘和媳婦都迎取來，多少是好？不免叫孩兒和伯喈過來商議則個。（生、貼同上）

【前腔】（生）淚眼滴如珠，愁事縈如織。（貼）早知今日悔當初，何似休明白。（相見介）（外）孩兒，你夜來的説話，我仔細尋思起來，都説得有理。我欲待教你同女婿回去，路途跋涉，這個也難。不如逕使人去陳留，取他爹媽媳婦來做一處居住，你兩人心下如何？（貼）這個隨爹爹主張。（生）若得如此，感恩非淺！（外）院子李旺何在？（丑上）頻聽指揮黄閣下，又聞呼唤畫堂前。老相公有何使令？（外）李旺，我要差你去陳留走一遭。（丑）去做甚麽？（外）差你去那裏接取蔡狀元的老員外、老安人、小娘子三人，來我府中同住。（丑）如此，李旺不去。（貼）李旺，你去請得來，我重重賞你。（丑）夫人，你如今説道重重賞我；只怕取得他小娘子來時，夫人又要和他争大争小。到那時節，可不埋冤李旺？那裏還肯把東西賞我？（外）休閒説！我如今修一封書去相請，外有銀錢與你一路去做盤纏，休得落後了。（生）李旺，你去時節，須要多方詢問；若是來時，路途上千萬小心承直。（丑）不妨，我出路慣便，自有分曉。

【四邊静】（外）李旺，你去陳留仔細詢端的，專心去尋覓。請過兩三人，途中好承直。（合）休憂怨憶，寄書咫尺。眼望旌捷旗，耳聽好消息。

【前腔】（生）只怕饑荒散亂無踪跡，他存亡也難測。何況路途間，難禁這勞役。（合前）

【福馬郎】（貼）李旺，你休説新婚在牛氏宅。（外）孩兒，便説又待怎的？（貼）他須怨我相擔誤；歸未得，只恐傍人聞之，把奴責。（合）若是到京國，相逢處做個好筵席。

【前腔】（丑）相公，多與我盤纏添氣力，萬水千山路，曾慣歷。（拜介）辭却恩官去，管取好消息。（合前）

限伊半載望回音，路上看承須小心。
但願應時還得見，果然勝似岳陽金。

## 第三十四齣　寺中遺像

（末扮五戒上）年老心閒無外事，麻衣草座亦容身。相逢盡道休官好，林下何曾見一人？自家乃是彌陀寺中一個五戒便是。今日俺寺中建一個無礙道場，不揀甚麼人，或是薦悼雙親，保安身己的，都來這裏聚會。真個好寺院好道場呵。（内問介）怎見得好寺院？（末）但見：蘭若莊嚴，蓮臺整肅。佛殿嵯峨耀金壁，回廊繚繞畫丹青。千層塔高聳侵雲，半空中時聞清鐸；七寶樓晶光耀日，六時裏頻扣洪鐘。松下山門，紅塵不到；竹邊僧舍，白日難消。阿羅漢神像威儀，如靈山三十六萬億佛祖；比丘僧戒行清潔，似祇園千二百五十人俱。且看旛影石壇高，惟有棋聲花院静。休提清浄法界，且説嚴肅道場。只見珠幢寶蓋影飄飖，玉磬金鐘聲斷續。龍瓶中插九品紅蓮，開浄土春秋不老；鳳蠟内吐千枝絳蕊，照佛天晝夜常明。齊整整的貝葉同翻，撲簌簌的天花亂墜。旃檀林裏，爇着清淨香、道德香；香積厨中，獻這禪悦食、法喜食。人人在十洲三島，個個淨五蘊六根。擊大法鼓，吹大法螺，仙樂一齊奏動；開甘露門，入甘露城，幽魂盡獲超昇。正是：寄言苦海林中客，好向靈山會上修。今日寺中建設大會，怕有官員貴客來此遊玩，不免將着疏頭，就抄化幾文香錢，添助支費。道猶未了，遠遠望見兩個官人來到。（淨、丑扮風子上）

【縷縷金】（淨）胡廝啞，兩喬才。家中無宿火，有甚强追陪？（丑）我自來粧風子，如今難悔。向叢林深處且徘徊，特來看佛會。

（末）官人，請坐告茶。（淨）五戒，你這佛會，支費太多？（末）便是。官人，休怪冒瀆，今日天與之幸，得遇兩位貴客到此，斗膽抄化幾文香錢，添助支費則個。（丑）五戒，你要抄化，將疏頭來看。錢是儻來之物，那裏不使？那裏不用？（淨）兄弟，你説得是。俺這般人，那一日不使幾貫鈔？我便捨他五錠。（丑）我也捨他五錠。（末）如此，多謝官人。（淨）呀！遠遠望見一個婦人來，且是生得有些意思。（丑）真個有一婦人來，背着一面琵琶，到和你家姐姐廝像。（淨）休胡説！遠觀不審，近覷分明。

（旦上）

【前腔】途路上，實難捱。盤纏都使盡，好狼狽。試把琵琶撥，逢人乞丐。薦公婆魂魄免沉埋，特來赴佛會。

奴家且喜已到洛陽，聞説今日彌陀寺中做佛會，不免就此抄化幾文鈔，追薦公公婆婆則個。（末）道姑，請裏面赴齋。(旦)多謝!多謝!(浄)道姑,你背着甚麽東西?(旦)是奴家公婆的真容。(浄)道姑,你從那裏來?

【銷金帳】(旦)聽奴訴與:奴是良人婦,爲兒夫相擔誤。(浄)他怎的擔誤你?(旦)他一向赴選及第,未歸鄉故。饑荒喪了,喪了親的舅姑。(丑)你丈夫既不在家,喪了公婆,誰人與你安葬?(旦)苦!我造墳墓。(浄)你如今來這裏做甚麽?(旦)今爲尋夫來到此。(丑)你丈夫在那裏?(旦)未知他在何處所。

(浄)道姑,你抱着這個琵琶做甚麽?(旦)奴家將此琵琶彈一兩個曲兒,抄化幾文鈔,就此寺中追薦公婆。(丑)元來如此。道姑,你會彈甚麽曲兒?你會彈《也兒四》麽?(旦)不會。(浄)你會彈《八俏手》麽?(旦)也不會。奴家只會彈些行孝曲兒。(末)道姑,難得這兩位官人在此,你好生彈一兩個曲兒伏侍他,等他重重賞你。(旦)既然如此,只怕奴家彈得不好,望官人休責。(丑)你只管好好的彈,我重重賞賜你。(旦)官人,請坐聽着。(彈介)凡人養子,懷抱最艱辛。欲語未能行未得,此際苦雙親。

【前腔】凡人養子,最是十月懷擔苦,更三年勞役抱負。休言他受濕推乾,萬千勞苦。真個千般愛惜,萬般回護。兒有些不安,父母驚惶無措。直待可了,可了歡欣似初。

(浄)彈得好!彈得好!(末)真個彈得好!(丑)錢鈔那裏不使?我且先與你一領好襖子。(脱衣與旦介)道姑,你再彈一彈。(旦)官人,請坐聽着。(彈介)孩兒漸長成,父母漸歡欣。教語教行並教禮，一意望成人。

【前腔】兒行幾步，父母歡欣相顧，漸能言能走路。指望飲食羹湯，自朝及暮。懸懸望他，望他不知幾度。爲擇良師，只怕孩兒愚魯。略得他長俊，可便歡欣賞賜。

（丑）彈得好！彈得好！（末）真個彈得好！（浄）錢鈔那裏不用？我也先與你一領好襖子。（脱衣與旦介）道姑，你再彈一彈。（旦）官人，請坐聽着。（彈介）勤於教道，暮史及朝經。願得榮親並耀祖，一舉便成名。

【前腔】朝經暮史，教子勤詩賦，爲春闈催教赴。指望他耀祖榮親，改换門户。懸懸望他，望他腰金衣紫。兒在程途，又怕餐風宿露。求神問卜，把歸期暗數。

（丑）彈得好！彈得好！（末）實是彈得好！（丑）錢鈔是人賺來的，我再與你一領襖子。（脱衣與旦介）（末）元來裏面都是破衣裳呵。官人把襖子都脱了，身上這般寒，甚麼意思？（浄）寒由他自寒，不可壞了局面。咱每這般人興頭來了，使鈔慣了，怕甚麼寒？道姑，你再唱唱。（末）道姑，你再彈，且看他再把甚麼與你？（旦彈介）孩兒在外，須早回程。忤逆男兒並孝子，報應甚分明。

【前腔】兒還念父母，及早歸鄉土，看慈烏亦能返哺。莫學我的兒夫，把雙親擔誤。常言養子，養子方知父母。算那忤逆男兒，和孝順爹娘之子。若無報應，果是乾坤有私。

（末）彈得好！彈得好！（浄）他彈得自好，唱得自好，我没甚麼與他了。（末笑介）可知道！（浄作寒介)(丑)兄弟，我和你這般的走回家去，成甚麼模樣？(浄)我只賴五戒取衣裳便罷。(末)呀！你扯我怎的？(丑)扯你怎的？你倒妝成騙局，把我每的衣裳都剥去了。(末)咳！我幾曾妝局騙你？是你自把衣裳與他。(浄)秃驢！你道不曾妝局騙我？我看見道姑彈了，喝一聲采；你也喝一聲采，只管攛掇我把衣裳與他。這不是妝局騙我？(丑)你不取還我，我扯你到洛陽縣裏去！(末)天那！我不曾見這般没行止的人！道姑，没奈何了，把衣裳還他去罷。(旦)衣服在這裏，拿還他去。既不情願，我要他做甚麼？(丑)錢鈔雖則那裏不用，只是寒冷，又忍不得。(穿衣介)(浄)道姑，方纔説道你彈得好，唱得好；我如今尋思起來，你彈得也不好，唱得也不好。你不信時，再彈唱一和看看。(旦)奴家也彈不得了，也唱不得了。(浄)可知道不敢再彈唱了。(丑)兄弟，他既不敢彈唱了，我和你且回家去。(浄)説得是，我和你回去罷。(丑)五戒，我小子不是豪富。(末)枉了教你題疏。你衣裳敢是借的？(浄、丑)可知道我腿上無個布袴。(末並下)(旦)一斟一酌，莫非前定。奴家準擬今日抄化幾文錢鈔，就此追薦公婆。誰知撞着這兩個風子，攪鬧了一場。如今雖没東西備辦奠禮，且將公婆真容掛在此，拜囑一番，以表來意罷了。(掛真容拜介)

【賞秋月】在途路，歷盡多辛苦，把公婆魂魄來超度。焚香禮拜祈回護，願相逢我丈夫。

(末、丑隨生上)

【縷縷金】(生)時不利，命多乖。雙親在途路上，怕生災。(末、丑)相公，此是彌陀寺，略停車蓋。(合)辦虔誠懇禱拜蓮臺，特來赴佛會。

（丑）道姑迴避。（旦）正是：　在他簷下過，怎敢不低頭？（慌下失真容介）（生）那得這軸畫像？（丑）敢是適間道姑遺下的？（生）叫他轉來，將還他去。（丑叫不應介）去遠了，叫不應。（生）既叫不應，且與他收下。左右，喚和尚過來。（净扮和尚上）

【前腔】能喫酒，會噇齋。喫得醺醺醉，便去摟新戒。講經和回向，全然尷尬。你官人若是有文才，休來看佛會。

（相見介）和尚，下官爲迎取父母來此，不知路上安否何如？特來三寶面前，祈求保佑。（净）元來如此。小僧先請佛。

【佛賺】如來本是西方佛，西方佛却來東土救人多，救人多。結跏趺坐坐蓮花，丈六金身最高大，他是十方三界第一個大菩薩。摩訶薩，摩訶般若波羅糖。（末）和尚，你念差了，是波羅密。（净）糖也這般甜，密也這般甜。南無南無十方佛十方法十方僧，上帝好生不好殺。好人還有好提掇，惡人還有惡鑒察。好人成佛是菩薩，惡人做鬼做羅刹。第一滅却心頭火，心頭火。第二解開眉間鎖，眉間鎖。第三點起佛前燈，佛前燈。真個是好也快活我，快活我。諸惡莫作，奉勸世上人則個。浪裹梢公牢把舵，行正路，莫蹉跎。大家却去誦彌陀，誦彌陀。善男信女笑呵呵。聽大法鼓鼕鼕鼕，聽大法鐃乍乍乍乍。手鐘摇動陳陳陳，獅子能舞鶴能歌。木魚亂敲逼逼剥剥，海螺響處嘖嘖嘖嘖，積善道場隨人做。伏願老相公老安人小夫人萬里程途悉安樂。南無菩薩薩摩訶，金剛般若波羅密。

小僧請佛了，請相公上香，通達情旨。（生炷香拜介）

【江兒水】（生）如來證明，聽蔡邕啓：我雙親在途路，不知如何的？仰惟菩薩大慈悲。（合）龍天鑒知，龍神護持，護持着登山渡水。

【前腔】（浄）如來證明，鑒兹情旨。蔡邕的父母，望相保庇，仰惟功德不思議。（合前）

【前腔】（末）我東人鎮日常懷憂慮，只愁二親在路途裏，孝思誠意感神祇。（合前）

【前腔】（丑）我聞知做會，特來隨喜。饅頭素食多多與，若還不與，我自入齋厨去取。（合前）

（浄）我佛有緣蒙寵渥，（生）願親路上悉平安。（末）因過竹院逢僧話，（丑）又得浮生半日閒。（並下）

（旦復上）

【縷縷金】原來是蔡伯喈，馬前都喝道狀元來。料想雙親像，他每留在。敢天教我夫婦再和諧，都因這佛會？

正是：不因漁父引，怎得見波濤？方纔那官人，奴家詢問起來，是蔡伯喈。好也！好也！今日也會相見。只一件，奴家慌忙中失去了公婆真容，想必是他收下。且待明日逕投他家裏去，以乞丐爲由，問取消息。倘或天天可憐，因此相會，也不見得？

今朝喜見那喬才，真容收去可疑猜。

縱使侯門深似海，從今引得外人來。

## 第三十五齣　兩賢相遘

【十二時】（貼上）心事無靠託，這幾日翻成悶也。父意方回，夫愁稍可。未卜程途裏的如何，教我怎生放下？

不如意事常八九，可與人言無二三。奴家自嫁蔡伯喈之後，見他常懷憂悶。廢盡心機去問他，他又不說。比及奴家知道，去對爹爹說，要和他同去奉事雙親，誰想爹爹不肯。被奴家道了幾句，幸喜爹心回轉，教人去取他爹媽媳婦；又不知他行人路上安否如何？爲這些事，教我擔了多少煩惱？又一件，公婆早晚到來，只是要一兩個精細人去伏侍他。我府裏雖則有使唤的，那裏中用？怎生得精細婦人，與他使唤方好？院子那裏？（末上）書當快意讀易盡，客有可人期不來。世上幾般能稱意，光陰何況苦相催。夫人有何使令？（貼）院子，我府中缺少幾個使唤的，便與我去街坊上尋問有精細的婦人，討一兩個來用。（末）小人理會得。踏破鐵鞋無覓處，得來全不費工夫。（旦上）

【遶地遊】風餐水宿，甚日能安妥？問天天怎生結果？

府幹哥，稽首！（末）道姑何來？（旦）遠方人氏。（末）到此何幹？（旦）特來抄化。（末）少待。通報夫人：精細婦人到没有，正遇一個道姑，在門首抄化。（貼）着他裏面來。（末）道姑，夫人着你裏面

相見。（貼作相見介）

【前腔】（貼）梳妝淡雅，看丰姿堪描堪畫。是何人近來問咱？

（旦）夫人，稽首！（貼）道姑何來？（旦）貧道遠方人氏。（貼）到此何幹？（旦）特來府中抄化。（貼）你有甚本事，來此抄化？（旦）貧道不敢誇口，大則琴棋書畫，小則針指工夫，次則飲食餚饌，頗諳一二。（貼）道姑，你有這等本事，在街坊上抄化也生受，何似在我府中喫些安樂茶飯如何？（旦）若得如此，感恩非淺。只怕貧道没福，無可稱夫人之意。（貼）院子，道姑是遠方人氏，須要問他來歷詳細，方可留他。（末）道姑，我且問你，你是從幼出家的，還是在嫁出家的？（旦）貧道在嫁出家的。（貼）院子，從幼出家的怎麼說？在嫁出家的怎麼說？（末）告夫人知道：從幼出家是没丈夫的，在嫁出家是有丈夫的。那道姑是有丈夫的。（貼）呀！險些兒差了。他既有丈夫的，難以收留。院子，你多打發些齋糧與他，教他別處抄化去。（末）道姑，夫人說你有丈夫，多打發齋糧與你，別處去抄化罷。（旦）天那！我不合說有丈夫的。府幹哥，貧道非因抄化來，却是尋取丈夫的。（貼）元來如此。道姑，我且問你，你丈夫姓甚名誰？（旦背說介）夫人問我丈夫姓名，若直說出來，恐怕夫人嗔怪；若不和他說，此事又終難隱忍。我如今且把『蔡伯喈』三字拆開與他說，看他意兒何如，再作道理。夫人，貧道丈夫姓祭名白諧，人人都說道在牛府中廊下住。敢是夫人也知道？（貼）我那裏知道？院子，你管各廊房，有那姓祭名白諧的麼？（末）小人管許多廊房，並没有這個人。（貼）道姑，我這裏没有，你可到別處去尋，休得要誤了你。（旦）天那！人人道我丈夫在貴府廊下住，如今既道是没有，奴家想起來，莫不是死了呵？咳！丈夫，你若是死了，教我倚着誰人？（哭介）（貼）可憐這婦人！你且不須愁煩，權住在府中；我着院子到街坊上訪問你丈夫踪跡，你意下如何？（旦）若得如此，再造之恩！（貼）道姑，只一件，你在我府中，休要恁般打扮。我與你換了這衣妝。（旦）貧道不敢換。（貼）因甚不敢換？（旦）貧道有一十二年大孝在身，所以不敢換。（貼）呀！大孝不過三年，如何有一十二年？（旦）貧道公公死了三年，婆婆死了三年；薄倖兒夫，久留都下，一竟不還，替他帶六年，共成一十二年。（貼）咳！有這等孝行的婦人。道姑，你雖然如此，争奈老相公最嫌人這般打扮。院子，你可叫惜春取妝奩衣服出來。（末）畫堂傳懿旨，幽閣取妝資。（丑）寶劍賣與烈士，紅粉贈與佳人。夫人，妝奩衣服在此。（貼）道姑，你且臨鏡改換則個。（旦）天那！如何是好？（照鏡介）咳！鏡兒，我自從嫁與蔡家，只兩月梳妝，這幾時不曾照你？呀！好苦，元來都這般消瘦了。

【二郎神】容瀟灑，照孤鸞，嘆菱花剖破。（貼）道姑，你不梳妝，且換了衣裳。（旦看衣介）記翠鈿羅襦當日嫁，誰知他去後，釵荆裙布無些？（貼）道姑，你不換衣服，且帶着這釵兒。（旦看釵介）他金雀釵頭雙鳳朵，奴家若帶了呵，可不羞殺人形孤影寡？（貼）道姑，你不帶釵兒，且簪些花朵，別些吉凶。（旦看花介）説甚麼簪花捻牡丹，教人怨着嫦娥。

【前腔】（貼）嗟呀，他心憂貌苦，真情怎假？只爲着公婆珠淚墮，道姑，我公婆自有，不能彀承奉杯茶。你比我没個公婆承奉呵，不枉了教人做話靶。我且問你：你公婆，爲甚的雙雙命掩黄沙？

【囀林鶯】（旦）苦！　荒年萬般遭坎坷，丈夫又在京華。　糟糠暗喫擔飢餓，公婆死，賣頭髮去埋他。　把孤墳自造，土泥盡是我麻裙包裹。（貼）這道姑好誇口！（旦）也非誇，手指傷，血痕尚染衣麻。

【前腔】（貼）道姑，愁人見説愁轉多，使我珠淚如麻。（旦）夫人，你淚下爲何？（貼）道姑，我丈夫久别雙親下。（旦）他怎的不回家去？（貼）他要辭官家去，被我爹蹉跎。（旦）他家有妻麽？（貼）他妻雖有麽，怕不似恁會看承爹媽。（旦）他爹媽如今在那裏？（貼）在天涯。（旦）夫人，何不取他同來一處？（貼）教人去請，知他路途上如何？

【啄木鸝】（旦）聽言語，教我悽愴多，料想他每也非是假。（背説介）我且把句言語來試他一試。他那裏既有妻房，取將來怕不相和？（貼）道姑，但得他似你能挜靶，我情願讓他居他下。只愁他，程途上苦辛，教人望得眼巴巴。

【前腔】（旦）錯中錯，訛上訛，只管在鬼門前空占卦。夫人，若要識蔡伯喈妻房，（貼）他在那裏？（旦）奴家便是無差。（貼）呀！　你果然是他非謊詐？（旦）夫人，奴家豈敢誑言？（貼）你原來爲我喫折挫，爲我受波查。　教伊怨我，教我怨爹爹。

（貼）姐姐請上坐，待奴家見禮。（旦）奴家怎敢？

【金衣公子】（貼）一樣做渾家，我安然，你受禍。你名爲孝婦，我被傍人罵。（旦）呀！傍人罵夫人怎的？（貼）公死爲我，婆死爲我，姐姐，我情願把你孝衣穿着，把濃妝罷。（合）事多磨，冤家到此，逃不得這波查。

【前腔】（旦）夫人，他當原也是没奈何，被强來，赴選科。辭爹不肯聽他話。（貼）姐姐，他在這裏豈不要回來？辭官不可，辭婚不可。（旦）只爲三不從，做成災禍天來大。（合前）

（貼）姐姐，休怪奴家説。我教你改換衣妝，你又不肯，只怕相公見你這般襤褸，萬一不肯相認，如何是好？我想起來，相公往常朝回時，便入書館中看文章。姐姐既是無所不通，何似去書館中寫幾句言語打動他？那時節我與説個明白，却不好？（旦）夫人説得是。便寫得不好，也索從命。

無限心中不平事，幾番清話又成空。

一葉浮萍歸大海，人生何處不相逢。

## 第三十六齣　孝婦題真

（末上）爲問當年素服儒，於今腰下佩金魚。分明有個朝天路，何事男兒不讀書？自家乃是蔡相公府中一個院子，我相公雖居鳳閣鸞臺，常在螢窗雪案。退朝之暇，手不停批；閒居之際，口不絶吟。如今將次回府，不免灑掃書館，聽候相公到來。真個好書館！但見：明窗瀟灑，碧紗内烟霧輕盈。淨几端嚴，青氈上塵埃不染。粉壁間掛三四幅名畫，石床上安一兩張古琴。緗帙縹囊，數起看何止一萬卷？牙籤犀軸，乘將來彀有三十車。芸葉分香走魚蠹，芙蓉藏粉養龍賓。鳳味馬肝，和那鸜鵒眼，無非奇巧；兔毫麋尾，和那犀象管，分外精神。積金花玉版之箋，列錦紋銅緑之格。正是：休誇東壁圖書府，賽過西垣翰墨林。且住着，我相公昨日在彌陀寺中燒香，拾得一軸畫像，不知甚麼故事。相公當時教我收下，我如今也將來掛在此間。我相公博學多才，必然曉得這故事。正是：早知不入時人眼，多買胭脂畫牡丹。（下）（旦上）

【天下樂】一片花飛故苑空，隨風飄泊到簾櫳。玉人恠問驚春夢，只怕東風羞落紅。

堦下落紅三四點，錯教人恨五更風。當初只道蔡伯喈貪名逐利，不肯回家，元來被人逗留在此。奴家昨日抄化來到這裏，感得牛氏夫人收録；又怕伯喈見我一身襤褸，不肯廝認，教我到書館中題幾句言語打動他，奴家只得從命。來到此間，却寫在那處好？呀！公婆真容，元來也掛在此。（哭拜介）我如今就將公婆真容背後題詩幾句便了。苦！向日受饑荒，雙親俱死亡。如今題詩句，報與薄情郎。

【醉扶歸】丈夫，我有緣千里能相會，難道是無緣對面不相逢？鳳枕鸞衾也曾共，今日呵，到憑着兔毫繭紙將他動。休休，畢竟一齊分付與東風，把往事如春夢。

（題介）崑山有良璧，鬱鬱璠璵姿。嗟彼一點瑕，掩此連城瑜。人生非孔顔，名節鮮不虧。拙哉西河守，胡不如皋魚？宋弘既以義，王允何其愚。風木有餘恨，連理無傍枝。寄與青雲客，慎勿乖天彝。

【前腔】縱使我詞源倒流三峽水，丈夫，只怕你胸中別是一帆風。牛氏夫人見我衣裳襤褸，怕伯

喒不肯相認，還是教妾若爲容？我若不寫詩打動他呵，夫人，只怕爲你難移寵。（掛真容介）休休，

縱認不得這丹青貌不同，我的筆蹟，兀自如舊。若認得我翰墨，教心先痛。

奴家題詩已了，不免説與夫人知道，待伯喈來看。莫不是天教相逢，在此一遭，也未見得？

未卜兒夫意，全憑一首詩。

得他心肯日，是我運通時。

## 第三十七齣　書館悲逢

【鵲橋仙】（生上）披香侍宴，上林遊賞，醉後人扶馬上。金蓮花炬照回廊，正院宇梅梢月上。

日晏下彤闈，平明登紫閣。何如在書案，快哉天下樂。自家早臨長樂，夜直嚴更。召問鬼神，或前宣室之席；光傳太乙，時頒天禄之藜。惟有戴星衝黑出漢宫，安能滴露研硃點《周易》？俺這幾日且喜朝無繁政，官有餘閒，庶可留志於詩書，從事於翰墨。正是：事業要當窮萬卷，人生須是惜分陰。（看書介）這是甚麼書？是《尚書》。呀！這《堯典》道：『虞舜父頑母嚚象傲，克諧以孝。』咳！他父母那般相待他，他猶自克諧以孝。我父母虧了我甚麼，我倒不能彀奉養他？看甚麼《尚書》！這是甚麼書？是《春秋》。呀！《春秋》中潁考叔曰：『小人有母，未嘗君之羹，請以遺之。』咳！他有一口湯喫，兀自尋思着娘。我如今做官享天禄，倒把父母撇了。看甚麼《春秋》！天那！枉看這書，行不得，

濟甚麽事？你看那書中那一句不説着孝義？當元俺父母教我讀詩書，知孝義，誰知道反被詩書誤了我，還看他怎的？

【解三酲】嘆雙親把兒指望，教兒讀古聖文章。似我會讀書的，倒把親撇漾。少甚麽不識字的，到得終奉養。書呵，我只爲其中自有黄金屋，反教我撇却椿庭萱草堂。還思想，畢竟是文章誤我，我誤爹娘。

【前腔】比似我做個負義虧心臺館客，到不如守義終身田舍郎。《白頭吟》記得不曾忘，緑鬢婦何故在他方？書呵，我只爲其中有女顔如玉，反教我撇却糟糠妻下堂。還思想，畢竟是文章誤我，我誤妻房。

書既懶看他，且看這壁間山水古畫，散悶則個。呀！這一軸畫像，是我昨日在彌陀寺中燒香拾得的，如何院子也將來掛在此間？且看甚麽故事。（看畫介）

【太師引】細端詳，這是誰筆仗？覷着他，教我心兒好感傷。（細看介）好似我雙親模樣。差矣，我的媳婦會針指，便做是我的爹娘呵，怎穿着破損衣裳？前日已有書來，道别後容顔無恙，怎的這般淒涼形狀？且住，我這裏要寄一封書回去，尚不能彀。他那裏呵，有誰來往，直將到洛陽？天下也有面貌厮像的，須知道仲尼陽虎一般龐。我理會得了。

【前腔】這是街坊誰劣相，砌莊家形衰貌黃。假如我爹娘呵，若没個媳婦來相傍，少不得也這般淒涼。敢是個神圖佛像？呀！却怎的，我正看間，猛可的小鹿兒心頭撞？這也不是神圖佛像，敢是當元的畫工有甚緣故？丹青匠，由他主張，須知道毛延壽誤了王嬙。

若是個神圖佛像，背面必有標題，待我轉過來看。呀！元來有一首詩在上面。（讀詩介）這廝好無禮，句句道着下官。等閒的怎敢到此？想必夫人知道。待我問，便知分曉。夫人那裏？

【夜遊湖】（貼上）猶恐他心思未到，教他題詩句，暗裏相嘲。翰墨關心，丹青入眼，强如把語言相告。

（生怒介）夫人，誰人到我書館中來？（貼）没有人。（生）我前日去彌陀寺中燒香，拾得一軸畫像。院子不省得，也將來掛在這裏。甚麽人在背面題着一首詩？（貼）敢是當元寫的？（生）那裏是？墨蹟尚未曾乾。（貼背介）我理會得了。相公，這詩如何説？請讀與奴家知道。（生念詩介）（貼）相公，奴家不省其意，請解説一遍，與奴家曉得也好。（生）『崑山有良璧，鬱鬱璠璵姿。嗟彼一點瑕，掩此連城瑜。』崑山是地名，産得好玉，價值連城。若有些兒瑕玷，便不貴重了。『人生非孔顔，名節鮮不虧。』孔子、顔子是大聖大賢，德行渾全。大凡人非聖賢，能忠不能孝，能孝不能忠，所以名節多至欠缺。『拙哉西河守，胡不如皋魚？』西河守吴起，是戰國時人，魏文侯拜他爲西河守，母死不奔喪。皋魚是春秋時人，只爲周遊列國，父母死了，後來回歸，自刎而亡。『宋弘既以義，王允何其愚。』宋弘是光武時人，光武試把姐姐湖陽公主嫁他，宋弘不從。對道：『貧賤之交不可忘，糟糠之妻不下堂。』王允是桓帝時人，司徒袁隗要把侄女嫁他，他就休了前妻，娶了袁氏。『風木有餘恨，連理無傍枝。』孔子聽得皋魚哭啼，問其故。皋魚說道：『樹欲静而風不止，子欲養而親不在。』西晉時東宮門有槐樹二株，連理而生，四傍皆無小枝。『寄與青雲客，慎勿乖天彝。』傳言與做官的，切莫違了天倫。（貼）相公，那不奔喪和那自刎的，那一個是孝道？（生）那不奔喪的是亂道。（貼）相公，那不棄妻和那棄妻的，那一個是正道？（生）那棄了妻的是亂道。（貼）相公，比如你，待要學那一個？（生）呀！我的父母知他存亡如何？我決不學那不奔喪的見識。（貼）相公，你雖不學那不奔喪的，且如你這般富貴，腰金衣紫，假有糟糠之婦，襤褸醜惡，可不辱没了你？你莫不也索休了？（生怒介）夫人，你説那裏話！縱是辱没殺我，終是我的妻房，義不可絶。

【鏵鍬兒】夫人，你説得好笑，可見你心兒窄小。我決不學那王允的見識，没來由漾却苦李，再尋甜桃。古人云：棄妻止有七出之條。他不嫉不淫與不盜，終無去條。那棄妻的，衆所誚。那不棄妻的，人所褒。縱然他醜貌，怎肯相休棄了？

【前腔】（貼）伊家富豪，那更青春年少。看你紫袍掛體，金帶垂腰。做你的媳婦呵，應須有封號。金花紫誥，必俊俏，須媚嬌。若還他醜貌，怎不相休棄了？

【前腔】（生）夫人你言顛語倒，惱得我心兒轉焦。莫不是你把咱奚落，特兀自妝喬？引得我淚痕交，撲簌簌這遭。這題詩的是誰？（貼）相公，你問他待怎的？（生）夫人，他把我嘲，難恕饒。你説與我知道，怎肯干休罷了？

【前腔】（貼）相公，我心中忖料，想不是個薄情分曉。管教你夫婦會合，在今朝。你還認得那題詩的麼？（生）不認得。（貼）伊家枉然焦，只怕你哭聲漸高。（生）是誰？（貼）是伊大嫂，身姓趙。正要説與你知道，怎肯干休罷了？

姐姐有請。（旦上）

【入賺】聽得閙炒，敢是我兒夫看詩囉唣？（貼）姐姐快來。（旦）是誰忽叫？想是夫人召，必有分曉。（貼）相公，是他題詩句，你還認得否？（生）他從那裏來？（貼）相公，他從陳留郡，爲你來尋討。（生認介）呀！我道是誰，元來是你呵。娘子，你怎的穿着破襖，衣衫盡是素縞？莫不是我雙親不保？（旦）官人，從別後，遭水旱，我兩三人只道同做餓殍。（生）張太公曾周濟你麼？（旦）只有張公可憐，嘆雙親別無倚靠。（生）後來却如何？（旦）兩口顛連相繼死。（生）苦！元來我爹娘都死了。娘子，那時如何得殯斂？（旦）我剪頭髮賣錢送伊妣考。（生）如今安葬了未曾？（旦）把墳自造，土泥盡是我麻裙裹包。（生）罷了，聽伊言語，怎不痛傷噎倒？

（生倒旦、貼作扶起介）（旦）官人，這畫像就是你爹媽的真容。（生哭拜介）

【小桃紅】（生）蔡邕不孝，把父母相拋。爹爹，我與你別時，豈知恁地？早知你形衰耄，怎留聖朝？娘子，你爲我受煩惱，你爲我受劬勞。謝你葬我爹，葬我娘，你的恩難報也。做不得養子能代老。（合）這苦知多少，此恨怎消？天降災殃人怎逃？

娘子，這真容是誰畫的？

【前腔】（旦）這儀容像貌，是我親描。（生）娘子，路途遥遠，你那得盤纏，來到此間？（旦低唱介）乞丐把琵琶撥，怎禁路遥？官人，説甚麽受煩惱？説甚麽受劬勞？不信看你爹，看你娘，比別時兀自形枯槁也。我的一身難打熬。（合前）

【前腔】（貼）設着圈套，被我爹相招。相公，你也説不早，況音信杳。姐姐，你爲我受煩惱，爲我受劬勞。相公，是我誤你爹，誤你娘，誤你名不孝也。做不得妻賢夫禍少。（合前）

【前腔】（生）我脱却巾帽，解却衣袍。（貼）相公，急上辭官表，共行孝道。（生）夫人，只怕你去不得。（貼）相公，我豈敢憚煩惱？豈敢憚劬勞？同去拜你爹，拜你娘，親把墳塋掃也。使地下亡靈安宅兆。（合前）

【餘文】（合）幾年間分別無音耗，奈千山萬水迢遥。天那！只爲三不從生出這禍苗。

只爲君親三不從，致令骨肉兩西東。

今宵賸把銀釭照，猶恐相逢是夢中。

# 第三十八齣　張公遇使

【虞美人】（末上）青山古木何時了，斷送人多少。孤墳誰與掃荒苔？連塚陰風吹送紙錢遶。

冥冥長夜不知曉，寂寂空山幾度秋。泉下長眠人未醒，悲風蕭瑟起松楸。老漢曾受趙五娘囑託，教我爲他看管墳塋。這兩日有些閒事，不曾看得，今日只索去走一遭。

【步步嬌】呀！只見黄葉飄飄把墳頭覆，厮趕的皆狐兔。（望介）敢是誰砍了樹木去？爲甚松楸漸漸疏？（滑倒介）咳！甚麽絆我這一倒？却元來是苔把磚封，笋迸泥路。老員外，老安人，自古道：未歸三尺土，難保百年身。已歸三尺土，難保百年墳。只怕你難保百年墳。我老夫在日，尚來爲你看管。若老夫死後呵，教誰添上你三尺土？（丑扮李旺上）

【前腔】渡水登山多勞苦，來到這荒村塢。遥觀一老夫，試問他家住在何所。趲步向前行，呀！却是一所荒墳墓。

（相見介）（末）小哥，你從那裏來？（丑）小人從京都來。（末）却往那裏去？（丑）奉蔡相公差至此。（末）你相公是那裏人？差你來有甚勾當？（丑）我相公特差小人，來請取他的太老爺太夫人和那小夫人，一同到洛陽去。（末）你相公叫甚麽名字？（丑）我相公的名字，小人怎敢説？（末）荒僻去處，

但説不妨。（丑）我相公是蔡伯喈。（末發怒介）

【風入松】你不須提起蔡伯喈，説着他每忒歹。（丑）呀！他有甚歹處？（末）他中狀元做官六七載，撇父母拋妻不采。（丑）他父母在那裏？（末）兀的這磚頭土堆，是他雙親在此中埋。

（丑）呀！元來太老爺太夫人都死了呵。不知爲甚的死了？

【前腔】（末）一從他别後遇荒災，更無人倚賴。（丑）這等，是誰承直他兩個？（末）虧他媳婦相看待，把衣服和釵梳都解。（丑）解也須有盡時。（末）便是。這小娘子解得錢來糴米，做飯與公婆喫。他背地裏把糟糠自捱，公婆的反疑猜。

（丑）公婆敢道他背後自喫了些好東西麽？（末）便是。後來呵，

【前腔】他公婆的親看見，雙雙痛倒，無錢斷送，剪頭髮賣買棺材。（丑）他那般無錢，如何築得這一所墳墓？（末）他去空山裏，裙包土，血流指，感得神明助，與他築墳臺。

（丑）自古道孝感天地，果然有此。這小娘子如今在那裏？

【前腔】（末）他如今逕往帝都來。（丑）他把甚麽做盤纏？（末）小哥，我不瞞你，他彈着琵琶做乞丐。（丑）蔡相公特地差小人來取他父母妻子，如今太老爺太夫人既死了，小夫人却又去了，如何是好？（末）你謾着，我與你説與他父母知道便了。老員外，老安人，你孩兒做了官，如今差人來取你到京，同享富貴，你去也不去？（哭介）叫他不應魂何在？空教我珠淚盈腮。（丑）公公，你休啼哭。小人如

今回去，教俺相公多多做些功果，追薦他便了。（末笑介）他生不能養，死不能葬，葬不能祭。這三不孝逆天罪大，空設醮，枉修齋。

你相公如今在那裏？（丑）我相公如今入贅牛丞相府裏。

【前腔】（末）小哥，你如今疾忙便回，説我張老的道與蔡伯喈。（丑）道甚麼來？（末）道你拜別人的爹娘好美哉，親爹娘死，不值你一拜。（丑）公公，你休錯埋冤了人。他要辭官，官裏不從；他要辭婚，我太師不從。也只是没奈何了。（末）恁的呵，元來他也是無奈，好似鬼使神差。他當元在家不肯赴選，他的爹爹不從他。這是三不從把他厮禁害，三不孝亦非其罪。（丑）公公，你險些錯埋冤了人。（末）這是他爹娘福薄運乖，人生裏都是命安排。

（丑）敢問公公高姓？（末）小哥，我老漢不是别人，張太公的便是。當初蔡伯喈臨去之時，把父母囑付與我。如今他父母身死，小娘子又去京都尋他，將近去了個半月日。你如今回去，一路上但見一個婦人，道姑打扮，拿着一個琵琶，背着一軸真容的，便是你相公的小娘子。你把盤纏好好承直他去便了。（丑）理會得。小人告别了。

雙親死了已無依，今日回來也是遲。
夜静水深魚不餌，滿船空載月明歸。

## 第三十九齣　散髮歸林

【風入松慢】（外上）女蘿松柏望相依，況景入桑榆。他椿庭萱室齊傾棄，怎不想家山桃李？中雀誤看屏裏，乘龍難駐門楣。

自古道：人無遠慮，必有近憂。自家當初不仔細，一時間不信我那院子的説話，定要招蔡伯喈爲婿，指望養老百年。誰想道他父母俱亡，如今他媳婦逕來尋取。聞説我女孩兒也要和他同去，不知是否？待我喚院子出來問他，便知端的。院子那裏？（末上）紋犀欲下意沉吟，棋局排來仔細尋。猶恐中間差一着，教人錯用滿枰心。相公有何鈞旨？（外）院子，説道蔡狀元的父母身死，他媳婦來尋他，我的小姐也要和他同去，你知道麽？（末）男女不知，老姥姥必知端的。（外）如此，叫老姥姥過來。（淨上）

【光光乍】女婿要同歸，岳丈意何如？忽叫阿奴緣何的？想必與他做區處。

（外）老姥姥，見説蔡狀元的父母身死，他的媳婦來此尋他，我的小姐也要和他同去，此事是否？（淨）果是，小姐要同去。（外）呀！我小姐同去做甚麽？（淨）相公，他父母都死了，只是一個媳婦支持；如今小姐要同他回去守服，有何不可？（外怒介）我的小姐如何與别人帶孝？（淨）相公息怒，聽老奴告稟。

【古女冠子】媳婦事舅姑合體例，相公，怎不教女孩兒同去？當初是相公相留住，今日裏怨着誰？（外）胡説！我不教女孩兒去，却待怎的？（净）相公，事須近禮，怎使聲勢？休道朝中太師威如火，那更路上行人口似碑。（合）説起此事，費人區處。

【前腔】（末）我相公只慮着多嬌女，怕跋涉萬山千水。相公，只一件，女生向外從來語，況已做人妻。夫唱婦隨，不須疑慮。這是藍田種玉結親誤，今日裏船到江心補漏遲。（合前）

【前腔】（外）當初是我不仔細，誰知道事成差池？痛念深閨幼女多嬌媚，怎跋涉萬餘里？天那！我嫡親更有誰？怎忍分離？罷，罷，不教愛女擔煩惱，也被傍人講是非。（合前）

（外）老姥姥，你和院子也説得是，只得由他去罷。（净）恰好狀元小姐都來了。（生、旦、貼上）

【五供養】（生）終朝垂淚，爲雙親使我心痗。（貼）親墳須共守，只得離神京。（生）夫人，且商量個計策，猶恐你爹行不肯。（合）若是他不肯，難説道君王有命。

（相見介）（外）賢婿，我聞説你父母背棄，你媳婦來此相尋，此事果否？（生）此事果然，愚婿正來禀知岳丈。（外）這可是伯喈的媳婦麼？（旦）奴家便是。（外）賢哉！賢哉！（貼）孩兒有一事拜覆爹爹知道：娶妻所以養親。孔子云：生事之以禮；死葬之以禮，祭之以禮。若姐姐爲蔡氏之婦，生能竭奉養之力，死能備棺槨之禮，葬能盡封樹之勞；孩兒亦爲蔡氏婦，生不能供甘旨，死不能盡擗踊，葬不能事窀穸。以此思之，何以爲人？誠得罪於舅姑，實有愧於姐姐。今特講於爹爹之前，願居於姐姐之下。（外）賢哉吾女！道得是，道得是。（旦）自古道：人有貴賤，不可概論。夫人是香閨繡閣之名妹，奴家是裙布荆釵之貧婦；　況承君命以成婚，難讓妾身而居右。（外）五娘子，你今日既無父母，又喪公姑，恰便是我的女孩兒一般；　況你身先歸於蔡氏，年又長於吾兒；　此實當禮，不必多辭。（生）你兩個只做姊妹相呼便了。（衆）這個説得極是。（生）愚婿今日拜辭岳丈，領二妻同歸故里，共行孝道。待服滿之後，再來侍奉尊顔。（外）賢婿，我其實捨不得你去。今日你爹娘既不幸了，我也難再留你。（貼）爹爹，孩兒暫别尊顔，實出無奈。　爹爹善保尊體，不必掛牽。（外哭介）孩兒，你如今去拜舅姑的墳墓，竟不念我？（貼）爹爹放心，孩兒此去，不過三年之期。（外悲介）苦！　女兒終是向外。兀的不痛殺我也！（衆）相公不須煩惱。（生、旦、貼拜辭介）

【催拍】（生）念蔡邕爲雙親命傾，遭不孝逆天罪名，今辭了帝廷。感岳丈慇懃，豈敢忘情？痛父母恩深，久負亡靈。（合）辭别去，同到墳塋。　心慽慽，淚盈盈。

【前腔】（旦）念奴家離鄉背井，謝公相教孩兒共行。　非獨故里榮，我泉下公婆，死也目瞑。（外）五娘子，我女孩兒少長閨門，凡事望你看顧。（旦）我自看承你孩兒，不須叮嚀。（合前）

【前腔】（貼）覷爹爹衰顔皤鬢，思量起教人淚零。　爹爹，我進退不忍。　我待不去呵，誤了公婆，被人譏評；　我待去呵，撇了爹爹，没人温凊。（合前）

【前腔】（外）孩兒，此别去，你的吉凶未憑。　再來時，我的存亡未審。　賢婿，吾今已老景。　畢竟你没爹娘，我没親生。　若是念骨肉，一家須早辦回程。（合前）

【一撮棹】（生）岳丈，你寬心等，何須苦掛縈？（外）賢婿，把音書寫，頻頻寄郵亭。（貼）老姥姥，爹年老，伊家須是好看承。（净）程途裏，各願保安寧。（旦）死别全無準，生離又難定。（合）今去也，未知何日返神京？

（外）你三人去，途中須要保重。（生、旦、貼）謝得尊人掛念。

【哭相思尾】（合）最苦生離難抛捨，未知再會何時也。

女婿今朝已别離，老身孤苦有誰知。
夫唱婦隨同歸去，一處思量一處悲。

## 第四十齣　李旺回話

【柳穿魚】（丑上）心忙似箭走如飛，歷盡艱辛有誰知？夜静水寒魚不食，滿船空載月明歸。歸來後，到庭除，未知相公在何處？

李旺蒙老相公差去陳留，請取蔡相公的老員外、老安人、小娘子。不想他兩位老的都死了，小娘子又來了；教我空走這一遭。如今且未好對老相公説，先説與蔡相公知道。呀！怎的房門都閉了？敢是蔡相公入朝去了，小姐要幽静，閉着門呵？開門，開門。（外上）

【翫仙燈】門外有人聲，是誰來諠譁鬧炒？

（丑）老相公，是李旺。（外）李旺，你回來了？你知道麼，我小姐和蔡相公都回家去了？（丑）蔡相公小娘子曾到這裏不曾？（外）我見他了。李旺，我且問你：蔡相公父母既死了，媳婦又來了；你到那裏，曾見甚麼人？

【風帖兒】（丑）相公，我到得陳留，逢着一個故老，在他爹娘墳上拜掃。他道他爹娘呵，果然饑荒都喪了。他媳婦也來到，枉教人走這遭。

【前腔】（外）李旺，我如今去朝廷上表，奏蔡氏一門孝道。管取吾皇降丹詔，把他召。我自去陳留走一遭。

（丑）老相公，這個趙氏，其實難得！（外）便是，一家都難得。一來蔡伯喈不忘其親，二來趙五娘子孝於舅姑，三來我小姐又能成人之美；一門孝義如此，理當保奏，請行旌表。（丑）相公道得最是。

五更三點奏朝廷，今古難求此樣人。
管取一封天子詔，表揚四海孝賢名。

## 第四十一齣　風木餘恨

【梅花引】（生、旦、貼、衆侍上）（生）傷心滿目故人疏，看郊墟，盡荒蕪。（旦、貼）惟有青山，添得個墳墓。（合）慟哭無聲長夜曉，問泉下有人還聽得無？

〔玉樓春〕（生）他鄉萬點思親淚，不能滴向家山地。（旦）如今有淚滴家山，欲見雙親渾無計。（貼）荒墳衰草連寒烟，蒼苔黄葉飛蘋蘩。（生）欲聽鷄聲來問寢，忽驚蟻夢先歸泉。（旦）人生自古誰無死，嗟君此恨憑誰語。（貼）可憐衰絰拜墳塋，不作錦衣歸故里。（生）夫人，此處便是爹媽墳墓？我和你先拜了雙親，還要去拜謝張太公。（旦、貼）正是如此。（拜奠介）

【玉雁兒】（生）孩兒相誤，爲功名擔擱了父母。都緣是孩兒不得歸鄉故，爹爹、媽媽，你怎便先歸黄土？乾坤豈容不孝子？名虧行缺不如死，只愁我死缺祭祀。（合）對真容形衰貌枯，想靈魂悲咽痛苦。

【前腔】（旦）百拜公姑，望矜憐恕責我夫。你孩兒贅居牛相府，日夜要歸難離步。你這新媳婦呵，堅心雅意勸親父，同歸故里守孝服，今日雙親來廬墓。（合前）

【前腔】（貼）不孝的媳婦，恨當初爲我躭誤了丈夫。喫人談笑生何補？我待死呵，又羞見公姑。公公、婆婆，我生前不能彀相奉侍，何如事你向黄泉路？只一件，我死了呵，家中老父誰看顧？（合前）

（生）呀！只見朔風四起，瑞雪横空，天氣甚冷。左右，且迴避着。（衆下）（末張太公上）

【前腔】樓臺銀鋪，遍青山渾如畫圖。乾坤似他衣衰素，故添個縞帶飛舞。你躃踊慟哭直恁苦，那堪大雪添淒楚？事當逆來順受，抑情就禮通今古。（合前）

（生）呀！　張太公來了。卑人父母生死，皆蒙太公周濟，正道拜了父母墳塋，就到宅上拜謝，少效銜環之報，何勞太公先降？（末）説那裏話？　蔡相公，你腰金衣紫，可惜令尊令堂相繼謝世，不得盡你孝心。正是：　樹欲静而風不寧，子欲養而親不逮。這也是他命該如此。你今日榮歸故里，光耀祖宗。雖是他生前不能享你的禄養，死後亦得沾你的恩典。老夫苟延殘喘，又得相見。僥倖，僥倖。你今在此廬墓，老夫合當陪伴，但有牛氏夫人在此，怕不穩便。暫且告别，再來相看。

多謝深恩不敢忘，稍寬愁緒節悲傷。
親墳共掃添榮耀，不負詩書教子方。

## 第四十二齣　一門旌獎

【逍遥樂】（生上）寂寞誰憐我？　空對孤墳珠淚墮。（旦）光陰撚指過三春。（貼）幽途渺渺，滯魄沉沉，誰與招魂？

（生）夫人，你看兩木連枝誰手栽？　相馴白兔走墳臺。（旦、貼）無心動植呈祥瑞，否極應須會泰來。（末上介）一封丹詔從天下，忽聽傳聞動郊野。説道旌表一門閭，未卜此爲何人也？　蔡相公，外面喧傳有詔書到此，旌表孝義，想必爲足下而來。（生）人間孝者亦多，卑人何足稱孝？　假如大舜、曾參之孝，亦是人子當盡之事，何足旌表？（末）你説那裏話？　老夫當初也只道你貪名逐利，撇了父母妻室，不

肯還家，到如今纔得個分曉。《孝經》云：『孝弟之至，通於神明，光於四海，無所不通。』今見你墳頭，

枯木生連理之枝，白兔有馴擾之性。祥瑞若此，吉慶必來。

【六么令】（末）連枝異木新，見墳臺白兔如馴。禽獸草木尚懷仁，這一封丹詔必因君。（合）料天也會相憐憫。

【前腔】（生）皇恩若念臣，我也不圖禄及吾身。只愁恩不到雙親，空辜負這孤墳。（合前）

【前腔】（旦）知他假與真？謝得公公，報説殷勤。太公，空教你爲我受艱辛，今日裏，有誰旌表你門庭？（合前）

【前腔】（貼）來使是何人？悶中無由詢問一聲。（生）夫人要問甚麼？（貼）無由詢問我家君，知他安與否，死和存？（合前）（丑扮縣官上）

【前腔】敕書已來近，看街市上人亂紛紛。咱每只得忙前奔，備香案，接皇恩。（合前）

（相見介）（生）何處官長？因甚到此？（丑）下官本縣知縣。告大人得知：今日天朝牛丞相，親賷詔書，到此開讀。旌表大人一門孝義，加官進職，起服到京。下官特來鋪設香案，迎接皇恩，請大人改換吉服等候。（生）卑人孝服，未可更易。（丑）先王制禮，賢者俯而就，不肖者跂而及。今大人服制已滿，況天朝恩典，禮當從吉。（衆）説得是。（生）門閭旌表感吾皇，（旦、貼）孝服今朝换吉裳。（合）不是一番寒徹骨，争得梅花撲鼻香？（生、旦、貼下）（外引侍從上）

【前腔】風霜已滿鬢，玉勒雕鞍，走遍紅塵。今日到此喜欣欣，重相見，解愁悶。（合前）

（浄）這裏就是蔡相公廬墓所在，請相公駐節。（生、旦、貼吉服上）

【前腔】（合）心慌步又緊，想皇恩已到寒門。披袍秉笏更垂紳，冠和帶，一番新。（合前）

（外）聖旨已到，跪聽宣讀。皇帝詔曰：朕惟風俗爲教化之基，孝弟爲風俗之本。去聖逾遠，淳風日漓。彝倫攸斁，朕甚憫焉。其有克盡孝義，敦尚風化者，可不奬勸，以勉四海？議郎蔡邕，篤於孝行。富貴不足以解憂，甘旨常關於想念。雖違素志，竟遂佳名。委職居喪，厥聲尤著。其妻趙氏，獨奉舅姑。服勞盡瘁，克終養生送死之情，允備貞潔韋柔之德。糟糠之婦，今始見之。牛氏善諫其父，克相其夫。罔懷嫉妬之心，實有遜讓之美。曰孝曰義，可謂兼全。斯三人者，朕甚嘉之。使四海億兆，皆當儀刑斯人，垂範將來。風移俗易，教美化行。唐虞三代，誠可追配。是用寵錫，以彰孝義。蔡邕授中郎將，妻趙氏封陳留郡夫人，牛氏封河南郡夫人，限日赴京；父崇簡贈十六勳，母秦氏贈天水郡夫人。於戲！風木之情何深，式彰風化之表；霜露之思既極，宜沾雨露之恩。服此休嘉，慰汝悼念。謝恩！（生、旦、貼謝恩介）（外拜墳介）（生、旦、貼拜謝外介）（生）荷蒙岳丈保奏，愚婿何以克當？（貼）自別尊顔，且喜無恙。（外）孩兒，且喜各保安康，再得相見。（丑、末相見介）（外）此二位是誰？（丑）下官是陳留縣知縣。（末）老漢是蔡相公鄰人張廣才。（生）卑人父母，多多得他周濟。（外）元來就是張太公呵，俺朝裏也聞他仗義高名。賢婿，你今起服回朝，未得展報深恩。我有黄金一笏送與，聊表報答之意。（生）太公，請收下。（末）救災卹鄰，萬古之道；又況你二親不保，實有愧顔。何敢受令岳之賜？（生）太公且暫收下，卑人尚當申奏朝廷，還有區區犬馬報效。（末）説那裏話？此金斷然不敢受。（外）賢婿，張公高義的人，不可再强。老夫回京，當奏請官職俸禄，以酬大恩便了。

【一封書】（外）我恭奉聖旨，跋涉程途千萬里。吾皇親賢意甚美，因探孩兒並女婿。賢婿，你夫婦呵，數載辛勤雖自苦，一旦榮華人怎比？（合）耀門閭，進官職，孝義名傳天下知。

【前腔】（生）兒不孝，有甚德，蒙岳丈過主維。（作悲介）何如免喪親？又何須名顯貴？可惜二親飢寒死，博得孩兒名利歸。（合前）

【前腔】（旦）把真容重畫取。公公、婆婆，如今封贈伊，把你這眉兒放展舒。只愁你瘦儀容難做肥。今日呵，豈獨奴心知感德，料你也銜恩泉世裏。（合前）

【前腔】（貼）從別後倍哀戚，況家中音信稀。爲公姑多怨憶，爲爹行常淚垂。今日見公姑無媿色，又得與爹行相依倚。（合前）

【永團圓】（衆）名傳四海人怎比？豈獨是耀門閭？人生怕不全孝義，聖明世，豈相棄。這隆恩美譽，從教何所愧，萬古青編記。如今便去，相隨到帝畿。拜謝皇恩了，歸院宇一家賀喜。共設華筵會，四景常歡聚。顯文明，開盛治。説孝男，並義女。玉燭調和歸聖主。

還居墓茨已三年，何幸丹書下九天。
莫道名高與爵貴，須知子孝與妻賢。

# 繪風亭評第七才子書琵琶記

目録

深閨思婦，怪他偏向别離明……三六八一
敢只是秦樓楚館，有個得意人兒也，因此上悶懨懨常掛懷……三六八三
看他梳粧淡雅，恁丰姿堪描堪畫……三六八五

繪風亭評第七才子書琵琶記卷三……三七八一

## 繪風亭評第七才子書琵琶記卷六

第七才子書琵琶記釋義

## 才子琵琶寫情篇　……　上元陳方平衡齋氏彙輯

《高堂稱慶》(一)『酌春酒，看取花下高歌』撮《琵琶》句　……　高雲鳳

《琴訴荷池》『閒庭槐陰轉，深院荷香滿』撮《琵琶》句　……　高雲鳳

《中秋望月》『吹笛關山，敲砧門巷，月中都是斷腸聲』　……　洪肖顛(二)

《高堂稱慶》『十載親燈火』　……　陳方平

《高堂稱慶》『惟願取年少夫妻，長侍奉暮年姑舅』　……　張柳村

《牛氏規奴》『怎如柳絮簾櫳，梨花庭院』　……　張柳村

《牛氏規奴》『任他啼老杜鵑，飛盡紅英，端不爲春閒愁』　……　陳方平

《蔡公逼試》『天子詔招取賢良，秀才每都去科試』　……　李傳詩

《蔡公逼試》『三牲五鼎　是喜』(三)　……　張柳村

《南浦囑別》『不念我芙蓉帳冷，也思親桑榆暮景』　……　張柳村

《南浦囑別》『也思親桑榆暮景』　……　李傳詩

---

(一) 此目録中有齣名，正文中齣名均省略。

(二) 此條目原闕，據正文補。

(三) 是喜：正文中作『四句』。『是喜』取第四句『一靈兒終是喜』最後兩字。

才子琵琶寫情篇目録終

# 寫情篇

人孰不有情？而情之發於天性者最真，故忠孝節義皆性真之所發，而足以感動乎人心者也。古之善言性情者莫如《詩》，三百篇中思婦、勞人、忠臣、孝子憂思感憤之所作，皆有所寄託，以寫其不可名言之情。然聖人貞淫并載，正變互存，以示夫勸懲，猶不無桑中之曲，蔓草之吟，而《琵琶記》所著則皆孝子賢媛義夫節婦一段至性至情之所發也。夫高東嘉之《琵琶記》爲王四之負心忘義作也，乃不明責王四之負心忘義，而偏極力寫周氏之賢，周氏之孝，周氏之節義。不徒在周氏身上寫，而用烘雲托月之法，借蔡公逼試、牛相議婚、伯喈强就鸞鳳等劇陪襯，而周氏乃有義倉給糧、糟糠自厭并祝髮築墳之舉，則周氏之賢、周氏之孝、周氏之節義乃益寫得盡情盡致，出奇出色矣。其情辭悱惻動人，真堪一字一淚。且閱《丹陛陳情》劇不讓李密《陳情表》，讀之者忠孝節義之情夫亦可以油然而生矣，豈徒後庭曲、香奩編比哉？集後有真邑高君作二首摘題，撮句爲八股文。坊友囑予嗣出數首，欲彙爲一編。予雖效顰，固不免續貂之慚也，因以『寫情』名其篇而爲之序。

雍正元年三月既望日，上元陳方平衡齋氏書於雨花山麓之恩洪樓中。

# 酌春酒，看取花下高歌撮《琵琶》句

高雲鳳扈文

酌酒高歌，行孝正當今日矣。夫人在花下，縱有千斛悶懷，何必因春消瘦？則其酌酒高歌宜也。伯喈意曰：予向者十載親燈火，惟讀古聖文章，亦安敢尋花穿柳，共飲芳樽，略似少年閒遊乎？㈠然而人閒清晝，去也難留，若被文章誤我，則雖高才絶學，一生徒然耳。予故對此三春花柳，而竊欲娱我親矣。玳筵開處，則酒鱗翻動，未始非春風得意時也。然靈醁泛瓊州，㈡豈若雙親膝下持觴相勸乎？鵷行陪侍，則笙歌鼎沸，未始非男兒得志時也。然題詩在杏園，豈若小門深巷，盡心甘旨乎？余細思之，其惟酌春酒，花下高歌乎？桑榆暮景，則欲盡子情，㈢肯落後五綵斑衣？況乎簾幔風柔，滿目花開如繡耶？故一望

㈠ 夾批：聽大法鼓。
㈡ 夾批：笙簫露冷。
㈢ 夾批：真。

芳草斜陽，不覺常斟春酒。雖未能三牲五鼎供朝夕，(一)而清淡安閒，春事已無有矣。親在高堂，縱有淒楚情懷，猶且去勸餐加飯。(二)况乎春光爛熳，不須沽酒杏花村耶？故一望浪暖桃香，不覺歡娱歌笑。雖未若洛陽富貴花如錦，而春酒金甌，樂事如今有矣。燕成雙也，蝶引隊也，(三)深院閒庭，景色尚不鮮乎？若爲百種春愁而分付東流，則雙親衰倦，何日盡一點孝心？故邕也必欲勸酒持觴，願我萱花椿樹年年長在焉耳。緑成陰也，紅似雨也，(四)柳外花底，春色寧不媚乎？若爲故園空守，而黄昏懶去，則我親衰老，何日全一般子道？故邕也不欲歌聲斷續，致令宣室椿庭情緒轉深焉耳。嗟乎！見簾櫳之柳絮，(五)聽花塢之杜鵑，惟恐時光易短，(六)等不得孩兒榮貴，故爲之共祝眉壽矣。

春花明彩袖，春酒泛金甌，歲歲年年人長在，子心足矣。藉手描就，苦心窮力，讀者切莫爲月殿雲梯把雙親擔誤。——李象州

(一) 夾批：菽水清凉。
(二) 夾批：鬼使神差。
(三) 夾批：此景佳無限。
(四) 夾批：此景尤堪戀。
(五) 絮：原作『緒』，據文義改。
(六) 夾批：頓覺餘音轉愁煩。

集腋爲裘，全無痕跡；丰神俊雅，摇曳多姿。瓊州杏園，當設一座以待。——兄建中

寫出中郎一段情思，却不落道學酸腐口吻，便覺緑陰紅雨、燕雙蝶引中，宛見高堂色笑。釀花爲蜜，積翠成裘，如天孫織錦，絶無痕跡，可謂奪化工之巧，極才人之樂。苟非慧業文人，不能道其隻字。——魯聖言評

## 閒庭槐陰轉，深院荷香滿撮《琵琶》句

高雲鳳扈文

庭院深沉，難教坦腹矣。夫槐花已黄，而荷衣掛緑，正人生得志時也，而乃對閒庭深院，情緒轉深者，何哉？伯喈意曰：余今者金榜題名，而姻緣又諧鳳卜，一似占斷人間天上福矣。則對此新篁池閣，何難向南窗醉眠，寬解愁緒乎？然而目斷家山，鎮日望懸，雖有勝景無窮，轉覺悶縈懷抱耳。(一)思前日盡心甘旨，只見春花爛熳，雖小門深巷，亦不惜酌酒高歌者，蓋以青春難又，惟有快活是良謀，而一切功名富貴付之天也。乃光陰易去，向之柳絮簾櫳，梨花庭院者，不覺薰風乍轉矣。余坐此新凉華屋，雖曰清淡安閒，而人在高堂，常自夢繞

(一) 夾批：傷心滿目。

屏山。故一望閒庭槐影而寸腸千結,(一)教我如何消遣哉?則爲此萱花椿樹,縱至位列三槐,而綠樹陰濃,反若添我恓惶矣。思前日別離膝下,猶然春色明媚,雖難捨親闈,亦不惜整着行李者,蓋以桑榆晚景,指望我改換門閭,若此行但得爲官,吾心足矣。乃時光易短,向之落絮沾衣,殘花傍馬者,不已新蟬忽噪乎?余對此芳沼閒亭,(二)雖欲歡娛歌笑,而愁深旅邸,常自淚珠偷墮,故一遇深院荷香,而舉目蕭條,教我怎不悲傷也?則爲此萬里關山,縱有荷衣香惹,而池館風來,反若將人摧挫矣。余故把闌干凭遍,而强對南薰,且奏虞絃也。

## 吹笛關山,敲砧門巷,月中都是斷腸聲

洪肖顛

無情無緒,觸目生悲。孝子行役,不忘其親,亦此意也。——姜右文

寫出蔡中郎百轉愁腸,正覺個中心事有誰知也,而筆頭點染,更爲巧奪天孫。每題抄撮之工,真莫能名言其妙,惟有盥手焚香,捧閲叫絶而已。昔人云:慧業文人應生天上。讀此益信其然。——甥王承烈

(一) 夾批:寂寞誰憐我?
(二) 夾批:無心緒,慢悒怏。

口頭語入《琵琶記》中，即爲絶世奇文。今吾師信手拈來，聲情逼肖，正覺奇外無奇更出奇也。——受業翁師程

撮《琵琶記》中語句粧成《琵琶記》中題文，工緻秀韻，滅盡逗湊劈績之痕；且能寫出蔡中郎一段不可明言情思，真是妙手，真是天才。予偶閲之，不勝叫絶，因效颦數首，不覺有續貂之愧也。——陳衡齋評

## 十載親燈火

陳方平

蔡中郎之潛修，而自序十載之勤焉。夫讀書未有不資燈火者也，十載親之，其潛修之久如此。伯喈曰：自五娘之適予也，燕爾新婚，花燭輝煌，(一)已經兩月。然豈以兩月之琴瑟，而遂忘十載之詩書哉？予自思焚膏繼晷而矻矻以窮年者，已非一朝夕事也。試思之：人子值高堂無恙而欲揚名以顯親，(二)則必苦志勤修也。然鷄窗攻苦，寧曰卜其晝，未

(一) 夾批：妙，與『燈火』掩映。
(二) 夾批：顧住養親，的是。

卜其夜耶？抑人子當雙親具慶而欲亢宗以昌後，則必潛心肄業也。(一)然芸閣吟哦，寧日夜鄉晨不繼以火耶？若是乎燈火是親，所不免也。以我自思，固已十載矣。人生八年，出就外傅，此言其少小時也。若夫成童以來，正讀書養氣之年，脱燈火不親，其何能學富五車乎？予則循循十載矣。星斗光寒之際，對兹青燈，上窺姚姒，下逮商周，(二)靡不旁搜遠紹，較蘇季子之陳篋數十，寧有遜歟？古侯七十，耄勤不怠，此言其衰老時也。若夫年力方强，正考古窮今之日，倘燈火不親，其何能才長二酉乎？(三)銀河影瀉之時，兹膏火沉酣六籍，貫串百家，無不博覽群綜，視董仲舒之下帷三載似有過歟？且昔有無燈火而不啻以燈火親之者，(四)如江泌之隨月，孫康之映雪是也，而予則敢不親焉？十載之間，自晨昏定省以事二人，而稍有餘閒即篝燈以質前賢於寤寐。抑昔有不能燈火而亦嘗借燈火以親之者，如車胤之囊螢，匡衡之鑿壁是也，而予則敢不親焉？十載之内，自冬温夏清以奉雙親，(五)

(一) 夾批：儼然一老學家。
(二) 夾批：十載攻苦，歷歷如睹。
(三) 夾批：予又孜孜十載矣。
(四) 夾批：二比，借意翻襯『燈火』，亦妙。
(五) 夾批：處處跟定養親。

而稍寬片息即挑燈以晤昔聖於羹墻。蔡中郎之自序者如此，而潛修不已久乎？

句句不忘雙親，時時不忘書史，説來好一位道學先生賣弄家私，逢人説向也。——魯聖言評

## 惟願取年少夫妻，長侍奉暮年姑舅

張柳村

觀賢婦之所願，惟在於長侍舅姑而已。夫舅姑之暮年最可懼也，得年少之婦而侍奉之，其事畢矣，此五娘之所以願之也。且自孝道衰息，夫妻之念重而舅姑之念輕，彼徒知少年之可樂，而不知暮年之可悲也。噫！是豈非侍奉之未講哉？媳於今竊有所願矣。仕宦而至將相，非不足動人縈懷，而余之願不在此也。睹桃李之穠華，殊令人興鷄鳴昧旦之想；(一) 好合而鼓琴瑟，非不足怡人情性，而兹之願不僅是也。念高堂之色笑，頓令人深問安侍膳之思。余故重念此夫妻也，非敢謂偕兹伉儷，極如兄如弟之歡，但有我爾兩人日侍高堂之几席，(二) 則門内亦覺其增輝。余又重念兹夫妻之少年也，非敢謂宴爾新婚，致葉蓁

(一) 夾批：嫻雅。

(二) 夾批：情致肫切。

實蕢之盛。但有我兩人少年長侍垂白之寢興，則形神俱可以共適，則願長侍之而已矣。在舅姑扶筇式几，舉案齊眉，亦足娱桑榆之暮景。然使無以侍之，亦遂覺形影之堪憐矣。兹幸而有我夫妻以侍之，既不憂請向請趾之無人，(一)而又值此年少；復不慮光陰時序之迫促，則侍之亦何幸歟？(二)亦願長奉之而已矣。在舅姑淡泊自甘，粗衣糲食，何心想分外之肥甘，然使無以奉之，亦殊覺哽咽之無親矣。兹幸而有我夫妻以奉之，既不患春酒羔羊之或缺，(三)而又值此年少；復不憂風木俎豆之堪哀，則奉之抑何幸歟？則有謂尋師訪友，或益以講明侍奉之常經，今而知尋訪正不事也。(四)夫人子亦既幼習詩書，則舉動皆嫻乎内則，寧肯以無益之虚名，虚定省之實事乎？竊恐暮年者不長此暮年也。則有謂宦遊筮仕，或藉以光榮侍奉之盛心，今而知宦遊亦不必也。(五)夫人子亦既中懷經濟，則天爵自足耀乎

(一) 夾批：切『侍』。
(二) 夾批：暗結『願』字。
(三) 夾批：切『奉』。
(四) 夾批：旁對逼試。
(五) 夾批：正對逼試。

邦家，寧忍以外至之寵榮，捐性天之親愛乎？[一] 竊恐年少者不長兹年少也。蓋暮年之爲日無多，則人子之孝思益急；[二] 而少年之精力正健，則侍奉之情致倍殷。願兹高堂，能不於姑舅而致願哉？

純是一片孝婦血心苦口，於平日打算已定，而筆筆爲下文逼試作反照，最是玲瓏佻巧，此全部《琵琶》之不得不痛快於蔡太公也。——自記

## 怎如柳絮簾櫳，梨花庭院

張柳村

賢媛敘閨中之景，有不羨夫西郊者焉？夫柳絮梨花，何地無之？難則難在簾櫳庭院也，牛氏之自處亦正静哉。悉其訓女奴，曰余之寂寂處此閨中也久矣，度春光於不覺矣。[三]

[一] 夾批：無奈太公之催逼何。

[二] 夾批：雙結喫緊。

[三] 夾批：是賢女貞静口吻。

曾幾何時，而青春者忽變而成白雪也，(一)亭亭者忽發而綴玉英也，余能不重念此簾櫳庭院哉？何西郊車馬之語驟至吾前也？吾益念我閨中矣。非不知糝逕楊花時轉風流於巷陌，(二)然而荒烟蔓草，空成飄蕩之顛狂。非不知山蹊野逕亦生白玉之柔香，然而帶雨倚風，不禁凡庸之攀折，則孰有如我簾櫳也耶？簾以内琴書滿案，彝鼎成堆，久爲佳人之玩賞，(三)自非風之習習，日之遲遲，亦何物而能穿此銀蒜也者？況又有櫳以爲之隔乎？櫳得簾，而疏者以密；簾得櫳，而密者不移。見流蘇之常卦，睹曲瓊之斜拖，(四)并非遊絲之能牽惹矣。而柳絮乃忽爲入幕之賓，則孰知我之庭院也耶？庭以上綺窗繡榻，妙作淑女之尋遊。自非燕之營窩，蜂之攢衙，亦何物而能伺此簷牙也者？況又有院以爲之隔乎？庭有院，而高者以舒；院有庭，而散者以聚。瞻魚鑰之常環，念金鋪之不啓，并非車塵之所颺及矣。而梨花乃作門墻之客，想柳絮之賦質輕盈，常隨風以上下，(五)或沾泥而或集錦。

(一) 夾批：切而且推。
(二) 夾批：風流雋逸，仍自端嚴，真可與《葛覃》《卷耳》并讀。
(三) 夾批：極寫簾櫳之謹密，真可貯千金小姐。
(四) 夾批：六朝金粉，三楚精神，俱集於此。
(五) 夾批：即以柳絮梨花爲女兒身説法。

柳絮之自處，本屬無心，而兹於簾櫳則大幸。既清潔之無滓，(一)亦綺羅之親密。對此入硯之新花，益動人以静息無譁之想，而西郊之遺簪墮珥，總屬驕淫。想梨花之秉姿皎潔，每鄙杏而欺桃；或映月而或涵雨，梨花之遭逢亦屬難。必而，兹於庭院則尤幸。既摧折之不驚，亦褻狎之鮮至。撫兹當窗之素影，頓深人以玉山欲頹之思，而車馬之似水如龍，俱爲塵土。故珠簾繡籠，既有柳絮之依人；而深院閒庭，又有梨花之含笑。此何莫非春光流露也者？(二)而必馳驟西郊奚爲也？

## 任他啼老杜鵑，飛盡紅英，端不爲春閒愁

陳方平(三)

不爲春而閒愁，其女德亦静正矣。夫閨中之春心易動者，多以花鳥情牽也。牛氏雖杜鵑啼老，紅英飛盡而不閒愁，其女德不可云静正乎？向惜春若曰：我不解天下人之在深

(一) 夾批：工麗。
(二) 夾批：掉上。
(三) 陳方平：原闕，據目録補。

閨，而何以動曰春色撩人，春色惱人也。一片閒愁，總爲此花鳥焉耳，而我於兹春光繚亂之時，非不聞所聞也，非不見所見也，而閨中少婦不知愁，則我一人而已矣。汝今謂鳥啼花落，我也煩惱乎？使我而煩惱，是我竟爲春閒愁矣，而我豈爲春閒愁者乎？想人當苦寒之日宜愁，(一)而春日暄妍，風景韶秀，似乎不宜愁。抑人當清秋之節宜愁，而春光明媚，惠風和暢，似乎不宜愁，而何以愁焉者之多耶？獨不聞夫杜鵑之啼乎？春深晝永之時，凝粧繡幕，而忽有鳥聲啼來庭院，(二)不覺衷情爲之一動，而悶懨懨者終日矣愁矣。獨不見夫紅英之飛乎？日午庭昏之候，倚眺簾櫳，而忽有落花飛來階砌，不覺寸腸爲之一結，而中耿耿者竟日矣愁矣。況夫鷓鴣之啼，鉤輈格磔，多令人愉杜鵑之啼；哀鳴悲咽，多令人憐而觸耳，自成愁種。彼夫緑陰之肥，鬱葱濃繁，最令人愛；紅英之飛，消瘦零落，最令人惜，而滿眼都是愁城，夫是以春愁者之多也。而我不然，啼者啼，而我之蘭閨静坐自若也；飛者飛，而我之繡閣深居，自如也。啼者啼，而我之金針暗度，若弗聞也；飛者飛，而我之

(一) 夾批：請客陪襯。
(二) 夾批：打起黄鶯兒，莫教枝上啼。與此情同。

繡綫頻拈，(一)若弗見也。蓋任他啼老杜鵑，飛盡紅英，而端不爲春閒愁也。且人之愁，或爲雙親無養而愁，桑榆暮景而愁，則真愁也。若爲春以愁，直閒愁耳。夫何爲抑人之愁？或爲關山音斷而愁，(二)雁杳魚沉而愁，則真愁也。至爲春之愁，第閒愁耳，又何爲？而汝乃謂我鳥啼花落也煩惱乎？

鶯歌嚦嚦，芳草萋萋，可況此文佳境。寫得觸目傷心，而能不爲春閒愁，好一位方正小姐，可欽可敬！

## 天子詔招取賢良，秀才每都求科試

李傳詩

取賢詔頒，秀才幸矣。夫秀才未有不以賢良自負者也，詔招取之，謂尚有不求科試者乎？蔡公之逼選也，若曰士人讀書懷古，豈徒循誦習傳，博宏通之譽而已哉？(三)蓋席珍

(一) 夾批：題神題貌，齊飛躍而出。

(二) 夾批：口供不爲閒愁，心内却暗含真愁，愁甚！譃甚！

(三) 夾批：反振。是礪。

原以待聘，藏器即思用時，未有上既設遴選之典，而下道重金玉之音者也。〔一〕試思之：人生天地，何一而爲投閒置啓之日？但用我無期，則斂跡潛形，以裕異日之經綸，固宜有待寓形宇内，豈能忘情於名位去來之際？苟大行有兆，則揚眉吐氣以展胸中之夙抱，正在此時。如今者賢良之取，天子既詔招矣科試之求，秀才能自已乎？當日者，浚之郊，姝子不見招矣。則雖有賢良，而食貧居賤，淪落於草莽，〔二〕傷何如矣？今何幸乎？天子有特典，掄秀書升之制，復加隆於三年一舉之外。凡兹，秀士每都驗首皇路，以取一時之功名，彈冠相慶會有期也。〔三〕公之庭，碩人且萬舞矣，則雖有賢良而沉鬱下僚，終屈抑於末吏，悲何及矣？兹何幸乎？天子有殊恩三，物賓興之典，特重設乎新政。徐舉之，初瞻彼茂才每都接踵京師，以邀此日之彙征，拂袂而起，致略同也。倘謂高尚其志，以守不字之貞乎？試思居桓抱膝長吟，抗懷於唐虞三代之隆者謂何？且時當堯階舜陛，而欲以箕陰傲之，揆諸秀才之心，每有所不忍。倘謂美玉至寶，以待善價之沽乎？試思平昔，則古稱先，慷慨於

〔一〕夾批：金石聲。
〔二〕夾批：風神綽約。
〔三〕夾批：合拍。

我紱子佩之思者謂何？且上方吐餔握髮，而顧以輕慢薄之，揆諸秀才之心，又有所不能。誰無父母，樂鷄豚之逮存，(二)而功名中熱，則有曠定省而不顧者矣。縱有妻子，思執箕以由房而上達念切，將有冷芙蓉而不惜者矣。子獨無情，行李之着匆亟亟乎？

寫賢良淪落處，千古同忱；寫秀才望試處，一時賞心。遂覺孔孟諸賢抱道欲試，婆心溢於紙背。想作者久鬱當事，姑借題抒寫者耶？——陳衡齋

## 三牲五鼎四句

張柳村

愚父之望子，存與没皆熟計焉。夫牲鼎以供朝夕，錦衣以喜靈兒，太公之計何周也，然亦愚甚矣！且夫人以口腹之微而迫其子於異地，以衣被之末而幻其想於重泉，此至愚之癡心，非明理之通論也。不意太公之逼試，早念及之。意以余之甘貧食淡以度朝夕也，詎一日哉？設守兹貧賤，父子相依，衣錦榮歸之樂，何時可期？三牲五鼎之供，何年得遂？

(二) 夾批：炤及母妻子洗發，不特上下文融洽，亦見蔡公逼試婆心。

雖生之日猶死之年，〔一〕將終身無喜日矣。兒若赴選，一邀朝廷之錫命，榮幸又豈一事哉？即以飲食言之，大烹之養，朝廷所以養賢，而賢者即以養親。三牲五鼎，極豐美之奉養，豈若今之淡飯黄齏？庖廪之設，國家以之待臣，而爲臣者何非人子朝斯夕斯？分御賜之肥甘，遠勝茲之啜菽飲水，此我之生受於兒者也。蔡氏之幸，寧有涯乎？〔二〕即不然，遇合難期，常似蘇秦之説魏，則爲官而曠日遲久者有之。倘若天假我年，我固身受天家之賞而喜形於顔色。〔三〕又不然，而三仕三逐，或如管仲之事君，則爲官而雙親俱没者有之。然而錦衣歸里，我亦魂饗封誥之榮而喜溢於黄泉。〔四〕我便死呵，血肉委泥，不見生兒之面，而馳馬張蓋，擁簇於蓽門圭竇之間，而精靈不昧，猶聞貴子之聲而表墓封墳，〔五〕崢嶸於白楊紅栢之際，而我之喜終不改也。但見鄰里傳呼，莫不共賀蔡公之有子；族鄰擊節，靡不相看讀書之有成。則雖不得三牲五鼎受孝養於生前，而衣錦榮歸，不且邀歡欣於死後也哉？噫！

〔一〕夾批：癡態在目。
〔二〕夾批：癡絶。
〔三〕夾批：癡絶。
〔四〕夾批：癡絶。
〔五〕夾批：一派癡情幻想。

死後如此，在生可知，兒寧不一赴棘闈以酬老親至願也耶！揣情事以立言，極寫得精神振奮，興會淋漓。——上元馬柱臣

## 不念我芙蓉帳冷，也思親桑榆暮景

張柳村

置己而言親，孝婦善於囑别矣。夫親固宜思矣，妻豈可不念乎？五娘抑揚出之也，善言哉！想其臨别叮嚀，日常人離别之情，夫婦深而父母淺；孝子行役之義，父母重而妻子輕。(一)我之叮嚀也，寧無謂哉？慨想芙蓉帳暖，而繡衾鴛枕，歡情方兩月之新，誰不暫離而動念一驚？夫風木恩深，而西山日暮，雙親屆八旬之際，能不久别而長思，而無如紅樓之繫戀也？樂莫樂兮新相知，況夭艷之態，(二)遠過於幽閒乎？而又值春風得意之時，亦殊覺糟糠之絶想。君思我兮不得閒，乃娉婷之姝，忽移其故舊矣，而適逢買笑尋春之會，亦頓忘宴爾之新婚。噫！君之不念我也審矣，余獨惜此芙蓉帳冷耳。昔之日鸞鳳羽翔，共成香

(一) 夾批：莊而有韻。
(二) 夾批：的是新婚囑别情詞，沉鬱勃萃。

暖於莞簟，而今者半榻誰温，能不悲秋風於繡幕？　昔之日桃李華穠，共焚蘭桂於金爐，而今者孤燈獨守，能不嘆寒冰於羅綺？　然而丈夫有志，毋以我爲念，而堂上雙親當須臾勿忘。設使親而年力富强，猶可託於時日之多暇；　乃暮景堪悲，殆不啻曜靈之返駕。設使親而春秋鼎盛，猶可諉於圖報之有時；　乃桑榆甚促，又何異夕照之斜陽？　欲不思，焉得乎？　思之，而白雲紅葉，時飛魂夢於天涯；(一)　思之，而彩筆錦囊，自賦離情於海角。則因思親而忽及於親，所倚靠之人，向亦曾同寢而同夢。縱不如紅樓之美麗，而豈等白露之消亡？　因思親而類及於親，所思念之人怎不見夏凊而冬温？　能不動愛日之肫誠，而況兼惜花之餘想？　然則思親，其本也；　念我，其末也。縱不念我芙蓉帳冷，也不思親桑榆暮景乎？

語自五娘口中出，上句意思輕，下句意思重。文用層次抒寫，極委婉入情，恰是女流閨閣中喇喇不休處。——陳衡齋評

(一)　夾批：一路點綴『思』字，綺麗之甚。

# 也思親桑榆暮景

李傳詩

以思親動其夫，可謂善於叮嚀矣。夫最可思者，親之暮景耳，五娘以此囑之，不可謂善於叮嚀哉！想其謂夫者曰：天下之至可悲者，骨肉有天涯之隔；〔一〕而人子之深爲懼者，高堂當垂暮之年。古今來多誤於丈夫志在四方之言，遂使堂上雙親抱恨於明發之無懷人者，往往然也。〔二〕今日者子行矣，曾亦念及於親耶？使親而當安居之時，念承歡之有日，而瞻依膝下，可保無恙耳。而今日之時何時乎？睹行李而愴惶，已非復安居之時矣。抑親而值壯盛之年，嘆韶華之未衰，而遠託異國，可稍自慰耳。而今日之年何年乎？瞻形影而隕涕，又非復壯盛之年矣。蓋今者不已桑榆暮景耶？夫暮景而在他人猶堪惜也，吾親而當暮景，能勿思乎？想君子念切功名，而猥以暮景堪憐，短英雄之氣，予則過矣，〔三〕而

〔一〕夾批：於陪筆中露正意，前爲明緊。
〔二〕夾批：收得『也思』之外。
〔三〕夾批：猛虎項下一鈴，誰爲繫得？

不知非過也。蓋天下有思親而不遺其君者矣，幾見有忘親而能事其君者乎？故雖馬首載途，行踪俱未可知，而靡瞻匪父，靡依匪母，有不能不對金罍而告語耳！丈夫志存廊廟，而欲以桑榆情深挽遊子之駕，予幾誤矣，而不知非誤也。蓋天下有富貴而可以復得者矣，幾見有暮景而可以永保者乎？故雖把袂分離，歸期未可預定，而父兮生我，母兮育我，有不能不向西風而叮嚀耳。雖三牲五鼎，(一)富貴固足以榮親，然亦思去日其已多矣，來日猶未必也。亦安能常得此無盡之暮景，以待人子之顧養？即玉堂金馬，父母亦以此望其子。然正恐今日戀紛華也，明日貪靡麗也，(二)亦烏能長保此無疆之暮景，以慰父母之奢望？晨夕瞻依，猶曰劬勞罔報，豈萬里迢遥，而反相忘於白髮之秋？堂上康寧，尚且問親慇懃，豈衰耄顛連，而弗念及於西山之迫？夫閨房燕昵，丈夫有所不屑，寧於親之暮景而亦忘之哉？

文思真摯，委曲傳神，孝婦苦衷，千秋若揭。——陳衡齋評

---

(一) 牲：原作『鼎』，據上文改。
(二) 夾批：滿懷心腹字，但聽口中語。

# 馬行十步九回頭

陳方平

不忍分首之情，有於馬行時見者焉。夫馬之行也，纔十步耳，而已九回頭焉，豈非不忍分首之情乎？五娘見伯喈之去，若曰人生所最難割者，(一)家庭骨肉之情；人心所極難捨者，臨岐分别之緒。是故遥望帝京不能不去者，時也；馬首在途不能不行者，勢也；而欲去未去、欲行方行之際，展轉留戀而淚眼之不忍驟離者，情也。如今伯喈之去也，而馬不已行乎？(二)夫馬既已行矣，吾知縱轡於雲間，必且越陌度阡，(三)倏忽幾重之外。抑馬既以行矣，吾知揚鞭於天際，必且追風逐電，頃刻數里之遥，而何以馬行僅十步耶？孰意其十步之中，戛然長往而不能也。此際之望眼，令我一見之一心傷。孰意其十步之中，掉焉弗顧而不忍也？馬上之凝眸，令我一見之一淚灑。是何其按轡徐行，一若鞭長之不及馬腹

(一) 夾批：便自入情。
(二) 夾批：先出馬行。
(三) 夾批：題前反振。

也，而回頭者頻頻。是何其行行且止，一若馬蹄之不欲前向也，而回頭者頻頻。是何其悵望中途，一若如遺如忘，淚眼雙眸之不離閭右也，而回頭者頻頻。蓋馬行十步九回頭也，十步之中，無一步不回頭，而風塵中之戀想已苦。十步之中，即有一步不回頭，(一)而征鞍上之情況實難。噫！吾因之更有思矣。十步之中，一步一回頭，吾恐十步之外不一步一斷腸乎？且十步之前，一步一回頭猶能令我見而心傷。(二)將十步之後，縱一步一回頭不能令我見，而我心不益痛乎？(三)況夫馬之行也，宜其瞬息千里，而乃十步不踰焉。豈驌驦有情，亦爲此征人之回頭而故遲遲其行耶？

描寫不忍分首光景，如見其人，如睹其狀。快讀一過，令人食不下咽，淚落如雨，真極才人之能事。——魯聖言評

(一) 夾批：恰是九回頭。

(二) 夾批：進一層令人難堪。我亦淚落矣。

(三) 夾批：連回頭也無益，令我泣數行下。

# 從今後，相思兩處，一樣淚盈盈

陳方平

道相思之淚，别後有同情也，蓋思以兩處而深，淚以相思而出。一樣盈盈，别後不有同情乎？伯喈向五娘若曰：我今者只爲欲盡子道，難拒親心，(一)無奈何分情破愛也。然臨岐相對，牽袂明心，而留戀一室中離愁别緒，(二)猶未寸腸百結也，(三)而從今後則何如？人當欲别之時，而還思未别之頃，(四)則分袂時多，聚首時少也。此衷已不勝其悽然。抑人當未别之前而逆想既别之後，則聚首時少，分袂時多也。(五)此衷更不勝其慘然。傷矣哉！一在天之涯，一在地之角，宛若箕斗之分南北。悲矣乎！一則山之遥，一則水之遠，恍如牛

(一) 夾批：子道夫道不能兩全。
(二) 夾批：反逼『從今後』意。
(三) 夾批：喝醒首句，高唱入雲。
(四) 夾批：籠罩全題。
(五) 夾批：無限别離情。

女之隔銀河，〔一〕從今後蓋將兩處矣，而能不相思乎？〔二〕乃或謂女子善懷，或采藍以念君子，或倚樓以想征人。〔三〕而男子行短，花柳情牽，豈復憶深閨之閒寂？或謂客子倦遊，或夢遶鄉關之月，或魂飛故里之城；而婦女幽居，井臼時操，豈猶想客路之淒涼，而抑知兩處則必相思？相思則兩處一樣。我之思爾也，非以兒女情長，肯短英雄之氣；而但念堂上之雙親，致煩少婦之看承，〔四〕則紅雨緑陰，觸目皆傷心之境。爾之思我也，非以陌頭楊柳，頓生封侯之悔；而第念兩月之夫婿，忽爲千里之離人，則燕群蝶隊，〔五〕滿眼俱斷腸之時。我知從今後懶吟『婦嘆於室』之句，從今後愁看『誰適爲容』之詩；從今後涕灑長安客邸，青衫欲濕；從今後悲咽南浦，香閨羅袖成紅；從今後泣下數行，情似秋江之哀雁；從今後淚實三聲，慘若清夜之啼猿。〔六〕相思之淚，蓋兩處一樣盈盈也。但願得名登高選，衣錦

〔一〕夾批：善於形容。
〔二〕夾批：倒出『相思』。
〔三〕夾批：二比互翻，反襯入情。
〔四〕夾批：真孝子，真情郎。
〔五〕夾批：情詞斐亹。
〔六〕夾批：頻點首句『從今後』三字，如疏雨滴梧桐。

還鄉，休教萊衣班綵落人後！

兩月夫妻，遽爾別離；況老親在堂，家徒四壁，此時此際，委實難爲情也。佳製入情入理，如怨如慕，挑燈静讀，令我五内如焚，竟夜不寐。先生真情人，真佳婿，真名士，真才郎，那得不令人起敬起愛！——魯聖言評

# 笑瑣窗，多少玉人無賴

張柳村

窗瑣玉人，宜無賴矣。夫人孰甘無賴哉？乃玉人而竟瑣窗中也。欲不無賴，得乎？可痛哉！普天下玉人也，想老姥姥、惜春同笑曰：『吾徒穢行陋質，常恨天不生余爲玉人也，今而幸天不生余爲玉人也。』夫玉人何令人不肯與之同類也？以玉人之自處，固宜受此苦耳，即安得以不許蜂迷蝶採爲解哉！夫人生天地，原以行樂，需富貴乎何時。況質託女流，更無他務，賴春風之解悶。竊嘗聞古史而知英皇之佳麗，早偕侍於有鰥，不聞以天子而驕貧賤，令美玉之沉埋。讀《國風》而知大姬之風流，日歌舞於宛下，不聞以元女而做尊

嚴，致芳華之虚度。[一] 故天生玉人，既賦之以艷質，又賦之以艷情，[二] 而花香月色無在不感觸其新機。既畀之以美才，又畀之以美意，而鳥語蟲鳴，無時不牽縈其逸興。孰是玉人也？而甘於無賴哉？乃不惟一玉人無賴也。深閨寂寞，每徘徊於重簾密幕之間，而未歌桃李，孰能暢琴瑟之歡心？且無限玉人無賴也。院宇深沉，常太息於春花秋露之際；而結想摽梅，何處尋吉士之迨謂。則有託風雅以寄志者，而長吟短詠，滿紙皆酸苦之相思。則有即針綫以遣愁者，而瘦緑肥紅，刺繡皆淒涼之景況。長夜孤眠，對銀缸而灑淚；不告雙鬟，良辰倚枕，望紅日而傷神。誰抒衷曲？夫玉人之無賴一至於此。而豈非瑣窗之故，[三] 階之厲哉？或有似隴西鸚鵡，初學語而絆足金籠。縱巧語哀詞，無由一刻而任其閒蕩。或有似河北鴛鴦，未定偶而羈身珠網，雖花衿綵羽，竟致終年而鮮其配偶。噫嘻！玉人何罪而遭此阨乎！試想其緑窗中形單影隻，[四] 望眼連天，反不如墻外花枝，時邀遊人之玩賞。瓊窗内玉冷香消，迷魂欲絶，反不如陌頭柳絮，猶沾帝子之芳馨，豈不令吾徒之一笑

---

[一] 夾批：漸逼議婚。
[二] 夾批：寫玉人真可妬也。
[三] 夾批：『瑣』字典麗。
[四] 夾批：二比渾寫『笑』字，得手。

乎？吾願普天下女兒盡皆蓬其首垢其顔，[一]顛倒其衣服，淫邪其性情，毋自蹈玉人之覆轍也！

冷笑當哀，長歌若哭，何異加納美宦視讀書貧士也？興言及此，普天下才子同聲痛哭矣！一派憨癡，却極準情合理。古人云：嬉笑怒駡皆文章，良有以也。——馬柱臣評

## 當有松筠節操，蕙蘭情懷

陳方平

德貴幽貞，其教女嚴矣。蓋松筠之性最貞，而蕙蘭最幽也，女之節操襟懷不當有之乎？牛丞相之教女，若曰我讀《關雎》之詩，有云：『窈窕淑女。』夫淑女也者，文王之后妃爲處子時之稱，[二]而宫人以窈窕美其幽閒貞静也，是則女德之貴乎幽貞也明矣。而汝當待字之時，我能不比物以爲爾期耶？汝今杏臉桃腮，生質之美如此，而所當有者豈第生質

[一] 夾批：放聲大哭。

[二] 夾批：從后妃入手，便自端肅不同。

之美已哉？如雲如荼，固宛然月殿嫦娥。然香閨士女不在天姿之綽約，㈠而在德性之堅貞，胡帝胡天即不亞雲臺仙子。然高第賢媛不貴嬌容之艷冶，而貴雅情之芳潔。汝不見龍幹虬枝，秀挺雲山之上；白華青節，翠掩疏林之間者，㈡非所謂松筠耶？汝不見翠壁丹崖，紛披靈芝之内；巉巖空谷，雜踏瑞草之叢者，非所謂蕙蘭耶？凡物經歲寒之後，鮮不易葉改柯，而松筠不然也。丰標獨異，蒼翠猶存，雖積雪凝霜，㈢猶挺然爲天地留欝葱之氣，斯何如之節操也乎！凡物淪風塵之際，未免濡染混濁，而蕙蘭不爾也。清芬襲人，芳馨自賞，雖淒情寂境，仍蕭然爲巖阿生幽異之香，斯何如之襟懷也乎！況汝毓秀沙堤之第，身居金屋，不啻掌上明珠，雖慈顔久别，而母訓難忘，㈣其節操亦應不減松筠。矧汝種玉棨戟之門，足履畫堂，何異雲中俊鶻？縱壼範素嫻，而嚴父叮嚀，其襟懷亦望同兹蘭蕙，有松筠之節操。而閉月羞花，不比荒烟之蔓草，有蕙蘭之襟懷，而香肌玉骨，自成連理之蒸枝。庶我鳳凰池上歸環珮，不致回首庭前，淒凉丹桂好傷懷。

㈠　夾批：轉入有情。
㈡　夾批：指點親切。
㈢　夾批：工於賦物。
㈣　夾批：如聞其聲。

嚴父訓女，一字戲渝不得。通篇讀來，叮嚀勸諭，諄囑再三，好一位道學丞相也。——魯聖言評

## 喜得登科擢上第

車 濩

名魁天下，讀書之效彰矣。蓋登科擢上第，學者之素志也。乃以讀書萬卷得之，此試官所以爲中郎喜歟？若曰朝廷以得人爲慶，[一]士人以上進爲榮，故臨軒定策，拔真才於一朝；釋褐登朝，歷青錢於萬選，吾於今怡然而愜懷者，唯子一人也。子之讀書，豈得爲易乎？二典三墳，其快意亦篤矣。然而毛羽豐滿，[二]果爾翮健高飛；八索九丘，其游心已專矣。然而鱗甲預養，必其身騰變化，喜矣哉登科矣，且擢上第矣。一人而空群雄三千禮樂之中，[三]惟爾先也。揚眉吐氣，吾喜子有倚馬之才。三策而膺帝眷，九萬風雲之内，惟爾

[一] 夾批：起得雄健。
[二] 夾批：韻致飄然。
[三] 夾批：宛然試官口吻。

上也。奮志凌霄，吾喜子獨擅登龍之選。旌旗導前，騎卒擁後，人謂足以跨躍夫閭里也，㈠而吾以爲邦家之光。雁塔題名，瓊林飲宴，人謂不過偶爾之遭逢也，而吾以爲明良之盛。然則有子之擢上第，而國家之治化賴以宣也。東西兩漢以來，樂律散亡，誰定大雅之章？子誠起而正之。而燮理陰陽，位天地而育萬物，將鼓吹休明，可以知祖功宗德之有自。抑有子之擢上第，而本朝之史册賴以修也。遷、固二人以後，斷簡殘編，誰步宗匠之塵？子誠起而繼之。而含英咀華，考實録以爲文章，將垂青殺棗，可以留千秋萬世於無窮。吾之所喜者，不特此也。即如柯亭之竹，㈡爨下之桐，得子之登朝而始辨。他如有道之墓，孝子之碑，得子之秉筆而加評，吾之喜也。喜則喜夫爲國家得人矣，喜則喜夫爲朝廷得士矣，子於今日寧不自喜乎哉？抑吾聞之，選忠臣必出於孝子之門，子今者珮玉鳴珂矣，倘亦回首鄉關，望白雲而思親否？㈢

宏整壯麗，極得師弟慰望口吻。欣喜其獲高選，而即以相臣史臣望之，立論最爲得體。末後又歸到思親上去，極是學者之文，才人之筆，兼而有之。——陳衡齋評

㈠　夾批：閒中傳神。
㈡　夾批：陪襯妙甚，無意不到。
㈢　夾批：倏然而去。

# 目斷天涯雲山遠

張柳村

賢媛有注目於近者，(一)先即天涯而念其遠焉。夫天涯遠矣，而寓目者不僅雲山也。(二)目兮目兮，其如此遠者何？五娘若曰：夫人意中繫戀之事偏不得之於目中，(三)而目中熟睹之景恒不得之於意外，(四)此孤苦者所悼嘆而無如何也。然則離人愁思，豈僅在雲間月冷已耶？予於是竊有所注目矣。使心之所至，而目即與之至焉，吾亦不必致念於遠也。乃心之所欲至而目不至之，即目之所遥致而心不至之，徒見萋萋芳草，令人嘆王孫之不歸。使目所欲睹之事而目即與之會焉，吾亦不必惆悵於目也。乃目所急欲睹而目每不能會之，目所極不忍睹而目偏會之，(五)只覺渺渺烟嵐，使我詠負螽而隕淚。噫！吾能忘情於天涯

(一) 夾批：照下堂上人。
(二) 夾批：人在高堂。
(三) 夾批：是思夫。
(四) 夾批：是無可發付，此堂上人因而思夫。
(五) 夾批：高堂人。

耶？夫何爲而目斷也？殆不能不重恨此雲山矣。天涯中其爲鼓瑟者幾何？家詠昧旦者幾何？家當其繡户春風，鴛鴦暖睡，朝畫眉而暮飲酒，（一）覩雲氣之嬝娲，覽青山之横亙，遠不遠，誰復關心？乃今之矚目者徒在此天涯也。雲日出而日新，山常峙而不改，并天涯亦爲之間隔不深，我以遠莫致之，感歎天涯外其爲策功名者幾何事，念家室者幾何時。想其風雨淒涼，月花感緒，當羈旅而懷情素，望雲物而哀思，陟屺岵而永慨，斷與遠正有同情，（二）而吾之慘目者不僅在天涯也。（三）念雲霞之迷漫，指山徑之迂迴，雖天涯尚屬之轉想，殆動我以其人則遠之。（四）嗟爾則有見陌頭之楊柳而悔夫婿之封侯者，亦少婦之閒情耶？而余之目斷，正不在此也。撫松竹之柴門，望雲山之盱想，有目斷而腸與之俱斷者，（五）而天涯亦積恨之區矣。則有送平蕪於青山，而念行人之遼絶者，亦閨中之艷思耶？而余之目

（一）夾批：文思綺麗，蜀錦齊紈。
（二）夾批：是賢婦代夫語，不是蔡子語。
（三）夾批：堂上人。
（四）夾批：明明繫懷堂上。
（五）夾批：堂上人。

斷，則又有近於此者也。[一] 嗟形影之單隻，皆天涯之阻修，有目斷而魂與之俱斷者，而雲山皆惹涕之物矣。憶南浦之送別，不獨兒女情長；而逼試留行，兩老人已非一轍。即長安之下第，寧遂英雄氣短？而年荒別久，我兩人宜念雙親。噫！睹斯高堂之雪髮，天涯人何得恝然也？而書之杳無，余不知其何故。

此句若作閨婦思夫情致，則香艷罄紙難書矣。惟以五娘之孝心捧侍兩老，因思夫君不來，竭盡心力以養父母，故有雲山之目斷也。真情苦志，如讀曹娥碑文。

## 一筆掃萬丈長虹

張柳村[二]

筆吐長虹，十載之驗也。夫不過一筆間掃之已耳，而何以若萬丈長虹也？豈非十載親燈火之驗乎？伯喈若曰：予之對策丹墀也，方慮其筆之所之未必所向如意，而不謂搦

[一] 夾批：只在堂上。
[二] 張柳村：原闕，據目録補。

管之時興會淋漓。非獨色澤照人，抑且光燄燭天，(一)若可擬諸仰視閒焉如三千禮樂泉湧，而一筆之際烏能横掃若是乎哉？乃我則揮毫落穎，而經籍皆爲之驅馳也。(二)蓋有其光奕奕，其氣熊熊者矣。抑我則展卷濡墨，而墳典皆供其縱横也。蓋有五色直上萬象騰空者矣，我試思一筆掃時，其不可以逼視者，豈第飄飄乎凌雲已哉？(三)且豈第光射乎斗牛，而氣沖夫霄漢已哉？但覺字裏行間，隱隱有雲霓之象；毫端楮上，明明有芒彩之騰，非所謂萬丈長虹耶？夫長虹之在天半也，(四)雨日交而蝃蝀見。或朝隮於西焉，或暮出於東焉，陰陽之氣藴釀之而成形，精光燦爛衝貫於雲霄，而萬丈之當空者固光天以被地。而長虹之在筆尖也，精神旺而興會生，或思入風雲焉，或勢若雷電焉。靈秀之氣藴積之以成采，光怪陸離，發攄於對揚，而萬丈之有神者，亦怵目而驚心。夫是以穎飛紙上，而儼乎神采之奪目也。夫是以墨灑簡端，而居然光芒之肆射也；(五)夫是以伸紙疾書，而一若虹之貫日。與

(一) 夾批：熨貼。
(二) 夾批：十載燈火，窺見一斑。
(三) 夾批：借三跌襯起。
(四) 夾批：文筆陟健，精神振聳。
(五) 夾批：文氣更展。

酣落筆，而又若虹氣之飲川也，我以爲直一筆掃萬丈長虹也。而苟非十載親燈火，㈠以讀古聖賢書史，亦烏能一筆掃萬丈長虹也乎？

題看之似實，味之却虚，一味呆銓，便死句下。文直寫得光怪陸離，虎氣騰上，真如萬丈長虹駕於空際。

吾師積學閎深，提筆爲文，千言立就，屢邀當事亟賞。即此小技，亦具全勇，洵謂才大如海，筆巨如椽者矣。——受業馬進妄識

## 月淡星稀，建章宮裏千門曉。御爐香裊

陳方平

望君門以至止，而鑪烟與曙色交紛矣。蓋淡月稀星之繞建章，君門猶未闢也，而御鑪之香，不已從曙色中裊裊以出乎？中郎若曰：我今以雙親垂老之故，而一封朝奏九重也，則待漏金門所不容已矣。然顧瞻宮闕之間，夜色欲闌，曦馭將升，君顏雖未睹乎，而闕

㈠ 夾批：繳出『十載』，有應照。

廷之所見，(一)已令我覶天威咫尺焉。我茲班隨鵷鷺，搢笏垂紳，必凛凛以步趨者，非所謂建章之宫耶？鳳閣龍樓，巍峨在望，我之朝罷歸來，而香攜滿袖者，已非一朝也。今乃欲陳烏養之情，(二)則奏章丹陛，更不能不早矣。夫是以蟲飛薨薨之候，戴月而來，碧落冰輪方且皎潔也。曾幾何時，而月色朦朧，(三)不覺其淡矣。且庭燎晰晰之時，披星而出，銀河珠斗方且燦爛也。曾幾何時，而星光闇淡不覺其稀矣。當斯時也，銀箭銅壺，雖有九門寒漏；瓊樓玉宇，已聞萬井晨鐘。夫且三唱之鷄乍驚，紫陌更闌，夫且百囀之鶯漸報上林春早。夫且豸冠仙仗，柳拂帶露旌旗；豹尾班聯，花迎凝烟劒佩，(四)而建章宫裏亦千門曉矣。曈曨旭映之間，第見堂高九尺，閶闔宏開者，建章之宫殿也。(五)雲移雉尾，日繞龍鱗者，金鑾之黼座也。而氤氤氲氲，非烟非霧，縹縹緲緲，爲椒爲蘭者，御鑪之香裊也。紫緋衣冠，身惹芳馨之味，而所謂趨金殿以拜冕旒者在此時，所謂釐書思以切對揚者亦在此時。神仙儀

(一) 夾批：籠題藴含。
(二) 夾批：顧母。
(三) 夾批：秀韻。
(四) 夾批：句句皆是極力襯起『曉』字，而文筆之裔皇，唯虹梁修柱金鋪玉島似之。
(五) 夾批：又爲末句作襯。

從，珮沾馥郁之芬，而所謂侍玉墀以待顧問者在此時，所謂思珥筆以頌聖明者亦在此時。(一)況我欲陳烏鳥之情，乞歸終養，其戴月披星以至此者，(二)敢不凛天威於咫尺乎？

唐人《早朝》應制諸詩，典麗宏壯，稱雄百代。《琵琶》填詞，秀絶人寰，如「月淡星稀」云云，真窮盡畫工家所不到。文更飛揚偉麗，秀潤豐華，捧讀再四，宛若桃花洞口，楊柳風前。其文筆之妙，直與唐詩、《琵琶》并立爲三。——受業馬進謹識

## 到如今始信有糟糠婦

陳方平

家有糟糠婦，不疑不能信也。蓋五娘之以糟糠自厭也，非一日矣。到如今始信焉，孝婦之心，不亦白乎？蔡公之謂五娘，若曰：吾今而知天下冤屈之人何多，(三)冤屈之事亦不少也。蓋孝念所將，其心跡在幽隱難明之處，而不經一番猜疑，(四)怎得至今顯白也？賢

---

(一) 夾批：二比，用意得神。
(二) 夾批：迴顧題首。
(三) 夾批：開口得神。
(四) 夾批：恍然大悟。

哉婦乎！而以糟糠自厭耶！糟糠自厭而不令翁姑得知耶！不令翁姑知，而姑疑汝之以淡薄奉姑，必以甘美自奉也。若曰所食者糟糠，誰其信之？不令翁姑知，而姑疑汝即不以甘美自奉，亦必與奉翁姑者同也。若曰所食者糟糠，〔一〕誰其信之？而豈知汝之甘淡薄也如此？而豈知汝之受艱苦也如此？語云『糟糠之婦不下堂』，到如今始信有焉。或舂或揉，去精實而存渣滓，所爲糟糠也。〔二〕人以之飼芻豢者，汝以之充腹腸，得勿食不下咽乎？或簸或揚，經杵臼而成皮稗，所謂糟糠也。人以之畜犬彘者，汝以之給饔飧，能勿當食而嘆乎？夫菜羹是啖，已甚清貧，而糟糠之粗糲，更遠不逮菜羹也，見之情慘矣，到如今猜疑之心轉爲酸楚。〔三〕抑黃齏自甘，已覺苦辛，而糟糠之麄惡，更遠不逮黃齏也，聞之淚流矣，到如今猜疑之念變爲哀憐。且汝一女流耳，以翁姑之菽水，致煩汝朝芒夕拚而自厭者，仍僅此糟糠也。〔四〕痛矣哉！雖翁姑不知，而皇天實鑒。況汝猶新婦耳，以夫婿之倚託，致勞汝早經暮營，而自厭者不過此糟糠也。苦矣哉！雖翁姑莫白，而神鬼自知。賢哉婦乎！孝

〔一〕夾批：二比題前，反頓『信』字。
〔二〕夾批：真情實事，委實難堪。
〔三〕夾批：到如今恍然自轉。
〔四〕夾批：二比，極贊其賢。

哉婦乎！到如今始信有糟糠婦乎！

前此寄冤異枉，幾乎屈煞孝婦。老親見之，不覺驚喜。摹寫神吻，真是聖手。——魯聖言評

## 十二欄杆，無事閒凭遍

陳方平

蔡中郎之離緒，若以凭欄深也。蓋庭院欄杆，無事而閒凭，常也。然遍於十二，非離緒有深焉者乎？伯喈若曰：從來女子之情有所鍾而口不能言也，則當春深晝永之時，向花逕而踟躕，(一)倚曲檻以留戀者，常情耳。而不謂予今日者萬斛之愁難以消遣，亦正有不得不然者矣。予茲閒立荷池之上，一若蕭然無事，(二)而誰知我不言之心事哉？庭闈老親，音問久疏，門前之淚眼將穿矣。念及此，而無窮悲怨兜上心來。閨閣少婦，齏鹽莫措，機上之寸絲盡典矣。念及此，而有絆家鄉恍如檻外。(三)當斯時也，欲去不能，欲留不忍。衷欲訴

(一) 夾批：借女子凭欄引入。
(二) 夾批：題前一振。
(三) 夾批：關心事在眼前。

而難言，淚長流而潸拭，(一)亦唯於兹十二欄干無事閒凭焉已耳。長廊曲徑，朱碧交輝，而我之寸腸百結，姑閒凭焉以寄其幽鬱難明之意。(二)庭院簾櫳，參差相映，而我之迴腸九轉，聊閒凭焉以託其繾綣莫白之懷，乃或見我之無事而閒凭也。當斯凭也，(三)似有心曠神怡，喜氣洋洋者矣，然誰知我之無事而閒凭也？謂夫香生猊鼎，風來湘簟，當斯境慘，當斯凭也，實有首疾心焚，愁衷怛怛者矣，故猶是閒凭而不覺其十二已遍也。(四)念夫桑榆景暮，糟糠於此，旋凭於彼，徘徊躑躅，一若展轉而難忘，豈其十二欄干，或與朱樓十二有鶯花之遞邐乎？(五)方凭且甫凭於左，倏凭於右，徙倚留連，又若往復而難離，豈其十二欄干，或與巫山十二有雲雨之朦朧乎？是我之凭欄，殆猶夫陟屺陟岵而有瞻父瞻母之思。(六)抑我之凭欄，亦猶夫倚閭倚門而有望子望夫之意。不然，閒庭深院，荷香晝永，怎消遣也？

(一)夾批：頓宕數語，恰好逗接。
(二)夾批：和盤托出。
(三)夾批：題中『無事』二字下得煞有深情，以開合之筆寫出中郎心情如揭。
(四)夾批：落『遍』字摇曳有情。
(五)夾批：絶妙陪襯。
(六)夾批：思路不竭，越有身份。

良辰美景，賞心樂事，中郎無此情也。心有所思，無可消遣，聊凭此欄以適意耳。文於題前題外，觸緒生情，真才子之作也。——魯聖言評

## 深閨思婦，怪他偏向別離明

陳方平衡齋

明月照深閨，有令思婦難爲情者焉。夫深閨月明，亦何必怪哉？然思婦當離別之時，而覺其偏向也，實有難爲情者耳。蔡中郎之謂牛氏，若曰：天道無私，人心各異，往往有同一景色而另一衷腸者也。〔一〕故汝與我今宵玩月，酌酒興佳，抑烏知天下有婦人焉，當此情景，〔二〕正多不堪憶想者乎？如今者中秋良夜，對茲皓月，是何如之明哉？〔三〕玉宇無塵，銀河瀉影，而萬里長空一色，〔四〕誰弗望清光而意怡？冰輪乍湧，皓魄當空，而千頃琉璃相

---

〔一〕夾批：二語恰合神吻。

〔二〕夾批：亦籠得熨貼。

〔三〕夾批：先呼出『明』字。

〔四〕夾批：二比，頓『明』字，輕逗『怪』字。

映，疇不瞻皓彩以神欣？噫！明矣哉！當斯時豈至有怪他者哉？而不有深閨思婦乎？（一）婦之在深閨也，原寂然無所思耳，一經別離之境，則寸腸百結，積而爲思矣。此時衾寒枕冷，淒涼已極，又何堪此冰鏡清輝，更增我淒涼之況？（二）且婦之在深閨也，亦恬然不知思耳。一從別離之後，則迴腸九轉，鬱而成思矣。此時形單影隻，寂寞已甚，復何堪此玉輪皎潔，轉添我寂寞之愁？此思婦之所以怪也。（三）怪則怪夫月出皎兮，（四）何不隨珠箔銀屏以生輝？怪則怪夫月出皓兮，何不連綺席金樽以交映？（五）怪則怪夫月出照兮，何不從鳳幃羅帳以焕彩，而偏向別離明耶？（六）豈其廣寒仙子亦憐思婦之孤眠長夜，（七）而有意注深閨，故蟾蜍玉兔俱分外精神？抑或天上嫦娥也念思婦之更闌寂静而有心伴深閨，故纖翳微雲都不令遮蔽？不然，何以偏向別離明耶？而深閨思婦能不怪他耶？雖然天道無

（一）夾批：倒出首句。
（二）夾批：二比，暗寫『怪』字。
（三）夾批：點明『怪』字。
（四）夾批：用《詩經》句，恰好三層。
（五）夾批：三段聯逗『怪』字，總爲『偏向』二字作勢。
（六）夾批：恰好落出，妙！妙！
（七）夾批：令思婦色喜。

私，明則并明，何嘗有偏向之處？人心各異，向似偏向，遂多有欲怪之情。而汝與我良宵佳興，亦烏知天下有此衷腸者乎？

古詩云：『試看墻頭桃李花，盡是離人眼中血。』可見名花好景，皓月良時，皆令勞人思婦徒增忉怛耳。文可謂工於言情。——魯聖言評

## 敢只是秦樓楚館，有個得意人兒也，因此上悶懨懨常掛懷

陳方平

訊中郎之悶懷，而以楚館秦樓人猜焉。夫中郎豈懷楚館秦樓人哉？而牛氏疑其有得意者，亦不知所以悶懨懨之故矣。今夫人子所最掛懷者，[一]莫如遠別之雙親耳。而恒情多在於花柳，[二]故南浦囑別之時，五娘諄諄於十里紅樓休戀娉婷，[三]而牛氏之瞯訊衷情，亦沾

---

[一] 夾批：從正意引入。
[二] 夾批：一句兜轉。
[三] 夾批：善寫婦人情態。

沾於此。蓋女流大抵有同心焉，以爲汝之悶懨懨似常有所掛懷者。(一)何哉？既不因畫堂上之少三千客而無以爲談笑，(二)又不因繡屏前之少十二釵而無以爲歡娛。然則汝之悶懨懨常掛懷者何哉？我試更爲揣汝之情，(三)我試更爲猜汝之心。我生長深閨，足不履户庭，雖不知街市事，而亦竊聞夫客路淒涼，有鶯花瀲灩之所；(四)他鄉寂寞，多雲雨迷離之場，非楚館秦樓耶？夫此楚館秦樓中何所有而令汝掛懷哉？意者有金猊寶鼎香馥郁耶？(五)不則有銀海瓊舟泛醽醁耶？不則有煮猩唇烹豹胎，玉觴進酒耶？而非也，蓋所有者粉白黛緑，盡是越女吴姬，麗曲高歌，無非佳冶窈窕。(六)此效孟光之舉案，彼學張敞之畫眉；或文君之雅而琴心相挑，或雙文之媚而秋波欲轉。當斯時也，得意何如？想汝此中有個人兒也，因此上悶懨懨常掛懷耶？且吾聞古之孝子，不敢以登高，不敢以臨深。而風月牽

(一)夾批：喝一句。
(二)夾批：二小比，陪襯。
(三)夾批：復喝一句方醒。
(四)夾批：絶妙描寫。
(五)夾批：又反跌一段，猜中猜，夢中夢。
(六)夾批：形容一番，令我心醉。

情，則山遥水遠，遂有無窮繫戀。且古之孝子，望白雲而思親，瞻黄鳥以就養。而男女悵别，當雲飛鳥翥，亦多莫解愁思。然則我揣汝之情，猜汝之心，敢只是楚館秦樓有個得意人兒也，因此上悶懨懨常掛懷耳？雖然汝一鳳凰池上客，怎肯銀鞍白馬笑入胡姬酒肆中。㈠

中郎掛懷者，父母耳。女流胡猜亂想，偏有如許邪念。而文字字字描寫入神，令頑石亦爲動心。奇才！奇才！——魯聖言評

## 看他梳粧淡雅，恁丰姿堪描堪畫

陳方平

即梳粧以美其丰姿，兩賢相遘不相妬也。夫五娘之丰姿，於梳粧淡雅中見也，稱之曰堪描堪畫，豈非兩賢相遘不相妬乎？牛氏之謂五娘，若曰：人苟非具一幽靚之姿，㈡縱極意粉飾，終有惡俗之態，增人憎厭耳，豈若伊之一見而可人者？令我不能不生其敬愛

㈠ 夾批：結入正意。

㈡ 夾批：反振而入。

耶？(一) 今日者睹茲道姑之梳粧也，芒芒街市之中，紅粉不施，緑黛不掃，而風塵之膏沐迥異膹馥殘脂。(二) 匆匆抄化之時，縞衣是服，綦巾是佩，而樸素之衣裳遠勝湘裙吴袖。噫！何其淡雅也乎？ 始見之而令我駭然異也，徐視之而轉令我欣然羨。不必玉瑱象揥，侈寶髻之玲瓏，而名榍壼範，(三) 居然存王謝之舊。驟遇之而令我適然驚也，端詳之而轉令我歡然喜。無事繡裳、錦衣，誇環珮之玎玲，而大家舉止，宛然見尹姞之風。猶是梳粧也，而淡雅若此，其丰姿不且堪描堪畫乎？ 眉目則清揚也，口輔則端好也。意度幽閒，如同秋菊春蘭，欲倩丹青之手以寫其丰姿，恐有吴道子亦不能盡爲之形容。(四) 釵荆則雲矗也，裙布則湘流也，體態芳澄，不啻青雲皎月，欲借喧染之筆以繪其丰姿，恐顧虎頭亦不能曲肖其神致。假使以翰墨而輕描也，睹此丰姿者，雖不疑是洛水之宓妃，(五) 亦將謂天台之仙子。假使以香貍而繪畫也，觀此丰姿者，即不謂藐射之仙姑，亦將疑廣寒之素娥。噫！淡雅哉！

(一) 夾批：恰似閨閣口齒。
(二) 夾批：二比，妙取淡雅之神。
(三) 夾批：二比，正講淡雅。
(四) 夾批：二比，講描畫極有情致。
(五) 夾批：二比，又極贊其丰姿。

看他梳粧若此，恁丰姿真令我一見而增慚。

佳人自愛佳人，兩賢豈相妬哉？篇中摹擬淡雅處，無不入神入妙，□義爲文，惹大神通。——魯聖言評

# 繪風亭評第七才子書琵琶記目録

## 卷　四



## 卷　五

## 卷　六



繪風亭評第七才子書琵琶記目録終

# 繪風亭評第七才子書琵琶記卷一

## 聲山别集

### 自序

太史公作《屈原傳》曰：『《國風》好色而不淫，《小雅》怨悱而不亂，若《離騷》者，可謂兼之。』予嘗以此分評王、高兩先生之書。王實甫之《西厢》，其好色而不淫者乎？高東嘉之《琵琶》，其怨悱而不亂者乎？《西厢》近於《風》，而《琵琶》近於《雅》，《雅》視《風》而加醇焉。故元人詞曲之佳者，雖《西厢》與《琵琶》并傳，而《琵琶》之勝《西厢》也有二：一曰情勝，一曰文勝。所謂情勝者何也？曰：《西厢》言情，《琵琶》亦言情。然《西厢》之情，則佳人才子花前月下私期密約之情也；《琵琶》之情，則孝子賢妻敦倫重誼纏綿悱惻之情也。亦有似乎《風》之爲《風》，多采蘭贈芍之詞；而《雅》之爲《雅》，則唯忠孝廉貞之旨。是以同一情也，而《西厢》之情而情者，不善讀之，而情或累性；《琵琶》之情而性者，善讀之，而性見乎情，夫是之謂情勝也。所謂文勝者何也？曰：《西厢》爲妙文，《琵琶》亦爲妙文。然《西厢》文中，往往雜用方言土語，如呼美人爲『顛不剌』，呼僧人爲『老潔郎』之類，而《琵琶》無之。亦有似乎采風，則言不遺乎里巷，而歌雅則語多出於薦紳。是以同一文也，而《西厢》之文艷，乃艷不離野者，讀之反覺其文不勝質；《琵琶》之文真，乃真而能典者，讀之自覺其質極而文，夫是之謂文勝也。有此二勝，而今之人但取《西厢》而批之、刻之，而《琵琶》獨置而不論。然則《詩》三百篇，竟可登《風》而廢《雅》，有是理與？

予既樂此書之有裨風化，且復文情交至如此，因於病廢無聊之餘，出笥中所藏元本，謬爲評論。口授兒曹，使從旁筆記之；更使稍加參較，付之梓人。梓人請所以名此書者，予曰：《西厢》有第六才子之名，今以《琵琶》爲之繼，其即名之以『第七才子』也可。名既定，客有詰予者曰：批評《西厢》者之以『第六才子』名其書也，彼固儼然。以施耐庵《水滸》一書，與《莊》、《騷》、馬、杜并列爲第五才子書，而因以《西厢》配之者也。以彼意中所謂『第七才子』，正不知更屬誰氏，先生又何所見而當之以高東嘉？予笑曰：才亦何定名之有？客不記序《水滸》者之言耶？序中蓋嘗論列六子矣。而至於《西厢》，則稱是董解元之書，不聞其爲王實甫也。特以所批董解元之《西厢》爲友人攜去，失其原藁，不能復記憶；又見世俗所傳誦者，皆王實甫《西厢》，而董解元之《西厢》人多不經見，於是遂以王實甫代之。夫以施耐庵爲才，而繼耐庵者，未必爲王實甫，乃不難六之以實甫。然則以王實甫爲才，即繼實甫者，不止一高東嘉，而又何妨七之以東嘉哉？且夫才之爲物也，鬱而爲情，達而爲文。有情所至，而文至焉者矣；有情所不至，而文亦至焉者矣。有文所至而情至焉者矣，有文所不至而情亦至焉者矣。情所不至而文亦至焉者，文餘於情也；文所不至而情亦至焉者，情餘於文也。情餘於文，而才以情傳；文餘於情，而才亦以文顯。夫文與情即未必其交至，而猶足以見其才，又乃況於文與情之交至焉者乎？苟文與情交至而尚不得以才名，則將更以何者而名才也乎？昔我先師孔子之删《詩》也，《頌》登魯，《雅》登衛，《風》不遺秦，而楚獨無詩？越數百年以後，而司馬子長以《離騷》比諸《風》，又比諸《雅》，自是而『江離』『杜若』之辭，得續『三百篇』之末，不讓車鄰駟鐵之響，獨列十五國之中。嗚呼！由斯觀之，才若靈均，不幸而不生孔子之時，不克見收於孔子也；猶幸而生司馬之前，卒獲見賞於司馬也。情不可没，文不可掩，而才亦不可以終遏。自古及今，才人未始不接踵而出，而特恨世無知才之人，故才嘗爲不知己者屈。然屈於不知己，而終當伸於知己；屈於一時之無知己，而終當伸於數百年以後之知己。則予今日之以才許東嘉，亦竊附於史公之論屈平也云爾。

# 總論

《琵琶記》何爲而作也？曰：高東嘉爲諷王四而作也。嘗考《大圜索隱》曰：高東嘉，名則誠，元末人也，與王四相友善。王四亦當時知名士，後以顯達改操，遂棄其妻周氏而坦腹於時相不花氏家。東嘉欲挽救不可得，乃作此書以諷之。而託名蔡邕者，以王四少賤，嘗爲人傭菜也。趙五娘者，以姓傳。自趙至周，而數適五也。牛丞相者，以不花家居牛渚也。記以《琵琶》名，以其中有四『王』字也。所謂張大公者，東嘉蓋以大公自寓也。又考《真細録》曰：明祖彙删元人詞曲，偶見《琵琶記》而異之。後廉知其爲王四而作，遂執王四而付之法曹。合此兩處紀載而觀焉，則《琵琶記》之爲王四而作無疑也。唯其爲王四而作，則意在王四而不在琵琶。使東嘉而意在琵琶也者，則琵琶故事莫若王昭君塞上所彈之琵琶矣。即不然，又莫如江州司馬舟中所聽之琵琶矣。夫昭君所彈、江州所聽之琵琶，是實有是琵琶之琵琶也；若趙五娘所抱之琵琶，則本無是琵琶之琵琶也。今東嘉捨此實有之兩琵琶不寫，而獨寫此烏有之一琵琶，蓋正以明其意之不在琵琶而在王四也。意在王四，雖以《琵琶》爲名，而意不在於琵琶，則即以蔡邕爲文，而意又豈真在蔡邕哉？乃意不在蔡邕，而既偶借蔡邕爲文，恐不善讀書者遂誤以爲蔡邕之事；是將以譏切王四而竟不免誣衊蔡邕，故東嘉於書中特特設爲必不然之事，以明其事之非蔡邕焉。何謂必不然之事？曰：天下豈有其子中狀元而其親未之知者乎？此必不然之事也。又豈有其處一統之朝，非有異國之阻，而音問不通、東書莫達者乎？此又必不然之事也。抑豈有父母年已八十而其子方娶妻兩月者乎？若云三十而娶，即又豈有五十生子之婦人乎？此又必不然之事也。以事之必不然者而寫之，總以明其寓言之非真耳。然事之虚幻固爲不必有之事，而文之真至竟成必有之文。使人讀其文之真而忘其事之幻，則才子之才，誠不可以意量而計測也。

或曰：東嘉初作《琵琶記》，以蔡邕爲不忠不孝，及明祖既執王四後，乃改爲全忠全孝。予謂其説甚謬。《琵琶》非有二本，明祖所見之《琵琶》，即此全忠全孝之《琵琶》也。東嘉寫蔡邕之不忘其家，不棄其舊，蓋欲王四之改過遷善。而以是期之，即以是諷之也。迨乎諷之而終已不悛，故明祖執而付之法曹耳。不寧惟是，寫蔡邕之義，所以諷王四；寫牛氏之賢，亦所以諷不花氏也。凡君子之見人過而思救者，往往反其事以爲説，不欲斥言其非，有詩人忠厚之意焉。且古本傳奇，寫生、旦必成其爲生、旦之人，而不寫作浄、丑之事。近日填詞家不審輕重，捉筆便寫，至有若《爛柯山》之難乎其爲旦，《鴛鴦棒》之難乎其爲生者，斯固東嘉義所不爲也已。

或曰：唐有蔡節度者，微時嘗與牛僧孺之子遊，後同登第。牛欲以女弟字蔡，蔡已有婦趙矣，力辭不解。既而牛能將順於趙，趙亦無妨於牛，爲一時美談，東嘉感其事而作此書。予以爲其説又甚謬。若東嘉果爲唐節度而作，則以元人而寫唐事，又何所忌諱？乃不直指其事，而故託之蔡邕耶？其託之蔡邕，則斷斷其爲王四，而非爲唐節度無疑也。

凡作傳奇者，類多取前人缺陷之事，而以文人之筆補之。如元微之之於雙文，既亂之，不能終之，乃託張生以自寓，反以負心爲善補過，此事之大可恨者也。故作《西厢》者，特寫一不負心之張生以銷其恨。王四負周氏，又事之大可恨者也，故作《琵琶》者，借蔡邕以諷王四，特寫一不負心之蔡邕以銷其恨。予嘗曠覽古今，事之可恨者正多，擬作雪恨傳奇數種，總名之曰《補天石》。其一曰《汨羅江屈子還魂》，其二曰《博浪沙始皇中擊》，其三曰《太子丹蕩秦雪恥》，其四曰《丞相亮滅魏班師》，其五曰《鄧伯道父子團圓》，其六曰《荀奉倩夫妻偕老》，其七曰《李陵重歸故國》，其八曰《昭君復入漢關》，其九曰《南霽雲誅殺賀蘭》，其十曰《宋德昭勘問趙普》。諸如此類，皆足補古來人事之缺陷。予方蓄此意而未發，及讀吾友悔菴先生所著《反恨賦》，多有先得我心者。可見天下慧心人必不以予言爲謬，異日當先出一二以呈教。

《琵琶》本意，正在勸人爲義夫，然篤於夫婦而不篤於父母，則不可以訓。故寫義夫，必寫其爲孝子，義正從孝中出也。乃諷天下之爲夫者，而不教天下之爲婦者，則又不可以訓。故寫一義夫，更寫二賢婦，見婦道與夫道宜交盡也。是以其文之妙，可當屈賦、杜詩讀；而其文意之妙，則可當《孝經》《曲禮》讀；更可當班孟堅《女史箴》一篇、曹大家《女論語》一部讀。

讀書者，當先觀作者所注意之處。如一部《琵琶記》，其前所注意，只在《官媒議婚》一篇；其後所注意，只在《書館相逢》一篇。蓋前則寫其辭婚相府，後則寫其不棄糟糠，如是而已。乃欲寫其辭婚，不得不寫其辭官；將寫其辭官，不得不先寫其辭試。既寫其辭試，因寫一逼試之蔡公，寫一留試之蔡母，更寫一勸試之鄰叟。凡此種種，皆因辭婚而添設者也。欲寫其不棄妻，不得不先寫其念妻；欲寫其念妻，不得不寫其念親。既寫其念親，因寫一代夫葬親之趙氏，寫一從夫省親之牛女，更寫一聽女迎親之牛相。凡此種種，皆因不棄妻而點染者也。而實則其所注意之處，只在一二篇。且不獨一部之中，其注意只在一二篇，即一篇之中，其注意亦只在一二句。得其注意之所在，然後知何處是陪客，何處是正主；何處是埋伏，何處是照應；何處是正描，何處是旁襯；何處是倒插在前，何處是順補在後。豈特《琵琶》爲然，古今才子之文皆如是，惟有心者自解之。

才子之文，有着筆在此而注意在彼者。譬之畫家，花可畫，而花之香不可畫，於是捨花而畫花傍之蝶。非畫蝶也，仍是畫花也。雪可畫，而雪之寒不可畫，於是捨雪而畫雪中擁爐之人。非畫爐也，仍是畫雪也。月可畫，而月之明不可畫，於是捨月而畫月下看書之人。非畫書也，仍是畫月也。高東嘉作《琵琶記》多用此法。而彼傖父者，不知其慘淡經營於畫花、畫雪、畫月之妙，乃漫然以爲畫蝶、畫爐、畫書而已也，則深没作者之工良心苦也。

高東嘉作《琵琶記》，直是左丘明、司馬遷現身。看他正筆首寫伯喈，次寫趙五娘，次寫牛小姐，次寫蔡公、蔡母，次寫牛丞相，次寫張大公，既極情盡致，而更閒筆寫花，寫月，寫雪，寫琴，寫酒，寫寒門，寫閥閲，寫旅次，寫考場，寫瓊林，寫早朝，寫花燭，寫義倉，寫墳墓，寫寺院，寫道場，寫書館，寫院子，寫梅香，寫老媼，寫媒婆，寫里正，寫社長，寫糧官，寫試官，寫赴試秀才，寫陪宴官，寫黄門官，寫山神，寫鬼使，寫拐兒，寫和尚，寫馬，無不描頭畫角，色色入妙。真所謂博兔博象，俱用全力者也。

雖云博兔博象俱用全力，而正筆、閒筆又有輕重、詳略之分。正筆宜重宜詳，閒筆宜輕宜略。畫家之法，遠水無波，遠山無皴，遠人無目，遠樹無枝。非輕之略之，其理應如此也。蓋其注意者，只在最近之一山、一水、一人、一樹，而其餘則止淡淡着墨而已。今人作傳奇，往往手忙脚亂，不知輕重詳略之理，遂至賓主莫辨。其與《琵琶》，何啻天淵！

《琵琶》用筆之難，難於《西厢》。何也？《西厢》寫佳人才子之事，則風月之詞易好；《琵琶》寫孝子義夫之事，則菽粟之詞難工也。不特此也，《西厢》純用北曲，每折自始至末，止是一人所唱，則其章法次第，井然不亂，猶易易耳。若《琵琶》則純用南曲，每套必用衆人分唱，而其章法次第，亦自井然不亂，若出一口，真大難事。試看李日華改《西厢》曲爲南調，雖便於梨園之唱演，然將原曲顛倒前後，畢竟不免支離錯亂，然後歎《琵琶》之妙爲不可及。

作文不難以艷語爲渲染，而難以淡語爲渲染；填詞不難以麗句入宫商，而難以平句入宫商。何也？蓋曲之體與詩不同。詩體直，直則貴其曲能運曲於直中，乃爲妙詩。曲體本曲，曲則又貴其直，能運直於曲中，乃爲妙曲。不然，而謳者循腔按板，抑揚頓挫，每至有一字數疊者，若更以雕琢堆砌之詞入之，幾令聽者不知其作何語矣。《琵琶》歌曲之妙，妙在看去直是説話，唱之則協律吕，平淡之中有至文焉。然《琵琶》之平淡則佳，後人學《琵琶》之平淡則不佳。夫唯執筆學之而不能佳，斯不得不以雕琢堆砌掩其短耳。

《琵琶》之平淡，後人勉强學之，究竟不能學者，何也？惟其勉强學之，所以不能學也。文章之妙，妙在自然。昔人論草書法，謂如古釵脚，不若如屋漏痕，以其有自然而然之神化也。夫屋漏痕豈可執筆而摹之者哉？

古之孝子、義夫、貞婦、淑女，其人與骨俱朽矣。而能肖其面目，傳其謦欬，描其神情，令人如睹古人於今日者，獨賴有梨園一技之存耳。奈之何今日作傳奇之人，但好寫神仙幽怪，男女風流之事，而不好寫孝子、義夫、貞婦、淑女之事耶？故傳奇必如《琵琶》，始可謂之不負梨園。

有傖父者，以《琵琶》之事爲未嘗有是事而不欲讀。夫文莫妙於《莊》《騷》，而莊生之言，寓言也；屈子之言，亦寓言也。謂之寓言，則其文中所言之事爲有是事乎？爲無是事乎？而天下後世有心人之愛讀之也，非愛其事也，誠愛其文也。其文既爲他人所無，而一人獨有之妙文，則其事不妨便爲昔日本無，而今日忽有之奇事，固不必問此事之實有不實有也。若有此文，又實有此事，則無如《左傳》《史記》矣。而天下後世有心之人愛讀《左》《史》也，爲愛其事而讀之乎？爲愛其文而讀之乎？苟以爲愛其事也，則古今紀事之文甚多，何獨有取乎《左》《史》也？其獨有取乎《左》《史》也者，誠愛其文也，非愛其事也。奈何傖父之沾沾焉，獨以事疑《琵琶》也？

且彼傖父之讀書，亦有時不沾沾計其事者矣。何以見之？吾見其於神仙幽怪、男女風流之事，固明知其無是事而仍喜讀之也。然則何讀至於《琵琶》所載孝子、義夫、貞婦、淑女之事，乃必以爲無是事而不欲讀也？曰：斯固不足怪也。當日東嘉作此書，不寫神仙幽怪、男女風流之事，而必寫孝子、義夫、貞婦、淑女之事，是其意原以俟夫天下後世有心人之能讀之，而初不願傖父之亦讀之也。夫天下後世之有心人，必其知文之人也；知文之人，必其知孝、知義、知貞、知淑之人也。彼傖父者，不但不知文，實不知孝如何孝，義如何義，貞如何貞，淑如何淑，則無怪乎其今日之不欲讀也。傖父今日之不欲讀，正此書之大幸也。此書幸而爲傖父所不欲讀，於是天下後世之有心人，咸樂得而讀之也。何也？蓋天下後世之有心人，固早知傖父所不欲讀之書，其書必非神仙幽怪、男女風流之書，而必其爲孝子、義夫、貞婦、淑女之書也。故爲傖父所不欲讀，斯有心人所樂讀也。故曰此書之幸也。

善讀書者，一眼看去，便看出書中緊要處。因悟當時著書之人，亦只覷得此緊要之處，一手抓住，一口噙住，更不一毫放空。於是其書遂成絶世妙文。今觀《琵琶記》，無一處不緊要，故無一處不妙。乃其所以妙處，只是抓得住、噙得住耳。

文章緊要處只須一手抓住、一口噙住，斯固然矣。然使才子爲文，但一手抓住、一口噙住，則一語便了，其又安能洋洋灑灑著成一部大書，而使讀者流連諷詠於其間乎？夫作者下筆著書之時，必現出十分文致，然後書成；而人讀之，領得十分文情。是故才子之爲文也，既一眼覷定緊要處，却不便一手抓住、一口噙住，却如此處之上下四旁，千迴百折，左盤右旋，極縱横排宕之致。使觀者眼光霍霍不定，斯稱真正絶世妙文。今觀《琵琶》文中，每有一語將逼攏來，一筆忽漾開去，漾至無可攏處又復一逼，及逼到無可漾處又復一開。如是者幾番，方纔了結一篇文字。正如獅子弄毬，猫貍戲鼠，偏不便抓住噙住，偏有無數往來撲跌，然後獅之意樂，猫之意滿，而人觀之之意亦大快也。

才子作文，有只就本題一二字播弄，更不必别處請客者。如《琵琶記・喫糠》《剪髮》兩篇，只就一『糠』字、一『髮』字，便層層折折，播弄出無限妙意。如韓退之《送王秀才序》，始終只拈一『酒』字爲播弄；蘇老泉《文甫字説》，始終只拈一『水』字爲播弄，豈非出神入妙之筆？《琵琶記》亦用此法，而其出神入妙更爲過之。

《琵琶》出神入妙處，不特其運意只就本題一字播弄，不必别處請客。即其運曲，亦嘗就本調以腔播弄，更不多换别腔。近日填詞家每喜换腔，此皆因才短手拙。前曲只此一意，後曲亦只此一意，意無轉變，故不得已而借换腔一爲轉變。且不但前曲與後曲不敢不换腔，只一曲中而依本腔轉接不來，便思犯入别腔，甚至有二犯三犯者。此非其腔之多，正其筆之窘耳。若東嘉之慣用【前腔】，而腔同而意不同，愈轉愈妙，愈出愈奇。斯其才大手敏，誠有不可及者。

《琵琶》文中，有疑合忽離，疑離忽合者，即如《幾言諫父》一篇，偏不寫其從諫，偏寫其語言觸忤，却不料有《聽女迎親》一篇，陡然一悔。又如《寺中遺像》一篇，偏不寫其相會，偏寫其當面錯過，却不料有《兩賢相遘》一篇突如其來。大約文章之妙，妙在人急而我緩之，人緩而我急之。人急而我不故示之以緩，則文瀾不曲；人緩而我不故示之以急，則文勢不奇。今觀《琵琶》，其緩處如迴廊度月，其急處如疾雷破山。其緩處，如王丞相營建康，多其紆折；其急處，如亞夫將軍從天而降，出人意外，豈非希有妙文？

《琵琶》文中，有隨筆生來、隨手抹倒者。如正寫春花，便接説『春事已無有』；正寫夏景，便接説『西風又驚秋』；正寫嫦娥，却云『此事果無憑』；正寫囑别，却云『空自語惺惺』；正寫感歎，却云『也不索氣苦』；正寫遺囑，却云『與甚生人做主』；正寫才俊無書不讀，却云『没有一字』；正寫御苑名馬無數，却云『没有一匹』；正寫杏園春宴，却云『今宵已醒繁華夢』；正寫黄門待漏，却云『算來名利不如閒』。至如寫彈琴却是不曾彈，寫寄書却是不曾寄，寫賣髮却是不曾賣，寫築墳却是不曾築，寫山鬼却云没有鬼，寫松樹却云没有樹；寫請官糧偏失了官糧，寫負真容偏失了真容，寫諫父而諫時偏不聽，寫迎親而迎時偏迎不着，寫抱琵琶而牛趙鬥筍偏不用琵琶，寫入佛寺而夫婦相會偏不在佛寺。此皆隨筆生來，隨手抹倒者也。隨筆生來，本無忽有；隨手抹倒，是有却無。此中饒有禪意，何必《西厢》『臨去秋波』之句始可以悟禪耶？

予嘗聞善弈者之言矣。其言曰：凡下第一着時，先算到三着四着，未足爲善弈也。下第一着時，不但算到三着四着，更能算到五六七八着，亦稱高手矣；然而猶未足爲盡善也。善弈者必算到十數着，乃至數十百着，只到收局而後已。如王積薪夜半聽姑婦談弈，不過十數着而全局已竟。然則當其下此十數着時，其心力眼力不止在此十數着而已，在數十百着之後也。人若不能算到全局，而但看此十數着，則無一着不是閒着。若能算到全局，而後看此十數着，則無一着是閒着。《琵琶》之爲文，亦猶是已。嘗見其閒閒一篇，淡淡數筆，由前而觀，似乎極冷極緩、極没要緊。乃由後而觀，竟爲全部收局中極緊極要極不可少之處。知此者，庶幾可與縱讀古今才子文。

文章有步驟不可失、次序不可闕者。〔一〕如《牛氏規奴》爲《金閨愁配》張本，《金閨愁配》爲《幾言諫父》張本，《臨粧感歎》爲《勉食姑嫜》張本，《勉食姑嫜》爲《糟糠自厭》張本。若無《才俊登程》，則杏園之思家爲單薄；若無《激怒當朝》，則陳情之不許爲突然；若無《再報佳期》，則《强效鸞凰》爲無序；若無《丞相教女》，則《聽女迎親》爲無根；若無

〔一〕闕：原作『關』，據文義改。

《路途勞頓》，則《寺中遺像》爲急遽；若無《孝婦題真》，則《書館悲逢》爲無本。總之，才子作文，一氣貫注，增之不成文字，減之亦不成文字。韓昌黎之《雜説》《獲麟解》《送董邵南序》，王荆公之《讀孟嘗君傳》，即欲增之，惡得而增之？賈誼《治安策》，董仲舒《天人策》，蘇長公《上神宗皇帝書》，即欲減之，又烏得而減之？

最可怪者，人以《西厢》之十六折爲少而欲續之，以《琵琶》之四十二齣爲多而欲删之。夫誠知《西厢》之不必續，則知《琵琶》之不可删矣。鳬脛雖短，續之則傷；鶴頸雖長，斷之則悲。文之妙者，一句包得數篇，則短亦非短。數篇只如一句，則長亦非長。湯若士先生《牡丹亭傳奇》，長至五十餘折，至今膾炙人口，讀之不厭其多。近日吾友悔菴先生有《讀離騷》《弔琵琶》《桃花源》《黑白衛》等樂府數種，每種止三四折，亦復膾炙人口，讀之不覺其少，又何獨疑於《琵琶》？

《琵琶·書館悲逢》以前之不可删，固有説矣。至於《書館悲逢》以後之不可删，則又有説。續《西厢》者於《草橋驚夢》之後，補寫鄭恒逼婚、張生被謗、雙文信讒，見之欲嘔，固不如勿續也。不如勿續，則其所續者删之可也。若《琵琶》本出一人之手，本未嘗續，何容議删？試觀其寫牛相之别女、牛氏之别父，與《南浦囑别》一篇，特特相肖。寫父之念女、女之念父，又與《蔡母嗟兒》《宦邸憂思》特特相肖。讀者於此可以通《大學》絜矩之心，可以推《中庸》忠恕之理，可以悟《論語》不欲勿施之情，可以省《孟子》出爾反爾之戒。其文妙如此，如之何可删也？乃若孝子之廬墓，賢媛之守制，演劇者以爲不祥而删之，在演劇者則可耳。每見村學究教子弟讀書，則讀《尚書》，不欲讀《顧命》；讀《戴禮》，不欲讀《喪記》，彼不過爲應童子試計，何嘗爲讀書計哉？夫以有心人而讀『五經』，必不同於村學究。然則以有心人而讀《琵琶》，又豈同於演劇之梨園也？

天下最冤者，莫冤於古人之文被後人改壞，而訛以傳訛，竟曰：『古人之文本如是。』良可痛也！如唐詩『關山同一點』，而村學究乃改『點』字爲『照』字。又如『獨遊亭午時』，而或則改『午』爲『子』字，豈非點金成鐵耶？《琵琶》俗本之誤，往往有類此者，今悉依家藏元本訂正，一雪古人之冤。

作文命題，最是要緊。題目若好，便使文章添一倍光采；若題目不甚好，則文章雖極佳，畢竟邏有可議處。如批評《水滸傳》者，雖極罵宋江之權詐，而人猶或以爲誨盜；批評《西厢記》者，雖極表雙文之矜貴，而人猶或以爲誨淫，蓋因其題目不甚正大也。今《琵琶記》文章既已絶佳，而其題目又極正大，讀者其又何議焉？

予嘗讀《西厢記》題目不及《琵琶記》，因思《水滸傳》題目不及《三國志》。《水滸傳》寫萑苻嘯聚之事，處處驚人；不如《三國志》寫帝王將相之事，亦復處處驚人。且《水滸》

所寫萑苻嘯聚之事，不過因《宋史》中一語憑空捏造出來。既是憑空捏造，則其間之曲折變幻，都是作者一時之巧思耳。若《三國志》所寫帝王將相之事，則皆實實有是事，而其事又無不極其曲折，極其變幻，便使捏造，亦捏造不出，此乃天地自運其巧思，憑空生出如許奇奇怪怪之人，因做出如許奇奇怪怪之事也。昔羅貫中先生作通俗《三國志》，共一百二十卷，其紀事之妙不讓史遷，却被村學究改壞，予甚惜之。前歲得讀其原本，因爲校正。復不揣愚陋，爲之條分節解。而每卷之前，又各綴以總評數段，且許兒輩亦得參附末論，其贊其成。書既成，有白門快友見而稱善，將取以付梓，不意忽遭背師之徒欲竊冒此書爲己有，遂致刻事中閣，殊爲可恨！今特先以《琵琶》呈教，其《三國》一書，容當嗣出。

予今日之得以《琵琶》呈教也，實我先大人之遺惠也。猶記孩提時，先大人輒舉古今孝、義、貞、淑之事相告。及稍識字，即禁不許看稗官，亦并不許看諸傳奇。而《琵琶記》獨在所不禁，以其所寫者皆孝、義、貞、淑之事，不比其他傳奇也。大人既不禁我看，我因得時時看之。愈看愈覺其妙，因大歡喜之。而今乃得自以其幼時所歡喜者，出而就正於四方君子也。然則昔者我先大人於諸傳奇中而獨許我看《琵琶記》，其愛我不甚深哉！我今願徧告天下父兄子弟，須知《琵琶記》并不是傳奇，人家子弟斷斷不可把《琵琶記》來當作傳奇看；人家父兄尤斷斷不可誤認《琵琶記》爲傳奇，而禁其子弟使不得看也。

予之得見《琵琶記》，雖自幼時，然爾時不過記其一句兩句吟咏而已。十六七歲後，頗曉文義，始知其文章之妙乃至如此，於是日夕把玩，不釋於手。因不自量，竊念異日當批之刻之，以公同好。不意忽忽三四十年，而此志未遂。蓋一來家無餘資，未能便刻；二來亦身無餘閒，未暇便批也。比年以來，病目自廢，掩關枯坐，無以爲娱，則仍取《琵琶記》，命兒輩誦之，而我聽之以爲娱。自娱之餘，又輒思出以公同好。由是乘興粗爲評次，我口説之，兒輩手録之。既已成帙，將徐爲剞劂計。然自愧愚淺之見，不足爲古人增重，亦未敢信今人之必有同好也。今夏之杪，蔣子新又偶過予齋，於案頭檢得此書。展看一過，即撫掌稱歎，以爲聲山氏誠高東嘉之知己矣。且《琵琶》一書得此快評，直爲孝子、義夫、貞婦、淑女别開生面。是不特文人墨士窗前燈下所不可少之書，而亦深閨繡閫、粧臺鏡側所不可少之書也。盍急授之梨棗，使四方能讀書之人，每人各攜數帙以歸，留自玩，與留備友人借觀外，一付塾師以誨弟子，一付保母以誨女子。俾皆有所觀法，則爲朝廷廣教化，美風俗，功莫大焉。予感其言，即進梓人而以斯言告之。梓人亦以斯言，故遂不日而竣役。予因嘆高東嘉《琵琶記》與羅貫中《三國志》皆絶世妙文，予既皆批之，則皆欲刻之，以公同好者也。而一則遭背師之徒而中閣，一則遇知音之友而速成。嗚呼！古人之書，誠望後人之能讀之。而一人讀之，尤望與天下之人共讀之。乃或能即與共讀，或不能即與共讀，其間豈亦有幸有不幸乎？ 夫予固不足論，獨念羅貫中何不幸而遭彼背師之徒，高東嘉何幸而遭此知音之友也？

《琵琶記》雖是絶世妙文，然今既習見習聞，天下當已無人不讀，不知却是并未曾得讀也。即有一二有心人亦嘗評之論之，但評之未詳，論之未悉，天下人終有不能讀者。我今更評之論之，庶幾與天下人共讀之。

所謂有心人評之論之者，如王王鳳洲、湯若士、徐文長、李卓吾、王季重、陳眉公、馮猶龍諸先生是已。人試觀諸先生評論在前，則知予今日之讚美《琵琶記》非出臆説； 亦唯觀諸先生評論在前，方知予今日别出手眼，非敢有所蹈襲前人也。 謹采輯前賢評語列之如左。

## 前賢評語

王鳳洲先生曰： 南曲以《琵琶》爲冠，是一道《陳情表》，讀之使人欷歔欲涕。

又曰： 《琵琶記》四十二齣，各色的人、各色的話頭、拳脚眉眼，各肖其人，好醜濃淡，毫不出入； 中間抑揚映帶、句白問答，包涵萬古之才。 太史公全身現出，以當詞曲中第一品，無愧也。

又曰：『你爹娘倒教別人看管』，此語參人情，按世態，淋漓嗚咽，讀之一字一淚，却乃一淚一珠。

又曰：『縱然錦衣歸故里，補不得你名行虧』，蔡母立一宗公案，自作勘語，判盡了語人刀筆！

又曰：『絳羅深護奇葩小』，乃單語中巧語，巧在一『小』字。

又曰：《琵琶記》當以《蔡母嗟兒》一篇爲霓裳第一拍。看他語語刺心，言言洞骨，絶不閒散一字。半入雍門之琴，半入漸離之筑，凄悽楚楚、鏗鍧鏜鎝，庶幾中聲起雅。

又曰：『幾回夢裏，忽聞鷄唱。忙驚問，錯呼舊婦，同候寢堂上』，這般恍惚心緒，似夢似醒，若有若無，舌底模糊道不出處，却寫得朗朗悽悽，真乃筆端有舌！

又曰：吾友胡元瑞云，《琵琶記・中秋望月》一篇，肌肉太豐，似乎詞勝意不勝。予曰：不然。如『萬點蒼山，何處是修竹吾廬三徑』；又如『深閨思婦，怪他偏向别離明』，骨肉何嘗不相稱耶？

又曰：『縱認不得是蔡伯喈昔日的爹娘，須認得是趙五娘近日的姑舅』，苦口苦心，憑三寸筆尖寫來，自足碎人心腸。予嘗悶坐齋頭，極想此二句，欲翻案作數語，畢竟他情到詞到，不容人再着筆，只得學坡公之讓退之獨步也。

又曰：『爹猶念女，怎教他爹娘不念孩兒』，金針刺入膏肓，與『你爹娘倒教別人看管』，都只在舌頭上畧下轉機。高老慣弄此舌。

又曰：《琵琶記·兩賢相遘》一篇，幻設婦女之態，(一)描寫二賢媛心口，真假假真，立談間而涕泣感動，遂成千載之奇，便即酈生一朝説下齊七十餘城，從太史公筆端描出，言猶在耳。

又曰：吾友胡元瑞嘗笑蔡中郎大不幸，流離困苦一生，千載後又被高東嘉污衊，編其再婚牛氏，遂爲里巷唾罵無已時。今讀曲中『衆所誚，人所褒』之句，恨不浮三大白，亟酹蔡中郎地下。

湯若士先生曰：《琵琶記》從頭至尾，無一句快活語。讀如此傳奇，勝讀一部《離騷》。

又曰：《琵琶記》都在性情上着工夫，并不以詞調巧倩見長。

又曰：天下布帛菽粟之文，最是奇文，但不足以悦時目耳。然有志著書人，豈肯與時目作緣者？東嘉此書，不特其才大，其品亦甚高。

---

(一) 幻：原作『幼』，據文義改。

又曰：　文之妙者不肯説鬼説夢，然文之妙者又偏會説鬼説夢。若左丘、司馬是已。今看《琵琶記・感格墳成》一篇，將没作有，翻正爲奇，明明説鬼説夢，却又不是認真説鬼説夢。正如弄丸承蜩，令人無可捉摸。

徐文長先生曰：《琵琶》一書，純是寫怨。蔡母怨蔡公，蔡公怨兒子；趙氏怨夫婿，牛氏怨嚴親；伯喈怨試、怨婚、怨及第，殆極乎怨之致矣。《詩》可以興，可以觀，可以群，可以怨，《琵琶》有焉。

又曰：　黯然銷魂者，唯别而已矣。唐人多朋友送别之詩，元人多夫婦惜别之曲。然寫朋友送别，慨然悲壯，能令人增長意氣。若寫到夫婦惜别，縱使極情盡致，不過男女繾綣之私已耳。《琵琶》高人一頭處，妙在將妻戀夫、夫戀妻都寫作子戀父母、婦戀舅姑。如《南浦》一篇，始之以『親在遊怎遠』，而終之以『歸家只恐傷親意』，此其不淫不傷，發乎情，止乎禮義者也。不然，爲男子者出門惘惘，有離别可憐之色，叮嚀顧婦子語，刺刺不休，便不成丈夫。爲女子者，全不注意功名，爲良人勸駕，只念衾寒枕冷，牽衣涕泣，便不成賢媛。

又曰：　《琵琶》有囑别之文，《西廂》亦有囑别之文，而《西廂》之文之妙，固在囑别之前。從前寫得鶯鶯極其嬌雅，極其矜貴，蓋惟合之難，故離之難耳。若只寫《長亭送别》一篇文字，便没氣骨。然仔細看來，《西廂》囑别之文，畢竟只寫得男女繾綣之私，畢竟還遜

《琵琶》一着。

又曰：《琵琶記·才俊登程》一篇，摹寫旅況，丹青所不及。

李卓吾先生曰：元曲崔、蔡二奇，桓、文遞覇，近人往往左袒《琵琶》，以其有裨風化。如發端便主甘旨，猶之唐詩李、杜二家，亞李首杜，謂存『三百篇』遺意。

又曰：『爲着一領藍袍，落後五綵班衣』，〔一〕艷色逼人，不着古今花草，却又不減花草。

又曰：『《孝經》《曲禮》，早忘了一段』，禪諦正不在多，直舉半偈。

又曰：『相遭際，暮年姑舅，薄情夫婿』，是古天竺先生提鉢向壁間説苦行禪半偈，便了却千言萬語不了。

又曰：予嘗聽人説，《琵琶記》多了《金閨愁配》一段。然有這段，纔無滲漏，乃避其虛而故實之，有左丘、太史之致。

又曰：《糟糠自厭》一篇，字字本色，不失古樂府韻調。

又曰：《糟糠自厭》《代嘗湯藥》《祝髮營葬》數條，當識其規獲特創，無古無今，在傳奇中高出人一頭地。

〔一〕綵：原作『採』，據文義改。

又曰：《琵琶記》大率一篇各設一象。如《剪髮》一篇主一『髮』字，發出許多意思，入巧入細。我疑文人頭髮，亦是空慧的。

又曰：金釵十二行，牛僧孺事也，東嘉用之於漢前。蓋詞人調弄筆頭，不復暇計漢唐，譬之王維《雪裏芭蕉》。漢調盡理，無礙畫趣。

又曰：『他心中愛子，指望功名遂』『他眼下無兒，因此埋怨你』二句，排偶平和，其怒不驟不噪。至今使人聽之，猶覺口角甜和。

又曰：俗傳東嘉初作《琵琶》，以蔡中郎爲不忠不孝。後夢中郎謂之曰：『子能填我於懿行乎？願陰爲報。』夢覺，乃易爲全忠全孝。予謂：是未必然。無亦東嘉書既成，悔其誣誕之非，故作鬼語以自解也。中郎如果有靈，縱不能如六丁神挾雷電而下將取書去，亦當如犀渚魑魅，直以幽明不相及叱之。豈至如兒女縮怯作乞憐語耶？亦足供談林中一大噱。

王季重先生曰：《西厢》易學，《琵琶》不易學。蓋傳佳人才子之事，其文香艷，易於悦目；傳孝子賢妻之事，其文質樸，難於動人。故《西厢》之後有《牡丹亭》繼之，《琵琶》之後難乎其爲繼矣。是不得不讓東嘉獨步。

又曰：《琵琶》曲中襯字頗多，若必欲勉强删去，將原本改壞，便不成文字矣。夫詩言志，歌永言，既不成文字，又何以成歌曲耶？

又曰：《琵琶》原曲多爲後人改壞，不特曲爲然也，即白中亦有之。如『雖可拋兩月夫妻』，俗本將『雖』字改作『豈』字。又如『難道各人自掃門前雪』，俗作削去『難道』二字，豈非點金成鐵乎？

又曰：人道《琵琶》無艷曲，試看《琴訴荷池》《中秋望月》兩篇，何嘗不艷？

陳眉公先生曰：人有一勺不濡而多酒意者，淡而有味故也。有一筆不染而多畫意者，淡而有致故也。有一偈不參而多禪意者，淡而有神故也。妙人如是，妙文何獨不然？《琵琶》之文淡矣，而其有味，有致，有神，正於淡中見之。

又曰：鍾伯敬論詩，每至妙處，便云『清空一歲如話』。我於《琵琶》亦云。

又曰：《西廂》《琵琶》，譬之畫圖。《西廂》是一幅着色牡丹，《琵琶》是一幅水墨梅花；《西廂》是一幅艷粧美人，《琵琶》是一幅白衣大士。

又曰：《琵琶》曲俱自然合律而不爲律所縛，最是縱横如意之文。

馮猶龍先生曰：先儒有言，讀諸葛亮《出師表》而不下淚者，必非忠臣；讀李密《陳情表》而不下淚者，必非孝子。今當更二語曰：讀王鳳洲《鳴鳳記》而不下淚者，必非忠臣；讀高東嘉《琵琶記》而不下淚者，必非孝子。

又曰：傳奇中插科打諢，俗眼所樂觀，名手所不屑。今之演《西厢》者，添出無數科諢，殊覺傷雅，而實則原本未嘗有也。《西厢》且然，況《琵琶》乎？高老自言『休論插科打諢』，彼固不屑以科諢見長。

又曰：《琵琶》曲多借韻，如真文借用庚青、先天借用寒山之韻。此在善歌者審其本韻以何爲主，將借韻收入本韻唱之可耳。夫曲之有韻，亦如詩之有粘，李、杜詩多有不拘粘者。今人作曲，未嘗失韻，而曾不及東嘉之萬一，亦如作詩未嘗失粘，而曾不及李、杜之萬一也。

又曰：詩止平仄二聲，曲則於仄聲内又必辨上、去、實三聲。有上、去、實可通用者，亦有上、去、實不可通用者。如應用去而用實，則不合腔；應用上而用去，則不起調。又有實聲可借作平聲者，亦有不借作平聲者，如一樣兩實聲字，而一作平，一不作平，各自不同，不得錯認。諸如此類，頗費填詞者之經營。獨《琵琶記》隨筆寫去，自然合拍，不特文字佳，音律尤佳，允爲南曲之冠。

以上前賢評語，章章如是，而予更有所論次者，舉其引端之旨而暢言之，又舉其未發之旨而增補之者也。予因病目，不能握管，每評一篇，輒命崗兒執筆代書；而崗兒亦時有所參論。又復有舉予引端之旨而暢言之，舉予未發之旨而增補之者。予以其言可採，使亦附布於後，以質高明。

## 參論

毛序始曰：《琵琶記》篇首標題云『全忠全孝蔡伯喈』，予竊疑焉。生不能養，死不能葬，可謂孝乎？辭官不得，日日思鄉，將國爾忘家之謂，何而名之曰忠也？俗傳東嘉以夢警之故，乃改不忠不孝爲全忠全孝。今觀其文，何嘗是全忠全孝？意者未曾改文字，只改得題目耳。若果曾改文字，則其書中不應復有無數罵伯喈文字。如『縱然錦衣歸故里，補不得你名行虧』，是借蔡母口罵之；『怨只怨蔡伯喈不孝子』，是借蔡公口罵之；『思量薄倖人，辜奴此身』，是借趙氏口罵之；『撇父母拋妻不保』『三不孝逆天罪大』，是借張公口罵之；『笑伊家短行，無情忒甚』，是又借牛氏口罵之。猶未已也，其自言曰：『不睹親負心的薄倖郎。』又云：『似我會讀書的，倒把親撇漾。』又云：『撇却糟糠妻下堂。』人罵之未足，又復自罵。其文字如此，故知其未曾改也。然有罵處，隨有勉强斡旋處。罵之，所以刺王四之負心；斡旋之，所以望王四之補過。深其文者，借蔡邕以罵王四；易其題者，終不致以王四誣蔡邕也。

又曰：文章不曲折則不妙。《西厢記》張生終得與鶯鶯配合，全賴紅娘之力，乃妙在鶯鶯偏要瞞着紅娘。《琵琶記》趙氏再得與伯喈團圓，全賴牛氏之賢，乃妙在伯喈偏要瞞着牛氏。其曲折處，正是一樣筆墨。然鶯鶯瞞紅娘，紅娘不曾猜破，却是張生道破；伯喈瞞牛氏，伯喈當面不曾説破，却被牛氏背地聽破。一樣筆墨，又是兩樣文法。

又曰：吾友蔣新又嘗云：『文章但有順而無逆，便不成文章；傳奇但有歡而無悲，亦不成傳奇。』誠哉是言也！然所以有逆有悲者，必用一人從中作鯁，以爲波瀾。如《西廂》有崔夫人作鯁，《琵琶》有牛丞相作鯁。乃夫人作鯁是賴婚，丞相作鯁是逼婚；夫人賴婚到底賴不成，丞相逼婚竟逼成了。同一波瀾，而《琵琶》文法又變。

又曰：《琵琶》曲多有連用【前腔】者，此《詩經》文法也。《詩經》每篇幾章，章幾句，往往後章與前章、後句與前句更不改换，中間只略易一二字，便覺前後淺深不同。《琵琶》之曲，亦猶是爾。

又曰：《西廂》北曲無『合前』之體，而《琵琶》南曲多有『合前』者，此亦《詩經》文法也。如『漢之廣矣，不可泳思；江之永矣，不可方思』；又如『懷哉懷哉，曷曰予還歸哉』之類，每章結尾只是一樣句語，更不改换一字，此蓋風人所注意者在此，故不覺言之重、詞之復，再三唱嘆，以足其意。《琵琶》之曲，亦猶是爾。

又曰：《琵琶》曲中所謂言之重，詞之復，再三唱嘆以足其意者，如《高堂稱慶》一篇，連歌『共祝眉壽』，正爲自此以往祝壽不可復得，故於此頻頻道之。又如《琴訴荷池》一篇，連歌『清世界，幾人見』，是言對景爲歡者能有幾人見。苦樂不同，正打動孝子思家之意，故言之重也。又頻歌曰『不覺暗中流年换』，見光陰易去，省親無時，正打動孝子愛日之誠，故詞之復也。又如《中秋望月》一篇，頻歌曰『年年此夜，人月雙清』，此在牛氏眼中見，爲人與月俱圓；而伯喈意中，則人正有不能與月俱圓者，故再三唱嘆以寄懷也。又如《拐兒紿誤》一篇，頻祝曰『一家賀喜，只説他日再相見』；《聽女迎親》一篇，頻祝曰『耳聽好消息』，『相逢處，好筵席』；《寺中遺像》一篇，頻祝曰『龍神護持，護持他登山渡水』，正以後來不得再相見、無好消息、無好筵席、并不能登山渡水，故連歌之以反襯後文。蓋唯有前之祝，愈覺後之悲，必如是而文情始足也。乃若《廬墓》一篇，頻歌『覷真容形衰貌枯，想靈魂悲咽痛苦』，則以墓中之人，其形容不可復睹，可睹者唯真容耳，故對墳墓不得不復見真容，此皆從孝子心坎中摹寫出來。至於末篇頻歌曰『料天也會相憐憫』，此則一部書之大結穴也。何也？一部書，篇首便有『付之天也』『俟命於天』『謝天相佑』等語，中間又有『天付與』『天須鑒』『天降災』『天憐念』『便把蒼天禱』『天教夫婦再和諧』『問天天怎生結果』，無數『天』字，於是終篇亦頻呼『天』字以總結之。夫歷山之淚，號泣於父母，必號泣於旻天。孝子能事親，必能格天。故《琵琶》以天始，以天終也。嗚呼！一部傳奇耳，而始終稱天以大其辭，亦有如《尚書》二《典》三《謨》之始於『欽若昊天』，而終於『敕天之命』。《中庸》三十三章之始於『天命之謂性』，而終於『上天之載者』。然則《琵琶》一書，又安得以傳奇目之哉？

又曰：《琵琶》文中寫時序先後，一筆不亂。如《臨粧感歎》一篇，先云『羅巾淚漬，錦被羞鋪』，此整襟撚帶、推被起床之時；次云『緑雲懶去梳，鏡鸞羞自舞』，此方是臨粧理髮、對鏡整容之時；後云『輕移蓮步，堂前問舅姑』，然後是梳粧已畢、問寢高堂之時。又如『夢繞親闈』一曲，先云『重門半掩黄昏雨』，是寫黄昏；次云『枕邊萬點思親淚，伴漏聲到曉方歇』，然後從黄昏寫到五更；次云『慵臨青鏡，頓添華髮』，然後又從五更伏枕，寫到天明照鏡。又如《琴訴荷池》一篇，先寫『晝長日永』，是天正午；次寫『晚來雨過』，是天已晚；次寫新月一鈎，是天將暝；次寫『玉漏催銀箭』，是夜已闌。又如《中秋望月》一篇先云『誰駕玉輪來海底』，是月初起；次云『十二闌干光滿處』，是月正午；次云『斗轉星横』，是月已斜。此皆逐篇中之次序也。若總全部而計之，如『朝來峭寒輕透』，是寫早春；然後再寫『清明時候』，然後再寫『風光正暮春』，然後再寫『坐對南薰』，然後再寫『秋容光浄』，然後再寫『黄葉飄飄』，然後再寫『大雪添悽楚』。雖不必在一年之中，而自春而夏，而秋，而冬，寫來亦復循循有序。嘗讀《五才子書》，將寫六月生辰綱，便先於説三阮時寫阮小五鬓邊一朵石榴花，用筆最閒細。竊怪今人作文，胡亂下筆，前不顧後，後不顧前。想其讀古人文，定草草看過，故自己下筆亦草草耳。

又曰：《琵琶》將寫『長空萬里』，先寫『楚天雨過』。亦如將寫新月一鈎，先寫晚來雨過。蓋以月在雨後分外皎潔，故寫月必從雨後寫之。然夏月不如秋月，初生之月不如既滿之月。因空萬里，捨花而獨寫月者，意專在乎月也。新月一鈎，因荷香而旁及之，是寫花而帶寫月者，意不在乎月也。不惟意不在月，且亦并不在花。夫既不在花，又不在月，則《荷池》一篇意將安屬？曰：前之注意在琴，而後之注意在枕與扇。借琴以寫其念妻之情，借枕與扇以寫其思親之志，如是而已。唯後之注意在枕與扇，故於前文先寫『夢到家山』，先寫『簟展湘波紈扇』，又於丑、浄口中寫打扇，寫上眠床以引起之。後文又連寫數『眠』字、數『風』字，以映帶而襯染之。唯前之注意在琴，故篇首先寫『翠竹敲風』聲以引起之。後幅又寫其聲以陪之，又寫雨過聲、輕雷聲、柳中新蟬聲、菱歌唱晚聲、玉漏聲、笙歌聲，以宕漾而拖逗之。其用筆迴環交互，精妙如此，豈非才子之文？

又曰：嘗讀唐人詩，有一首之内而上下迴别者，如：『越王勾踐破吴歸，義士還家盡錦衣。宫女如花滿春殿，只今唯有鷓鴣飛。』上三句何等熱鬧，末一句何等悲涼！又如：『魚鳥猶疑畏簡書，風雲應爲護儲胥。』二語何等聲勢！忽接云：『徒勞上將揮神筆，終見降王出傳車。』何等掃興！又如：『千門柳色垂青瑣，三殿花香入紫薇。』何等華麗！末乃云：『官拙自悲頭白盡，不如巖下掩荆扉。』何等冷淡！又如：『欲取蕪城作帝家，錦帆應自到天涯。』忽接云：『於今腐草無螢火，終古垂楊有暮鴉。』前二語何等雄壯，後二語何等慘寂！諸如此類，未可枚舉。而《琵琶》文中，亦多用此法。試觀『十載親燈火』一曲，上半似艶科目，下半忽樂隱淪。『鳳凰池上歸環佩』一曲，上半是丞相罷朝，下半似老叟獨歎。『官居宮苑』一曲，上半是侍臣隨駕，下半似高士歸林。『月淡星稀』一曲，上半是早朝待漏，下半是客邸思家。此等筆法，正與唐詩相類者也。不但此也，唐詩有即兩句内而上下迥别者，如『蜀主窺吴向三峽，崩年亦在永安宫。』又如：『千尋鐵鎖横江岸，一片降旗出石頭。』上句皆極其雄，下句皆極其憊。又如：『高館張燈酒復清，鐘鳴月落雁歸聲。只言黄鳥堪求侣，無那春風欲送行。』第一句似喜，第二句似悲。第三句又似喜，第四句又似悲。如此之類，亦不可枚舉。而《琵琶》文中，亦往往有之。(一) 試觀《才俊登程》一篇，『雲梯月殿圖貴顯，水宿風餐莫厭貧』，上句熱，下句寒。『思鄉遠，愁路貧，肯如十度謁侯門？行看取，朝紫宸，鳳池鰲禁聽絲綸』，是又上語寒下語熱。此等用筆，又與唐詩相類

(一) 亦：原作『以』，據文義改。

者也。不但此也，唐詩又有即一句内而上下迴别者，如：『回首可憐歌舞地。』歌舞本是樂事，乃上着『回首可憐』四字，便黯然銷魂。又如：『露冷蓮房墜粉紅。』『蓮房粉紅』字本極香艷，乃着一『冷』字『墜』字，亦便黯然銷魂。又如：『映堦碧草自春色，隔葉黄鸝空好音。』碧草春色，黄鸝好音，豈非美麗字樣？而着一『自』字、『空』字，便覺神情蕭索。又如：『翠華想像空山外，金殿虚無野寺中。』翠華、金殿，十分尊貴；野寺、空山，十分荒凉。乃并在一句，又着『虚無』『想像』字，令人愴然傷懷。如此之類，亦復不可枚舉。而《琵琶》文中，又往往有之。試觀《宦邸憂思》一篇，其云：『悲傷，鷺序鵷行。』『鷺序鵷行』之上着『悲傷』二字，甚奇。又云：『怨香愁玉。』『香』字、『玉』字上着『愁』字、『怨』字，甚奇。又云：『把歡娱翻成悶腸。』『歡娱』與『悶腸』并説，甚奇。至於『新人鳳衾和象床』，可謂最樂。而上着『依然』二字，其辭若有憾焉，則又甚奇。乃其所尤奇者，『閃殺人花燭洞房，愁殺我掛名金榜』，(二)『洞房』『金榜』之上忽着『閃殺』『愁殺』等字，此從來未有之創句，即唐詩中亦不可易得。今人熟唱《琵琶》，等閒看過，故不覺其新異耳。夫操縵者將爲人解愠，則寫虞室之琴；將使人墮淚，則奏雍門之瑟。若欲以虞琴與雍瑟雜彈，必不

(二) 掛：原作『卦』，據文義改。

能矣。染翰者將寫嚴寒，則繪北風之圖；將寫炎暑，則描雲漢之象。若欲以北風與雲漢并畫，必不能矣。薦味者將爲人養生，則調甘飴之鼎；將爲人去病，則進苦口之劑。若欲以飴甘與荼苦交陳，必不能矣。獨有文人之筆，可於悲中見喜，可於喜中見悲；可於冷中寓熱，可於熱中寓冷；可於苦中得甘，可於甘中得苦。予初不信，乃於唐詩信之，今於《琵琶》愈信之也。

又曰：《琵琶記》曲白中，極閒處都有針綫，如《選士》一篇，試官口中誇稱長安富貴，却只將食味來説，是正與陳留饑饉、蔡家缺食、(一)里正奪糧、孝婦喫糠等事作反襯。又如寫牛氏富麗，却云『金鳳斜飛鬢雲矗』；又云『起來攜素手，鬢雲亂』；又云『香霧雲鬟』，是正與五娘臨粧感歎、剪髮賣髮等事作反襯。寫伯喈及第，却云『布袍脱下換羅衣』；又云『嫦娥剪就緑雲衣』；又云『荷衣穿緑』；又云『紫羅襴』『白玉帶』，是正與五娘之典賣衣衫、寸絲不掛、蔡公蔡母之衣衫敝垢、穿着破損衣裳作反襯。至若首篇有『連理芳年』『烏飛兔走』之語，於是中間亦有『隔墻花强攀做連理』，與『連理無旁枝』『廝趕的皆狐兔』等語以映帶之，而末篇便以『連枝異木』『白兔如馴』雙結之。此皆極閒中有針綫處，讀者

(一) 缺：原作『决』，據文義改。

勿忽爲閒筆，而不尋其針綫之所伏也。

又曰：讀《南浦囑別》一篇，至蔡公蔡母下場時，定當墮淚。蓋親與子自此一別，終天不再會矣。或曰：蔡公蔡母本皆子虛烏有，奈何認真爲之淚落耶？曰：其事雖本未有之事，而其情則至不堪之情也。凡人於難爲情之處而不動念者，其人非大解脱人，必極忍心之人。

又曰：人謂《西厢》寫佳人才子，《琵琶》寫孝子賢妻。我謂《琵琶》之寫孝子賢妻，何嘗不是佳人才子？伯喈沉酣六籍，貫串百家，固是曠世逸才。即趙氏寒門素質，知音染翰；牛氏繡幕奇葩，通詩達禮，豈非絶代佳人？蓋自古及今，真正才子必能爲孝子義夫，真正佳人必能爲賢妻淑女。或疑文人往往無行，才女往往失節。東嘉之作《琵琶記》，正欲爲天下佳人才子一雪斯言耳。

又曰：《琵琶記》寫伯喈讀真容題詞，矍然曰『句句道着下官』。我因想王四當日見了《琵琶記》，定當作此語。且不獨王四然也，凡天下後世負心人見了《琵琶記》，當無不作此語。故《琵琶》一書，必真正佳人才子方肯讀，彼不孝不義、不賢不淑之人，決不肯讀。

又曰：《琵琶記》雖有所託諷而作，然不過朋友規諫之意耳。至於朝廷之上，天子之尊，初未敢一語稍涉譏刺也。觀其首篇第一曲，便稱『風雲太平日』，其中篇又云『太平時車書已同，干戈盡戢文教崇』，又云『時清莫報君恩重』，又云『乾坤正，玉柱擎天又何用』，直至卷末，仍以『玉燭調和，聖主垂衣』作結。其尊奉朝廷，頌揚天子，可謂至矣。天下後世之著書立説者，皆當以此爲法。

康熙丙午秋日，雍正乙卯春日，七旬灌叟程自莘氏校刊於吴門之課花書屋。

百年世事堪賦，萬種情難訴。凝望白雲遠，頻回顧，青山暮。記取陽關路，還相覷，憂恨落南浦，腸回處。八旬母，曾憶當年乳哺。兩月妻房，頓易昔時情愫。漫説人生輕散聚，休誤秋草，年年霜露。

右調隔浦蓮

桂岩張大綸題

# 繪風亭評第七才子書琵琶記卷二

## 聲山別集

### 第一齣　副末開場(一)

文章之妙，不難於令人笑，而難於令人泣。蓋令人笑者不過能樂人，而令人泣者實有以動人也。夫動人而至於泣，必非佳人才子、神仙幽怪之文，而必其爲忠貞節孝之文可知矣！顧或學爲忠貞節孝之文，而竟不能動人，遂反不如佳人才子、神仙幽怪之文之足樂，則甚矣。樂人易，而動人難也。今觀《琵琶》一書，所以繪天性之親者，抑何其無不逼真，無不曲至乎？於父母之愛子，則一寫其逼試，一寫其嗟兒；於姑舅之愛媳，則一寫其見糠而悲，一寫其遺筆而逝；於子之念父母，則寫其却婚，寫其辭官，寫其思鄉，寫

(一)　原作『副末開場　第一齣』，據通行本改。下同改。

其寄書，寫其臨風而悼於新篁池閣之時，寫其對月而嗟於萬里長空之夜；於媳之奉舅姑，則寫其請糧、寫其進藥、寫其剪髮、寫其築墳、寫其畫真容於紙上，何啻慨聞優見之誠！寫其抱琵琶於道中，不減行哭過市之慘。其描畫慈父慈母、孝子孝媳，可謂曲折淋漓，極情盡致矣。至若寫妻之憶夫，則『春闈催赴』之曲，雖草蟲之嗟未見，殷雷之念還歸，不是過也。寫夫之憶妻，則『舊絃欲斷』之歌，雖《衛風》之傷契闊，幽人之懷婦歎，不是過也。他如寫張公之恤鄰，有賢者好施之風；寫牛氏之規親，有孝子幾諫之意；寫丞相之悔過，有貴人遷善之美；無不足以發人深省，而起人長思。所裨於風化者，豈淺鮮哉！或曰：演劇所以侑酒，而酒所以合歡，必欲使觀劇者泣數行下，將合歡之謂何？予曰：不然。不見夫善讀書者耶？善讀書者，以書爲下酒物。讀至喜處，則掀髯一笑，爲浮一大白；讀至憤處，則拍案一叫，爲浮一大白；讀至悲處，則放聲一哭，亦爲浮一大白。不獨喜處可下酒，憤處、悲處亦未嘗不可下酒也。昔人云：痛飲讀《離騷》。非痛飲不可讀《離騷》，而讀《離騷》正不得不痛飲耳。《琵琶》一書，直與《離騷》仿佛，而又豈其他傳奇之所能及其萬一與？先生自許曰『驊騮獨步』，誠哉其獨步也！

此篇於副末口中敘傳奇始末，只劈頭『趙女姿容』一句，便非凡手所能及。夫書以蔡邕爲文，則當以蔡邕爲起，奈何先言婦而後言夫？其先言婦而後言夫，不以蔡邕爲起者，明其書之非真爲蔡邕而作也。邕聞有女蔡琰矣，未聞有妻趙氏也。蔡邕之爲蔡邕，有是人者也；趙氏之爲趙氏，無是人者也。不以有是人者爲起，而以無是人者爲起，凡以明其事之皆子虛烏有，而不得以是疑蔡邕也。顧起語之先婦後夫，斯固然矣。若後幅之『孝矣伯喈，賢哉牛氏』，仍先夫而後婦，則又何也？曰：先生又有微意焉。趙氏所以影周氏也，牛氏所以影不花氏也。王四棄周氏，則周氏者，王四所欲抑而下之者也。王四棄周氏而娶不花，則不花者，王四所欲尊而上之者也。乃今先生於其所欲下之者，則反上之；於其所欲上之者，則反下之，蓋矯其失者當如是也。且使婦而挾貴以凌其夫，則惡得謂之賢？其云『賢哉牛氏』，必其能自處於夫之下者也。且不唯能自處於夫之下，必并能處於前妻之下者也，先生所以爲不花氏諷也。古人於片語隻字之一前一後，其不苟如此。每怪今之黄口孺子、章句腐儒，略知平仄，便思揮毫染翰，儼然來作傳奇，吾不知其所作居何等也！

此篇之妙，又妙在『書館相逢最慘悽』一句。未相逢之慘悽，人所共知；既相逢之慘悽，非深於情者不能道也。人情痛定思痛，喜極而悲。方其久離忽合，縱使父母俱存，家門無恙，而夫妻相見之日，有不抱頭大哭而遽執手言歡者乎？况前乎此者有慘悽矣。『多管臣親，必做溝渠之鬼』，辭朝時之慘悽也；『縱然歸去，又恐怕帶麻執杖』，思鄉時之慘悽也，此慘悽於未相逢之前者也。然曰『溝渠』，曰『麻杖』，誠爲哀痛之語，而曰『多管』，曰『又恐』，猶爲懸度之詞，懼其然、慮其然，而尚冀其或不然，則慘悽猶未甚也。至於書館相逢，而向之懼其然而慮其然者，今而果然矣；向之尚冀其或不然者，今而竟無不然矣。則孝子之慘悽，惟此時爲最耳。不特孝子之情如是，即趙氏見夫時之慘悽，比剪髮、築墳時之慘悽爲倍。至牛氏見趙氏遇夫時之慘悽，亦比兩賢相遘時之慘悽爲倍。至若云既相逢矣，何復慘悽？此人誠不足與言情，亦不足與言文者也。

（副末上）

【水調歌頭】（末）秋燈明翠幕，夜案覽芸編。今來古往，其間故事幾多般。少甚佳人才子，也有神仙幽怪，瑣碎不堪觀。正是：不關風化體，縱好也徒然。(一)

【換頭】論傳奇，樂人易，動人難。(二)知音君子，這般另作眼兒看。(三)休論插科打諢，(四)也不尋宮數調，(五)只看子孝共妻賢。(六)正是：驊騮方獨步，萬馬敢争先。(七)

（末）今日梨園子弟唱演《琵琶記》，試把傳奇始末，略述一番者。

【中呂慢詞・沁園春】（末）趙女姿容，蔡邕文學，(八)兩月夫妻。奈朝廷黄榜，遍招賢士；高

(一) 夾批：抹倒世間無數傳奇。作傳奇耳，却説出『風化』二字，然則世間何可無傳奇？然則世人又何得輕易便作傳奇？

(二) 夾批：樂人者令人笑，動人者令人哭。人之有笑無哭者，必非快人；文之有笑無哭者，亦非快文。

(三) 夾批：揚子雲之後更有揚子雲自能知子雲，高東嘉之後更有高東嘉自能知東嘉也。

(四) 夾批：書中不無科諢處，然隨筆點染，多有寓意。

(五) 夾批：曲難更端，每以一調爲終始。而此書間有出調，其韻脚及閒句煞字亦多不拘平仄，蓋與局趣者不同。

(六) 夾批：所以勝人處在此。

(七) 夾批：先生自許，予亦以此許之。

(八) 夾批：先言趙女而後言蔡邕，妙絶。蓋書爲王四棄周氏而作，故以趙女爲起者，特借趙女以況周氏也，若蔡邕則非其意之所在，故不以之爲起耳。他本傳奇無端效顰，便未免倒置矣。

堂嚴命，强赴春闈。(一) 一舉鰲頭，再婚牛氏，(二)利綰名牽竟不歸。(三) 饑荒歲，雙親俱喪，此際實堪悲。(四)

【換頭】堪悲，趙女支持，剪下香雲送舅姑。把麻裙包土，築成墳墓；琵琶寫怨，徑往京

(一) 夾批：春闈者，禮闈也。試士於禮闈，非漢之制，則漢固無所爲春闈也。無春闈而曰春闈，凡以明其事之無關蔡邕也。

(二) 夾批：以鰲對牛，借對極巧，唐詩中多用此法。如『子雲清自守，今日豈爲歡』，借雲對日是也。又如『袖中諫草朝天去，頭上宫花侍宴歸』，借草對花是也。《牡丹亭》曲云『名爲國色，實守家聲』，庶堪相匹。

(三) 夾批：俗本改『再婚』爲『賜婚』，改『竟不歸』爲『不得歸』，蓋極力周全蔡邕也。夫改者之意欲周全蔡邕，抑知作者之意正以譏切王四耶？

(四) 夾批：非悲其親之喪，悲其子之不見親之喪也。王四但聞其棄妻，不聞其背親。然王四之配周氏，以父母之命配之者也。其再婚不花，則非以父母之命配之者也。棄其親之所配，則比之於背親焉可也。

畿。(一) 孝矣伯喈，賢哉牛氏，(二) 書館相逢最慘悽。(三) 重廬墓，一夫二婦，旌表舊門閭。(四)

(下場詩) 極富極貴牛丞相，(五) 施仁施義張廣才。(六)

有貞有烈趙真女，全忠全孝蔡伯喈。(七)

---

(一) 夾批：琵琶寫怨，非周氏之以琵琶寫怨，而東嘉之以琵琶寫怨也。東嘉何怨？代周氏以怨王四也。代周氏以怨王四，故代周氏以寫琵琶。然則琵琶寫怨，乃東嘉自道耳。其文至爲明祖所見，可謂直達京畿矣。

(二) 夾批：前則先趙於邕，此仍後牛於蔡。前後顛倒之間，妙有深意，夫豈如凡手之捉筆亂寫乎？

(三) 夾批：『相逢』下着『最慘悽』三字，文之極奇，却是情之極真。

(四) 夾批：曰『一夫二婦』，則東嘉之意原不以人情之所難者强王四也。若必欲其舍新而從舊，則人情所難也。若兼收并容，既取其新，亦不棄其舊，此則非人情所難也。此東嘉所以諷王四之本意也。説到廬墓旌門，一部大書方有起有結，非若《西廂》於《草橋驚夢》後勉强續貂者也。今之演《琵琶》者，以《書館相逢》爲終，而不演後劇，亦如演《西廂》之《草橋驚夢》爲終，而不演後劇，則大謬矣！

(五) 夾批：王四之棄周氏而婚不花，慕富貴耳，故特爲喝破。稱丞相不過稱其富貴，微言冷諷。

(六) 夾批：此句補詞中所未及。廣才之爲，言東嘉自寓也。彼以其富，我以吾仁；彼以其爵，我以吾義。先生自待甚高。

(七) 夾批：仍先趙女而後蔡邕，妙甚。不以蔡邕起，却以蔡邕結者，蓋不欲以王四誣蔡邕。故不以蔡邕起，而既借蔡邕以諷王四，則不得不以蔡邕結也。

## 第二齣　高堂稱慶

敘事之佳者，將敘其歡合，必先敘其悲離。不有別離之苦，不見聚首之樂也。乃將敘其悲離，又必先敘其歡合。不有聚首之樂，亦不見別離之苦也，此《琵琶·高堂稱慶》一篇所爲反襯後文者也。然反襯之說，人所易知。若既以反墨襯之，又即以正墨逗之，既用反墨於正墨之前，又即伏正墨於反墨之内，使觀者見其反墨之襯，覺後文俱出意外，察其正墨之伏，覺後文又未嘗不在意中。則才子之才，高出於凡手數倍矣。如『驊騮欲騁，魚龍將化』爲狀元及第伏筆也；『光前耀後』『青雲萬里』爲蔡公逼試伏筆也；『樂在田園，何必公侯』爲蔡母嗟兒伏筆也；『時光催人』『桑榆暮景』爲雙親俱喪伏筆也。蓋即極歡極合之中，而悲離之幾已兆於此。從來世事，大抵如斯，豈獨《琵琶記》爲然哉？每怪今人作傳奇，效顰《琵琶》，靡不有家門上壽之文。陳陳相因，遂成爛套。不知《琵琶》之《稱慶》只一筆兩筆，而全部綫索俱爲之動，非若他人之家門上壽，止是家門上壽而已。然則讀《琵琶》者，慎勿以此一篇爲學步邯鄲者同類而共觀也。

或謂《西厢》男女會合，其事爲吉慶；《琵琶》父母雙亡，其事爲不詳，則似《西厢》較勝《琵琶》。予曰：不然。試各取其首篇而讀之：《北西厢》起語云『夫主京師禄命終』，《南西厢》改之，亦云『夫主喪京華』。比之《琵琶》之『十載青燈火』，孰爲吉，孰爲不吉乎？且觀書者但當論其佳與不佳，不當論其吉與不吉。文之亘天地、垂日月者，莫如『五經』。而《易》則凶、悔、吝居其半，《書》則商周征伐之事居其半，

《詩》則變風變雅居其半，《春秋》亡國五十二、弑君三十六，《禮記》喪事頗多，至今居喪謂之讀《禮》。若必擇其書之吉祥者而讀之，則『五經』皆在所棄矣。《琵琶記》有關風化，可爲聖賢名教之鼓吹，縱使不祥，猶當玩味。況終之以旌表門閭，而且始之以高堂稱慶也哉？

或謂《琵琶記》有可議者二：慈母戀子，情也，亦理也。不以老旦扮蔡母，而以浄扮之，一可議也；伯喈白中既不道出父名母姓，而蔡員外蔡安人亦更不自通名姓，未免疏漏，二可議也。雖然，無庸議也。何也？若蔡員外蔡安人爲真有是人也者，則當論其宜旦不宜浄、通名姓與不通名姓。今員外安人本皆子虚烏有，則老旦可也，浄亦可也；即通名姓可也，不即通名姓亦可也。且不獨員外安人爲本無是人，而伯喈之爲伯喈，亦未嘗真有是事。試觀『風雲太平日』一句可見矣。伯喈當桓靈之日，正黨錮禍興、宦官用事、黄巾作亂、董卓弄權之日也，豈太平日哉？東嘉之爲此語者，凡以明其人之非蔡邕耳。乃讀者猶認生之真爲蔡邕，而欲商確於外與浄之間，其幾何而不爲作者所笑也？

（生扮蔡邕上）

【正宫引子・瑞鶴仙】（生）十載親燈火，(一)論高才絶學，休誇班馬。(二)風雲太平日，(三)正驊騮

(一)　夾批：潛修如此之久。
(二)　夾批：抱負如此之宏。
(三)　夾批：遭時如此之盛。

欲騁，魚龍將化。〔一〕 沉吟一度，〔二〕 怎離却雙親膝下？〔三〕 且盡心甘旨，功名富貴，付之天也。〔四〕

〔鷓鴣天〕（生）宋玉多才未足稱，子雲識字浪傳名。奎光已透三千丈，風力行看九萬程。經世手，濟時英，玉堂金馬豈難登？〔五〕 要將萊綵歡親意，且戴儒冠盡子情。〔六〕 小生蔡邕，表字伯喈，〔七〕 沉酣六籍，貫串百家。詩賦既擅長，音律亦窮其妙。〔八〕 抱經濟之奇才，值文明之盛世。幼而學，壯而行，雖望青雲萬

---

〔一〕 夾批：可以出而仕矣。二句總承上三層説來，極力一縱，以反跌下文。

〔二〕 夾批：上六句是客，下四句是主，中間只用此四句轉换，便抹倒上文，引起下文。

〔三〕 夾批：正意只在此一句。

〔四〕 夾批：『驊騮欲騁』二語，奮然一起；『功名富貴』二語，陡然一落。只一曲中而前後頓殊，起落忽異，真是絶奇絶妙文字。文章之法，不反振則正意不出。東嘉欲寫孝子之孝，而若不作如是反振法，即無以見其孝也。夫使潛修未久，不可以仕；而託言養親，未足爲孝。潛修雖久，抱負未宏，而託言養親，未足爲孝。潛修雖久，抱負雖宏而時不可爲，託言養親以遂其山林之志，亦未足爲孝。唯潛修久矣，抱負宏矣，又遇可爲之時矣，而終已不仕，然後見孝子戀親之真情者耳。

〔五〕 夾批：七句是客，應曲中前半段。

〔六〕 夾批：二句是主，應曲中後半段。

〔七〕 夾批：蔡邕者，菜傭也，以其聲音相似，偶然借題。乃今之演《琵琶》者，不曰演《琵琶》，竟曰演《伯喈》，可發一笑。

〔八〕 夾批：元以詞曲取士，而王四知名於時，其通音律可知，故東嘉即以音律之文諷之。

里；入則孝，出則弟，怎離白髮雙親？倒不如盡菽水之歡，甘虀鹽之分。正是：行孝於己，俟命於天。〔一〕更喜新娶妻房，纔方兩月。是陳留郡人，趙氏五娘。雖儀容俊雅，且休誇桃李之姿；德性幽閒，儘可寄蘋蘩之託。正是：夫妻和順，父母康寧。〔二〕《詩》云：『爲此春酒，以介眉壽。』今喜雙親既壽而康，對此春光，就花下酌杯酒，與雙親稱慶。昨已囑付五娘子安排，如今酒多完備，不免請爹媽出來。爹媽有請。

（外扮蔡公、浄扮蔡母、旦扮趙五娘同上）

【雙調引子・寶鼎現】（外）小門深巷，春到芳草，人閒清晝。〔三〕（浄）人老去星星非故，春又來年年依舊。〔四〕（旦）最喜得今朝春酒熟，正滿目花開似繡。〔五〕（合）願歲歲年年，只在花下，常斟春酒。〔六〕

---

〔一〕夾批：一本作『責報於天』。行孝者，豈責報乎？古本『俟命』二字，正與曲中『付之天也』相合。

〔二〕夾批：略於敘父母而詳於敘妻房，蓋作者注意在此也。

〔三〕夾批：寫景亦有幽致。

〔四〕夾批：人老不復少，春去又還來，可爲太息。《名媛詩歸》有云：『願得郎君似春色，一年一度一歸來。』以人比春，正是此意。

〔五〕夾批：唐詩云：『且看欲盡花經眼，莫厭傷多酒入脣。』是飲酒於花已謝之時也。今云花開似繡，則飲酒於花正開之時矣。

〔六〕夾批：唐詩云：『瀝酒願從今日後，更逢二十度花開。』二十度，有數之詞也，今日歲歲年年，則是无疆之祝矣。

（外、浄）孩兒，你請爹爹媽媽做甚？（生）告爹媽：當此春光佳景，孩兒聊具一觴，奉請爹媽稱壽。

（外、浄）生受你。（生、旦送酒介）

【雙調過曲·錦堂月】〔一〕（生）簾幕風柔，庭幃晝永，朝來峭寒輕透。〔二〕（背唱）人在高堂，一喜又還一憂。〔三〕（轉介）唯願取百歲椿萱，常似他三春花柳。〔四〕（合）酌春酒，看取花下高歌，共祝眉壽。〔五〕

【前腔換頭二】（旦）輻輳，獲配鸞儔。深慚燕爾，持杯自覺嬌羞。〔六〕怕難主蘋蘩，不堪侍奉

〔一〕 曲：原作『引』，據曲律改。

〔二〕 夾批：正當風柔晝永，而朝來曉寒侵人，便可見老年人調攝最難。且下文説『一喜又還一憂』也。

〔三〕 夾批：二句背唱極是。若對親言憂，則傷親意矣。俗本作『親在高堂』，不如古本『人』字之佳。《詩》云：『明發不寐，有懷二人。』若將二人改作二親，便覺無意味。《香囊》曲云『高堂有人孤獨』，正從此處用來。

〔四〕 夾批：祝壽之詞有云如松如柏者矣，未聞以如花如柳爲祝者，可謂新極。

〔五〕 夾批：自此以下連把『共祝眉壽』作煞語，皆極力反襯後文。『爲此春酒，以介眉壽』，其詩舊矣，今添『花下』二字，便增一樣氣色。如『蕭蕭馬鳴』之句，本以形容天子車駕悠閒之景象也，李白用之於送人，曰：『蕭蕭班馬鳴。』添一『班』字，便有惜别淒涼之情。杜甫用之於《塞上》曰：『馬鳴風蕭蕭。』添一『風』字，又倒轉用之，便有軍中慘淡之狀。同用古詩成語，而一入才人之手，各能翻舊爲新，真大奇事。

〔六〕 夾批：兩月矣，猶自嬌羞。近有三日新婦，帳中私語不畏屬垣，人前稱謂，竟如熟識者，抑又何也？

箕箒。(一)惟願取年少夫妻，長侍奉暮年姑舅。(二)（合前）

【前腔換頭三】（外）還愁，白髮蒙頭，紅英滿眼，心驚去年時候。(三)只恐時光，催人去也難留。孩兒呵，惟願取黄卷青燈，及早換金章紫綬。(四)（合前）

【前腔換頭四】（淨）還憂，松竹門幽，桑榆暮景，明年知他健否？(五)嘆蘭玉蕭條，一朵桂花獨茂。惟願取連理芳年，得早遂孫枝榮秀。(六)（合前）

【醉公子】（生）（旦）回首，看瞬息烏飛兔走。喜爹媽雙全，謝天相佑。（旦）不謬，更清淡安閒，樂

---

(一) 夾批：賢必能謙，孝必善下，可見自謂賢者必非賢媛，自謂孝者必非孝婦。

(二) 夾批：年少夫妻侍壯年姑舅，則向後侍奉之日正長也。年壯夫妻侍暮年姑舅，則從前侍奉之日已多也。今以年少夫妻而欲長侍奉暮年姑舅，此必不可得之數矣。不可願而願之，孝者之心當如是耳。俗本以『年少』二字改作『偕老』，豈不大謬？得古本讀之，方知其妙。

(三) 夾批：紅英猶是去年之紅英，而白髮已多於去年之白髮，安得不心驚乎？宋人詩有以白髮、紅英相對者。東坡云：『人老簪花不自羞，花應羞上老人頭。』康節云：『花見白頭人莫笑，白頭人見好花多。』人謂東坡怯而康節壯，然康節亦惟心怯，故强作壯語耳。

(四) 夾批：『及早』二字承『時光催人』句説來，蓋若不早，則親不及見矣。語意甚痛。

(五) 夾批：唐詩云：『去年花裏逢君別。』又云：『光景依稀似去年。』此追憶去年也。其云：『明年花開復誰在？』又云：『明年此會知誰健？』此預度明年也。今員外則感去年，安人則愁明年，殆合詩中之意而兩用之，妙甚！

(六) 夾批：金章、紫綬爲後文伏筆也，若孫枝榮秀并非爲後文伏筆。此以實對虛之法。

事如今誰更有？(一)（合）相慶處，但酌酒高歌，共祝眉壽。

【前腔】（外）卑陋，論做人須光前耀後。(二)孩兒，你青雲萬里，早當馳驟。（淨）聽剖，真樂在田園，何必區區公與侯？(三)（合前）

【僥僥令】（生、旦）春花明綵袖，春酒滿金甌。但願歲歲年年人長在，父母共夫妻相勸酬。(四)

【前腔】（外、淨）夫妻好厮守，父母願長久。坐對兩山排闥青來好，看將一水護田疇，緑遶流。(五)

【十二時】（合）山青水緑還依舊，嘆人生青春難又，(六)惟有快樂是良謀。(七)

---

(一) 夾批：子與父不同心，而妻與夫則同心者，今人多有之矣。母與父不同心，而媳與姑有同心者，此則今人所難也。

(二) 夾批：『光前』是本意，『耀後』是帶説。亦以客陪主，以虚對實之法。

(三) 夾批：能如是乎？與子偕隱，有介推之母之風。

(四) 夾批：説父母必帶説夫妻，是作者之本意。

(五) 夾批：始之以風柔、晝永，賦也；終之以山青、水緑，賦而比也。如南山之壽，不騫不崩；如川之方至，以莫不增，此以比父母。若山與闥厮守，水與田疇厮守，兩山與一水又互相厮守，則以比夫妻。

(六) 夾批：唐詩云：『人世幾回嗟往事，青山依舊枕寒流。』此殆以此二語倒轉用之。

(七) 夾批：即今者不樂，逝者其耋之意。雖云快樂，而樂中有憂也。

（下場詩）（外）逢時對景且高歌，（净）須信人生能幾何。

（生）萬兩黄金未爲貴，（旦）一家安樂值錢多。（一）

# 第三齣　牛氏規奴

女之妬者未有不淫，淫者未有不妬。故將寫牛氏之賢於後，先寫牛氏之貞於前。寫其賢於後者，正筆也；寫其貞於前者，旁筆也。而旁筆之中，又有旁筆也。牛氏之貞不能自述，則於奴僕口中述之；牛氏自守之貞不可見，則於其規奴見之。自言其貞，不若使人言其貞；唯能使人盡言其貞，而其貞不待自言而明矣。以貞自守，而若不能以貞規奴，必將見移於不貞之奴，而其貞必不固。縱令不爲所移，而奴之不貞必將上累其貞之名，而其貞亦不白。唯能使不貞之奴亦受制於其貞，而其自守之貞乃無疑矣。大約文章之法，於正筆則着墨無多，全賴旁筆爲之襯染。至於襯染既精，覺旁筆皆成正筆。則才子之才，真有化工之手也。

人亦有言：婦人識字，多致誨淫，大半由於淫詞艷曲之傳奇有以誤之也。夫既識字，不能令其不觀書；既觀書，不能令其不讀傳奇。如必欲擯傳奇而不讀，專讀《曲禮》《内則》諸篇，此不可得之數也。爲

---

（一）夾批：『一家安樂』下忽着『值錢多』三字，語殊創獲。今因被人用慣，故不覺其妙耳。李白云：『清風明月不用一錢買。』天下惟不用一錢買者，其值錢爲最多。若當無風無月之時，雖用萬兩黄金亦買不出也，一家安安樂亦猶是矣。

詞曲所誤者，不若仍救之以詞曲，則讀《琵琶記·規奴》之文，勝讀《曲禮》《内則》也。凡世禄之家，鮮克由禮，中冓之恥，高門閥閲往往有之。所以然者，玉珮珠環，異於釵荊裙布；濃粧艷裹，異於麄服亂頭。居温食厚，深閨無事，異於憔悴糟糠，親操井臼。其天姿敏慧者，每間涉詩文，喜弄翰墨，未明正道，適助游思。於是以多愁爲風雅，以慨嘆爲藴藉；以懷春爲知音，以傷春爲解事。及觀《琵琶》此篇，乃以花面之婢名之曰惜春，以惜春之名被之於花面。而所謂風雅藴藉、知音解事之小姐，則冰清玉潔，嚴正自持，不爲春愁，不因春瘦也。如此，夫而後惕然警悟，始知崔雙文之聽琴、杜麗娘之尋夢皆當以爲戒，而不當以爲慕者也。夫《風》詩之中，不能盡删《鄭》《衛》之聲；傳奇之内，又安能盡去淫靡之詞？天下之讀《詩》者必先讀『漢有游女』之章，『野有死麕』之什，『厭浥行露』之咏，而後可以讀《鄭》《衛》。然則讀傳奇者亦必先讀《琵琶》，而後方許讀他曲耳。

（末扮院子上）風送爐香歸别院，日移花影上閒庭。晝長人静無他事，惟有鶯啼兩三聲。自家乃牛太師府中院子是也。若説起我那太師的富貴，真是天下無雙，人間少對。怎見得？他勢壓中朝，富傾上苑。白日映沙堤，青霜凝畫戟。門外車輪流水，城中甲第連天。瓊樓酬月十二層，錦帳藏春五十里。香散綺羅，寫不盡園林景致；影摇珠翠，描不就庭院風光。好耍子的油碧車輕金犢肥，没尋處的流蘇帳暖春鷄報。畫堂内持觴勸酒，走動的是紫綬金貂；繡屏前品竹彈絲，擺列的是紅粧粉面。玳瑁筵中爇寶香，真個是朝朝寒食；琉璃影裏燒銀燭，果然是夜夜元宵。這般福地洞天，自有仙姝玉女。且休言富貴的太師，只說那貞潔的小姐。(一)看他儀容嬌媚，一個没包彈的俊臉，如一片美玉無瑕；體態幽閒，半點難勾引的芳心，似幾層清冰徹底。(二)珠翠叢中長大，倒喜着雅淡梳粧；綺羅隊裏生成，却厭那繁華氣象。(三)怪聽笙歌聲韻，唯貪針指工夫。愛此清幽，白日何曾離繡閣？笑人游冶，青春那肯出香閨？(四)開遍海棠花，也不問夜來多少；飄殘楊柳絮，并不道春去如何。要知他半點冰心，惟有那穿瑣窗的皓月；能回他一雙嬌眼，除非是翻翠帳的輕風。(五)決非慕司馬的文君，肯學選伯鸞的德耀。更羡他知書知禮，是一個不趨蹌的秀才；若論他有德有行，好一個戴珠冠的君子。(六)多應是相門相種，可惜不做個男兒；少甚麼王子王孫，争欲求爲佳配。(七)正是：玉皇殿上掌書仙，一點塵心謫九天。莫怪蘭香熏透骨，霞衣曾惹御爐烟。(八)道猶未了，只見老姥姥和惜春姐笑嘻嘻的舞將出來。我且站在一邊，看他做甚。

---

(一)夾批：將述小姐貞潔，先誇太師富貴者，以生於富貴之家而能貞潔乃爲難耳。

(二)夾批：是好小姐。

(三)夾批：是好小姐。珠翠叢中、綺羅隊裏豈易有此好小姐耶？

(四)夾批：是好小姐。

(五)夾批：是好小姐。贊語更極風致。

(六)夾批：是好小姐。

(七)夾批：便遥爲後文狀元辭婚作反襯。

(八)夾批：惟能冰清玉潔、秉禮守正方是真正天仙化人。小姐雖未出現，而小姐之爲小姐已於院子口中略見一斑。

（净扮老姥姥、丑扮惜春上）〔一〕

【仙吕入雙調・雁兒舞】（净、丑）深院沉沉，怎不怨苦？ 要尋個男兒，并無門路。 甚年能彀和一丈夫，一處裏雙雙雁兒舞？〔二〕

（净、丑見末介）原來院公在這裏。（末）你兩個每常間不曾恁地戲耍，怎的今日這般快活？（丑）院公，你不知我喫小姐苦哩！ 并不許我一步胡踹，并不要説到男兒那邊廂去。 咳！ 他便不要男兒，我却要。 他只道我和他一般，并不放鬆我一毫。〔三〕 今日被我千方百計懇求他，只限我一個時辰去後花園遊賞一回。 你道我怎不快活？（净）便是我也千不合、萬不合送在府中伏侍小姐，被他拘管得好苦。〔四〕今日幸得老相公出去了，我且私自來花園中遊賞一番，你道不快活麼？（末）原來如此，可知快活也。（丑）閑話少説，我們今日不容易到此閒戲，且喜又遇着院公，正好成塊兒作耍子。 只是做甚麼耍好？（净）踢毬罷？（末）不好。（净）怎的不好？（末）〔西江月〕白打從來逞技，官場自小馳名。 如今年老脚跛蹭，圓社無心馳騁。 空使繡襦汗濕，漫教羅襪生塵，兀的是少年子弟俏門庭。 老姥姥，不是你寶粧行徑。（丑）鬥百草何如？（末）也不好。（丑）怎的不好？（末）〔西江月〕香徑裏扳殘柳眼，雕闌畔折

〔一〕 夾批：丑扮惜春，妙！

〔二〕 夾批：寫一歪老媪，又寫一歪丫頭，總是反襯法。 意不在老媪丫頭，而在小姐也。

〔三〕 夾批：又在丫頭口中虚寫一小姐。

〔四〕 夾批：又在老媪口中虚寫一小姐。

損花容。又無巧藝動王公，枉費工夫何用？驚起嬌鶯語燕，打開浪蝶狂蜂。若還尋得個并頭紅，惜春姐，怕早把你芳心引動。[一]（淨、丑）有了，我們打鞦韆耍子罷？（末）這個却好。你聽我道來：〔西江月〕玉體輕流香汗，繡裙蕩漾明霞。纖纖玉手綵繩拿，真個堪描堪畫。本是北方嬉戲，移來上苑豪家。女娘撩亂隔墻花，好似半仙戲耍。（淨）既如此，便打鞦韆。（丑）只是有架子麼？（末）這花園中那討鞦韆架？一來老相公不喜，二來小娘子不愛，[二]就有，也折壞了。（淨）這怎麼處？（丑）也罷，我們三個人輪流做鞦韆架，一人打，兩人擡。（末）這也使得。誰先打？（淨）我和院公擡，惜春姐先打。（丑）你們不要跌了我。（末、淨）你放心，只顧打便了。（丑做打鞦韆介）

【窣地錦襠】（丑）春光明媚景色鮮，遊遍花塢聽杜鵑。那更上苑柳如錦，我和你不打鞦韆枉少年。[三]

（丑跌介）呀！你們跌得我好！如今該你兩個打了。快來。（貼扮牛氏上）（末、淨驚避下，丑做不知介）[四]（貼扯丑介）（丑驚介）（貼）賤人！你直恁爲人不自重，只要閒嬉并閒閧？[五]（丑）小姐，教人怎

---

[一] 夾批：兩詞中俱夾帶襯字，亦饒風致。
[二] 夾批：又點一句小姐。
[三] 夾批：老者自忘其老而學少年，少者亦忘老之爲老，而曰：我和你枉少年。正極力反襯少年老成之小姐。
[四] 夾批：先以一院子引出老姥姥、惜春，至此則放過院子、老姥姥，單擒惜春，筆墨簡淨。
[五] 夾批：以上凡用幾番虛寫，此下方是實描。

不去閒闖？你看鞦韆架尚兀自走動。（貼）賤人！我只教你在此閒玩片時，誰許你如此作耍？（丑）奴家心裏愁悶，只得如此消遣。（貼）你有甚愁悶？（丑）小姐，奴家名唤惜春，見這春去，如何不要傷春起來？㈠（貼）你有甚傷春處？（丑）小姐，我早晨來只聽疏剌剌寒風，吹散了一簾柳絮；晌午間只見淅零零細雨，打壞了滿樹梨花。一霎時囀幾對黃鸝，猛可地叫數聲杜宇。對此春光，如何不悶？㈡（貼）春光自去，你有甚悶來？㈢我和你去習學女工便了。（丑）小姐，你綺羅珠翠盈箱滿篋，少了甚麽，却這般自苦？（貼）做女工是我和你本分的事，問有和没做甚？（丑）咳！這般天氣，誰不要閒嬉？小姐却教惜春來習女工，可不悶殺了人！（貼）賤人！誰許你去閒嬉？（丑）恁地呵，惜春拜辭小姐去了。（貼）呀！你要到那裏去？（丑）我伏侍着小姐，見男兒的影也不許我擡眼。前日艷陽天氣，花紅柳緑，猫兒也動情，你也不動一動；如今暮春天氣，鳥啼花落，狗兒也傷情，你也不動一動。惜春其實難和小姐過活。（貼）哇！賤人，你是顛是狂，説出這般話來？我對老相公説了，好生施行你。（丑跪介）小姐，可憐惜春心裏愁悶，因此這般言之，望小姐寬恕。（貼）且饒你。起來，聽我道。

㈠ 夾批：惜春名字極似風韻，乃偏以花面丫頭當之，作者之意深矣。
㈡ 夾批：此等話頭，正今日閨中所謂風雅藴藉、知音解事者也。
㈢ 夾批：妙！蔣新又云：若在《牡丹亭》，則以此爲陳最良之語矣。

【越調引子・祝英臺近】（貼）緑成陰，紅似雨，春事已無有。〔一〕（丑）聞説西郊，車馬尚馳驟。（貼）怎如柳絮簾櫳，梨花庭院，〔二〕（合）好天氣清明時候。

［玉樓春］（丑）清明時節單衣試，争奈晝長人静重門閉。（貼）我芳心不解亂縈牽，羞見遊絲與飛絮。（丑）小姐，我繡窗欲待拈針指，忽聽鶯燕雙雙語。（貼）無情何事管多情？任取春光自來去。〔三〕（丑）小姐有甚法兒，教惜春休悶哩？（貼）你聽我道來。

【越調過曲・祝英臺序】（貼）把幾分春三月景，分付與東流。（丑）如今鳥啼花落，你也須煩惱麼？（貼）任他啼老杜鵑，飛盡紅英，端不爲春閒愁。〔四〕（丑）小姐，你雖不煩惱，却也要玩賞麼？（貼）休休，婦人家不出閨門，怎去尋花穿柳？（丑）小姐，你不去賞玩，只怕消瘦了你。（貼）我花貌，誰肯因春消瘦？

【前腔換頭二】（丑）春晝，只見燕雙飛，蝶引隊，鶯語似求友。（貼）你是人，説這些物類做甚？

〔一〕夾批：前篇風柔晝永、花開似繡，是寫早春，寫花開。此云緑陰紅雨，春事無有，是寫暮春，寫花謝。開口便説無花。無花者，不花也。

〔二〕夾批：前篇小門深巷、松竹清幽，寫寒家的是寒家。此云柳絮簾櫳，梨花庭院，寫貴宅的是貴宅。

〔三〕夾批：二語直可參禪悟道，真個事毋情故泣，忘情故不泣也。

〔四〕夾批：前篇於花正開時而曰『青春難又』，此篇於花已謝後而曰『不爲春愁』。一則當樂而憂，一則當憂而不憂，皆特特與前篇相反。

（丑）那更柳外畫輪，花底雕鞍，都是少年閒遊。（貼）你是女子，説這男女的事做甚？（丑）難守，繡房中清冷無人，我待尋一個佳偶。（貼）呀！賤人，你早思量丈夫，好不羞！（丑）這般説，難道我終身休配鸞儔？

【前腔換頭三】（貼）知否，我爲何不捲珠簾，獨坐愛清幽？（丑）清幽，清幽，争奈人愁！（貼）道你千斛悶懷，百種春愁，難上我的眉頭。㈠（丑）只怕你不能彀長似這般哩！（貼）休憂，任他春色年年，我的芳心依舊。㈡（丑）小姐，你是這般呵，便有風流年少也難哄你。這文君，可不擔閣了相如琴奏？㈢

【前腔換頭四】（丑）今後，方信你徹底澄清，我好没來由。（貼）你怎不收斂了心？（丑）想像暮雲，分付東風，情到不堪回首。（貼）你怎不學我？（丑）聽剖，你是蕊宫瓊苑神仙，不比那塵凡堪誘。（貼）你今後只隨着我學習女工便了。（丑）我如今呵，情願侍娘行窗下，拈針挑繡。㈣

㈠ 夾批：真是不動地菩薩。

㈡ 夾批：前篇言水緑山青如故而人則非故，此篇言春去春來無常而心則有常，又特特與前篇相反。

㈢ 夾批：可見援琴之挑不開司馬。俗本此句亦牛氏唱，非是。

㈣ 夾批：丫頭之不正不能移小姐之正，而小姐之正可知矣。至丫頭之不正亦化於小姐之正，而小姐之正又何如矣！寫丫頭之不正是反襯法，寫丫頭之亦化而爲正是正襯法。總是寫小姐，不是寫丫頭。

（下場詩）（貼）休聽枝上子規啼，（丑）悶在停針不語時。

（貼）窗外日光彈指過，（丑）簾前花影坐間移。

## 第四齣　蔡公逼試

此『三被强』中之一被强也。欲寫其辭官、辭婚於後，不得不先寫其辭試於前。凡寫其辭試者，所以爲後之辭官、辭婚地也。夫辭官而不得於君，辭婚而不得於相，以爲爲親而辭官，爲親而辭婚，故不得爲君與相之所許，猶人子之所及料也。若爲親而辭試，而亦不爲親之所許，則非人子之所及料也。所以然者，母之心以爲爲親，而父之心則不以爲爲親，而以爲爲妻，故請之而不得耳。然以爲爲親而不忍去者，固懷皋魚風木之懼，即以爲爲妻而不忍離者，亦切宋弘糟糠之情。作者之意，正以此爲棄妻者諷也。今讀其文，則以戀親者爲正筆，以戀妻者爲反筆。而孰知反筆之所存，乃作者正意之所寓也？

春闈之名，漢未嘗有，於首篇中已辨之矣。若賢良與秀才，漢雖嘗有此名，而應博學宏詞科者，則謂之秀才；應賢良方正科者，則謂之孝廉。二者分科并進，不相上下，非若後世之既爲秀才，復求科試而望作孝廉者也。今云『天子詔取賢良，秀才多求科試』，是豈漢家故事乎？非漢家故事而加之於蔡邕者，凡以明其事之不關蔡邕耳。唯不關蔡邕，則邕之父母與翁之鄰舍皆屬子虛亡是，是以張太公不妨突如其來。若以今人作文，必於首篇伯喈白中先述其高義，以爲伏綫，而東嘉更不作此反折之筆。蓋於其人之有所指者則詳之，無所指者即略之。趙氏以影周氏，牛氏以影不花氏，皆有所指者也。父母鄰舍則無所指，無所指，則不在所重而在所輕。雖蔡公之名從簡，蔡母之爲秦氏，且不於首篇敘其名姓，而何有於張太公也哉？

或曰：張太公之爲鄰，真高鄰也。名之曰廣才，正東嘉所以自寓也。自寓則不爲無所指，而何以略之？曰：作者之意在乎諷友之不義，而不在乎明己之義也。然寫廣才之於蔡邕，不止其就試而反勸其就試。蓋以富不改操，雖富何傷？貴不變節，雖貴何病？非富貴之誤王四，而王四之不善處富貴耳。此則東嘉略見其寓言之微意與？

（生上）

【南吕引子・一剪梅】（生）浪暖桃香欲化魚，期逼春闈，詔赴春闈。郡中空有辟賢書，心戀親闈，難捨親闈。(一)

（生）世間好物不堅牢，彩雲易散琉璃脆。小生蔡邕，本欲甘守清貧，力行孝道。誰知朝廷黄榜招賢，郡中把我名字報薦上司去了；一壁厢已有吏人來辟召，我以親老爲辭。這吏人雖則去了，只怕明日又來，我只是力辭便了。正是：人爵不如天爵貴，功名争似孝名高？(二)

(一) 夾批：前半段是賓，後半段是主。或將前段改作『期逼春闈，難捨親闈』，後段改作『心戀親闈，難赴春闈』，便似有躊躇兩可之意，不若原本側重後段之妙也。

(二) 夾批：事親不顧有孝名，然倫常至今日而不可問矣。天心欲滅，猶賴名心留之，作者亦不得已而爲此言也。

【南吕過曲・宜春令】（生）雖然讀萬卷書，論功名非吾意兒。只愁親老，夢魂不到春闈裏。便教我做到九棘三槐，怎撇得萱花椿樹？天呵！我這衷腸，一點至誠對着誰語？（一）

（生）説話之間，早見張太公來了。（二）（末扮張太公上）

【前腔】（末）相鄰并，相倚依，往常間有事來相報知。（生）太公拜揖。（末答揖介）秀才，試期逼矣，早辦行裝前途去。（生）太公，我雙親年老，不敢去。（末）秀才，子雖念親老孤單，親須望孩兒榮貴。你趁此青春不去，更待何日？（三）

（生）太公言極有理。只是父母年老，無人侍奉，如何去得？（末）秀才，你既不肯去呵，且看老員外、老安人出來如何説。只怕也是要你去哩。道猶未了，員外、安人早出來也。（外、净上）

【前腔】（外）時光短，雪鬢催，守清貧不圖甚的。有兒聰慧，但得他爲官吾心足矣。（指生介）孩兒，天子詔招取賢良，秀才每都來科試。（四）你快赴春闈，急急整着行李。（五）

（一）夾批：『至誠』二字，俗本誤作『孝心』二字。既曰『衷腸』而又曰『心』，文義既接不下，而自言其孝亦非孝子聲口。今觀古本，方嘆其妙。

（二）夾批：來得突然，乃其妙處正在突然。

（三）夾批：父之望子，自以老景不能久待；鄰之勸試，却謂青春不可錯過。寫父是父，寫鄰是鄰。

（四）夾批：故意將『賢良』『秀才』字混用，所以明其非漢事耳。

（五）夾批：本是先整行李而後赴春闈，今却先云快赴春闈而後云急整行李，極寫老人望子之切。

【前腔】(淨)娘年老，八十餘，眼兒昏又聾着兩耳。有兒聰慧，娶得媳婦纔六十日。(一)(指外介)你强逼他去赴春闈，怕等不得孩兒榮貴。仔細尋思，怎不教老娘嘔氣？

(各相見介)(外)孩兒，如今黄榜招賢，郡中既然保薦你，你便可去赴選。(生)告爹爹：　孩兒非不欲去，只是爹媽年高，家中乏人侍奉，因此不敢遠離膝下。(末)老員外、老安人，不可不教秀才去走一遭。(淨)太公，你起不知？　我家中又無七子八婿，只有這一個孩兒，如何去得？(外)呀！　你怎説這語？如今去赴選的，難道家中都有七子八婿麽？(淨)老兒，你如今眼昏耳聾，又走動不得，孩兒出去後，倘有些差池，却教誰來看顧？(外)你婦人家省得甚麽？　孩兒若做得官時，也改換門閭，如何不教他去？(生)爹爹所言極當，但孩兒放爹媽不下，不敢前去。

【繡帶兒】(生)親年老光陰有幾？　行孝正在今日。終不然爲着一領藍袍，却落後了五綵斑衣。(背介)思之，此行榮貴雖可擬，怕親老等不得榮貴。(外)孩兒，春闈裏紛紛的都是大儒，難道是没爹娘的方去求試？(二)

【前腔换頭】(末)休疑，男兒漢淩雲志氣，何必苦恁淹滯？　秀才，你今若不去赴選呵，可不乾費

---

(一)　夾批：　八十歲老親方娶得六十日媳婦，必無之理也。而故寫之，所以明其非真蔡邕事耳。

(二)　夾批：　若赴試便不能養爹娘，難道没爹娘的方去求試？　若榮貴便不能不易妻，難道没妻房的方許榮貴？　此東嘉絶妙折辨語。

了十載青燈，(一)枉捱過半世黃虀？(二)須知，此行是親命，你休固拒。秀才，那些個養親之志？（淨）呀！太公休如此説。我百年事只有此兒，難道是庭前森森丹桂？(三)

【太師引】（外）他意兒我也難提起，這其間就裏我自知。（末）員外，你知他爲着甚麽？（外）他戀着被窩中恩愛，捨不得離海角天涯。孩兒，你是讀書人，我説個故事與你聽。塗山四日離大禹，你今畢姻已經兩月，還直恁地捨不得分離？（末笑介）秀才，你敢真個爲此麽？你若貪鴛侶守着鳳幃，怕擔誤了鵬程鶚薦的消息。(四)

【前腔】（淨）他意兒只要供甘旨，又何嘗貪歡戀妻？(五)自古道曾參純孝，何曾去應舉及第？(六)功名富貴天付與，天若與不求而至。(七)（生）娘言是，望爹行聽取。（外怒介）娘言的是，父言的非？你敢戀新婚，逆親言麽？（生）孩兒怎敢？（對天跪介）天那！蔡邕若戀着新婚，不肯

---

(一) 夾批：應前『十載親燈火』。

(二) 夾批：應前『安齏鹽之分』。

(三) 夾批：應前『一朵桂花獨茂』。

(四) 夾批：既得鵬程鶚薦，便棄鴛侶鳳幃而別尋鴛侶鳳幃則又何也？皆特特反照後文。

(五) 夾批：妙在子不即自辨，而母先代爲之辨。

(六) 夾批：妙語。

(七) 夾批：正與『功名富貴付之天也』意相合。

去呵，天須鑒蔡邕不孝的情罪。㈠（外）我教你去赴選，也只要你顯親揚名。你却七推八阻，有這許多説話，是何道理？（生）孩兒怎敢推阻？只因爹媽年老，孩兒若出去呵，一來人道孩兒不孝，撇了老親去取功名；二來人道爹爹不達，只有一子，教他遠離；以此不敢從命。（外）你不從我命也由你，你且説如何叫做孝？（生）凡爲人子，冬温夏凊，昏定晨省，問其燠寒，搔其疴痒，出入則扶持之，問所欲則敬進之。所以父母在，不遠遊；出不易方，復不過時。古人之孝，也只是如此。㈡（外）你説的都是小節，不曾説那大孝。（净）老賊！你又不曾死，只管教他做大孝。他若有了大孝，越發赴選不得了。（末）安人，你莫説這不祥的話。（外）孩兒，你聽我説：夫孝始於事親，中於事君，終於立身。身体髮膚，受之父母，不敢毁傷，孝之始也。立身行道，揚名後世，以顯父母，孝之終也。是以家貧親老，不爲禄仕，則爲不孝。㈢你若做得官時，也顯得父母好處，這纔是大孝。（生）爹爹説得極是。但孩兒此去，知道做得官做不得官？若還做不得官時，既不能事親，又不能事君，却不兩下擔誤了？（末）秀才説那裏話？你有這般才學，如何做

---

㈠ 夾批：太史公曰：人窮未有不呼天也。疾痛慘怛，未有不呼父母也。然呼天不若呼父母，呼父母而應，則不必更呼天。今呼父而不應，呼母而應，而母之應終不能回父之不應，於是不得不呼天而告之矣。俗本或改『蔡邕』二字爲『孩兒』二字，便不似對天自誓口氣。

㈡ 夾批：《曲禮》一段，原未曾忘。

㈢ 夾批：將一部《孝經》俱於此揭出。

不得官？（外）孩兒，你趁早依我之言，收拾行李，即日起程。（生）孩兒去則不妨，只是爹媽在家，教誰看管？（末）秀才不必多慮。自古道：千錢買鄰。老漢既忝在鄰居，你出去後，宅上若有些小欠缺，老漢自當應承。（生）如此，多謝公公！凡事仗託周全。此行若獲寸進，决不忘恩！小生没奈何，只得收拾行李前去。

【三學士】（生）感謝公公意甚美，凡事仗託維持。假饒一舉登科日，難道是雙親未老時？（一）到得錦衣歸故里，怕春暉不可追。（二）

【前腔】（外）萱室椿庭衰老矣，指望你改換門閭。孩兒，你道出去後没人養親。你若做了官來，那時呵，三牲五鼎供朝夕，須勝似啜菽并飲水。（三）你若錦衣歸故里，我便死呵，一靈兒終是喜。（四）

【前腔】（末）託在鄰家相依倚，自當效些區區。你爲甚十年窗下無人問？也只圖一舉成名天下知。你若不錦衣歸故里，誰知你讀萬卷書？（五）

---

（一）夾批：用陳語加幾虚字轉换，便覺陳者不陳。

（二）夾批：『春暉』句俗本作『怕雙親不見兒』。則父母之前，孝子不忍如此斥言也。及讀古本，方知其妙。

（三）夾批：此言生受其養。

（四）夾批：此言死慰其心。老人望子之切如此，讀之可爲酸鼻。直爲後文追贈伏筆。

（五）夾批：員外逼試，自言老親欲求禄養；太公勸行，只説積學宜得功名。寫父是父，寫鄰是鄰。

【前腔】(浄)一旦分離掌上珠，我這老景憑誰？苦！忍將父母饑寒死，博得孩兒名利歸。(一)你縱然錦衣歸故里，補不得你名行虧。(二)

(下場詩)(外)急辦行裝赴棘闈，(生)父親嚴命豈容違？

(浄)但願首登龍虎榜，(末)自然身到鳳凰池。

## 第五齣　南浦囑別

《琵琶》者，孝子之書也；而東嘉爲諷王四而作，則又於夫妻之間三致意焉。故《南浦囑別》一篇，其中多寫親送子、子別親，而其首其尾則以趙氏爲起迄。趙氏之於夫也，始則責備之，繼則埋怨之，終則叮嚀而囑付之。其始之責備，莫妙於『才疏學淺』一句。從來高才絶學之人，往往虧心短行，遂使人有文人無行之嘆。不知情生於文，文生於情，文人而無情，不可謂之能文。故則無行之文人，不必責其虧心短行，直謂之才疏學淺可耳。夫彼方自負其才之高，學之絶，而反折之以疏，折之以淺，此非賢媛慧口不能道也。其繼之埋怨，莫妙於『怎盡言』一句。情有可言，有不可言。情而可以言盡者，其情必不深；怨而可以言盡者，其怨亦不甚。愁懷種種，萬緒千條，筆之於書，非尺素之所能了；繪之於圖，非丹青之所能描。一

---

(一) 夾批：索性就安人口中將後文明明説破。
(二) 夾批：偏他不是迫行，到底是留行之語。

别以後，正不知歷幾昏朝，經幾寒暑。烏啼花謝，斷腸説與誰人？月白風清，淚落止堪自解。曰『怎盡言』，誠哉其難盡言也！終之囑付，又莫妙於『知他記否，空自語惺惺』二句。夫囑與不囑則在乎我，記與不記則由乎他。他如能記，我雖不囑亦不忘情；他如不記，我雖頻囑終將棄舊。若使漢武之心果變，相如之志果移，又豈《長門賦》之所能買？《白頭吟》之所能動哉？既已囑之，而又悲其囑之無用；明知囑之無用，而又有所不得不囑。纏綿悽惻，真有如大絃嘈嘈，小絃切切者。聽之者即非江州司馬，亦當爲之濕透青衫矣。

《琵琶》於此篇中動人伉儷之思者既至矣，而動人毛裏之思者尤至。蓋使人子愛父母之心得如父母愛子之心，則庶幾無憾於爲人子。而此篇寫子之念親，與親之念子也無以異。如云『飢時勸他加餐飯，寒時頻與衣穿』，此慈父囑慈母以保其孩提者也。如云『公公可憐，望你周全』，此慈父慈母不得已而託孤寄子於他人，爲之苦苦叮嚀、哀哀囑付者也。凡人之情，有人施德於其子，則其感而欲報之也甚於身受其賜。今曰『此行還貴顯，自當效銜環』，其情不有同乎？凡人之情，有人將施怨於其子，則其爲子求免也，寧使身受其怨。今曰『寧可將我埋怨』，其情不有同乎？凡人之情，願其子之壽，常恐其不壽而心則恐之，口則諱之，斷不忍斥言夫『死』之一字。今不曰『怕回來雙親已仙』，而曰『怕回來雙親老年』，其情不又有同乎？不但此也，既寫子之愛親如愛子，又即寫親之愛子者，以形擊之，若母之送其子也。寫其臨行之慘，則手中針綫，一絲一縷，皆高堂血淚所成。寫其去後之悲，則道上風霜，一水一山，皆萱幃倚閭所盼。未曾别，預愁其既别，其不能已之情至於如此。而子之顧征袍而隕涕，望白雲而飲痛者，當何如矣？若父之送其子也，寫其期望之厚，則名登高選之願，不欲其爲甘旨而自誤其功名。寫其分手之難，則非不痛酸之言，未嘗不爲别離而悲。深於骨肉不忍捨，又不容不捨，其不獲已之情至於如此。而子之對手澤而悼懷，念將父而泣下者，當何如矣！嗟乎！夜猿之聲，不堪數聽。所以孝子而讀《詩》，必廢《蓼莪》之篇；然則以孝子而讀《琵琶》，吾知其亦將廢《南浦》之篇也。

（旦先上生後上）

【雙調引子・謁金門】（旦）春夢斷，臨鏡緑雲撩亂。(一)聞道才郎遊上苑，又添離别嘆。（生）苦被爹行逼遣，脉脉此情何限。（合）骨肉一朝成拆散，可憐難捨拚。

（旦）官人，雲情雨意，雖可抛兩月夫妻；雪鬢霜顔，竟不念八旬父母？功名之念一起，甘旨之心頓忘，是何道理？（生）娘子，我膝下遠離，豈無眷戀之意？奈堂上力勉，不聽分剖之言，教我如何是好？（旦）官人呵，

【仙吕入雙調・忒忒令】（旦）你讀書思量做狀元，我只怕你學疏才淺。(二)（生）娘子，你那見得

(一) 夾批：『自伯之東，首如飛蓬。』此於良人既去之後而不復爲容也，今則於良人將去之時，而緑雲撩亂已不復爲容矣。開口從『緑雲』作點染，便遥爲後文《臨粧》《祝髮》兩篇一襯。

(二) 夾批：上句極力一揚，此句極力一抑。彼固自謂『高才絶學，休誇班馬』者也，乃忽然以疏淺譏之，真極奇極幻之筆。試令讀者掩卷猜之，正不知下文當作何語。

我學疏才淺？（旦）只是《孝經》《曲禮》，你早忘了一段。(一)（生嘆介）咳！我豈不省得？（旦）却不道夏清與冬温，昏須定，晨須省，親在遊怎遠？

【前腔】（生）我哭哀哀推辭了萬千，（旦）張太公可有甚麼説？（生）他鬧炒炒抵死來相勸。（旦）官人，你不去時，也由你。（生）將我深罪，不由人分辨。（旦）罪你甚麼來？（生）他道我戀新婚，逆親言，貪妻愛，不肯去赴選。(二)

【沉醉東風】（旦）你爹行見得好偏，只一子不留在身畔。官人，我和你同去對公婆説來。（作欲行又止介）罷、罷。我若去説時呵，他又道我不賢，要將你迷戀。(三)這其間教人怎不悲怨？（合）爲爹淚漣，爲娘淚漣，何曾爲着夫妻上掛牽？(四)

【前腔】（生）做孩兒節孝怎全？做爹行不從幾諫。（旦）官人，你爲人子的，不該恁地埋冤。（生）

---

(一) 夾批：事父母能竭其力，雖曰未學，吾必謂之學；事父母不能竭其力，雖曰既學，吾必謂之未學。

(二) 夾批：應前『鴛侶鳳幃』等語。

(三) 夾批：欲行還却，欲言還止，摹寫處曲折入妙。

(四) 夾批：前文云『又何曾貪歡戀妻』，止説得一面。今云『何曾爲妻掛牽』，則兼兩邊説。蓋不獨子非戀妻，婦亦非戀夫也。

非是我要埋怨，(一)只愁他影隻形單，我出去有誰來看管？（合前）

（生）呀！爹媽來了。娘子，且拭了眼淚。（外、淨同上）

【仙吕過曲·臘梅花】（外、淨）孩兒出去今日中，爹爹媽媽來相送。但願得魚化龍，青雲得路，桂枝高折步蟾宫。

（外）孩兒，你行李收拾完未？（生）已收拾完了。（外）既完了，何不早行？（淨）孩兒出去了，家中别無甚人，只有一個媳婦，如何不要分付幾句？（生）孩兒更無别事，只等張太公來，把爹媽拜托與他，求他早晚看顧，孩兒庶可放心前去。（旦）呀！張太公早來了。(二)（末上）仗劍對樽酒，恥爲遊子顔。所志在功名，離别何足歎。（見介）（末）老夫聞秀才今日榮行，特來相送。（生）太公在上，小生出去，家中并無親人，只有一個媳婦，又是女流。爹媽年高，凡事全賴維持；家中倘有些小欠缺，并求周濟。（跪介）昨日已蒙慨許，今日故爾拜懇。（末扶生起介）秀才，老夫受人之託，必終人之事，你只顧放心前去便了。（生）如此，多謝太公！小生若有寸進，决不敢忘大恩。（外）孩兒，太公長者，既蒙金諾，必不食言，你便可放心早去。（生）承爹爹嚴命，孩兒拜辭爹媽，即日起程了。（拜介）

---

(一) 夾批：大舜之怨爲怨慕，《小弁》之怨爲親親，怨亦是孝。

(二) 夾批：張公老鄰，不妨與五娘相見。若《西厢》以法本與夫人、小姐同坐，則大不類矣。今人有認和尚作親戚而使之穿房入户者，其亦《西厢》誤之耶？一笑！

【仙呂入雙調・園林好】(生)兒今去，爹媽休得要意懸，兒今去今年便還。(一) 但願得雙親康健。(合)須有日拜堂前，須有日拜堂前。(二)

【前腔】(外)我孩兒不須掛牽，爹只望孩兒貴顯。若得你名登高選，(合)須早把信音傳，須早把信音傳。(三)

【江兒水】(淨)膝下嬌兒去，堂前老母單，(四)臨行密密縫針綫。(五) 眼巴巴望着關山遠，冷清清倚定門兒盼，教我如何消遣？(六) (合)要解愁煩，須是頻寄音書回轉。

【前腔】(旦)妾的衷腸事，有萬千。(生)娘子，你有甚事，須説與我知道。(旦)説來又恐添縈絆。(生)你有甚縈絆？(旦)六十日夫妻恩情斷，八十歲父母教誰看管？(七) 教我如何不怨？(合)要解愁煩，須是頻寄音書回轉。

---

(一) 夾批：爲後文久不歸反襯。
(二) 夾批：爲後文拜墓前反襯。
(三) 夾批：爲後文音書隔絶反襯。
(四) 夾批：此預愁别後。
(五) 夾批：此復敘別前。寫老母送子，寫到密縫針綫，最是曲摯之筆。
(六) 夾批：此三句又預愁别後。今日猶兒在膝下，衣在手中，過此以往，則爲有關山在望中矣。説得極痛切。
(七) 夾批：正與前篇『夫妻好厮守，父母願長久』二語作反照。

【五供養犯】（末）貧窮老漢，託在鄰家，事體相關。（生）我去後，只愁父母在家難度歲月。（末）秀才勿憂。秀才，此行雖勉强，不必恁留連。你的爹娘早晚間吾當陪伴。（生悲介）（末）丈夫非無淚，不灑別離間。〔一〕（合）骨肉分離，寸腸割斷。

【前腔】（生）公公可憐，俺的爹娘望你周全。此身還貴顯，定當效銜環。〔二〕（旦挽生背唱）有孩兒也枉然，你爹娘反教別人看管。〔三〕此際情無限，偷把淚珠彈。（轉介）（合前）

【玉交枝】（外）別離休歎，我心中非不痛酸。〔四〕非爹苦要輕拆散，也只圖你榮顯。（淨）孩兒，你蟾宮桂枝須早攀，〔五〕北堂萱草時光短。（合）又不知何日再圓？又不知何日再圓？

---

〔一〕夾批：通篇皆惜別之曲，而中間獨夾此二語，如正聽琴瑟淒清之時，忽以羯鼓數聲間之。

〔二〕夾批：一字一血淚！

〔三〕夾批：有託其妻子於其友者矣，未有託其父母於其鄰者也。

〔四〕夾批：既曰『休歎』，又曰『非不痛酸』，勸人勿悲而又不免於自悲。如此寫情，真是至情；如此作文，真是至文。

〔五〕夾批：蔡母口中只此一句是送行語：北堂萱草時光短。萱室椿庭衰老矣，指望你改换門閭，此蔡公之言也。今將此二句意倒轉説，便成蔡母之言，各注意在第二句。

【前腔】（生）雙親衰倦，娘子，你扶持看他老年。飢時勸他加餐飯，寒時頻與衣穿。(一)（旦）我做媳婦事舅姑，不待你言。(二)你做孩兒離父母，何日返？(三)（合前）

【川撥棹】（外）孩兒，你歸休晚，莫教人凝望眼。(四)（生）但有日回到家園，但有日回到家園，怕回來雙親老年。(五)（合）怎教人心放寬？不由人不珠淚漣。

【前腔換頭】（旦）我的埋怨怎盡言？(六)我的一身難上難。（生）娘子，你寧可將我來埋怨，你寧可將我來埋怨，莫將我爹娘冷眼看。(七)（合前）

【餘文】（合）生離遠別何足歎，但願得名登高選。衣錦還鄉，教人作話傳。

---

(一) 夾批：老親之仰衣食於子婦，如幼兒之仰衣食於父母。若子婦不與之衣不與之食，則竟無從得衣，無從得食者也。且老人性情與幼兒同，嘗有時不自知其飢飽，不自知其寒暖，故不可無人爲之調度衣食。哀哉！仁孝之聲，如聞夜猿矣。

(二) 夾批：前云反教別人看管，此別人指張太公也。今五娘自任如此，可見媳婦不是別人。今之不能孝其公姑者，只爲以別人自待耳。

(三) 夾批：纔一句自任，便又一句責他。文之圓轉，如珠走盤。

(四) 夾批：方促其速去，便囑其早歸。情真望切，寫得曲至。

(五) 夾批：直是怕回來雙親不見耳。却以『老年』二字隱之，蓋不忍斥言也。

(六) 夾批：曰不能盡言，正深於言矣。

(七) 夾批：一字一血淚。今之以熱眼怨其夫，以冷眼看公姑者，當令玩此二語。

（外、浄、末先下）（旦）官人，你如何割捨得便去了？（生）咳！我如何捨得？

【中吕引子·尾犯】（旦）懊恨别離輕，悲豈斷絃，愁非分鏡。只慮高堂，風燭不定。（生）腸已斷，欲離未忍；淚難收，無言自零。空留戀，天涯海角，只在須臾頃。〔一〕

【中吕過曲·尾犯序】（旦）無限别離情，兩月夫妻，一旦孤另。〔二〕你此去經年，望迢迢玉京。〔三〕思省，（生）娘子，你思省甚來？（旦）奴不慮山遥水遠，〔四〕奴不慮衾寒枕冷。〔五〕奴只慮公婆没主，一旦冷清清。〔六〕

【前腔換頭二】（生）我何曾，想着那功名？只爲欲盡子情，難拒親命。娘子，年老爹娘，望伊

〔一〕夾批：最可悲者，别後之歲年。而難爲情者，又莫如臨别之一刻。唐詩云『勸君更盡一杯酒』，正惜此須臾頃也。

〔二〕夾批：此言室中。

〔三〕夾批：此言路上。

〔四〕夾批：又指路上。

〔五〕夾批：又指室中。

〔六〕夾批：老親以子爲主，猶少婦之以夫爲主。少婦而無夫，雖有極親熱之公姑，終是冷清清。老親而無子，雖有極親熱之媳婦，亦終是冷清清也。

家看承。畢竟，你休怨朝雲暮雨，且爲我冬温夏清。思量起，如何教我割捨得眼睁睁？（一）

【前腔换頭三】（旦）你儒衣纔换青，快着歸鞭，早辦回程。十里紅樓，休戀着娉婷。（二）叮嚀，不念我芙蓉帳冷，也思親桑榆暮景。（三）（歎介）咳！我頻囑付，知他記否？空自語惺惺。（四）

【前腔换頭四】（生）你寬心須待等，我肯戀花柳，甘爲萍梗？只怕萬里關山，那更音信難憑。須聽，我没奈何分情破愛，誰下得虧心短行？（悲介）從今後，相思兩處，一樣淚盈盈。（五）

（旦）官人，你此去千萬早早回程。（生）我有父母在堂，豈敢久戀他鄉？娘子，我就此拜别了。（同拜介）

---

（一）夾批：前蔡母云『眼巴巴望着關山遠』，此一人獨望之眼睁睁也。今曰『如何割捨得眼睁睁』，此兩人相視之眼睁睁也。既别後之獨望已不可耐，臨别時之相視尤難爲情。

（二）夾批：隱逗後文。

（三）夾批：婦之戒其夫，必請出公姑來説，題目便大。今日婦人多學此法，然今之婦人皆爲私。此出之賢媛口中，直是一片孝心。

（四）夾批：纔説得過，便自將前言抹倒。篇中多有此等筆法，是文情最妙處。

（五）夾批：唐詩云：『今夜五更茅店裏，醉醒何處各沾襟。』此言兩處相思，兼重兩邊説。今東嘉此曲亦言兩處相思，却側重一邊説。蓋自明其非虧心短行，故淚盈盈者，不獨在閨中，而亦在路上也。

【仙吕引子·鷓鴣天】（生）萬里關山萬里愁，（旦）一般心事一般憂。(一)（生）桑榆暮景應難保，客館風光怎久留？（生下）（旦悲介）他那裏，漫凝眸，正是馬行十步九回頭。(二)歸家只恐傷親意，閣淚汪汪不敢流。(三)

（下場詩）纔斟別酒淚先流，郎上孤舟妾倚樓。

片帆漸遠皆回首，一種相思兩處愁。

## 第六齣　丞相教女

吾謂讀《琵琶記》勝讀《内則》，豈獨《規奴》一篇爲然哉？試讀《丞相教女》之文，殆將婦儀閫範重言以申明之也。教女者，母之責，非父之責。至於父亦教女，而母之爲母可知矣。女之待教者須教，女之不待教者不必教。至於不待教者而亦必教之，而女之待教者可知矣。女無失而女之婢有失，即以婢之失者責其女，則其責之也嚴。婢失而女能規，則女仍無失，乃猶以規於既失之後，而不規於未失之前者責其女，則其責之也更密。『魯道有蕩』之詩曰：『其從如雲，其從如雨。』解之者云：母不可治，則當治其從人，

(一) 夾批：二語抵得唐人無數送別詩。
(二) 夾批：《西厢》『臨去秋波』只有一轉，此處凝眸馬上却有九回。一轉令人魂銷，九回令人腸斷。
(三) 夾批：唐詩云：『臨風欲慟哭，聲出還復吞。』淚而至於不敢流，其悲愈甚矣。

此爲子者上閒其親之法也。若親之閒其子者則不然，從人不治，則治其子。先治其子，而後并治子之從人。《易》有之『家人嗃嗃則吉，婦子嘻嘻終吝』，孰意傳奇之中亦有此齊家之訓耶？

寫丞相何必寫其無子？寫其無子者，所以爲招婿入門，不肯嫁女之地也。寫小姐何必寫其無母？寫其無母者，所以爲留侍嚴親，不即遣歸之地也。夫外以一身而充兩人，脚色頗忙，老旦、小生脚色甚閒，若以時手爲之何難？以淨扮丞相，而添一牛夫人，添一牛公子，使之周旋其間，以爲伯喈歸鄉之助哉。而東嘉不復爲此者，蓋扮丞相以外，不扮丞相以淨，非取其今之能教女也，正取其後之能悔過也，欲以改過遷善感動不花丞相耳。若添出夫人公子，周折必多。古人作傳奇，務求筆墨簡淨，但計其文之佳與不佳，更不計優人脚色之匀與不匀也。考傳奇之始，不過生旦末淨四人而已。後乃因末而添出外，因生而添出小生，因旦而添出老旦、小旦，因淨而添出副淨、小丑，甚至又添出貼旦、小外。十人不足，益而至於十二人，濫觴已極。於是後人作傳奇者，往往周章省度，廣爲布置，唯恐其間有一人之太勞，一人之太逸，遂使文字多支離冗雜之病。夫支離冗雜，則其文必不傳。其文既不傳，則脚色雖極匀，布置雖極當，又孰能演之唱之，批之而讀之也？

（外扮牛丞相上）

【正宫引子·齊天樂】（外）鳳凰池上歸環珮，衮袖御香猶在。〔一〕棨戟門前，平沙堤上，何事

---

〔一〕夾批：二語從唐人《早朝》詩得來，一句是『珮聲歸到鳳池頭』，一句是『朝罷香烟攜滿袖』也。却脱化得好。

車填馬隘？（一）　星霜髩改，怕玉鉉無功，赤舄非才。回首庭前，凄涼丹桂好傷懷。（二）

（外）下官牛太師是也。（三）　貴極人臣，富堪敵國。爵禄顯榮，可謂至矣。但恨夫人早亡，未有子嗣。（四）　止生一女，今已長成，尚未字人。我想女兒賦性温柔，秉姿賢淑，不可錯嫁膏粱子弟。只將他配個讀書君子，成就他做個賢婦，多少是好？只是我這幾日不在家，聞得奴婢們都在後花園中閒耍，這是我女兒拘管不嚴之故。今日不免唤他出來，訓誨他一番。女兒那裏？（貼扮牛氏、浄扮老姥姥、丑扮惜春隨上）

【雙調引子・花心動】（貼）幽閣深沉，問佳人，爲何懶添眉黛？繡綫日長，圖史春閒，誰解屢傍粧臺？絳羅深護奇葩小，不許那蜂迷蝶採。（浄、丑）笑瑣牕，多少玉人無賴。（五）

---

（一）夾批：避賢未罷相，樂聖未銜杯。試問門前客，今朝個個來。

（二）夾批：『車填馬隘』以上數語何等赫奕，『回首庭前』二語何等凄涼。極赫奕中偏有極凄涼處，讀書至此，爲之三嘆。

（三）夾批：太師有姓而無名，何也？曰居於牛渚，則牛之而已。若必欲求其名，則蔡邕之時但有董太師，安有牛太師耶？

（四）夾批：寫他無妻無子，便使筆墨簡浄。

（五）夾批：但以繡綫圖史爲事，不以搽眉對鏡爲事，玉人正不自知其無賴也。

（見介）（外）孩兒，你今已長成，方纔有媒婆來與你議親。（一）今日是我孩兒，異日便要做他人的媳婦。豈不聞女子之德，不出閨門。我這幾日不在家，你却放老姥姥、惜春在後花園中遊耍。你這等不拘管他們，倘或他們做出什麼歹事來，可不把你名污了？（貼）謝爹爹嚴訓，孩兒今後嚴加拘管他們就便了。（外）老姥姥，你年紀老大，做個管家婆，倒哄着丫鬟們閒耍，是何道理？（淨）告相公，不干老身事，都是惜春這丫頭。（丑）呀！不干惜春事，都是老姥姥。（外怒介）這兩個賤人還要推委，都拿下打！（貼跪介）爹爹惜怒。（外）孩兒起來，聽我道。

【仙呂入雙調・惜奴嬌】（外）你杏臉桃腮，當有松筠節操，蕙蘭襟懷。（二）閨中言語，不出閫閾之外。老姥姥，不教我孩兒伊之罪。惜春，這風情今休再。（合）記再來，但把不出閨門的語言相戒。（三）

（一）夾批：俗本因此一句便於篇首添出媒婆議親一段文字。及讀古本，未嘗有此，乃歎文筆之簡净。若必因此添演媒婆，則《逼試》一篇亦有吏人來召之語，亦將添演吏人耶？

（二）夾批：視老者願其如少者，戒少者又願其如老者，故於宜室椿庭，則以花柳爲頌於杏臉桃腮，又以松筠爲期。

（三）夾批：自此以下連用『不出閨門』語作結，皆特特爲後文趙氏反襯也。趙氏曰：『怎説得不出閨門的清平話？』嗟乎！貧家之婦憔悴如彼，富家之女矜貴如此，豈非勞逸之不同，苦樂之異致乎？

【前腔換頭】（貼）堪哀，萱室先摧。嘆婦儀母教，未曾諳解。蒙爹嚴訓，從今怎敢不改？〔一〕
老姥姥，早晚望伊家將奴誨。惜春，改前非休違背。〔二〕（合前）
【黑麻序換頭】（净）看待，父母心，婚姻事，須要早諧。勸相公，早畢兒女之債。（外）休呆，
如何女子前，胡將口亂開？〔三〕（合前）
【前腔】（丑）輕浼，受寂寞担煩惱，教我怎捱？細思之，教人珠淚盈腮。（貼）寧耐，衣温食
又美，何須別掛懷？〔四〕（合前）
（下場詩）（外）婦人不可出閨門，（貼）多謝嚴親教育恩。
（净）休道成人不自在，（丑）須知自在不成人。

〔一〕 夾批：能念其死母，是孝於母也；能順其生父，是孝於父也。爲女而能孝父母者，其爲婦而能孝公姑，可知矣。
〔二〕 夾批：以上二曲是合，以下二曲却分。
〔三〕 夾批：此以老者戒老者。
〔四〕 夾批：此以少者戒少者。飽暖思淫慾，正惟衣温食美，恐其別有掛懷也。俗本誤作『温衣并美食，何須苦掛懷』，則辭不達意矣。

## 第七齣　才俊登程

科場之中，大約專志功名者居三分之一，浪遊混迹、耽情花酒者居三分之二。今此篇於正生之外陪寫三人，一人意在雲梯月殿，兩人意在紅粉芳樽。應試之士雖多，此三人者足以概之矣。若夫孝子之心則不然，不但花酒非其所戀，即功名亦非其所貪。既超出於庸流之上，更超出於才俊之中者也。故以兩庸流反襯之，又以一才俊旁襯之。他人見緑陰紅雨而喜，彼獨感青梅啼鳥而悲。『永言孝思，孝思維則』，其此之謂乎？

『思量那日』之曲，思家於既中狀元、既婚牛氏之後者也；『衷腸悶損』之歌，思家於未中狀元、未婚牛氏之前者也。未中狀元、未婚牛氏，則其思家也易；既中狀元、既婚牛氏，則其思家也難。將寫其難者，先寫其易者，所以爲後文作引也。然『思量那日』，思家於離家既久之時者也；『衷腸悶損』，思家於離家未久之時者也。離家未久，則離別之悲尚淺；離家既久，則離別之悲已深。將寫其深而深者，先寫其淺而深者，亦以爲後文作引也。總之由易入難，由淺入深，文章之法當如是爾。

（生上，末、浄、丑扮秀士同上）

【中吕引子・滿庭芳】（生）飛絮沾衣，殘花隨馬，輕寒輕暖芳辰。江山風物，偏動别離人。

回首高堂漸遠，嘆當時恩愛輕分。[一]傷情處，數聲杜宇，客淚滿衣襟。

【前腔换頭】（末）萋萋芳草色，故園入望，目斷王孫。漫憔悴郵亭，誰與温存？（浄、丑）聞道洛陽近也，又還隔幾座城闕。（合）澆愁悶，解鞍沽酒，同醉杏花村。

〔浣溪沙〕（生）千里鶯啼緑映紅，（丑）水村山郭酒旗風，（末）行人如在畫圖中。（浄）不暖不寒天氣好，或來或往旅人逢，（合）此時誰不嘆西東？（各相見介）（末、浄、丑）請問仁兄尊姓貴表？（生）小生姓蔡，字伯喈。敢問三位仁兄尊姓貴表？（末）在下姓李，字群玉。（丑）小子姓落，名得嬉。（浄）小子姓常，名白將。（生）久聞諸兄大名，今日幸得相會，想都要往京師赴選的了？（浄、丑）便是。我們同行何如？（生）最妙。（末）我等既係同道，今幸相會，且在此歇息片時，大家説些學識何如？（衆）使得。（末）蔡兄請先道。（生）小生坐則讀，行則吟，書窮萬卷識彜倫。人生兩事惟忠孝，欲答君恩并報親。[二]（浄、丑）有些意思。（生）李兄所志若何？（末）我不將窮達付前緣，常把殷勤契上天。人事盡時天意轉，才高豈得困林泉？（浄、丑）自然，自然。（末）落兄也請自道。（丑）小子讀書費力，常向螢窗講習。熟誦《孝經》《曲禮》，博覽《詩》《書》《周易》。《春秋》諸子百家，篇篇義理紬繹。（笑介）只是

---

[一] 夾批：一句念父母，一句便輕帶妻房。

[二] 夾批：處處將『孝』字提喝出來。

前日走到學中，夫子潛自叫屈。(一)說道可惜這個秀才，眼中一字不識。(二)（淨）你却說了一場夢。（末）請問常兄所學若何？（淨）小子言不妄發，寫字極有方法。不問真草隸篆，寫出都是法帖。王羲之拜我爲師，歐陽詢見我諕殺。(三)（笑介）只是早間寫個人字，忘了一撇一捺。(四)（生）休得取笑。天色已晚，快趲路罷。（同行介）

【仙呂過曲・甘州歌】（生）衷腸悶損，嘆路途千里，日日思親。(五)青梅如豆，難寄隴頭音信。高堂已添雙鬢雪，客路空瞻一片雲。(六)（合）途中味，客裏身，争如流水蘸柴門？(七)休回首，欲斷魂，數聲啼鳥不堪聞。(八)

---

(一) 夾批：絶倒！

(二) 夾批：此作者調笑文人之語。蓋世儘有讀破萬卷，究竟未曾識得一字者。

(三) 夾批：王羲之、歐陽詢俱漢以後人，而用之於此，明其書之無關蔡邕也。

(四) 夾批：此亦作者調笑文人之語。蓋世儘有深通翰墨，却忘了爲人之道者。

(五) 夾批：前曲輕帶妻房，此則專思父母。

(六) 夾批：對法絶工，而詞意又流走。望雲思親，唐人故事也。而用之於此，亦以明其書之不關蔡邕耳。一部曲白中多有引用後人事者，拈出一二，可例其餘。

(七) 夾批：『流水蘸柴門』，乃後漢姜肱不肯應辟召，作詩以謝其友末句云云。東嘉蓋用其語也，俗本不察，輒改『蘸』字爲『舊』字，豈不大錯？看他四曲連叶四『門』字，閒中見巧。

(八) 夾批：『睍睆黄鳥，載好其音。』此《凱風》之所以思親也。

【前腔换頭二】(末)風光正暮春，便縱然勞役，何必愁悶？緑陰紅雨，征袍上染惹芳塵。雲梯月殿圖貴顯，水宿風餐莫厭貧。(一) 乘桃浪，躍錦鱗，一聲雷動過龍門。榮歸去，緑綬新，(二)休教妻嫂笑蘇秦。(三)

【前腔换頭三】(净)誰家近水濱，見畫橋烟柳，朱門隱隱。鞦韆影裏，墻頭上露出紅粉。他無心笑語聲漸杳，却不道惱殺多情墻外人。(四) (合)思鄉遠，愁路貧，肯如十度謁侯門？行看取，朝紫宸，鳳池名禁聽絲綸。

【前腔换頭四】(丑)遥瞻霧靄紛，想洛陽宫闕，行行將近。程途勞倦，欲待共飲芳樽。(五) (合)垂楊瘦馬莫暫停，只見古樹昏鴉棲漸盡。天將暝，日已曛，一聲殘角斷樵門。尋宿處，行步緊，前村燈火已黄昏。(六)

(一) 夾批：『貧』字或改作『頻』字，誰曰不可？但看下文『一聲雷動』及『休教妻嫂』之句，則『頻』字爲未妥矣。

(二) 綬：原作『授』，據汲古閣刊本《繡刻琵琶記定本》改。

(三) 夾批：寫一慕君熱中之士以襯大孝之慕父母。

(四) 夾批：此人注意紅粉，愈與孝子之心異矣。

(五) 夾批：此人注意芳樽，更與孝子之心異矣。

(六) 夾批：看他通篇寫飛絮，寫殘花，寫江山，寫杜宇，寫芳草，寫郵亭，寫青梅，寫紅雨，寫畫橋烟柳，寫墻内鞦韆，寫垂楊瘦馬，寫古樹昏鴉，寫樵門殘角，寫前村燈火，直是一軸行路畫圖。人言王摩詰詩中有畫，今東嘉曲中亦有畫也。

【餘文】(合)向人家，忙投奔，解鞍沽酒共論文，今夜雨打梨花深閉門。

(下場詩)(生)江山風物自傷情，(净)南北東西爲利名。

(丑)路上有花并有酒，(末)一程分作兩程行。

## 第八齣　文場選士

近日作傳奇者，每至文場選士則多闕焉，但曰『考試隨意』。夫『隨意』之説，則斷自《琵琶》昉也。登程不止四人，而於正生之外止陪之以同伴之三人；入試不止二人，而於正生之外亦止倍之以下第之一人。且前此之涉道途則四之，後此之宴瓊林則三之，而於此篇則從而二之。總之，既謂之戲，則言者姑妄言，而聽者姑妄聽，此之謂隨意耳。然隨意之中，亦有正文關目處，亦有閒文調笑處。如以歌曲取士，明乎其爲元之制，而非漢之制，是其關目處也，正文也。如『把與試官來下酒』一句，生以此中選，丑以此下第。其以此中選者，宋元之末，士子入試，多以阿附執政而獲儁，是作者調笑當時諂諛朝貴之人也，閒文也，(一)其以此下第者輓。近以來，士多熟誦帖括，抄寫成套，甲之所作，乙又摹之；張之所學，李又倣之。究竟同一字句，而慧者用之則是，拙者用之則非。往往極力逢迎而適觸忌諱，加意揣摩而反生背謬，是作者調

(一)　文：原作『人』，據後文改。

笑當時蹈襲文字之人也，亦閒文也。且文章本是下酒物，傳奇尤是下酒物，故借下酒爲發科。然則雖云『隨意』，而《琵琶》之所謂『隨意』，視其他傳奇之所謂『隨意』者，又不可同年語矣。

（浄扮試官、末扮吏人隨上）

【南吕引子・生查子】（浄）承恩拜試官，聲價重丘山。那來赴試的，只問有文才，何必拘鄉貫？有文才的，取他居上第，做個清要官；沒文才的，〔一〕縱有父兄勢，也教空手還。〔二〕

（浄）禮闈新榜動長安，九陌人人走馬看。一日聲名遍天下，滿城桃李屬春官。自家禮部主考官是也。今當大比之年，朝廷命我主試。左右，但是來應試的士子，都唤進來。（末）領鈞旨。（生、丑上）

【黄鍾過曲・賞宫花】（生）槐花正黄，赴科場舉子忙。（丑）太學拉朋友，一齊整行裝。（合）五百英雄都在此，不知誰是狀元郎？〔三〕

（生、丑進見浄介）（浄）諸生聽着：朝廷開科取士，雖有定期；試官立意命題，任從時好。下官是個

〔一〕文：原闕，據汲古閣刊本《繡刻琵琶記定本》補。

〔二〕夾批：寫如此一個好試官，所以風世也。乃以花面扮之者，取其不徇情面而能爲貧士增顔。文章又叶一『門』字，爲前生色耳。四『門』字作餘波。

〔三〕夾批：五百人只寫兩人，正所謂『隨意』也。

風流試官，不拘往年舊制。第一場要做對，第二場要猜謎，第三場要唱曲。[一] 三場都好，便取他做頭名狀元。若還不好，將他黑墨搽臉，亂棒打出去。[二]（生、丑）領命。（淨）蔡邕過來，我先出對與你對：星移天放彈。（生）日出海抛毬。（淨）對得好！且站一邊。落得嬉過來，我也出一對與你對：《毛詩》三百首。（丑）還有十一篇。（淨）不好。且站一邊。蔡邕過來，我出八個地名的謎兒與你猜：一聲霹靂震天關，兩個肩頭不得閒。去買紙來作褁褙，欠人錢債未曾還。（生）第一句是京東京西，第二句是江東江西，第三句是湖東湖西，第四句是浙東浙西。（淨）妙！妙！八個地名都猜着了。[三] 且站一邊。落得嬉過來，我出四樣花木的謎兒與你猜：雨中粧點望中黄，獨立深山分外長。廊廟之材應見取，家家織就綺羅裳。（丑）第一句是柏樹，第二句是槐樹，第三句是楓樹，第四句是柳樹。（淨）不是，不是。四樣花木都猜不着。[四] 且站一邊。蔡邕過來，我唱一隻曲兒，你末後接唱一句，要押得韻着。

【仙呂入雙調·北清江引】（淨）長安富貴真罕有，食味皆山獸。熊掌紫駝峰，四座馨香透。

---

[一] 夾批：以詞曲取士，明乎其爲元制也。

[二] 夾批：善戲謔兮，不爲虐兮。

[三] 夾批：以地名爲猜謎者，爲牛渚襯染也。然則人之觀牛太師者，亦便當猜着是牛渚矣。

[四] 夾批：以花木作猜謎而猜不着者，爲不花氏襯染也，更巧！

你接唱來。（生）把與試官來下酒。(一)

（净）妙哉！三場都好，是個真秀才。且站一邊伺候。落得嬉過來，我也唱隻曲兒，你押末後一句。

【北幺篇】（净）看你腹中無所有，一袋醃臢臭。若還放出來，見者都奔走。你押下韻。（丑）把與試官來下酒。(二)

（净）不濟，不濟。抄別人文字，却抄得不中用。(三)快將他黑墨搽臉，亂棒打出去。（丑）不須打。正是：薄命劉生終下第，厚顔季子且還家。（丑下）（净）蔡邕，你才高學博，超出等倫。我就保奏朝廷，取你爲頭名狀元。左右，快取冠帶來，與蔡狀元換了，隨我入朝謝恩，遊街赴宴去。（生）多謝大人提拔。（末進冠帶生換介）

【南呂過曲·懶畫眉】（生）君恩喜見上頭時，今日方遂嚴親意。(四)（末）布袍脱下換羅衣，腰間還繫黄金帶，駿馬雕鞍真是美。

---

(一) 夾批：以善於逢迎爲取科名之技，所以調笑世儒也。

(二) 夾批：試官誚秀才爲放屁秀才，秀才又誚試官爲喫屁試官，極其調笑。

(三) 夾批：調笑俗儒。

(四) 夾批：黄卷青燈已换得金章紫綬，嚴親之意遂矣。此句迴照前文，反襯後文，何等佳妙！俗本乃改作『今日方顯男兒志』，豈非大謬耶？

【前腔】（浄）你讀書萬卷非容易，喜得登科擢上第，功名分定豈誤期。三千禮樂無敵手，五百英雄盡讓伊。〔一〕

（下場詩）（浄）一舉鰲頭獨占魁，（生）誰知平地一聲雷。

（浄）明朝跨馬春風裏，（生）盡是皇都得意回。

繪風亭評第七才子書琵琶記卷二終

〔一〕夾批：抵得今已硃卷前面一段批語。二曲與本調頗不合，讀者當格外觀之。

# 繪風亭評第七才子書琵琶記卷三

## 聲山別集

### 第九齣　臨粧感嘆

《才俊登程》一篇，寫遊子之憶家，《臨粧感嘆》一篇，寫少婦之憶夫，皆至情之所鍾也。前篇之曲有四，此篇之曲亦有四。然前則一主三賓，雖云四曲，止一曲而已。此篇則用四段文字，始以三層，終以一結。第一段言君當念妾，第二段言妾實念君，第三段言君即不念妾，須念父母；妾非獨念君，爲念公姑；第四段妙在自慰自解。大約文章之妙，有自嘆者，亦有自慰者；有自難者，亦有自解者。如『知他記否，空自語惺惺』，將上文一筆抹倒，此自嘆自難之言也。如『也不索氣苦』，將上文一筆漾開，此自慰自解之言也。人但知自嘆自難之言爲悲，而不知自慰自解之言爲尤悲。何也？惟無人爲我慰，不得已而自爲之慰；無人爲我解，不得已而自爲之解。夫至於不自慰不自解，而更無人慰之解之，則其情之悲也至矣。

末語云『一場愁緒，宋玉難賦』，誠非宋玉之所能賦哉。

『臨鏡緑雲撩亂』，此將别時之緑雲也；『緑雲懶去梳』，此既别時之緑雲也。寫五娘而必寫其對鏡，必寫其臨粧，何也？蓋爲有『剪髮』『賣髮』兩段文字在後，故此處獨於緑雲三致意焉耳。試讀『一從鸞鳳分，誰梳鬒雲』及『看青絲細髮，剪來堪愛』等語，然後知斯篇之描畫梳頭非無謂也。可見作上文之法，後筆必應前筆，前筆必伏後筆。今之隨口胡謅，順手亂寫者，若取吾所批《琵琶記》觀之，知其必閣筆而焚硯矣！

（旦上）

【正宫引子·破齊陣】（旦）翠減祥鸞羅幌，香消寶鴨金爐。楚館雲閒，秦樓月冷，動是離人愁思。目斷天涯雲山遠，人在高堂雪鬢疏，㈠緣何書也無？㈡

（旦）明明匣中鏡，盈盈曉來粧。憶昔事君子，鷄鳴下君床。臨鏡理鬒總，隨君問高堂。一旦遠别離，鏡匣掩青光。流塵暗綺疏，㈢青苔生洞房。零落金釵鈿，慘淡羅衣裳。傷哉憔悴容，無復蕙蘭芳。有懷

---

㈠ 夾批：二語詞對而意側，言我所以目斷天涯者，只爲人在高堂也。蓋上文止言念夫，此則言念夫正爲念公姑。妙甚。『雪鬢』二字爲緣『緑雲』作引，更有閒趣。

㈡ 夾批：望夫之來而不得，則猶望其書之來。今不惟不見夫，并不見書，其悲甚矣！

㈢ 夾批：綺疏，窗櫺也。

淒以楚，有路阻且長。妾身豈嘆此，所憂在姑嫜。念彼猿猱遠，(一)眷此桑榆光。願言盡婦道，遊子不可忘。(二)勿彈綠綺琴，絃絕令人傷。勿聽《白頭吟》，哀音斷人腸。人事多舛迕，羞彼雙鴛鴦。(三)奴家趙五娘，自嫁與蔡伯喈，纔及兩月，卻奉公公嚴命，教他上京赴選。一去之後，杳無音信。把公婆撇在家中，教奴家獨自看承。奴家一來要成丈夫之名，二來要盡爲婦之道，竭力奉養，不敢少怠。只不知兒夫幾時纔得回來？正是：天涯海角有窮時，只有此情無盡處。

【仙呂入雙調·風雲會四朝元】（旦）春闈催赴，同心帶綰初。嘆《陽關》聲斷，送別南浦，早已成間阻。(四)謾羅襟淚漬，謾羅襟淚漬，和那寶瑟沉埋，錦被羞鋪。寂寞瓊窗，蕭條朱户，空把流年度。(五)嗏，瞑子裏自尋思，妾意君情，一旦如朝露。(六)君行萬里途，妾心萬般苦。(七)

---

(一) 夾批：猿猱，即心猿，字義出佛經。

(二) 夾批：是賢媛語，是孝婦心。

(三) 夾批：棄妻者聽此能無動念乎？

(四) 夾批：此追憶昔日。

(五) 夾批：此現敘目前。

(六) 夾批：又追憶昔日。

(七) 夾批：又現敘目前。

君還念妾，迢迢遠遠，也當回顧。(一)

【前腔】(旦)朱顏非故，緑雲懶去梳。嘆畫眉人遠，傅粉郎去，鏡鸞羞自舞。(二)把歸期暗數，把歸期暗數，只見雁杳魚沉，鳳隻鸞孤。(三)緑遍汀洲，又生芳杜，空自思前事。(四)嗏，他日近帝王都，芳草斜陽，教我望斷長安路。(五)君身豈浪子，妾非浪子婦。(六)其間就裏，千千萬萬，有誰堪訴？(七)

【前腔】(旦)輕移蓮步，堂前問舅姑。食缺須進，衣綻須補，要行時須與扶。(八)奈西山暮景，

---

(一) 夾批：説相思而若但言『我之念君』，不度君之念我，則是單思，不是相思矣。文有代彼設想者，如《陟岵》之詩本是子之念父母，弟之念兄也。而其詩云：父曰『嗟予子行役』，母曰『嗟予季行役』，兄曰『嗟予弟行役』，却想出父母與兄之念我也。如唐詩云『遥知兄弟登高處，遍插茱萸少一人』，此皆絶妙文情，非深於情者不能言，非深於情者亦不能解也。

(二) 夾批：此近嘆室中。正是臨粧感嘆語。

(三) 夾批：此遥望路上。

(四) 夾批：此又近嘆室中。

(五) 夾批：此又遥望路中。

(六) 夾批：此又一句路上，一句室中。

(七) 夾批：正與前文『妾的衷腸事，有萬千』『我的埋怨，怎盡言』二語相照應。

(八) 夾批：正與前文『你扶持看他老年』『饑時勸他加餐，寒時頻與衣穿』等語相照應。

奈西山暮景，教我倩着誰人，寄與兒夫。（一） 咳！ 你身上青雲，只恐親歸黄土。（二） 我臨别也曾多囑付。（三） 嗏，那些個意孜孜，只怕你十里紅樓，貪戀着他人豪富。（四） 丈夫呵，你雖然不念奴，也須念父母。（五） 苦！ 無人説與，這淒淒冷冷，怎生辜負？（六）

【前腔】（旦）文場選士，紛紛都是才俊徒。 少甚麽鏡分鸞鳳，都要榜登龍虎，豈偏是他將奴誤？（七） 也不索氣苦，也不索氣苦，既受託蘋蘩，有甚推辭？（八） 索性做個孝婦賢妻，博得個名標青史，也不枉受了些閒悽楚。（九） 嗏，俺這裏自支吾，休污了他的名兒，左右與他相回

---

（一） 夾批： 不但他那裏書不能來，我這裏書亦不能去。

（二） 夾批： 隱伏後文。

（三） 夾批： 回應前文。

（四） 夾批： 與前文『十里紅樓，休戀娉婷』語相照應。

（五） 夾批： 與前文『不念我芙蓉帳冷，也念親桑榆暮景』二語相照應。

（六） 夾批： 淒淒冷冷： 所謂『公婆没主，一旦冷清清』也，正是指公婆，不是指自己。

（七） 夾批： 指人自慰。

（八） 夾批： 責己是忠孝全他，將上文無數氣苦説話，忽然一筆漾開，真正絶妙文字。

（九） 夾批： 自全其名。

護。(一) 丈夫呵，你便做腰金與衣紫，須記得釵荆與裙布。(二) 一場愁緒，堆堆積積，宋玉難賦。(三)

（下場詩）（旦）回首高堂日已斜，遊人何事在天涯。自古紅顔多薄命，莫怨春風當自嗟。(四)

## 第十齣　春宴杏園

考官者，相馬之伯樂也；狀元者，空群之騏驥也。故《春宴杏園》先有一篇《馬賦》，賦而比也。然而方誇蕃息，忽嘆空虚，可見盛名之下每病無實。方快遊街，忽驚墜馬，可見得意之場每多失足。其又作者託諷之微意乎？

善文者有一篇全部大文於胸中，則其於每段小文之内必處處提照章旨，回顧本色。若有一處疏漏，即

---

(一) 夾批：全夫之名。

(二) 夾批：於幡然自勸慨然自任之後，又遥呼其夫而告之，文情婉摯。

(三) 夾批：自慰自解，正是愁懷難説處。《雄雉》之詩曰：『不忮不求，何用不藏。』此篇終自慰之言也。《緑衣》之詩曰：『我思古人，實獲我心。』亦篇終自慰之言也。若使五娘而但怨朝雲暮雨，不事冬温夏凊，豈稱賢媛，豈稱孝婦哉？故有此一曲，更使全篇文致生動。妙甚！

(四) 夾批：不惟不怨其夫，并不怨春風，而但自怨。寫賢媛的是賢媛。

全部綫索皆脱矣。如此篇寫宫花，寫紅樓，寫玉鞭，寫笙歌，寫題詩，寫飲酒，無數絢爛文字，皆旁筆也。其正筆只在『未許嫦娥愛少年』一句，爲後文辭婚伏綫。又只在『高堂菽水誰供奉』一句，爲後文辭官伏綫。極濃艷處忽着一極淡之語，極熱鬧處偏下一極冷之言，點睛着眼，賴有此耳。苟其不然，於南浦之别則曰『我肯戀花柳，甘爲萍梗？』而於杏園則忘之。於登程之日則曰『衷腸悶損，日日思親』，而於春宴則忘之。寫伯喈而若此，豈得爲妙文？以東嘉寫伯喈而若此，又豈得爲妙妙文哉！

（末扮首領官引衆上）朝爲田舍郎，暮登天子堂。將相本無種，男兒當自强。自家乃河南府首領官便是。往年狀元遊街赴宴，凡應用鞍馬酒席等項，都是府尹備辦。今新狀元蔡邕循例遊街赴宴，府尹却委我首領官提調。昨已分付太僕寺掌鞍馬的令史，洛陽縣管排宴的驛丞，今日都要到此查點。左右，先唤那掌鞍馬過來。（衆）掌鞍馬的那裏？（丑扮令史上）有問即對，無問不答。相公有何鈞旨？（末）鞍馬齊備未曾？（丑）告相公：俺這裏當初有一萬匹好馬。（末）怎見得好馬哩？（丑）但見耳批雙竹，鬃散五花。展開鳳臆龍髻，昂起豹頭虎額。轡篤篤翠蹄削玉，點滴滴赤汗流珠。隅目青熒夾鏡懸，肉騣魂礧連錢動，騰躍時尾捎雲漢，横驀過玄圃崆峒。頃刻間走遍神州，直赶上流星掣電。九方皋管教他稱賞，千金價不枉了追求。[一]（末）有甚好顔色？（丑）兔兒黄恰配燕子青，奔紅赤正對照夜白。還有銀鬃、秀膊、青花、蘇盧、棗騮、栗色。正是：五花散作雲滿身，萬里方看汗流血。（末）有甚

[一] 夾批：郭隗以市駿比求賢，非言馬也，實喻才也。

好名兒？（丑）飛龍、翔驎、赤兔、紫燕、追風、決波、浮雲、發電、烏騅、玉驄、凝露、騰霜、驎駒、龍子、照影、懸光，還有紅叱撥、紫叱撥、飛霞驃、玉逍遥、拳毛騧，獅子花。説不盡驊騮騄駬，數不完驌驦騏驥。真個是青海月氏出産，大宛越睒將至。（末）有甚麽好廐？（丑）天花、出群、騊駼、駃騠、鵷鸞、鳳苑、奔星、内駒，東南内對着西南内，左右坊對着左右飛。正是：盡印三花飛鳳字，中藏萬匹好龍媒。（末）有甚好鞍轡？（丑）錦韉燦爛披雲，銀鐙熒煌耀日。香羅帕深覆金鞍，紫遊韁牽動玉勒。瑪瑙粧就轡頭，珊瑚做成鞭策。正是：紅纓紫鞚珊瑚鞭，玉鞍錦韉黄金勒。㈠（末）如今選多少在這裏？（丑）告相公：如今没有了。㈡（末）如何没有了？（丑）當初原有一萬匹馬，却是一千三百匹漏蹄，二千七百匹抹靨，三千八百匹熟瘤，二千二百匹慈眼。況且鞍韉又破損，坐褥又傾欹。抽轡盡是蔴繩，鞭子無非荆杖。餓老鴟全然拉搭，雁翅板一發彫零。鞍轡既不周全，牽鞚何曾完備？這樣東西，其實不中用。（末）休胡説！快准備鞍馬到午門外，候狀元謝恩出來乘坐。（丑）理會得。管教他春風得意馬蹄疾，一日看遍長安花。（丑下）（末）唤管排宴的過來。（衆）管排宴的那裏？（净扮驛丞上）堂上一呼，堦下百諾。相公有何鈞旨？（末）筵宴完備未曾？（净）告相公：已排設下上等筵席，候相公點視。（末）怎見得上等排設？（净）但見珠簾高捲，繡幕低垂。珊瑚席鋽鑼得精神，瑇瑁筵安排得奇巧。金

---

㈠　夾批：讀此一篇《馬賦》，勝看曹將軍《江都王畫圖》一幅。

㈡　夾批：上文説得如彼熱鬧，至此忽然説没有了。一萬馬却是無馬，天下事皆當作如是觀。

爐内漫騰騰燒瑪瑙，玉瓶中嬌滴滴插奇花。四圍環繞畫屏山，滿座重鋪錦褥子。金盤犀筋光錯落，掩映着龍鳳珍羞； 銀海瓊舟影蕩摇，翻動那葡萄玉液。灑掃得潔潔淨淨，并無半點塵埃； 鋪陳得整整齊齊，另是一般氣象。正是： 移將金谷繁華景，粧點瓊林錦繡仙。〔一〕（末）排設既齊整，你們且退去，待狀元遊街過了，便來赴宴。（淨）領鈞旨。正是： 瓊林勝處風光好，別是人間一洞天。（淨下）（衆）告相公，遠遠望見一簇人馬行動，想是狀元到了。（末）既如此，我且暫時迴避。（末引衆下）（生、淨、丑冠帶騎馬上）

【仙呂入雙調·窣地錦襠】（合）嫦娥剪就緑雲衣，折得蟾宫第一枝。宫花斜插帽簷低，一舉成名天下知。〔二〕

【哭岐婆】（合）洛陽富貴，花如錦綺。紅樓數里，無非嬌媚。春風得意馬蹄疾，天街賞遍方歸去。〔三〕

（生、淨先下）（丑墜馬介）呀！ 不好了，跌下馬來了！〔四〕（末扮陪宴官騎馬引衆上）

---

〔一〕 夾批： 寫得艷麗非常。

〔二〕 夾批： 既曰『天下知』，則豈有父母妻子反不知者？ 於此故作是語，所以明其寓言之非真耳。

〔三〕 夾批： 春風得意亦此馬蹄，中途失足亦此馬蹄。

〔四〕 夾批： 名韁未許輕馳，仕途每多差跌。作者以醒世也。

【越調過曲・水底魚兒】（末）朝省尚書，昨日蒙聖旨。道狀元及第，教咱去陪宴席。（丑叫介）跌壞了人了，救命！救命！（末）越着鞭越退，使人心下疑。轉頭回看，叫我的還是誰？（末問丑介）足下是誰？爲甚倒在此？（丑）我是墜馬的狀元。（末）既如此，左右，快扶起來。（衆扶丑起介）（末下馬相見介）（丑）請問尊官是誰？（末）我是中書省陪宴官，請問足下爲甚墜馬？（丑）不要説起。

【正宮・北叨叨令】（丑）鬧炒炒街市上遊人亂，（末）想那馬因人鬧，驚跳起來了？（丑）惡頭口抵死要回身轉。（末）怎不牽過一邊？（丑）我戰兢兢只怕韁繩斷。（末）怎不打他？（丑）怯書生早已神魂散。（末）你不曾跌傷麽？（丑）阿呀！險些跌折了腿也麽哥，險些舂破了頭也麽哥，我好似小秦王三跳澗。㈠（末）這馬如今那裏去了？（丑）知他那裏去了？傷人乎？不問馬。（末）你還要文謅謅。㈡我且就這裏借個馬與你騎去罷。（丑）不消。若借馬與我騎，便索死了。（末）怎的便死？（丑）豈不聞《論語》云：有馬者借人乘之，今亡矣夫。㈢（末）你又來取笑。（生、淨復騎馬上）

㈠ 夾批：看他故意明明用唐故事。
㈡ 夾批：調笑頭巾。
㈢ 夾批：頭巾解書，往往如此。

【窣地錦襠】(生、浄)荷衣新惹御香歸，引領群仙下翠微。杏園惟有候題詩，此是男兒得志時。(一)

(丑)二位，你們騎馬遊街，且自好，只不要像我跌將下來。(生、浄)足下原來墜了馬？(丑)可知哩。(末)若不是下官搭救時，險些送了性命。(生、浄)如此，更賴大力。(末)三位請同行。(丑)列位先行，我慢慢走來罷。(生、浄)那有此理？我們有空馬在此，請騎坐。(衆扶丑上馬同行介)

【哭岐婆】(衆)玉鞭裊裊，如龍驕騎。黄旗影裏，笙歌鼎沸。如今端的是男兒，(生)行看錦衣歸故里。(二)

(末)這裏是杏園了，請列位駐馬，照依年例，各留佳詠。(衆下馬介)(浄、丑)蔡兄請先題。(生題介)五百名中第一仙，花如羅綺柳如烟。緑袍乍着君恩重，黄榜初開御墨鮮。禮樂三千傳紫禁，風雲九萬上青天。時人漫説登科早，未許嫦娥愛少年。(三)(衆)妙！妙！(浄)如今輪該到我了。我也有詩一首請教列位。(衆)願聞。(浄念介)遲日江山麗，春風花草香。(末)呀！且住。這是抄舊了。(浄笑

(一) 夾批：或以此得志，或以此失足，何常之有？

(二) 夾批：纔得錦衣，便思故里。若不歸故里，豈不枉却錦衣乎？正爲後文思歸伏綫。

(三) 夾批：正與後文『少年自有人愛了』『漫勞你嫦娥提挈』二語相照應。

介）我前日三場文字都抄了别人的，難道一首舊詩倒抄不得？（一）（末笑介）畢竟要求自做。（浄）也罷！我就胡謅一首，與列位一笑。（念介）赴選何曾入棘闈，此身未擬着荷衣。三場盡是倩人做，一字全然非我爲。自笑持杯貪飲酒，却愁把筆怎題詩。有人問我求佳作。（衆）如何回答他？（浄）問我先生便得知。（二）（衆）又來取笑。（丑）如今輪該我了。列位的詩都把赴試的事爲題，恐是熟套，我如今另立一題。（末）把甚麽爲題？（丑）就把我方纔墜馬爲題，做篇古風何如？（衆）最妙！（丑念介）君不見去年騎馬張狀元，跌了左腿不相連？又不見前年跨馬李試官，跌了窟臀没半邊？世上三般拚命事，行船走馬打鞦韆。小子今年大拚命，也來隨趁跨金鞍。（三）跨金鞍，灾怎躲？無耐畜生侮弄我。大叫三聲不肯行，連攛兩攛不是耍。我把韁繩緊緊拏，縱有長鞭怎敢打？須臾之間跌下來，好似狂風吹片瓦。昨日走過樞密院，三個軍人來唱喏。小子慌忙走將歸。（末）却是爲何？（丑）怕他請我教戰馬。（四）（衆）又説笑話！（末）諸公請依次而坐。左右，看酒來，待下官把盞。（末送酒衆飲介）

（一）夾批：極其調笑。試問今日秀才入場，誰不抄人文字者？雖然記得熟，抄得出，還算是好秀才。

（二）夾批：此人大是老實。今有竊先生之文以爲己有者，惟恐人之問其先生矣。更有無耻喪心之徒，不惟竊先生之文，且反從而謗毁之。門墻之間誤收敗類，最足害事。寄語普天下先生善爲覺察，倘及門中有貌若恂恂，中藏叵測者，亟須麾而出之於門外也。

（三）夾批：最險的是功名兩字，故曰：馬背不如牛背穩。

（四）夾批：今之不擇師而請教，與本領差池而自誇。有人請教者，毋乃類是。

【雙調引子・五供養】（末）文章過晁董，對丹墀已膺天寵。（合）赴瓊林新宴，顫宮花，緩引黃金鞚。

【前腔】（生）九重天上聲名重，紫泥封已傳丹鳳。（合）便催歸玉簡待宸旒，他日歸來金蓮送。（一）

【中吕過曲・山花子】（末）玳筵開處遊人擁，争看五百英雄。（生）喜鰲頭一戰有功，荷君恩奏捷詞鋒。（合）太平時車書已同，干戈盡戢文教崇，人間此時魚化龍。留取瓊林，勝景無窮。（二）

【前腔】（生）三千禮樂如泉湧，一筆掃萬丈長虹。（净、丑）看奎光飛躔紫宫，名騰萬玉班中。（合前）

【前腔换頭】（净）青雲路通，一舉能高中，三千水擊飛冲。（生）又何必扶桑掛弓？也强如劍倚崆峒。（合前）

【前腔】（丑）恩深九重，絲絡八珍送，無非翠釜駝峰。（生）看吾皇待賢恁隆，不枉了十年窗

（一）夾批：此皆得意之語，正所謂『論高才絶學，休誇班馬』也。

（二）夾批：此亦得意之語，所謂『風雲太平日，驊騮欲騁，魚龍將化』者也。

下把書攻。(一)（合前）

【大和佛】（末、浄、丑）寶篆沉烟香氣濃，濃熏羅綺叢。瓊舟銀海，翻動酒麟紅，一飲盡教空。（生悲介）我持杯自覺心先痛，縱有香醪，欲飲難下我喉嚨。想寂寞高堂菽水誰供奉？我這裏却傳杯喧鬨。(二)（末、浄、丑）狀元，休得要對此歡娱意忡忡。

【舞霓裳】（合）願取群賢盡貞忠，盡貞忠。(三)管取雲臺畫形容，畫形容。時清莫報君恩重，唯有一封書上勸東封，更撰個河清德頌。乾坤正，看玉柱擎天又何用？(四)

【紅繡鞋】（合）猛拚沉醉東風，東風。倩人扶上玉驄，玉驄。(五)歸去路，畫橋東。花影亂，日朦朧；沸笙歌，引着紗籠，紗籠。

【意不盡】（合）今宵添上繁華夢，明早遥聽清禁鐘。皇恩謝了，再去陪侍從。(六)

---

(一) 夾批：此亦得意之語，應前『十年親燈火』一句。

(二) 夾批：此數語是正文關目，所謂沉吟大度，怎離却雙親膝下也。與後文『甘旨不供』『食禄有愧』語相照。

(三) 夾批：求忠臣必於孝子之門。

(四) 夾批：唐詩云：『聖朝無闕事，自覺諫書稀。』又云：『食罷自知無補報，空然慚汗仰皇京。』皆是此意。

(五) 夾批：以馬起，以馬結。

(六) 夾批：上文如許繁華，結來却説是夢及清鐘早聽，夢纔一醒而謝皇恩，陪侍從又將由醒入夢矣。

（下場詩）（生）名傳金榜换藍袍，（净）酒醉瓊林志氣豪。
（丑）世上萬般皆下品，（末）果然惟有讀書高。

## 第十一齣　蔡母嗟兒

《琵琶記》之作，本爲夫棄妻者諷也，故未寫《蔡母嗟兒》，而先寫《臨粧感嘆》，意重於夫婦也。然但寫妻之念夫不足以動之，則更寫母之怨其夫者以動之；但寫妻之自憐不足以動之，則更寫母之憐其婦者以動之。如所云『强教孩兒出去』，夫遣子出而致老妻之怨，可知夫自出而必不免於少妻之怨也。如所云『可憐誤你芳年紀』，母之代婦爲此言，勝如婦之自爲此言也。然則《嗟兒》一篇不獨使遊子讀之而念親，亦將使征夫讀之而懷婦矣。

爲夫勸義者，唯《琵琶》；而爲子勸孝，爲婦勸孝者，亦惟《琵琶》。世有孫子森森而其親不免於飢寒者矣。以兄弟共養一父母，猶或兄諉其弟，弟諉其兄。而區區一個兒，能爲兩口之所依倚，則其子平日之孝於其親可知矣。如其不然，親之於子，今日依之倚之而不應，明日依之倚之而又不應，於是傷心絶望，誓於此生不復以子爲依倚。父不得已，而仍但依倚其母；母不得已，而仍但依倚其父，如是而有兒與無兒何以異？兒之在家與不在家又何以異乎？甚者，親不以依倚其子者煩其子，子反以依倚其親者累其親，然則有兒或反不如無兒之樂，兒在家或反不如不在家之省父母憂也。而欲父母之思之，豈可得與？傷心哉！兩口依倚之言，其爲子勸孝者何如也？新婦之初侍翁姑，有持杯而自覺嬌羞者矣，捨吾父而事其夫之父，捨吾母而事其夫之母，勉爾趨承，終嫌生强，而乃曰：『媳婦便是親兒女。』則其婦之不以翁姑爲翁姑，而直以翁姑爲父母可知也。如其不然，謂他人父、謂他人母以爲不若我之父母，於是外家之情重，翁姑之愛疏，欲以如親女親兒，不亦難乎？甚或以翁之遣其夫，則不怨夫而怨翁；以姑之但怨翁而不怨子，則又因懟夫而并懟其姑。欲其不怨不懟，且復從而慰解之；不以我之怨上貽翁姑之憂，更能以翁姑之相怨引爲我責，豈可得與？傷心哉！婦是兒女之言，其爲婦勸孝者，又何如也？蔣子新又嘗謂予曰：『《琵琶》一書，直可作《孝經》讀，正不特爲夫妻起見。』斯言信哉！

唐詩排偶，有以一氣滚下者最爲佳妙。《琵琶》曲中多有之，如『人老去星星非故，春又來年年依舊』『只爲着一領藍袍，却落後五綵斑衣』『高堂已添雙鬢雪，客路空瞻一片雲』皆是也。若盡作『閬苑三千，巫山二六』之句，有何趣味乎？至於信口説來，只是家常言語，而看去自成對偶，則莫如此篇所云『心中愛子，指望功名遂』『眼下無兒，因此埋怨你』二語矣。夫設色之文易好，白描之文難工。使今人學『三千』『二六』等詞，則猶能爲之；苟欲執筆强學《嗟兒》一篇，不知何故便俚便醜，安得不令我嘆古今人之不相及也！

（旦上）

【商調引子·憶秦娥】（旦）長吁氣，自憐薄命相遭際。相遭際，暮年姑舅，薄情夫婿。（一）

（一）夾批：薄情夫婿，借口駡王四也。

奴家自從丈夫去後，遭遇飢荒，衣食不給。更兼公婆年老，朝不保夕，教我好生憂慮。婆婆日夜埋怨公公，道他當初不合逼遣孩兒出去；公公又不伏氣，只管和婆婆鬧争。外人不曉得，只道媳婦不會看承，以致公婆互相争鬧。且待公婆出來，再三勸解則個。（外、净上）

【换頭】（外）孩兒一去無消息，雙親老景難存濟。（净）難存濟，你不思前日，强教孩兒出去。（一）

（净）老賊！你前日抵死教孩兒出去赴選，如今没飯喫，没衣穿，他便做了狀元，濟你甚事？若是孩兒在家，也會區處，不到得這般狼狽。今日餓得你好，凍得你好。你不如死了罷！（外）老乞婆，你只顧埋怨我，難道我是神仙，預知今日這般飢荒？值此凶年，誰家不忍飢受餓？誰似你這般埋怨我？罷罷，我死，我死！我死！今日飢荒也是死，被你埋怨不過也索死。（旦跪介）公公婆婆且息怒，聽奴家一言勸解：當初公公叫孩兒出去時節，不道今日恁般飢荒，婆婆難埋怨公公。今日婆見這般飢荒，孩兒又不在眼前，心下焦躁，公公也休怪婆婆埋怨。如今各請寬心，待奴家把些釵梳首飾之類，典些糧米，以充公婆口食。寧可餓死奴家，却不教公婆落後。（净）媳婦起來。你的話説得有理，只是我恨這老賊不過。

---

（一）夾批：開口便追咎逼試，照應前文。

【商調過曲・金絡索】（浄）區區一個兒，兩口相依倚。(一) 没事爲着功名，不要他供甘旨。你教他做官，要改换門閭，只怕他做得官時你做鬼。(二) 你圖他三牲五鼎供朝夕，(三) 今日裏要一口粥湯却問誰？被你相連累，我孩兒因你做不得好名儒。(四)（合）空争着閒是閒非，空争着閒是閒非，只落得雙垂淚。

【前腔】（外）養子教讀書，也指望他身榮貴。黄榜招賢，誰不去求科試？我説個比方與你聽：譬如范杞梁差去築城池，他的娘親埋怨誰？(五)（浄）老賊！你倒好比方！他是奉官差，没奈何了去的。我孩兒安然在家，爲甚要你强逼了他出去？如今受餓。（外）呀！却不道合生合死皆由命，少甚麽孫子森森也忍飢。(六)（浄）你還要口硬！再過幾時，少不得餓死你這老賊！（外）你休聒絮，畢竟是咱每兩口受孤恓。（合前）

---

(一) 夾批：『兩口』，妙！不唯我依倚之，汝亦依倚之。
(二) 夾批：明伏後文。
(三) 夾批：『改换門閭』『三牲五鼎』，皆蔡公昔日之言也。蔡公忘了，蔡母却記得。讀者忘了，作者却記得。
(四) 夾批：名儒那有不好者哉？因近世名士往往譽薄寰中，而行虧門内，於是名儒遂有不好者矣。
(五) 夾批：聞有杞梁妻矣，未聞杞梁母也。以杞梁爲喻，作者意在周氏耳。范杞梁，秦始皇時人，因築城而死，其妻哭之，城爲之崩。
(六) 夾批：今日往往有之，故《琵琶記》不可不讀也。

【前腔】（旦）婆婆，孩兒雖暫離，須有日回家裏。（浄）媳婦，我豈不知孩兒自有一日回家？只是目下受苦不過。（旦）奴有些釵梳，解當充糧米。（浄）老賊！我若没有這孝順媳婦，可不把我肝腸也餓斷了？（外）老乞婆，你只顧埋怨我怎的？（旦）呀！公公婆婆恁地争鬧呵，人只道媳婦有甚差池，致使公婆争鬧起。婆婆，他心中愛子，指望功名遂；公公，他眼下無兒，因此埋怨你。(一)

難逃避，兀的不是從天降下這灾危？(二)（合前）

【南吕過曲·劉潑帽】（外）天那！我每不久須傾棄，嘆當初是我不是。不如我死了無他慮。(三)（合）一度裏思量，一度裏肝腸碎。

【前腔】（浄）你有兒却遣他出去，教媳婦怎生區處？(四)媳婦，可憐誤你芳年紀。(五)（合前）

---

(一) 夾批：惟孝婦能通兩口之情，所謂無忠做恕不出。白描淡寫，竟是家常説話，令讀者直於紙上如見其人，如聞其聲。

(二) 夾批：不咎翁，亦不咎夫。無所歸咎，歸咎於天。

(三) 夾批：初時口硬，至此亦復自咎，寫得悽入心脾。

(四) 夾批：早爲喫糠、剪髮伏下一筆。

(五) 夾批：初時止悲兩口，至此則所悲不止兩口，更寫得悽入心脾。

【前腔】（旦）媳婦便是親兒女，勞役事本分當爲。但願公婆從此相和美。〔一〕（合前）

（下場詩）（外）形衰力倦怎支吾，（旦）口食身衣只問奴。

（淨）却怪是非終日有，（旦）只須不聽自然無。

## 第十二齣　奉旨招婿

不花丞相之招王四，初非出於奉旨者也。而《琵琶》寫招婿必寫作奉旨，何也？以爲奉旨招之而書生猶堅辭而不就，則彼非奉旨招之而略不一辭者，其何以自安矣？唯奉旨招之，而後不得已而終於一就，則彼非奉旨招之而不辭，而遽就者，其亦可以不必矣。此則東嘉託諷之微意也。至於文章之妙，妙在反跌。嘗讀《西厢》，有崔夫人『賴婚』一段文字在後，則先有『請宴』一篇。兩口相同，欣欣然以爲姻之必就以反跌之。今讀《琵琶》，有『蔡狀元却婚』一段文字在後，則先有『招婿』一篇。三口相同，欣欣然以爲媒之必成以反跌之。蓋作文之法，不正伏則下文不現，不反跌則下文不奇。正處用實，反處用虚。今人但能於實處寫，東嘉却偏於虚處寫。如此篇之中并無蔡狀元登場，而試讀其文，全是極寫蔡狀元，并不是寫牛丞相。嗟乎！才子之才，洵非凡手所能及也！

〔一〕夾批：《臨粧感嘆》之末有五娘自慰之語，今此篇之末有五娘慰解公姑之語，皆極寫賢媛，極寫孝婦。題目《蔡母嗟兒》，而文則以五娘起，五娘結，作者之意可見。

（外扮牛丞相上）

【仙吕引子·似娘兒】（外）華髮漸星星，憐愛女欲遂姻盟，蟾宫桂子才堪稱。紅樓此日，紅絲待選，須教紅葉傳情。（一）

自家牛太師是也。只爲女兒年已及笄，未遂良姻。昨日入朝，天子問我道：你女兒曾有婚配否？我回奏説：尚未婚配。天子道：既未配婚，新科狀元蔡邕，好人物，又好才學，朕與你主婚，你可招他爲婿。我奉了聖旨，就謝了恩。（二）如今不免教院子唤個官媒婆來，到狀元處説親去。院子那裏？（末扮院子上）堂上一呼，堦下百諾。相公有何鈞旨？（外）院子，我奉聖旨，要招新科蔡狀元爲婿，你道好麽？（末）告相公：小姐是閬苑仙娥，狀元是石渠貴客；况且玉音主盟，金口説合。若做了百年夫婦，不枉了一對姻緣。（外）你所言正合我意。可唤個官媒婆來，前往蔡狀元處説親；便着你同去。（末）領鈞旨。（唤介）官媒婆走動。（丑扮媒婆持秤、斧上）媒婆媒婆，兩脚奔波。姻親成就，喫隻肥鵝。院公有何分付？（末）老相公呼唤。（丑見外介）（外）婆子，你手中拿着秤、斧却是爲何？（丑）告相公：這是媒婆的招牌。《詩經》上説：『析薪如之何？匪斧不克。娶妻如之何？匪媒不得。』所以要拿着斧頭。這秤兒唤做量人秤。但凡做媒，先把新郎新婦秤得輕重一般，方與他説親，後來自

（一）夾批：連用三『紅』字，趣甚。
（二）夾批：天子聖旨只口述一遍，極省筆。

然夫妻和順。[一]（外）休閒説。媒婆，我昨奉聖旨，教將小姐招贅新科蔡狀元爲婿，如今特着你和院子到他跟前説親。親事成了，重重有賞。（丑）這個何難？一來奉當今聖旨，二來仗相公威名，三來託小姐才貌，這頭親事蔡狀元自然樂從。[二]（外）説得是，你聽我道來。

【南吕過曲・瑣牕郎】（外）吾家一女娉婷，不曾許與公卿。昨承聖旨，招選書生。媒婆，你對他説，不須用白璧、黄金爲聘。[三]（合）這是姻緣前世已曾定，今日裏，共歡慶。[四]

【前腔】（丑）我住東京，極有名聲，論爲媒非自逞。今朝事體，管取完成。量没有一輕一重，要費我這條官秤。[五]（合前）

【前腔】（末）他雖然高占魁名，得相府相招，多少光榮。絲牽繡幕，射中雀屏。今日去説，他必從命。[六]（合）只是姻緣前已曾定，今日裏，共歡慶。

（下場詩）（外）爲傳芳信仗良媒，（丑）管取門楣得俊才。

---

[一] 夾批：今日媒婆之斧，直是强盜斧頭；今日媒婆之秤，不過秤銀子而已。
[二] 夾批：反跌下文。
[三] 夾批：太師之意以爲必成。
[四] 夾批：總是反跌下文。
[五] 夾批：媒婆之意以爲必成。
[六] 夾批：院子之意亦以爲必成。有此三段，乃見後文之奇。

（末）百年夫婦今朝合，（合）一段姻緣天上來。

## 第十三齣　官媒議婚

『有鳥有鳥，不樂鳳凰。妾是庶人，不樂宋王。』此節婦之言也，而義夫亦猶是矣。金屋嬋娟比之閒藤野蔓，庡庨佳人乃爲兔絲瓜葛，其與節婦之節豈有異乎？雖然，婦人以不事二夫爲節，則爲節婦之節也易。男子亦欲以不更二妻爲義，則爲義夫之義也難。東嘉固不以難者望人也，蓋將寫其後之强就，故先寫其前之堅辭。有前之堅辭爲本心，知後之强就非得已，則其寫辭婚，正爲後文强婚解耳。節婦之節苟或失之於其終，不能復諒之於其始。而義夫之義苟能持之於其始，則可以諒之於其終。所以然者，婦人不可有二夫，而丈夫則未嘗不可有二妻。但使議婚之初，本無棄舊從新之情，則就婚之後，自不至有得新忘舊之失。東嘉之責人也誠寬，而望人也誠恕矣。然則義夫之義有較易於節婦之節者，人亦何憚而不爲義夫哉？

或謂妻子不當與父母并觀。凡今之人，往往戀父母之情不如其戀妻子之情，於是有嘆孝衰於妻子者。夫夫爲妻綱，亦若父之爲子綱。天下不容有棄父之子，而容有棄子之父；天下不容有棄夫之妻，而容有棄妻之夫矣。雖然，《詩》有之，『娶妻如之何，必告父母』。《記》有之，『娶妻三日不舉樂，思嗣親也』。人之重妻子，正爲父母而重之耳。子有二妾，父母愛一人焉，子愛一人焉，不敢以子所愛加於父母之所愛。妾猶如是，如妻可知，故以父母之命娶之，則爲子也妻者，即爲親也婦。不以父母之命娶之，則不爲親也婦者，即不爲子也妻，是以爲夫而不義，其爲子必不孝。苟爲子而克孝，其爲夫未有不義者也。東嘉於此篇寫一義夫，却便寫一孝子。其文本爲辭婚而發，而乃始之以『夢繞親闈』，終之以『歸家奉親心下悦』，誠有味哉，其言之乎！

（生上）

【商調引子・高陽臺】（外）夢繞親闈，愁深旅邸，那堪音信遼絶。悽楚情懷，怕逢悽楚時節。重門半掩黄昏雨，奈寸腸此際千結。守寒窗，一點孤燈，照人明滅。㈠

【换頭】當時輕散輕别，嘆玉簫聲杳，小樓明月。一段愁煩，翻成兩下悲咽。枕邊萬點思親淚，伴漏聲到曉方歇。鎖愁眉，慵臨青鏡，頓添華髮。㈡

〔木蘭花〕（生）鰲頭可羡，須知富貴非吾願。雁足難憑，没個音書寄子情。㈢田園蕪後，不知松菊猶存否？光景無多，争奈椿萱老去何？自家蔡邕，爲父命所强，來京赴試。不意僥倖中選，逗遛在此，不得即歸。我想父母年高，無人侍奉，我豈可久留京邸？欲待上表辭官回去，又未知聖意若何，教我十分愁悶。（嘆介）好似和針吞却綫，繫人腸肚刺人心。（末扮院子、丑扮媒婆上）

㈠　夾批：　此敘昨夜。

㈡　夾批：　此敘今朝。看他將寫辭婚，先寫思親，妙甚！

㈢　夾批：　非有分朝異國之阻，何至音書莫寄？東嘉故作此必無是理之言，正所以明其書之非真蔡邕耳。

【仙吕過曲·勝葫蘆】（末）特奉皇恩賜結婚，來此把信音傳。（丑）若是仙郎，肯與諧姻眷，一場好事，管取今朝便團圓。（一）

（見介）（生）你兩個是何人？因甚到此？（末）小人是牛太師府中院子。（丑）老媳婦是官媒婆。（生）來此何幹？（末、丑）奉天子之恩綸，領太師之嚴命，特來與狀元諧一佳偶。（生）原來如此。不索多言，且聽我道來。

【商調過曲·高陽臺】（生）宦海沉身，京塵迷目，名韁利鎖難脱。目斷家山，空勞魂夢飛越。（二）（丑）狀元，是好一位小姐。（外）閒聒，閒藤野蔓休纏也，俺自有兔絲瓜葛。是誰人無端調引，漫勞饒舌。（三）

【前腔換頭】（末）閥閱，紫閣名公，黄扉元宰，三槐位裏排列。金屋嬋娟，妖嬈那更貞潔。（四）（丑）歡悦，秦樓此日招鳳侶，遣妾每特來作伐。望君家殷勤首肯，早諧結髮。（五）

---

（一）夾批：極力反跌下文。

（二）夾批：先説欲辭宫。

（三）夾批：後説辭婚。寫狀元認定糟糠婦爲兔絲瓜葛，而相府千金小姐却以閒藤野蔓目之。雖奉旨招贅而猶謂是無端調引，義夫之義如此大，足爲棄妻者諷。

（四）夾批：此説丞相尊貴、小姐窈窕對他『閒藤野蔓』二句。

（五）夾批：此説秦樓招贅、特來作伐對他『無端調引』一句。

【前腔】（生）非別，千里關山，一家骨肉，教我怎地拋撇？妻室青春，那更親髩垂雪。（丑）狀元，太師因愛你才貌，纔肯把小姐配你，你休推故。（生）差迭，須知少年自有人愛了，漫勞你嫦娥提挈。滿皇都豪家無數，豈必卑末？（一）

【前腔】（末）不達，相府求親，侯門納禮，你兀自拒他不屑。繡幕奇葩，春光正當十八。（二）（丑）休撇，知君是個折桂手，留此花待君攀折。況恭承丹墀詔旨，非我自相攛掇。（三）

【前腔】（生）心熱，自小攻書，從來知禮，忍使行虧名缺？父母俱存，娶而不告須難説。（四）悲咽，門楣相府雖要選，奈孱孱佳人實難存活。（丑）狀元，那小姐生得十分美貌，你休要錯過了這頭親事。（生）縱然有花容月貌，怎如我自家骨血？（五）

【前腔】（末）迂闊，他勢壓朝班，威傾京國，你却與他相別。只怕他轉日回天，那時須有個決

（一）夾批：不花小姐何必嫁此有妻之夫？不花丞相何必招此賣菜之婿？故作此等殺風景語，皆借口諷不花也。
（二）夾批：既責之以拒命，又動之以嬌姿，的是院子聲口。
（三）夾批：既譽之以折桂手，又壓之以天子命，的是媒婆聲口。
（四）夾批：彼以天子之命而來，故辭以未有父母之命，可見能爲孝子則必爲義夫。
（五）夾批：『雖則如雲，匪我思存。』所以諷王四者至矣。

裂。[一]（丑）虚設，夜静水寒魚不餌，笑滿船空載明月。（背介）下絲綸不愁没處，笑伊村殺。[二]

【餘文】（生）明朝有事朝金闕，歸家奉親心下悦。[三]（末）狀元，只怕聖旨不從空自説。[四]

（生）不必多言。你若果奉聖旨來，明日我上表辭官，就并辭婚便了。

（下場詩）（末）君王詔旨不相從，（生）明日應須奏九重。

（丑）有緣千里能相會，（合）無緣對面不相逢。

## 第十四齣　激怒當朝

文章之法，以前篇反跌後篇，斯固然矣。而一篇之内，又有以上文逆跌下文者。前篇於丑、末口中有『一場好事』『管取團圓』之語，乃見蔡狀元苦苦辭之之出於意外。此篇於丑、末口中有『書生命窮』『別選佳婿』之語，乃見牛丞相苦苦招之之出於意外。且也寫牛丞相之一聞而輒怒，則曰『少甚貴戚豪家爲配』；再聞而愈怒，則曰『敢與我厮挺相持』。試掩卷猜之，必謂下文有屏棄貶斥之意，而孰知其殊不然

---

[一] 夾批：院子解事，知此姻難却。寫院子是院子。

[二] 夾批：媒婆不解事，謂此姻不成。寫媒婆是媒婆。

[三] 夾批：以思親起，仍以思親結，妙！

[四] 夾批：借院子語，明伏下文。

耶？是皆作者特特爲此奇幻之筆，使讀者驚疑不定。蓋文至妙處，讀上文便知有下文，此非聖於文者不能。而文至幻處，讀上文更不料其有後文，則又非神於文、鬼於文者不能也。

（外扮牛丞相上）

【黄鍾過曲·出隊子】（外）朝夕縈掛，只爲孩兒多用心。不知姻事可能成，因甚冰人没信音？顒望多時，情緒轉深。(一)（外）目斷青鸞瞻碧霧，情深紅葉看金溝。老夫昨遣院子和官媒婆去蔡狀元處議親，尚未回報。且待他們轉來，便知端的。（末扮院子、丑扮媒婆上）

【前腔】（末、丑）喬才堪笑，故阻佯推不肯從。豈無佳婿近乘龍？他有甚福緣能跨鳳？料想書生，只是命窮。(二)（見介）（外）你們回來了麽？姻事若何？（丑）告相公：這蔡狀元不受擡舉，恁般一頭好親事作成他，他倒千推萬阻。（末）且住，待小人稟覆相公。蔡狀元説他家中有垂白之父母，年少之妻房，明日正要上表辭官家去，這姻事决難從命。（外怒介）有這等事？

(一)　夾批：不以書生望丞相，反以丞相望書生，不是寫丞相，正是寫書生。

(二)　夾批：孰知此書生反以不入贅爲命通，而以入贅爲命窮乎？

【正宮過曲・雙鸂鶒】（外）聽伊説教人怒起，(一)漢朝中唯吾獨貴，我有女，寧無貴戚豪家來求配？奉聖旨，教我招狀元爲婿。院子，不知他推託更有何言語？

【前腔换頭】（末）恩官且聽咨啓：蔡狀元聞説皺眉。忠和孝，恩和義。念父母八十年餘。況已娶妻室，再婚重娶非禮。（末、丑合）他待早朝，便要上表文，辭官家去。勸相公不如别選一佳婿。(二)

【前腔】（外）他原來要奏丹墀，敢與吾斯挺相持。細思之，可奈他將人輕覷。我就寫表奏與吾皇知，把他官拜清要地，務要他來我處爲門婿。(三)

（外）院子過來。我奉旨招婿，誰敢不從？叵耐那蔡狀元顛倒不肯，又要辭官家去。你如今再和媒婆到他那裏去説，看他如何？我一面先奏知朝廷，只教不准他的表章便了。（末、丑）領鈞旨。

【意不盡】（合）這讀書輩没道理，不思量違背聖旨。只教他辭官辭婚俱未得。

（下場詩）（外）枉把封章奏九重，（末）不如及早便相從。

(一) 夾批：有前之顒望，故有此之怒起，前後正相形擊。
(二) 夾批：前篇『轉日回天』之語是正伏後文，此篇『别選佳婿』之語又反跌後文。
(三) 夾批：看了『敢與我斯挺相持』數語，幾疑下文必有如《荆釵記》万俟丞相怒貶王十朋之事矣。及讀下文，却云『把他官拜清要地，務要他來爲門婿』，則不覺爲之失笑。乃知妙文之妙，固有出於尋常意想之外者也。

（合）覊縻鸞鳳青絲網，牢絡鴛鴦碧玉籠。

## 第十五齣　金閨愁配

文有正生之法，亦有倒生之法；有順補之法，亦有逆補之法。因下文而倒生一段文字在上，是先有下文而後有上文者也；因後文而逆補一段文字在前，是先有後文而後有前文者也。如欲寫牛氏之不妒，先寫牛氏之能貞，則因《兩賢相遘》一篇而倒生出《牛氏規奴》一篇也。欲寫牛氏之請歸，先寫牛氏之疑贅，則又因《幾言諫父》一篇而逆補出《金閨愁配》一篇也。其注意在下文、後文，則所倒生而逆補者不過一筆兩筆，有意無意之間。故《規奴》之文但借院子、老姥姥、惜春以襯染小姐，而小姐口中着墨無多。今此篇寫愁配，亦不甚着意。雖云愁配，而又曰『婚姻事女孩兒家怎提』，則其薄描淺寫，第如微雲過岫、細雨點窗而已。於倒生逆補處見其用筆之密，於有意無意處見其落筆之輕。

近日所謂傳奇者，於男女作合，必寫其相思相慕以爲美談，而東嘉之用意則獨不然。蓋使狀元而必强慕小姐，便不成其爲狀元；使小姐而必强慕狀元，亦不成其爲小姐。故不寫其相思，而反寫其不相慕。不相慕而終至於相合，則君與相之使然，而非男若女之相懷也。雖既配之後未嘗不琴瑟和調，男若女則各有落落難合之致。如此之男乃爲禮義之男，如此之女乃爲貞静之女。若今日傳奇所寫之男女，不待父母之命、媒妁之言而私相慕悦，汲汲焉惟恐其不合，惟恐其合之不早，即又何以見維持風化之意哉？

（貼扮牛氏上）

【中呂過曲・剔銀燈】（貼）忒過分爹行所爲，只索强全不顧人議。背飛烏硬求來諧比翼，隔墻花强攀做連理。姻緣，還是怎的？我待你對爹爹説呵，婚姻事女孩兒家怎提？(一)

（貼）姻緣姻緣，事非偶然。好笑我爹爹定要將奴家招贅蔡狀元爲婿，那狀元不肯，俺這裏也索罷了，誰想爹爹苦不放過。我想他既不情願，便做了夫妻，到底也不和順。我待將此事對爹爹説，只是此事不是我女孩兒家説的。教我欲言難吐，真悶人也！（淨扮老姥姥暗上聽介）慚愧，慚愧，今日也能個得小姐悶也。（見介）小姐，你在這裏想甚麼？（貼）我不想甚麼。（淨）小姐既不想甚，爲何手托香腮，在此愁悶？我想小姐往常間事事不動心，件件不關情都是假的，今日怎的也對景傷情起來？(二)（貼）你説那裏話？我只爲爹爹做事不停當，以此愁悶。（淨）老相公做甚事不停當？（貼）爹爹要將奴家嫁與蔡狀元，使官媒婆和院子去説親，那狀元不肯從命，要上表辭官家去。他既如此，我這裏便該罷了。不想爹爹苦苦要他入贅，又教人去説。這般作事，甚不停當。老姥姥，你怎生勸諫爹爹一聲也好。（淨）小姐，老相公主意既定，怎肯聽我等的話？況且那狀元也甚不達理，不要怪老相公着惱。

(一) 夾批：傳奇之有關風化者，《琵琶》而下庶唯《荆釵》。乃今觀『婚姻事女孩兒家怎提』一句，絶不似錢玉蓮對張姑娘語，則又非《荆釵》之所能及矣！

(二) 夾批：與《規奴》一篇相照應。

【仙呂過曲・桂枝香】（浄）書生愚見，忒不通變。不肯坦腹東床，漫自去哀求金殿。想他每就裏，想他每就裏，將人輕賤。小姐，非干是伊爹胡纏，也只怕被人傳。（貼）呀！有什麼被人傳？（浄）道你是相府千金女，不能嫁狀元。㈠

【前腔】（貼）百年姻眷，須教情愿。他那裏抵死推辭，我這裏不索留戀。想他每就裏，想他每就裏，有些牽絆。（浄）他有甚牽絆？（貼）怕恩多成怨。滿皇都少甚公侯子，何須嫁狀元？㈡

【南呂過曲・大迓鼓】（浄）非關是你爹意堅，只怕春花秋月，誤你芳年。況他才貌真堪羨，又是五百名中第一仙。故把嫦娥，付與少年。㈢

【前腔】（貼）姻緣雖在天，若非人意，到底埋怨。料想赤繩不曾綰，多應他無玉種藍田。莫把嫦娥，强與少年。㈣

（下場詩）（浄）匹配本自然，（貼）何須苦相纏。

---

㈠ 夾批：狀元不以入贅相府爲榮，而相府反以不招狀元爲辱。蓋狀元意中無丞相，而丞相意中却有狀元也。

㈡ 夾批：正與狀元所云『滿皇都豪家無數，豈必卑末』二語相合。

㈢ 夾批：與『留此花待君攀折』語相照。

㈣ 夾批：正如狀元所云『漫勞你嫦娥提挈』語相合。寫小姐不欲合處，正與狀元之心相合。

（净）眼前雖成就，（貼）到底也埋冤。

## 第十六齣　丹陛陳情

本爲狀元上表，乃先有《黄門》詩賦。其爲閒文乎？曰：非也。前借院子口中寫丞相之富貴、小姐之娉婷與貞潔，以見狀元之辭婚爲難得。此借黄門口中寫皇居之狀，天子之尊，百官威儀之盛，以見狀元之辭官爲難得。不知者以爲寫丞相、寫小姐、寫皇居、寫天子、寫百官，而知者則以爲皆寫狀元也。不特此也，使今人而寫《丹陛陳情》，止是丹陛陳情已耳。東嘉則於上表之前，有對答黄門一段文字；於上表之後，有禱告天地一段文字；又於旨下之後，有欲再奏天子、黄門勸止一段文字。所縈繞乎其前，纏綿乎其後者，凡作三層波折，無不流連悱惻，極文情之妙。至於表文一篇，絮絮叨叨，直是説話；哽哽咽咽，如聞悲泣。殆取李密之表而咏歌之，唱歎之，其美好又不待言矣。

方正學先生九歲時，題《嚴子陵贊》云：『親賢在遠色，治國先齊家。如何廢郭后，寵彼殷麗華？糟糠之妻尚如此，貧賤之交可知矣。羊裘老子早見幾，故向桐江釣烟水。』先生此語，可謂尚論妙識。然光武能全宋弘之義，則雖自棄其糟糠，而未嘗强人之棄其糟糠也。今此篇寫天子詔曰：『可曲從師相之請，以成桃夭之化。』夫豈有天子而奪人父母之情，又奪人夫婦之情者耶！此蓋東嘉生於元而爲元人，故不敢以此譏時相，而託言於聖旨，欲讀者之善通其意耳。且表文中每至辭婚處，但以養親爲詞，而并不及糟糠不下堂之語，殆亦借棄親之非孝，以明棄妻之非義云。

此篇即《黄門》一賦，已是絶奇絶妙文章，看他連用無數雙聲疊字，此四六中之創格也。嘗觀古詩中有一句疊三字者，如吴融《秋樹》詩云『一聲南雁已先紅，槭槭悽悽葉葉同』是也。有一句連三字者，如劉駕詩云『樹樹樹梢啼曉鶯，夜夜夜深聞子規』是也。有兩句連三字者，如白樂天詩云『新詩三十軸，軸軸金玉聲』是也。有三聯疊三字者，如古詩云『青青河畔草，鬱鬱園中柳。盈盈樓上女，皎皎當窗牖。娥娥紅粉粧，纖纖出素手』是也。有七聯疊字者，如黎昌《南山》詩云：『延延離又屬，夬夬叛還遘。喁喁魚闖萍，落落月經宿。誾誾樹墻垣，巘巘架庫廄。參參削劍戟，焕焕銜瑩琇。敷敷花披萼，闟闟屋摧霤。悠悠舒而安，兀兀狂似狃。超超出猶奔，蠢蠢駭不懋』是也。往年李易安有一詞，起頭連疊七字，如云：『尋尋覓覓，冷冷清清，悽悽慘慘戚戚。』以一婦人乃能創奇立異如此，尤爲可羡。今讀東嘉《黄門賦》，則詩詞中之奇句，不得專美於前矣！

（末扮黄門官上）

【仙吕・北點絳唇】（末）夜色將闌，晨光欲散，把珠簾捲。移步丹墀，擺列着金龍案。（一）

【北混江龍】（末）官居宫苑，漫道是天威咫尺近龍顔。每日間親隨車駕，只聽鳴鞭。去螭頭上拜跪，隨着豹尾盤旋。朝朝宿衛，早早隨班。做不得卿相當朝一品貴，先隨着朝臣待漏

---

（一）夾批：形容早朝，只此数語，已極簡括。

五更寒。空嗟嘆，山寺日高僧未起，算來名利不如閒。(一)

（末）自家乃黄門官是也。往來紫禁，侍奉丹墀。領百官之奏章，傳一人之命令。正是：主德無瑕闔宦習，天顔有喜近臣知。如今天色漸明，正是早朝時分，只索在此伺候。（内問介）怎見得早朝時分？（末）但見銀河清淡，珠斗爛班。數聲角吹落殘星，三通鼓報傳清曙。銀翦銅壺，點點滴滴，尚有九門寒漏；瓊樓玉宇，聲聲隱隱，已聞萬井晨鐘。曈曈曨曨，蒼茫紅日映樓臺；拂拂霏霏，葱蒨瑞烟浮禁苑。裊裊巍巍，千尋玉掌，幾點瀼瀼露未晞；澄澄湛湛，萬里璇空，一片團團月初墜。三唱天鷄，咿咿喔喔，共傳紫陌更闌；百囀流鶯，間間關關，報道上林春曉。(二) 五門外碌碌喇喇，車兒碾得塵飛；六宫裏嘔嘔啞啞，樂聲奏如鼎沸。(三) 只見那建章宫、甘泉宫、未央宫、長楊宫、五柞宫、長秋宫、長信宫、長樂宫，重重疊疊，萬萬千千，盡開了玉關金鎖；又見那昭陽殿、金華殿、長生殿、披香殿、金鑾殿、麒麟殿、太極殿、白虎殿，隱隱躍躍，三三兩兩，都捲上繡帕珠簾。半空中忽聽得一聲轟轟劃劃，如雷如霆，震耳的鳴梢響；合殿裏只聞得一陣氤氤氲氲，非烟非霧，撲鼻的御爐香。仰望那縹縹緲緲，紅雲裏雉尾扇遮着赭黄袍；遥瞻那深深沉沉，丹陛間龍鱗座覆着彤芝蓋。(四) 左列着森森嚴嚴，前前後後的羽

(一) 夾批：『朝臣待漏』以上是極熱語，『空嗟嘆』以下忽又作極冷語，所以唤醒天下名利客也。

(二) 夾批：以上只是寫早，以下方是寫朝。

(三) 夾批：此從外邊寫到内邊。

(四) 夾批：以上從下邊説到上邊來。

林軍、期門軍、控鶴軍、神策軍、虎賁軍，花迎劍佩星初落；　右列着濟濟鏘鏘，高高下下的金吾衛、龍虎衛、拱日衛、千牛衛、驃騎衛，柳拂旌旗露未乾。金閒玉，玉閒金，閃閃爍爍，燦燦爛爛的神仙儀從；　紫映緋，緋映紫，行行列列，整整齊齊的文武官僚。螭頭陛下，立着一對妖妖嬈嬈，花容月貌，繡鸞袍鴛鴦靴的奉引昭容；　豹尾班中，擺着兩員端端正正，銅肝鐵膽、白象簡、獬豸冠的糾彈御史。拜的拜，跪的跪，那一個敢挨挨擠擠縱諠譁？　升的升，下的下，那一個不欽欽敬敬依禮法？㈠　但願得常瞻仙仗，聖德日新日新日日新；　與群臣共拜天顔，聖壽萬歲萬歲萬萬歲。㈡　正是：　從來不信叔孫禮，今日方知天子尊。　道猶未了，奏事官早到。（生上）

【黄鍾引子・點絳唇】（生）月淡星稀，建章宫裏千門曉。御爐烟裊，隱隱鳴梢杳。忽憶年來，問寢高堂早。雞鳴了，悶縈懷抱，此際愁多少。㈢

（生）不寢聽金鑰，因風想玉珂。明朝有封事，數問夜如何？㈣　我蔡邕爲父母在堂，無人侍奉，特上表

㈠　夾批：　以上從上邊説到下邊來。

㈡　夾批：　以前多用雙疊字樣，至末又用三疊文法，愈出愈奇。

㈢　夾批：　前半段似唐人《早朝》應制詩，後半段似唐人《思家》憶舊詩。　唐人之詩不能合者，東嘉能以曲合之。妙甚。從待漏入『問寢高堂』句最有關目。

㈣　夾批：　此杜詩也。　子美咏之，是『王臣蹇蹇，匪躬之故』；　東嘉用之，是『明發不寐，有懷二人』。　彼以明忠，此以表孝，則非復杜拾遺之詩，而竟成高解元之詩矣。

辭官回家養親。來此已是午門外了。（末）奏事官搢笏三舞蹈。（生拜介）

【黄鍾過曲·神仗兒】（生）揚塵舞蹈，揚塵舞蹈，遥瞻天表。見龍鱗日耀，咫尺重瞳高照。遥拜着赭黄袍，遥拜着赭黄袍。（一）

（末）奏事者舞蹈，所奏者何事？

【滴溜子】（生）臣邕的，臣邕的，荷蒙聖朝。臣邕的，臣邕的，拜還此誥。（末）狀元，你莫非嫌官小麽？（生）念邕非嫌官小，只爲家鄉萬里遥，雙親已老。因此上冒瀆天威，伏乞恕饒。（二）

（末）狀元，我黄門官職掌奏章，你有何文表，就此披宣。

【越調近詞·入破第一】（生）議郎臣蔡邕啓：今日蒙恩旨，除臣爲議郎之職，（三）重蒙婚賜牛氏。干瀆天威，臣謹誠惶誠恐，稽首頓首。伏念微臣，初年有志。誦詩書力學躬耕修己，不復貪榮利。事父母，樂田里，初心願如此而已。（四）不想州司，謬取臣邕充試。到京畿，豈料蒙恩，叨居上第。

---

（一）夾批：稽首頓首，瞻天仰聖，此表文頭末之引子也。
（二）夾批：先述上表之意，此表非文中段之引子也。
（三）夾批：所謂『把他官拜清要地』也。此句即在狀元口中補出，省筆之法。
（四）夾批：應前文『論功名非吾意兒』。

【破第二】（生）重蒙聖恩，婚賜牛公女。臣草茅疏賤，如何當此隆遇？況臣親老，一從別後，光陰又幾。想廬舍田園，荒蕪久矣。（一）

（末）狀元，你老親在家，必有人侍奉，不須憂慮。

【衮第三】（生）竊念老親髩髮白，筋力皆癯瘁。形隻影單，無弟兄，誰奉侍？況隔千山萬水，生死存亡，雖有音書難寄。最可悲，他甘旨不供，我食禄有愧。（二）

（末）聖上作主，太師議婚，這也是奇遇，何必推辭？

【歇拍】（生）不告父母，怎諧匹配？（三）臣又聽得家鄉里，遭水旱，遇荒飢。多管臣親必做溝渠之鬼，未可知。怎不教人，悲傷淚垂？（四）

（生哭介）（末）狀元，此非哭泣之處，休得驚動天聽。

【中衮第五】（生）臣享禄厚紆朱紫，出入承明地。唯念二親寒無衣，飢無食，喪溝渠。憶昔

---

（一）夾批：應前文『路途千里，日日思親』。纔説辭婚，便説念親，可見能爲孝子，則必爲義夫。
（二）夾批：應前文『持杯自覺心先痛』數語。
（三）夾批：應前文『娶而不告須難説』。
（四）夾批：爲後文請糧喫糠，雙親俱喪伏綫。看他又纔説辭婚，便説念親。

先朝朱買臣出守會稽，司馬相如，持節錦歸。(一)

【煞尾】(生)他遭遇聖時，皆得回鄉里。臣何故，别父母，遠鄉閭，没音書，此心違？伏望陛下，特憫微臣之志。遣臣歸，得侍雙親，隆恩無比。(二)

【出破】(生)若還念臣有微能，鄉郡望安置。庶使臣忠心孝意得全美，(三)臣無任瞻天仰聖，激切屏營之至。(四)

(末)既如此，我當將狀元此情轉達天聽，你只在午門外候旨便了。正是：眼望捷旌旗，耳聽好消息。

(末下)(生起介)

【黄鍾過曲·神仗兒】(生)揚塵舞蹈，揚塵舞蹈，見祥雲縹緲，想黄門已到。料應重瞳看了，多應哀念我私情烏鳥。顒望斷九重霄，顒望斷九重霄。(五)

---

(一) 夾批：將欲乞歸，先説兩個証佐。

(二) 夾批：至此不説辭婚，只説辭官，而辭婚之意已在内。

(三) 夾批：辭官則猶可捨議郎而就鄉郡，若辭婚則斷無姑就之理。不言辭婚，而辭婚之決可見。

(四) 夾批：竟作表文，起結妙甚。如此表文，絶勝四六近體。看去直是説話，唱之則成歌曲。此東嘉獨步一時者也。王鳳洲先生作《鳴鳳記》，於楊忠愍公上表一曲，全學此段文字，如依樣葫蘆。蓋子美之詩東嘉用之，是移忠作孝；而東嘉之曲鳳洲用之，又是移孝作忠矣。

(五) 夾批：目斷家鄉，望親也。顒望斷九重霄，望君，亦所以望親也。

（生）黄門已將我奏章傳達，未知聖意允否？不免就此對天禱告一番。（拜天介）

【滴溜子】（生）天憐念，天憐念，蔡邕拜禱：㈠雙親的，雙親的，死生未保。可憐恩深難報。一封奏九重，知他聽否？爹娘呵，俺和你會合分離，都在這遭。㈡（末捧詔上）

【前腔】（末）今日裏，今日裏，議郎進表。傳達上，傳達上，聖目看了。（生）聖上如何説？（末）道太師昨日先奏，把乘龍女婿招，多少是好！（生）不信有這事？（末）現有玉音傳降，聽剖。㈢

（末讀詔介）皇帝詔曰：孝道雖大，終於事君；王事多艱，豈遑報父？咨爾蔡邕，才學素著，是用擢居議論之司，以求繩糾之益。爾當恪守厥職，勿有固辭。其所議婚姻事，可曲從師相之請，以成桃夭之化。欽予時命，裕汝乃心。（生拜起介）黄門大人，煩你與我再奏聖上，説蔡邕不願做官。（末）狀元差矣，這是聖旨，豈可違背？（生哭介）

---

㈠ 夾批：『天須鑒蔡邕不孝的情罪』，是呼親不應而呼天以告之。『天憐念，蔡邕拜禱』，是呼君又恐不應，而亦呼天以告之也。

㈡ 夾批：『天涯海角，只在須臾頃』，此夫與妻所争之一刻也。『我和你會合分離，都在這遭』，則又親與子所争之一刻也。讀之令人酸鼻！

㈢ 夾批：上表之前先有引子，今降詔之前亦先有一引子。

【啄木兒】（生）我親衰老，妻又嬌，萬里關山音信杳。他那裏舉目淒淒，俺這裏回首迢迢。他那裏望得眼穿兒不到，俺這裏哭得淚乾親難保。(一) 閃殺人一封丹鳳詔。

（生）黄門大人，你既不肯與我再奏，待我自去拜還聖旨何如？（末）這個那裏使得？（生哭介）天那！這怎麼處？（末）狀元且免愁煩。

【前腔】（末）你何須慮，不用焦，人世上離多歡會少。大丈夫當萬里封侯，肯守着故園空老？畢竟事親事君一般道，人生怎全忠和孝？却不見母死王陵歸漢朝？(二)

【三段子】（生）這懷怎剖？望丹墀天高聽高。這苦怎逃？望白雲山遥路遥。(三)（末）狀元，你做官與親添榮耀，高堂管取加封號。與他改換門閭，却不是好？(四)

【歸朝歡】（生）冤家的，冤家的，苦苦見招，俺媳婦埋怨怎了？飢荒歲，飢荒歲，教他怎熬？俺爹娘怕不做溝渠中餓殍？(五)（末）狀元，譬如四方戰爭多征調，從軍遠戍沙場草，也只是

(一) 夾批：不但述子情，兼述親情，合兩邊説，妙甚！
(二) 夾批：人到大難爲情處，每有不入耳之言來相勸勉。此類是也。
(三) 夾批：望丹墀總爲望白雲，側重下句。
(四) 夾批：此以歡悦之言勸之。
(五) 夾批：念媳婦總爲念爹娘，亦側重下語。

爲國忘家怎憚勞?(一)

(下場詩)(生)家鄉萬里信難通,(末)争奈君王不肯從。

(生)情到不堪回首處,(末)一齊分付與東風。

## 第十七齣 義倉賑濟

惟賢守節,惟聖達權,斯言非篤論也。善守節者未有不達權,而能達權者乃所以盡節。牛氏之規奴也,曰『婦人家不出閨門』;丞相之教女也,亦曰『把不出閨門的語言相戒』,此正道也,女道也。獨至五娘之請糧,則曰『怎説得不出閨門的清平話』,此權道也,婦道也。女而未嫁,是必不出閨門;女而既嫁,則不必不出閨門。昔宋災而伯姬焚焉,君子譏其女而不婦;使五娘受良人之託,代良人之事,而時值凶荒,沾沾守不出閨門之訓,坐視其公姑之飢而死也,其可乎?是以在牛氏當以不出閨門爲孝,而以出閨門爲不孝;在五娘又當以不忍不出閨門爲孝,而以不出閨門爲不孝。以五娘處牛氏之境,自能爲牛氏;以牛氏處五娘之境,亦必能爲五娘。境有不同,理非執一,婦儀閫範,蓋莫備於《琵琶》之一書矣。

此篇之曲折有四:請糧忽然無糧,一曲也。責里正而無糧又變爲有糧,二曲也。糧被奪而有糧又變

---

(一) 夾批:此又以悲苦之事解之。

爲無糧，三曲也。遇張公而無糧又變爲有糧，四曲也。其曲折處令人不測，文章之法，固應如是，而東嘉於此更有託諷之微意焉。里正苦於吏胥之追索，而侵倉糧以應之；吏胥明知里正之侵糧，而受私賄以隱之。有司不覺察於平日，而但督責於臨時；不責償於吏胥，而但責償於里正，可爲痛哭者一。朝廷本欲官之賑民，而奉行者反責民之償官。以責民者賑民，適以賑民者病民，於是賑之於上者，又奪之於下。上無良吏，而下亦無賢民，可爲流涕者二。男子之事而婦人代焉，有如此孝婦而官不能庇之，民不能憐之；更不聞有親黨之殷實者周而救之，而仗義之施乃出於貧窮之一鄰叟，可爲長太息者三。微文刺譏，切中情弊，所云言之無罪，而聞之足戒者，其此之謂乎？

（丑扮里正上）

【仙吕入雙調·普賢歌】（丑）身充里正實難當，雜派差徭日夜忙。官司點義倉，并無些子糧，拚一頓拖翻喫大棒。[一]

（丑）我做都官管百姓，另是一般行徑。破靴破帽破衣裳，打扮須要厮稱。到官府十分下情，下鄉村一時豪興。討官糧大大做個官升，賣私鹽輕輕弄條喬秤。點催首放富差貧，保解户欺軟怕硬。猛拚打强放潑，不怕人不依遵。誰知天不由人，萬事皆從前定。騙得五兩十兩，倒使了五錠十錠。田園盡都典

[一] 夾批：奸民之爲倉蠹者大抵如此，寫來逼肖。

賣，并無些子餘剩。叵耐廳前首領，更惱房司喬令。把我千樣凌辱，將咱萬般督併。我幾番要自縊投河，又不肯輕送性命。今日官司要點義倉，并無粒米抵應。捹得當廳拖倒，領他大棒一頓。若還官府清明，把我革去里正。我依舊做個平民，倒得一身乾淨。(一) 我做里正，往常間把義倉穀子花費了，今遇飢荒，官府要將倉糧賑給百姓，教我怎地支吾？没奈何，只得來與李社長商量。李社長在家麽？（淨扮社長上）

【前腔】（淨）我身充社長管官倉，老小一家都在倉裹養。（生）好！好！你侵喫了倉糧，如今事發了。（淨）事發儘不妨，里正先喫棒。（丑）難道便饒得你過？（淨）先打了都官，方纔打社長。(二)

（淨）老夫年近六旬，家中只有三人。因充社長勾當，誰知甚不安寧。又要告官書題粉壁，又要勸民栽種翻耕；又要管淘河砌礀，又要辦水桶麻繩。若有人家嫁娶，須請我做賓人。人人道我年高伏衆，個個叫我社長官人。若得一紙狀詞，强如廳上縣丞。原告許我銀子二兩三兩，被告送我猪肉十斤五斤；若還得了兩家財物，便朦朧寫個回文。(三) 每日去幹得泄水功德，竟不知家里禍因。大孩兒極不孝順，

---

(一) 夾批：寫盡里正之惡，里正之苦。
(二) 夾批：里正既非正人，社長亦非長者。民俗至此，誰實使之？
(三) 夾批：盡寫社長之苦、社長之惡。

小媳婦逼勒離分。單單只有第三個兒子本分，常常扯去老夫的頭巾。(一)激得老夫怒發，只得唱個陶真。（丑）陶真怎的唱？（浄唱介）孝順還生孝順子，忤逆還生忤逆兒。不信但看簷前水，滴滴點點不差移。(二)（丑）且休唱，我們商量正經話。（浄）有甚商量？（丑）如今官府因年荒，要把義倉糧米給散孤貧。争奈倉米缺少，難以支吾，我和你須大家賠些出來，方好答應。（浄）呀！倉糧是你侵喫的，怎生要我合賠？官府來點時，打便打着你，干我甚事？我自去也。正是：閉門不管窗前月，分付梅花自主張。（浄下）（丑）苦！李社長竟去了，上司官又來了，如何是好？呀！你聽喝道聲漸漸的近了，只得硬着腿上去迎接則個。（外扮糧官、末扮吏人引執事上）

【前腔】恭承朝命賑飢荒，躍馬揚鞭到此方。疾忙開義倉，放給百姓糧，從實支收休教掉謊。(三)

（丑見介）（外）里正，我奉命賑飢，你快開義倉，待我查看糧米，以便放給。（丑）領鈞旨。（外看倉介）呀！這倉里糧米甚少，不勾支放。（末）告相公，這都是里正作弊。若不勾支放，只責令他賠償便

(一) 夾批：順筆就社長口中寫出逆子逆婦，以反襯本題。
(二) 夾批：看他閒文中亦處處提照『孝』字。
(三) 夾批：朝命賑濟饑荒，恩非不隆也；上官親臨支放，事非不重也。然而畢竟有名無實，則可爲嘆息痛恨者也。

了。(一)（外）説得是，便着他立下了甘結。(二)（丑遞甘結介）（外）快去喚飢民來支領糧米。（丑）領鈞旨。正是：一心忙似箭，兩脚走如飛。（丑下）（淨扮瞽目人上）(三)

【商調過曲・吴小四】（淨）肚中飢，眼又昏，家私没半分，子哭兒啼不可聞。聽知相公來賑民，請些官糧去救貧。

（淨錯跪介）相公，飢民請糧。（末）相公在這裏。（外）那老兒姓甚名誰？家中共有幾口？（淨）小的姓邱名乙己，住上大村，有三千七十口。（外）胡説！怎的有這許多口？（淨）自古道：上大人，邱乙己，化三千，七十士。(四)（外）休胡説！你實有幾口？（淨）小的夫妻兩口，兒子兩口，共有四口。(五)（外）支四口糧與他去。（淨）謝相公。正是：一日不識羞，三日不忍餓。（淨下）（丑扮聾耳人上）(六)

【前腔】（丑）歎連朝，飢怎忍？家中有五六人。前日老妻典了裙，今日媳婦又典裩，幸遇官

---

(一) 夾批：平日既逼詐之，使不得不侵糧以應我；今自又咬害之，使不得不賠糧以償官。嗚乎！吏胥之惡，一至此乎？

(二) 夾批：聽信吏胥，全無覺察，此一官者，殊爲夢夢。

(三) 夾批：先寫一廢疾之人，以見老人無子，少婦無夫直與廢疾者等耳。

(四) 夾批：三千七十子皆傳食於人者也，作者其爲儒生慮之乎？

(五) 夾批：從三千七十士看來，農工商之外惟有士耳。古之民出之於四，故曰四口。

(六) 夾批：再寫一廢疾之人以襯蔡家。

司來濟貧。

（見介）相公可憐見。（外）你姓甚名誰？家中共有幾口？（丑作耳聾不答介）（外復問介）（丑）小的姓大名比邱僧，住祇樹給孤獨園，有一千二百五十口。（外）胡說！那裏這許多口？（丑）佛經上說：祇樹給孤獨園，與大比邱僧一千二百五十人俱。（一）（外）休胡說！實報幾口？（丑）小的三個孩兒，兩個媳婦，連本身共有六口。（二）（外）支六口糧與他去。（丑）謝相公。正是：今日得君提掇起，免教人在污泥中。（丑下）（旦上）

【雙調引子·搗練子】（旦）嗟命薄，嘆年艱，含羞忍淚向人前，只恐公婆懸望眼。（三）

（旦）路逢險處難迴避，事到頭來不自由。奴家少長閨門，豈識途路？争奈遭遇飢荒，公婆缺食。今日聞得官府放糧濟貧，没奈何，只得忍着羞恥，去請些糧米來，以救公婆之命。（見外介）（外）婦人，你也是來請糧的麼？可报姓名上来。（旦）奴家赵氏，公公名唤蔡從簡。（四）只因丈夫出外，公婆乏食，特來請糧濟貧。（外）你丈夫那裏去了？

（一）夾批：一千二百五十人皆乞食於人者也，作者其又爲釋氏慮者乎？

（二）夾批：從比丘僧看來，士農工商之外又有僧道，今之民出於六，故曰六口。

（三）夾批：心頭口頭只有『公婆』二字，極寫孝婦。

（四）夾批：蔡公名字至此方纔表出，读者以爲有是人乎？無是人呼？從簡云者，文既從簡，故名亦從簡云爾。

【正宫過曲・普天樂】（旦）念兒夫一向留都下。（外）家裏可還有甚人？（旦）只有年老爹和媽。（外）你丈夫有弟兄麽？（旦）弟和兄更没一個。（外）既没有弟兄，誰看承爹媽？[一]（旦）看承的盡是奴家。（外）這般説，你好苦也。（旦悲介）歷盡苦，誰憐我？（外）婦人家不出閨門，你要請糧，何不使個男子漢來請，却要你自來請？（旦）咳！相公，遇着了這般時年，怎説得不出閨門的清平話？[二]（外）你家共有幾口？（旦）只有三口。（外）左右，快支三口糧與他去。（末）告相公，没有糧了。[三]（旦哭介）呀！相公呵，若無糧，我也不敢回家。豈忍見公婆受餒？[四]嘆奴家命薄，直恁摧挫。

（外）左右，那婦人説得恁般苦楚，却没糧與他。都是里正這厮侵㗖倉米，以致没有支給，好生可惡。你與我拿他來，要他賠償。（末）領鈞旨。假饒走到焰摩天，脚下騰雲須趕上。（末下）（旦）相公可憐，主張些糧米與奴家救濟公婆。（外）我自有道理。（末押丑上）甕中捉鱉，手到拿來。告相公，里正拿到。

---

〔一〕看：原闕，據汲古閣刊本《繡刻琵琶記定本》補。

〔二〕夾批：牛氏以不出閨門爲孝女，趙氏以不得已而出閨門爲孝婦。牛處其常，趙處其變。處常不難，處變難也。然而牛女趙婦，易地則皆然。

〔三〕夾批：本來請糧，却没有糧。文波一曲。

〔四〕夾批：曰『不敢回』，曰『豈忍見』，不敢與不忍之心合，而孝生焉。

（外）里正，倉糧虧缺，都是你這厮侵喫了，快招上來。（丑）相公，不干小人事。自古道：東量西折，那裏不要虧耗了些？（外）胡説！怎便折得許多？若不招，拿下打。（丑）不消打，小的情願招。（外）快取招狀。（丑念招狀介）招狀人姓猫名貍，[一]今與短狀招伏，因爲官糧欠虧。招得義倉情弊，中間無甚蹺蹊。稻熟排門收斂，斂了各自將歸。并無倉廩盛貯，那有帳目收支？官司差人點視，便糴穀米支持。上下得錢便罷，不問倉實倉虚。若還官府親查，我便影射片時。東家去借十担，西家去撮五箕。但見倉中有米，其間就裏怎知？年年把當常事，番番一似耍嬉。不道今年荒歉，那知朝命賑濟？不因這番支放，如何會泄天機？[二]假饒奏到三十三天，我里正無甚是非。（末）倒是誰的不是？（丑）只是點糧詐錢的做馬做驢，[三]招狀執結是實，伏乞相公指揮。（外）左右，押他去，就要賠償。（末）領鈞旨。正是：懼法朝朝樂，欺公日日憂。（末押丑下）（外）那婦人不要慌，我着里正賠糧給你。（旦）謝相公。（末押丑上）隨你人心似鐵，難逃官法如爐。告相公：里正賠償的糧米有了。（外）既有糧了，便給與那婦人去。[四]（末與旦糧介）（丑背介）且由他將去，我好歹到半路上奪他的轉來。（旦）謝得恩

---

[一] 夾批：猫貍所以捕鼠。今里正名爲猫貍，實爲倉鼠。作者可謂善於調笑。

[二] 夾批：吏蠹民奸，官清私暗，種種弊端，歷歷寫出。

[三] 夾批：説到點糧詐錢，果非盡其民之罪矣，當事者尚其鑒諸。想他點糧詐錢時如狼如虎，則異日雖做馬做驢猶不足以償其罪也。

[四] 夾批：前既没有糧，今忽又有糧，文波再曲。

官爲主維，（丑）莫教中路有災危。（外）當權若不行方便，（末）如入寶山空手回。（外、末、丑下）（旦）一斟一酌，無非前定。奴家今日請糧，誰知里正作弊，倉糧欠缺。若非官府責令他賠償，奴家怎得這些米回去救濟公婆？正是：飢時得一口，勝似飽時得一斗。（丑上）讐人相見，分外眼睜。那婦人休走，你快把糧米還了我，萬事全休。（旦）呀！這是相公與我的，如何還你？（丑）方纔不是你苦苦求告，相公如何要我賠償？這糧米是我責家私賠的，你如何將去？快還我來。（旦）里正官人，你休用强，可憐奴家十分艱苦。（丑）可憐你甚的？

【雙調過曲·鎖南枝】（旦）兒夫去，竟不還，公婆兩人都老年。自從昨日到如今，不能得一餐飯。奴請糧，他在家懸望眼。念我老公婆，做方便。（一）

（丑）你公婆没飯喫，不干我事，你只把糧米還我便罷。（二）

【前腔換頭】（旦）鄉官可憐見，這糧米呵。是我公婆命所關。你若必欲奪去，我寧可脱下衣裳，就問鄉官換。（脱衣介）（丑）不要，不要，你身上也寒冷。（旦）寧使奴身上寒，只要與公婆救殘喘。（三）

（一）夾批：哀切之詞，不堪多讀！

（二）夾批：如聽哀猿而竟不下淚，里正可謂忍矣。然天下如里正者，正復不少也！

（三）夾批：以寒救飢，以己之寒救公婆之飢，更哀切。

（丑）咳！罷！罷！你説起來，却是一片孝心，我也不忍問你要這糧米了，你去罷。(一)（旦）如此，多謝鄉官。（丑虛下）（旦）謝天地！且喜里正已去了，不免趲行幾步。（丑上推旦奪糧下）(二)（旦哭介）天那，我好苦！

【前腔】（旦）糧奪去，真可憐，公婆望奴不見還。縱然他不埋冤，我做媳婦的有何幹？他忍飢，添我夫罪愆，教奴家怎見得我夫面？(三)

（旦）咳！千死萬死，到底是一死，不如早些死了罷！這裏有一口古井，不免投入死休。(四)

【前腔換頭】（旦）待將身赴井泉，又思量左右難。(五) 想我丈夫當年分散，叮嚀囑付爹娘，教我與他相看管。奴今若死却，他形影單。夫婿與公婆，可不兩埋怨？(六)

（外扮蔡公上）

---

(一) 夾批：天下真强盗最會假慈悲，作者特託里正爲寓言耳。

(二) 夾批：前既無糧而忽得糧，今既有糧而反失糧。文波又曲。

(三) 夾批：困苦至此而不怨其夫，反自怨己之不能爲孝婦，以致其夫不得爲孝子。極寫賢媛。

(四) 夾批：説道此處，惟有一死。已是水窮山盡矣，而下文却又峰迴路轉，此正文情絶妙處。

(五) 夾批：看他妙筆忽轉。

(六) 夾批：欲不死，不死不得；欲死，又死不得。孝婦柔腸幾曲，作者文心亦幾曲。

【前腔】（外）媳婦去，不見還，教人在家懸望眼。（見介）呀！你在這裏閒行，（一）却教我望得肝腸斷。（旦）公公，奴請糧爲你供午餐，又誰知被人騙。（外）媳婦，你怎麽説？（旦）奴家請得些糧米，不想到半路却被里正奪了去。（外）原來如此。（哭介）天那！我直如此命苦！

【前腔換頭】（外）思量我命乖蹇，不由人不淚漣。罷罷。料想終須餓死，不若早赴黄泉。（二）媳婦，我死了呵，也免把你相牽絆。只是婆老年，不久延，你還須好看管。（三）

【前腔】（旦）公公，你若身傾棄，我苦怎言？公還死了婆怎免？你兩人一旦俱亡，教我獨自如何展？公公，你喫苦辛其實難過遣，我痛傷悲只得强相勸。（四）

【前腔換頭】（外）媳婦，你衣衫盡解典，囊篋已傾然。縱使目前存活，到後日久日深，你與我難相念。媳婦，我終久是死，不如就今日投這古井中死了罷。（旦扯住介）公公，決不要如此。（外）媳

（一）夾批：不知其將投井而以爲閒行，文章至此，又一波折。

（二）夾批：一個要死的尚未及死，却又有一個來要死。行文至此，又復水窮山盡。

（三）夾批：纔説免把你牽絆，却又以年老婆婆相託。以曲筆爲哀情，真足令讀者腸斷。

（四）夾批：妙！直是説話。五娘欲死，五娘自勸，并不待蔡公來勸。而蔡公欲死，蔡公不自勸，仍用五娘相勸。文情文致，曲折入妙。

婦，你也不須勸我了。我想衣食缺，你行孝難。這活冤家，不如早拆散。(一)（末扮張太公攜糧米上）(二)

【前腔】（末）不豐歲，荒歉年，官司把糧來給散。遠望見一個年老公公，在那裏頻嗟嘆。待我向前仔細看。（見介）呀！我道是誰，原來是蔡老員外和五娘子。你兩人在此爲何幹？

（旦）太公，一言難盡。奴家今日聞得官府開倉賑濟，去請些糧米與公婆救飢。誰想里正作弊，倉糧虧缺。謝得官府責令他賠償來給與奴家，不料走到中途，仍被這厮赶來奪去。奴家又羞又苦，正没奈何，公公走來聞知此事，心中悲怨，便欲投井而死。奴家在此再三勸解。（末）五娘子，你差了。老夫方纔也請得些糧米，正要將來分送與你公公。(三)你怎不來與我商量，却自家出去，被那狂徒欺侮？

【前腔換頭】（末）我聽伊説這言，恨那里正鐵心腸，昧心漢。五娘子，待我趕上去，奪還你的糧米。(四)（旦）太公，他去遠了。（外）罷，罷。太公，我和你是良善之人，休和那狂徒一般見識。(五)只是我這

(一) 夾批：五娘自勸便勸住了，五娘勸蔡公却勸不住。行文至此，真正水窮山盡矣。下文乃忽然轉出張大公來，豈非文章妙境？『冤家』二字，妙。所謂不是冤家不聚頭也。然則既是冤家矣，又豈容汝輕易便拆散耶！

(二) 夾批：看至此，方是絶處逢生。

(三) 夾批：未聞失糧，已先有分糧之意。寫張公高義，妙在補向前面，後則勢如破竹矣。

(四) 夾批：要去奪還，又作一波，妙！

(五) 夾批：反用蔡公勸張公，妙有波折。

幾日餓不過，却怎生處？（末）員外，你且不須憂慮。我也請得些官糧，和你兩下分一半。（旦）這是太公請得糧米，如何好分得？（末）五娘子，你休恁推，莫棄嫌。且將回，權做兩厨飯。（末分米與旦介）〔二〕（外、旦）多謝太公周濟。（末）説那裏話？五娘子，你先回去，我與你公公隨後緩緩的來罷。

（下場詩）（末）何事年來受苦辛，（外）不如身死早離分。

（旦）惟有感恩并積恨，（合）萬年千載不成塵。

繪風亭評第七才子書琵琶記卷三終

〔二〕夾批：前既已失糧，今又復得糧，文波又曲。

# 繪風亭評第七才子書琵琶記卷四

聲山別集

## 第十八齣　再報佳期

從來『無奈何』三字是千古負心改節者之所藉口。然自託於無奈何而人不以彼爲無奈何，則非真無奈何也。惟至於我曰無奈何，旁觀者亦曰無奈何，夫而後信其非負心、非改節，而真無奈何之情乃其白於天下耳。今觀此篇所云『無如奈何』者，狀元之言如是，媒婆之言亦如是，則庶可無憾於狀元矣。彼王四者未嘗奉旨，未嘗辭婚，又安得謂之無奈何哉？

此篇妙句，莫妙於『我也休怨他。這其間，只是我，不合來，長安看花』。夫被親强而爲狀元，其不合在親；被君强而爲議郎，其不合在君；被相强而爲贅婿，其不合又在相。乃今皆不敢怨，而止於自怨，則是少年不合讀書，秀才不合科試，文章不合中選也。才悔其高，學悔其絶，十載悔其青燈，驊騮悔其欲騁，魚龍悔其將化。不怨親，不怨君，并不怨相，而不怨之怨，其爲怨也深矣。《浣紗記・後訪》曲云：㈠『是我不合來溪邊獨行。』不咎國王，不咎大夫，而歸咎於己。不嗟後訪之相逼，而反嗟前訪之相逢，運意之美，措詞之佳，至今膾炙人口，而孰知《琵琶》此篇之有以啓之耶？

（丑扮媒婆上）我做媒婆已老，没見這般好笑。叵耐一個書生，佳人與他不要。別人見了媒婆歡歡喜喜，他反與我尋争尋鬧。㈡　老相公又不肯干休，只管在家焦燥。教我媒婆走得鞋破襪穿，說得唇乾口燥。如今不怕你親事不成，不怕你姻緣不到。（笑介）只怕你明日在紅羅帳裏快活，不念媒人聒噪。我奉太師之命，再來與蔡狀元說親，來此已是狀元公館。呀！恰好狀元出來也。（生上）

【越調引子・金蕉葉】（生）愁多怨多，俺爹娘知他怎麽？擺不脱功名奈何？送將來冤家怎躲？㈢

（丑見介）狀元，恭喜。牛太師選定今日與小姐畢姻，請狀元早赴佳期。（生）天那！這事怎麽處？

（丑）狀元，姻緣前定，不必多辭。（生）咳！你那知我的苦！

---

㈠　紗：原作『沙』，據梁辰魚《浣紗記》改。

㈡　夾批：借媒婆口中襯染義夫。

㈢　夾批：狀元及第而曰『奈何』，小姐賜配而曰『怎躲』，皆極寫孝子，極寫義夫。

【南吕過曲・三换頭】（生）名韁利鎖，先自將人摧挫。況鸞拘鳳束，甚日得到家？（一） 我也休怨他，這其間，只是我，不合來，長安看花。（二） 閃殺我爹娘也，淚珠空暗墮。這段姻緣，也只是無如之奈何。（三）

【前腔】（丑）鸞臺罷粧，鵲橋初駕。佳期近也，請仙郎到河。（生）媒婆，我去也罷，只是一心掛着家中。（丑）此事明知牽掛。這其間，只得把，那壁厢，且都拚捨。況奉君王詔，怎生違了他？ 狀元，你這段姻緣，也只是無如之奈何。（四）

（丑）狀元，門首轎馬已齊備，請即赴相府成親。

（下場詩）（丑）請君及早赴佳期，（生）那曉歡娱成怨悲。

我本明知不是伴，（丑）一時事急且相隨。

---

（一） 夾批：『名韁利鎖』『鸞拘鳳束』，措詞絶奇。

（二） 夾批：不怨他人，却怨自己；不怨今日之不得歸，却怨前日之不合來。深文曲筆，啓發後賢無數妙旨。

（三） 夾批：一場好事説做無如之奈何，竟與請糧、剪髮一樣口氣，極寫狀元。

（四） 夾批：無如奈何之語出之狀元口中猶未足奇，至於媒婆口中亦如此説，更是奇文。

# 第十九齣　强就鸞凰

孝子之孝，義夫之義，寫之於官媒議婚之時不難，寫之於丹陛陳情之時不難，寫之於再報佳期之時亦不難。而所最難下筆者，莫如《强就鸞凰》之一篇矣。夫就而曰强，寫其歡笑不得；强而既就，寫其啼哭又不得，然則將作何等寫法而寫之？今看東嘉偏能逞好手，寫出狀元時既不敢啼，又不忍笑，一段真情至理，如絲蘿附喬木，聊爲勉强應酬之言。而對華堂而念高堂，對新人而思舊人，亦畧見其俛首斂容、無聊無賴之致，此真文之濃淡適宜、重輕合度者也。夫既具如此妙筆，其又何有難寫之題，足以窘其文致也耶？《金閨愁配》一篇，既寫小姐之悶於前，而至此則獨寫狀元之悶，更不復寫小姐之悶。蓋狀元辭婚爲正筆，小姐愁配爲旁筆。正筆在所加意，而旁筆不當着相，此又斟酌之最精者耳。

（外扮牛丞相、末扮院子隨上）

【黄鍾引子・傳言玉女】（外）燭影摇紅，簾幕瑞烟浮動，畫堂中珠圍翠擁。粧臺對月，下鸞鶴神仙儀從。玉簫聲裏，一雙鳴鳳。(一)

（外）院子，我選定今日吉期與狀元、小姐畢姻，那慶喜的筵席可曾完備麽？（末）告相公，已完備了。

(一)　夾批：寫這邊歡悦，特以襯那邊愁悶也。

（外）狀元來未？（末）此時想就到也。（生上）

【女冠子】（生）馬蹄篤速，傳呼齊擁雕轂。（外）宮花帽簇，天香袍染，丈夫得志，佳婿坦腹。院子，傳話後堂，道狀元到了，快請小姐出來行禮。（末）領鈞旨。（末下）（貼上，浄扮老姥姥、丑扮惜春隨上）（貼）粧成聞喚促，又將嬌面重遮，羞蛾輕蹙。（合）這姻緣不俗，金榜題名，洞房花燭。(一)（末扮賓相上贊禮介）（生、貼交拜介）（末）交拜已畢，請狀元、小姐飲合卺杯。（生、貼把酒介）

【黄鍾過曲·畫眉序】（生）攀桂步蟾宮，豈料絲蘿附喬木。信書中真個，有女如玉。堪觀處絲幕牽紅，恰正是荷衣穿緑。（合）這回好個風流婿，偏稱洞房花燭。(二)

【前腔】（外）君才冠天禄，我的門楣稍賢淑。（衆）看相輝清潤，瑩然冰玉。（外）光掩映孔雀屏開，花爛熳芙蓉穩褥。（合前）

【前腔】（貼）頻催少膏沐，金鳳斜飛鬢雲矗。喜逢他蕭史，愧非弄玉。(三)清風引珮下瑶臺，明月照粧成金屋。（合前）

---

(一) 夾批：自此以下連用『洞房花燭』作煞語，與首篇『共祝眉壽』相同。

(二) 夾批：惟此處寫狀元與衆人同作喜悦之語，蓋不過强爲歡笑以從衆耳。

(三) 夾批：與五娘所云『怕難主蘋蘩，不堪侍奉箕帚』一樣意思。寫賢媛正復相似。

【前腔】（淨、丑）湘裙展六幅，似天上嫦娥降塵俗。喜藍田今已種成雙玉。(一) 風月賽閬苑三千，雲雨笑巫山二六。（合前）

【滴溜子】（生）漫説道姻緣事，果諧鳳卜。細思之，此事豈吾意欲？有人在高堂孤獨。可惜新人笑語喧，不知我舊人哭。兀的東床，難教我坦腹。(二)

【鮑老催】（衆）翠眉漫蹙，赤繩已繫夫婦足，芳名已注婚姻牘。狀元，你空嗟歎，枉歎息，休摧挫，畫堂富貴如金谷。休戀故鄉生處好，受恩深處親骨肉。(三)

【滴滴金】（衆）金猊寶鼎香馥郁，銀海瓊舟泛醽醁，輕飛綵袖呈嬌舞。囀鶯喉，歌麗曲，聲斷續，持觴勸酒人共祝。人共祝，百年夫婦永和睦。(四)

【鮑老催】（衆）意深愛篤，文章富貴珠萬斛，天教艷質爲眷屬。似蝶戀花，鳳棲梧，鸞停竹。男兒有書須勤讀，書中自有黄金屋；也自有千鍾粟。(五)

---

(一) 夾批：四曲連叶四『玉』字，俱妙出天然。
(二) 夾批：此一段是文章關目，乃一篇之警策處也。
(三) 夾批：與黄門勸解之言又自不同。蓋黄門之所言者理，而此之所言者欲也。
(四) 夾批：寫衆人歡樂，正襯獨愁之一人。
(五) 夾批：寫衆人處總是反襯狀元。

【雙聲子】（衆）郎多福，郎多福，[一]看紫綬黄金束。娘萬福，娘萬福，看花誥文犀軸。兩意篤，兩意篤。豈反覆，豈反覆。似文鸞彩鳳，兩兩相逐。

【餘文】（合）郎才女貌真不俗，占盡人間天上福，百歲姻緣萬事足。[二]

（下場詩）（外）清風明月兩相宜，（浄、丑）女貌郎才天下奇。

（衆）共慶洞房花燭夜，（生）只因金榜掛名時。[三]

## 第二十齣[四]　勉食姑嫜

凡人之情，當其豐樂則盡孝爲易；一當窮愁，而欲盡孝則難之矣。窮愁而親能諒我，則盡孝猶易；及窮愁而親不我諒，欲其盡孝之心不衰則又難之矣。唯孝子之事父母，孝婦之事公姑則不然。處富如是，處窮亦如是；處順如是，處逆亦如是。如《琵琶·勉食姑嫜》一篇，其勸人敦倫者至深切也。蔡公遣其子，則是蔡公誤其婦；然而父望子貴，妻亦未嘗不望夫榮，五娘子不怨蔡公，猶人情耳。至於翁既以功名

[一] 夾批：人以郎爲多福，而郎不自以爲福也。總是寫狀元，不是寫衆人。

[二] 夾批：旁觀者以爲萬事足，而不知狀元之心正多未足。天下事大抵如斯矣。

[三] 夾批：即不合來長安看花、擺不脱功名奈何之意。極寫狀元。

[四] 二十：原作『十二』，據文義改。

誤之，姑復以甘旨責之，使今人處此，能無怨乎？前日蔡母之言曰：『教媳婦怎生區處？』則猶憐之也。乃初則憐之，後反責之；不惟責之，又從而疑之冤之，使今人處此，又能無怨乎？作者特設此萬難措手之時，萬難爲情之境以觀孝婦，而後見其不改初心，始終如一者之足以爲法於天下。嗚呼！觀於婦而子可知，觀於事親而事君可知。故天下之爲夫者，不可不讀《琵琶》；爲婦者，尤不可不讀《琵琶》。〔一〕天下之爲子者不可不讀《琵琶》，爲臣者亦不可不讀《琵琶》。從來忠臣義士，往往義而見疑，忠而被讒，而其義愈堅，其忠愈烈，亦此物此志也夫？

（旦上）

【南吕引子・薄倖】（旦）野曠原空，人離業敗。〔二〕漫盡心行孝，力枯形憊。幸然爹媽，此身安泰。恓惶處，見慟哭饑人滿道，〔三〕歎舉目將誰倚賴？

（旦）曠野蕭疏絶烟火，日色慘淡黯村塢。死别空原婦泣夫，生離他處兒牽母。〔四〕睹此悽惶實可憐，思量轉覺此身難。高堂姑舅老難保，上國兒郎去不還。力盡計窮淚亦竭，看看氣盡知何日？高岡黄土

---

〔一〕尤：原作『猶』，據文義改。

〔二〕夾批：只八字便寫盡飢荒景象。

〔三〕夾批：直是一幅鄭監門畫圖。

〔四〕夾批：飢歲景象，誠有如此不堪者。國家饑荒救荒之策，其何可以不早講、不亟講耶！

漫成堆，誰把一抔掩奴骨？（一）奴家自從丈夫去後，遭遇饑荒，衣衫首飾，盡皆典賣供奉公婆。延挨至今，家計蕭然，甘旨缺乏，只安排得一口淡飯，與公婆充饑；奴家自把些穀膜米皮來喫。（二）喫時又恐公婆看見，只得迴避，免致他煩惱。（三）如今飯已熟了，不免請公婆出來早膳則個。公公、婆婆有請。

（外扮蔡公、浄扮蔡母上）

【雙調引子·夜行船】（外）忍餓擔饑何日了？孩兒一去，竟無音耗。（浄）甘旨蕭條，米糧缺少。（合）真個死生難保。（四）

（旦）公公、婆婆，請早膳。（浄）可有些鮭菜下飯麽？（旦）没有。（浄）咳！前日還有些下飯，今日只得這一口淡飯，教我怎生喫得下？（外）罷了！這般時年，胡亂喫些充饑罷。（浄）使不得，快些擡去。

【南吕過曲·羅鼓令】（浄）吾終朝受餒，這淡飯教我怎喫？可疾忙便擡，非干是我有些饞態。（五）（外）阿婆，將就些罷。你看他衣衫都解，好茶飯將甚去買？兀的是天災，教媳婦每難

---

（一）夾批：哀詞，可爲酸鼻。

（二）夾批：先爲後文《喫糠》一篇伏下一筆。

（三）夾批：喫糠而不欲使公婆知之，更自難得。

（四）夾批：比請糧時倍覺淒其。

（五）夾批：非寫蔡母之饞，正欲襯五娘之孝。

佈擺。〔一〕（旦）婆婆息怒且休罪，待奴家霎時將去再安排。思量到此，珠淚滿腮。看看做鬼，溝渠裏埋。縱然不死也難捱，教人只恨蔡伯喈。〔二〕

【前腔】（淨）如今我試猜，多應他犯着獨噇病來，背地裏自買些鮭菜？（外）阿婆，他那裏得錢去買？（淨）阿公，若不然，我喫飯時他緣何不在？我想他此意兒真是歹。〔三〕（外）阿婆，他和你甚相愛，不應反面直恁使乖。〔四〕（旦背唱）我千辛萬苦，還有甚疑猜？不見我臉兒黃瘦骨如柴。（轉介）（合前）

（淨）我喫不得這淡飯，快擡去。（外）媳婦，婆婆喫不得，你且收去。（旦）婆婆耐煩，待奴家去佈擺些東西，再安排過來。正是：啞子漫嘗黃柏味，難將苦口向人言。（旦下）（淨）阿公，親的到底是親。你親生兒子不留在家，倒靠着媳婦供養。你看前日還有些魚鮭下飯，今日却只得些淡飯。再過幾日，可不連這淡飯也没了？我看他前日自己喫飯時節，百般躲避我，敢是他背地自買些東西受用？（外）你

〔一〕夾批：使盡如蔡公之見諒而無蔡母之見責，不足表五娘之孝矣。其所以必寫蔡公之勸蔡母者，亦圖文字曲折耳。讀者勿便嘖嘖蔡公而呶呶蔡母也。

〔二〕夾批：事到其間，不敢怨姑而只恨夫婿，極寫賢媛。

〔三〕夾批：既寫其誅求，又寫其猜疑，豈真有如是之蔡母乎？蓋不寫作如是，則孝婦之孝襯不出來也。

〔四〕夾批：又寫蔡公相勸，以作曲折。世間爲婦者多有反面而使乖，如蔡母所疑者矣。當是歹人連累好人，五娘勿怪也。

休錯疑了，我看媳婦不是這樣人。[一]（浄）你若不信，等他喫飯時，我你潛地去看他，便知端的了。[二]

（外）這也使得。

（下場詩）（外）荒年有飯休思菜，（浄）媳婦無良把我虧。

（外）混濁不分鰱共鯉，（浄）水清方見兩般魚。

## 第二十一齣[三]　糟糠自厭

凡貧賤相守之妻，則曰糟糠之妻。寫五娘而必寫其喫糠，作者特爲『糟糠』二字點染耳。然孝婦之孝，不難在喫糠，而難在不欲令公婆知之；又難在疑之而尚不言之，窺之而猶自掩之。夫喫糠而必自明其喫糠，所謂臣清，惟恐人不知者也。喫糠而不自明其喫糠，所謂臣父清，惟恐人知者也。自盡其實已爲難，而不好其名尤爲難；養親之身已爲難，而不忍傷親之志尤爲難。夫東嘉豈獨以此難能者望人哉？蓋推孝者之心，有必於是而後安，不如是而必不安者。然則今人所歎爲難能之事，東嘉實則寫人人共有之情而已。

---

[一] 夾批：此處再寫蔡公不肯信，正欲逼出蔡母潛往窺看。一説以爲後文張本。

[二] 夾批：後文張本。

[三] 二十一：原作『二十四』，據文義改。

《詩》三百篇，賦中有比、比中有賦之多矣。然文思之靈變，文情之婉折，未有如《琵琶》之寫喫糠者也。看他始以糠之苦比人之苦，繼以糠與米之分離比婦與夫之相别；繼又以米貴而糠賤比婦賤而夫貴；繼又以米去而糠不可食比夫去而婦不能養；末又以糠有人食猶爲有用，而己之死而無用并不如糠。柔腸百轉，愈轉愈哀，妙在不脱本題，不離本色。不謂一喫糠之中，生出如許文情，翻出如許文思。才子之才，真何如也！

今人每謂翁姑愛婦之心不如父母愛子之心，以子爲親生，婦非親生，故視婦不如子。而婦之愛翁姑，亦不如其愛父母也。及觀《琵琶》，蔡公蔡母之憐其婦而痛其婦，與憐其子而痛其子者，豈有異哉？其始若不責之、不疑之，則其後之憐之而痛之也，賜猶不至於遽斷，死猶或可以暫甦。唯責之也既過，則憐之也愈切；疑之也既誤，則痛之也愈深，故蔡公尚可復活，而蔡母更不能復活耳。夫痛婦而至於死，蔡母之心爲何如？即痛婦而猶少緩須臾之死，終亦因此而死，蔡公之心又何如？情到不堪，事到難忍，雖數百年後讀其書，尚爲之鼻酸而喉咽，况身當其際？人情未有不然者。我願人家媳婦慎勿以翁姑之愛我不如子而恝視之，則庶可以無負於翁姑矣。

（旦上）

【商調過曲・山坡羊】（旦）亂荒荒不豐稔的年歲，遠迢迢不回來的夫婿。急煎煎不耐煩的二親，軟怯怯不濟事的孤身己。衣盡典，寸絲不掛體。(一) 幾番拚死了奴身己，争奈没主公婆，教誰看取？(二) 思之，虛飄飄命怎期？ 難挨，實丕丕災共危。

(旦)奴家早上安排些飯與公婆喫，豈不欲買些鮭菜？ 争奈無錢去買。誰想婆婆抵死埋怨，只道奴家背地自喫了甚麽東西。咳！ 不知奴家喫的是米膜糠粃，又不敢教他知道。便做他埋怨殺了，我也不敢分説。(三) 真個好苦也！

【前腔】(旦)酸溜溜難窮盡的珠淚，亂紛紛難寬解的愁緒。骨崖崖難扶持的病身，戰兢兢難捱過的時和歲。這糠，我待不喫他呵，教奴怎忍饑？ 待喫他呵，教奴怎生喫？ 思量起來，不若奴先死，圖得不知他親死時。(四) （合前）

---

(一) 夾批： 將寫無食，先寫無衣。若使有衣，則亦可以易食矣。或畫《陶母剪髮圖》，而寫其臂上着金釧，遂爲兒童所笑。故知此篇欲寫無食，先寫無衣，其用筆爲最周至也。有傖父問予曰： 寸絲不掛體，然則五娘豈裸形耶？ 予笑曰： 周餘黎民，靡有孑遺。《雲漢》之詩言之矣。文人用筆，往往備極形容。如《西廂》曲云： 『聽得一聲去也，鬆了金釧。』又云： 『只離得半個日頭，早寬掩過翠裙三四褶。』不應瘦得如此快、如此多也。子美《飲中八仙歌》云： 『眼花落井水底眠。』又云： 『李白一斗詩百篇。』信斯言也，則知章真入水不死，而青蓮一生飲酒不知其數，其詩集將連床充棟，不能盡矣。諸如此類，何可枚舉？ 惟解人當自知之。

(二) 夾批： 欲死而又不可以死，哀詞不堪多讀。

(三) 夾批： 不知在此，然必如此方是真正孝婦耳。

(四) 夾批： 妙在此句蓋言不忍見他親死而欲先自死，則其所以欲死者不是怨公婆，正是痛公婆也。

（旦喫糠嘔吐介）

【雙調過曲·孝順兒】（旦）嘔得我肝腸痛，珠淚垂，喉嚨尚兀自牢啞住。糠呵！你遭礱被舂杵，篩你簸颺你，喫盡控持。(一)好似奴家身狼狽，千辛萬苦皆經歷。(二)苦人喫着苦味，兩苦相遭，可知道欲吞不去。(三)

【前腔】（旦）糠和米，本是兩依倚，却遭簸颺作兩處飛。一賤與一貴，好似奴家與夫婿，終無見期。丈夫便是米呵，米在他鄉没處尋。奴家便是糠呵，怎的把糠來救得人饑餒？好似兒夫出去，怎地教奴供奉得公婆甘旨？(四)

【前腔】（旦）思量我生無益，便死又值甚的？倒不如忍饑死了爲怨鬼。(五)只是公婆老年

---

(一) 夾批：呼糠與語，大奇。因喫糠之苦忽然想到糠亦是極喫苦之物，構思巧妙絶倫。

(二) 夾批：以糠自比，巧指本色發揮，是賢媛，益見是孝子文心。

(三) 夾批：妙絶。不是苦人，那得喫此苦味？想如此苦味，若不是苦人喫之，又誰復知其苦耶？此誠五娘之不幸而糠之幸也。若非五娘前日以苦人喫此苦味，則又今日何從得解苦心，讀此苦語耶？此又五娘之不幸而我之幸也。

(四) 夾批：以糠自比，奇矣；以米比夫，更奇。前説兩苦相逢，此又説一甘一苦不相見，愈巧愈切愈真。

(五) 夾批：説到此，并糠亦不必喫矣。妙筆一轉。

紀，靠奴家共依倚，只得苟活片時。（一） 片時苟活雖容易，到底日久也難相聚。（二） 漫把糠來相比，（三）這糠尚有人喫，奴的骨頭，知他埋在何處？（四）

（外扮蔡公、淨扮蔡母潛上）媳婦，你在這裏喫甚麼？（旦）奴家不曾喫甚麼。（五）（淨搜看介）這是什麼東西？（旦）呀！ 婆婆，這東西你喫不得的。

【前腔】（旦）這是穀中膜，米上皮。（外）這是糠，你要他做什麼？（旦）將來餔饠堪療饑。（淨）這糠只好餵猪狗，（六）如何自喫？（旦）嘗聞聖賢書，狗彘食人食。那糠雖不中喫，也强如草根樹皮。（外、淨）這樣苦澀的東西，怕不咽壞了你？（旦）齧雪吞氈，蘇卿猶健；餐松食柏，倒做得神仙侶。這糠呵，縱然喫些何慮？（七）（淨）媳婦，我只不信這糠粃你如何便喫得下？（旦）咳！ 爹

---

（一） 夾批：妙筆再轉。

（二） 夾批：妙筆三轉。

（三） 夾批：上文以糠相比，無數妙文至此忽然一筆抹過，妙絶。

（四） 夾批：妙筆四轉，此轉更出人意表。前以糠自比，此又説并不如糠，愈覺痛切。

（五） 夾批：尊人疑而窺之矣，而猶不忍以實告。極寫孝婦。

（六） 餵：原作『猥』，據汲古閣刊本《繡刻琵琶記定本》改。

（七） 夾批：自對則説苦話，對公婆却不説苦話。極寫孝婦。

媽休疑，奴須是你孩兒的糟糠妻室。㈠

（外、淨哭介）媳婦，你原來背地裏如此受苦，我却錯埋怨了你，兀的不痛殺我也！（外、淨同哭倒介）

（旦哭叫介）公公婆婆甦醒。

【正宮過曲・雁過沙】（旦）你沉沉向冥途，空叫我耳邊呼。我不能盡心相奉事，反教你爲我歸黄土。教人説你死緣何故？你怎生便割捨得抛棄了奴？㈡

（外醒介）（旦）好了，公公醒了。公公，閛閨些。（外哭介）

【前腔】（外）媳婦，你擔饑事姑舅，你擔饑怎生度？（旦）公公且自寬心，不要煩惱。（外）媳婦，婆婆錯埋冤了你，你也不推辭。到如今始信有糟糠婦。我多應不久歸陰府，也省得爲吾死的，累你生的受苦。㈢

（旦）公公，且請去床上安息，待奴家看婆婆如何？（叫介）婆婆甦醒。呀！不好了，婆婆喚不應，多管不濟事了。（哭介）

---

㈠　夾批：　此一句是全篇關目，亦是全部關目，作者特爲『糟糠』二字撰此一篇妙文，亦特爲『糟糠妻室』四字撰此一部妙書也。

㈡　夾批：　又以公姑之死引爲己責，如此孝婦真是抛棄不得。

㈢　夾批：　纔得生，又説死，寫得極真極痛！

【前腔】（旦）婆婆氣全無，教奴怎支吾？ 咳！ 丈夫呵，我千辛萬苦爲你相看顧，如今到此却難回護。（一） 我還愁母死難留父。 倘凶喪迭至，教我奈何？（二）

（外）媳婦，婆婆還好麽？（旦）婆婆不好了。（外哭介）

【前腔】（外）我當初不尋思，教孩兒往帝都。把媳婦閃得孤又苦，把婆婆又送入黄泉路，（三）媳婦，算來是我相擔誤。不如吾死，免把你再辜負。（四）

（旦）公公休説這話，請自將息。（外）媳婦，婆婆死了，衣衾棺槨，是件皆無，如何是好？（旦）公公寬心，待奴家自去措處。（末扮張太公）福無雙至，禍不單行。適間聽得蔡公老夫婦兩個，疑惑他媳婦趙五娘背地自己喫了甚麽東西，及至去看他，却在那裏喫糠。兩個老的見了，心中痛傷起來，一時都害了病。我不免去探視他一遭。（見旦介）呀！ 五娘子，你爲甚慌慌張張？（旦）太公，奴家的婆婆死了。（末）咳！ 你婆婆死了？ 正是：天有不測風雲，人有旦夕禍福。如今你公公在那裏？（旦）在床上

---

（一） 夾批：遥呼其夫而哭告之，摹寫此時情景逼真。

（二） 夾批：方哭母，又愁父，寫得極真極痛。爲後文蔡公亦死伏筆。末二語或改作『況衣衫盡解，囊篋又無』，則『衣盡典，寸絲不掛體』前曲已説過，不必説而又説也，不如古本『凶喪』二句之妙。

（三） 夾批：前蔡公欲投井時曾以老年婆婆叮囑媳婦看管，不意今日反是婆婆先死。此雖作者文章變幻處，然亦可見人之生死無常，不可預計也。

（四） 夾批：方哭老妻，又悲少婦，寫得極真極痛。

睡着。（末）待我去看他一看。（見外介）（外）太公休怪，我起來不得了。（末）老員外，不要勞動。（旦）太公，我婆婆死了，後事都未備，如何是好？（末）五娘子，你免愁煩，我自有區處。（旦）怎好又煩累太公？

【仙吕入雙調・玉抱肚】（旦）千般生受，教奴家如何措手？終不然竟把他骸骨，没棺槨送在荒坵？（一）（合）相看到此，不由人不淚珠流，真個不是冤家不聚頭。（二）

【前腔】（末）五娘子，你不必多憂。資送婆婆，在吾身上有。你只小心承值公公，莫教他又成不救。（三）（合前）

【前腔】（外）張公護救，吾媳婦實難啓口。孩兒去後，又遇饑荒，把衣衫典賣無留。（四）（合前）

（末）老員外，你請自將息，少停待我唤家僮討個棺木來，殯斂老安人。選擇吉日，送往南山安葬便了。

---

（一）夾批：五娘之憂，憂在死姑。

（二）夾批：自此以下三曲皆以『不是冤家不聚頭』作結。蓋天下有惡冤家，亦有好冤家。婦而不賢，冤家也，而賢婦亦是冤家。翁姑不賢，冤家也，而賢翁賢姑亦是冤家。試觀孝婦喫糠，反致翁姑之死。翁姑以痛婦之故而死，而反貽累其婦，豈非冤家之相聚乎？前日蔡公之言曰：『這活冤家不如早折散。』夫冤家故易聚而難散者也。文天祥詩云：『來生業緣在，骨肉當如故。』蓮池和尚以爲丞相此言業緣不斷。嗚呼！信惟釋氏，庶幾能空此業緣哉？

（三）夾批：張公之憂，憂在生翁。

（四）夾批：蔡公之憂，憂在生婦。媳婦所難啓口者，公公代爲言之，寫得婉至。

（外、旦）如此，多謝太公。

（下場詩）（旦）只爲無錢送老娘，（末）須知此事有商量。

（合）歸家不敢高聲哭，只恐猿聞也斷腸。

## 第二十二齣　琴訴荷池

書以『琵琶』名篇，乃未寫五娘之琵琶，先寫伯喈之操琴，琴特爲琵琶作引耳。是以他處寫伯喈，皆詳於念親而略於念妻；此處寫伯喈，獨詳於念妻而略於念親。試觀操琴之時，『孤鸞寡鵠』『新絃舊絃』，無數文字，無不與五娘關切。而對酒思親，只有『怎遂得黄香願』一句爲之點染。是作者之意本重在前一段，而今人唱曲反撇去前一段，止取『新篁池閣』一套唱之，歌者豈知作者意哉？

此篇文字之妙，妙在『新絃難撇，舊絃難拚』。狀元明明道破，小姐却淡淡遮過。又妙在掉下淚來，只説香汗。小姐明明識破，狀元又輕輕掩過。一個忍耐不住，只是不説出來；一個不得不問，更不十分窮究；一個小心，一個大意，寫來真是妙殺。時曲云：『絃斷瑶琴，我也無心去整；酒泛金樽，我也無心去飲。』未嘗不用《琵琶》此篇之意。然時曲用之於懷想青樓，已不及《琵琶》題目之正；而文字又不能如此曲折，固不得不讓東嘉獨步也。

（生上）

【南呂引子·一枝花】（生）閒庭槐陰轉，深院荷香滿。簾垂清晝永，怎消遣？十二欄杆，無事閒凭遍。(一) 悶來把湘簟展，方夢到家山，又被翠竹敲風驚斷。(二)

〔南鄉子〕（生）翠竹影摇金，水殿簾櫳映碧陰。人静晝長無個事，沉吟，美酒芳樽懶去斟。幽恨苦相尋，離别經年没信音。寒暑頻催人易老，關心，却把愁懷付玉琴。院子那裏？可將我的琴書過來。（末扮院子持琴書上）黄卷看來消白日，朱絃動處引清風。相公，琴書在此。（生）唤那兩個書童過來。（净、丑扮書童上）

【南呂過曲·金錢花】（净、丑）自小承值書房，書房。快活其實難當，難當。只管打扇與燒香，荷亭畔，好乘涼。喫飽飯，上眠床。(三)

（見介）（生）今日天氣清涼，我獨坐無聊，待把琴兒試操一曲，以遣悶懷。你三人一個打扇，一個燒香，一個整理書籍，各休怠慢。（衆）曉得。（生操琴介）

【懶畫眉】（生）坐對南薰奏虞絃，只覺指下餘音不似前，(四) 那些個流水共高山？只見滿眼

(一) 夾批：凭欄乃婦人事，而丈夫之多情者，亦與婦人同。
(二) 夾批：詞意絶佳。後曲連用四『眠』字，故此處先以一『夢』字引之。
(三) 夾批：以一『眠』字起後文四『眠』字。
(四) 夾批：言音不似前，則知其久不託於音矣。寫一弄，確是一弄。

風波惡，似離别當年懷水仙。(一)

【前腔】（生）頓覺餘轉愁煩，似寡鵠孤鴻和斷猿，又如别鳳乍離鸞。(二) 呀！爲甚殺聲在絃中見，敢只是螳螂來捕蟬？(三)

【前腔】（生）藍田日暖玉生烟，似望帝春心託杜鵑，好姻緣翻作惡姻緣。只怕眼底知音少，争看鸞膠續斷絃？(四)

（生）左右，夫人將出來也，你等且迴避。（衆）理會得。正是：有福之人人伏侍，無福之人伏侍人。

（衆下）（貼上）

【南吕引子·滿江紅】（貼）嫩緑池塘，梅雨歇薰風乍轉。瞥然見新涼華屋，已飛乳燕。(五) 簟展湘波紋紈扇冷，歌傳《金縷》瓊巵暖。喜炎威不到水亭中，珠簾捲。(六)

（相見介）（貼）相公原來在此操琴。（生）我因無聊，託此散悶。（貼）奴家久聞相公精於音律，如何來

(一) 夾批：宦海風波已嘗惡趣，故鄉離别何日去懷？宜其觸絃成音，便作悲調也。

(二) 夾批：前曲只有『離别』二字，此却彈出《寡鵠孤鸞》《别鳳離鸞》來，寫再弄確是再弄。

(三) 夾批：絃中殺聲隱然照着蔡公蔡母之變，甚妙！

(四) 夾批：説到斷絃難續，則不能更彈矣。寫曲中三弄，確是三弄。

(五) 夾批：『乳燕』二字直刺入孝子心坎裏。

(六) 夾批：春色不到寒門，是苦境；炎威不到華屋，是樂境。方寫五娘之苦，便接寫牛氏之樂，相形處令人三嘆。

到此間，絲竹之聲杳然絶響？今日幸聞雅操，奴家斗膽求相公再彈一曲。（生）夫人要聽琴，教我彈甚麼曲好？彈一曲《雉朝飛》何如？（貼）不好，這是無妻的曲。㈠（生）彈一曲《孤鸞寡鵠》何如？（貼）夫妻正團圓，説甚麼孤寡？（生）恁地時，彈一曲《昭君怨》何如？㈡（貼）夫妻正和美，説甚麼宫怨？相公，當此夏景，只彈一曲《風入松》罷。（生）這也使得。（生彈介）（貼）呀！相公，差了。怎倒彈出《思歸引》來？（生）待我再彈。（貼）呀！相公，又差了。怎又彈出《别鶴怨》來？㈢（生）果然又彈差了。（貼）相公，你如何這般會差？敢是故意賣弄，欺侮奴家？（生）豈有此心？只是這絃兒不中用。（貼）爲甚不中用？（生）我只彈得慣舊絃，這是新絃，却彈不慣。㈣（貼）舊絃在那裏？（生）舊絃撇下多時了。㈤（貼）爲甚撇了？（生）只爲有了這新絃，只得撇了那舊絃。㈥（貼）相公，你

㈠　夾批：有妻而棄之，與無妻同。
㈡　夾批：『昭君怨』三字隱然照着琵琶，欲代五娘寫怨也。
㈢　夾批：寫小姐之知音，正以襯狀元之篤義。
㈣　夾批：就琴絃上輕輕説出新舊二字，妙語妙文。舊則慣，新則不慣，『慣』字絶妙。蓋舊人與我周旋久則已嫌各俱捐，性情如一矣。新者雖佳，畢竟有生强處，有拘忌處也。彼棄妻者何足以知此？
㈤　夾批：明明説出。
㈥　夾批：明明説出。

如今何不撇了新絃，仍用了那舊絃？(一)（生）夫人，我心裏豈不想那舊絃？只是這新絃又撇不下。(二)（貼）你既撇不下新絃，還思量那舊絃怎的？(三)我想起來，只是你心不在焉，特地有許多説話。(四)

【仙吕過曲・桂枝香】（生）夫人，舊絃欲斷，新絃不慣。舊絃再上不能，待撇了新絃難棄。我一彈再鼓，一彈再鼓，又被宫商錯亂。（貼）相公，你敢是心變了？（生）非干心變，這般好涼天。正是此曲纔堪聽，又被風吹别調間。(五)

【前腔】（貼）相公，非彈不慣，只是你意慵心懶。既道是《寡鵠孤鸞》，又道是《昭君宫怨》，那更《思歸别鶴》，《思歸别鶴》，無非愁嘆。相公，你多管想着甚人？(六)（生）我不想着甚人。(七)（貼）

---

(一) 夾批：亦明明勾挑一句。

(二) 夾批：一發明明説出，妙！妙！撇不下者，非牽於情，實勢有所不能也。

(三) 夾批：亦似明明回答一句。

(四) 夾批：上文語氣已逼近矣，虧此二語漾開。寫小姐又聰明又大雅，真正妙絶。

(五) 夾批：《詩》云：『妻子好合，如鼓瑟琴。』以比妻子也。狀元此時舍舊絃而彈新絃，即安得不舍前曲而彈别調乎？

(六) 夾批：小姐又一句逼近。

(七) 夾批：狀元却一句漾開。

有何難見？你既不然，我知道了。你道除了知音聽，道我不是知音不與彈。(一)（生）我那有此意？（貼）這也由你。但你既無心彈琴，待我着女使們安排酒來，與你消遣何如？(二)（生）我也懶飲酒。（貼）相公休阻妾意。老姥姥、惜春那裏？快安排酒肴過來，我與相公同飲。（淨扮老姥姥、丑扮惜春持酒肴上）（淨）樓臺倒影入池塘，緑樹陰濃夏日長。（丑）一架荼蘼香滿院，捲簾正好進霞觴。(三)

（淨、丑送酒介）（生、貼飲介）

【南吕過曲・梁州新郎】（貼）新篁池閣，槐陰庭院，日永紅塵隔斷。碧欄杆外，寒飛漱玉清泉。只覺香肌無暑，素質生風，小簟琅玕展。晝長人困也，好清閒，忽被棋聲驚晝眠。(四)（合）《金縷》唱，碧筒勸，向冰山雪巘排佳宴。清世界，幾人見？(五)

【前腔】（生）薔薇簾箔，荷花池館，一陣風來香滿。湘簾日永，香銷寶篆沉烟。漫有枕欹寒

(一) 夾批：疑嗔似戲，如出慧口。《西厢》有小姐聽琴，《琵琶》亦有小姐聽琴。同一琴也，一則遇知音而有意相挑，一則遇知音而無心再鼓。蓋强就鸞鳳與鳳求凰者大不同耳。

(二) 夾批：却又是小姐輕輕漾開，妙！

(三) 夾批：古本此處淨、丑出場只此四句，俗本乃改作一曲，而末語云『捲起珠簾，明月正上』，便與下文『晝長日永』等語不合矣。今爲訂正。

(四) 夾批：看他句句寫夏景，却又句句是夏天晝景。

(五) 夾批：冰山雪巘，寫來便覺忘暑，雲漢圖真勝北風圖矣。

玉，扇動齊紈，怎遂得黄香願？(一)（生揮淚介）（貼）相公爲甚下淚？(二)（生）我猛然心地熱，透香汗，(三)欲向南窗一醉眠。（合前）

【前腔换頭】（貼）向晚來雨過南軒，見池面紅粧零亂。漸輕雷隱隱，雨收雲散。只覺荷香十里，新月一鈎，此景佳無限。蘭湯初浴罷，晚粧殘，深院黄昏懶去眠。(四)（合前）

【前腔】（生）柳陰中忽噪新蟬，見流螢飛來庭院。聽菱歌何處？畫船歸晚。只見玉繩低度，朱户無聲，此景尤堪戀。起來攜素手，鬢雲亂，(五)月照紗窗人未眠。(六)（合前）

【節節高】（净）漣漪戲彩鴛，把露荷翻，清香瀉下瓊珠濺。香風扇，芳沼邊，閒亭畔。坐來不覺神清健，蓬萊閬苑何足羨？（合）只恐西風又驚秋，不覺暗中流年换。(七)

---

(一) 夾批：前既因琴而憶妻，此又因扇枕而憶親，便使父母一邊不冷落，絶妙點綴，非恒筆可及。

(二) 夾批：冷眼瞧着。

(三) 夾批：快口掩過。淚下而只説是汗，不敢説是淚，與五娘『閣淚汪汪不敢流』正復相似。

(四) 夾批：雨過雨收，的是夏景。前寫晝，此寫晚，寫黄昏，妙有次第。

(五) 夾批：臨鏡緑雲撩亂，同一雲，同一亂也，而苦樂不同矣。

(六) 夾批：《才俊登程》一篇，四曲連叶四『門』字；《强就鸞凰》一篇，四曲連叶四『玉』字；此篇又四曲連叶四『眠』字，俱極閒妙。每見唐人和詩多不步韻，而今人必欲步韻，於是遂爲韻所窘，乃東嘉何獨裕如也！

(七) 夾批：苦熱者望秋之來，望暑者反恐秋之至。苦樂不同，誠有然者。

【前腔】(丑)清宵思爽然，好涼天，瑶台月下清虚殿。神仙眷，開玳筵，重歡宴。任教玉漏催銀箭，水晶宫裏把笙歌按。(一)(合前)

【餘文】(合)光陰迅速如飛電，好涼宵可惜漸闌，管取歡娱歌笑喧。(二)

(下場詩)(貼)歡娱休問夜如何，(生)此景良宵能幾多。

(浄)遇飲酒時須飲酒，(丑)得高歌處且高歌。

## 第二十三齣　代嘗湯藥

善矣夫東嘉之寓言也！寫父之恨其子，正代婦以恨其夫也；寫翁之哀其媳，正代夫以哀其妻也。妻不恨之而父恨之，甚於妻之恨矣；夫不哀之而翁哀之，更痛於夫之哀之矣。其媳食糠，而其翁之湯與藥至於不能下咽。然則其妻食糠，而其夫獨忍於操琴，忍於飲酒乎？篇中頻呼曰：『也只爲着糟糠

---

(一)　夾批：羡仙眷，誇玳筵，寫奴婢的是奴婢。然主人曰『好涼天』，奴婢亦曰『好涼天』。富貴之家，冬不知寒，夏不知暑，上下同然，可爲三嘆。

(二)　夾批：同一光陰，而愁者苦長，歡者苦短。看他數曲自晝寫至晚，自晚寫至黄昏，又自黄昏寫至夜闌，曲盡其致，而運詞更秀美絶倫。『好涼宵』『涼』字，俗本誤作『良』字。良即好也，豈宜重復？乃見古本，方知『涼』字之妙，正與上文無數『涼』字相應。

婦。』嗚呼！東嘉之託諷，不亦悲哉？

蔡公之感謝五娘也，曰『待來生我做你的媳婦』。痛哉斯言！夫欲報之德，昊天罔極，此孝子哀父母之詞也。今生不能報，尚欲俟之來生，則但可曰『待來生重做你的孩兒』，斷不敢曰『待來生我做你的父母』也。獨蔡公之於五娘則不願來生之我復爲翁、彼復爲婦，而我報之以慈，却願來生之我轉爲婦、彼轉爲翁，而即報之以孝。文思之奇，奇至此而極矣！語意之悲，悲至此而極矣！至其遺筆囑付，而又云：『已知死别在須臾，更與甚麼生人做主？』斯言更痛。夫『我躬不閲，遑恤我後』，此婦人爲夫所棄而自悼之詞也。舊人且不能禁其新人，而死人安能命其生人？每見君之死則有顧命，父之死則有遺囑。究竟臣之忠者不待命，子之孝者不待囑。而不忠不孝者，雖以生君命之，生父囑之，亦復何益？是以五娘前日既囑其夫，而復嘆曰『知他記否，空自語惺惺』也。然五娘之囑，囑其念舊；蔡公之囑，囑以謀新。念舊，人情所難；謀新，人情所便。而五娘嘆之，蔡公亦嘆之者，蓋以從否由生者之志，而囑付徒勞死者之心。婦不改節，囑亦不改；婦而欲嫁，不囑亦嫁。由此而觀，則從來死人之强與生人做主，不亦多事乎哉？文思之曲，曲至此而極矣！語意之悲，悲亦至此而極矣！我愛其奇且曲，嘗喜讀之；而我畏其悲，則又不能多讀之也。

（旦上）

【越調引子・霜天曉角】(旦)難捱怎避，災禍重重至。最苦婆婆死矣，公公病又將危。(一)

(旦)屋漏更遭連夜雨，船遲又被打頭風。奴家自婆婆死後，萬千狼狽；誰知公公病勢又危。如今賸得些藥煎在此，不免再安排些粥湯，等他喫。

【過曲・犯胡兵】(二)(旦)囊無半點調藥費，良醫怎求？縱然救得目前，飯食何處有？料應難到後。漫説道有病遇良醫，飢荒怎救？(三)

(旦)我想公公這病，非藥可治。

【前腔】(旦)愁萬苦千恁生受，粧成這症候。那藥兒縱然救得目前，怎免得憂與愁？料應不會久。我想公公只爲不見孩兒，因此致病。今若要他病好呵，除非是子孝父心寬，方纔可救。(四)

(旦)藥與粥都熟了，且扶公公出來喫些。(扶外上)

【霜天曉角換頭】(外)悄然魂似飛，料應不久矣。(旦)公公，請闌闉些。(外)咳！我縱然擡頭

(一) 夾批：曲名【霜天曉角】，而其文之悲亦如之。

(二) 胡：原作『倭』，據曲律改。

(三) 夾批：既愁目前，又愁日後；既愁病人，又愁荒歲。初云食且難求，何處求醫？繼云醫縱可求，何處求食？寫得慘悽異常。

(四) 夾批：因愁致病，病去而愁不去，則病將又來。因子成愁，醫來而子不來，則愁終難去。恐醫無治愁之藥，惟子爲退病之醫。哀翁念夫，更寫得慘淒異常。

强起，形衰倦，怎支持？(一)

（旦）公公，請喫藥。（外）媳婦，我喫不得這藥了。

【南呂過曲・香遍滿】（旦）論來湯藥，須索是子先嘗方進與父母。公公，莫不是爲無子先嘗，恰便尋思苦？(二)（外喫藥吐介）媳婦，這藥我喫不得了。我寧可早死了罷，免得累你。（旦）公公，你須索闏閩，怎捨得一命殂？（外）媳婦，你喫糠，省錢贖藥與我喫，我怎喫得下！（外）苦！原來不喫藥，也只爲着糟糠婦。(三)

（旦）公公既不喫藥，請喫口粥湯罷。（外喫粥吐介）（外）媳婦，我肚腹膨脹，喫不下了。

【前腔】（旦）公公，你萬千愁苦，堆積在悶懷，成氣蠱，可知道喫了吞還吐。（背哭介）怕添親怨憶，暗將珠淚墮。（外）媳婦，你喫糠，却教我喫粥，我怎喫得下？（旦）苦！原來不喫粥，也只爲着糟糠婦。(四)

---

(一) 夾批：【霜天曉角】豈堪再聽？

(二) 夾批：前欲以子當藥，此又恐其對藥思子，極曲極真。

(三) 夾批：以愁人喫糠，是苦人喫着苦味；以愁人喫藥，亦是苦人喫着苦味。然蔡公不以藥之苦而吐，却念糠之苦而吐，更自傷心。

(四) 夾批：藥苦而粥甘，然粥以糠之苦而來，則粥亦苦矣。故不但苦與苦相連而欲吞還吐，即甘與苦相遭而亦欲吞還吐也。頻呼糟糠婦，警動棄妻者不淺。

（外）媳婦，我死也不妨，只恨孩兒不在家，虧殺了你。你近前來，我有一言吩咐你。（旦）公公，怎麽說？（外跌倒拜謝介）[一]（旦哭跪扶外介）公公，不要如此。（外）媳婦，我謝你不盡。

【越調過曲・青歌兒】（外）我三年謝得你相奉事，只恨我當初把你相擔誤。[二] 我待欲報你的深恩，待來生我做你的媳婦。[三] 怨只怨蔡伯喈不孝子，[四] 苦只苦趙五娘辛勤婦。（旦）公公，奴身不足惜。尋思，我一痛你死後有誰祭祀；[五] 二痛你有孩兒不得相看顧；[六] 三痛你三年來没一個飽暖的日子。[七] 三載相看甘共苦，一朝分别難同死。[八]

（外）媳婦，當初都是我不合教孩兒出去，擔閣了你。如今我死了呵，

---

[一] 夾批：生離之拜謝慘矣，又莫慘於死别之拜謝。卑幼之謝别尊長慘矣，又莫慘於尊長反拜謝卑幼。摹寫至此，真足令讀者墮淚。

[二] 夾批：先一句感恩，後一句引罪，慘極之語。

[三] 夾批：此從來未有之慘語矣。然感恩如是，報怨亦應如是。王四負周氏，則來生必當使王四爲妻，周氏爲夫，而亦如是以報之。慘語，亦醒語也。

[四] 夾批：不義即是不孝，借口駡王四也。

[五] 夾批：是悲將來。

[六] 夾批：是悲現在。

[七] 夾批：是悲從前。

[八] 夾批：兩月妻房，悲在生離；三年媳婦，悲在死别。此一曲或分爲二曲亦可。

【前腔】（外）你將我骨頭休埋在土。我甘受折罰，任取屍骸露。(一)（旦）公公，休説這話，被傍人談笑。（外）媳婦，這須不笑着你，留與傍人，道蔡伯喈不葬親父。(二)怨只怨蔡伯喈不孝子，苦只苦趙五娘辛勤婦。（旦）公公，你若真個不測呵，公婆已得做一處所，(三)料想奴家不久也歸陰府。(四)可憐一家三個怨鬼在冥途。(五)（合前）(六)

（末扮張太公上）歲歉無夫婿，家貧喪老親。可憐貞潔女，日夜受艱辛。（見旦介）五娘子，你公公病勢若何？（旦）太公，我公公病勢十分危篤。（末）待我看他一看。（見外介）老員外，貴體如何？（外）太公，我不濟事了。你來得恰好，我憑你爲證，寫下遺囑與媳婦，教他待我死後，休要守孝，早早改嫁去。（旦）呀！公公，説那裏話？自古烈女不更二夫。公公，休要寫。（外）媳婦，你取紙筆過來。（旦）公公，奴家生是蔡家人，死是蔡家鬼，千萬不要寫。（外）媳婦，你若不將紙筆來，要氣殺我也？

---

(一) 夾批：此是自恨。
(二) 夾批：此是恨子。《鳴鳳記》寫楊繼盛之不欲葬，是激烈語，令人氣壯；《琵琶記》寫蔡從簡之不欲葬，是怨苦語，令人氣盡。
(三) 夾批：知蔡翁之將見姑。
(四) 夾批：如幸己之將從翁。
(五) 夾批：上既言生不如死之樂，此又恐死亦如生之悲。意又一轉。
(六) 夾批：上既言不久將同在於冥途，此又言一時不得便從於地下，意更一轉。此曲比前腔稍變。

（末）五娘子，你休違拗他。嫁與不嫁由你，且取將過來。（旦遞紙筆介）（外寫介）咳！這一管筆倒有千斤來重！

【羅帳裏坐】（外）媳婦，你艱辛萬千，是我擔伊誤伊。你若不改嫁呵，身衣口食，怎生區處？當初是我拆散了你夫妻。我今死了呵，終不然教你，又守着靈幃？（放筆介）咳！已知死別在須臾，更與甚麼生人做主？（一）

【前腔】（末）這中間就裏，我難説怎提。五娘子，你若不嫁人，恐非活計；若不守孝，又被人談議。（二）可憐家破與人離，怎不教人淚垂？

【前腔】（旦）公公嚴命，非奴敢違。只是教我改嫁呵，那些個不更二夫，却不誤奴一世？公公，我一馬一鞍，誓無他志。（三）（合前）

（外）张太公，憑你爲證，留下我的柱杖，待我那不孝子回來，把他與我打將出去。（四）（外倒，旦扶介）

（末）老員外，不要氣苦，請自將息。

---

（一）夾批：慘語，亦醒語。人但知傷心在下筆之時，孰知傷心又在放筆之後？

（二）夾批：事到兩難，教中間人最是難説。寫來逼真。

（三）夾批：窮婦之當窮苦而不負其夫，正爲夫之當安樂而棄其妻者諷也。

（四）夾批：打不孝子即是打薄情郎，王四其難避此杖乎？

（下場詩）（末）病裏莫生嗔，（旦）寬心保自身。
（外）藥醫不死病，（合）佛度有緣人。

# 第二十四齣　宦邸憂思

前篇寫五娘之孝，寫五娘之貞，至矣，極矣，蔑以加矣。此篇不得不極寫義夫之義以對之。故五娘之言曰：『知他記否？』而此則曰：『料他每應不會遺忘。』婦度夫之未必爲義夫，而夫能度婦之必爲孝婦。婦疑其夫，而夫不疑其婦，則夫之厚可知也。五娘之言曰：『十里紅樓，怕戀着他人豪富。』而此則曰：『聞知饑與荒，怕挨不過歲月難存養。』婦所怕者，心之變，而初不料其勢之阻。夫所怕者，時之艱，而更不憂其節之改。是婦未能知其夫，而夫能知其婦，則夫之明可知也。此豈真婦人薄而丈夫獨厚，婦人闇而丈夫獨明哉？蓋千般磨折，萬種窮愁，五娘皆已歷盡。而爲之夫者，不過慵對酒、懶看花、欷歔嗟嘆而已。毋乃寫貞婦太重，寫義夫太輕，是以作者於此特出色描畫一義夫耳。今人讀書而不審量於輕重之間，其又何以下筆作文也？

文章有單行法，有雙關法。單行之分，不若雙關之合，則斯篇稱最善焉。前文對琴而念妻，對扇而念親，此分寫之，而親是親，妻是妻者也。即云『親衰老，妻幼嬌』，又云『妻室青春，那更親鬢垂雪』。亦有時并寫之，而究竟思親是思親，思妻是思妻者也。乃斯篇獨不然。如『携手共那人不厮放』，本是念妻，而曰『教他好看承，我爹娘』，則念妻却是念親。『忽聞鷄唱』『問寢堂上』本是念親，而曰『錯呼舊婦』，則念親却是念妻，此爲至有雙關之法者矣。夫『吁嗟闊兮』『吁嗟信兮』之悲，即爲『瞻望父兮』『瞻望母兮』而發，而『陟彼屺兮』『陟彼岵兮』之嘆，即在『角枕粲兮』『錦衾爛兮』之中，有令人不能分指其何語爲孝子之言，何語爲義夫之言者。無縫天衣，望之但成雲錦一片，豈復人間所能有哉？

從來最得意之語，莫如『洞房花燭夜，金榜掛名時』。於是有作極失意之語以反之者，曰：『失恩妃子面，下第舉人心。』乃從未有即以得意爲失意，而極失意之嘆反在極得意之事者也。如斯篇所云：『悶殺人花燭洞房，愁殺我掛名金榜。』豈非創見之奇情，絶無之奇句乎？予嘗謂『久旱逢甘雨，他鄉遇故知』二語當以倒轉爲妙，『洞房』『金榜』二語又當以交互爲妙。何謂倒轉？蓋旱久而雨，雨誠足喜，而或冒雨中途，失携雨具，容有慨嘆之人。若雨久而晴，人情無有不悦者，是不若改之曰『久雨逢晴日』之爲尤快也。漂泊他鄉，得遇故知，不過苦中得樂。若有故人遠出，久不知其存亡，而一旦來歸，卒然相逢，歡然道故，其樂何如？是不若改之曰『舊知歸故鄉』之爲尤快也。此倒轉之説也。何謂交互？人生孰無婚娶？洞房固是平常；讀書皆望科名，金榜豈爲過分？分之不異，合之斯難，是不若改之曰『佳配因金榜，君恩賜洞房』之爲尤快也。此則交互之説也。今以狀元而奉旨成婚，二者亦既交互矣，將天下之得意滿志，宜無有過於此日者，而乃加之以『悶殺人』『愁殺我』六字，則非復讀者之所能測也。試令讀者將此二語各掩下半句猜之，正不知當作若何苦語。又試各掩上半句猜之，不知當作若何快語，而不謂上下兩截一至於此。夫上下兩截之在一曲中者，前文往往有之，猶未足爲奇；若其在一句中者，則斯爲僅見。即欲不歸以才子之名，惡可得哉？

（生上）

【正宫引子·喜遷鶯】（生）終朝思想，但恨在眉頭，人在心上。鳳侶添愁，魚書絶寄，空勞兩處相望。青鏡瘦顔羞照，寶瑟清音絶響。(一) 歸夢杳，繞屏山烟樹，何處是家鄉？

〔踏莎行〕（生）怨極愁多，歌慵笑懶，只因添個鴛鴦伴。(二) 他鄉遊子不能歸，高堂父母無人管。湘浦魚沉，(三) 衡陽雁斷，音書要寄無方便。(四) 人生光景幾多時，蹉跎負却平生願。

【正宫過曲·雁魚錦】（生）思量，那日離故鄉。記臨期送别多惆悵，攜手共那人不厮放。教他好看承，我爹娘，(五) 料他每應不會遺忘。(六) 聞知飢與荒，只怕捱不過歲月難存養。(七) 若望不見我信音，却把誰倚仗？(八)

---

(一) 夾批：鏡鸞羞舞，寶瑟沉埋，五娘之言也。此亦寫鏡寫瑟，特特欲與五娘相對。
(二) 夾批：添了鴛鴦伴倒减了歌笑，增了愁怨。語極奇，情極真，出色描寫義夫。
(三) 魚：原作『漁』，據汲古閣刊本《繡刻琵琶記定本》改。
(四) 夾批：是此篇主意。
(五) 夾批：從思妻關合思親。
(六) 夾批：先寬一句。
(七) 夾批：方緊一句。
(八) 夾批：此篇專爲寄書而設，此二句是一篇主意。

【前腔換頭】思量，幼讀文章，論事親爲子須要成模樣。(一) 真情未講，怎知道喫盡多魔障？被親强來赴選場，(二) 被君强官爲議郎，(三) 被婚强傚鸞凰。(四) 三被强，衷腸事説與誰行？(五) 埋怨難禁這兩廂：這壁廂道咱是不撑達害羞的喬相識，那壁廂道咱是不念舊負心的薄倖郎。(六)

【前腔換頭】悲傷，鷺序鴛行，怎如那慈烏返哺能終養？漫把金章，綰着紫綬；試問斑衣，今在何方？(七) 斑衣罷講，縱然歸去，又恐怕帶麻執杖。(八) （哭介）天那！我只爲雲梯月殿多勞攘，落得淚雨如珠兩鬢霜。(九)

---

(一) 夾批：即五娘所云『《孝經》《曲禮》』『冬温夏清』等語也。
(二) 夾批：此五娘所知。
(三) 夾批：此五娘所未知。
(四) 夾批：此亦五娘所未知。
(五) 夾批：被强者三，而五娘只知其一，不知其二，故曰『説與誰行』也。
(六) 夾批：貪歡戀妻之説，妙在其子不辨而母代辨之。負心薄倖之言，又妙在其妻不駡而夫自駡之。
(七) 夾批：此言不得歸養。
(八) 夾批：此言縱便得歸，恐不得養矣。更轉一意，其語愈悲。
(九) 夾批：雲月雨霜，對法參差得妙。

【前腔换頭】幾回夢裏，忽聞鷄唱。忙驚問錯呼舊婦，同候寢堂上。待朦朧覺來，依然新人鳳衾和象床。(一) 怎不怨香愁玉無心緒？更思想，被他攔擋。(二) 教我怎不悲傷？俺這裏歡娱夜宿芙蓉帳，他那裏寂寞偏嫌更漏長。(三)

【前腔换頭】漫悒怏，把歡娱翻成悶腸。菽水既清涼，我何心貪着美酒肥羊？閃殺人花燭洞房，愁殺我名掛金榜。(四) 鯫地裏自思量，正是臨風不敢高聲哭，只恐猿聞也斷腸。(五)

（生）院子何在？（末扮院子上）有問即對，無問則答。相公有何分付？（生）院子，我有一事和你商量。我家中自有父母妻室，因奉親命來此赴選，幸得登科。本擬即歸，誰知被太師强招爲婿，逗留在

(一) 夾批：忽聞鷄唱，即前文所云『鷄鳴了，悶縈懷抱』也。候寢堂上，即前文所云『忽憶年來，問寢高堂早』也。乃曰幾回夢裏，則前在醒時，此在夢中。且夢又不止一時，不止一次，是比前更進一層矣。又曰錯呼舊婦，則比前更闗合兩頭矣。文有只就前文略加數字，而與前迥别者，此類是也。俗本『忙驚問』作『忙驚覺』，則下文『待朦朧覺來』如何説去？讀古本方知『問』字之妙，乃是夢裏問耳。

(二) 夾批：此『他』字指新人。『不撑達』是他怨我，『被攔擋』是我怨他。

(三) 夾批：此『他』字指舊人。前既代妻述同夢之事，此又代妻作獨愁之語。前説兩邊俱怨，此又説一邊歡一邊怨，更深一步。

(四) 夾批：自有『花燭洞房』『掛名金榜』八字以來，從未有以『閃殺』『愁殺』四字連之者。此千古奇語，今人因唱熟，故不覺其妙耳。

(五) 夾批：《臨粧感嘆》之末有五娘自慰自解之語，今此篇之末則更不能慰，更不能解。俱極寫義夫。

此，不得還家。欲待把此情告訴夫人，又怕老相公得知，只道我去了不來，如何肯放我去？因此姑且隱忍，和夫人都瞞過。且待任滿，尋個歸計。只是如今要寄一封家書回去，没個方便的人；欲特遣一人去，又恐夫人和老相公知道。你與我去外廂打探，倘有我鄉里人在此，待我順便寄一封家書回去。(一)

(末)領鈞旨。

(下場詩)(生)終朝長相憶，(末)尋便寄書尺。

(合)眼望旌捷旗，耳聽好消息。

## 第二十五齣　祝髮買葬

寫五娘之孝，而必寫至剪髮，何耶？蓋糟糠之妻，結髮之妻也。前既然爲糟糠之故而寫其喫糠，今又爲結髮之故而寫其剪髮，凡以爲棄妻者諷耳。若其文情之妙，則前於《喫糠》一篇有幾層曲折，今於《剪髮》一篇亦有幾層曲折。其初也，將言我不負夫而夫負我，先言髮不負我而我負髮；不惜我之虛度青春，而惜髮之虛度青春，其惜髮之悲，更悲於自惜矣。繼又言粧臺懶臨，釵梳典盡，固是我誤髮，而追悔當初不早剃入空門，以致今日受此千辛萬苦，則又是髮誤我。不傷今日之剪，而反傷昔日之不早剪，其悔不早剪之悲，更悲於傷其剪矣。繼又言髮幸而爲他人之髮，方以珠翠飾之；髮不幸而爲我之髮，乃以金刀剪之，

---

(一)　夾批：書不自寄，而必待鄉里人來方寄，此作者特地延遲，欲按下狀元一邊，再寫五娘一邊耳。

則髮誠足惜，然而身且不能保，何暇顧其髮？不惜剪髮之苦，而反歎惜髮之爲愚，其自歎爲愚之悲，更悲於惜其髮矣。末言我之所以不得不自剪其髮者，止爲代結髮之夫以報白髮之親之故。舉從前無數悲哀痛楚，而終歸之於孝義。嗚呼！如此之情，豈非至情？如此之文，豈非至文哉？

忠者，死忠；孝者，未嘗不死孝。然可以死而死，則死爲孝；不可以死而死，則死爲非孝。故孝子愛其身於親存之日，有『不登高、不臨深』之説。愛其身於親亡之後，又有『毁不危身爲無後也』之説。今東嘉之寫五娘，亦有然者。前在請糧之時欲死而未敢，恐親之生無以養也；及至賣髮之時又欲死而未敢，恐親之死無以葬也。夫爲親而愛其身，則非愛身，仍是愛親耳。其曰『暴露兩屍骸，誰人與葬遮蓋』，固甚惜其死；其曰『把公婆埋葬，奴便死何害』，則原不惜其死。至其對張公之言曰『恐奴身死，誰還你恩債』，則既以不能爲親謀葬而惜其死，又以不能爲親報恩而惜其死，何柔腸之曲折乎？一孝心之婉篤而已矣。蓋有不輕一死之情者，寧必無猛拚一死之志？而有猛拚一死之烈者，又自有不輕一死之謀。當其矢死靡他，不但髮可捐，身亦可捐；當其不敢毁傷，不但身可愛，髮亦可愛。而至其斟酌於輕重之間，則身可留，髮不可留；髮可棄，身不可棄。論孝子之道，誠莫備於斯篇與！

（旦上）

【雙調引子·金瓏璁】（旦）饑荒先自窘，那堪連亡雙親。身獨自，怎支分？衣衫都典盡，首

飾并没半分。思量無計策，只得剪香雲。〔一〕

〔蝶戀花〕（旦）萬苦千辛難擺撥，力盡心窮，兩淚空流血。裙布釵荊今已竭，萱花椿樹連摧折。金刀盈盈明似雪，遠照烏雲，掩映愁眉月。〔二〕一片苦心難盡説，一齊分付青絲髮。奴家前日没了婆婆，謝得張太公周濟。今公公又没了，無錢資送，不好又去求他。我想起來，没奈何，只得把我頭髮剪下，賣幾貫錢鈔，爲送終之用。雖然這頭髮所值不多，也只把他做個意兒，恰似教化一般。真好苦也！

【南吕過曲·香羅帶】（旦）一從鸞鳳分，誰梳鬢雲？粧臺懶臨生暗塵，〔三〕那更釵梳首飾典無存也。頭髮，是我擔閣你虚度青春。如今又剪你，資送老親。〔四〕頭髮呵，你莫怨奴身也。怨只怨着結髮薄倖人。〔五〕

〔一〕夾批：婦人所最愛者，髮也。而有時氣苦不過，又輒捐其所愛以示憤懣之意。於是有怨其親而剪髮者矣，有恨其夫而剪髮者矣，有欲拋棄其家而剪髮者矣，未有以孝而剪髮者。是何今之婦人剪髮則學五娘，而孝則不學五娘也？

〔二〕夾批：『雪』『雲』『月』三字用得好。

〔三〕臺：原作『室』，據汲古閣刊本《繡刻琵琶記定本》改。夾批：三句與《臨粧感嘆》一篇相照。

〔四〕夾批：髮在我身，髮即我也，乃指髮爲你。本是擔閣我，却説是擔閣你；本是我資送老親，却説你是資送老親。俱絶奇之語。

〔五〕夾批：此句是通篇主意，妙在呼髮而告之。不是我怨夫，却教髮怨夫，真正奇妙絶倫。俗本將『莫怨奴身也』改作『剪髮傷情也』，便索然無味。

【前腔】（旦）思量薄倖人，辜奴此身，我欲剪未剪先淚零。悔不當初早披剃入空門也，做個尼姑去，今日免艱辛。(一) 咳！只有我的頭髮恁般苦。少甚麼佳人的，珠圍翠擁蘭麝熏。(二) 呀！我又痴了。我似這般狼狽呵，便身死也兀自無埋處，說甚麼剪頭髮愚婦人！(三)

【前腔】（旦）堪憐愚婦人，單身又貧。我待不剪頭髮呵，開口告人羞怎忍？我待剪他呵，金刀下處應心疼也。把這堆鴉髻，舞鸞鬢，與烏鳥報答鶴髮親。可憐霧鬢雲鬟女，斷送着霜鬟雪鬢人。(四)（旦剪髮哭介）

【南呂引子・臨江仙】（旦）連喪雙親無計策，只得剪下香鬟。非奴苦要孝名傳，(五) 正是上山擒虎易，開口告人難。

（旦）頭髮既已剪下，不免將去貨賣。（行介）

---

(一) 夾批：如此說來，却不是我擔誤頭髮，倒是頭髮擔誤了我。絕曲之想，絕真之語。

(二) 夾批：此即前文所云『金鳳斜飛鬢雲矗』也。髮之苦樂不同，暗與牛氏對照。

(三) 夾批：轉筆甚快，轉意愈苦。

(四) 夾批：堆鴉舞鸞、霧鬢雲鬟，髮之可愛者也。鶴髮霜鬟雪鬢，髮之不足惜者也。今反爲了鶴髮霜鬟雪鬢而割却堆鴉舞鸞、霧鬢雲鬟，其痛何如？『鴉』『鸞』『鳥』『鶴』『霧』『雲』『霜』『雪』等字用得好。

(五) 夾批：孝者不欲有孝名，只爲不得已耳。

【南吕過曲・梅花塘】(旦)賣頭髮，買的休論價。念我受飢荒，囊篋無些個。丈夫出去，那堪連喪了公婆，没奈何，只得剪頭髮資送他。

(旦)呀！怎的叫了這半日，没有人來買？(一)

【香柳娘】(旦)看青絲細髮，看青絲細髮，剪來堪愛，如何賣也没人買？(二)這饑荒死喪，這饑荒死喪，怎教我女裙釵，當得恁狼狽？況連朝受餒，況連朝受餒，(三)我的脚兒怎擡？其實難捱。(四)

【前腔】(旦)往前街後街，往前街後街，并無人買。我待再叫一聲，咽喉氣噎，無如之奈。(五)我如今便死，我如今便死，暴露兩屍骸，誰人與遮蓋？(六)咳！我到底是死，但得這頭髮就賣，這

(一) 夾批：以如此苦情告人，而人無有應者，作者駡世極矣。
(二) 夾批：前是惜頭上之髮，此是惜手中之髮。髮在頭上既已無可奈何，而剪落髮在手中又以不遇仁人而莫售，何五娘之髮不幸至此？
(三) 夾批：補寫賣髮以前之受餒。
(四) 夾批：不惟頭爲之光，而脚亦爲之憊。
(五) 夾批：不惟脚走不動，喉亦叫不出矣。
(六) 夾批：説到此處，惟有一死。而算到兩屍骸，却又死不得。

頭髮就賣，賣了把公婆葬埋，奴便死何害？(一)

（旦跌倒介）（末扮張太公上）慈悲勝念佛，作惡枉燒香。今日蔡老員外病勢若何，我且去看他一看。（見旦介）呀！五娘子，你爲何倒在此？（旦）太公可憐，救我一救。（末用杖扶旦起介）五娘子，你手中拿着頭髮做甚麽？（旦）奴家公公又没了，無錢資送，只得把自己頭髮剪下，欲賣幾文錢，爲送終之用。（末哭介）原來你公公又死了。你怎不來告我，却便把頭髮剪下？（旦）幾番擾累了太公，不敢又來相告。（末）咳！説那裏話！

【前腔】（末）你夫君曾付託，你夫君曾付託，我怎生違背？你無錢使用，我須當貸。(二) 你將頭髮剪下，將頭髮剪下，又跌倒在長街，都緣我之罪。(三) （合）歎一家破敗，歎一家破敗，否極何時泰來？各出珠淚。(四)

【前腔】（旦）謝公公慷慨，謝公公慷慨，把錢相貸，我公婆在地下相感戴。(五) 還恐奴身死也，

(一) 夾批：看他纔説死，忽轉到不死。既説不死，忽又轉到死。妙筆，圖活如珠！

(二) 夾批：追照前文『託在鄰家，事体相關』等語。今人若説過便忘之矣，偏是他記得。

(三) 夾批：不惟無德色，而反引罪。極寫長者，以諷今人。

(四) 夾批：不惟剪髮者出淚，而見其髮者亦不得不淚。悲在『各』字。

(五) 夾批：此言死者之感恩而不能報。

恐奴身死也，兀自没人埋。公公，誰還你恩債？（一）（合前）

（末）五娘子，你且回去，我且着人送些錢鈔來，與你資送公公。（旦）如此，多謝周濟。公公，請收了這頭髮。（二）（末）咳！難得，難得。這是孝婦的頭髮，剪來資送公婆的。待我收去，留在家中，不惟流傳做個話名，後日蔡伯喈回來，將與他看，也使他惶愧。（三）

（下場詩）（末）剪下香雲送老親，可憐孝婦受艱辛。

（旦）空中伸出拿雲手，提起天羅地網人。

## 第二十六齣　拐兒紿誤

甚矣，作《琵琶》者之善於謀篇也！自《宦邸憂思》之後，若竟無寄書之人，則蔡狀元一邊如何便放得下？若真有寄書之人，則趙五娘一邊如何出色再寫？於是不得已而特地算出《拐兒紿誤》一節，極似閒文，而實則正文中之關目處也。然其注意在正文，故於閒文點綴，只一筆兩筆而已。後人以一拐兒爲不足，又添演一拐兒，因遂有大騙、小騙一段文字。雖最爲醒世妙筆，而孰知東嘉之意則以正文爲重，而以閒

（一）夾批：又言生者之感恩而亦恐不能報，更是感極痛極之語。

（二）夾批：仍結到賣髮，妙！

（三）夾批：如此結局頭髮，關目大妙。脱不如此，便没收煞矣。

文爲輕，正不必如後人之捨正文而徒事閒文也。

客問予曰：《琵琶記》『拐兒假書』一篇，毋乃爲高先生敗筆？予曰：何用知其爲敗筆？客曰：豈有子而不識其父之筆跡者？豈有父之手書而他人能冒之者？必也，蔡公不識字而倩人代筆則可。乃遺囑與媳婦則自寫之，獨至寄書與孩兒則不自寫之，有是事否？予笑曰：如客所言，則其子中狀元，而其親至於餓死，客亦以爲有是事否？本無蔡公，何有拐兒？本無拐兒，何有假書？無中生有，原不得執之爲有。然則以假當真，何妨權之以爲真哉？

（淨扮拐兒上）

【仙吕入雙調·打毬場】（淨）幾人價爲拐兒，撮空説謊，惟有我爲最。(一) 遮莫你是怎生俌俏的，也落在我圈套内。

（淨）自家撮空爲活計，掏摸作生涯。劍舌鎗唇，伶俐的也弄得他懵懂；虛脾甜口，慳吝的也哄教他粧風。姓名到底無真，鄉貫何曾有定？粧成圈套，見者便自入來；做就機關，入者怎生出去？騙了鍾馗手裏寶劍，拐了洞賓瓢裏仙丹。(二) 果是來無跡，去無踪，對面騙人如撮弄；縱使和你行，和你坐，當場賺你怎埋冤？拐兒陣裏先鋒，哄局門中大將。何用掘牆挖壁，强如黑夜偷兒。不索挾斧持刀，真個

---

(一) 夾批：突然寫一撮空之人，此一作者撮空之筆。

(二) 夾批：鍾馗、洞賓并非漢人，却偏要明明借用。妙！

白晝劫賊。[一]閒話休提，近日打聽蔡狀元家住陳留，父母在堂，久無消息，如今要寄家書回去。我在陳留走得熟，頗習語音，不免粧做陳留人，假寫他父母家書遞去，討他回音。倘或他要附帶些金帛回去，却不是我一個小富貴？便不然，也索騙他些路費。來此已是蔡狀元府前，不免逕入。（末扮院子上）侯門深似海，不許外人敲。（見介）你是何人？來此何幹？（浄）小子從陳留來，有蔡狀元的家書在此。（末）呀！我相公正要寄家書回去，你來得恰好，待我請相公出來。相公有請。（生上）

【商調引子·鳳凰閣】（生）尋鴻覓雁，寄個音書無便。漫勞回首望家山，和那白雲不見。[二]淚痕如綫，想鏡裏孤鸞影單。[三]

（末）告相公，外廂有人從陳留來，稍得相公的家書在此。（生）快請相見。（浄見生介）小子奉老相公尊命，特寄書到此。（生）多勞了。（浄遞書生看念介）

【仙吕過曲·一封書】（生）一從你去離，我在家中常念你。功名事怎的？想多應折桂枝。幸得爹娘和媳婦，各保安康無禍危。謝天地，且喜家中都安樂。見家書，可知之，及早回來莫

[一] 夾批：數語寫出一個極惡極妙拐兒。
[二] 夾批：此是念親。看他將望雲思親，舊話翻出新句，妙甚！
[三] 夾批：此是念妻。又與五娘所云『鏡鸞羞自舞』句對照。

待遲。[一]

（生）咳！我豈不要回去？争奈不由我做主。院子，你引鄉親到後堂茶飯，待我就寫封家書附回去；一面取些金珠碎銀過來。（末）理會得。（末引浄下）（生寫書介）

【越調過曲·下山虎】（生）男邕百拜大人尊前：一自離膝下，頓經數年。目斷萬里關山，鎮日望懸。一向那堪音信斷。名利事，歎牽縮，漫勞人珠淚漣。上表辭金殿，要辭了官，争奈君王不見憐。

【蠻牌令】（生）忽爾拜尊翰，激切意懸懸。幸喜爹娘和媳婦，盡安健。奈兒身淹留旅邸，不能勾承奉慈顔。匆匆的聊附寸箋，草草伏乞尊照不宣。[二]

（末引浄上）（生）鄉親，我這一封書，并這金珠，託你將到家中，與我老相公收下。説我早晚便回家，教家中放心，不須憂慮。（浄）小子理會得。（生）這些碎銀，送與鄉親爲路費。（浄）多謝！

【中吕過曲·駐馬聽】（生）書寄鄉關，説起教人心痛酸。八旬爹娘，兩月妻房，隔涉萬水千

---

[一] 夾批：儼然是一封書，與曲名巧合。

[二] 夾批：自『男邕百拜』至『尊照不宣』，看去直是書札，唱之則成歌曲。前有一表，後有二書，此等文字不得不讓元人獨步，元人又不得不讓東嘉獨步也。書中并不提起入贅相府，妙有深情。後文『迎親』一篇小姐分付李旺曰：『你休説新婚牛氏宅』，故此處書中亦不説起，正爲後文留地步也。

山。啼痕緘處翠綃斑，夢魂飛遶銀屏遠。(一)（合）報道平安，想一家賀喜，只説即日再相見。(二)

【前腔】（生）遥憶鄉關，有個人人凝望眼。他頻看飛雁，望斷孤舟，倚遍危欄。見這銀鈎飛動彩雲箋，又索玉筯界破殘粧面。(三)（合前）

【前腔】（浄）西出陽關，却歎今朝行路難。（末）念取經年遠別，跋涉萬里程途，帶着一紙雲箋。（浄）只怕豺狼紛擾路途間，雁鴻不得到家鄉畔。(四)（合前）

（下場詩）（生）憑伊千里寄佳音，（末）説盡離人一片心。

（浄）須知離别經多載，（合）方信家書抵萬金。

---

(一)　夾批：誤以爲猶得再相見面，尚曰『心痛』，尚曰『淚斑』，尚曰『夢繞』。若知其不得再見，則其心之痛、淚之斑、夢之繞又宜何如矣？皆極寫狀元。

(二)　夾批：二曲俱以『平安』『賀喜』『再相見』作結，皆極力反跌後文。

(三)　夾批：此曲專照五娘，是作者本意。前言我寄書時不免下淚，此言彼看我書時亦必不免下淚，更極婉曲。俗本將此一曲誤作院子唱，好笑！

(四)　夾批：借寄書人口中説書之難寄，則前之無書與後之無書，俱於此補出緣故，用筆最妙。

# 第二十七齣　感格墳成

左丘明好奇，往往言鬼言夢；司馬遷好奇，亦往往言鬼言夢。然左、馬之鬼與夢，本有是事而形容之耳。若未嘗有是事而憑空揑造，則如今人之作傳奇，每至説不去處，便造出一夢、揑出一鬼。此因水盡山窮，文思已竭，故不得已而爲之，非才子之所屑也。乃才如東嘉，而亦作此等筆墨，其意何居？曰：才人固不屑言鬼與夢，而獨至於寫忠孝，則不妨言鬼與夢。蓋忠能格帝，孝能感神，故勤勞至而風雷應，孝經成而天命降。他如孟宗、郭巨、王祥、庾黔婁之事，無不有蒼蒼者爲之鑒臨，冥冥者爲之呵護。則《感格墳成》一篇，爲天下勸孝，莫切於此矣！使讀者不患孝行之難成，而但患孝心之未篤。人心如是，天心亦如是，夫而後世之疑於孝、憚於孝者，庶幾其感而思奮焉。然則東嘉之言鬼言夢，直與《中庸》之論孝而推及受禄於天同一妙旨，又非特如左丘、司馬之僅僅好奇而已。

東嘉言鬼言夢以勸孝，妙已。乃又恐讀者之泥以爲真，而責報於天也。倘泥以爲真而責報於天，則天既託夢於孝婦，曷不託夢於孝子？天既助之於築墳之日而使其墳得成，曷不助之於養親之日而使其親不死？〔一〕令俗手於此，欲勉强斡旋，何處不可夢？何處不可鬼？而東嘉只偶着一筆，又即借小鬼口中隨手抹倒，以見其游戲三昧，直將筆墨還諸太虛。是於言鬼言夢之中，却有未嘗言鬼、未嘗言夢之妙。嗚

〔一〕使：原作「死」，據文義改。

呼！非神於文、化於文者，惡能有此哉？

此篇只『骨血之親』一句是全部關目。猶記狀元辭婚之言曰：『怎如我自家骨血？』蓋以糟糠之妻爲骨血之親也。東嘉止因『骨血之親』四字，便生出血流染骨一段奇思；而轉折之妙，更有出人意表者。忠臣之血，染帝衣而勿澣；孝婦之血，染親骨而同埋。染衣之血，帝能知之；染骨之血，親不能知之。不但親以不在而不能知之，即夫固自在而亦不能知之。夫盡孝於有人知我之地猶易，盡孝於無人知我之地甚難。然則不求人知之孝，其孝斯至耳。而乃忽轉一語曰『也教人稱道』，抑獨何歟？蓋於莫憐莫惜之處强作自勸自勉之言，孝心之苦已極，不得已而慰之以名心。縱我不求人知，而人必我知；人縱不知，而天地鬼神必能見知，於是引出山神、土地、猿、虎二將來。如此下筆，豈今日隨口胡謅、隨手亂寫者所能仿佛其分毫矣！

（旦上）

【南吕引子・掛真兒】（旦）四顧青山静悄悄，思量起暗裏魂消。黄土傷心，丹楓染淚，漫把孤墳獨造。〔一〕

〔菩薩蠻〕（旦）白楊蕭瑟悲風起，天寒日淡空山裏。虎嘯與猿啼，〔二〕愁人添慘悽。窮泉深杳杳，長夜何

〔一〕夾批：寫得情景淒清，如聽雍門之瑟。

〔二〕夾批：暗照後文猿、虎。

由曉。灑淚泣雙親，雙親聞不聞？(一) 奴家自從喪了公婆，十分狼狽。昨承張太公將公婆靈柩送至山中，免不得造墳安葬。争奈無錢倩人，只得自家搬泥運土。(二) 好苦也！（把裙包土介）

【南呂過曲・二犯五更轉】（旦）把土泥獨抱，麻裙裹來難打熬。空山寂靜無人弔，(三) 但我情真念切，到此不憚勞。(四) 何曾見葬親兒不到？(五) 説甚麼三匝圍喪，那些個卜其宅兆？(六) 思量起，是老親合顛倒。公公，你圖他折桂看花早，不想自把一身，送在白楊衰草。(七) 漫自苦，這苦憑誰告？(八)

【前腔】（旦）我只憑十爪，如何能彀墳土高？只見鮮血淋漓濕衣襖。苦！我形衰力倦，死

---

(一) 夾批：慘絶！
(二) 自家：原闕，據汲古閣刊本《繡刻琵琶記定本》補。
(三) 夾批：劉孝標所謂『門無漬酒之客，野乏動輪之賓』也。
(四) 夾批：孝者以情之所至而有此事，作者亦以情之所至而有此文。
(五) 夾批：不但弔客不來，連親兒亦不到，其情愈悲。
(六) 夾批：葬不能卜，是草草而葬，其情愈悲。
(七) 夾批：既痛兒之不能葬親，又痛親之不合遺兒。
(八) 夾批：既痛親之不合自苦，又痛親之有苦莫告，令讀者腸爲之折。

也只這遭。罷罷！骨頭葬處，任他血流好，(一)這唤做骨血之親，(二)也教人稱道。教人道趙五娘真行孝。(三)（哭介）天那！(四)我心窮力盡形枯槁，只有這鮮血，到如今也出盡了。怕待得墳成後，我的身難保。(五)

（旦）我氣力用乏，身子困倦，不免就此畧睡一回。

【仙吕引子·卜算子先】（旦）墳土未曾高，筋力還先倦。

（旦睡介）（外扮山神上）善哉！善哉！吾乃當山土地，奉玉帝敕旨，爲見趙五娘行孝，特令差撥陰兵，助他築墳。不免唤出南山白猿使者，北嶽黑虎將軍前來聽用。猿、虎二將何在？（净、丑扮猿、虎上）（外）吾奉玉帝敕旨，特差汝等率領陰兵，帮助孝婦趙五娘築造親墳。務要頃刻成工，不得驚動孝婦。（净、丑）領法旨。（造墳介）告大聖，墳已造成了。(六)（外）墳既造成，待我唤起趙五娘來，分付他幾句。

(一) 夾批：以生者之血殉死者之骨，身不能從親於地下而血從之，如身從之也。

(二) 血：原作『肉』，據汲古閣刊本《繡刻琵琶記定本》改。

(三) 夾批：孝者原不欲有孝名，只因情到最苦處無以自慰，故不得已而以孝名自慰耳。

(四) 夾批：呼天告語，爲下文天遣鬼神相助作引。

(五) 夾批：忠臣淚盡則繼以血，孝婦淚盡則將繼以身。

(六) 夾批：如此一段文字，只因上文『天那』二字引將出來。世有孝婦，人不能憐之而鬼神憐之，猿、虎亦憐之。人不如鬼神，猶可言也；人不如猿、虎，不可言也。

【仙吕入雙調・好姐姐】（外）五娘聽吾道語：　吾特奉玉皇敕旨，憐伊孝心，故遣陰兵來助你。（合）墳成矣，别了二親尋夫婿，改换衣粧往帝畿。(一)

（外）趙五娘，你好生記着，我去也。正是：　大抵乾坤都一照，免教人在暗中行。（外引浄、丑下）（旦醒介）

【仙吕引子・卜算子後】（旦）夢裏分明有鬼神，想是天憐念。(二)

（旦）怪哉！　怪哉！　適間似夢非夢，見神人分付道：　墳已造成，教我前往京畿尋取丈夫。　我想獨自一身，幾時能勾墳成？（起看介）呀！　果然這墳臺都造成了。　謝天地！　分明是神通變化。

【南吕過曲・二犯五更轉】（旦）怨苦知多少？　只道兩三人同做餓殍。　公公、婆婆，今日幸賴神力，成此墳臺，先靈已得安妥。　只是我未曾葬你之時，也還像相親傍你一般；　如今葬了呵，窮泉一閉無日曉，嘆如今永别，再無由相倚靠。(三)　我死和公婆一處埋，也得相奉侍。　只愁我死在他鄉

(一)　夾批：　後文改粧赴京一段奇思，却先從夢中輕輕逗出。　妙甚！

(二)　夾批：　只一曲而中間夾斷，如横雲斷嶺，是絶奇文字。

(三)　夾批：　既葬則曰反而亡焉，故既葬之悲，悲於未葬數語，抵得《檀弓》一篇、《喪記》數卷。

中道，我的骨頭何由來到？（一） 從今去，這墳呵，只願得中乾燥，福子蔭孫也都難料；（二） 便蔭得三公，濟不得親枯槁。（三） 淚暗滴，復把蒼天禱。（四）

（末扮張太公、丑扮家僮持鋤器上）

【正宮近詞・剗鍬令】（末）悲風四起吹松柏，白雲暗淡日無色。（丑）虎嘯與猿啼，（五）怎不慘慽！（合）趲步行來都到峭壁，好與孝婦添助氣力。（六）

（末）老夫張廣才。（七） 只爲蔡老員外夫妻相繼棄世，虧殺他媳婦趙五娘子支持。如今聞得他把裙包土，築造墳臺。我想人家造一所墳，没有千百造不成，他獨自一個女流，如何成得？ 不免帶着家僮，去與他添助些氣力則個。呀！好怪！如何墳都造成了？（旦見末介）大公，奴家方纔夢見鬼神助我築造

---

（一） 夾批：既以血殉骨，還恐不能以骨殉骨。至情至文。

（二） 夾批：但願死者之安，而不求生者之福，凡葬親者皆當如是。

（三） 夾批：便令生者有福，而死者已是没福矣。言之痛心。

（四） 夾批：禱其中之乾燥，非禱其福子蔭孫也。俗手於此，必因墳之成而寫其幸、寫其喜。東嘉偏於葬之後而更寫其哀、寫其禱。哀無已，禱亦無已。嗚呼！豈非至情至文哉！

（五） 夾批：又與上文猿、虎相照。

（六） 夾批：張公若早來，不見鬼神之奇；若不來，不見長者之義。

（七） 夾批：至此方寫張公自通名字，可見作者游戲三昧，意在王而不在張也。

墳臺，又教我往京畿尋取丈夫。及至醒來，墳果然造成了。（丑）有這等奇事？（末）五娘子，這都是你孝心所感。

【仙吕入雙調·好姐姐】（旦）太公，念奴血流滿指，奈獨力墳成無計。深感老天，暗中相護持。（合）墳成矣，別了二親尋夫婿，改换衣粧往帝畿。(一)

【前腔】（末）五娘子，老夫帶着小使，待與你添些力氣，誰知有神暗中相救濟？(二)（合前）

【前腔】（丑）你每真個見鬼，這松栢孤墳在何處？恰纔小鬼是我粧扮的。(三)（合前）

（下場詩）（末）孝心感格動陰兵，（旦）不是陰兵墳怎成？

（丑）萬事勸人休碌碌，（合）舉頭三尺有神明。

繪風亭評第七才子書琵琶記卷四終

---

(一) 夾批：此處復與山神一曲相接，又用横雲斷嶺之法。

(二) 夾批：人但疑山神之奇爲未必有，亦思張公之義又豈世間之所有乎？

(三) 夾批：以爲夢真是説夢，以爲鬼真是見鬼。才人遊戲之筆與俗手粘滯者不同。

# 繪風亭評第七才子琵琶記卷五

## 聲山别集

### 第二十八齣　中秋望月

《琴訴荷池》之末有『只恐西風又驚秋』一語，於是便生出《中秋望月》一篇文字來。可見才子之文，隨風起浪，皆成妙致。當其前閒閒下得一筆，并未計及後文將借作波瀾，而數幅之後，妙筆所至，却已不覺遥遥接着。正如善丹青者，墨瀋潑紙，偶成微痕，初似無關輕重，而少頃點染所及，便借勢寫作雲山烟樹，竟别成一幅絶妙圖畫，斯真化工之手。彼傖父者，每構一文，必起爐作竈，費盡氣力。自以爲憑空出奇，乃殊不足當才子一笑也。

春夏秋冬皆足動愁人之嘆，而秋爲最；風花雪月皆足觸離人之感，而月爲最。況月而當秋，則月色加一倍清幽；秋而有月，則秋光加一倍澄徹。是以『新篁池閣』之文，未嘗無新月一鈎，而作者但借『枕欹寒玉，扇動齊紈』，略點離愁之致而已。獨至此篇，則處處寫狀元之離愁，即丑、浄口中亦皆閒閒襯染。其關切本旨有多於前篇者，豈非以秋月之感人深哉？予嘗安坐一室，無所思念。不知何故，對夜月便似相思，對涼秋便似離别。若在離人愁人，其又何能堪此？然則東嘉之筆，非直才子之筆也，亦才子之情爲之耳。

《琵琶》寫月，《西厢》亦寫月。然《西厢》之寫月也，曰『花陰寂寂春』，曰『隔墻花影動』，是春月，非秋月也。寫會合則宜於春寫之，寫離愁則宜於秋寫之。猶是月也，而託興不同，爲時亦異。雖欲求一字之相類，不可得已。

（貼扮牛氏、浄扮老姥姥、丑扮惜春隨上）

【大石調引子・念奴嬌】（貼）楚天雨過，正波澄木落，秋容光浄。〔一〕誰駕玉輪來海底，碾破琉璃千頃。〔二〕（浄、丑）環珮風清，珠簾露冷，人在清虚境。（合）珠簾高捲，小樓無限佳興。〔三〕

〔臨江仙〕（貼）玉作人間千萬頃，銀葩點破瑠璃。（浄）瑶臺風露冷仙衣，天香飄到處，此景有誰知？（丑）未審明年明夜月，此時此景何如？（貼）朱簾高捲醉瓊巵，（合）正是：莫辭終夕勸，動是隔年

〔一〕夾批：二句是寫秋。將寫月明，先寫雨過。月從雨後，倍加明也。

〔二〕夾批：二句是寫月。

〔三〕夾批：五句是寫人。

期。（貼）老姥姥、惜春，今夜中秋，月色澄清，你與我請相公出來賞玩則個。（淨、丑）相公有請。（生上）

【南呂引子・生查子】（生）逢人曾寄書，書去神亦去。[一]今夜好清光，可惜人千里。[二]（貼）相公，今夜中秋，月色可愛，特請你出來賞玩。（生）月色有甚好處？（貼）怎的不好？〔酹江月〕你看玉樓金氣捲霞綃，雲浪空光澄徹。丹桂飄香清思爽，人在瑤臺銀闕。（生）影透鳳幃，光窺羅帳，露冷蛩聲切。關山今夜，照人幾處離別。[三]（淨）須信離合悲歡，還如玉兔，有陰晴圓缺。[四]便做人生長宴會，幾見冰輪皎潔？（丑）此夜明多，隔年期遠，莫放金樽歇。（合）但願人長久，年年同賞明月。（淨、丑送酒，生、貼飲介）

【大石調過曲・念奴嬌序】（貼）長空萬里，見嬋娟可愛，全無一點纖凝。[五]十二闌干光滿處，涼浸珠箔銀屏。[六]偏稱，身在瑤臺，笑斟玉斝，人生幾見此佳景？唯願取年年此夜，人

[一] 夾批：照應寄書，可見前文拐兒不是閒筆。
[二] 夾批：纔見月色，便動相思。
[三] 夾批：隱然說出心事。
[四] 夾批：暗合狀元心事。
[五] 夾批：此三句從上而寫，是所同也。『萬里』二字打動狀元家鄉之思，『嬋娟』二字打動狀元妻房之想。
[六] 夾批：此二句從下而寫，是所獨也。

月雙清。(一)

【前腔换頭二】(生)孤影,(二)南枝乍冷,見烏鵲縹緲驚飛,棲止不定。(三)萬點蒼山,何處是,脩竹吾廬三逕?(四)(背介)追省,丹桂曾攀,嫦娥相愛,故人千里漫同情。(五)(轉介)(合前)(六)

【前腔换頭三】(貼)光瑩,我欲吹斷玉簫,乘雲歸去,不知風露冷瑶京。環佩濕,似月下歸來飛瓊。(七)(净、丑)那更,香霧雲鬟,清輝玉臂,廣寒仙子也堪并。(八)(合前)

---

(一) 夾批:《高堂稱慶》之詞曰:『願歲歲年年,人在花下,常斟春酒。』此『人』字兼指父母夫妻。今云:『年年此夜,人月雙清。』此『人』字專指夫妻,而又一妻在一妻不在,狀元聽之,能無悲乎?

(二) 夾批:小姐結語正説一『雙』字,狀元開口便説一『孤』字,苦樂大異。

(三) 夾批:三句從曹孟德『月明星稀,烏鵲南飛。繞樹三匝,無枝可依』四句化來。

(四) 夾批:因鳥不歸巢觸起人不歸家之歎。二句從唐詩『日暮鄉關何處是』化來。

(五) 夾批:天上一嫦娥,席間又一嫦娥;兩嫦娥無二也。席間有一嫦娥,而千里外又有一嫦娥,兩嫦娥亦無二也。因天上而念人間,因新人而念故人。如此落想,真是妙想;如此描情,真是至情。

(六) 夾批:狀元亦言『人月雙清』,而其所願之人正不止在牛氏也。

(七) 夾批:寫月下美人飄飄欲仙,另有一種風致。

(八) 夾批:俗本誤將此二句亦作牛氏唱,則賢媛不應自誇乃爾。

【前腔換頭四】（生）愁聽，吹笛《關山》，敲砧門巷，月中都是斷腸聲。（一）人去遠，幾見明月虧盈。（二）惟應，邊塞征人，（三）深閨思婦，（四）怪他偏向別離明。（五）（合前）

【中呂過曲・古輪臺】（浄）峭寒生，鴛鴦瓦冷玉壺冰，欄干露濕人猶凭，貪看玉鏡。況萬里清明，皓彩十分端正。三五良宵，此時獨勝。（丑）且把清光都付與，酒杯傾。從教酩酊，拚夜深沉醉還醒。酒闌綺席，漏催銀箭，香銷金鼎。斗轉與參横，銀河耿，轆轤聲已斷金井。（六）

【前腔換頭】（浄）閒評，月有圓缺與陰晴，人世有離合悲歡，從來不定。（七）深院閒庭，（八）處處

（一）夾批：『吹笛』句是客，『敲砧』句是主。
（二）夾批：從唐詩『離家見月幾回圓』化來。
（三）夾批：此是客。
（四）夾批：此是主。
（五）夾批：從唐詩『秋宵偏爲一人長』化來。只此一曲，抵得江淹《恨賦》《別賦》兩篇。
（六）夾批：寫夜深、寫久坐，止因月色之佳，令人不能捨耳。不必字字寫月，却已字字寫月矣。
（七）夾批：又暗合狀元心事。
（八）院：原作『沉』，據汲古閣刊本《繡刻琵琶記定本》改。

有清光相映。也有得意人人，兩情暢詠；也有獨守長門伴孤另，君恩不幸。[一]（丑）想廣寒仙子娉婷，孤眠長夜，如何捱得更闌寂静？[二]此事果無憑。但願人長久，小樓翫月共同登。[三]

【餘文】（浄、丑）聲哀訴，促織鳴，（貼）俺這裏歡娱未罄，（生）有幾處寒衣織未成。[四]

（下場詩）（貼）今宵明月正團圓，（生）幾處淒涼幾處喧。

（浄）但願人生得長久，（丑）年年千里共嬋娟。

## 第二十九齣　乞丐尋夫

將寫五娘之尋夫，而先寫其畫真容。此真孝婦之能描舅姑耶？一東嘉之善描孝婦也。描真容者，兩月優游不可描，則但描其饑荒消瘦。而『饑症候』『苦心頭』又不可描，則但描其望孩兒之睁睁兩眸。夫描

---

[一]　夾批：　上文以月之圓缺、陰晴不定比人之離合悲歡不定。此則言同在明月清光中之人，而其離合悲歡又各自不同。寫宫怨映着閨怨，令人想到趙五娘一邊。

[二]　夾批：　不説人間有孤眠之美人，却嘆天上有孤眠之仙子。只就本題發揮，更自親切。小姐以嬋娟爲可愛，惜春以嬋娟爲可憐，又打動狀元心事。

[三]　夾批：　嗟嘆嫦娥孤另，恐言太悲涼，故急以此三語作收科。看他那轉筆處，真有驚鴻游龍之妙。

[四]　夾批：　從唐詩『寒衣處處催刀尺』化來。

至於睁睁兩眸，而傳神正在阿堵中矣。《南浦囑别》之言曰：『如何教我割捨得眼睁睁？』此夫妻相親之睁睁四眸也。今日望孩兒的睁睁兩眸，則父母各自獨望之睁睁兩眸也。夫視妻而妻在，妻視夫而夫在，則相對之睁睁彼此互知。父不視母而獨望子，母不視父而獨望子，則望空之睁睁子何能見？妻之兩眸在夫，而夫之兩眸亦在妻，則正目相看，其睁睁者易傳；婦之兩眸在舅姑，而舅姑之兩眸不在婦，則從旁之斜睇，其睁睁者難寫。於是描之既就，則傳神寫照，有在紙上之睁睁兩眸；而描之未就，則停毫凝目，又有握筆者之睁睁兩眸。彼紙上之兩眸既有孝婦爲之描畫，而握筆者之兩眸又孰從而描畫之哉？想其握筆未下之時，是媳婦意中之兩眸，止念其睁睁望着孩兒；及其描畫既成之際，則舅姑紙上之兩眸，又如見其睁睁看着媳婦。兩眸之在意中，思之而不禁淚落，然則兩眸之在紙上，見之而又安得不淚落乎耶？是以孝婦之描舅姑，僅描之於描舅姑之時；而東嘉之描孝婦，則又描之於未描之前與既描之後。未描之前，先有不堪描、不忍描之悲；既描之後，又有我能認、子不能認之嘆。描之至此，亦既極情盡致矣，而不謂其殊未已也。既描其寫真，又描其拜墓。攜着畫上睁眸之舅姑，既已緊緊相隨，而念及墓中瞑眸之舅姑，又復悽悽作别，望其來相保佑。則畫上之睁眸者固自如生，而悲其不能保佑，則墓中之瞑眸者終成杳隔。種種哀傷，層層嗟悼，嗚呼！東嘉之描孝婦，不更妙於孝婦之描舅姑哉？

狀元而有乞丐之妻，狀元之辱也。然不乞丐必至於失節，不失節必至於乞丐，是不乞丐乃足辱狀元，而乞丐不足辱狀元也。且乞丐不足辱，而爲豪門之婿則深足辱。東嘉寫五娘而必寫其乞丐，正見富貴之中多負心，而乞丐之中有節義。特以爲貴易交、富易妻者諷耳。推彼貴易交、富易妻者之心，必不以妻之乞丐而敬之惜之，必反以其乞丐而恥之棄之。妻爲乞丐，而竟以乞丐目之，而不復以妻目之。他既改頭換面，我便粧聾假呆；心下了然明白，口中佯作健忘。明明認得，只説不認得，世情惡薄，如此類者不少矣。故曰：『一貴一貧，怕他將差就錯。』此作者借口痛駡世人之語。嗟呼！世間負心男子，其亦讀斯篇而知警乎？

（旦上）

【雙調引子·胡搗練】（旦）辭别去，到荒坵，只愁出路煞生受。畫取真容聊藉手，逢人將此勉哀求。(一)

（旦）奴家昨日獨自在山中築墳，睡夢間見一神人，自稱當山土地，帶領陰兵與我助力。又囑付我改換衣粧，往京都尋取丈夫。待覺來，果然墳臺已成，這分明是神通護持。今二親俱已安葬，我只得依着神人言語，改換衣粧，扮作道姑，將琵琶做行頭，彈幾個行孝的曲兒，(二)沿途抄化將去。只一件，我幾年間和公婆厮守，他今雖死，我如何便捨得撇了他遠出？我自幼薄曉丹青，如今不免想像公婆真容，畫成一軸，攜之而行，也似相親傍的一般。逢時遇節，展開與他燒些香紙，奠些酒飯，也是我一點孝心。(三)

(一) 夾批：書館相逢全藉一幅真容鬥筍，此處不曰逢夫，只曰逢人，妙有含蓄。
(二) 夾批：此書命題在此。
(三) 夾批：藹然仁孝之言。

不免就此描畫真容則個。（描畫介）

【過曲・三仙橋】（旦）一從公婆死後，要相逢不能勾。除非夢裏，暫時畧聚首。(一) 苦要描，描不就，暗想像，教我未描先淚流。(二) 描不出他苦心頭，描不出他饑症候，描不出他望孩兒的睁睁兩眸。(三) 只畫得他髮颼颼，和那衣衫敝垢。(四) 休休，若畫做好容顔，須不是趙五娘的姑舅。(五)

【前腔】（旦）我待畫他龐兒帶厚，(六) 他可又饑荒消瘦。(七) 我待畫他龐兒展舒，(八) 他自來長面

---

(一) 夾批：大凡傳神，在生時易，在死時難。在未斂時存死像猶易，在既葬後想生像更難。不得已而求之於夢，而夢又能暫不能久。字字逼真，字字哀痛。

(二) 夾批：此在未落筆時寫，純是虛筆。

(三) 夾批：此在既寫筆時寫，亦是虛筆。語語沉痛！

(四) 夾批：只此二語是實筆。

(五) 夾批：反跌。二語作結，亦是虛筆。

(六) 夾批：放開一句。

(七) 夾批：轉入一句。

(八) 夾批：又放開一句。

皺。(一) 若畫出來，真是醜，(二) 那更我心憂，也做不出他歡容笑口。(三) 我非不會畫那好的，但我從嫁來他家，只見他兩月稍優游，(四) 其餘的都是愁。(五) 那兩月優游，我又忘了。這幾年間，我只記他的形衰貌朽。(六) 這真容呵，便做他孩兒收，也認不得是當初父母。(七) 休休，縱認不得是蔡伯喈昔日的爹娘，須認得是趙五娘近來的姑舅。(八)

（旦）公婆真容既已畫成，不免就墓前燒香化紙，拜別則個。（拜介）

【前腔】（旦）公婆呵，非是奴要尋夫遠遊，只怕公婆絶後。奴見夫便回，此行安敢久？(九) 苦！

---

(一) 夾批：又轉入一句。

(二) 夾批：如有不欲畫之意。又放開一句。

(三) 夾批：又轉入一句。

(四) 夾批：又先開放一句，炤《高堂慶慶》一篇。

(五) 夾批：又轉入一句。照應『嗟兒』『請糧』等事。

(六) 夾批：抹倒兩月，單擒其餘。又極力轉入一句。

(七) 夾批：爲後文『街坊誰劣相』句作引。又極力放開一句。

(八) 夾批：又收轉一句。意愈曲而情愈悲。

(九) 夾批：未別先算歸期，諄諄如對生人語。

路途中，奴怎走？望公婆保佑我出外州。〔一〕天那！他兀自没人看守，如何來相保佑？〔二〕這墳呵，只怕奴去後，冷清清有誰來奠酒？縱使遇春秋，一陌紙錢怎有？〔三〕休休，你生是受凍餒的爹娘，死做個絶祭祀的姑舅。〔四〕

（旦）辭墓已畢，且攜了真容，辭張太公去。呀！張太公恰好來也。（末扮張太公上）衰柳寒蟬不可聞，金風敗葉正紛紛。長安古道休回首，西出陽關無故人。（旦見末介）大公，奴家適已拜辭了墳塋，正要到宅上來告别。（末）呀！五娘子，你真個要去？你待幾時起身？（旦）只今日就行了。（末）你背的是甚麼畫？（旦）是奴家公婆的真容，待將路上去藉手乞告些盤纏，早晚與他燒香化紙。（末）是誰畫的？（旦）是奴家自己將就畫的。（末）五娘子，你孝心所感，畫來一定逼真。〔五〕借我看一看。（看畫介）畫得像！畫得像！（作悲介）老員外，老安人，〔鷓鴣天〕死别多應夢裏逢，漫勞孝婦寫真蹤。可憐不得圖家慶，辜負丹青泣畫工。衣破損，鬢髼鬆，千愁萬恨在眉峰。只怕蔡郎不識年來面，趙女空描

---

〔一〕夾批：本是我别公婆而去，却又欲公婆隨我而行。轉句意最曲，又最真。
〔二〕夾批：此等轉筆，與『知他記否』一樣，文法愈轉愈悲。
〔三〕夾批：讀之酸鼻！
〔四〕夾批：因悲其死，又追痛其生。轉意愈苦愈妙。
〔五〕夾批：不曰慧手所畫，而曰孝心所感，可見孝之至而慧自生焉。

别後容。〔一〕五娘子，你既欲遠行，待我將幾貫錢鈔送你，少資路費。（旦）多謝太公。奴家還有不識進退之懇：奴家去後，公婆墳墓無人看管，望太公看這兩個老的在日之面，早晚與他照顧則個。〔二〕（末）這個當得。（旦）如此，多謝不盡。

【越調過曲·憶多嬌】（旦）太公，他魂渺漠，我没倚託。程途萬里，教我懷夜壑。此去孤墳，望公公看着。〔三〕（合）舉目蕭索，滿眼盈盈淚落。

【前腔】（末）五娘子，我承委託，當領諾。這孤墳我自看守，決不爽約。〔四〕但願你途中身安樂。（合前）

【鬥黑麻】（旦）深謝公公，便相允諾。從來的深恩，怎敢忘却？（末）只怕你途路遠，體怯弱；病染孤身，力衰倦脚。（合）孤墳寂寞，路途滋味惡。兩處堪悲，兩處堪悲，萬愁怎摸？〔五〕

---

〔一〕夾批：竟是一首像贊。趙女描真，張公題跋。

〔二〕夾批：慘語！

〔三〕夾批：孝婦託死公婆，與孝子託生爹娘一樣真切。即『公公可憐，俺爹娘望你周全』之至情也。

〔四〕夾批：一貴一賤，交情乃見。一死一生，乃見交情。不以盛衰改節者，自不以存亡易心也。東嘉之諷世深矣。

〔五〕夾批：既寫生者慮，又爲死者悲。寫得十分慘淡。

（旦）大公，奴家就此拜别了。（末）五娘子，且慢着，老夫還有一言相囑。當初蔡郎出去時，原説若有寸進，即便回來。如今年荒親死，去竟不歸，你知他心腹事如何？况且你和他相别時節，青春正媚，如今遭這饑荒貧苦，貌怯身單。他若富貴，只怕不認得你了。㈠你到京中，須要小心探聽，休要託大。

【前腔】（末）五娘子，伊夫婿多應是，貴官顯爵。伊家去，須當審個好惡。只怕你這般喬打扮，他怎知覺？一貴一貧，怕他將差就錯。㈡（旦）多謝指教，奴家不敢有忘，只得告别去了。（拜别介）（合前）

（下場詩）（旦）爲尋夫婿别孤墳，（末）只怕伊夫不認真。

（合）惟有感恩并積恨，萬年千載不生塵。

## 第三十齣　瞯詢衷情

文章前後步驟之妙，全在淺深緩急之間。前宜淺而遽深之，失在急；後宜深而故淺之，失在緩。使狀元愁而夫人置之不問，則夫人太覺無情；使夫人一問便要討個明白，則夫人又欠大意。前《琴訴荷

---

㈠　夾批：張公長者，奈何以小人之心度人？然世風至輓近而大變矣。以長者待人，未有不失者；以小人待人，未有不中者。東嘉其亦有見而爲此言與？

㈡　夾批：借張公口中痛罵世人。既爲貧者悲，又爲貴者料，寫得十分警切。

池》之文，狀元口中隱隱躍躍，夫人口中亦只閒閒冷冷。不得不詢，更不多詢，固是絶妙用筆。然夫人無終聽狀元葫蘆提之理，狀元亦無到底瞞着夫人之理，於是復有《瞷詢衷情》一篇。此篇之妙，妙在夫人未嘗不窮究，却不是夫人當面窮究出來；狀元未嘗不吐露，却不是狀元當面吐露出來。一個背地自言，一個暗裏竊聽。如此落想，可謂曲折匠心之至矣。而猶未已也，狀元只爲不敢教丈人知道，故不敢教夫人知道；若夫人既已知道，如何禁得丈人不知道？自己不敢對丈人説，正該央求夫人轉對丈人説。今偏是夫人要説，偏是狀元教休説；不懇其代陳，反囑其忽洩。緩後忽用急筆，急後又忽用緩筆。文心變化，一至於此，此豈復近日傳奇之家所能學步者哉？

白樂天贈牛僧孺詩云：『鍾乳三千兩，金釵十二行。』是十二釵乃牛僧孺事，而東嘉儼然借用。且不獨此也，一部《琵琶》曲白中往往引用漢以後故事，如『望雲思親』，狄仁傑事也；『婦翁冰清』『女婿玉潤』，樂廣、衛玠事也；『坦腹東床』，王右軍事也。而曲中有『客路空瞻一片雲』『看相輝清潤，瑩然冰玉』『兀的東床，難教我坦腹』之句，此皆暗犯後事者也。至如『王羲之拜我爲師，歐陽詢見我唬殺』『鍾馗手裏寶劍』『洞賓瓢裏仙丹』『小秦王三跳澗』等句，更明犯後事。諸如此類，不一而足。所以然者，無論此書非爲漢人而作，不妨用漢以後事；即使此書真爲漢人而作，而漢以後事亦正不必避也。何也？從來文人作文，但計其文之工拙，而事之前後所不暇計。即就填詞家論之，如曹操弑伏后在禰衡既死之後，而徐文長作禰衡罵操之曲乃借用之。關公水淹七軍在單刀赴會之後，而關漢卿作《雲長赴會》之劇乃於魯子敬白中借用之。沛公爲天子在滅項之後，而《千金記》乃於《月下追賢》之曲便以天子呼之。《續水滸傳》所載林沖征臘在招安之後，而《寶劍記》乃於『夜奔梁山』之曲借作往事追憶之。凡此皆但計其文而不計其事者也，何獨疑於東嘉哉？抑不特填詞爲然也，司馬子長作《史記》，每多牽合附會之處。如《自序》及《報任安書》云：『不韋遷蜀，世傳《吕覽》；韓非囚秦，《説難》《孤憤》。』夫《吕氏春秋》是未遷蜀時所著，韓非《説難》亦未囚秦時所著，而史公借用之。蘇子瞻作《二疏贊》云：『殺蓋、韓、楊，誅三大臣。』夫蓋寬饒、韓延壽、楊惲之死，未必皆在二疏未去之前，而坡公借用之。凡此又皆但計其文而不計其事者也。若必執事以相求，則虞不臘矣。將疑左丘之誤，而殺之三、宥之三，當不爲永叔所取矣。大約文之妙者，賞其文，非賞其事。不唯不必問事之前後，且不必問事之有無，而奈何今人唯事之是問也？

（生上）

【中吕引子·菊花新】（生）封書遠寄到親闈，[一]又見關河朔雁飛。梧葉滿庭除，争似我悶懷堆積。[二]

（生）我蔡邕久留京邸，不得歸家奉親，十分愁悶。且喜前日接得平安家報，我即便修書附回，不知可曾到否？這幾日時常掛念，翻成百慮。正是：雖無千尺綫，萬里繫人心。（貼扮牛氏上）

【南吕引子·意難忘】（貼）緑鬢仙郎，懶拈花弄柳，勸酒持觴。眉顰知有恨，何事苦相防？

---

[一] 夾批：又回照前『寄書』一節。

[二] 夾批：此以繼中秋望月之後，故純寫秋景。

（生）夫人，些個事，惱人腸。（貼）相公，試説與何妨？（生）只怕你尋消問息，添我恓惶。〔一〕

（貼）相公，自古道：無事而戚，謂之不祥。你自來我家，每日眉頭不展，面帶憂容，爲着甚的？相公，你如今還少了那一件，却這般不足意？

【南吕過曲·紅衲襖】（貼）你喫的是煮猩唇和那燒豹胎，穿的是紫羅襴，繫的是白玉帶。你出入呵，五花頭踏在你馬前擺，三簷傘兒在你頭上蓋。相公，你莫怪我説。你本是草廬中一秀才，今做了漢朝中梁棟材。〔二〕你有甚不足，只管鎖了眉頭也，唧唧噥噥不放懷？

（生）咳！夫人，你那知我？

【前腔】（生）我穿了紫羅襴，倒拘束得不自在；我穿了皂朝靴，怎敢胡亂踹？我口裏喫幾口荒張張要辦事的忙茶飯，手裏拿着個戰兢兢怕犯法的愁酒杯。〔三〕倒不如嚴子陵登釣臺，怕做了揚子雲閣上災。〔四〕似我這樣做官呵，只管待漏隨朝，可不誤了秋月春花也，干碌碌

---

〔一〕夾批：情到不堪言，却怕旁人問。一問一增悲，悲更難爲應。

〔二〕夾批：起四句只説得富貴，此曰『梁棟材』便説到功名，又進一步。

〔三〕夾批：仕途者，畏途也。此雖非伯喈正意，作者特借伯喈口中唤醒天下功名之士。

〔四〕夾批：『怕做了』俗本作『怎做得』，便説不去矣。或改云『怎做得陶淵明歸去來』，則『怎做得』三字庶可説得去。然與『嚴子陵』句只是一意，不若舊本『楊子雲』句之能變也。

頭早白？(一)

（貼）相公，我知道你的意兒了。

【前腔】（貼）莫不爲丈人行性氣乖？(二)（生）不是。（貼）莫不爲妾根前欠管待？(三)（生）不是。（貼）莫不爲畫堂中少了三千客？(四)（生）不是。（貼）莫不爲繡屏前少了十二釵？(五)（生）也不是。（貼）相公，這意兒教人怎猜？這話兒教人怎解？我今番猜着你了。敢只是楚館秦樓，有個得意人兒也，因此上悶懨懨常掛懷？(六)

（生）夫人，你猜的都不是。（貼）你既不是，你真個爲甚來？（生）我呵，

【前腔】（生）有個人人在天一涯，我不能勾見他，只落得臉銷紅眉鎖黛。(七)（貼）我道你爲甚

---

(一) 夾批：相逢盡道休官好，林下何曾見一人？若令三復此曲，則投簪唯恐不速矣。

(二) 夾批：此從外邊猜。

(三) 夾批：此從内邊猜。

(四) 夾批：又猜到外邊去。

(五) 夾批：又猜到内邊來。

(六) 夾批：猜到此處，與五娘『十里紅樓』之語正相合。

(七) 夾批：此處却似明明説出矣，誰知下文又偏不説，妙！

來？可知哩！（生）不是。我本是傷秋宋玉無聊賴，有甚心情去戀着閒楚臺？(一)（貼）相公，你有甚心事，何不明説與奴家知道？（生）我三分話兒只恁猜，一片心兒直恁解。夫人，你休纏得我無言，若還提起那籌兒也，撲簌簌淚滿腮。(二)

（貼）相公，我若不解勸你，你只管愁悶；我問着你，你又藏頭露尾。我也没奈何，由你罷了。相公，夫妻何事苦相防？莫把閒愁積寸腸。難道各人自掃門前雪，莫管他家瓦上霜？(三)（貼虚下潛聽介）

（生）咳！自古道：難將我語和他語，未見他心是我心。自家撇了八旬父母，兩月妻房，久淹京邸，歸期未定。因此終朝思想，鎮日憂愁。我這新娶的媳婦，雖則賢淑，我若將此事和他説，也肯教我回去。只是他的爹爹若知我有媳婦在家，如何肯放我去？不如姑且隱忍，改日求一鄉郡除授，那時回家見父母妻子便了。咳！夫人，非是隄防你太深，只緣伊父苦相禁。正是：夫妻且説三分話，（貼上）呀！相公，你道是未可全拋一片心。(四)好！好！你瞞得我好。你瞞我也由你，只是你爹娘和媳婦可不嗟

---

(一) 夾批：上文説出『天涯一人』『臉銷眉鎖』，夫人只道『楚館秦樓』之言猜着矣，誰知却又猜不着。波瀾層折，無不入妙。

(二) 夾批：到底只是『尋消問息』『添我悽惶』二句意耳。妙在先將『待漏隨朝』『碌碌頭白』一段客意遮飾，又將『有個人人在天一涯』一段正意點逗。而至此仍以不語收科，可謂曲折之極。

(三) 夾批：夫人絶有身分，文字絶有波折。

(四) 夾批：却用夫人接此一句門筍，大妙！

怨你來？

【仙吕入雙調・江頭金桂】（貼）我怪得你終朝攧窨，(一)只道你緣何愁悶深？教我猜着啞謎，爲你沉吟，那籌兒没處尋。我和你共枕同衾，你瞞我則甚？你自撇了爹娘媳婦，屢换光陰，他那裏須怨着你没信音。笑伊家短行，笑伊家短行，無情忒甚。(二)到如今，兀自道且説三分話，未可全抛一片心。

【前腔】（生）夫人，非是我聲吞氣忍，只爲你爹行勢逼臨。怕他知我要歸去，將人厮禁，因此上要説又將口噤。我待解朝簪，再圖鄉任。那時呵，他不隄防着我，須遣我到家林，我和你雙雙兩人歸晝錦。(三)苦！我雙親老景，我雙親老景，存亡未審。(四)我前日曾寄書回去，只怕雁杳魚沉。(五)（貼）你既有書寄去，怎的没有回報？（生）又不是烽火連三月，真個家書抵萬金。(六)

---

(一)　夾批：攧窨：俗本作『嚬𠵾』，非是。

(二)　夾批：『短行』『無情』等語，出自五娘口中不奇，出自牛氏口中大奇。如此筆墨，非復常人意想所到。

(三)　夾批：數語不過將適纔背地私説者當面再説一番。

(四)　夾批：只説念親，而念妻之意在其中。

(五)　夾批：此却補出夫人竊聽之所未及。

(六)　夾批：家書抵萬金并不是烽火連三月，作者蓋自明其寓言之非真耳。

（貼）原來如此。我去對爹爹説，和你一同歸家省親便了。（生）你爹爹如何肯放我回去？你且休説破了。(一)（貼）不妨事。我爹爹身爲太師，風化所關，終不然恁地不顧道理？我好歹要勸諫他。(二)（生）你只休説罷，便説也恐不濟事。(三)（貼）相公，你休疑慮。我去説時，自有道理，不由我爹爹不從。(四)

（下場詩）（貼）雪隱鷺鷥飛始見，柳藏鸚鵡語方知。

（生）今朝識破家中事，還恐伊爹念不移。

## 第三十一齣(五)　幾言諫父

天下有欲言之情，子可告之父而婦不能告之翁者，如《南浦囑别》之文所云『又道我不賢，要將伊迷戀』是也。天下有難言之情，婿不能告之婦翁，而女亦不能告之其父者，如《金閨愁配》之文所云『婚姻事女孩兒家怎提』是也。然婦或不敢與翁言，婿或不敢與婦翁言，而女何不可與父言？未嫁之女，猶或有所羞澀而不言；既嫁之女，又何所諱忌而不言？此《幾言諫父》一篇，所由與前文大異乎？

---

(一) 夾批：狀元口中反作一頓，妙！

(二) 夾批：爲後文十八答伏筆。

(三) 夾批：狀元口中又作一頓，妙！爲牛相初時拒諫伏筆。

(四) 夾批：爲後《聽女迎親》伏筆。

(五) 三十一：原作『三十二』，據文義改。

才子用筆，有特特與前文大異處，又有特特與前文相類處。如蔡公之責其子曰：『逆親言，貪妻愛。』而牛相之責其女亦曰：『夫言中聽父言違。』此則其筆意之相類者也。前文於《奉旨成婚》以前，先有狀元激怒當朝一段文字令人不測。今於《聽女迎親》以前，又先有牛女激怒父親一段文字令人不測，此又其筆法之相類者也。讀者以惑於作者之變化，故但能知其異，不能知其同耳。

東嘉將諷不花使改過，故先寫牛女之當諫以諷之；而欲寫牛女之能諫，不得不先寫牛相之拒諫以襯之。『爹居相位，怎説出傷風語？』(一)王鳳洲以此訕笑嚴世蕃，至今傳爲妙談。然則斯篇雖曰『幾諫』，實是法語已。從來諫臣諍子不足奇，而寫出一諍女，則深足奇。夫以一女子所知者，而丞相不知，則丞相爲何如人？以愛女而猶議父之非，則外人之視丞相爲何如人哉？嗟乎！東嘉之託諷，誠莫切於此矣。

讀《西廂》者，讀至《堂前巧辨》之文，未有不拍案稱快者也。讀《琵琶》者，讀至《幾言諫父》之文，亦未有不拍案稱快者也。然紅娘之對夫人折辨，只一兩言，文妙於簡；小姐之對丞相，往復至十餘遍，文又妙於詳。夫人之聽紅娘，當下即便回嗔，文妙於速；丞相之聽小姐，一時不肯遽納，文又妙於遲。求其分毫之相似不可得已。大約才子用筆，必使人猜不着，必不使人猜得着。以侍婢觸主母，宜其難入也，而反易從；以愛女勸親父，宜其易從也，而反難入。此其所以爲奇耳。若令東嘉於此亦學《西廂》之簡且速，則一人順口説之，一人順口應之。此以數語了之，彼以數語悟之，將見波瀾不生，一覽而盡，又何以見才子

---

(一) 説：原闕，據汲古閣刊本《繡刻琵琶記定本》補。

之才哉？

(外扮牛丞相上)

【黄鍾引子・西地錦】(外)好怪吾家門婿，鎮日不展愁眉。教人心下常縈繫，也只爲着門楣。(一)

(外)入門休問榮枯事，觀着容顔便得知。自家招贅蔡伯喈爲婿，可謂得人。只是他自從到此，終日眉頭不展，面帶憂容，不知爲着甚麽？且待女孩兒出來問他，便知端的。(二)(貼扮牛氏上)

【前腔】(貼)只道兒夫何意，如今就裏方知。萬里家山，要同歸去，未識爹意何如？(三)

(貼見外介)(外)孩兒，我老入桑榆，每自嘆夫皓首；汝幸調琴瑟，宜無負此青春。夫婿何故憂愁？伊家必知端的。(貼)告爹爹得知：他娶妻六十日，即赴科場；别親三五年，竟無消息。温清之禮既缺，伉儷之情何堪？今欲歸故里，辭至尊家尊而同行；待共事高堂，執子道婦道以盡禮。特此拜稟，諒必允從。(四)(外)呀！吾乃紫閣名公，汝是香閨艷質。何必顧彼糟糠婦？焉能事此田舍翁？他久

---

(一) 夾批：本是女婿心下縈繫，却引出丈人心下縈繫來。然丈人并非爲婿而縈繫，乃爲女而縈繫，寫盡老兒私心。

(二) 夾批：不即寫小姐來稟丞相，却先寫丞相要問小姐，此門筍妙處。

(三) 夾批：前既云『不由爹爹不從』，此又云『未識爹意何如』，寫來極曲，又極真。

(四) 夾批：此算第一答。

別老親，何不寄一封音信？汝從來嬌養，安能涉萬里程途？休惑夫言，唯從父命。(一)（貼）爹爹，曾觀典籍，未聞爲婦而不拜姑嫜；試論綱常，豈有人子而不事父母？若重唱隨之義，宜修定省之儀。彼荆釵裙布，既已獨奉親闈甘旨；我金屏繡褥，豈可徒驕相府尊嚴？爹爹身居鼎鉉，望重台衡，奈何絶人父子之恩，斷人夫婦之義？使伯喈有貪妻愛，而不顧父母之愆；俾孩兒有違夫命，而不事舅姑之罪。望爹爹容恕，俯賜矜憐。(二)（外）休胡説！他既有媳婦在家，你去做甚麼？

【黄鍾過曲·獅子序】（貼）爹爹，他媳婦雖有之，念奴家須是他孩兒次妻。那曾有媳婦不侍親闈？(三)（外）你去便有甚勾當？（貼）若論做媳婦的道理，須當奉飲食，問寒暄，相扶持蘋蘩中饋。(四)（外）便做有許多勾當，他既自有媳婦在家，你不去時也不妨。（貼）爹爹，又道是養兒代老，

(一) 夾批：後文《聽女迎親》一篇方是寫丞相，此篇則專寫小姐。要將小姐寫得出色，不得不將丞相寫得不通。此以賓襯主之法。

(二) 夾批：此算第二答。措語以極嚴正。

(三) 夾批：第三答。夫妻是媳婦，豈次妻非媳婦乎？不以次自遜，正以妻自責也。或謂丞相之女不當自稱次妻，因改『次』字作『的』字，此大謬也。夫正以其能自居於次，乃爲賢耳。

(四) 夾批：第四答。此與五娘所云『堂前問舅姑，食缺須進，衣綻須補，要行時須與扶』數語一樣意思。

積穀防饑。(一)

(外)既是養兒代老,何似當初休教他來赴舉?

【太平歌】(貼)他求科舉,指望衣錦歸,不想道爹爹留他爲女婿。(二)(外)這是有緣千里能相會,須强他不得。(貼)他埋怨洞房花燭夜,那些個千里能相會?(三)(外)他既然埋怨,何又順從?

(貼)他要保全金榜掛名時,只得事急且相隨。(四)

(外)孩兒,你倒説我不是,這般埋怨着我?

【賞宮花】(貼)他終朝慘悽,我如何忍見之?(五)(外)他自慘悽,你管他做甚麼?(貼)若論爲夫婦,須是共歡娱。(六)(外)你對他説,他若住在這裏,我教他做個大大的官。(貼)他數載不過通魚雁

---

(一) 夾批:第五答。丞相不要女去者,不要婿去耳。小姐因便轉到夫婿身上,説出『養兒待老』四字來,寫盡孝心慧口。

(二) 夾批:第六答。體貼《蔡公逼試》之意。

(三) 夾批:第七答。體貼《丹陛陳情》之意。

(四) 夾批:第八答。體貼《强效鸞凰》之意。

(五) 夾批:第九答。本是不敢言,只爲不忍見,説得又婉轉又懇切。

(六) 夾批:第十答。婦既無不事舅姑之理,妻又無不顧夫婿之情。

信，枉了十年身到鳳凰池。(一)

（外）呀！你聽了丈夫的話，却不肯聽我的話，好痴迷呵。

【降黄龍换頭】（貼）爹爹，須知，非奴痴迷，已嫁從夫，怎違公議？(二)（外）孩兒，你去也不妨，只是我没個親人在傍，如何捨得你去？（貼）爹猶念女，怎教他爹娘不念孩兒？(三)（外）孩兒，不是我不放你去，只是他既然先有媳婦在家，你去時節，恐怕擔擱了你。（貼）休提，縱把奴擔閣，比擔閣他媳婦何如？(四)（外）既如此，只教蔡伯喈自己回家去便了。（貼）爹爹，那些個夫唱婦隨，嫁鷄逐鷄飛？(五)

（外）孩兒，他是貧賤之家，你如何去伏事他的父母？

---

(一) 夾批：第十一答。體貼《宦邸憂思》之意。

(二) 夾批：第十二答。以私情動之而不得，乃以公議折之。

(三) 夾批：第十三答。既所以公議，仍動以私情。唐肅宗久不問候上皇，一日坐便殿，抱幼女於懷。山人李唐進曰：上皇之思見陛下，計亦如陛下之念公主也。是幾諫之最妙者，東嘉想從此處用來。然李唐之諫君，欲其推己以及己之親；今牛氏之諫父，欲其推己以及他人之親，更自不同。

(四) 夾批：第十四答。既推父以及翁姑，又推己以及趙氏，是即《大學》所謂『絜矩之道』，《中庸》所謂『不願勿施』也。不意讀歌曲亦如讀聖經賢傳。

(五) 夾批：第十五答。説到此處，丞相已肯放女婿回去矣，小姐却必要他放女兒同去。

【南吕過曲・大勝樂】（貼）爹爹，婚姻事難論高低，若論高低何如休嫁與？假饒親賤孩兒貴，終不然便抛棄？（一）（外）他自有媳婦，你管他則甚？（貼）奴也是他親生兒子親媳婦，難道他是何人我是誰？（二）（外）據你這般説，我倒説得不是了？（貼）爹居相位，怎説着傷風敗俗非理的言語？（三）

（外怒介）這妮子無禮！却將言語來衝撞我。我的言語倒不中聽？！孩兒，夫言中聽父言違，懊恨孩兒識見迷。我本將心託明月，誰知明月照溝渠？（四）（外下）（貼）咳！自古道：酒逢知己千鍾少，話不投機半句多。好笑我爹爹不顧道理，反道奴家把言語衝撞他。昨日我相公原教我不要説破，如今果然説而不從，我有何顏見他？好悶人也。（五）（貼悶坐介）（生上）

（一）夾批：第十六答。兒與婦爲一體，婦即兒也。若媳婦不事貧賤之舅姑，則孩兒亦可不認貧賤之父母矣。折辨得妙。

（二）夾批：第十七答。媳婦與翁姑亦爲一體。他即我，我即他也。今之不能爲子婦者，只爲分我與他耳。

（三）夾批：第十八答。此東嘉借口駡時相也。傷風敗俗，不用外人譏之，亦不用女婿論之，而偏出於愛女之口，妙甚。崔烈以錢買官，而其子告烈曰："外邊皆謂大人銅臭。"嗚呼！爲外人所竊議，猶可言也；爲兒女所面議，尚可言哉？

（四）夾批：若此時便寫丞相悔過，則不見文情之曲矣。得此一折，又生出後幅一段妙文來。

（五）夾批：前是狀元抱悶怕對夫人説，今却是夫人抱悶怕對狀元説，真令讀者出於意外！

【南吕引子・稱人心】（生）撇呆打墮，早被那人瞧破。他要同歸，知他爹怎麽？我料想他每不允諾。（見貼介）呀！夫人，你爲甚在此納悶？你緣何獨坐？我知道了，想你爹爹不從你的言語了。伊家道俐齒伶牙，争奈你爹行不可。㈠

【换頭】（貼）咳！我爹爹，全不顧，人笑呵，這其間只是我見差。禍根芽，從此起，災來怎躲？相公，他道我從着夫言，怒我不依親話。㈡

【南吕過曲・紅衫兒】（生）夫人，你不信我教伊休説破，到此如何？算你爹心性，我豈不料過？我爲甚亂掩胡遮，也只爲着這些。你直待要打破砂鍋，都是你招災攬禍。㈢

【前腔换頭】（貼）不想道相挜把，這做作難禁架。我見你每每咨嗟要調和，誰知道好事多磨？起風波，把你陷在地網天羅，如何不怨我？天那！懊恨只爲我一個，却擔擱了他兩下麽。㈣

【正宫過曲・醉太平换頭】（生）蹉跎，光陰易謝。縱歸去，晚景之計如何？名韁利鎖，牢絡

㈠ 夾批：不即寫夫人回覆狀元，却先寫狀元猜破夫人，亦是鬥筍妙處。
㈡ 夾批：口氣與前文『做孩兒節孝怎全，做爹行不從幾諫』等語特特相合，豈非妙文？
㈢ 夾批：妻云『災來怎躲』，夫亦云『招災攬禍』，極寫時相之可畏，弱婿之可憐。皆反跌後文，使人不測。
㈣ 夾批：不怨親而只自責，極寫賢媛。

在海角天涯。知麽？我多應老死在京華，孝情事一筆都勾罷。(一) 苦！這般摧挫，傷情萬感，淚珠偷墮。

【前腔】(貼)非詐，奴甘死也。若奴不死時，君去須不可。(二) (生)夫人，你如何説這話？(貼)相公，奴身值甚麽？只因奴誤你一家。差訛，假饒做夫婦也難和，你心怨我心縈掛。奴身拚捨，成伊孝名，救伊爹媽。(三)

(生)夫人，你休這般説。怕你爹爹知道，反加譴責。(貼)相公，妾當初勉承父命，遣事君子。不意君家有白髮之雙親，青春之妻室。致君衷腸不滿，名行有虧。如今思之，誤君雙親者，妾也；誤君妻室者，妾也；使君爲不孝薄倖之人，皆妾也。妾之罪大矣！縱偷生於斯世，亦公議所不容。昔聶政姊死，倚屍傍以成弟之名；王陵母死，伏劍下以全子之節。妾豈愛一身，誤君百行？妾當死於地下，以謝君家。(四) (生)夫人，你只知其一，不知其二。你若因諫父不從而死，却不是陷親於不義乎？這決不

---

(一) 夾批：自料萬無歸去之理，極力反跌後文。

(二) 夾批：諫君不從則以死繼之，諫父不從亦以死繼之，寫孝女不異忠臣。

(三) 夾批：欲以孝女孝婦之孝成就孝子之孝，真正大孝。五娘之孝，孝在不輕死；牛氏之孝，孝在肯拚死。

(四) 夾批：數語寫得凜凜烈烈，令天下無意氣丈夫一時慚愧欲死。

可。[一]（貼）相公也説得是。只是累你一時回去不得，如何是好？（生）夫人勿憂，或者你爹爹也有回心轉意之時，也不可知。[二]

（下場詩）（生）一心只望轉家鄉，（貼）争奈爹行不忖量。

（生）向來私恨無人覺，（合）今日相看兩斷腸。

## 第三十二齣　路途勞頓

嘗讀《詩》三百篇，見風人忠厚之旨，非後世凉薄者可及。今觀《琵琶記・路途勞頓》一篇，而竊歎其獨於『三百篇』有合也。使夫不以負託度其婦，而妻必以負心度其夫，則厚者厚而薄者太薄矣。使張公以薄倖之人目狀元，而五娘即以張公之言料夫婿，則疏者疏而親者亦疏矣。古仁人於骨肉之間，雖至於恩已斷、義已絶，而猶冀其一悟，望其一改，不忍遽斥其非、顯暴其惡。況恩未必遂斷，義不必遂絶，而預爲逆詐億不信之詞，賢者豈如是乎？故斯篇每説到負心薄倖之處，但疑其或出於此，而又諒其斷斷不出乎此。既諒其斷斷不出乎此，而不得不防其偶出乎此，有無限周全、無限回護之意。《我行其野》之詩曰：『誠

[一]　夾批：前寫五娘欲死，只用自家勸止。今寫牛氏欲死，却用丈夫勸止。一則恐負夫之所託，一則恐陷父於不義。孝道備於此矣，婦道備於此矣。

[二]　夾批：前是逆跌後文，此又順逗後文。

不以富。』《旄邱》之詩曰：『必有以也。』家父之望周王曰：『式訛爾心。』蘇公之望暴公曰：『爾還而入。』其惻怛藹摯爲何如者？《琵琶》此篇，庶幾近焉。

（旦上）

【仙呂過曲·月雲高】（旦）路途勞頓，行行甚時近？未到洛陽城，盤纏都使盡。回首孤墳，空教奴望孤影。〔一〕他那裏，誰偢倸？我這裏，誰投逩？正是西出陽關無故人，須信道家貧不是貧。

〔蘇幕遮〕（旦）怯山登，愁水渡。暗憶雙親，淚把麻裙漬。回首孤墳何處是？兩下蕭條，一樣愁難訴。玉消容，蓮困步。怨寄琵琶，彈罷添悽楚。唯有真容時時顧，惟悴相看，無語悽惶苦。奴家爲欲赴京尋夫，於路風飧水宿，履險登高，受了多少狼狽。我想尋到洛陽，見了丈夫，相逢如故，也不枉喫這番辛苦。倘或他如今富貴了，見我這般藍褸，不肯相認，可不擔擱了我？

【前腔】（旦）暗中思忖，此去好無准。只怕他身榮貴，把咱不斷認。若是他不偢倸，教奴枉受艱辛。〔二〕他未必忘恩義，我這裏自閒評論。他須記一夜夫妻百夜恩，怎做得悠悠陌路

〔一〕夾批：不難在自寫路途之貧苦，而妙在回念孤墳之寂寞。不獨悲生，抑且悲死，方見真正孝婦。

〔二〕夾批：先以負心度之。

人？（一） 咳，只是他若榮貴呵，在府堂深隱，奴身怎生進？（二） 他在駟馬高車上，我又難將他認。（三） 我有個道理，若到他跟前，只提起二親真容。咳！ 又怕消瘦了龐兒，他猶難十分信。（四） 呀！ 他不到得非親却是親，我自須防仁不仁。（五）

（下場詩）（旦）哽咽無言對二真，千山萬水好艱辛。聞説洛陽花似錦，恐我來時不遇春。

# 第三十三齣　聽女迎親

人非聖人，孰能無過？過而能改，善莫大焉。東嘉寫牛相之悔過，所以諷不花丞相也。且不獨諷不花，亦所以諷王四也。何也？彼因己女而離他人之妻，猶不得不深悔其非；況因他人之女而自離其妻者耶？故曰爲王四諷也。然不悔於蔡母嗟兒之前，而悔於剪髮營葬之後。悔之不早，悔已無及，君子何

（一） 夾批：又以必不負心諒之。

（二） 夾批：反跌後文『書館相逢』。

（三） 夾批：正照後文『寺中迴避』。我既不能進他府中，庶幾待他出府時我因而見之。然又自念爾時他方在駟馬高車之上，而我身爲乞丐，他既未必認得我，我又難將他認也。寫得極真極曲，又極苦。

（四） 夾批：爲後『街坊誰劣相』句伏筆。

（五） 夾批：上文連説許多難處，至此忽又説不難，轉筆最妙。

取焉？曰：取其能免於前妻之失所也。前妻雖免於失所，而老親無救於死亡。妻則已矣，親將奈何？曰：作者之意本爲周氏而發，周氏之夫但有棄妻之事，而未嘗有不奔喪之事。則五娘其主也，而蔡公蔡母其賓也。以理言，則親爲重而妻爲次；以事言，則妻爲實而親爲虛。實者重之，虛者略之。既已略之，則生可也，死亦可也。今人不知作書之人爲何意，又不知書中所指之人爲何人，而徒爲蔡公蔡母失聲嗟歎，吾恐其適爲古人所笑矣！

有前文妙處於後文見之者，若非《聽女迎親》，不見《幾言諫父》之妙，是着意雖在此篇，而正爲前篇補寫也。悦而不繹者有之矣，從而不改者有之矣。蓋進言者之力已盡於悦於從，悦於從而外，非言力之所能及矣。今丞相既不悦、不從於前，而偏能繹、能改於後，豈真聽言者之愚而忽賢、昧而忽朗哉？乃進言者之言，實有以發人清夜之思，而深人事後之省也。試觀牛相之言曰：『我今尋思起來，他的説話句句有理，節節堪聽。』然則《聽女迎親》雖是一篇牛丞相文字，却仍是一篇牛小姐文字耳。

（外扮牛丞相上）

【仙呂引子·番卜算】（外）兒女話堪聽，使我心疑惑。暗中思忖覺前非，有個團圓策。[一]

（外）良藥苦口利於病，忠言逆耳利於行。昨日女孩兒要和伯喈同歸省親，我不肯放他去。他將言語折

[一] 夾批：易取不遠而復關之詩，載其後也悔之語，作者之勸人深矣。

辨我，我一時焦躁。如今尋思起來，他的言語句句有理，節節堪聽。待要放他歸去，只慮他幼長閨門，難涉途路；況我年老，無人侍奉，如何捨得放他去？如今我有個道理，不免差人逕往陳留，將蔡伯喈的爹娘和媳婦迎取來京，多少是好？(一)且待伯喈和女孩兒出來商議則個。(生、貼同上)

【前腔】(生)淚眼滴如珠，愁事縈如織。(貼)早知今日悔當初，何似休明白。(二)

(相見介)(外)孩兒，你昨日的説話，我細思起來，却説得有理。待要教你同女婿回去，一則你弱質難於遠行，二來我年老乏人侍奉，不若逕使人去陳留，迎取蔡家爹娘媳婦來做一處居住，你兩人心下如何？(貼)但憑爹爹主張。(生)若得如此，感恩不淺。(外)既如此，待我便差李旺前去。李旺何在？(丑扮李旺上)頻聽指揮黄閣下，又聞呼喚畫堂前。老相公有何使令？(外)我要差你去陳留，接取蔡狀元的老員外、老安人和小娘子三人，來我府中同住。(丑)如此，小人不敢去。(貼)怎的不去？(丑)若取了那小娘子來時，夫人和他爭大爭小起來，那時節可不埋怨我李旺？(三)(外)休胡説！我今多給你盤費，修書一封，付你去相請。(四)(生)李旺，你到陳留，須多方詢問。若我員外、安人、小娘子來時，路上須要小心伏侍。(丑)理會得。

(一)夾批：前方拒諫，此忽寫聽女，一變也。既已聽女，却不遣女，反要迎親，又一變也。變化處總使讀者不測。
(二)夾批：先寫愁腸，反襯喜信。
(三)夾批：特借小人之腹，反襯賢媛之心。
(四)夾批：前實寫狀元寄書，此虚寫丞相修書，都妙！

【正宫過曲・四邊静】（外）李旺，你去陳留仔細詢端的，專心去尋覓。請過兩三人，途中好承值。(一)（合）休懷怨憶，寄書咫尺。眼望捷旌旗，耳聽好消息。(二)

【前腔】（生）只怕飢荒散亂無踪跡，他存亡也難測。(三)何况路途間，難禁這勞役。(四)（合前）

（貼）李旺，我還有話分付你。你到那裏，他每若問起蔡相公呵，

【福馬郎】（貼）你休説新婚在牛氏宅。(五)（外）便説了又何妨？（貼）他須怨我相擔誤；歸未得，只恐傍人聞之，把奴責。(六)（合）若是到京國，相逢處做個好筵席。(七)

【前腔】（丑）相公，多與我盤纏增氣力，萬水千山路，我曾慣歷。辭却恩官去，管取好消息。

(一) 夾批：究竟李旺不曾請得一個人來此處，却説『請過兩三人』，極力反跌後文。
(二) 夾批：亦是反跌後文。
(三) 夾批：丞相口中逆跌後文，狀元口中又順含下文。
(四) 夾批：上二句是實，是主；下二句是虚，是賓。
(五) 夾批：深情曲筆，妙不可言！
(六) 夾批：不以責歸父，而以責歸己，甚於責父也。
(七) 夾批：亦是反跌後文。

（合前）[一]

（下場詩）（外）限伊半載望回音，（生）路上看承須小心。

（貼）骨肉團圓應有日，（丑）家書一紙抵黄金。[二]

## 第三十四齣　寺中遺像

才人運筆，有非俗手之所能及者。即如此篇，若令俗手爲之，則彌陀寺中必使伯喈與五娘相會，如《庋廖記》之夫妻相會於筵上，《露綬記》之夫妻相會於馬前矣。即不然，又必使伯喈即與畫上二親相見，如《尋親記》之父子相會於客店，《白兔記》之母子相會於遊獵矣。今偏使道姑唤不轉來，真容不即展玩，咫尺天涯，當面錯過。若是者何也？蓋令爲伯喈者，或先遇五娘而攜歸牛宅，或先見真容而訪求道姑，非不直捷痛快？然此但能表伯喈之義，又何以顯牛氏之賢與五娘之慧乎？故道姑遇猶不遇，特留之以待牛氏之邂逅；真容拾猶不拾，特留之以待五娘之標題，夫而後乃爲曲折匠心耳。不善讀書者，讀至佳處便

[一] 夾批：前既連用『好消息』作結，此又連用『好筵席』作結，皆極力反跌後文。因有『寄書咫尺』在後，先寫兩人其愁於前，此一篇中之反跌也。因有李旺回話在後，先寫四人相慶於前，此全部中之反跌也，然反跌中又必有一二正合處。如前文之『或有回心轉意時節』，此篇之『存亡也難測』，可悟文章虚實相生、正反互用之法。

[二] 夾批：前家書是實，此家書是虚；前家書是實中之虚，此家書是虚中之虚。

亟欲讀完；善讀書者，讀至佳處則惟恐其即讀完。不善觀劇者，觀至離而將合處便欲亟其合；善觀劇者，觀至離而將合處猶惟恐其即合。即合，不足快觀者之目；即完，不足厭讀者之心。東嘉誠聖於文哉！

《西廂》寫一普救寺，《琵琶》亦寫一彌陀寺。而《西廂》則始於『隨喜到僧房古殿』，終於『望蒲東蕭寺暮雲遮』。以佛寺始，以佛寺終，是全有取乎佛寺者也。《琵琶》之佛寺，前乎此者無有，後乎此者無有，而於此偶見，是意不存乎佛寺者也。何也？《西廂》以男女風流之事不可以訓，故不於他處寫之，偏於空門寫之。蓋色即是空，空即是色，此秋波一轉，老僧所以悟禪也。若夫事關節孝，道重倫常，既無悖於聖人，又何取乎釋氏？故曰意不存焉耳。夫既意不存乎佛寺，而又必寫一佛寺者何居？曰：東嘉特欲於此作一波折，不使狀元先見生妻之面，而使先見亡親之容。於是將寫其看真容，不得不先寫其拾真容；將寫其拾真容，不得不先寫趙氏之遺真容；將寫趙氏遺真容，不得不先寫其拜真容；將寫其拜真容，不得不先寫其薦度亡親；將寫其薦亡，不得不寫一無礙道場；將寫一無礙道場，因不得不寫一佛寺。斯其意不在佛寺，而在真容也。意在真容，不獨佛寺非其意之所存，即琵琶亦非意之所存。書名《琵琶》，乃不以琵琶關合，而獨以真容鬥筍，故此篇凡寫拾像、遺像，文雖少，正筆也；寫琵琶奏曲，文雖多，旁筆也。唯其爲旁筆，是以不奏於狀元相遇之後，而但奏於孝婦薦親之前，更不作妻怨其夫之歌，而但作親念其子之曲，不過爲真容作引而已。事既於琵琶無涉，而書以『琵琶』命名者，欲令人知其命名之意非因乎其事而名之，特指乎其人而名之耳。夫以『琵琶』名篇，意猶不在於琵琶，而復奚有於佛寺耶？雖然，《西廂》

全寫一佛寺，而適足爲婦人入寺之戒；《琵琶》偶寫一佛寺，而反似爲婦人入寺之勸。將奈何？曰：無傷也。以佛寺爲男女窺覘之地，則決不當入寺；惟以佛寺爲子婦致孝之地，則庶乎不妨入寺。然則《琵琶》之寫佛寺，殆非所以爲勸，而實所以爲戒與。

文有極力形容而隨手抹倒者，如黄門口中極力形容早朝氣象，却忽有『山寺日高僧未起，算來名利不如閒』之句。今和尚口中極力形容道場齊整，却忽有『你官人若是有文才，休來看佛會』之句。文有從極喜處寫得極悲，從極冷處寫得極熱者，如賜宴瓊林，宜其春風得意，慶賞無憂，而却有『持杯自覺心先痛』之語。今入清淨道場，宜其空諸愛慾，洗盡業緣，而却有『教我夫婦再和諧，都因這佛會』之語。此等筆墨，皆非常人意想所能及，人慎毋草草讀過也。

（末扮五戒和尚上）年老心閒無外事，麻衣草座亦容身。相逢盡道休官好，林下何曾見一人？自家乃彌陀寺中和尚五戒便是。今日俺寺中啓建無礙道場，凡有薦度亡親，保安身己的，都來赴會。[一]真個好寺院、好道場也。但見：蘭若莊嚴，蓮台整肅。佛殿嵯峨耀金碧，迴廊繚繞畫丹青。千層塔高聳侵雲，半空中嘗聞清鐸；七寶樓晶光耀日，六時裏頻扣洪鐘。松下山門，紅塵不到；竹邊僧舍，白日難消。阿羅漢神像威儀，如靈山三十六萬億佛祖；[二]比丘僧戒行清潔，似祇園千二百五十人俱。試看

[一] 夾批：薦亡爲五娘作引，保生爲狀元作引。
[二] 夾批：寫寺中神像威儀，亦爲五娘畫上真容作引。

旛影石壇高，惟有棋聲花院静。休提清净法界，且説嚴肅道場。只見珠幢寳蓋影飄飄，玉磬金鐘聲斷續。龍瓶中插九品紅蓮，開净土春秋不老；鳳蠟内吐千枝絳蕊，照佛天晝夜常明。齊整整的貝葉回翻，撲簌簌的天花亂墜。旃檀林裏，爇着清净香、道德香；香積厨中，(一)獻這禪悦食、法喜食。人人在十洲三島，個個净五藴六根。擊大法鼓，吹大法螺，仙樂一齊奏動；開甘露門，入甘露城，幽魂盡獲超昇。正是：寄言苦海林中客，好向靈山會上修。(二)道猶未了，遠遠望見兩個官人來也。（净、丑扮二風子上）

【中吕過曲・縷縷金】（净）胡厮啞，兩喬才，家中無宿火，也來强追陪。（丑）我自來粧風子，如今難悔。（合）向叢林深處且徘徊，特來看佛會，特來看佛會。(三)

（净、丑見末介）和尚，你這道場也費事。（末）便是。今日幸得兩位檀越到此，敢求施捨些香錢？（净）這個使得。你取緣簿來。（丑）我們是極肯捨錢的，我今便捨你五兩。（净）我也捨五兩。寫了緣簿，另日來勾疏便了。（末）多謝！（净、丑）呀！你看遠遠地有個婦人來了。（旦道粧抱琵琶上）

---

(一) 厨：原作『池』，據汲古閣刊本《繡刻琵琶記定本》改。

(二) 夾批：前於黄門口中寫帝室皇居十分壯麗，此又於和尚口中寫佛門法會十分森嚴。然將熱鬧處寫得熱鬧猶不足奇，今將清净處亦寫得熱鬧則更奇矣。

(三) 夾批：借二風子之來引出五娘《琵琶曲》，意不在風子，而在《琵琶曲》也。

【前腔】（旦）途路上，實難捱。盤纏都使盡，好狼狽。試把琵琶撥，逢人乞丐。薦公婆魂魄免沉埋，特來赴佛會，特來赴佛會。（一）

（旦）奴家乞丐尋夫，且喜已到京師。聞説今日彌陀寺中做佛會，爲此特來抄化幾文錢鈔，就便也追薦公婆。（見末、净、丑介）（末）道姑，請到裏面赴齋。（旦）多謝！（净、丑）道姑，你是那裏來的？

【仙吕入雙調·銷金帳】（旦）聽奴訴與：奴是良人婦，爲兒夫相擔誤。（净）他怎的擔誤了你？（旦）他一向赴選及第，未歸鄉故。我在家中呵，飢荒喪了親的舅姑。（丑）你丈夫既不在家，喪了公婆，誰人與你安葬？（旦）是我造墳墓。（净）你如今來此做甚？（旦）我待爲尋夫來此。（丑）你丈夫如今在那裏？（旦）未知他今在何處所？（二）

（净）你背的是甚麽東西？（旦）是奴家公婆的真容。（丑）你拿着琵琶做甚麽？（旦）奴家將此琵琶彈幾個曲兒，抄化些錢鈔，就寺中追薦公婆。（丑）你會彈甚麽曲？（旦）奴家只彈些行孝曲兒。（三）

（一）夾批：《西厢》亦寫薦亡親，亦寫赴佛會。而張生之薦親是假，五娘之薦親是真；鶯鶯之赴會可以不必，五娘之赴會可以無譏也。

（二）夾批：此時若説出丈夫名字，便可立知消息矣。而問者更不問其姓甚名誰，答者亦更不通名道姓，皆待爲後文留地步。

（三）夾批：不勸人爲義夫，只勸人爲孝子，言孝而義在其中。

（末）道姑，難得這兩位官人在此，你好生彈一兩個曲兒與他聽，等他重重賞你。（旦）既如此，官人請坐聽着，待奴家彈來。(一)（丑）快彈！快彈！（旦彈介）

【前腔】（旦）凡人養子，最是十月懷胎苦，更三年勞役抱負。休言他受濕推乾，萬千勞苦。真個千般愛惜，萬般回護。兒有些不安，父母驚惶無措。直待可了，可了歡欣似初。(二)

【前腔】（旦）兒行幾步，父母歡欣相顧，漸能言能走路。指望飲食羹湯，自朝及暮。懸懸望他，望他不知幾度。爲擇良師，只怕孩兒愚魯。略得他長俊，可便歡欣賞賜。(三)

【前腔】（旦）朝經暮史，教子勤詩賦，遇春闈勸教赴。指望他耀祖榮親，改换門户。懸懸望他，望他腰金衣紫。兒在程途，又怕他餐風宿露。求神問卜，我臨期暗數。(四)

（淨、丑）彈得好！彈得好！（末）果然彈得好！（淨）我們錢鈔那裏不使？今日便多賞你些也不妨，只是不曾帶得出來。也罷，我先與你一領襖子。（丑）説得是，我也與他一領襖子。（各脱衣與旦介）（旦）多謝了。（末）二位脱了衣服，身上寒冷便怎麼？（淨）寒冷由他寒冷，不可壞了體面。（丑）

(一) 夾批：琵琶寫怨，不向丈夫奏之而向閒人奏之，可見作者雖命名《琵琶》，而其意不在琵琶也。

(二) 夾批：勸人行孝，不説子當如何孝父母，只説父母如何愛子，此善於勸孝者也。第一段直從十月懷胎説起。

(三) 夾批：先説養次説教。第二段從幼時説到漸長。

(四) 夾批：望孩兒的睁睁兩眸，前在畫中寫，此在聲中寫，更妙。第三段從教讀書説到望功名。

我們使慣了錢鈔，怕甚麽寒冷？（浄）道姑，你再彈唱一個，我們還有東西賞你。（旦又彈介）

【前腔】（旦）兒還念父母，及早歸鄉土，看慈烏亦能反哺。莫學我的兒夫，把雙親擔誤。常言養子，養子方知父母。算那忤逆男兒，和孝順爹娘之子，若無報應，果是乾坤有私。(一)

（末）彈得好！（浄）彈便彈得好，只是我們没甚與他了。（丑）兄弟，我們衣服都脱了去，這般模樣走回家，成甚體面？（浄）我如今只賴五戒取衣裳便罷。（末）呀！怎的賴起我來？（浄、丑）和尚，你和道姑粧成騙局，把我們的衣服都剥了去，倒説我賴你？你今好好把衣服還我便罷，若不然，拿你到官司去。（末）咳！從不曾見這般没行止的人。道姑，没奈何，把衣服還他去罷？（旦）衣服在此，取去罷。既不情願，我要他做甚？（浄、丑各取衣介）（浄）錢鈔雖則那裏不用，只是寒冷又當不起。（丑）道姑，我方纔道你琵琶曲兒彈得好，如今想起來，也彈得不甚好。(二)（旦）好不好也不必再説了。（浄）你若不信，再彈一回看。（旦）奴家也彈不得了。（浄）可知道你不敢再彈了。（丑）兄弟，他既不敢彈了，我們回去罷。（末）二位在此鬧了這半日，也該去了。（浄）五戒，我們并非豪富。（丑）你枉了教我開疏。（末）你衣服敢是借的？（浄、丑）可知我身上并無布褲。（末、浄、丑俱下）（旦）奴家今日

(一)　夾批：　前三段只説親之念子，此一段方説子當念親。前三段只是泛論，此一段方説到兒夫身上，絶有漸次。末二句勝聽和尚説因果。合觀四段文字，竟是一卷絶妙《報恩經》，不必更煩彌陀寺衆僧宣揚佛號、持誦真言矣。

(二)　夾批：　孝婦之言不足動里正，孝婦之曲亦不足動風子。世道人心，難可挽回，作者其有憂患乎？

準擬抄化幾文錢鈔追薦公婆，不想遇着這兩個風子，空自攪鬧了一場。如今雖没錢備辦祭物，且將公婆真容掛在此間，拜囑一番，以表來意罷了。(一)（掛真容拜介）

【南呂過曲·秋夜月】（旦）我在途路，歷盡多辛苦，待把公婆魂魄來超度。焚香禮拜祈回護，願相逢我丈夫，相逢我丈夫。(二)（生上，末、丑扮從人隨上）

【中呂過曲·縷縷金】（生）時不到，命多乖。雙親在途路上，怕生災。（末、丑）相公，此是彌陀寺，畧停車蓋。（合）辦虔誠懇禱拜蓮台，且來赴佛會，且來赴佛會。(三)

（末、丑）狀元來了，道姑迴避者。（旦）正是：貴人方辟道，斂衽避高車。（旦作慌下忘收真容介）(四)（生）那裏來這軸畫像？（丑）想是適間那道姑遺下的？（生）喚他轉來，還他去。（末）那道姑去遠了，喚不應了。（生）既如此，且與他收下。(五)（末、丑）領鈞旨。（收真容介）（生）本寺和尚那裏？（净扮頭陀上）

(一) 夾批：一段琵琶寫怨，只作閒文點綴，其所重只在真容耳。

(二) 夾批：本爲薦亡度親，却便帶説求遇丈夫，是絶妙門筍處。

(三) 夾批：夫妻相繼赴佛會，乃一是特來，一是偶至，寫兩人踪跡各自不同。

(四) 夾批：是絶妙關目。

(五) 夾批：狀元來是一逼，道姑去是一縱；喚道姑又一逼，喚不轉又一縱；收遺像又一逼，收而不看又一縱。文瀾之妙非常。

【前腔】（浄）能喫酒，怕喫齋。喫得醺醺醉，便去摟新戒。講經和回向，全然尴尬。你官人若是有文才，休來看佛會，休來看佛會。（一）

（浄見生介）（生）和尚，下官爲迎取父母來京，不知路上安否如何，特來向佛前祈禱。（浄）既如此，待小僧先請佛。

【佛賺】（浄）如來本是西方佛，西方佛却來東土救人多，救人多。結跏趺坐坐蓮花，丈六金身最高大，他是十方三界第一個大菩薩。摩訶薩，摩訶般若波羅糖。（末）念差了，是波羅蜜。（浄）糖也這般甜，蜜也這般甜。（二）南無南無十方佛十方法十方僧，上帝好生不好殺。好人還有好提掇，惡人還有惡鑒察。好人成佛成菩薩，惡人做鬼做羅刹。第一滅却心頭火，心頭火。第二解開眉間鎖，眉間鎖。第三點起佛前燈，佛前燈。真個是好也快活我，快活我。諸惡莫作，奉勸世上人則個。浪裏稍公牢莫舵，行正路，莫蹉跎。大家早去念彌陀，念彌陀。善男信女笑呵呵。聽大法鼓鼕鼕鼕鼕，聽大法鐃乍乍乍乍。手鐘摇動陳陳陳陳，獅子

（一）夾批：悟後語，不是會中人説不出。上文形容得佛會如此莊嚴，至此却教休來看。奇文幻筆。近世佞佛者多到處盛作佛事，可見有文才人不可多得也。前寫一正經五戒，此又寫一花面頭陀，亦如《西厢》之既有法本，又有法聰也。然《西厢》有名字，《琵琶》無名字，蓋意不在此，故略之耳。

（二）夾批：糖即是蜜，蜜即是糖，總由味即是空故也。但舉一味，而色聲香觸法，皆當作如是觀矣。

能舞鶴能歌。木魚亂敲逼逼剥剥，海螺響處嘖嘖嘖嘖。（一）積善道場隨人做，伏願老相公老安人小夫人萬里程途悉安樂。南無菩薩薩摩訶，金剛般若波羅蜜。

（净）請佛已畢，相公請上香。（生焚香拜介）

【仙吕入雙調・江兒水】（生）如來證明，聽蔡邕咨啓：我雙親在途路，不知如何的？仰惟菩薩大慈悲。龍天鑒知，龍神護持，護持他登山渡水。（二）

【前腔】（净）如來證明，鑒兹情旨。蔡邕的父母，望相保庇，仰惟功德不思議。（合前）

【前腔】（末、丑）我東人鎮日常懷憂慮，只愁二親在路途裏，孝思誠意足感神祇。（合前）（三）

（生）左右，取香金送和尚。（净）多謝相公。正是：我佛有緣蒙寵渥，（生）願親路上悉平安。（末）因過竹院逢僧話，（丑）又得浮生半日閒。（生、末、丑、净俱下介）（旦復上）

---

（一）夾批：前聞琵琶寫怨之歌已如聽大法鼓，聽大法鐃。然則此處手鐘之摇，木魚之擊，海螺之響，總爲琵琶作襯染耳。

（二）夾批：夫妻相繼拜佛，而一薦亡親，一保生親。寫兩人心事，又各不同。前有『山神鑒知，猿、虎護持』之文，此又有『龍天鑒知，龍身護持』之語以對之，是以虚對實之法。二親骨頭已送在白楊衰草，而子猶望其登山渡水。唐詩云：『可憐無定河邊骨，猶是深閨夢裏人。』讀之令人酸鼻！

（三）夾批：連説登山渡水，聽之愈悲。《感格墳成》一篇，初不祈天之鑒神之護，而天自鑒之，神自護之。此真孝思誠意感神祇耳。今則言之重，詞之復，而竟成虚話，可見格天以實不以文也。

【中呂過曲・縷縷金】（旦）原來是，蔡伯喈。馬前都唱道，狀元來。料想雙親像，他每留在。敢天教我夫婦再和諧，都因這佛會？都因這佛會？（一）

（旦）不因漁父引，怎得見波濤？方纔那官人，我只道是那個。詢問傍人，却原來就是蔡伯喈，如今入贅在牛丞相府中了。（二）慚愧，慚愧，今日也能個見他。奴家方纔慌忙中失去了公婆真容，想必就是他收得。且待明日逕投他家裏去，只借抄化爲由，問取消息；或者我夫婦便從此相會，也未可知。（三）

（下場詩）（旦）今朝喜見那喬才，收去真容事可諧。縱使侯門深似海，從今引得外人來。

## 第三十五齣　兩賢相遘

寫五娘不先寫其先見丈夫，而寫其先見牛氏；亦如寫狀元不寫其先見五娘，而寫其先見真容也，此文心之曲也。然使狀元既見真容，告知牛氏，訪求道姑，然後道姑得入府中，先與牛氏相見，又何足爲奇乎？唯五娘之見牛氏，乃在狀元未見真容之前，斯爲曲折之至耳。且其託言抄化，不即説出尋夫；及説

---

（一）夾批：前既逼而復縱，此又縱而復收，皆出人意外。夫婦和諧之事，乃欲於佛會得之，大是奇語。

（二）夾批：詢問傍人，只在五娘口中點之，省却無數筆墨。

（三）夾批：真容既爲狀元拾去，乃不用狀元來尋，仍用五娘去訪。波瀾曲折，俱出人意外。

出尋夫，又不即説出丈夫真名姓，其曲折處更爲入妙。蓋文之幻者，詩中評詩；景之幻者，畫中看畫。想之幻者，夢中述夢；影之幻者，鏡中照鏡。今既以蔡邕影菜傭，復以祭白諧影蔡伯喈，於影之中又添一影，幻莫幻於此矣！

此篇之爲女德垂箴者，至矣。夫以不賢遇不賢，無怪其相惡也；以賢遇不賢，亦無怪乎其相惡也。至賢與賢遇，而猶不免於相厄，豈不重可惜哉？大約婦人心性，往往美能容醜，醜亦或能讓美；才能容不才，不才亦或能讓才，而兩美則必争，兩才則必忌。今試觀牛氏之賢，其亦有所感也夫？其亦有所悔也夫？

（貼扮牛氏上）

【商調引子】（貼）心事無靠託，這幾日翻入悶也。父意方回，夫悲稍可。未卜程途裹的如何，教我怎生放下？（一）

（貼）不如意事常八九，可與人言無二三。奴家前日曉得我家相公有父母妻室在家，欲與他同歸問省。我爹爹初時不肯放去，後來回心轉意，差人到彼迎取他爹娘和媳婦來此同住。此時想已接着，但不知他路上安否如何？爲此又教我擔了多少煩惱。還有一件，公婆早晚到來，須要兩個精細人去伏侍他。

---

（一）夾批：雖曰兩賢相遘，然非趙之能遘牛，乃牛之能遘趙也。此篇專寫牛氏之賢，故從牛氏寫起耳。

我府中使喚的雖多，怕不中用，不免教院子去外廂尋個精細婦人來使喚則個。(一) 院子那裏？（末扮院子上）堂前聽使令，閨閣奉傳呼。夫人有何分付？（貼）院子，我府中缺少幾個使喚的，你去外廂看有精細的婦人，討一兩個來。（末）理會得，小人就去。（旦上）

【遶池遊】（旦）風餐水宿，甚日能安妥？問天天怎生結果？來此已是牛府門首了。(二)（見末介）府幹哥稽首。（末）道姑何來？（旦）是遠方來抄化的。(三)（末）少待通報。（稟貼介）告夫人：外邊精細婦人倒還沒有，倒有個道姑在外抄化。（貼）着他進來。（末）道姑，夫人喚你。（旦見貼介）（貼）看他梳淡粧雅，恁丰姿堪描堪畫。(四)

（旦）夫人，貧道稽首了。（貼）道姑，你是何處人？來此何幹？（旦）遠方人氏，特來抄化。(五)（貼）你憑着甚本事出來抄化？（旦）貧道不敢誇口，大則琴棋書畫，次則針指繡綫，肴饌烹炰，都曉一二。(六)

---

(一) 夾批：未寫趙氏入府，先寫牛氏尋人，是鬥筍絶妙處。
(二) 夾批：這邊尚未尋，那邊已先來。又是鬥筍絶妙處。
(三) 夾批：只説抄化。
(四) 夾批：五娘描畫二親，牛氏又欲描畫五娘。先在牛氏眼中寫一五娘。
(五) 夾批：不即説尋夫，且只説抄化，妙有波瀾。
(六) 夾批：此又在五娘口中自寫一五娘。

（貼）呀！道姑，你既有這般本事，何苦在街坊抄化？你肯在我府中住麼？（一）（旦）只怕貧道没福，不中夫人之意。若得收留，感恩非淺。（貼）道姑，我且問你，你是從幼出家的麼？（旦）不瞞夫人説，貧道曾嫁過丈夫。（貼）呀！險須差了。你既有丈夫，難以收留。我多與你些齋糧，别處去罷。（二）（旦）告夫人，貧道實非爲抄化而來，特來尋取丈夫。（三）（貼）你丈夫姓甚名誰？爲何到我府中來尋？（旦背介）他問我丈夫的名姓，我且不要直説，只將蔡伯喈三字拆開，做個假名姓兒對他説，探他的意兒如何，再作道理。（四）（轉介）貧道的丈夫姓祭名白諧，（五）人説他在牛府中廊下住，故此來尋取。（貼）你丈夫既在我府中，我着院子尋來與你相見。（六）（旦）如此，多謝夫人。（貼）院子，你看各廊房可有一個姓祭名白諧的人麼？（末）告夫人，并没有這個人。（貼）道姑，你丈夫不在我府中，你還到别處尋去。（七）（旦）呀！人人説他在貴府廊下住，如今説没有？敢是死了？（哭介）咳！丈夫，你若死了，教我倚

---

（一）夾批：此處忽然一攏。
（二）夾批：此處又忽一開。
（三）夾批：方漸漸説出。
（四）夾批：得此一折，又生出無數波瀾。奇情幻想。
（五）夾批：以祭白諧影蔡伯喈，猶之以趙五娘影周氏，以牛丞相影牛渚，以琵琶影王四也。奇情幻想。
（六）夾批：此處又一攏。
（七）夾批：此處又一開。

着誰人？(一)（貼）可憐，可憐。道姑，你不須愁煩，且權住在我府中，我着院子去外厢訪問你丈夫踪跡便了。(二)（旦）如此，深感大恩。（貼）只一件，你在我府中，休這等打扮，須改换衣粧。（旦）貧道有一十二年孝服在身，不敢便换。（貼）孝服也不過三年，如何有一十二年？（旦）貧道公公死了，該服喪三年；婆婆死了，該服喪三年。薄倖兒夫，久留都下，不知親死，我替他服喪六年，共成一十二年。(三)（貼）咳！有這等行孝的婦人！雖然如此，争奈我家老相公最怪人這等打扮。院子，你去唤惜春取粧奩衣服出來。（末應下）（丑扮惜春上）寶劍賣與烈士，紅粉贈與佳人。夫人，粧奩衣服在此。（貼）道姑，你可臨鏡改粧則個。（旦照鏡介）咳！鏡兒，我自嫁至夫家，只兩月梳粧，這幾時不曾照你，原來我容顔這般消瘦了！(四)

【商調過曲・二郎神】（旦）容瀟灑，照孤鸞，歎菱花剖破。（貼）道姑，你不梳粧，且换了衣服。（旦）記翠鈿羅襦當日嫁，誰知他去後，釵荆裙布無些？（貼）你不换衣服，且插着這釵兒。（旦）這金雀釵頭雙鳳朶，奴家若插他呵，可不羞殺人形孤影寡？（貼）你釵兒又不肯插，只簪些花兒，

(一) 夾批：隨筆都見波瀾。
(二) 夾批：此處又一攏。
(三) 夾批：先説出丈夫，至此方説出公婆。先主後賓，蓋作者注意在夫婦也。
(四) 夾批：直與前文《臨粧感歎》相照應。此又於五娘眼中自寫一五娘。

辨些吉凶罷。（旦）説甚簪花捻牡丹，教人怨着嫦娥。〔一〕

【前腔換頭】（貼）嗟呀，他心憂貌苦，真情怎假？只爲着公婆珠淚墮。道姑，我公婆自有，不能承奉杯茶。你比我没個公婆承奉呵，不枉了教人作話靶。〔二〕我且問你，你公婆，爲甚的雙雙命掩黄沙？〔三〕

【囀林鶯】（旦）我荒年萬般遭坎坷，丈夫又在京華。糟糠暗喫擔飢餓，公婆死，賣頭髮去埋他。把孤墳自造，土泥盡是我麻裙包裹。（貼）這道姑好誇口！（旦）也非誇，手指傷，血痕尚染衣麻。〔四〕

【前腔】（貼）我愁人見説愁轉多，使我珠淚如麻。（旦）呀！夫人，你爲何也下淚？（貼）咳！想我丈夫也久别雙親下。〔五〕（旦）他怎不回家去？（貼）他要辭官家去，被我爹蹉跎。（旦）他家有

〔一〕夾批：五娘不肯换衣粧，是又作一開。

〔二〕夾批：不知我之公婆即彼之公婆，而以彼之公婆比我之公婆。當面九疑，文心最幻。

〔三〕夾批：牛氏問及公婆詳細，是又作一攏。

〔四〕夾批：已將往事盡情相告，却只是不説出姓名，是又作一開。

〔五〕夾批：不知我丈夫即彼丈夫，又以彼丈夫比我丈夫。當面九疑，文心最幻。

妻麼？[一]（貼）他妻雖有麽，怕不似恁會看承爹媽。[二]（旦）他爹媽如今在那裏？（貼）在天涯。

（旦）夫人何不取他同來一處？（貼）教人去取，知他途程上如何？[三]

【黄鍾過曲・啄木鸝】（旦）聽言語，教我悽慘多，料想他每也非是假。（背介）待我再把言語試他一試。（轉介）他那裏既有妻房，取將來怕不相和？[四]（貼）道姑，但得他似你能挃把，我情願讓他居他下。[五]只愁他，程途上苦辛，教人望得眼巴巴。

【前腔】（旦）錯中錯，訛上訛，只管在鬼門前空占卦。你要識蔡伯喈妻房，（貼）他在那裏？（旦）只奴家便是無差。[六]（貼）呀！你果然是他非誑詐？[七]（旦）奴家怎敢誑言？（貼）苦！你原來爲我喫折挫，受波查。教伊怨我，教我怨爹爹。[八]

[一] 夾批：牛氏口中只説得別親，不曾説別妻，故五娘急問此一句。針鋒甚緊。

[二] 夾批：不知恁即是他，却怕他不似恁。當面九疑，文心最幻。

[三] 夾批：五娘雖未通名姓，牛氏已盡吐心事。此又極力作一攏。

[四] 夾批：將以實言告之，先以反言試之。此又極力作一開。

[五] 夾批：明明是當面服之，却是在背後讓之。此又極力作一攏。

[六] 夾批：以上將攏復開。凡作幾番跌頓，至此方説出。半日自稱貧道，至此方呼奴家。俱好。

[七] 夾批：喜極生疑，寫來甚真。你果然是他，『你』字、『他』字用得絶奇，今人念慣，不覺其妙耳。

[八] 夾批：一喜一怨。喜者喜見五娘，怨者怨不見公婆，寫來又甚真。

（貼）姐姐請上，受奴家一拜。（旦）奴家怎敢？

【商調過曲・黄鶯兒】（貼）一樣做渾家，我安然你受禍。你名爲孝婦，我被傍人罵。（旦）呀！傍人罵你甚來？（貼）公死爲我，婆死爲我，姐姐，我願把你孝服穿着，把濃粧罷。(一)（合）事多磨，冤家到此，逃不得這波查。

【前腔】（旦）他當初也是没奈何，被爹强來赴選科，辭爹不肯聽他話。（貼）姐姐，他在這裏豈不日日想要回來？争奈辭官不可，辭婚不可。（旦）只爲三不從，做成災禍天來大。(二)（合前）

（貼）姐姐，我方纔勸你改换衣粧，你不肯聽。不是我心多，只怕相公見你這般藍褸，不肯相認，如何是好？(三)我想相公往常朝回時，便到書館中看書。姐姐既無所不能，何不去書館中寫幾句言語打動他？那時方對他説明，便不怕他不相認了。(四)（旦）夫人説得是。奴家便寫得不好，也索從命。

---

(一) 夾批：正與上文要五娘改粧一段相映作波致。看他寫得牛氏歆然善下，正所以諷不花氏也。

(二) 夾批：三不從在五娘口中述其一，在牛氏言中述其二，合應前文。

(三) 夾批：恐丈夫不肯相認，不用五娘慮之，却用牛氏慮之，文心最幻。

(四) 夾批：此處復作此一曲，又生出後文無數波瀾。妙！

（下場詩）（旦）無心邂逅兩情通，覓遍天涯總是空。
（貼）一葉浮萍歸大海，人生何處不相逢。

繪風亭評第七才子書琵琶記卷五終

# 繪風亭評第七才子書琵琶記卷六

## 聲山別集

### 第三十六齣　孝婦題真

寫孝婦而既寫其能畫，又寫其能詩，豈從前請糧、喫糠、剪髮、築墳種種辛苦尚不足以動其夫之念，而猶必藉數行翰墨之力哉？必如是而後不爲其夫所棄，無以處夫有德而無才者也！曰：此非所以警天下不才之婦，實以訓天下之才婦也。何也？從來婦人其無行者未必無才，而有才者每至於無行。彼愚忠愚孝，以愚婦人而爲愚婦人之事猶不足爲難。唯善彈善唱、善吟詠、善揮毫，其才之敏妙至於如此，而終能竭誠盡瘁，寧乞丐而不肯失節，循循然如一愚婦人，然後嘆從來冶容艷質，多才而反爲才誤者，真不善用其才者矣！夫才而不用之於正，而適用之於邪，如『月色溶溶夜』及『待月西廂下』，其詩未嘗不佳，以視『崑山有良璧』之句爲何如耶？故《琵琶》一書，天下無才之婦不可以不讀，天下有才之婦尤不可以不讀。

趙氏未見丈夫而先見牛氏，奇矣。既見牛氏，而又不即見丈夫，則更奇。抱琵琶而不以琵琶關合，乃以真容關合，奇矣；拾真容而不以真容關合，復以題詩關合，則更奇。然詩不别題，而即題於真容之上，雖以題詩鬥笋，仍用真容鬥笋，此其文心緊處。詩不題於真容之前，而題於真容之背，使狀元未見詩先見真容，見真容而後尋詩，此其文心曲處。名曰『題真容』而不以真容爲題，詩中并不嗟悼真容，只譏刺丈夫，此其文心開闊處，又即文心切近處。何也？若第欲爲蔡公蔡母題像，則當其初畫真容之時所云：『縱不是蔡伯喈昔日的爹娘，須認得是趙五娘近日的姑舅。』只此二語，已是絶妙像贊，何煩更贅一詞哉？且令此處而復拈真容，不獨畫蛇添足，而僅作悼親之言，不明棄妻之戒，亦顧客而忘其主矣！故詩中歸重棄妻，一部《琵琶記》，大旨意全在乎此耳。

（末扮院子上）爲問當年素服儒，於今腰下佩金魚。分明有個朝天路，何事男兒不讀書？自家乃蔡相公府中一個院子便是。我相公雖居鳳閣鸞臺，常在螢窗雪案。退朝之暇，手不停批，口不絶吟。如今將次回府，不免灑掃書館伺候。真個好書館！但見：明窗瀟灑，碧紗内烟霧輕籠；浄几端嚴，青氈上塵埃不染。粉壁間掛三四幅名畫，〔一〕石床上安一兩張古琴。〔二〕緗帙縹囊，數起看何止一萬卷；牙籤犀軸，乘間來勾有三十車。芸葉分香走魚蠹，芙蓉藏粉養龍賓。鳳味馬肝，和那鸜鴿眼，無非奇巧；

〔一〕夾批：爲一軸真容作引。

〔二〕夾批：追照《琴訴荷池》。

兔毫栗尾，和那犀象管，分外精神。積金花玉版之箋，列錦紋銅緑之格。正是：休誇東壁圖書府，賽過西園翰墨林。(一)閒話休提，我相公昨日在彌陀寺燒香，拾得一軸畫像，命我收下。不知其中畫的是甚故事，待我也把來掛在此間，等相公回來看便了。（掛真容介）正是：早知不入時人眼，多買胭脂畫牡丹。（末下）（旦上）

【仙吕引子·天下樂】（旦）一片花飛故苑空，隨風飄泊到簾櫳。玉人怪問驚春夢，只怕東風羞落紅。(二)

（旦）堦下落紅三四點，錯教人恨五更風。當初只道蔡伯喈貪名逐利，不肯回家，原來被人逗留在此。昨蒙牛氏夫人見我衣衫襤褸，怕丈夫不肯相認，教我到他書館中題幾句言語打動他，奴家只得從命。來此已是書館，却教我寫在那裏好？呀！原來公婆的真容也掛在此。(三)（哭拜介）我如今就公婆真容背後，題詩幾句便了。(四)苦！向日受飢荒，雙親俱死亡。如今題詩句，報與薄情郎。(五)（援筆介）丈

---

(一) 夾批：極寫文章之盛，爲一首題詞作引。前在黄門口中寫早朝，和尚口中寫道場，今又在院子口中寫書館，無不聲色俱工。真正才子！

(二) 夾批：只此四語，可當七言絶句一首。此四句乃後文《古風》十四句之引也。

(三) 夾批：不是拾真容者先見之，反是失真容者先見之，皆出人意外。

(四) 夾批：題在背後，妙！

(五) 夾批：此又十四句之小引也。

夫呵！

【仙呂過曲・醉扶歸】（旦）我與你有緣結髮曾相共，難道是無緣對面不相逢？咳！我鳳枕鸞衾也曾和他同，今日呵，倒憑着兔毫繭紙將他動。休休，畢竟一齊分付與東風，把往事如春夢。（一）

（旦題詩介）崑山有良璧，鬱鬱璠璵姿。嗟彼一點瑕，掩此連城瑜。（二）人生非孔顔，名節鮮不虧。拙哉西河守，何不如臯魚？（三）宋弘既以義，王允何其愚！（四）風木有餘恨，連理無傍枝。（五）寄語青雲客，慎勿乖天彝。（六）

【前腔】（旦）總使我詞源倒流三峽水，只怕他胸中別是一帆風。（七）牛氏夫人見我衣衫襤褸，怕丈

（一）夾批：此在未題詩之前寫一段悽惻之意，正與畫真容時所云『未描先淚流』一樣文情。
（二）夾批：璠璵、瑕瑜，亦隱四王字。此非五娘之題詩諷伯喈，乃東嘉之題詩諷王四也。
（三）夾批：二句是賓。
（四）夾批：二句是主。
（五）夾批：二句一賓一主。
（六）夾批：詩題之意在此。
（七）夾批：怕題詩没用，是一層曲折。

夫不肯相認。咳！還是教妾若爲容？奴家今日若不題詩去打動他呵，夫人，只怕爲你難移寵。(一)

（拜真容介）他縱認不得這丹青貌不同，我的筆跡，兀自如舊。若認得我翰墨，教心先痛。(二)

（旦）題詩已畢，且待伯喈回來見了，看是如何。如今我先對夫人説知則個。

（下場詩）（旦）末卜兒夫意，全憑一首詩。

得他心轉日，是我運通時。

## 第三十七齣　書館悲逢

文有急接不如緩接者：將看真，先看書；將看詩，先看畫，此用緩之法也。文有順接不如逆接者：趙氏以反言試牛氏，牛氏以反言試伯喈；趙氏以題詩激丈夫，牛氏又以解詩激丈夫，此用逆之法也。文有層層脱卸者：因歎文章誤我，遂撇却几上文章，起看壁間圖畫。及看着真容，遂撇却圖畫，單玩真容。因猜不出真容，便放過真容去看標題。及見標題，却放過畫中之人，專問題詩之人。詩中兼説棄親棄妻故

---

(一)　夾批：　若不題詩更不好，是又一層曲折。

(二)　夾批：　不認丹青，須認筆跡，是又一層曲折。前曲在未題詩前寫，此曲在既題詩之後，又寫出一段悽惻之意。既恐題詩不足以動之，又恐不題詩愈不足以動之。末乃云『縱不認得真容，須認得我翰墨』，是將前文所云之『雖忘了奴，也須念父母』倒轉用來，妙甚！　妙甚！

事，牛氏又撇下棄親之事，單辨棄妻之事：此借客引主，得主棄客之法也。文有步步跌頓者：見拾來之像，不得不認是爹娘，又不得不便認是爹娘。若但寫其哀，不寫其疑，何由轉到標題？見標題之句，并不指畫中之人，偏指着看畫之人。若但寫其愧，不寫其怒，何由喚出趙氏？趙氏罵其棄妻而怒，牛氏勸其棄妻而亦怒。罵其棄妻而怒者，幾欲以棄妻自認；勸以棄妻而亦怒者，又斷不肯以棄妻自居。惟不肯以棄妻自居，而後趙氏之出愈遲，其閂筍乃愈緊；牛氏之言愈左，其接縫乃愈捷。此欲合故離，因離得合之法也。文章之妙，備於此矣！問今日傳奇中，有能髣彿其一二否？

趙氏初見牛氏，明知我公婆即是你公婆，明知你丈夫即是我丈夫，而一則曰『他家』，再則曰『他妻』。胸中實實明白，口中假作糊塗，已極奇妙。乃其尤奇尤妙者，前篇牛氏對趙氏之言曰：『他妻雖有麼，怕不似你會看承爹媽。』此篇伯喈看真容之言，曰：『我爹娘若没個媳婦來相傍，少不得也是這般淒涼。』一則將目前這一個人與意中那一個人認作兩個，一則將畫上這兩個人與家中那兩個人分作兩頭。以彼況此，以此較彼，竊料彼不似此，此不似彼，而不知此即是彼，彼即是此。文章播弄至此，真令人眉飛色舞，目笑心開矣！

（生上）

【仙吕引子・鵲橋仙】（生）披香侍宴，上林游賞，醉後人扶馬上。金蓮花炬照迴廊，正院宇

梅梢月上。[一]

（生）日晏下彤闈，平明登紫閣。何如在書案，快哉天下樂。我蔡邕早臨長樂，夜直嚴更。召問鬼神，或前宣室之席；光傳太乙，時頒天禄之藜。惟有戴星衝黑出漢宫，安能滴露研硃點《周易》？[二]我這幾日且喜朝無繁政，官有餘閒，庶可留心翰墨，從事詩書。正是：事業要常窮萬卷，人生須是惜分陰。（看書介）這是《尚書》。咳！那《堯典》上説：『虞舜父頑母嚚象傲，克諧以孝。』他父母恁般待他，他猶自盡孝；我父母虧了我甚的，却不能孝養他？看甚麽《尚書》？（又看介）這是《春秋》。我想《春秋》中潁考叔對鄭莊公説：『小人有母，未嘗君之羹，請以遺之。』咳！他偶然喫羹，便想到母親。我今做官享天禄，倒把父母撇了。看甚《春秋》！[三]天那！我看了書，行不得，濟甚事？你看那書中那一句不説着孝義？當初我父母教我讀書知孝義，誰知反被讀書誤了我，還看他怎的！[四]

【仙吕過曲·解三酲】（生）嘆雙親把兒指望，教兒讀古聖賢文章。似我會讀書的，倒把親撇漾；少甚麽不識字的，倒得終奉養。書呵，我只爲其中自有黄金屋，反教我撇却椿庭萱草

---

[一] 夾批：極寫君恩之隆重，爲親與妻作引。

[二] 夾批：以前『春酒介壽』則引《毛詩》，『晨昏定省』則引《曲禮》。此處乃舉《周易》，下文并舉《尚書》《春秋》，將『五經』錯綜點敘，作者自許其書之足爲『五經』鼓吹也。

[三] 夾批：先説兩個故事，爲詩中臯魚、宋弘等作引。

[四] 夾批：不孝不義之人未許讀『五經』，然則不孝不義之人亦未許讀《琵琶》也。

堂。還思想，畢竟是文章誤我，我誤爹娘。(一)

【前腔換頭】(生)比似我做負義虧心臺館客，倒不如守義終身田舍郎。《白頭吟》記得不曾忘，緑鬢婦何故在他方？書呵，雖則是其中有女顔如玉，怎教我撇却糟糠妻下堂。還思想，畢竟是文章誤我，我誤妻房。(二)

(生)書既懶看，且看這壁間的古畫散悶則個。(三)(見真容介)呀！這一軸畫像，是我昨日在彌陀寺中拾的，如何院子也將來掛在此間？(四)

【南呂過曲·太師引】(生)細端詳，這是誰筆仗？(五)(細看介)覷着他，教我心兒好感傷。好

(一)　夾批：東嘉不獨諷天下富貴之士、功名之士，并以諷天下文章之士，故不曰富貴誤我、功名誤我，而歸其咎於文章也。

(二)　夾批：上一曲是賓，此一曲是主。上爲見真容作引，此爲見趙氏作引。

(三)　夾批：漸漸而來。

(四)　夾批：先看書，次看畫，然後引到真容，寫得有次第。若在俗手，則一入書館便看真容矣。

(五)　夾批：作者之意不重在畫中之人，而重在題畫之人，故此曲起句未問誰人之像，而先問誰人之筆也。

似我雙親模樣。(一) 咳！差了。我的媳婦會針指，若是我的爹娘呵，怎穿着破損衣裳？(二) 他前日有書來，道別後容顔無恙，今怎的這般淒涼形狀？(三) 且住。我這裏要寄封書回去，尚且不能。他那裏，有誰來往，直將到洛陽？(四) 天下也有面貌廝像的，須知道仲尼陽虎一般龐。(五)

【前腔】(生)這多應是街坊誰劣相，砌莊家形衰貌黄。(六) 咳！我爹娘若没個媳婦來相傍，少不得也這般淒涼。(七) 敢是個神圖佛像？(八) 呀！好奇怪，爲甚的我正看之間，猛可的小鹿兒心

---

(一) 夾批：此是一逼。本因似雙親，故心感傷。今却用倒文法，先説感傷，然後説似雙親，妙甚。唐詩中多有此類，如：『同來玩月人何處，風景依稀似去年。』又如：『勸君更盡一杯酒，西出陽關無故人。』皆是也。名優將『雙親』二字低唱，最爲得情。

(二) 夾批：此又一縱。

(三) 夾批：二句再一縱，言衣裳破損既不像，形狀淒涼又不像也。因看今日之畫，忽追想前日之書，妙甚！

(四) 夾批：此又一逼。不説今日之畫是真，却疑前日之書是假，文心曲折入妙。

(五) 夾批：此又一縱。

(六) 夾批：此再極力一縱。

(七) 夾批：上文既云畫中之人斷不是家中之人矣，却又因畫中之人而想着家中之人。從撇開處又收轉來，妙筆，非人所及。

(八) 夾批：此又作一縱。

頭撞。(一)這也不是神圖佛像，敢是當初畫工有甚緣故？丹青像，由他主張，須知道漢毛延壽誤王嬙。(二)

(生)若是神圖神像，背面必有標題。待我展過來看。(三)呀！原來有一首詩題在上面。(念詩介)這廝好没道理，(四)怎的句句道着下官？我想書館中閒人不得到此，是誰人敢來這裏題詩？(五)待我問夫人，便知分曉。夫人那裏？(貼扮牛氏上)

【雙調引子·夜遊湖】(貼)猶恐他心思未到，教他題詩句，暗中指挑。翰墨關心，丹青入眼，强似把語言相告。(六)

(見介)(生)夫人，誰人到我書館中來？(貼)没有人來。(生)我昨日在彌陀寺焚香，拾得一軸畫像。

(一)夾批：此又一逼。慈母嚙指，孝子心疼，豈有親像在前而不與其子之心相感者？寫得最真最曲。

(二)夾批：末語舍却畫中之人，收到畫者身上，妙。漢毛延壽誤王嬙，與前曲『仲尼陽虎一般龐』字句平仄相同。俗本去一『漢』字，添二『了』字，便不合作。

(三)夾批：至此纔寫到看詩，妙有次第。

(四)理：原作『里』，據汲古閣刊本《繡刻琵琶記定本》改。

(五)夾批：前篇趙氏云『縱不認得丹青，須認得我翰墨』。今偏不認得，何也？曰：以丈夫而不識妻子之筆，固情理之未必然，即以趙氏而遽入牛氏之室，亦意想之所不到也。

(六)夾批：竟把語言相告，未嘗不直捷痛快。然不如是，則文不曲耳。

院子不省得，也將來掛在壁間，不知是甚人在背面題着一首詩？（貼）敢是當原有的？（生）那裏是，墨跡尚未曾乾。（貼）這詩如何説？相公請讀與奴家聽。㈠（生讀詩介）（貼）相公，奴家不省其中之意，請相公解説與奴家知道。㈡（生）『崑山有良璧，鬱鬱璠璵姿。嗟彼一點瑕，掩此連城瑜。』崑山是地名，産得好玉，價值連城。但若有了些兒瑕玷，便不貴重了。『人生非孔顔，名節鮮不虧。』孔子、顔子，大聖大賢，德行全備。大凡人非聖賢，能忠不能孝，能孝不能忠，所以名節多至欠缺。『拙哉西河守，胡不如皋魚？』戰國時人吴起，魏文侯拜他爲西河守，母死不奔喪。春秋時人皋魚，因周遊列國，不及見父母之死。後來回歸，遂悲恨自刎。『宋弘既以義，王允何其愚！』宋弘是光武時人，光武要把湖陽公主嫁他，他不肯從，説道：『糟糠之妻不下堂。』王允是桓帝時人，司徒袁隗要把姪女嫁他，他便休了前妻，娶了袁氏。『風木有餘恨，連理無旁枝。』孔子聽得皋魚啼哭，問其故。皋魚説：『樹欲静而風不寧，子欲養而親不在。』西晉時東宫門有槐樹二株，連理而生，旁無小枝。㈢『寄語青雲客，慎勿乖天彝。』是説傳言與做官的，切莫違了天倫。（貼）相公，那不奔喪和那自刎的，那一個是孝道？（生）自然是不奔喪的不孝。（貼）那不棄妻和那棄妻的，那一個是正道？（生）自然是棄妻的不正。（貼）相公，比如

---

㈠ 夾批：牛氏非不能讀，妙在教他自讀。

㈡ 夾批：牛氏非不省得，妙在偏要他解説。

㈢ 夾批：蔡邕口中竟將西晉時事明明直説，可見此書非爲蔡邕而作。

你待要學那一個？〔一〕（生）呀！我的父母知他存亡如何？我決不學那不奔喪的。（貼）相公，你雖不學那不奔喪的，且如你今恁般富貴，倘或那糟糠之妻，襤褸醜惡，可不辱没了你？你莫不也索休了？〔二〕（生怒介）夫人，你説那裏話？縱辱没殺我，終是我的妻房，義不可絶。

【越調過曲・鏵鍬兒】（生）你説得好笑，可見你心兒窄小。我決不學那王允，没來由便漾却苦李，再尋甜桃。古人云：棄妻止有七出之條。他不嫉不淫與不盜，終無去條。那棄妻的，衆所誚；那不棄妻的，人所褒。縱然他醜貌，怎肯相休棄了？〔三〕

【前腔】（貼）伊家富豪，那更青春年少。看你紫袍掛體，金帶垂腰。做你的妻房呵，應須有封號。金花紫誥，必俊俏，須媚嬌。若還他醜貌，怎不相休棄了？〔四〕

【前腔】（生）夫人，你言顛語倒，惱得我心兒轉焦。莫非你把咱奚落，特兀自粧喬？引得我淚痕交，撲簌簌這遭。這題詩的是誰？（貼）你問他怎的？（生）他把我嘲，難恕饒。你説與我

〔一〕夾批：牛氏之問不亞於趙氏，其儆醒丈夫至深切矣。
〔二〕夾批：縱不學吴起，恐不能學宋弘。側重棄妻，所以逼出趙氏，妙絶！
〔三〕夾批：從前亂掩胡遮，寫盡贅婿之弱，得此方爲丈夫吐氣。作者全部主意在此。
〔四〕夾批：此處尚不明言，索性再極力一激，文瀾甚曲。

知道，怎肯干休罷了？(一)

【前腔】（貼）相公，我心中忖料，想不是薄情分曉。管教你夫婦會合，在今朝。(二)（生）夫人，你説話好不明白。（貼）伊家枉然焦，只怕你哭聲高。(三)（生）夫人，怎麼説？（貼）你要問那題詩的呵，是伊大嫂，身姓趙。正要説與你知道，怎肯干休罷了？(四)

（生）呀！我那趙氏五娘怎便到此？（貼）你不信，待我請他出來。姐姐有請。（旦上）

【越調近詞·入賺】（旦）聽得閙炒，敢是兒夫看詩囉唣？是誰忽叫姐姐？想是夫人召，必有分曉。（貼）相公，是他題詩句，你還認得否？他從陳留郡，爲你來尋討。（生認旦介）呀！果然是五娘子！你怎的穿着破襖，衣衫盡是素縞？(五)莫不是我雙親不保？（旦）官人，從别後，遭水旱，我兩三人只道同做餓殍。（生）張太公曾周濟你麼？（旦）只有張公護恤，嘆雙親

(一) 夾批：先疑其量窄，既乃知其粧喬，遂不復辨牛氏之言，但欲問題詩之人。文勢至此一逼。

(二) 夾批：明明説出，却只未曾説。急中又一緩。

(三) 夾批：又明明説出，却只未曾説。急中又一緩。

(四) 夾批：至此方真正説出，看他出落得妙。

(五) 夾批：纔認面龐，便驚衣服，寫得極真。

別無倚靠。（生）後來如何了？（旦）兩口顛連相繼死，(一)（生哭介）苦！原來我爹媽都死了。我且問你，那時如何得殯斂？（旦）我剪頭髮賣錢來送伊妣考。（生）如今安葬未曾？（旦）我把墳自造，土泥盡是我麻裙裹包。（生大哭介）聽得伊言語，教我傷心噎倒。(二)

（生哭倒介）（旦、貼扶生起介）（旦）官人，這畫像就是你爹媽的真容了。(三)（生哭拜介）

【越調過曲・山桃紅】（生）蔡邕不孝，把父母輕拋。爹娘呵，我與你別時，豈知恁地？早知道形衰耄，怎留聖朝？(四) 娘子，你爲我受煩惱，你爲我受劬勞。謝你葬我爹，葬我娘，你的恩難報也！說甚麼養子能代老。(五)（合）這苦知多少，此恨怎消？天降災殃人怎逃？(六)

（生）娘子，這真容是誰人畫的？

【前腔】（旦）這儀容像貌，是我親描。(七)（生）娘子，途路遥遠，你那得盤纏來到此間？（旦低唱介）

---

(一) 夾批：親死不便說出，至此方說，亦是急中一緩。

(二) 夾批：一聞親死，不便痛倒，且急急問殮問葬，然後痛傷噎倒。緩中有急，急中有緩，寫得極真極曲。

(三) 夾批：此處只指畫像，并不提起詩句。文字變化，令讀者不知誰賓誰主。

(四) 夾批：此是悲死。

(五) 夾批：此是悼生。

(六) 夾批：不敢怨君，不敢怨相，而歸其咎於天，極得體。

(七) 夾批：題詩之人即繪像之人，題詩則用牛氏代說，繪像須用趙氏自說。文極精緻。

我乞丐把琵琶撥，怎禁路遥？〔一〕官人呵，你説甚麼受煩惱？説甚麼受劬勞？你只看你爹，看你娘，比别時兀自形枯槁也。可知我的一身難打熬。〔二〕（合前）

【前腔】（貼）設着圈套，被我爹相招。相公，你也説不早，況音信杳。姐姐，你爲我受煩惱，你爲我受劬勞。相公呵，是我誤你爹，誤你娘，誤你名不孝也。難説妻賢夫禍少。〔三〕（合前）

【前腔】（生）我脱却巾帽，解却衣袍。（貼）相公，急上辭官表，我和你共行孝道。（生）只怕你去不得。（貼）相公，我豈敢憚煩惱？我豈敢憚劬勞？同去拜你爹，拜你娘，親把墳塋掃也。使地下亡靈兒安宅兆。〔四〕（合前）

【餘文】（合）幾年分别無音耗，奈千山萬水迢遥。只爲三不從，生出這禍苗。〔五〕

（下場詩）〔六〕（生）只爲君親三不從，（旦）致令骨肉兩西東。

---

〔一〕夾批：二句低唱，妙。蓋畫真容畫出來真是醜，抱琵琶説出來亦是醜也。

〔二〕夾批：欲知生者之所以至於乞丐，觀死者之形貌可知矣。然則五娘之繪二親，一五娘之自繪也。真容一幅，直可當喫糠剪髮圖。

〔三〕夾批：先言父之失於初，次咎夫之言不早，末乃歸罪於己。極寫賢媛。

〔四〕夾批：夫既不以棄妻爲正道，妻敢不以不奔喪爲不孝乎？『安宅兆』，俗本作『添榮耀』，便不是賢媛語矣。

〔五〕夾批：此三句爲一篇之結，亦可以爲全部之結。

〔六〕夾批：《西厢》以《草橋驚夢》結，今《琵琶·書館相逢》亦以『夢』字結，天下事皆當作如是觀矣。

（貼）今宵賸把銀釭照，（合）猶恐相逢是夢中。

## 第三十八齣[一]　張公遇使

前篇既借五娘詩中罵伯喈，此篇又借張公口中罵伯喈；　前猶隱罵之，此則明罵之。非罵伯喈，罵王四也。極寫伯喈之義，所以爲王四諷；　極寫張公之義，亦所以爲王四諷也。何也？伯喈託張公以生，五娘又託張公以死，而張公既不負生，又不負死，真可謂誼薄雲天，誠貫金石矣。夫鄰且不可負，而況於親死；　鄰且不可負，而況於生妻哉？　故曰：　寫張公之義，亦所以諷王四也。

文之黯然銷魂者，其張公告墓之語乎？　呼蔡公蔡母之靈而語之，問其『去與不去』，於是泫然曰：『叫他不應魂何在？』觀者至此，雖鉄石爲心，亦爲泣數行下矣！　曾子有言：『椎牛祭墓，不如鷄豚之逮親存也。』子路南遊之後，列鼎而食，積粟萬鍾，追思爲親負米、藜藿爲供之時，已不可復得。嗚呼哀哉！吾願天下之爲人夫者，三復於斯篇；　尤願天下之爲人子者，三復於斯篇！

（末扮張大公上）

【南吕引子・虞美人】（末）青山古木何時了，斷送人多少。孤墳誰與掃？荒苔連塚陰風吹

---

[一]　第三十八齣：　原闕，據文義補。

送紙錢遶。(一)

(末)冥冥長夜不知曉,寂寂空山幾度秋。泉下長眠人未醒,悲風蕭瑟起松楸。(二) 老夫受趙五娘之託,教我爲他看管公婆墳墓。這兩日有些閒事,不曾去看得,今日須索去走一遭。

【仙呂入雙調·步步嬌】(末)呀! 只見黄葉飄飄把墳頭覆,厮趕的皆狐兔。(三) (仰望介)敢是誰人來砍了樹木去? 爲甚的松楸漸漸疏? (跌倒介)甚麽東西把我老人家絆這一跌? 咳! 却原來是苔把磚封,笋迸泥路。(四) (歎介)老員外,老安人,古人説得好:未歸三尺土,難保百年身;已歸三尺土,難保百年墳。只怕你難保百年墳,(五)我老夫在日,尚來爲你看管;若我死後呵,再教誰添上三尺土?(六) (丑扮李旺上)

(一) 夾批:北邙寂寂,古塚壘壘,不獨蔡公蔡母然也,若丞相、若狀元百年而後同歸於是矣。彼逐富貴而棄貧賤,貪名利而忘禮義者,亦復何爲哉? 俗本欲以『荒苔』二字連上句讀,因以『遶』字改作『來』字,則上下兩韻不若古本之妥也。

(二) 夾批:人生如夢,死乃大覺。恐泉下人倒是醒,泉上人倒未必醒也。

(三) 夾批:二語便寫得荒墳氣象。

(四) 夾批:只因仰望松楸,便不能俯視泥路,寫來甚真。

(五) 夾批:因自傷生者之身,而傷及死者之墳。從跌後寫來,文情甚妙。

(六) 夾批:因傷死者之墳,還自傷老者之死。寫荒墳是荒墳,寫老漢是老漢。『再教誰』三字不駡伯喈,而已駡伯喈矣。

【前腔】（丑）渡水登山多勞苦，來到這荒村塢。遥觀一老夫，試問他家，住在何所。（一）趲步向前行，呀！却原來是一所荒墳墓。（二）

（相見介）（末）小哥，你從那裏來？（丑）在下從京都來。（末）來此何幹？（丑）我奉蔡狀元之命，特差至此，要請他的太老爺、太夫人和小夫人一同到洛陽去。（末）蔡狀元叫甚名字？（丑）我相公的名字，我怎敢説？（末）荒僻之處，但説不妨。（丑）我相公叫做蔡伯喈。（末怒介）

【風入松】（末）你不須提起蔡伯喈，説着他每忒歹！（三）（丑）呀！他有甚歹處？（末）他中狀元做官六七載，撇父母抛妻不保。（丑）他父母如今在那裏？（末）兀的這磚頭土堆，是他雙親在此中埋。（四）

（丑）咳！原來太老爺太夫人都死了。老丈，你可知他爲甚死的？

【前腔】（末）他一從兒别後，遇荒災，便無人倚賴。（丑）這等説，那時節誰看待他兩個？（末）虧

---

（一）夾批：他家者，蔡家也。眼在老夫，心在蔡家，所以爲妙。若認『他』字爲指老夫則誤矣。

（二）夾批：先望見老夫而後見墳墓，在行路人眼中寫來，又在問路人意中寫來，情景如畫。【步步嬌】首句當以仄仄平平四字爲起，唯第一字不妨用平。觀前曲『黄葉飄飄』，此曲『渡水登山』可見。故《西樓》之『看取誰行敲門者』則是，《紅拂》之『朝來獻策候門去』則非。

（三）夾批：伯喈不幸而爲東嘉所借，然以駡伯喈，則此爲反文；以駡王四，則此爲正文也。

（四）夾批：未説妻子下落，先説父母下落。

他媳婦相看待，(一)把衣服和釵梳都解。(丑)解也須有盡時。(末)便是。這小娘子解得錢來買米，做飯與公婆喫。他却背地裏把糟糠自捱，公婆的反疑猜。(丑)這樣孝順媳婦，還去疑猜他？敢是道他背地自喫了甚麼好東西？(末)便是。後來呵，

【急三鎗】(末)他公婆親看見，雙雙痛死，無錢斷送，他剪頭髮賣買棺材。(二)(丑)他這般無錢，如何築得這一所墳墓？(末)説也奇怪。他去空山裏，把裙包土，感得神明助，與他築墳墓。(三)(丑)自古道：孝感天地，果然有這樣事。那小娘子如今在那裏？

【風入松】(末)他如今逕往帝都來。小哥，不瞞你説，他没盤費，一路上彈琵琶做乞丐。(四)(丑)咳！蔡相公特地差我來取他父母妻子，如今太老爺、太夫人又死了，小夫人又去了，如何是好？(末)你漫着，我與你説與他父母知道。(五)(面墓叫介)老員外，老安人，你孩兒做了官，如今差人來接你到京，同

(一) 夾批：因問父母下落，便帶出妻房來。
(二) 夾批：此述父母之所以殮。
(三) 夾批：此述父母之所以葬。
(四) 夾批：此處方説出妻子下落。
(五) 夾批：落想奇絶、慘絶！

享富貴，你也去不去？（哭介）叫他不應魂何在？空教我珠淚盈腮。(一)（丑）老丈，你且休哭，待我回去對相公説知，教他多多做些功果，追薦爹娘便了。（末）咳！他生不能養，死不能葬，葬不能祭。這三不孝逆天大罪，空設醮，枉修齋。(二)（末）你相公如今在那裏？（丑）我相公如今入贅在牛丞相府裏。

【急三鎗】（末）小哥，你如今疾便回，説我張老的道與蔡伯喈。（丑）道甚麼來？（末）道你拜別人的爹娘好美哉，親爹娘死，倒不值你一拜。(三)（丑）老丈，你休錯埋怨了人。我相公要辭官，朝廷不從；要辭婚，我太師又不從，他也只是没奈何了。（末）恁地説呵，

【風入松】（末）原來他也是無奈，好似鬼使神差。(四)當初伯喈在家時，原不肯赴選，争奈他爹爹不從他。這是三不從把他厮禁害。(五)三不孝亦非其罪。（丑）老丈，你險些錯埋怨了他。（末）這總

(一) 夾批：《荆釵》曲云：『慕形容不見伊，訴衷曲無回對。』可謂悲矣。然觀者知錢氏之不死，則悲猶可解，未若《琵琶》張公叫墓之悲爲尤甚也。
(二) 夾批：可見彌陀寺中道場竟是無用。
(三) 夾批：幾令天下爲贅婿者無處生活。
(四) 夾批：以寫伯喈，則此爲正文；以影王四，則此又爲反文也。
(五) 夾批：『三不從』在李旺口中述其二，在張公口中述其一。合應前文。

是他爹娘的福薄運乖，可知道人生裹都是命安排。(一)

(末)小哥，老夫不是別人，張大公的便是。當初蔡伯喈臨去之時，把父母囑付與我。如今他父母身死，小娘子親往京師尋他，將及去了半月了。你今回去，一路上但見一個道姑打扮的女子，拿着琵琶，背着一軸真容的，便是你相公的小夫人，你好生承值他上京去便了。(二)(丑)理會得，小人告別了。

(下場詩)(末)雙親死了已無依，今日回來也是遲。

(丑)夜静水寒魚不餌，滿船空載月明歸。

# 第三十九齣　散髪歸林

作者之寫此一篇，特欲唤醒天下之以女爲子、以婿爲子者也。天下未嘗無孝婿可以當子，而婿自有父母，則婿終是婿；天下未嘗無孝女可以當子，而女自有公姑，則女終是女。婿終是婿，女終是女，則彼雖孝於我，我皆不得而子之者也。而愚之夫猶竊疑焉，以爲婿非我之所生，我或不得而子之；若女固我之所生，我何亦不得而子之？且婦亦非我之所生，我得因子而子之；乃婿非我之所生，我何獨不得因女而

---

(一) 夾批：無可奈何而歸之命，非寬慰之詞，正悲痛之詞耳。不言王四之情薄行乖，而但言周氏之福薄運乖，則更甚於駡王四矣。

(二) 夾批：牛氏教他家中迎取，張公又教他路上尋覓，都妙在水月鏡花。

子之？嗚呼！是誠不知女以婿家爲家，則不復以父家爲家；而婦以夫家爲家，婿則不以妻家爲家也。故以此家之女而爲彼家之婦，則直爲彼家之人，不復爲此家之人，此必然之理也。以彼家之子而爲此家之婿，欲其竟爲此家之人，不復爲彼家之人，此必無之事也。若以女爲子，則將以婿爲婦耶？若以婿爲子，則將以甥爲孫耶？鄭國立莒甥爲嗣，《春秋》書曰：『莒人滅鄭。』甥之不可以爲後可知矣。甥不可以爲後，而婿之不可以爲子可知；婿不可以爲子，而女之不可以爲子又可知。今有爲我女我婿而奪人父子之恩、不顧人夫婦之義者，不過謂我女我婿之可以當我子耳。誠知其不然，亦何樂而爲此也？然則東嘉之寓言於牛相，其所以諷不花丞相者至深切也。

天下有行我之意而不恤他人之苦者矣，不知彼情猶我情，人苦不絜矩耳。東嘉於牛相别女之文，特與《南浦囑别》之文處處相符，字字相應，所以令人深長思也。試觀牛相之託女，亦何異伯喈之託父母？試觀小姐之屬老嫗，何異伯喈之囑張公？其曰『怎跋涉萬餘里』，非即所謂『眼巴巴望着關山遠』乎？其曰『撇了爹爹，没人温凊』，即非所謂『膝下嬌兒去，堂前老母單』乎？其曰『凡事望你指顧』，非即所謂『公公可憐，我爹娘望你周全』乎？其曰『我自看承你孩兒，不須叮嚀』，非即所謂『你爹娘早晚間吾當陪伴』乎？其曰『再來時，我的存亡未審』，非即所謂『怕回來雙親年老』乎？其曰『須早辦回程』，非即所謂『歸休晚，莫教人凝望眼』乎？其曰『你寬心等，何須苦掛縈』，非即所謂『兒今去，爹媽休得要意懸』乎？其曰『把音書寫，頻頻寄郵亭』，非即所謂『要解愁煩，頻寄音書回轉』乎？其曰『爹年老，伊家須是好看承』，非即所謂『雙親衰倦，你扶持看他老年』乎？嗟乎異哉！天道好還，可見果報之速；人情不遠，當存忠恕之心。讀傳奇而至此，勝聽瞿曇説法，又勝聽老儒講學矣。

文有不可與前文相避，而故與前文相犯者；不相犯，不見文心之巧也。文有既與前文相犯，而又與前文相避者；不相避，不見文心之變也。如小姐初聞其父之招婿，嘗私語老嫗；今牛相初聞其女之奔喪，亦私問老嫗，斯則同矣。而老嫗前則不敢諫丞相，後則敢於諫丞相，是又一變。丞相前之聽女，初拒後從；今之聽女，亦初拒後從，斯則同矣。而前則拒於小姐面前，今則拒於小姐背後；前則女欲同歸而但許其迎親，今則女欲同歸而竟許其同歸，是又一變。至於同一强，而逼試則子强從父，奔喪則父强從女。同一別，而赴選則以一人別三人，廬墓則以三人別一人。極相類處，偏不分毫合掌。夫作文之難，非善避之難，而犯而避之之難；又非能犯之難，而以避者犯之之難。今《琵琶》此篇，既能犯，又能避，欲不謂之才子之文，何可得耶？

（外扮牛丞相上）

【雙調引子·風入松慢】（外）女蘿松柏望相依，况景入桑榆。不料他椿庭萱室齊傾棄，怎不想着家山桃李？嘆當初中雀誤看屏裏，到如今乘龍難駐門楣。(一)

（外）人無遠慮，必有近憂。自家當初不三思，苦苦的招贅蔡伯喈爲婿，指望他養老百年。誰想如今他

(一) 夾批：有早知今日，悔不當初之意。女終不可以爲兒，婿終不可以爲子也。

的父母雙亡，他的媳婦竟來京中尋取他。今聞訃奔喪，即日將去。聞說我女孩兒也要和他同去，未知果否？待我喚老姥姥出來問他，便曉端的了。(一) 老姥姥那裏？（淨扮老姥姥上）

【仙呂過曲・光光乍】（淨）女婿要同歸，岳丈意何如？忽叫阿奴緣何的？想必與他做區處。

（見介）（外）老姥姥，蔡狀元的父母身死，要回家守制。聞說我家小姐也要和他同去，果有此事否？（淨）告相公，果然小姐要和狀元同歸守孝。（外）呀！我家小姐，如何與別人守孝？(二)（淨）相公請息怒，聽老婢告稟。

【南呂過曲・女冠子】（淨）媳婦事舅姑合體例，怎不教女兒同去？相公，當初是你相留住，今日裏怨着誰？(三)（外）我不教女兒去，便待怎的？（淨）相公，事須近理，怎使聲勢？休道朝中太師威如火，那堪路上行人口似碑。(四)（合）說起此事，費人區處。

（外）我教小姐去也不妨，只是他自幼嬌養，那裏跋涉得這許多路？（淨）相公，這也說不得了。

---

(一) 夾批：金閨愁配之時，小姐私告老嫗；散髮歸林之前，丞相亦私問老嫗。正與前文相對。

(二) 夾批：又是一句傷風敗俗非禮的言語。

(三) 夾批：前者丞相曰：『何似當初休教他來赴選？』今老嫗之意，亦若曰：『何似當初休留他爲女婿？』又與前文相對。

(四) 夾批：即《幾言諫父》文中所云『怎違公議』之意。

【前腔】（浄）相公只慮着多嬌女，怕跋涉萬水千山。可知道女生向外從來語，(一)況既已做人妻。夫唱婦隨，不須疑慮。(二)相公，這是藍田種玉結親誤，今日裏船到江心補漏遲。(三)（合前）

【前腔】（外）當初是我不仔細，誰知道事成差池？(四)痛念深閨幼女多嬌媚，怎跋涉萬餘里？況我嫡親更有誰，怎忍分離？(五)罷！罷！不教愛女擔煩惱，也被旁人講是非。(六)（合前）

（外）老姥姥，你説的話也不差，没奈何，只得由他去罷。（浄）説話間，狀元、小姐都來也。（生引旦、貼上）

【雙調引子·五供養】（生）終朝垂淚，爲雙親教我心疼。（貼）親墳須共守，只得離神京。

---

(一) 夾批：唤醒天下愚人。

(二) 夾批：即《幾言諫父》文中所云『已嫁從夫』之意。

(三) 夾批：前者五娘曰『是老親合顛倒』，今老嫗之意亦若曰『是相公合顛倒』。又與前文相對。

(四) 夾批：前者蔡公自歎『當初是我不是』，今牛相亦曰『當初是我不仔細』。又與前文相對。

(五) 夾批：即前日蔡母戀子之語。

(六) 夾批：忽然轉念，亦猶前日之聽女迎親也。但先拒後縱，前分作兩篇寫，今只在一篇寫，更奇。在一篇寫已奇，在一曲中寫更奇。

（旦）且商量計策，猶恐你爹行不肯。（合）若是他不肯，難説道君王有命。〔一〕

（相見介）（外）賢婿，聞你父母背棄，你媳婦來此尋你，此事果否？（生）果有此事，愚婿正要來稟知岳丈。（外指旦介）這可就是伯喈的媳婦麽？（旦）奴家便是。（外）賢哉！賢哉！（貼）孩兒有一事拜稟爹爹：孩兒與趙氏姐姐同做蔡家媳婦，他便生能養，死能葬，竭盡孝道。孩兒却生不能供甘旨，死不能奉含飯，以此自思，罪愧何及？今特講於爹爹之前，情願居於姐姐之下。（外）賢哉吾女！説得極是。〔二〕（旦）夫人是香閨繡閣之名姝，奴家乃是裙布荆釵之貧婦；况承君命以成婚，難讓妾身而居右。（外）五娘子，你身先歸於蔡氏，年又長於我兒，禮應相讓，不必多辭。（生）你兩個只做姊妹相呼罷。（外）這個説得有理。五娘子，你既無父母，又喪公姑，就算做是我的女孩兒一般便了。〔三〕（生）愚婿今日拜辭岳丈，領二妻同歸故里，共守親喪。待服滿之後，再來侍奉尊顔。（外）賢婿，我其實捨不得你和女兒遠去。只是奔喪大禮，我也難再相留。〔四〕（貼）爹爹，孩兒暫别尊顔，實出無奈。爹爹善自保

---

〔一〕 夾批：招贅可曰奉旨，若不許奔喪，不得亦曰奉旨也。

〔二〕 夾批：寫牛相此時大非昔比，與前文變。

〔三〕 夾批：蔡公只有一個媳婦，却偏有兩個拜墓。牛公忽有兩個女兒，留不得一個在家。趙氏失了兩個尊人，又得了一個尊人。牛氏分去半個父親，又要全别一個父親。狀元强做半個兒子，到底只有一個爹娘。丞相兼做兩個丈人，其實只剩得半個女婿。此數聯皆堪爲之絶倒！

〔四〕 夾批：前者踰時始悔，今則當下便從，比前稍變。

重，不必時常牽掛。（外哭介）孩兒，你今拜舅姑的墳墓，竟不念我了！[一] 苦！　女兒終是向外，兀的不痛殺我也！[二]（貼悲介）爹爹不須煩惱。（生、旦、貼拜辭介）

【大石調過曲·催拍】（生）念蔡邕爲雙親命傾，遭不孝逆天罪名，今辭了帝廷。感岳丈慇懃，豈敢忘情？　痛父母恩深，久負亡靈。（合）辭別去，同到墳塋；　心慽慽，淚盈盈。[三]

【前腔】（旦）念奴家離鄉背井，謝公相教孩兒共行。　非獨故里榮，我泉下公姑，死也目瞑。（外）五娘子，我女兒到彼，凡事望你看顧。[四]（旦）我自看承你孩兒，不須叮嚀。[五]（合前）[六]

【前腔】（貼）覷爹爹衰顏皤鬢，思量起教人淚零。　我進退不忍；　待不去呵，棄了公姑，被人譏評；　待去呵，撇了爹行，没人温凊。　咳！　只得辭別去，同到墳塋，心慽慽，淚盈盈。[七]

【前腔】（外）孩兒，此別去，你的吉凶未憑；　再來時，我的存亡未審。　賢婿，我今已老景，畢

---

[一] 夾批：拜別人的爹娘，在男子則不可，在女子則正當也。

[二] 夾批：至此纔醒。

[三] 夾批：非爲別丈人而淚盈盈，自爲痛父母而淚盈盈也。　寫狀元自有狀元之淚。

[四] 夾批：丞相託女，與狀元託親一樣悲慘。

[五] 夾批：前受伯喈之託看承他父母，今又受牛相之託看承他孩兒。　又特與前文相對。

[六] 夾批：亦自痛公姑而淚，非代爲牛氏淚也。　寫五娘亦自有五娘之淚。

[七] 夾批：爲別老父而淚，非獨爲公姑而淚也。　寫牛氏又自有牛氏之淚。

竟你没爹娘，我没親生。若念骨肉一家，須早辦回程。(一)（合前）(二)

（外、貼各悲介）（生）岳丈不必悲傷，此別不過三年之期。

【正宮過曲・一撮棹】（生）岳丈，你且寬心等，何須苦掛縈？(三)（外）賢婿，你須把音書寫，頻頻寄郵亭。(四)（貼）老姥姥，我爹年老，伊家須是好看承。(五)（浄）小姐，這不勞掛念。只願你程途裏，各得保安寧。（旦）死别全無准，生離又難定。（合）今去也，未知何日返神京？(六)

（外）你每途中須各保重。（生、旦、貼）多謝掛念，就此告辭了。

【哭相思尾】（合）最苦生離難拋捨，未知再會何時也。(七)

（生、旦、貼并下）

（下場詩）（外）女婿今朝已別離，老身孤苦有誰知。

---

(一) 夾批：即前日蔡家父子母子囑別之語，對照得妙。

(二) 夾批：爲别女而淚，非爲别婿而淚也。寫丞相又自有丞相之淚。

(三) 夾批：即前日别五娘之語。

(四) 夾批：亦即前日蔡公蔡母囑其子之語。

(五) 夾批：即前日伯喈託張公，又託五娘之語。

(六) 夾批：即前日『又不知何日再圓』之語。

(七) 夾批：亦即前日『不知何日再圓』之重復一語耳。

（浄）夫唱婦隨同歸去，（合）一處思量一處悲。

## 第四十齣　李旺回話

文章之妙，妙在無空落墨處，又妙在有空落墨處。墨之所染，無有一處落空，是其到也，是其密也。墨之所染，偏有幾處落空，是其脱也，是其閒也。如李旺迎取蔡狀元家眷，既迎不着；及張公教他路上尋覓道姑，又尋不着；回到京師禀覆狀元，又禀覆不着，則寫一李旺，毋乃贅乎？曰：非贅也。必有着落，而後寫之，則文無虚致矣；以無着落而遂不寫之，則文有漏筆矣。且筆尖在此，而眼光在彼。若使李旺尋得着道姑，何以見尋夫者之不敢緩？不寫李旺禀覆不着狀元，何以見奔喪者之不敢遲？然則虚寫李旺一邊，正兼襯五娘、伯喈兩邊。如此運墨，是有落空處，正是無落空處；脱處、閒處，正是到處、密處也。才子之文，誠非常人之所得而窺測哉。

（丑扮李旺上）

【過曲・柳穿魚】（丑）心忙似箭走如飛，歷盡艱辛有誰知？夜静水寒魚不餌，滿船空載月明歸。歸來後，到庭除，聽説狀元已回去。

（丑）自家李旺，蒙老相公差往陳留，迎取蔡狀元的老員外、老安人、小夫人來京同住，不想他兩位老的已都死了，小夫人又先來了。那張大公教我在路上尋覓他，却又尋不着，空自走了這一遭。今日回來，

待要稟覆蔡狀元，聞説蔡狀元已回去了。(一)我今且稟覆了老相公，再作道理。(二)呀！老相公早出來也。(外扮牛丞相上)

【黄鍾引子・翫仙燈頭】(外)堂上有人聲，是誰來諠譁閙炒？

(丑見介)告相公，李旺回來了。(外)你回來了麼？你可知道我家小姐和蔡相公都回家去了？(丑)蔡相公的小娘子曾到這裏不曾？(外)曾到來。李旺，我且問你，蔡相公的父母既死了，小娘子又來了，你到那裏可曾見甚麽人？(丑)老相公聽禀。

【過曲・風帖兒】(丑)我到得陳留，逢一故老，在他爹娘墳上拜掃。道他爹娘呵，果然飢荒都死了。他媳婦，也來到，枉教人走這遭。(三)

【前腔】(外)李旺，我如今去朝廷上表，表奏蔡氏一門孝道。管取吾皇降丹詔，旌節孝，把他召。我自去陳留走一遭。(四)

(丑)老相公，説起來這個趙氏小娘子，其實難得。(外)便是。一家都難得。一來蔡狀元不忘其親，二

(一) 夾批：縱使禀覆得着狀元已是空。今并禀覆不着狀元，又是空中之空。
(二) 夾批：李旺去請三個人不曾請得一個，今來禀覆三個人只禀覆得一個。去是全空，來是半空。
(三) 夾批：此結還前文。
(四) 夾批：此引起後文。

來趙五娘子孝於舅姑，三來我家小姐又能成人之美。一門孝義如此，理合表奏朝廷，請行旌獎。(一)

(下場詩)(外)五更三點奏朝廷，(丑)世上難求這樣人。

(合)管取一封天子詔，表揚千古孝賢名。

# 第四十一齣　風木餘恨

伯喈之入贅豪門，不棄糟糠，此子虛烏有之事也。若伯喈之廬墓盡哀，孝感枝兔，此則非子虛烏有之事也。從前寫一本無是事之伯喈，固知其非爲伯喈而寫矣；今更寫一真有是事之伯喈，豈又忽爲伯喈而寫乎？曰：寫此非爲伯喈，亦以爲王四也。夫王四之爲王四，所謂捨自己爹娘而拜別人爹娘者也。但責之以棄妻猶未足儆其志，不若責之以背親，乃足大正其辜。是從前虛寫一義夫，誠以愧夫入贅豪門之人；於此實寫一孝子，愈以愧夫入贅豪門之人也。故曰：寫此非爲伯喈，亦爲王四也。

此篇固爲王四而寫，然亦未嘗不爲伯喈而寫。何也？東嘉作《琵琶》，本欲諷王四，而不免於誣伯喈，是不得不爲伯喈白，實寫其孝，所以白之也。曷白乎爾？曰：不棄糟糠，不忘本也，孝子想當然也；入贅豪門，是忘親也，孝子必不爲也。夫伯喈初未有不棄糟糠之事，而歸之以不棄糟糠，正以其能孝之故。伯喈初未有入贅豪門之事，而誣之以入贅豪門，毋乃傷孝子之心？然則寫伯喈而必寫其廬墓盡孝，既可

---

(一) 夾批：爲末篇伏綫。

以信其不棄糟糠之必有是情，又可以信其入贅豪門之必無是事也。故曰：爲伯喈白也。

《琵琶》一書，四時之氣皆備。『簾幕風柔』『花明綵袖』，寫春也；『坐對南薰』『新篁池閣』，寫夏也；『長空萬里』『嬋娟可愛』，寫秋也；『樓臺銀鋪』『縞帶飛舞』，寫冬也。寫春則純寫其樂，寫夏則樂中有悲，寫秋則悲多於樂，寫冬則純寫其悲，可謂極情盡致矣。予見傳奇家有以四節分作四事寫者：春寫杜甫郊遊，夏寫東山着屐，秋寫坡公赤壁，冬寫陶穀烹茶，各自成篇，不相聯屬，豈若《琵琶》合四景於一篇之爲尤勝哉？

（生、旦、貼引侍從上）

【雙調引子·梅花引】（生）傷心滿目故人疏，看郊墟，盡荒蕪。[一]（旦、貼）惟有青山，伴着個墳墓。（合）慟哭無聲長夜曉，問泉下有人還聽得無？[二]

〔玉樓春〕（生）他鄉萬點思親淚，不能滴向家山地。（旦）如今有淚滴家山，欲見雙親渾無計。（貼）荒墳衰草連寒烟，蒼苔黄葉飛蘋蘩。[三]（生）欲聽鷄聲來問寢，忽驚蟻夢先歸泉。（旦）人生自古誰無死？

---

[一] 夾批：二語便將久宦初歸之人、故鄉荒亂之後一片悲慘情狀，一筆寫出。

[二] 夾批：『叫他不應魂何在』，我既不能聽彼矣；『泉下有人聽得無』，又未知彼能聽我否也？皆極傷心之語。

[三] 蘋：原作『頻』，據汲古閣刊本《繡刻琵琶記定本》改。

嗟君此恨憑誰語？（貼）可憐衰經拜墳塋，不作錦衣歸故里。〔一〕（生）夫人，此處便是爹娘墳墓。我和你先拜了雙親，還要去拜謝張大公。（旦、貼）正是如此。（各拜哭介）

【仙呂入雙調・玉雁子】（生）孩兒相誤，爲功名誤了父母。都緣是孩兒不得歸鄉故。爹媽呵，你怎便先歸黃土？乾坤豈容不孝子？名虧行缺不如死，只愁我死缺祭祀。〔二〕（合）對真容形衰貌枯，想靈魂悲咽痛苦。〔三〕

【前腔】（旦）百拜公姑，望矜憐恕責我夫。你孩兒贅居牛相府，日夜要歸難離步。你這新媳婦呵，堅心雅意勸親父，同歸故里守孝服，今日雙雙來廬墓。〔四〕（合前）

【前腔】（貼）不孝媳婦，當初爲我誤了丈夫，喫人談笑生何補？我待死呵，又羞見我公姑。公婆呵，我生前不能相奉侍，何如事你向黃泉路？只是我死了呵，家中老父誰看顧？〔五〕（合前）

（生）呀！說話之間，只見朔風四起，瑞雪橫空，天氣甚是寒冷。左右，且都迴避者。（旦、貼引侍從下

---

〔一〕夾批：詞意亦極悲慘。

〔二〕夾批：情不容生，而勢又不可死，正與孝婦請糧、賣髮時語意一般。

〔三〕夾批：方寫墳墓，又照顧真容，一筆不漏。因看真容枯瘁，想見其靈魂亦必悲苦。慘絕之語！

〔四〕夾批：伯喈牛氏口中但自責不自解，却用五娘代爲之解，妙甚！

〔五〕夾批：亦是欲死而不可死，與伯喈之言相合。然伯喈但念死親，牛氏并念生父。寫伯喈之孝只寫得一邊，寫牛氏之孝却寫到兩邊。

介)(末扮張公上)

【前腔】(末)樓臺銀鋪,遍青山渾如畫圖。(一)　乾坤見他衣縗素,故添個縞帶飛舞。(二)　他躃踴痛哭直恁苦,那堪大雪添悽楚。(三)　抑情就禮通今古。(四)　(歎介)莫説守墓三年,便終身守墓,也無救於墓中之人了。(合前)(五)

(生)呀!　張太公來了。(見末拜介)卑人父母生死,皆蒙太公周濟。　銜環結草,難報大恩。　正擬拜了雙親墳墓,就到宅上拜謝,何勞大公先降!(六)　(末)説那裏話?　蔡相公,你高擢科名,腰金衣紫,可惜令尊令堂相繼棄世,不得盡你的孝心。　正是:　樹欲静而風不寧,子欲養而親不在。　這也是他命該如此,不必説了。　你今日榮歸故里,光耀祖宗,雖是他生前不及享你的禄養,死後亦得沾你的恩榮,也不枉了他一片望子之心。　老夫苟延殘喘,又得相見,僥倖!　僥倖!　蔡相公,你今在此廬墓,老夫合當陪

(一)　夾批:　此泛寫雪。　看他只二句,便寫盡雪景,這想是天助孝子之哀。

(二)　夾批:　此專寫廬墓之雪,更悲。　首篇白髮紅英,是以白襯紅;　此篇衣縗縞帶,是以白襯白。

(三)　夾批:　此悲之。　雖然如此,爲孝子者不必過哀。

(四)　夾批:　此慰之。

(五)　夾批:　此又悲之。　看他既悲之,又欲慰之;　既慰之,又復悲之,有無數轉折。

(六)　夾批:　不用伯喈往謝,却用張公自來,省筆之法。

伴。但有牛氏夫人在這裏，怕不穩便。暫且告别，再來相看。(一)（生）多謝太公，即日還當造宅叩謝。

（下場詩）（生）多謝深恩不敢忘，追思父母好心傷。

（末）親墳共掃添榮耀，不負詩書教子方。

# 第四十二齣　一門旌獎

神龍見首不見尾，文章之妙，何獨不然？以有結尾爲結尾，不若以無結尾爲結尾也。《西廂》至《草橋驚夢》，不容再續矣；《琵琶》則於《書館悲逢》之後，既繼之以《廬墓》，又結之以《旌門》，抑又何也？曰：作《西廂》者非有所託諷而著書，不過因窗明几凈，筆精硯良，又值身閒手暇，於是自寫其錦心繡腸以爲娱樂，故其書至《草橋驚夢》而遂可以止也。若《琵琶》以諷王四，并以諷不花，苟但寫其悲而不寫其歡，何以爲不棄親不棄妻者勸？苟但寫其離而不寫其合，又何以爲不奪人親、不奪人妻者勸也？故《一門旌獎》一篇，在今日演之或可以闕之，在當日作之則斷不可以闕之也。然而今人之闕之，初不以文字之妙於不結爲結而闕之，徒以守墓易服之爲不詳而闕之，是又豈得爲知文者哉！

今人亦有於《書館悲逢》之後添演《琵琶》後劇者，然多將古本移换，增出蔡家設幕、郡縣弔喪，已爲贅矣；乃於終篇又增出張公問罪、牛相請免無數文字，竟似以蔡翁之授杖、伯喈之離親爲真有是事也者，不亦

---

(一) 夾批：張公來但見伯喈，不惟不必見牛氏，并不必更見五娘。又省筆之法。

誣古人之甚乎？夫伯喈必不爲如此之人，而東嘉偶借之，已不免於誣伯喈。東嘉必不爲如此之文，而今人曷爲之？不唯誣伯喈，又以誣東嘉。然則《書館悲逢》以後之數篇，愈不可以不批，愈不可不讀也。

人謂《琵琶》之結於《旌門》是以有結爲結，吾謂《琵琶》之結於《旌門》猶之以無結爲結也。何也？今之傳奇，悲則極悲，歡亦極歡；離則皆離，合亦皆合，此常套也。而《琵琶》獨寫一不全之事以終篇，大異乎今之傳奇之終也。今之傳奇，善必獲福，惡必蒙禍；死者必惡，生者必善，此常套也。而《琵琶》獨寫一不平之事以終篇，又大異乎今之傳奇之終也。何謂不全之事？若論團圓之樂，則連理既得重諧，高堂亦必再慶，斯爲快耳。乃趙氏不死，雖膺封誥於生前，而二親已仙，空錫綸章於身後，豈非事之不全者乎？何謂不平之事？若論報反之正，則子離親而親既亡，女别父而父亦殞，斯爲快耳。乃以久困清貧，望子成名之蔡翁偏不得與親兒相見；以自恃富貴，奪人骨肉之牛相反得與親女重逢，豈非事之不平者乎？嗚呼！從來人事多乖，天心難測。團圓之中，每有缺陷；報反之理，嘗致差訛，自古及今，大抵如斯矣。今人惟痛其不全，故極寫其全；惟恨其不平，故極寫其平。而東嘉則仍以不全歸之運數，以不平還之造物，故曰《琵琶》之以有結爲結，猶之以無結爲結也。

（生、旦、貼同上）

【商調引子·逍遥樂】（生）寂寞誰憐我，空對孤墳珠淚墮。（旦、貼）光陰撚指過三春，[一]（合）

---

[一] 夾批：前纔寫一冬，今忽已三春。三年之喪，如駒過隙，爲之三歎。

幽途渺渺，滯魄沉沉，誰與招魂？

（生）夫人，我和你每墓廬守孝，撚指之間，不覺已是三年了。光陰易過，音容日杳，真好傷感人也。（旦、貼）相公，正是服喪有終日，思親無盡時。（生）呀！這來的好似張太公呵。（末扮張太公上）一封丹詔從天下，忽聽傳聞動郊野。說道旌表一門閭，未卜此爲何人也。（相見介）（末）蔡相公，外面喧傳有天子恩詔到此，旌表孝義，多應是爲足下而來。（生）卑人空懷罔極之思，徒抱終天之恨，方愧子道有虧，更何孝行可表？（末）說那裏話？老漢當初也只道你貪名逐利，撇了父母妻室，不肯還家；到如今才得個分曉。自古道：孝弟之至，通於神明。今見你墳前枯木生連理之枝，白兔有馴擾之性，祥瑞如此，吉慶必來。〔一〕

【仙吕入雙調·六么令】（末）連枝異木新驚，見墳頭白兔如馴。禽獸草木尚懷仁，這一封丹詔，必因君。料天也會相憐憫。〔二〕

【前腔】（生）皇恩若念臣，我也不圖禄及吾身。只愁恩不到雙親，空辜負，這孤墳。〔三〕（合

〔一〕夾批：五娘之孝感猿、虎，事之虚者也；伯喈之孝感樹、兔，事之實者也。虚事則以筆事繪之，實事則以虚筆點之，此文章虚虚實實之妙。

〔二〕夾批：張公所謂天憐憫，是憐憫孝子。正與首卷『行孝於己，俟命於天』二語相應。

〔三〕夾批：不願旌生，但願贈死，惟其如此，所以可旌耳。

前）[一]

【前腔】（旦）知他假與真？謝得公公，報説殷勤。向日呵，空教你爲我受艱辛；今日裏，有誰旌表你門庭？[二]（合前）[三]

【前腔】（貼）來使是何人？悶中無由，詢問一聲。（生）夫人，你要詢問甚麼？（貼）無由詢問我家君，知他安與否，死和存？[四]（合前）[五]（丑扮縣官上）

【前腔】（丑）敕書已來近，看街市上人，亂紛紛。咱每只得忙前奔，備香案，接皇恩。（合前）[六]

（相見介）（生）何處官長？因甚到此？（丑）下官乃本縣知縣，特來報知狀元。今日天朝牛丞相親自齎捧恩詔到此，旌表狀元一門孝義，加官進職，起服到京。下官爲此先來鋪設香案，伺候詔書到來開

---

（一）夾批：伯喈所謂天憐憫，是憐憫死親。

（二）夾批：孝者不望旌，若望旌，便非孝。義者亦不望旌，若望族，便非義矣。然在感恩者之心，實望得此以爲報也。

（三）夾批：五娘所謂天憐憫，是憐憫義人。

（四）夾批：寫牛氏自有牛氏心事，妙。牛氏之在陳留而念京師，亦猶狀元之在京師而念陳留也。

（五）夾批：牛氏所謂天憐憫，是憐憫生父。

（六）夾批：縣官所謂天憐憫，乃合而言之，憐子又憐親，憫生又憫死也。

讀，請狀元更換吉服迎接。（生）卑人服制初滿，未忍便更吉服。（丑）先王制禮，不肖者跂而及，賢者俯而就。今狀元服制既終，禮宜去凶即吉。況天朝恩典，未可有違。（末）大人説得是，狀元還該抑情就禮。（生）既如此，卑人只得從命了。孝服承教換吉裳，（旦、貼）門閭旌表感吾皇。（丑、末）不是一番寒徹骨，怎得梅花撲鼻香？（生引旦、貼暫下）（外扮牛丞相捧詔引侍從上）

【前腔】（外）風霜已滿髩，玉勒雕鞍，走遍紅塵。今日到此喜欣欣，重相見，解愁悶。(一)（合前）(二)

（丑迎接介）本縣知縣在此恭候。這裏就是蔡狀元廬墓所在，請丞相駐馬。（外）快報狀元來接詔。

（生、旦、貼吉服上）

【前腔】（生、旦、貼）心慌步又緊，聽説皇朝恩詔，已到寒門。披袍笏更垂紳，冠和帶，一番新。

（合前）(三)

（外讀詔介）皇帝詔曰：朕惟風俗爲教化之基，孝悌爲風俗之本。去聖逾遠，淳風日漓。彝倫攸斁，朕甚憫焉。其有克盡孝義，敦尚風化者，可不獎勸，以勉四方？兹爾議郎蔡邕，篤於孝行。富貴不足以

---

(一) 夾批：重相見者，自喜其得與愛女重相見也。寫丞相又自有丞相心事。
(二) 夾批：丞相所謂天憐憫，是憐憫父女。
(三) 夾批：此亦合而言之。

解憂，甘旨常關於想念。雖違素志，竟遂佳名。委職居喪，厥聲尤著。其妻趙氏，獨奉舅姑。服勞盡瘁，克終養生送死之情，允備貞潔韋柔之德。糟糠之婦，今始見之。牛氏善勸其父，克相其夫。弗懷嫉妬之心，實有遜讓之美。曰孝曰義，可謂兼全。斯三人者，朕所嘉尚。四海億兆，皆當奉爲儀型。宜加褒錫，用勸將來。蔡邕授中郎將，妻趙氏封陳留郡夫人，牛氏封河南郡夫人，限日赴京；父蔡從簡贈十六勳，母秦氏贈天水郡夫人。〔一〕於戲！風木之情何深，式彰風化之美；霜露之思既極，宜沾雨露之恩。服此休嘉，慰汝悼念。欽哉謝恩！（生、旦、貼拜介）萬歲萬萬歲。（外拜墓介）（生、旦、貼答拜介）（各相見介）（生、旦）荷蒙保奏，何以克當！（貼）自別尊顔，且喜無恙。（外）賢婿、五娘子和我女孩兒，且喜各保安康，再得相見。（指末介）此位是誰？（末）老漢是蔡相公鄰人張廣才。（生）愚婿父母生死，都得他周濟，真乃有德長者。（外）原來就是張大公，俺朝裏也聞得他仗義高名。賢婿，你今起服到京，未及展報深恩，我有黄金一笏送與張公，聊表報答之意。（生）太公，便請收下了。（末）救災恤鄰，古之常理；又況你二親身死，我實有愧於心，何敢有令岳之賜？（生）太公請收下。卑人尚當申奏朝廷，更圖薄報。（末）説那裏話？此金斷然不敢受。（外）賢婿，張公高義之人，不可相强。老夫回

---

〔一〕 夾批：蔡母一向不知其姓，直至終篇方纔表出，作者總以明其人之子虚烏有也。所指之人非漢而不妨借漢。然則漢人之母未必爲秦，而又何妨借秦哉？若以秦氏爲真有也者，未許其讀《琵琶》矣。

京，當奏請朝廷降詔褒封，以酬大恩便了。(一)

【仙呂過曲・一封書】(外)我恭奉聖旨，跋涉程途千萬里。吾皇親賢意甚美，我因採孩兒并女婿。賢婿，你夫婦呵，數載辛勤雖自苦，今日裏身受皇恩人怎比？(二)(衆)耀門閭，進官職，孝義名傳天下知。

【前腔】(生)兒不孝，有甚德，蒙岳丈過主維？(悲介)何如免喪親，又何須名顯貴？可惜二親饑寒死，博得孩兒名利歸。(三)(合前)

【前腔】(旦)把真容重畫取，(四)公婆呵，喜如今封贈伊。待把你眉頭放展舒，還愁你瘦容難做肥。(五)今日呵，豈獨奴家知感德，料你也啣恩泉石裏。(六)(合前)

---

(一) 夾批：恤他人之親且不受謝，哀自己之親者乃獨受旌乎？借張公之言抹倒天子之詔，總以明其詔之無有也。又借牛公之言虛懸一將來之詔，又以明其詔之無有也。若真以所降之詔爲既有，以未來之詔爲將有也者，又未許其讀《琵琶》矣。

(二) 夾批：但爲生者慰，不爲死者悲。寫牛公是牛公。

(三) 夾批：不爲生者慰，但爲死者悲。寫伯喈是伯喈。『可惜二親』兩句，即用蔡母前日之語追應前文，妙！

(四) 夾批：此處又忽提照真容，用筆周緻。

(五) 夾批：妙筆能轉。

(六) 夾批：既爲死者悲，又爲死者慰。寫趙氏是趙氏。啣恩泉下，即蔡公所云『一靈兒終是喜』之意也，亦追應前文。

【前腔】（貼）從別後倍哀慼，況家中音信稀。爲公姑多怨憶，爲爹行又常淚垂。〔一〕今見公姑，庶無愧色，又喜得與爹行相依倚。〔二〕（合前）

【仙吕過曲・永團圓】（衆）名傳四海人怎比？豈獨是耀門閭？人生怕不全孝義，聖明世，豈相棄。〔三〕這隆恩美譽，從教管領無所愧，萬古青編記。如今便去，相隨到京畿。拜謝君恩了，歸庭宇一家賀喜。共設華筵會，四景常歡聚。〔四〕

【尾聲】（合）顯皇猷，開盛治，共説孝男并義女。願玉燭調和，聖主垂衣。〔五〕

〔一〕夾批：只此數語，抵得『衷腸悶損』『思量那日』兩大篇文字。

〔二〕夾批：既爲死者慰，又爲生者慰，寫牛氏是牛氏。《詩》曰：『言告師氏，言告言歸。』又曰：『誰謂宋遠，跂予望之。』又曰：『有懷於衛，靡日不思。』女之念家，女之情也。故不念父母者，知其必不能孝公姑；而能孝公姑者，知其必不棄父母。

〔三〕夾批：勸世之文。

〔四〕夾批：書中多寫久不得歸苦情苦事，故終篇以歸家歡聚爲祝。

〔五〕夾批：觀其末語頌揚朝廷，可見詩詞一道，雖有託諷，要必以潤色太平爲主，不當稍涉譏訕，自取罪戾。彼揚惲種豆之歌，禹錫詠桃之句，亦復何爲哉？《琵琶》一書，真盛世鴻文，非尋常可比。吾願天下後世才行兼全之君子，其各敬讀之。

（下場詩）（生）自居墓室已三年，（外）今日丹書下九天。
（旦、貼）莫道名高并爵貴，（衆）須知子孝與妻賢。

繪風亭評第七才子書琵琶記卷六終

# 第七才子書琵琶記釋義

## 第一齣

琵琶：樂器，推手前曰琵，引手却曰琶。鰲頭：《列子》云：渤海之東大壑中有五山，根無所著，嘗隨潮上下。帝使巨鰲十五頭，舉首戴之。

## 第二齣

魚龍將化：《水經》云：『鱣鯉出鞏穴，三月上渡龍門，得渡則爲龍，否則點額而還。』故士子赴試獲雋則曰跳龍門，落第則曰被點額。風力九萬程：《莊子》曰：『北溟有魚曰鯤，化爲鵬鳥，□徙於南，水擊三千里，摶扶摇而上者九萬里。』扶摇，風上行也。玉堂：漢武帝所建，□蘇易簡爲學士，太宗以紅銷飛白書『玉堂之署』四字賜之。金馬：門名。漢武帝得大宛馬，以銅鑄其像，立於署門，故以名。椿萱：《莊子》云：『山中有大椿木，以八千歲爲春，八千歲爲秋。』今稱父曰椿，取長久之意。萱草，食之可忘憂。稱母曰萱，取忘憂之意。桑榆：《淮南子》云：『日西垂，影在木端。』端，木末也。喻人老不能久存。蘭玉：晉謝安問其侄謝玄，曰：『子弟亦何與人事，而必欲其佳。』答曰：『譬之芝蘭玉樹，欲使其生於庭堦耳。』桂花：蘭孫桂子。孫枝：《風俗通》云：『梧桐生孫枝。』烏飛：《淮南子》云：『日中有三足烏。』兔走：《酉陽雜俎》云：『月中有白兔，與蟾蜍并明。』

## 第三齣

沙堤：唐故事，拜相則府縣載沙填路，自私第至城東街，名曰沙堤。瓊樓：唐翟乾祐云：『月中有瓊樓玉宇。』錦帳五十里：晉石崇與王愷鬥富，作錦帳五十里。流蘇：帳前所懸掛之綵毬也。包彈：宋包拯多所糾彈，故曰包彈。

## 第四齣

九棘三槐：《周禮·秋官》：『朝士掌建外朝之法，左九棘，孤、卿、大夫位焉，群士在其後；右九棘，公、侯、伯、子、男位焉，群吏在其後。面三槐，三公位焉，州長、衆庶在其後。』棘者，象忠心而外棘焉；槐者，懷來遠人也。丹桂：燕山：『丹桂五枝芳。』燕山，竇燕山也。千錢買鄰：宋行雅市宅於呂僧珍宅傍，珍問其值，曰一千一百萬。珍訝其貴，答曰：『千萬買鄰，百萬買舍。』忍將父母饑寒死，博得孩兒名利歸：宋薛英登進士，陳言忤旨，被謫。及歸，親已没。人曰：『可惜父母饑寒死，博得孩兒名利歸。』

## 第五齣

啣環：漢楊寶遊泰山，見一黄雀被鎗，爲蟻損。寶收養之，數日愈，旦去暮來。忽一日，變爲黄衣人，持雙玉環贈寶。謝曰：『好掌此環，累世爲三公。』後其子震至彪果四世爲太尉。風燭：元劉田隱居事母，徵聘不起。曰：『母年九十，如風前燭矣，豈可貪禄而離親乎？』紅樓娉婷：白樂天詩云：『紅楼富家女，娉婷美好貌。』芙蓉帳：蜀主孟昶於成都城種芙蓉四十里，花開如錦，故名錦城。以其花染繒爲帳。

## 第六齣

鳳凰池：中書省也。以地在禁近，多承寵任，故人固其位。晉荀勖初爲中書監，後遷尚書令。或賀之，勖曰：『奪我鳳凰池，何賀爲？』棨戟：相府前有雙戟爲衛。

## 第七齣

杜宇：鳥名。其啼聲類『不如歸去』，故足感客心。芳草王孫：《楚詞》：『芳草生兮淒淒，王孫遊兮不歸。』隴頭音信：陸凱仕吴，爲江南守，與范曄相善。寄以梅一枝，題詩曰：『折梅逢驛使，寄與隴頭人。江南無所有，聊附一枝春。』客路瞻雲：狄仁傑貶官并州，而親舍在河陽。仁傑登太行山，見白雲孤飛，顧左右曰：『吾親舍其下。』因徘徊久之。流水醮柴門：後漢姜肱徵聘不起，人問其故，答以詩曰：『任他富貴不須論，且隱深山學素飡。縱使一身居要地，争如流水醮柴門？』芳塵：趙王石虎嘗起高樓，以異香爲屑，於樓上乘風揚之，號曰芳塵。雲梯：鄭僑赴試，夢空中一梯，雲氣圍繞，而己身登之。既而廷對第一。十度謁侯門：李觀爲太學官，因上言後法不便，被謫。題詩自嘆云：『十謁侯門九不開，利名淵藪且徘徊。自知不是封侯骨，夜夜江山入夢來。』

## 第八齣

清要官：唐李素當授七品官，有司擬雍州司户。帝曰：『此官要而不清。』又擬秘書郎，帝曰：『此官清而不要。』乃拜侍御史。九陌：長安有八街九陌。劉生下第：唐劉蕡對策切直，試官不敢録，遂下第。李郃曰：『劉生下第，我輩登科，能無汗顔？』三千禮樂：宋夏竦詩有云：『縱横禮樂三千字。』

## 第九齣

同心帶綰：柳耆卿詞：『羅帶綰結同心。』陽關：王維有《送別陽關》之詞。南浦：江淹《別賦》云：『春草碧色，春水緑波，送君南浦，傷如之何？』畫眉：漢京兆尹張敞嘗爲妻畫眉，事聞於帝。帝問之，對曰：『閨房之内，夫婦之情，更有過於此者。』傅粉郎：魏何晏面白，帝疑其傅粉，乃於夏月賜以熱羹，令汗出。拭之愈白，帝方信之。鏡鸞：罽賓國王有一鸞不鳴，夫人曰：『鳥見類則鳴。』乃懸鏡照之，鸞睹影悲鳴，一奮而絶。榜登龍虎：唐陸贄主試，所得士如韓愈輩，皆天下英俊，時人稱爲龍虎榜。蓮步：南齊東昏侯嘗鑿金爲蓮花貼地，使潘妃行其上，曰步步生蓮。

## 第十齣

耳批雙竹，鬃散五花：杜詩云：『竹批雙耳駿。』又云：『五花散作雲滿身，萬里方看汗流血。』鳳臆龍鬐：《倭馬行》：『鳳臆龍鬐未易識。』翠蹄削玉，赤汗流珠：杜詩云：『腳下雙蹄削寒玉。』又云：『赤汗微生白雪毛。』九方皋：古之善相馬者，嘗爲秦穆公求良馬於沙丘。紫叱撥：鮑生與外弟韋生以美姬換駿馬，名紫叱撥。銀海瓊舟：皆酒器名。葡萄玉液：漢張騫使西域，得大宛葡萄，釀爲酒，名曰玉液。金谷：園名，石崇所建。金蓮送：唐令狐綯爲翰林承旨，夜對禁中，太宗命撤御前金蓮寶炬送歸院。扶桑掛弓，劍倚崆峒：楚襄王問宋玉曰：『能爲大言乎？』對曰：『彎弓射扶桑，長劍倚天外。』扶桑，日出處也。書勸東封：司馬相如將死，遺書勸武帝東封泰山。河清頌：元嘉中，河清。鮑昭爲《河清頌》。玉柱擎天：唐張説撰姚崇墓碑云：『玉柱擎天，高明之位列焉。』

## 第十一齣

范杞梁築城池：秦始皇築長城，湖南人范杞梁從役而死，其妻孟姜女哭之，城爲崩。

## 第十二齣

紅絲待選：郭元振少有大志，張嘉貞欲以爲婿，乃以五色絲分授五女，使坐幕中，垂絲於幕外。召元振，令隨便牽之。元振牽得紅絲，遂娶第三女。紅葉傳情：唐人于祐見御溝中流出一紅葉，上有詩云：『流水何太急，深宮盡日閒。殷勤謝紅葉，好去到人間。』祐得之，亦題云：『曾聞葉上題詩句，葉上題詩寄阿誰？』後祐館於韓泳家，會帝放宮女出嫁，有韓夫人者，美甚，泳爲作伐，使祐娶之。韓於祐笥中見紅葉，驚曰：『此即妾所題也，不意今日果得配合！』一日，祐宴泳，泳曰：『今日當謝媒。』祐因戲題詩云：『一聯佳句隨流水，十載幽思滿素懷。今日結成鸞鳳侶，方知紅葉是良媒。』

## 第十三齣

宦海沉身：　唐顔真卿，有道士相之曰：『公骨可度世，不宜沉身宦海。』閥閱：　明其等曰閥，表其功曰閱。又，門左曰閥，門右曰閱。門楣：　唐楊貴妃有寵，兄弟皆居顯要。時謡云：『男不封侯女作妃，君看女却爲門楣。』門楣，門上横梁也。夜静水寒魚不餌，滿船空載明月歸：　華亭和尚偈云：『忙把絲綸直下垂，一波纔動萬波隨。夜静水寒魚不餌，滿船空載月明歸。』

## 第十四齣

冰人：　晉令狐策夢立冰上，與冰下人語。素紞占之曰：『此爲陽語陰，當爲人作媒，冰泮婚成。』後果如其言。青鸞：　漢武帝於七月七日見有青鳥啣書來，集殿上。東方朔曰：『西王母將來。』帝潔誠待之，翌日，王母果乘雲至。乘龍跨鳳：　秦穆公女弄玉，嫁蕭史。史善吹簫，能致鳳凰來。穆公爲築鳳凰亭，使夫婦居其上。一日，史乘龍女跨鳳升天去。

## 第十五齣

赤繩：　韋固見一老人於月下負囊覩書，曰：『此天下婚牘也。』固問囊中何物，答曰：『赤繩，以繫夫婦之足者。雖仇敵之家，吴楚異鄉，富貴懸隔，此繩一繫，終不可易。』玉種藍田：漢王雍伯以種菜爲業，好行陰德。一日，天神化爲書生，至其家，以石子二升與之。曰：『種此，生美玉，并可得美婦。』雍受而種之。後北平徐氏有女，極美，雍求爲婚。徐曰：『得白璧一雙爲聘乃可。』雍於種石處掘得白璧五雙以爲聘，遂得女。

## 第十六齣

天威咫尺：齊桓公語。朝臣待漏五更寒：吴珏詩句。鳴鞭：漢及五代有之。即《周官》條狼氏執鞭趨避之遺法也。千尋玉掌：漢武帝作承露盤，以銅爲之，上有仙人舒掌以承露。取露，和玉屑飲之，可長生。龍鱗座、彤芝蓋：王建《宫詞》云：『座列龍鱗耀日月。』《兩都賦》云：『芝蓋九葩。』羽林軍：天有羽林大將軍之星，故因以名。千牛衛：千牛，取有力之意。昭容：女官名。唐制，天子臨朝，昭容引坐。銅肝鐵膽：王素爲臺諫，人目爲銅肝鐵膽。玉珂：馬勒飾也。丹鳳詔：後趙王石虎每有詔諭，以五色紙啣於木鳳之口而頒行之。

## 第十七齣

義倉：隋文帝命天下各立義倉，以備賑。燄摩天：三十三天之上有天，曰燄摩天。

# 第十八齣

鵲橋初駕，仙郎到河：天帝有女，居天河之東，機杼工巧。後嫁歸南河牛郎，貪歡廢織。帝怒，仍令居河東，每年七夕與牛郎相會。至期，烏鵲集天河成橋以渡之。

# 第十九齣

宫花帽簇：梁純夫詩有云：『宫花帽簷簇。』天香袍染：杜工部詩云：『袍染桂花香。』嬌面重遮：蘇武詩云：『移扇重遮面。』金榜：崔紹暴卒，見冥中列榜，書人姓名。將相金榜，其次銀榜，州縣小官皆鐵榜。書中有女如玉：宋真宗《勸學文》：『書中有女顔如玉。』荷衣穿緑：唐詩云：『身掛緑荷衣。』天禄：閣名。揚雄、劉向嘗校書於此。相輝清潤，瑩然冰玉：樂廣以衛玠爲婿，時稱婦翁冰清，女婿玉潤。孔雀屏開：竇毅有女，奇相，不肯妄與人。因畫二孔雀於屏，使請婿者射二矢，約中目則許配。唐高祖李淵射中一目，遂娶焉。湘裙六幅：李群玉詩云：『裙拖六幅湘江水。』鳳卜：齊懿仲卜妻，敬仲其占曰：『鳳凰于飛，和鳴鏘鏘。有嬀之後，將育於姜。五世其昌，并於正卿。八世之後，莫之與京。』醽醁：魏左相能治酒，其名醽醁。萬事足：東坡《賀子由生孫》詩曰：『無官一身輕，有子萬事足。』

## 第二十齣

一抔：駱賓王《討武曌檄》云：『一抔之土未乾，六尺之孤何託？』

## 第二十一齣

餐松：《列仙傳》云：『偓佺好食松實，體生毛，長數寸，能飛行。』食栢：田鸞入華山，遇黄河師，曰：『栢葉，長生葉也。』因教以服食之法，後得道仙去。

## 第二十二齣

湘簟：山谷詩云：『水亭常展湘波簟。』南薰虞絃：虞舜彈五絃之琴，而奏《南薰》之詩。流水高山：伯牙善琴，鍾子期善聽。伯牙鼓琴時，其志在流水高山，子期聽其聲而知之。懷水仙：琴高善琴，有道術，號水仙。浮游於世二百餘年，後人於水傍設祠，高乘鯉而來，尋復入水去。後伯牙作《水仙》之操。寡鵠孤鴻斷猿、别鳳離鸞：劉道疆善琴，嘗爲《寡鵠孤鴻單鳧斷猿》之操。又，《列女傳》：『陶嬰夫死守節，作《黄鵠歌》以見志。』張安世善琴，爲《雙鳳離鸞》之曲。螳螂捕蟬：蔡邕赴鄰人宴，座客有彈琴者，其音近殺。邕告去。客起而謝曰：『適見螳螂捕蟬，恐其食蟬，思欲殺之，遂不覺見於聲音之間耳。望帝杜鵑：蜀望帝既死，化爲杜鵑。好姻緣惡姻緣：陶穀奉使江南，韓熙載迎之，穀不爲禮。熙載乃令妓秦弱蘭僞爲驛卒之女，私就穀。穀與歡，贈以詞曰：『好姻緣，惡姻緣，只得郵亭一夜眠。别神仙，琵琶撥盡相思調，知音少。那得鸞膠續斷絃，是何年？』翌日，熙載開宴宴穀，令弱蘭歌此詞以侑觴。穀大慚，即日趣裝北歸。鸞膠續斷絃：漢武后趙氏彈琴而絃斷，悲曰：『此凶兆也。』帝命以西海所進鸞血續之。金縷：舞衣也。唐李錡妾嘗歌曰：『勸君莫惜金縷衣。』《雉朝飛》：牧犢子五十無妻，見雌雄雉相隨而飛，援琴而歌，故有《雉朝飛》之操。《風入松》：吴叔文所作。《思歸引》：衛有賢女，衛君聘之，未至而君薨。太子欲留之，女彈琴作《思歸引》，曲終，自縊而死。風吹别調：高駢詩曰：『昨夜箏聲響碧空，宫商信任往來風。依稀似曲纔堪聽，又被風吹别調中。』别鶴：杜詩云：『上絃悲别鶴。』漱玉清泉：左太沖詩：『石泉漱瓊玉。』陸士衡詩：『飛泉漱玉鳴。』小篔琅玕：青琅玕，篔名。碧筒勸：魏鄭公慤取荷葉盛酒，以簪刺葉與柄通，吸之，名碧筒勸。冰山雪巘：賈似道於山頂掘大坑，中立室，隆冬以冰雪藏檻下，夏月入居其中避暑。寒玉：石崇有玉枕，夏月枕之，極清涼，名曰寒玉。齊紈：班婕妤詩：『新製齊紈素，皎潔如霜雪。裁爲合歡扇，團圓似明月。』

## 第二十三齣

子先嘗：君有疾，飲藥臣先嘗之；親有疾，飲藥子先嘗之。

## 第二十四齣

魚書：《古樂府》：『客從遠方來，遺我雙鯉魚。呼童烹鯉魚，中有尺素書。長跪讀素書，書中意何如？上有加餐飯，下有長相思。』猿聞斷腸：獵者射一猿子，猿母見之，悲鳴三聲而死。剖視其腸，已寸寸斷。

## 第二十五齣

結髮：宋子京詩：『結髮爲夫婦。』空門：佛家有三門，一曰空門，二曰無相門，三曰無作門。堆鴉髻：杜詩：『新髻似堆鴉。』舞鸞鬟：王雍《宫詞》：『宫粧掠出舞鸞鬟。』鶴髮：賀方回詞：『童顔愁鶴髮。』

## 第二十六齣

舌劍：閬仙詩：『三寸舌爲安國劍。』行路難：白樂天詩：『行路難，不在水，不在山。』

## 第二十七齣

丹楓染淚：王子敬與燕公情篤，公死，子敬過其墳，忍淚急趨而過，不覺淚已沾衣。林間楓葉染淚者皆紅。三匝圍喪：韓愈詩：『繞墳不假號三匝。』宅兆：《孝經》云：『卜其宅兆而葬之。』

## 第二十八齣

吾廬：淵明詩：『我亦愛吾廬。』三徑：蔣詡於竹下開三徑。飛瓊：許渾夢至瑶臺，見仙女三百餘人，其一名許飛瓊。夢覺，作詩云：『曉入瑶臺露氣清，座中唯見許飛瓊。塵心未盡俗緣在，千里空山秋月明。』後改第二句云：『天風吹下步虚聲。』蓋不欲使世間知有許飛瓊也。香霧雲鬟，清輝玉臂：杜詩：『香霧雲鬟濕，清輝玉臂寒。』吹笛關山：古曲《關山月》，遠戍思歸。

## 第二十九齣

眉峰：后山詩：『眉聳三峰秀。』萬愁：庾信《愁賦》：『且將一寸心，容此萬斛愁。』

## 第三十齣

十二釵：唐相牛僧孺多蓄侍妾，嘗自誇服鍾乳。白樂天贈以詩曰：『鍾乳三千兩，金釵十二行。』朝簪：荆公詩：『君方困旅食，我亦懼朝簪。』

## 第三十四齣

蘭若：僧寺之稱。蘭，香草也；若，乾草也。取清淨草菴之意。旃檀林：六祖碑云：『林是旃檀，更無雜樹。』清淨香：出三佛齊國，又名安息香。道德香：出真臘國。香積厨：維摩居士使弟子往衆香國禮佛，願得世尊所食之餘。於是香積如來以衆香鉢盛飯與之，故名香積厨。憚悦食：佛於雪山修行，作憚悦食以賜滯魄。法喜食：梁武帝於阿育王寺設無礙法喜食。十洲三島：西王母謂漢武帝曰：『巨海之中有十洲三島，人跡所不能到。』五蘊：色、受、想、行、識。六根：眼、耳、鼻、舌、身、意。甘露門：慧可和尚告達摩祖師曰：『願師開甘露門以度群品。』苦海：地獄邊有苦海，凡孽重者必三沉之。羅刹：世尊説法，有惡神十餘衆，號羅刹，來擾道場。世尊令大力王降伏之。龍天：八部龍神常摧護如來法。

## 第三十五齣

翠鈿：韋固妻王氏美甚，因眉間有傷痕，貼以翠鈿，愈覺妍媚。後人遂效爲之。

## 第三十六齣

金魚：唐制：職官皆服魚袋，三品以上飾以金，三品以下飾以銀。緗帙縹囊：李泌家多書，皆貯以緗帙縹囊。牙籤：唐玄宗聚書四庫，以甲乙丙丁爲號，各懸牙籤以識之。甲經書，朱牙籤；乙史書，緑牙籤；丙子書，碧牙籤；丁集書，白牙籤。又，李泌家多書，亦各懸牙籤。犀軸：唐田弘正聚書萬卷，皆錦帙犀軸。三十乘：晉張華博覽群書，嘗遷居，載書三十乘。龍賓：唐元宗見墨上有小道士如蠅，帝叱之，即呼万歲，曰：『臣墨精也，號爲龍賓。凡世人有文者，其墨上有龍賓十二。』鳳味：蘇東坡硯名。馬肝：寶石名。以之作硯，嘗有光起。鸜鵒眼：端硯有鸜鵒眼黄白相間。栗尾：筆名。金花玉板箋：唐玄宗与楊貴妃賞牡丹，以金花玉板箋賜李白，命製《清平調》三章。錦紋銅緑格：蔡君謨爲歐陽修寫《集古自序》，修以鼠鬚栗尾筆、錦紋銅緑筆格爲贈，君謨笑以爲清而不俗。東壁圖書府：東壁二星主天下文章。西園翰墨林：禁中西掖爲翰林院。

## 第三十七齣

召問鬼神：漢文帝召見賈誼於宣室，問以鬼神之本，誼詳言之。帝悦，至夜半，不覺前席。光傳太乙：漢刘向校書天禄閣，夜見老人攜青藜杖叩閣而入。吹藜出火照之，曰：『吾太乙之精也。』因出懷中書授向，向由是學益進。滴露研硃：唐高駢《步虛詞》。分陰：陶侃曰：大禹，聖人，猶惜寸陰，至於衆人，當惜分陰。《白頭吟》、緑鬢婦：司馬相如過茂陵，見一女子，緑鬢白齒，色甚艾。將聘爲妾，其妻卓文君作《白頭吟》寄之。其詞曰：『凄凄復凄凄，嫁女不須啼。願得同心人，白頭不相離。』相如乃止。小鹿兒心頭撞：梁武帝相貌威嚴，侯景作亂，逼帝於臺城。及入見帝，不覺汗沾衣。出，謂人曰：『帝迫困於斯，然吾見之，猶自驚畏，猛然若小鹿之觸吾心也。』

## 第三十九齣

家山桃李：歐公詞：『買花載酒長安市，又争似家山桃李？』

## 第四十一齣

泉下有人：鄭友路過一塚，見有竹二枝，因吟曰：『塚上兩竿竹，風吹時嫋嫋。』吟未竟，忽聞塚中有人續吟曰：『中有百年人，長眠不覺曉。』蟻夢：淳于棼夢入槐安國，國王妻以女；又使爲南柯郡守。及覺，尋古槐樹下有大穴，穴中積蟻數斛。中有大蟻，乃槐安國王也。又一穴直上南枝，所謂南柯郡也。

## 第四十二齣

霜露之思：《禮》曰：『霜露既降，君子必有悽愴之思。』

第七才子書琵琶記釋義終

# 新刊元本蔡伯喈琵琶記

# 目録

# 新刊元本蔡伯喈琵琶記卷上

東嘉高先生編集
南溪斯干軒訂正

極富極貴牛丞相，施仁施義張廣才。
有貞有烈趙真女，全忠全孝蔡伯喈。

## 第一齣[一]

（末上白）

〔水調歌頭〕秋燈明翠幕，夜案覽芸編。今來古往，其間故事幾多般。少甚佳人才子，也有神仙幽怪，瑣碎不堪觀。正是：不關風化體，縱好也徒然。論傳奇，樂人易，動人難。知音君子，這般另做眼兒看。休論插科打諢，也不尋宮數調，只看子孝與妻賢。驊騮方獨步，萬馬敢爭先。

[一] 原本不分齣，今據錢南揚《元本琵琶記校註》分齣。下同。

〔沁園春〕趙女姿容，蔡邕文業，兩月夫妻。奈朝廷黄榜，遍招賢士；高堂嚴命，强赴春闈。一舉鰲頭，再婚牛氏，利綰名牵竟不歸。飢荒歲，雙親俱喪，此際實堪悲。堪悲，趙女支持，剪下香雲送舅姑。羅裙包土，築成墳墓；琵琶寫怨，竟往京畿。孝矣伯喈，賢哉牛氏，書館相逢最慘悽。重廬墓，一夫二婦，旌表門閭。

## 第二齣

（生上唱）

【瑞鶴仙】十載親燈火，論高才絶學，休誇班馬。風雲太平日，正驊騮欲騁，魚龍將化。沉吟一和，怎離雙親膝下？且盡心甘旨，功名富貴，付之天也。

（白）宋玉多才未足稱，子雲識字浪傳名。奎光已透三千丈，風力行看九萬程。經世手，濟時英，玉堂金馬豈難登？要將萊綵歡親意，且戴儒冠盡子情。蔡邕沉酣六籍，貫串百家。自禮樂名物，以至詩賦詞章，皆能窮其妙；由陰陽星曆，以至聲音書數，靡不極其精。抱經濟之奇才，當文明之盛世。幼而學，壯而行，雖望青雲之萬里；入則孝，出則弟，怎離白髮之雙親？到不如盡菽水之歡，甘虀鹽之分。正是：行孝於己，責報於天。更喜新娶妻房，纔方兩月。却是陳留郡人，趙氏五娘子。儀容俊雅，也休誇桃李之姿；德性幽閒，儘可寄蘋蘩之托。且喜夫妻和順，父母康寧。自家記得《詩》中云：『爲此春酒，以介眉壽。』今喜雙親既壽而康，對此春光，就花下酌杯酒，與雙親稱壽。昨日已分付媳婦安排，

不免催促他則個。娘子，安排酒，請爹媽出來。（旦内應介）

【寶鼎兒】（外扮蔡公上唱）小門深巷裏，春到芳草，人閒清晝。（淨扮蔡婆上唱）人老去星星非故，春又來年年依舊。（旦上唱）最喜得今朝新酒熟，滿目花開似繡。（合）願歲歲年年，人在花下，常斟春酒。

（外、淨白）孩兒，請爹媽出來做甚麽？（生白）告爹媽：人生百歲，光陰幾何？幸得爹媽年滿八旬，孩兒一則以喜，一則以懼；況當此春光佳景，閒居無事，孩兒要與爹媽稱慶歇子。（外、淨白）如此也好。

【錦堂月】（生唱）簾幕風柔，庭幃晝永，朝來峭寒輕透。人在高堂，一喜又還一憂。惟願取百歲椿萱，長似他三春花柳。（合）酌春酒，看取花下高歌，共祝眉壽。

【前腔换頭】（旦唱）輻輳，獲配鸞儔。深慚燕爾，持杯自覺嬌羞。怕難主蘋蘩，不堪侍奉箕箒。惟願取偕老夫妻，長侍奉暮年姑舅。（合前）

【前腔换頭】（外唱）還愁，白髮蒙頭，紅英滿眼，心驚去年時候。只恐時光，催人去也難留。惟願取黄卷青燈，及早换金章紫綬。（合前）

【前腔换頭】（淨唱）還憂，松竹門幽，桑榆暮景，明年知他健否安否？嘆蘭玉蕭條，一朵桂花難茂。惟願取連理芳年，得早遂孫枝榮秀。（合前）

【醉翁子】（生唱）回首，看瞬息烏飛兔走。（旦唱）喜爹媽雙全，謝天相佑。（生唱）不謬，更清淡安閒，樂事如今誰更有？（合）相慶處，但酌酒高歌，共祝眉壽。

【前腔换頭】（外、浄唱）卑陋，論做人要光前耀後。勸我兒青雲萬里馳驟。（生唱）聽剖，真樂在田園，何必當今公與侯？（合前）

【僥僥令】（生、旦唱）春花明綵袖，春酒滿金甌。但願歲歲年年人長在，父母共夫妻相勸酬。

【前腔】（外、浄唱）夫妻長厮守，父母願長久。坐對送青排闥青山好，看將緑護田疇，緑水㳂。

【十二時】（合）山青水緑還依舊，嘆人生青春難又，惟有快活是良謀。

（外白）逢時對酒合高歌，（浄）須信人生能幾何。

（生、旦）萬兩黄金未爲寶，一家安樂值錢多。(一)（并下）

## 第三齣

（末上白）風送爐香歸别院，日移花影上閒庭。晝長人静無他事，惟有鶯啼三兩聲。小人不是别人，却是牛太師府裏一個院子。若論我那太師富貴，真個：只有天在上，更無山與齊；舉頭紅日近，回首

(一)　眉批：落場語俱應小字。

白雲低。怎見得那富貴？只見勢壓中朝，富傾上苑。白日映沙堤，青霜凝畫戟。門外車輪流水，城中甲第連山。瓊樓酬月十二層，錦帳藏春五十里。香散綺羅，寫不盡園林景致；影搖珠翠，描不就庭院風光。好耍子的油碧車輕金犢肥，没尋處的流蘇帳暖春雞報。畫堂内持觴勸酒，走動的紫綬金貂；繡屏前品竹彈絲，擺列的是紅粧粉面。玳瑁筵中爇寶香，真個是朝朝寒食；琉璃影裏燒銀燭，果然是夜夜元宵。這般樣福地洞天，可知有仙姝玉女。休言富貴牛太師，且説賢德小娘子。看他儀容嬌媚，一個没包彈的俊臉，似一片美玉無瑕；體態幽閒，半點難勾引的芳心，似幾寸清冰徹底。珠翠叢中長大，倒欣着雅淡梳粧；綺羅陣裏生來，却厭他繁華氣象。怪聽笙歌聲韻，惟貪針指工夫。愛此清幽，整白日何曾離繡閣；笑人游冶，傍青春那肯出香閨。開遍海棠花，也不問夜來多少；飛殘楊柳絮，并不道春去如何。要知他半點真心，惟有穿瑣窗皓月；能使他一雙嬌眼，除非翻翠帳輕風。決非慕司馬的文君，肯學選伯鸞的德耀。更羡他知書知禮，是一個不趨蹌的秀才；若論他有德有行，好一個戴冠兒的君子。多應是相門相種，可惜不做個厮兒；少甚麽王子王孫，争要求爲佳配。呀！理會得麽？他是玉皇殿前掌書仙，一點塵心謫九天。莫怪蘭香熏透骨，霞衣曾惹御爐烟。好怪麽！只見老姥姥和惜春養娘舞將來做甚麽？(一)

【雁兒舞】（浄扮老姥姥、丑扮惜春舞上唱）深院重重，怎不怨苦？要尋個男兒，并無門路。甚

---

(一) 娘：原闕，據汲古閣刊本《繡刻琵琶記定本》補。

年能勾和一丈夫，一處裏雙雙雁兒舞？

（唱舞介）（末白）老姥姥拜揖。（浄白）院子萬福。（末白）惜春姐拜揖。（丑白）院公萬福。（末白）我且問你兩個，每常間不曾恁地戲耍，怎的今日十分快活？（丑白）院公，你不得知我喫小娘子苦！并不許我一步胡踏，并不要説男兒邊厢去！苦咳！你弗要男兒，我須要。他也道我和他相似，也不放我笑一笑。今日天可憐見，喫我千方百計去説化他，只限我一個時辰，去花園中賞玩一番。苦咳！我如何的不快活？（浄白）便是我也千不合萬不合前生不種福地，把我這裏做丫頭，(一)苦如何説得？做丫頭老了，并不曾有一日得眉頭開。今日得老相公出去，我且來這裏遊賞歇子。（末白）元來恁地，可知你快活也。（浄白）院子，你伏事老相公，公的又撞着公的；我伏事小娘子，雌的又撞着雌的。（末白）又道是鳳隻鸞孤。老姥姥，惜春年紀小，也怪他傷春不得。你老老大大，也這般説，甚麼樣子？（浄）哼嗚老畜生！喫你識破。(二)秋茄晚結，遲花晚發。老自老，似京棗，外面皺，裏面好。你不見東村李太婆？年七十歲，頭光光的，也只是要嫁人。人問他：你老了，嫁甚的？這婆子做四句詩，做得好。（末）四句詩如何説？（浄）道是：人生七十古來稀，不去嫁人待何時？下了頭髻做新婦，枕頭上放出大擂搥。（末）你有些欠尊重。（丑）便是西村有個張太婆，年六十九歲，一個公公見他生得

(一) 裏：原作『甲』，據汲古閣刊本《繡刻琵琶記定本》改。
(二) 破：原闕，據汲古閣刊本《繡刻琵琶記定本》補。

好，只是要取他。這婆子道：你做得四句詩，做得好？（末）如何說？（丑）道是：青春年少莫蹉跎，床公尚自討床婆。紅羅帳裏做夫婦，枕頭上安着兩個大西瓜。（淨）休閒說。今日能勾得在此閒戲歇子，也不是容易。正撞着院公在此，咱每兩三個自作耍歇子。（丑）還是做甚麼耍好？（淨）踢氣毬耍。（末）不好。（淨、丑）怎地不好？（末白）〔西江月〕白打從來逞勢，官場自小馳名。如今年老脚膁疼，圓社無心馳騁。空使繡襦汗濕，謾教羅襪生塵，兀的是少年子弟俏門庭，不似寶妝行徑。（丑）鬥百草耍？（末）也不好。（淨）怎的不好？（末白）香徑裏扳殘草色，雕闌畔折損花容。又無巧藝動王公，枉費了工夫何用？驚起嬌鶯語燕，打開浪蝶狂蜂。若還尋得并頭紅，早把你芳心引動。（淨、丑）打秋千耍？（末）這個却好。（淨、丑）打秋千怎的便中？（末白）你聽我說：〔西江月〕玉體輕流香汗，繡裙蕩漾明霞。纖纖玉手把絲繩拿，真個堪描堪畫。本是北方戎戲，移來上苑豪家。女娘撩亂隔墻花，好似半仙戲耍。（淨、丑）恁地便打秋千。只是那裏有秋千架？（末）我這花園裏那討秋千架？一來老相公不忻，二來小娘子又不好，縱有也拆了。（丑）院公，没奈何，咱每三個在這裏厮論做個秋千架，一人打，兩人擡。（做架介）（末）誰先打？（淨、丑）我兩人擡，院公，你先打。（介）（占旦在戲房内叫）老姥姥，將我的《列女傳》那裏去了？（淨、丑放，末跌介）（末起白）你兩人騙我好也！（淨）今番當我打。（末、丑）老姥姥打。（淨打介）（占旦又叫介）惜春，將我的針綫箱兒那裏去了？（末、丑放）（淨不跌介）（末）奸得我索性。（丑）今番當我打，疾忙着。（丑打介）（占旦上白）莫信直中直，須防仁不仁。（末、淨放，走下）（丑做不知介）（白）又耍。罷罷，來麽，輪當我打，便奚落人。（占旦扯丑耳）

(丑驚介)(占旦白)賤人！你直恁的爲人不自重，只要閒嬉并閒閧。(丑)娘子，交人怎不去閒嬉？(占)怎的？(丑)你看麼，秋千架尚兀自走動。(占)賤人！我只教你在此賞翫片時，誰許你在此閒閧？(丑)娘子，奴家名喚做惜春，見這春去，自傷春起來。如何不悶？(占)你有甚傷春？(丑)娘子，我早晨間見疏刺刺寒風，吹散了一簾柳絮；餉午間只見淅零零小雨，打壞了滿樹梨花。一霎時囀幾對黄鸝，猛可地叫數聲杜宇。見此春去，如何不悶？(占)春光自去，你有甚麼悶來？我和你去習些女工便了。(丑)苦咳！這般天氣，誰不去閒嬉？娘子却教惜春去習女工，兀的不是悶殺惜春麼？(占)婦人家誰許你閒嬉？不習女工，有甚勾當？你却不學不出閨門的。(丑)娘子，你有千箱羅綺，滿頭珠翠，少甚麼子，却這般自苦？(占)賤人！好怪麼？做生活是你本分的事，問有和不有做甚麼？(丑)恁的，惜春辭娘子去了。我伏事别人，與他傳消遞息，隨趁也得些快活；伏事着你，見男兒也不許我擡眼。前日艷陽天氣，花紅柳緑，猫兒狗兒也動心，你也不動一動；如今暮春時候，鳥啼花落，誰不傷情？你也不愁一愁。惜春其實難和娘子過活。(占)賤人，你是狂是顛？我對老相公説，教好生施行你。(丑)娘子，可憐見惜春心裏悶，自這般説。

【祝英臺近】(占唱)你看麼，緑成陰，紅似雨，春事已無有。(丑唱)聞説西郊，車馬尚馳驟。(占唱)怎如柳絮簾櫳，梨花庭院，(合)好天氣清明時候？

(丑白)〔玉樓春〕清明時節單衣試，争奈晝長人静重門閉。(占白)我芳心不解亂縈牽，羞見游絲與飛絮。(丑白)繡窗欲待拈針指，忽聽鶯燕雙雙語。(占白)無情何處管多情，任取春光自來去。(丑白)

娘子，有甚法度教惜春休悶也？

【祝英臺序】（占唱）把幾分春三月景，分付與東流。（丑白）鳥啼花落，須煩惱你？（占唱）啼老杜鵑，飛盡紅英，端不爲春閒愁。（丑白）不閒愁，也去賞玩否？（占唱）休休，婦人家不出閨門，怎去尋花穿柳？（丑白）不游賞，只怕消瘦了你。（占唱）把花貌，誰肯因春消瘦？

【前腔換頭】（丑唱）春晝，只見燕雙飛，蝶引隊，鶯語似求友。（占白）你是人物，説那蟲蟻做甚麽？（丑唱）那更柳外畫輪，花底雕鞍，都是少年閒遊。（占白）這賤人，你是婦人家，説那少年事做甚麽？（丑唱）難守，孤房清冷無人，也尋一個佳偶。（占白）呀！賤人，你到思量男兒！（丑唱）這般説，終身休配鸞儔？

【前腔換頭】（占唱）知否，我爲何不捲珠簾，獨坐愛清幽？（丑白）清幽，清幽，争奈人愁！（占唱）千斛悶懷，百種春愁，難上我的眉頭。（丑白）只怕你不長恁地。（占唱）休憂，任他春色年年，我的芳心依舊。（丑白）只怕風流年少哄着你。（占唱）這文君，可不擔閣了相如琴奏？

【前腔換頭】（丑唱）今後，方信你徹底澄清，我好没來由。（占白）你怎的不收拾了心下？（丑唱）想像暮雲，分付東風，情到不堪回首。（占白）你怎不學我？（丑唱）聽剖，你是蕊宫瓊苑神仙，不比塵凡相誘。（占白）恁地，自隨我習些女工便了。（丑唱）謹隨侍，窗下拈針挑繡。

（占白）休聽枝上子規啼，（丑白）悶在停針不語時。

（占白）窗外日光彈指過，（合）席前花影坐間移。（并下）

## 第四齣

（生上唱）

【一剪梅】浪暖桃香欲化魚，期逼春闈，詔赴春闈。郡中空有辟賢書，心戀親闈，難捨親闈。

（白）世間好物不堅牢，綵雲易散琉璃脆。蔡邕本欲甘守清貧，力行孝道。誰知道朝廷黄榜招賢，郡中把自家保申上司去了；一壁厢來辟召，自家力以親老爲辭。這吏人雖則已去，只怕明日又來，我只得力辭。正是：人爵不如天爵貴，功名爭似孝名高？

【宜春令】（生唱）雖然讀萬卷書，論功名非吾意兒。只愁親老，夢魂不到親闈裏。便教我做到九棘三槐，怎撇得萱花椿樹？我這衷腸，一點孝心對誰人語？（末扮張大公上唱）相鄰并，相依倚，往常間有事來相報知。

（生白）來的却是張大公。公公拜揖。（末）解元拜揖。解元，

【前腔】（唱）試期逼矣，早辦行裝前途去。（生白）雙親老了，不敢去。（末笑介，唱）子雖念親老孤單，親須望孩兒榮貴。解元，趁此青春不去，更待何日？

（末白）解元既不肯去，更待老員外和大娘子出來，看如何説；也只是勸解元去分曉。道由未了，兀的

便是老員外來。

【前腔】（外上唱）時光短，雪鬢垂，守清貧不圖着甚的。有兒聰慧，但得他爲官吾足矣。（外、末相見介）（外唱）孩兒，天子詔招取賢良，秀才每都求着科試。快赴春闈，急急整着行李。

（外白）孩兒，如今黄榜招賢，郡中既然辟召你，你如何不去赴選？（末白）兀的大娘子也出來了。

【吴小四】[一]（浄上唱）眼又昏，耳又聾，家私空又空。只有孩兒肚内聰，他若做得官時運通，我兩人不怕窮。

（浄白）我到不合取媳婦與孩兒，只得六十日，便把我孩兒都瘦了；若更過三年，怕不做一個骷髏？（末白）只要他不諧？（浄介）（外白）孩兒，如今黄榜招賢，試期已逼，你這般人才，如何不去赴選？（末白）老員外和大娘子不可不作成秀才走一遭。（生白）告爹爹：孩兒非不要去，争奈爹媽年老，家中無人奉侍。（浄白）苦麼！你又没七子八婿，只有一個孩兒。老賊，你眼又昏，耳又聾，又走動不得，教孩兒出去，萬一有些差池，教兀誰管來？你真個没飯喫便着餓死，没衣穿便着凍死。（外白）你理會得甚麼？孩兒做官，也改换門閭，如何不教他去？（生白）孩兒難去。

【繡帶兒】（唱）親年老光陰有幾？行孝正是今日。終不然爲着一領藍袍，却落後了戲綵班

[一] 小：原作『宵』，據曲律改。

衣？思之，此行榮貴雖可擬，怕親老等不得榮貴。（外唱）春闈裏紛紛大才，難道是没爹娘的孩兒方去？

【前腔換頭】（末唱）休迷，男兒漢凌雲志氣，何必苦恁淹滯？可不枉費了十載青燈，枉捱半世黄虀？須知，此行是親志，休固拒。秀才，你那些個養親之志？（净唱）百年事只有此兒，老賊！難道是庭前森森丹桂？

【太師引】（外唱）他意兒難提起，這其間就裏我自知。（末白）他爲甚麽？（外唱）他戀着被窩中恩愛，捨不得離海角天涯。（白）你是讀書人，説個比倣與你。（唱）塗山四日離大禹，你直恁地捨不得分離。（末白）敢是如此，秀才？（唱）你貪鴛侶守着鳳幃，多誤了鵬程鶚薦的消息。

【前腔】（净唱）他意裏只要供甘旨，又何曾貪歡戀妻？自古道曾參純孝，何曾去應舉及第？功名富貴天付與，天若與不求須來至。（生唱）娘行是，望爹行聽取。（生白）孩兒戀媳婦不肯去呵，（唱）天須鑒孩兒不孝的情罪。

（生白）告爹爹，教孩兒出去，把爹爹媽媽獨自在家，萬一有些差池，一來别人道孩兒不孝，撇了爹娘去取功名；二來道爹娘所見不達，只有一子，教他遠離；以此上不相從。（外白）不從我的言語也由你，但説如何唤做孝？（净白）老賊！你年七八十歲，也不識做孝？披麻帶索便是孝。（末妝介）（生白）告爹爹：凡爲人子者，冬温而夏清，昏定而晨省，問其寒燠，搔其痾癢，出入則扶持之，問所欲則敬進之。是以父母在，不遠遊；出不易方，復不過時。古人的大孝，也只如此。（外白）孩兒，你説的都是小節，不曾説那大孝。（浄白）老賊！你又不曾死，只管教他做大孝，趕出去赴選不得。（末白）這話有些個不祥。（外白）孩兒，你聽我説：夫孝始於事親，中於事君，終於立身。身體髮膚，受之父母，不敢毁傷，孝之始也。立身行道，揚名於後世，以顯父母，孝之終也。是以家貧親老，不爲禄仕，所以爲不孝。你去做得官時節，也顯得父母好處，不是大孝却是甚麽？（生白）爹爹説得自是。知他是去做官不做官？若還不中時節，又不能勾事君，又不能勾事親，可謂兩耽閣了。（末白）秀才説話錯了。老漢常聽得秀才每説道：幼而學，壯而行；懷寶迷邦，謂之不仁。孔席不暇暖，墨突不得黔，伊尹負鼎俎以干湯，百里奚把五羊之皮自鬻，也只要順時行道，濟世安民。秀才，這個正是：學成文武藝，合當貨與帝王家。秀才，你這般人才，如何不去做官，濟世安民？（浄白）你都有言語勸我兒，我有個故事説與你聽：在先東村有個李員外孩兒，他爹爹每日只閙炒，只是教孩兒去做官。他喫不過爹爹閙炒，去到長安那裏，無人擡舉他，流落教化。見平章宰相，疾忙田地上拜着。丞相可憐見他，道：我與你個養濟院頭目，去管你爹娘。這個人道：做養濟院頭目，如何去管得爹娘？比及他回來，爹娘果在養濟院裏。他爹問他娘道：我教孩兒去的是？今日我孩兒做頭目，人也不敢欺負我。你今日去，千萬取個養濟院頭目、卑田院大使回來，也休教人欺負我。（末白）只有乞丐相，教我聽了半日。（外白）孩兒，你便去。（生介）孩兒去則不妨，爹媽教誰看管？（末白）秀才，自古道：千錢買鄰，八百買舍。老漢既忝在鄰舍，秀才但放心前去；不揀有甚欠缺，或是大員外老安人有些疾病，老漢自當早晚應承。

（生白）如此，謝得公公，凡事專托公公周濟。如此，卑人没奈何，只得收拾行李便去。

【三學士】（生唱）謝得公公意甚美，凡事仗托維持。假饒一舉登科日，難道是雙親未老時？只恐錦衣歸故里，雙親的怕不見兒。

【前腔】（外唱）萱室椿庭衰老矣，指望你换了門閭。你休道無人供奉，你做得官呵，三牲五鼎供朝夕，須勝似啜菽并飲水。你若錦衣歸故里，我便死呵，一靈兒終是喜。

【前腔】（末唱）托在鄰家相倚依，專當效些區區。秀才，你爲甚在十年窗下無人問？只圖個一舉成名天下知。你若不錦衣歸故里，誰知你讀萬卷書？

【前腔】（浄唱）一旦分離掌上珠，我這老景憑誰？忍將父母饑寒死，博换得孩兒名利歸。你縱然錦衣歸故里，補不得你名行虧。

（外白）孩兒，急辦行裝赴試闈，（生）父親嚴命怎生違？

（合）一舉首登龍虎榜，十年身到鳳皇池。（并下）

## 第五齣

（旦上唱）

【謁金門】春夢斷，臨鏡緑雲撩亂。聞道才郎遊上苑，又添離别嘆。（生接唱）苦被爹行逼遣，脉脉此情何限。骨肉一朝成拆散，可憐難捨拚。

（旦白）解元，雲情雨意，雖可拋兩月之夫妻；雪鬢霜鬟，更不念八旬之父母？功名之念一起，甘旨之心頓忘，是何道理？（生白）娘子休説那話。膝下遠離，豈無眷戀之意？奈堂上父母力勉，不聽分剖之辭，教卑人如何是得？（旦白）我多猜着你了。

【忒忒令】（唱）你讀書思量要做狀元，我只怕你學疏才短。（生白）我不曾才短。（旦唱）只是《孝經》《曲禮》，你早忘了一半。（生白）我不曾忘了。（旦白）你身曾忘了。（唱）却不道夏清與冬温，昏須定，晨須省，親在遊怎遠？

【前腔】（生唱）我哭哀哀推辭了萬千，他鬧炒炒抵死來相勸。將我深罪，不由人分辨。（旦白）罪你甚麼？（生唱）只道我戀新婚，逆親言，貪妻愛，不肯去赴選。

【沉醉東風】（旦唱）你爹行見得你好偏，只一子不留在身畔。（介）我和你去説咱。休休，他只道我不賢，要將你迷戀。苦！這其間怎不悲怨？（合）爲爹淚漣，爲娘淚漣，何曾爲着夫妻上意牽？

【前腔】（生唱）做孩兒節孝怎全？做爹行不從人幾諫。呀！俺爲人子，不當恁地説。也不是要埋冤，影隻形單，我出去有誰來看管？（合前）

（生白）娘子，爹爹媽媽來，你且搵了眼淚。

【臘梅花】（外、浄上唱）我孩兒出去在今日中，爹爹媽媽來相送。但願魚化龍，青雲得路，桂枝高折步蟾宫。

（外白）孩兒，安排行李了未？（生白）安排已了。（外白）安排既了，如何不去？（浄白）他若出去，家中更無第二人，只有一個媳婦，如何不分付他幾句？（生白）孩兒没别事，只等張大公來，把爹娘托付與他，教他早晚應承，孩兒庶可放心前去。（旦白）張大公早來。（末上白）仗劒對樽酒，恥爲遊子顔。所志在功名，離别何足嘆？（相見介）（生白）卑人如今出去，家中并無親人。爹爹媽媽年老衰倦，一個媳婦，只是女流之輩，他理會得甚麽？凡事全賴公公相與扶持，早晚看管。家有些欠缺，亦望公公周濟。昨日已蒙親許，今日特此拜懇。卑人稍有寸進，自當效結草啣環之報，決不敢忘恩。（末白）受人之托，必當終人之事。况一言既出，駟馬難追。昨日已許秀才，去後決不相誤。（生、旦）謝得公公！（外白）孩兒去。（生白）孩兒拜辭爹媽便去。

【園林好】（拜唱）兒今去爹媽休得要意懸，兒今去今年便還。但願得雙親康健，（合）須有日拜堂前，須有日拜堂前。

【前腔】（外唱）我孩兒不須掛牽，爹只望孩兒貴顯。若得你名登高選，（合）須早把信音傳，須早把信音傳。

【江兒水】（浄唱）膝下嬌兒去，堂前老母單，臨行只得密縫針綫。眼巴巴望着關山遠，冷清清倚定門兒遍，教我如何消遣？（合）要解愁煩，須是寄個音書回轉。六十日夫妻恩情斷，八十歲父母如何展？教我如何不怨？（合前）

【前腔】（旦唱）妾的衷腸事，萬萬千，説來又怕添縈絆。此行須勉强，不必恁留連。你爹娘早晚，早晚裏我專來陪伴。丈夫非無淚，不灑別離間。（合）骨肉分離，寸腸割斷。

【五供養】（末唱）貧窮老漢，託在鄰家，事體相關。此身還貴顯，自當效啣環。（旦唱）有孩兒也枉然，你爹娘到教別人來看管。此際情何限，偷把淚珠彈。（合前）

【前腔】（生跪介，唱）公公可憐，俺的爹娘望你周全。非爹苦要輕拆散，也只是要圖你榮顯。（净唱）蟾宫桂枝須早扳，北堂萱草時光短。（合）又不知何日再圓？又不知何日再圓？

【玉交枝】（外唱）別離休嘆，我心下非不痛酸。

【前腔】（生唱）雙親衰倦，你扶持看他老年。饑時勸他加湌飯，寒時頻與衣穿。（旦唱）做媳婦事舅姑，不待你言。你做孩兒離父母，何日返？（合前）

【川撥棹】（外唱）歸休晚，莫教人凝望眼。（生唱）但有日回到家園，怕回來雙親老年。（合）怎教人心放寬？不由人不淚彈。

【前腔】（旦唱）我的埋冤怎盡言？我的一身難上難。（生唱）娘子，你寧可將我來埋冤，莫將我爹娘來冷看。（合前）

(生白)此行勉强赴春闈,(外、浄、末、旦)專望你明年衣錦歸。

(合)世上萬般哀苦事,無過死別共生離。

(外、浄、末先下)(生、旦在場)(旦白)秀才,你如何割捨便去?(生白)教卑人如何是得?

【尾犯】(旦唱)懊恨别離輕,悲豈斷絃,愁非分鏡。只慮高堂,怕風燭不定。(生唱)腸已斷欲離未忍,淚難收無言自零。(合)空留戀,天涯海角,只在須臾頃。

【尾犯序】(旦唱)無限别離情,兩月夫妻,一旦孤冷。此去經年,望迢迢玉京思省。奴不慮山遥路遠,奴不慮衾寒枕冷。奴只慮公婆没主,一旦冷清清。

【前腔】(生唱)何曾,想着那功名?欲盡子情,難拒親命。我年老爹娘,望伊家看承。畢竟,你休怨朝雨暮雲,只得替着我冬温夏清。思量起,如何教我割捨得眼睁睁?

【前腔】(旦唱)儒衣纔换青,快着歸鞭,早辦回程。十里紅樓,休重娶娉婷。叮嚀,不念我芙蓉帳冷,也思親桑榆暮景。親祝付,知他記否?空自語惺惺。

【前腔】(生唱)寬心須待等,我肯戀花柳,甘爲萍梗?只怕萬里關山,那更音信難憑。須聽,我没奈何分情破愛,誰下得虧心短行?(合)從今去,相思兩處,一樣淚盈盈。

(旦白)官人去,千萬早早回程。(生白)卑人有父母在上,豈敢久戀他鄉?

【鷓鴣天】(生唱)萬里關山萬里愁,(旦唱)一般心事一般憂。(生唱)親闈暮景應難保,客館

風光怎久留？（生先下）（旦唱）他那裏，謾凝眸，正是馬行十步九回頭。歸家只恐傷親意，閣淚汪汪不敢流。（旦下）

## 第六齣

（末上白）大道青樓御苑東，玉闌朱户閉簾櫳。金鈴犬吠梧桐月，朱鬛馬嘶楊柳風。小子却是牛太師府中一個老院子。這幾日老相公出朝，不知有甚勾當。久留省中，未曾回府，聞知府中幾個姑娘和老姥姥，(一)幸得相公出去，每日在後花園閒耍。今日想必知道相公回來，都不見了。小人免不得灑掃廳堂，安排書館，等相公回來。好怪麽！只見一個婆婆走入來做甚麽？

【字字雙】（浄上唱）我做媒婆甚妖嬈，談笑。(二)說開說合口如刀，波俏。合婚問卜若都好，有鈔。只怕假做庚帖被人告，喫栲。

（末白）婆婆來什麽？（浄白）院公萬福。老媳婦特來與張直閣做媒。（末白）我這小娘子，不比別的，老相公不輕許。且慢着，又有一個媒婆來。

【前腔】（丑上唱）我做媒婆甚艱辛，尋趁。有個新郎要求親，最緊。我每只得便忙奔，討信。

(一) 娘：原作『媽』，據汲古閣刊本《繡刻琵琶記定本》改。
(二) 談：原作『淡』，據汲古閣刊本《繡刻琵琶記定本》改。

（介）路上更有早行人，心悶。

（末白）婆子，你來做甚麼？（丑白）老媳婦特來與李承奉求親。（末白）我方纔却對那婆婆説，我這媒怕難做。（丑白）元來這婆子也來做媒。苦咳！我是張媒婆，幾年在府前住，今日這媒喫你做？（淨介）偏你會做媒？但是門當户對的便了。終不然你在府前住，定要你做媒？你與乞兒做媒，也嫁他？（末白）休鬧，等相公回來，自有區處。

【齊天樂】（外扮牛太師上唱）鳳凰池上歸環珮，衮袖御香猶在。棨戟門前，平沙堤上，何事車填馬隘？星霜鬢改，怕玉鉉無功，赤舄非才。回首庭前，淒涼丹桂好傷懷。

（末喏）（淨、丑白）相公萬福。（外白）這兩個婆子做什麼？（淨）奴家是張尚書府裏來求親。（丑白）奴家是李樞密家裏特來做媒。（外白）不揀什麼人，但是有才學，一筆掃盡千張紙的，方可中選。（淨白）告相公：奴家的新郎一筆掃盡一千五百張紙。（丑白）直屁！我的新郎一筆掃盡三萬三千三百三十單三張紙。（末收介）休得這裏閒炒。（外白）不要胡説。除非做得天下狀元，方可嫁他；若是别人，不許問親。（淨白）告相公：這個新郎庚帖，人算他命，道他做得天下狀元。（丑背後搶介）相公，他的不做狀元，奴家這個庚帖，定做狀元。（淨又搶相打介）（外怒）這兩人到來我家裏無禮！左右與我搜看，不揀有什麼庚帖婚書，都與我扯碎。（末搜扯破介）（淨、丑哭介）（外白）左右，把他兩個吊在廳前，各打十八。（末）領鈞旨。（介）（外）急把媒婆打離廳，（末）除非狀元方可問姻親。（淨、丑）干喫十八下黄荆杖，（合）那些個成與不成喫百瓶？（末、淨、丑先下）（外在場白）光陰似箭催人老，日月如梭趲少年。自家没了夫人，只有一個女兒，如今不覺長大成人，又未曾問親。只是一件，我的女孩兒性格温柔，是事寔會，若教他嫁一個膏粱子弟，怕壞了他；只教他嫁個讀書人，成就他做個賢婦，多少是好？這幾日自不在家，聽得使喚每日都去後花園中閒耍，這是我的女孩兒不拘束他。如今人來做媒，相將做人媳婦，怎不教道他？孩兒和惜春、老老老過來。

【花心動】（占上唱）幽閣深沉，問佳人爲何懶添眉黛？針綫日長，圖史春閒，誰解屢傍粧臺？絳羅深護奇葩小，還不許蜂識鶯猜。（净、丑上唱）笑瑣窗，多少玉人無賴。

（占白）爹爹萬福。（外白）孩兒，婦人之德，不出閨門，你如何不省得？我這幾日出朝去，見説道幾個使喚，都在後花園閒耍，却是你不拘束他。你如今年紀長大，今日是我孩兒，他日做別人媳婦，你如今不鈐束他，倘或他做出歹事來，也把你名兒污了。（占白）謝得爹爹教道，孩兒再來自拘束他。（外白）老姥姥，你年紀大矣。你做管家婆婆，到閑着女使每閒嬉，是何所爲？（净白）不干老姥姥事，都是惜春。（丑白）這都是你。（介）（净）是你。（介）

【惜奴嬌】（外唱）孩兒，來。杏臉桃腮，又當有松筠節操，蕙蘭襟懷。閨中言語，不出閫閾之外。老姥姥，不教孩兒伊之罪；惜春，這風情今休再。（合）記再來，但把不出閨門的語言相戒。

【前腔換頭】（占唱）堪哀，萱室先摧。嘆婦儀姆訓，未曾諳解。蒙爹嚴命，從今怎敢不改？

老姥姥，早晚望伊家將奴誨。惜春，改前非休違背。（合前）

【黑麻序】（浄唱）聽浼，父母心婚姻事要早諧，勸相公早畢兒女之債。（外唱）休呆，如何女子前，將此口亂開？（合）記今來，但把不出閨門的語言相戒。

【前腔換頭】（丑唱）輕浼，我受寂寞擔煩惱，教我怎捱？細思之，怎不教人珠淚盈腮？（占唱）寬待，温衣并美食，何須苦掛懷？（合前）

（外白）婦人不可出閨門，（占白）多謝家尊教育恩。

（合）休道成人不自在，須知自在不成人。（并下）

## 第七齣

（生上唱）

【滿庭芳】飛絮沾衣，殘花隨馬，輕寒輕暖芳辰。江山風物，偏動別離人。回首高堂漸遠，嘆當時恩愛輕分。傷情處，數聲杜宇，客淚滿衣襟。

【前腔】（末上唱）萋萋芳草色，故園人望，目斷王孫。謾憔悴郵亭，誰與温存？（浄、丑上唱）聞道洛陽近也，還又隔幾個城闉。（合）澆愁悶，解鞍沽酒，同醉杏花村。

（生白）［浣溪沙］千里鶯啼緑映紅，（丑白）水村山郭酒旗風，（浄白）行人如在畫圖中。（末白）不煖不寒天氣好，或來或往旅人逢，（合）此時誰不嘆西東？

【甘州歌】（生唱）衷腸悶損，嘆路途千里，（一）日日思親。青梅如豆，難寄隴頭音信。高堂已添雙鬢雪，俺客路空瞻一片雲。（合）途中味，客裏身，争如流水蘸柴門？休回首，欲斷魂，數聲啼鳥不堪聞。

【前腔】（末唱）風光正暮春，便縱然勞役，何必愁悶？緑英紅雨，征袍上染惹芳塵。雲梯月殿圖貴顯，水宿風飡莫厭貧。（合）乘桃浪，躍錦鱗，一聲雷動過龍門。榮歸去，緑綬新，休教妻嫂笑蘇秦。

【前腔】（净唱）誰家近水濱，見畫橋烟柳，朱門隱隱。秋千影裏，墻頭半出紅粉。他無情笑語聲漸杳，却不道惱殺多情墻外人。（合）思鄉遠，愁路貧，肯如十度謁侯門？行看取，朝紫宸，鳳池鰲禁聽絲綸。

【前腔】（丑唱）遥望霧靄紛，想洛陽宫闕，行行將近。程途勞倦，欲待共飲芳樽。垂楊瘦馬莫暫停，只見那古樹昏鴉栖漸盡。（合）天將暝，日已曛，一聲殘角斷樵門。尋宿處，行步緊，前村燈火已黄昏。

（一）嘆路：原作『路嘆』，據汲古閣刊本《繡刻琵琶記定本》改。

【餘文】(合唱)向人家,忙投奔,解鞍沽酒共論文,今夜雨打梨花深閉門。

(生白)江山風物自傷情,(合)南北東西爲利名。路上有花并有酒,一程分作兩程行。(并下)

## 第八齣

(旦上唱)

【破齊陣】翠減祥鸞羅幌,香銷寶鴨金爐。楚館雲閒,秦樓月冷,動是離人愁思。目斷天涯雲山遠,人在高堂雪鬢疏,緣何書也無?

(白)〔古風〕明明匣中鏡,盈盈曉來粧。憶昔事君子,雞鳴下君床。臨鏡理笄總,隨君問高堂。一旦遠别離,鏡匣掩青光。流塵暗綺練,青苔生洞房。零落金釵鈿,慘淡羅衣裳。傷哉憔悴容,無復蕙蘭芳。有懷悽以苦,有路阻且長。妾身豈嘆此,所憂在姑嫜。念彼猿猱遠,眷此桑榆光。願言盡婦道,遊子不可望。勿彈緑綺琴,絃絶令人傷。勿聽《白頭吟》,哀音斷人腸。人事多錯迕,羞彼雙鴛鴦。奴家嫁與伯喈,纔方兩月,指望與他同侍雙親,偕老百年。誰知公公嚴命,强他赴選。自從去後到今,并無一個消息。把公婆抛撇在家,教奴家獨自應承。奴家一來要成丈夫之孝,二來要盡爲婦之道,盡心竭力,朝夕奉養。正是:天涯海角有窮時,只有此情無盡處。

【風雲會四朝元】(唱)春闈催赴,同心帶綰初。嘆《陽關》聲斷,送別南浦,早已成間阻。謾羅襟上淚漬,謾羅襟上淚漬,和那琴瑟塵埋,錦被羞鋪。寂寞瓊窗,蕭條朱户,空把流年度。嗏,酩子裏自尋思,妾意君情,一旦如朝露。君行萬里途,妾心萬般苦。君還念妾,迢迢遠遠,也索回顧。

【前腔】(唱)朱顔非故,緑雲懶去梳。奈畫眉人遠,傅粉郎去,鏡鸞羞自舞。把歸期暗數,把歸期暗數,只見雁杳魚沉,鳳隻鸞孤。緑遍汀洲,又生芳杜。空自思前事,嗏,日近帝王都。芳草斜陽,教我望斷長安路。君身豈蕩子,妾非蕩子婦。其間就裏,千千萬萬,有誰堪訴?

【前腔】(唱)輕移蓮步,堂前問舅姑。怕食缺須進,衣綻須補,要行須與扶。奈西山景暮,奈西山景暮,教我倩着誰人,傳語我的兒夫。你身上青雲,只怕親歸黄土,臨别也曾多祝付。嗏,那些兒個意孜孜,只怕十里紅樓,貪着人豪富。雖然是忘了奴,也須索念父母。無人説與,這淒淒冷冷,怎生辜負?

【前腔】(唱)文場選士,紛紛都是才俊徒。少甚麼鏡分鸞鳳,都要榜登龍虎,偏他將我誤。也不索氣苦,也不索氣苦,既受託了蘋蘩,有甚推辭?索性做個孝婦賢妻,(一)也得名書青

(一) 賢妻:原作『妻賢』,據汲古閣刊本《繡刻琵琶記定本》改。

史，省了些閒淒楚。嗏，俺這裏自支吾，休得汚了他的名兒，左右與他相回護。你腰金與衣紫，須記得釵荆與裙布。一場愁意緒，堆堆積積，宋玉難賦。

（白）高堂回首日已斜，遊子何事在天涯？

紅顔勝人多薄命，莫怨春風當自嗟。（下）

# 第九齣

（末上白）朝爲田舍郎，暮登天子堂。將相本無種，男兒當自强。自家不是别人，却是河南府中首領官。每年狀元及第，赴瓊林宴，遊街三日，不揀鞍馬酒席供設、樂人祗應，都是河南府尹提調辦事。今年蔡伯喈做狀元，今日赴宴，俺府尹相公不出來，委着自家提調。昨日已分付太僕寺掌鞍馬祗候，洛陽縣管排設的令史，鳴鼓三通，都要到此聚會，聽點視。（擂鼓介）掌鞍馬的祗候那裏？（丑上白）有問即對，無問不答。（末白）鞍馬備辦了未曾？（丑白）告郎中：馬多在，先有一萬好馬。（末白）怎見得好馬？（丑白）但見：耳批雙竹，鬃散五花。展開鳳臆龍鬐，擡起烏頭虎頜。轡篤篤翠蹄削玉，點滴滴赤汗流珠。隅目青熒夾鏡懸，肉鬃磊魂連錢動。一跳時尾捎雲漢，只驀過玄峬崆峒；一霎時走遍神州，直趕上流星奔電。九方皐管教他稱賞，千金價也不枉追求。（末白）有甚顔色的？（丑）布汗、論聖、虎剌、合里烏、赭哑兒、爺屈良、蘇盧、棗騮、栗色、燕色、兔黄、真白、玉面、銀鬃、秀膊、青花。（末白）

有甚麽好名兒？（丑白）飛龍、赤兔、騕褭、驊騮、紫燕、驌騻、嚙膝、喻暉、騏驎、山子、白義、絶塵、浮雲、赤電、絶群、逸驃、騄驪、龍子、驎駒、騰霜驄、皎雪驄、凝露驄、懸光驄、決波騟、飛霞驃、發電赤、流金騧、翔麟紫、奔紅赤、照夜白、一丈烏、九花虬、望雲騅、忽雷駁、拳毛騧、獅子花、玉逍遥、紅叱撥、紫叱撥、金叱撥。青海月支生下，大宛越睒將來。（末白）有甚麽好馬廐？（丑白）飛龍、祥驎、吉良、龍媒、騊駼、駃騠、鵷鸞、六群、天花、鳳苑、奔星、内駒、左飛、右飛、左方、右方、東南内、西南内。盡印三荒飛鳳字，中藏萬匹好龍媒。（末白）怎的打扮？（丑白）錦韉燦爛披雲，金鐙熒煌曜日。香羅帕深護金鞍，紫遊韁牽動玉勒。瑪瑙妝就轡頭，珊瑚做成鞍子。（末白）如今選幾個在這裏？（丑）告郎中：如今無了。只有一萬匹馬，一千三百個漏蹄，二千七百個抹靨，三千八百個熟瘸，二千二百個慈眼。鞍韉又破損，坐子又攲傾。抽轡盡是麻繩，鞭子無非荆杖。餓老鴟全然拉搭，雁翅板片片凋零。鞍轡并不周全，牽鞚何曾完備？其實不中。（末白）休胡説！若還不完備時節，我對府尹相公説，好生打你。（丑白）郎中可憐見，小人一壁廂自理會。（末白）馬完備時節，牽在五門外廂，候狀元謝恩出來，騎馬遊街。（丑白）不妨事，只教春風得意馬蹄疾，一日看盡長安花。（丑先下）（末白）洛陽縣管排設的令史過來。（净上白）廳上一呼，堦下百諾。（末白）排設完備了未？（净白）都完備了。但見：珠簾高捲，翠幕低垂。珊瑚席邐逼精神，玳瑁筵安排奇巧。金爐内熳騰騰的焚瑞腦，玉瓶内嬌滴滴的插奇花。四圍環繞畫屏山，滿座重鋪錦褥子。金盤犀筋光錯落，掩映異果珍饈；銀海瓊舟影摇蕩，番動葡萄玉液。灑掃乾乾净净，并無半點塵埃；安排整整齊齊，另是一般氣象。正是：移將金谷繁華景，粧點瓊林富貴天。（末白）恁的你去那裏等候，一霎時不完備，定施行你。（浄白）瓊林深處風光好，別是人間一洞天。（浄下）（末白）〔臨江仙〕日映宮花明翠幕，藍袍嫩緑新裁，五花門外榜初開。金鞍乘駿馬，敕賜上天堦。十里紅樓簾盡捲，美人争看名魁，黄旗影裏鬧咳咳。大家齊雅静，看取狀元來。（下）

【窣地錦襠】（生、浄、丑騎馬同上唱）姮娥剪就緑雲衣，折得蟾宮第一枝。宮花斜插帽簷低，一舉成名天下知。

【哭岐婆】洛陽富貴，花如錦綺。紅樓數里，無非嬌媚。春風得意馬蹄疾，天街賞遍方歸去。（生、浄先下）（丑墜馬介）救我！爹爹、妳妳、媳婦、孩兒、哥哥、嫂嫂、兄弟、伯伯、叔叔，都來救我歇子。

【水底魚兒】（末作陪宴官騎馬上唱）朝省尚書，昨日蒙聖旨。道狀元及第，教咱去陪宴席。（馬跳過丑身上）（丑叫）跌壞了人胎。（末介）（馬不行介）越着鞭越退，遣人心下疑。轉頭回望，（丑叫介）叫我的還是誰？

（末下馬見介）（丑叫）（末白）漢子，你是誰？（丑白）我是墜馬的狀元。（末扶丑介）（問）你是誰？（末白）我是中書省陪宴官，你爲甚麼墜馬？㈠

【北叨叨令】（丑唱）鬧炒炒街市上遊人亂，（末白）你馬驚了？（丑唱）乖頭口抵死要回身轉。

㈠　甚麼：原作『麼甚』，據汲古閣刊本《繡刻琵琶記定本》改。

（末白）怎的不勒過？（丑唱）戰兢兢只怕轠繩斷，（末白）爲甚不打他？（丑唱）怯書生早已神魂散。（末白）不害事麽？（丑唱，呻吟介）險跌折了腿也麽哥，險搘破了頭也麽哥，我好似小秦王三跳澗。

（末白）你馬那裏去了？（丑白）知他那裏去？傷人乎？不問馬。（末白）猶骨自文縐縐的。我就這裏人家借一個與你騎。（丑白）休静辦，若借馬與小子騎，便着死。(一)（末白）怎地便着死？（丑白）你不聞孔夫子説：有馬者借人乘之，今亡已夫。（末白）一口胡柴！遠遠望見有二個人來，你在這裏等看，怕他有馬，就借一個與你騎。

【窣地錦襠】（生、浄騎馬上唱）荷衣新惹御香歸，引領群仙下翠微。杏園惟有後題詩，此是男兒得志時。

（丑叫白）同行也好。我攧得渾身都粉磕麻碎了，你二人自去了。（浄白）元来足下墜馬。（丑白）可知。（末）不是小子相搭救時節，險送了他性命。（生、浄白）如此，更賴相公之力。（丑白）你二人自去赴宴，我去太平坊下李郎中家裏去便来。（生、浄、末問）去做甚麽？（丑白）我去醫攧撲傷損瘡。（生、浄、末白）你且來，我從人有馬，索一個與你騎。（丑白）小子告退，你三人自去。（末白）怎道你是狀元，

(一) 便：原作『更』，據下文改。

如何不去赴宴？（丑白）赴宴也自好，只是騎馬不得。休休，你三人騎馬先走，我隨着你提胡床來。（末白）甚模樣！（丑白）却有兩説：路上人問，你便道是使喚的伴當；若是筵席之中，却説是打伴當人。（末白）好窮對副。

【哭岐婆】（合唱）玉鞭裊裊，如龍驕騎。黄旗影裏，笙歌鼎沸。如今端的是男兒，行看錦衣歸故里。

（末白）這裏便是杏園，請衆人少駐。（丑白）馬都牽將僻處去。人道四位官員，只有三個馬，不象模樣。（末白）教誰牽？（丑白）小子自牽。（末白）自不怕羞！諸公既然到此，年例請留佳作。（生白）小子措思。（介）詩有了。（浄、丑白）請教。（生白）道是：五百名中第一仙，花如羅綺柳如烟。緑袍乍着君恩重，黄榜初開御墨鮮。禮樂三千傳紫禁，風雲九萬上青天。時人謾訝登科早，未許姮娥愛少年。（衆白）好詩！（浄白）小子也有一首詩。（生、末、丑白）願聞，願聞。（浄白）道是：遲日江山麗，春風花草香。泥融飛燕子，沙暖睡鴛鴦。（生、末、丑白）使不得，這是别人的。（浄白）魍魎賊，我三場都是别人的，也中了。一首詩使别人的，到不得？（末白）又道是七步成章。（浄白）你道我真個做不得？也闘閮做一首。道是：赴選何曾入貢闈，此身不擬着荷衣。三場盡是渾身代，一個全然放屁龜。自笑持杯濫叨酒，却愁把筆怎題詩。有人問我求佳作，（衆白）如何回他？（浄白）問我先生便得知。（末白）又道是當仁不讓於師。（丑白）尊兄，諸位做律詩，小人不要説律詩，做一篇古風。尊兄都説選赴事，小人不要説那熟套，另立一題。（衆白）還是把甚爲題？（丑白）便把小子方纔墜馬爲題。

這是奇事，不可不入詠。小人做古風。（衆白）願聞。（丑白）道是：君不見去年騎馬張狀元，跌了左腿不相連？又不見前年跨馬李試官，跌了窟臀没半邊？世上三般拚命事，行船走馬打秋千。小人今年大拚命，也來隨趁跨金鞍。跨金鞍，災怎躲，叵耐畜生侮弄我。大叫三聲不肯行，連攛兩攛不是耍。便把韁繩緊緊拿，縱有長鞭怎敢打？須臾之間掉下來，一似狂風吹片瓦。昨日行過樞密院，三個軍人來唱喏。小子慌忙走將歸，（衆白）如何？（丑）没，怕他請我教戰馬。〔一〕（末白）這夢休學！

【五供養】（把酒介，唱）文章過晁董，對丹墀已膺天寵。（合）赴瓊林新宴，顫宮花，緩引黃金鞚。（净、丑唱）九重天上聲名動，紫泥封已傳丹鳳。（合）便催歸玉簡侍宸旒，他日歸來金蓮送。

【山花子】（末唱）玳筵開處遊人擁，争看五百名英雄。（生唱）喜鰲頭一戰有功，荷君恩奏捷詞鋒。〔二〕（合）太平時車書已同，干戈盡戢文教崇，人間此時魚化龍。留取瓊林，勝景無窮。

【前腔】（净唱）三千禮樂如泉湧，一筆萬丈長虹。看奎光飛纏紫宮，光摇萬玉班中。（合前）

【前腔】（生唱）青雲路通，一舉能高中，三千水擊飛沖。又何必扶桑掛弓？也强如劒倚在

---

〔一〕教：原作『交』，據汲古閣刊本《繡刻琵琶記定本》改。

〔二〕恩：原闕，據汲古閣刊本《繡刻琵琶記定本》補。

崆峒。（合前）

【前腔】（丑唱）恩深九重，絡繹八珍送，無非翠釜駝峰。（末唱）看吾皇待賢恁隆，也不枉了十年窗下把書來攻。（合前）

【大和佛】（生唱）寶篆沉烟香噴濃，（合）濃雲羅繡叢。（丑、浄唱）瓊舟銀海，番動酒鱗紅，一飲盡教空。（生唱）傳杯自覺心先痛，縱有香醪，欲飲難下我喉嚨。他寂寞高堂菽水誰供奉？俺這裏傳杯諠鬨。（合）休得要對此歡娱意沖沖。

【舞霓裳】（衆唱）願取群賢盡貞忠，盡貞忠。管取雲臺畫形容，畫形容。時清無報君恩重，惟有一封書上勸東封，更撰個河清德頌。乾坤正，看玉柱擎天又何用？

【紅繡鞋】（合唱）猛拚沉醉東風，東風。倩人扶上玉驄，玉驄。歸去路，望畫橋東。花影亂，日曈曨。沸笙歌影裏紗籠，紗籠。

【意不盡】（合唱）今宵添上繁華夢，明早遥聽清禁鐘。皇恩謝了，鵷行豹尾陪侍從。

（生白）名傳金殿换青袍，（浄、丑白）酒醉瓊林志氣豪。

（末）君看萬般皆下品，（合）思量惟有讀書高。（并下）

# 第十齣

（旦上唱）

【憶秦娥】長吁氣，自憐薄命相遭濟。相遭濟，晚年舅姑，薄情夫婿。

（白）〔清平樂〕夫妻兩月，一旦成分別。没主公婆甘旨缺，幾度思量悲切。家貧先自艱難，那更不遇豐年。恁的千辛萬苦，蒼天也不相憐。奴家自從兒夫出去，遭此饑荒；況兼公婆年老，朝不保夕，教奴家獨自如何區處？婆婆日夜埋冤公公，當初不合教孩兒出去。如今饑荒，教媳婦怎生區處？公公又不伏善，只管在家煎炒。免不得等公公婆婆出來，待奴家着些道理，勸解則個。

【前腔】（外上唱）孩兒一去無消息，雙親老景難存濟。（淨上唱，扯外耳）難存濟，不思前日，强教孩兒出去。

（旦勸介）（淨白）老賊！抵死教孩兒出去赴選，今日没飯喫，他便做得狀元，濟你甚事？若是孩兒在家裏，也會區處裨補，也到不到恁地狼狽。老賊，你死休！（外白）我是神仙，知道今日恁地饑荒？誰家不忍飢忍餓？誰似你這般埋冤？休休，我死！我死！今日饑荒也是死，我被你埋冤，喫不過也索死。（旦扯住介）公公、婆婆且息怒，聽奴家一句分剖：當初教孩兒出去時節，不道今日恁地饑荒，婆婆難埋冤公公。今日婆婆見這般荒歉，孩兒又不在眼前，心下焦燥，公公也休怪婆婆埋冤。請自寬心，奴家如今把些釵梳首飾之類，去典些糧米，以充公婆二時口食。寧可餓死奴家，決不將公婆落後了。（淨白）媳婦，你説得好，我只恨這老賊。

【金索掛梧桐】（淨唱）區區個孩兒，兩口相依倚。没事爲着功名，不要他供甘旨。教他去做官，要改換門閭，他做得官時你做鬼。老賊！你圖他三牲五鼎供朝夕，今日裏要一口粥湯却教誰與你？相連累，我孩兒因你做不得好名儒。（合）空争着閒非閒是，空争着閒非閒是，只落得雙垂淚。

【前腔】（外唱）養子教讀書，只望他身榮貴。黄榜招賢，誰不去登科試？譬如范杞梁差去築城池，他的娘親埋冤誰？合生合死都由命，少甚麽孫子森森也忍飢。休聒絮，畢竟是咱每兩口受孤恓。（合前）

【前腔】（旦唱）孩兒雖暫離，須有日回家裏。奴自有些金珠，解當充糧米。公公婆婆休争麽，教傍人道媳婦每有甚差池，致使公婆争恁地。婆婆，他中心愛子，只望功名就；公公，他眼下無兒，必是埋冤語。難逃避，兀的不是從天降下這災危？（合前）

【劉潑帽】（外唱）我每不久須傾棄，嘆當初是我不是。苦！不如我死了到無他慮。（合）一度思量，一度也肝腸碎。

【前腔】（淨唱）有兒却遣他出去，教媳婦怎生區處？媳婦，可憐誤你芳年紀。（合前）

【前腔】(旦唱)媳婦便是親兒女,勞役本分當爲。但願公婆從此去,相和美。(合前)

(外白)形衰力倦怎支吾,(旦)口食身衣只問奴。

(淨)莫道是非終日有,(合)果然不聽自然無。(并下)

## 第十一齣

(末上白)縹緲紗窗映霧烟,深沉金屋鎖嬋娟。屏中孔雀人難中,幕裏紅絲誰敢牽?自家是牛丞相府中堂候官。這幾日聽得府中喧傳相公要招女婿。我這小娘子,不比別的小娘子。一來丞相之女,二來他才貌兼全,必須有文章、有官禄、有福分的,方可做得一婿。如何容易?不知招得甚麼人?只在此等候相公出來,便知端的。相公早來。

【似娘兒】(外上唱)華髮漸星星,憐愛女欲遂姻盟,蟾宫仙子才堪并。紅樓此日,紅絲待選,須教紅葉傳情。

(末喏)(外白)男子生而願爲之有室,女子生而願爲之有家。老夫人傾棄多年,只有一女,美貌娉婷。昨日見官裏,問我:你的女孩兒嫁了未?我回道不曾。官裏道:如今蔡伯喈,好人物,好學才,你招做了女婿不是好?那時節我謝恩了。官裏又道:我與你主媒。我如今要喚個官媒,教他去蔡伯喈根底説親如何?(末白)告丞相:男大當婚,女長當嫁。小娘子是瑶臺閬苑神仙,蔡狀元是天禄石渠貴客；何況玉音主盟，金口肯與説合？若做了百年夫婦，不枉了一對姻緣。相公，佳人才子實堪誇，天付姻緣事不差。試看月輪還有意，定知仙桂近姮娥。（外白）既如此，你與我唤過府前張媒婆來，教他去説親。（末）領鈞旨。（叫介）

【醉太平】（丑做媒婆挑鞋、秤等物上唱）張家李家，都來喚我，我每須勝别媒婆。（末白）爲甚麼？（丑唱）有動使惹多。

（末白）婆婆，我且問你，挑着惹多鞋做甚麼？（丑白）總領哥，你不知近日來宅院中小娘子要嫁得緊了，媒婆與他攛掇出門去，臨行做對鞋謝媒婆。今年知他攛掇了多少親事，鞋都穿不迭，有剩的都賣了。（末）有誰買？（丑）只是宅院小娘子買去。（末白）宅院裏小娘子脚都小小的，買這鞋做甚麽用？（丑）魍魎賊！他要嫁得緊了，買來謝媒婆，省得做。（末收科介）（外）左右，媒婆那裏？（末）有。（引見外介）（外白）媒婆，你挑着惹多東西做什麽？（丑白）覆相公：這個便是媒婆的招牌。（外白）且問他這斧頭做什麽？（末白）婆子，相公問你這斧頭做何用？（丑白）《毛詩》裏面説得好，道是：『析薪如之何？匪斧弗克。娶妻如之何？匪媒不得。』以此把斧頭爲招牌。（末白）休在魯班面前掉快口。（外白）更問他襪做什麽？（末）婆婆，相公問你襪做什麽？（丑）也是招牌。人都道做媒的執伐。（外）更問他將秤作何用？（末）婆婆，相公問你將秤作何用？（丑）最要緊用這個，唤做量秤人。凡做媒時節，先把新人新郎秤過相似，方與説親，去後夫妻便和順不相嫌。若是輕重頭了，夫妻只是相打駡了。老媳婦前日在張宅門前過，見一個小娘子在那裏哭。老媳婦問那小娘子，你爲甚哭？他道嫁不得一個好人。老媳婦試把秤來與他兩個稱一稱看，可知不是對。（外、末）如何？（丑）新郎秤得二十八斤半，新人只秤得二十三斤。（末）你也不十分平等。（外）且問他將繩要做什麼？（丑）這是赤繩。做夫妻須把繩繫定他兩個脚，方可做得夫妻。（末）如何繫？（丑）我與你繫看。（丑繫末脚，放自脚將來絆倒末介）（末叫介）（丑）可知不是姻緣，自繫不得了。（外）休得閒説。你來，我奉聖旨，教我女孩兒嫁與蔡伯喈狀元，我如今教你去蔡伯喈根底説。你好生成就這頭親事，多多賞你。（丑）這有甚難處？一來奉聖旨，二來託相公威名，三來小娘子才貌兼全，是人知道，蔡伯喈狀元有何不可？（末）這話却説得是。（外）你來，我説與你聽。

【瑣窗郎】（外唱）吾家一女娉婷，不曾許與公卿。昨承帝旨，選他書生。媒婆，你對他説，不須用白璧黄金爲聘。（合）若是姻緣前世已曾定，今日裏，共歡慶。

【前腔】（丑唱）在東京極有名聲，論媒婆非自逞。今朝事體，管取圓成。怕有一輕一重，全憑官秤。（合前）

【前腔】（末唱）然雖他高占魁名，得相招多少榮榮。依繡幕，選中雀屏。媒婆，你此去，他必從命。（合前）

（丑白）管取門楣得俊才，（外）爲傳芳信仗良媒。

（末）百年夫婦今朝合，（合）[一] 一段姻緣天上來。（并下）

# 第十二齣

（生上唱）

【高陽臺】夢遠親闈，愁深旅邸，那更音信遼絶。淒楚情懷，怕逢淒楚時節。重門半掩黄昏雨，奈寸腸此際千結。守寒窗一點孤燈，照人明滅。當時輕散輕别。嘆玉簫聲杳，小樓明月。一段愁煩，番成兩下悲切。枕邊萬點思親淚，伴漏聲到曉方徹。鎖愁眉，慵臨青鏡，頓添華髪。

（白）〔木蘭花〕鰲頭可羡，須知富貴非吾願。雁足難憑，没個音書寄此情。田園荒了，不知松菊猶存否？光景無多，争奈椿萱老去何？自家爲父親所强，來此赴選，誰知逗遛在此，竟然不歸。今又復拜皇恩，除爲議郎。雖則任居清要，争奈父母年老，安可久留他鄉？天那！知我的父母安否如何？知我的妻室如何看待我的父母？待自家上表辭官，又未知聖意如何？正是：好似和針吞却綫，刺人腸肚繫人心。

[一] 合：原作『和』，據汲古閣刊本《繡刻琵琶記定本》改。

【勝葫蘆】（末、丑上唱）特奉皇恩賜結親，來此把信音傳。若是仙郎肯諧繾綣，一場好事，管取今朝便團圓。

（生白）兒家門户重重閉，春色緣何得入來？未審何人到此？（末、丑白）奉天子之洪恩，領牛公之嚴命，欲與狀元諧一佳偶。

【高陽臺】（生唱）宦海沉身，京塵迷目，名韁利鎖難脱。（一）目斷家鄉，空勞魂夢飛越。閒聒，閒藤野蔓休纏也，俺自有正兔絲和那的親瓜葛。是誰人無端調引，謾勞饒舌？

【前腔換頭】（末唱）華閥，紫閣名公，黄扉元宰，三槐位裏排列。金屋嬋娟，妖嬈那更貞潔。

（丑唱）歡悦，紅樓此日招鳳侶，遣妾每特來執伐。望君家殷勤首肯，早諧結髮。

【前腔換頭】（生唱）非別，千里關山，一家骨肉，教我怎生抛撇？妻室青春，那更親鬢垂雪。差迭，須知少年人愛了，謾勞你姮娥提挈。滿京都豪家無數，豈必卑末？

【前腔換頭】（末唱）不達，相府尋親，侯門納禮，你却拒他不屑。繡幕奇葩，春光正當十八。

（丑唱）休撇，知君是個折桂手，留此花待君來扳折。況親奉丹墀詔旨，非我自相攛掇。

【前腔換頭】（生唱）心熱，自小攻書，從來知禮，忍使行虧名缺。父母俱存，娶而不告須難

（一）韁：原作『繮』，據汲古閣刊本《繡刻琵琶記定本》改。

説。悲咽，門楣相府須要選，奈虔虔佳人，實難存活。縱然有花容月貌，怎如我自家骨血？

【前腔換頭】（末唱）迂闊，他勢壓朝班，威傾京國，你却與他相别。只怕他轉日回天，那時須有個決裂。（丑唱）虛設，江空水寒魚不食，笑滿船空載明月。下絲綸不愁無處，笑伊村殺。

（生白）休閒説。果如是，果蒙聖恩，我明日上表辭官，一就辭婚便了。

（末、丑白）君王詔旨不相從，（生）明日封書奏九重。

（合）正是：　有緣千里能相會，無緣對面不相逢。（并下）

## 第十三齣

（外上唱）

【出隊子】朝夕縈掛，只爲孩兒多用心。不知月老事如何？爲甚冰人没信音？顒望多時，情緒轉深。

（白）目斷青鸞瞻碧霧，情深紅葉看金溝。自家昨遣院子和官媒去蔡伯喈處説親，怎的不見回來？不免顒俟則個。

【前腔】（末、丑上唱）喬才堪笑，故阻佯推不肯從。豈是我無佳婿得乘龍？他有甚福緣能跨鳳？料想書生，只是命窮。

（外白）媒婆，你來了。事體若何？　肯不肯？（丑白）他千不肯，萬不肯；　即不肯，又不肯；　定不肯，硬不肯；　都不肯，只是不肯不肯。（末白）你住休！　告相公，蔡狀元道：　已娶妻室，雙親年老；　娶妻不告，實難從命。

【雙鸂鶒】（外怒唱）聽伊説教人怒起，漢朝中惟我獨貴。我有女，偏無貴戚豪家匹配？　奉聖旨，使我每招狀元爲婿。　媒婆，不知他回話有何言語？

【前腔】（丑唱）媒婆告相公知：　恨那人作怪蹺蹊。道始得及第，縱有花貌休提。罵相公，罵小娘，（外白）他罵小娘做甚麽？（丑唱）道脚長尺二。（末收介唱）這般説謊没巴臂。

【前腔】恩官且聽咨啓：　蔡狀元聞説愁眉。忠和孝，恩和義，念父母八十年餘。況已娶了妻室，再婚重娶非禮。待早朝，上表文，要辭官家去。請相公别選一佳婿。（外笑介）

【前腔】他元來要奏丹墀，敢和我廝挺相持。（合）讀書輩，没道理，不思量違背聖旨。只教他辭婚辭官俱未得。

（外白）院子，你和官媒再去蔡伯喈處説，看他如何？　我如今去朝中奏官裏，只教不准他上表便了。

（白）枉把封書奏帝宫，（末、丑）不如及早便相從。

（合）只教做就羈縻鸞鳳青絲網，　勞碌鴛鴦碧玉籠。（并下）

# 第十四齣

（占上唱）

【剔銀燈】忒過分爹行所爲，但索强全不顧人議。背飛鳥硬求來諧比翼，隔墻花强扳來做連理。姻緣，還是怎的？我待説呵，婚姻事女孩家怎提？

（白）姻緣姻緣，事非偶然。好笑俺爹爹將奴家招取狀元爲婿，狀元不肯從着，俺這裏也索罷。誰想爹爹苦不放過，一定要招做女婿。他既不從我，做夫妻到底也不和順。奴家待將此事對爹爹説，只是此事不是女孩兒每説的話。呀！好悶。（介）（淨魆地上探介）（白）慚愧，今日能勾得小姐悶也。小姐，你想着甚麽？（占白）我不想着甚麽。（淨白）爲甚托了香腮，你悶則甚麽？我且問你，你每常間件件不煩惱、不動情，我看起來你都是假。你今日莫不是對景傷情來？（占白）老姥姥，你説那裏話？我爲爹爹做事不停當，以此上悶。（淨白）如何？（占白）爹爹前日偏不道將我嫁與蔡伯喈狀元？後來官媒去説親，其間這狀元不肯從命。他既然不肯，俺這裏也只索罷。爹爹如今又再教媒婆去，我不敢對爹爹説此事。老姥姥，你與我對爹爹説這事。（淨白）這的事是你爹爹主意，怎的肯聽我每説？

【桂枝香】（淨唱）書生愚見，忒不通變。不肯坦腹東床，謾自去哀求金殿。想他每就裏，將人輕賤。非爹胡纏，怕被人傳。道你是相府公侯女，不能勾嫁狀元。

【前腔】（占唱）百年姻眷，須教情願。他那裏抵死推辭，俺這裏不索留戀。想他每就裏，有些兒牽絆。怕恩多成怨。滿皇都少甚麽公侯子，何須去嫁狀元？

【大迓鼓】（浄唱）非干是你爹意堅，怕春花秋月，誤你芳年。况兼他才貌真堪羡，又是五百名中第一仙。故把姮娥，付與少年。

【前腔】（占唱）因緣須在天，若非人意，到底埋冤。料想赤繩不曾綰，多應他無玉種藍田。休把姮娥，付與少年。（并下）

## 第十五齣

（末扮小黄門上唱）

【北點絳唇】夜色將闌，晨光欲散，把珠簾捲。移步丹墀，擺列着金龍案。

【北混江龍】（又唱）官居宫苑，謾道是天威咫尺近龍顔。每日價親隨車駕，只聽鳴鞭。去螭頭上拜跪，隨着那豹尾盤旋。朝朝宿衛，早早隨班。做不得卿相當朝一品貴，到先做他朝臣待漏五更寒。休嗟嘆，山寺日高僧未起，算來兀的名利不如閒。

（白）自家是漢朝一個小黄門。往來紫禁，侍奉丹墀。領百官之奏章，傳一人之命令。正是：主德無瑕因宦習，天顔有喜近臣知。如今天色漸明，正是早朝時分，官裏升殿，怕有百官奏事，只得在此祗候。

怎見得早朝？但見：　銀河清淺，珠斗斕斑。數聲角吹落殘星，三通鼓報傳清曙。銀箭銅壺，點點滴滴，尚有九門寒漏；　瓊樓玉宇，聲聲隱隱，已聞萬井晨鐘。曈曈曚曚，蒼茫初日映樓臺；　拂拂霏霏，葱蒨瑞烟浮禁苑。　梟梟巍巍，千尋玉掌，幾點瀼瀼露未晞；　澄澄湛湛，萬里璇穹，一片團團月初墜。三唱天雞，咿咿喔喔，共傳紫陌更闌；　百囀流鶯，間間關關，報道上林春曉。　五門外碌碌剌剌，車兒碾得塵飛；　六宮裏嘔嘔啞啞，樂聲奏如鼎沸。只見那建章宮、甘泉宮、未央宮、長楊宮、五柞宮、長楸宮、長信宮、長樂宮，重重疊疊，萬萬千千，盡開了玉關金鎖；　昭陽殿、金華殿、長生殿、披香殿、長門殿、麒麟殿、鴛鸞殿、太極殿、白虎殿，隱隱約約，三三兩兩，都捲上繡箔珠簾。半空中忽聽得一聲轟轟劃劃，如雷如霆，震耳的鳴梢響；　合殿裏只聞得一陣氤氤氳氳，非烟非霧，撲鼻的御爐香。縹縹緲緲，紅雲裏雉尾扇遮着赭黄袍；　深深沉沉，丹墀間龍鱗座覆着彤芝蓋。左列着森森嚴嚴，前前後後的羽林軍、旗門軍、控鶴軍、神策軍、虎賁軍，花迎劍珮星初落；　右列着濟濟鏘鏘，高高下下的金吾衛、龍虎衛、拱日衛、千牛衛、驃騎衛，柳拂旌旗露未乾。金間玉，玉間金，烱烱爍爍，燦燦爛爛的神仙儀從；　紫映緋，緋映紫，行行列列，整整齊齊的文武官僚。螭頭陛下，立着一對妖妖嬈嬈、花容月貌、繡鸞袍、鴛鴦靴的奉引昭容；　豹尾班中，擺着一對端端正正、鐵膽銅肝、白象簡、獬豸冠的糾彈御史。拜的拜，跪的跪，那一個敢挨挨搡搡縱諠譁？升的升，下的下，那一個不欽欽敬敬依法禮？但願常瞻仙仗，聖德日新日新日日新；　與群臣共拜天顔，聖壽萬歲萬歲萬萬歲。從來不信叔孫禮，今日方知天子尊。道尤未了，一個奏事官人早來。

【點絳唇】(生巾裹上唱)月淡星稀,建章宫裏千門曉。御爐烟裊,隱隱鳴梢杳。忽憶年時,問寢高堂早。雞鳴了,悶縈懷抱,此際愁多少。

(白)不寢聽金鑰,因風想玉珂。明朝有封事,數問夜如何?自家只爲父母在堂,今日上表辭官,家去侍奉。天色已明,這是五門外厢,進入去咱。(介)

【神仗兒】(唱)揚塵舞蹈,揚塵舞蹈,遥瞻天表,見龍鱗日耀。(黄門白)不得升殿。(又唱)咫尺重瞳高照,何文字,只須在此一一分剖。遥拜着赭黄袍,遥拜着赭黄袍。

【滴溜子】(生唱)臣邕的,臣邕的,荷蒙聖朝。臣邕的,臣邕的,拜還紫誥。念邕非嫌官小,那家鄉萬里遥,雙親又老。干瀆天威,萬乞恕饒。

(黄門白)吾乃黄門,職掌章奏。有何文表,在此披宣。

【入破第一】(生跪唱)議郎臣蔡邕啓:今日蒙恩旨,除臣爲郎官職,重蒙婚賜牛氏。干瀆天威,臣謹誠惶誠恐,頓首頓首。伏念微臣,初來有志,誦詩書力學躬耕修己,不復貪榮利。事父母,樂田里,初心原如此而已。不想州司,謬取臣邕充試。到京畿,豈料愚蒙,叨居上第。

【破第二】(又唱)重蒙聖恩,婚以牛公女。草茅疏賤,如何當此隆遇?但臣親老,一從别後,光陰又幾。廬舍田園,荒蕪久矣。

【衮第三】（又唱）那更老親鬢垂白，筋力皆癯瘁。形隻影單，無弟兄，誰奉侍？況隔千山萬水，生死存亡，雖有音書難寄。最可悲，他甘旨不供，我食禄有愧。

【歇拍】（又唱）不告父母，怎諧匹偶？臣又聽得家鄉里，遭水旱，遇饑荒。多想臣親必做溝渠之鬼，未可知。怎不教臣，悲傷淚垂？

（黄門白）此非哭泣之處，不得驚動天聽。

【中衮第四】（生唱）臣享禄厚紆朱紫，出入承明地。獨念二親寒無衣，飢無食，喪溝渠。憶昔先朝買臣出守會稽，司馬相如，持節錦歸。

【煞尾】他遭遇聖時，皆得回鄉里。臣何故，别父母，遠鄉間，没音書，此心違？伏惟陛下，特閔微臣之志。遣臣歸，得事雙親，隆恩怎比？

【出破】若還念臣有微能，鄉郡望安置。庶使臣忠心孝意得全美，臣無任瞻天望聖，激切屏營之至。

（黄門白）元來如此。吾當與汝轉達天聽，汝只在五門外廂伺候聖旨。正是：眼望旌捷旗，耳聽好消息。（黄門下）

【神仗兒】（生唱）揚塵舞蹈，揚塵舞蹈，見祥雲縹緲。想黄門已到，料應重瞳看了，多應是哀念我私情烏鳥。顒望斷九重霄，顒望斷九重霄。

【滴溜子】天應念，天應念，蔡邕拜禱。雙親的，雙親的，死生未保。可憐恩深難報。一封奏九重，知他聽否？會合分離，都在這遭。

（白）怎的黃門不見回報？想必是官裏准了。天！天！若能勾回鄉見父母，何消做官？

【前腔】（黃門奉聖旨上唱）今日裏，今日裏，議郎進表。傳達上，傳達上，聖目看了。道太師昨日先奏，把乘龍女婿招，多少是好？見有玉音，臨降聽剖。

（白）聖旨已到，跪聽宣讀。（生跪）（黃門白）孝道雖大，終於事君；王事多艱，豈遑報父？朕以涼德，嗣續丕基。眷茲警動之風，(一)未遂雍熙之化。爰招俊髦，以輔不逮。咨爾才學，允愜輿情。是用擢居議論之司，以求繩糾之益。爾當恪守乃職，勿有固辭。其所議姻事，可曲從師相之請，以成桃夭之化。欽予特命，裕汝乃心。謝恩。（生拜起白）黃門哥，你與我官裏根前再奏咱，我情願不做官。（黃門白）這秀才好不曉事，聖旨誰敢別？這裏不是鬧炒去處。（生荒介）（白）我自去拜還聖旨如何？（黃門扯介）做甚麼？這秀才好怪麼？你去不得。（生哭介）

【啄木兒】（唱）苦！我親衰老，妻幼嬌，萬里關山音信杳。他那裏舉目淒淒，我這裏回首迢迢。他那裏望得眼穿兒不到，俺這裏哭得淚乾親難保。悶殺人麼一封丹鳳詔。

---

(一) 警：原作『驚』，據汲古閣刊本《繡刻琵琶記定本》改。

【前腔】（黄門唱）何須慮，不用焦，人世上離多歡會少。大丈夫當萬里封侯，肯守着故園空老？畢竟事君事親一般道，人生怎全得忠和孝？却不見母死王陵歸漢朝？

【三段子】（生唱）這懷怎剖？望丹墀天高聽高。這苦怎逃？望白雲山遥路遥。（黄門唱）你做官與親添榮耀，高堂管取加封號。與你改换門閭，偏不好？

【歸朝歡】（生唱）寃家的，寃家的，苦苦見招，俺媳婦埋寃怎了？饑荒歲，饑荒歲，怕他怎熬？俺爹娘怕不做溝渠中餓殍？（黄門唱）譬如四方戰争多征調，從軍遠戍沙場草，也只爲国忘家怎憚勞？

（生白）家鄉萬里信難通，（黄門）争奈君王不肯從。

（合）情到不堪回首處，一齊分付與東風。（并下）

## 第十六齣

（丑扮里正上唱）

【普賢歌】身充里正實難當，雜泛應承日夜忙。官司點義倉，并無些子糧，拚一個拖番喫大棒。

（白）我做都官管百姓，另是一般行逕。破靴破笠破衣裳，打扮須要厮稱。到州縣百般下情，下鄉村十分高興。討官糧大大做個官升，賣食鹽輕輕弄些喬秤。點催首放富差貧，保上户欺軟怕硬。猛拚把持放潑，畢竟是個畢竟。誰知道天不由人，萬事皆已前定。詐得十兩五兩，到使十錠五錠。主人家不時要饋送，畫卯酉人多要雇倩。田園尽都典賣，并無寸土餘剩。𠷢耐廳前祇候，𠷢耐司房耍令。把我千樣凌持，把我萬般督併。動不動丢了破笠，打得我黄腫成病。幾番要自縊投河，不要這條性命。今番又點義倉，并無糧米支應。若還把我拖番，便叫高擡明鏡。小人也不是都官，小人也不是里正，休得錯打了平民。猜你是誰？我是搬戲的副淨。苦！往常間把義倉穀搬得家裏去養老婆孩兒了，今日上司官點義倉，支穀賑濟貧民，那裏討穀？且無錢糴還，没奈何，我把老婆賣了，取錢糴穀還義倉。老婆，你且出來。（淨上白）老公，老公，苦咳！點義倉那裏討穀？又着喫打。（丑白）没奈何，一夜夫妻百夜恩，你終不然教我喫打？這般荒年，又供膳不得，我如今把你賣幾貫錢，籴穀還義倉。（淨）哱嗚！你怕喫打，便賣老婆。骨臀難得？老婆難得？（丑）没奈何。（扯淨叫介）一街兩市，上户官人，里正賣老婆，誰要買麼？（淨）我弗賣。（推丑倒介）（走下）（丑起白）好好，討得這好老婆！没奈何，只有一個孩兒，把來賣。孩兒出來。（淨上白）爹爹，你喫打自喫打，莫要賣了我。（丑）你來，我這孩兒極孝順，阿爹養孩兒，如何不愛惜你？事到頭來，官司逼臨。往常將義倉穀家裏來喫，終不然都是我喫了？你也有分。子孫，我如今賣了你，取錢糴穀還官司。（淨）苦咳！怕喫打便賣孩兒。骨臀難得？孩兒難得？（丑）不依我説？（扯淨叫介）一街兩市，上户官人，里正賣孩兒，誰要買麼？（淨推丑倒介）（走下）（丑起白）好好，討得好老婆，養得好孩兒！這是我平日潑皮放刁的報應。我没奈何，去與李社長嘀噇看。轉彎抹角，兀的便是李社長家裏。李社長，李社長。

【前腔】（淨應介，扮李社長上唱）身充社長管官倉，老小一家得倉裏養。事發儘不妨，里正先喫棒。尊兄，打了都官，方打社長。

（淨白）都官苦了。上司便來，你都不嘀噇粜穀還官司，你喫打也。（丑白）教我如何嘀噇？穀都是你喫了，你自着嘀噇。（淨）你在這裏，我去相識家張外郎處借些穀子影射便了。（丑）你去便來，我開倉等你。（淨）我去。只恐上山擒虎易，開口告人難。（淨下）（丑開倉介）好義倉也。沒穀在倉裏，不知社長去借有麼？（望介）妙哉！妙哉！社長借穀來了。（淨上白）求人須求大丈夫，濟人須濟急時難。好，好，借得兩杠三石七斗四升八合令二百一十五粒在這裏。你上倉去，我在下送上與你。（介）（丑）妙哉！倉滿了。你去看上司官來了未，我在這裏封了倉。（淨）我去。正是：眼望旌捷旗，耳聽好消息。（淨下）（丑介）好了，一倉穀已滿了，且省得喫打。不知相公來在那裏，免不得向前迎接則個。（行介）

【前腔】（淨扮喬孤、末引道上唱）親承朝命賑饑荒，躍馬揚鞭來到此方。里正那裏？疾忙開義倉，支與百姓糧，猜，從實支收休要謊。

（淨白）里正，將收支帳目來看。（丑介）（淨讀介）原管二十九石，新收三十六石，除支一十九石，見在四十六石。（淨）開了倉。（末、丑開倉）（淨看介）胡說！這那得有四十六石？（丑）有，有，相公。（淨）與他取了甘結。（末介）（淨）里正，去喚各各民户來此請穀。（丑）小人去。一心忙似箭，兩脚走如飛。（丑下）（淨）那廝説謊，這些兒穀，如何有四十六石？（末）由他。果必不勾，其間只教他陪償便了。（淨）也説得是。

【吴織機】（丑做丐子上唱）肚又饑，眼又昏，家私没半分，子哭兒啼不可聞。聞知相公來濟民，請些官糧去救窘。

（末白）老的姓甚名誰？家裏有幾口？（丑白）老的姓丘名乙己，住上大村，有三千七十口。（淨）胡説！（丑）告相公：上大人，丘乙己，化三千，七十士。（末）一口胡柴！（淨）你實有幾口？（丑）小人夫妻兩口，孩兒兩口。（淨）支糧與他。（末介）支四口糧了。（丑）小人有五口，如何只支四口？（淨）你一個媳婦，兩個孩兒，和你只有四口，如何有五口？（丑）小人媳婦下面有一個口。（末）戾家不識吕字法。（丑）正是：一日不識羞，三日喫飽飯。（丑下）（淨）與他勾了帳。已支一名去了，怎的里正都不見來？（末）告相公，寧管千軍，莫管一夫。惹多百姓，如何唤得齊到？由他續後而來便了。

【前腔】（丑换扮上唱）嘆連朝，飢怎忍？家中有八九人。前日老婆典了裙，今日荒忙典布裩，恰好官司來濟貧。

（淨）你問他姓甚名誰？有幾口？（末）老的，你姓甚名誰？有幾口？（丑）小人姓大名比丘僧。（末）你住在那裏？（丑）小人住在祇樹給孤獨園，有一千二百五十口。（淨、末）胡説！（丑）告相公：《彌陀經》中説：祇樹給孤獨園，與大比丘僧一千二百五十人俱。（末）佛口蛇心！（淨）實有幾口？（丑）有兩個媳婦，三個孩兒，和小人共六口。（淨）支糧與他。（末）六口糧支了。（丑）小人有七口。(末)你説六口，那得七口？(丑)老的老婆懷孕在肚裏，孩兒也要喫飯。(末)且打你喫胎去。(丑)正是：　今日得君提掇起，免教身在污泥中。(丑下)

【搗練子】(旦上唱)嘆命薄，嘆年艱，含羞和淚向人前，只恐公婆懸望眼。

(白)路當險處難回避，事到頭來不自由。奴家少長閨門，不識途路。今日見官司支糧濟貧，免不得去請些子救公婆之命。(見淨介)(淨白)婆娘，你姓甚名誰？(旦白)奴家姓趙，名五娘，是蔡伯喈的妻房。(淨白)你丈夫那裏去？

【普天樂】我(旦唱)兒夫一向留都下，(淨白)你家裏有誰？(旦唱)俺只有年老的爹和媽。(淨白)更有誰？(旦唱)弟和兄更没一個，(淨白)誰奉侍公婆？(旦唱)看承盡是奴家。(淨白)何不使個人來請穀？婦人怎生路上走？(旦打悲介，唱)歷盡苦，誰憐我？相公，怎説得不出閨門的清平話？(淨白)支糧與他。(末白)糧没了。(旦哭介，唱)苦！若無糧，我也不敢回家。豈忍見公婆受餓？嘆奴家命薄，直恁擢挫。

(淨白)左右，你去拿那裏正來，要那厮陪償。(末白)小人去。假饒走到焰摩天，脚下騰雲須趕上。(末下)(旦白)望相公主張，與奴家出些氣力。(淨白)不妨，不妨。(末押丑上)一似甕中捉鱉，手到拿來。(淨罵介)這潑皮賊，你得糧那裏去了？你快招伏。(丑白)小人不招。(淨介)(末介)(丑白)小人招了。(淨督丑讀招)招狀人姓猫名狸，見年三十有餘。身上别無疾病，只有白帶不除。今與短狀招伏，蓋爲官糧欠虧。説到義倉情弊，中間無甚蹺蹊。稻熟排門收斂，斂了各自將歸。并無倉廩盛貯，那有帳目收支？縱然有得些小，胡亂寄在民居。官司差人點視，便糴些穀支持。上下得錢便罷，不問倉廩空虚。假饒清官廉吏，也喫我影射片時。東家借得十扛，西家借得五箕。但見倉中有穀，其間就裏怎知？年年把當常事，番番一似耍嬉。不道今年荒旱，不道今年民飢。不因分俵賑濟，如何會泄天機？假饒走到三十三天，里正都無罪過。（淨、末）爲甚的？（丑）只是點糧詐錢的做馬做驢。(一)招伏執結是實，伏乞相公裁旨。（淨白）打那厮，要他陪償。（末押丑下）懼法朝朝樂，欺公日日憂。（淨、旦介）（末押丑上）假饒人心似鐵，怎逃官法如爐？（末、丑）穀在這裏了。（淨白）將與這小娘子。（旦）謝相公。（丑覻覦介）由你半路去，我但好歹與你奪了。（旦白）謝得恩官爲主維，（丑介）只教中路受災危。（末、淨）正是：當權若不行方便，如入寶山空手回。（并下）（旦在場白）一斟一酌，莫非前定。今日奴家去請糧，誰知道里正作弊，倉中無穀。若不得相公主張，交里正陪償，奴家如何得這些穀回家，救濟二親之餓？正是：飢時得一口，强如飽時得一斗。（旦欲下，丑上攔住，白）恩人相見，分外眼明；仇人相見，分外眼睁。我也會見你！適來不是你只管告不了，相公如何教我陪納？這穀是我責老小責家私得來的，你如何把去？（丑奪介）

【鎖南枝】（旦唱）兒夫去，竟不還，公婆兩人都老年。從昨日，到如今，不能勾得飡飯。奴請

(一) 做馬做驢：原作「坐馬坐驢」，據汲古閣刊本《繡刻琵琶記定本》改。

糧，他在家懸望眼。念我老公婆，做方便。（丑介）

【前腔】（旦唱）鄉官可憐見，這是公婆命所關。若是必須將去，寧可脱了奴衣裳，就問鄉官換。（丑白）不要，你身上寒冷。（旦唱）寧使奴身上寒，只要與公婆救殘喘。（丑奪穀介、下）（旦介）

【前腔】你奪將去，真可憐，公婆望奴奴不見。縱然他不埋冤，道我做媳婦還何幹？他忍飢，添我夫罪愆，怎得見得我夫面？

（白）我終久是個死！這裏有一口井，不如投入井中死。（投介）呀！

【前腔】將身赴井泉，思量左右難。我丈夫當年分散，叮嚀祝付爹娘，教我與他相看管。我死却，他形影單。夫婿與公婆，可不兩埋怨？

【前腔】（外上唱）媳婦去，不見還，教我在家凝望眼。（外跌介，旦扶，外虚打旦介）（外唱）你在這裏閒行，教我望着肝腸斷。（旦唱）公公，奴請糧與你充午飡，又誰知被人騙。

（外白）元來你被人騙。

【前腔】（唱）苦！思量我命乖蹇，不由人不珠淚漣。料想終須飢死，不如早赴黄泉，免把你相牽絆。媳婦，婆老年，不久延，你須是好看管。

【前腔】（旦唱）公公，伊還身棄，我苦怎言，公還死了婆怎免？兩人一旦身亡，教我獨自如何展？算來喫苦辛，其實難過遣。我痛傷悲，只得强相勸。

【前腔】（外唱）媳婦，你衣衫盡皆典，囊篋又罄然。縱然目前存活，到底日久日深，你與我難相戀。衣食缺，要行孝難。不如活冤家，早拆散。（外投井介）（旦救住）

【前腔】（末挑穀上唱）不豐歲，荒歉年，生離死别真可憐。縱有八口人家，飢餓應難免。子忍飢，妻忍寒，痛哭聲，恁哀怨。

（白）相逢盡是飢寒客，安樂何曾見一人？呀！兀的不是蔡員外和小娘子在這裏？員外、娘子，你在這裏做甚麽？（旦白）告公公，一言難盡。奴家今日聞知給散義倉，去請些糧穀，與公婆爲口食之資。誰想里正作弊，倉中無穀。謝得相公督令里正陪納，把分付與奴家；來到半途，又被里正奪去，將奴家推倒。如今公公見説，要投井死，奴家在此勸解公公。（末）元來恁的，我與你罵那厮一和。嘈，官司差設你爲里正，交你管着鄉都。義倉乃豐年聚斂，以爲荒歉之儲，你却與社長偷盜，致令賑濟不敷。比及這娘子到來請穀，倉中已自空虚。相公督併你陪納，於理不亦宜乎？你顛倒半途與他奪去，又將他推倒街衢。却不道救人一命，勝造七級浮屠？他公公見説要投井死，我倘若來遲，他險喪溝渠。你這般不仁不義，謾自家有贏餘，空喫人的五穀，枉帶了人的頭顱，身着人的衣服，一似馬牛襟裾。我歷數你從前過惡，真個罪不容誅。動不動逞凶行惡，你那些個恤寡憐孤？我若早來一步，放不過你這横死蠻驢！拚着七十年老命，和你生死在須臾。（介）休休！人知的只道我好心賭是，不知我的，道我恃老無籍之徒。小娘子，你丈夫當年出去，把爹娘分付與老夫，今日荒年飢歲，虧殺你獨自支吾。終不然我自飽暖，教你受飢寒勤劬？古語：救災恤鄰，濟人須濟急時無。我也請得些糧在此，小娘子，分一半與你將去，胡亂救濟公姑。（與介）（旦白）謝得公公。

【洞仙歌】（旦唱）苦！我家私没半分，靠着奴此身。只要救我公婆，豈辭多苦辛？（合）空把淚珠搵，誰憐飢與貧，這苦說不盡。

【前腔】（外唱）本爲泉下人，謝你救我一命存。只怕我不久身亡，報不得媳婦恩。（合前）

【前腔】（末唱）見說不可聞，況我托在鄰。終不然我享安榮，忍見伊受窘？（合前）

（旦白）命薄多磨喫苦辛，（外白）不如身死早離分。

（合）惟有感恩并積恨，萬年千載不生塵。（并下）

## 第十七齣

（丑做媒婆上唱）

【蠻牌令】終日走千遭，走得脚無毛。何曾見湯水面？也不見半錢糟。倒不如做虔婆頂老，也得些鴨汁喫飽。窮酸秀才直恁喬，老婆與他粧甚腰？〔一〕（白）我做媒婆老了，不曾見這般好笑。叵耐一個秀才，老婆與他不要。別人見媒歡喜，他到和我尋鬧。相公不肯干休，只管在家焦燥。把媒婆放在中間，旋得七顛八倒。走得鞋穿襪綻，說得唇乾口燥。休休！也不怕你親事不成，也不怕姻緣不到。不喫你男兒不從，不信你婦人不好。只怕紅羅帳裏快活，不叫媒婆聒噪。好好！狀元來了。

【金蕉葉】（生上唱）恨多怨多，俺爹娘知他有麽？擺不去功名奈何？送將來冤家怎躲？（相見介）（丑白）萬福，賀喜。狀元，牛丞相選定今日畢結姻親，筵席安排已了，請狀元早赴佳期。

【三換頭】（生唱）名韁利鎖，先自將人摧挫。況鸞拘鳳束，甚日得到家？我也休怨他咱。這其間，只是我，不合來，長安看花。悶殺我爹娘也，珠淚空暗墮。（合）這段姻緣，只是我無如之奈何。

【前腔】（丑唱）鸞臺罷粧，鵲橋初駕，佳期近也，請仙郎到呵。明知縈掛，這其間，只得把，那壁厢，且都拚捨。他奉着君王詔，怎生別了他？（合前）（丑白）及早赴佳期，（生白）歡娱成怨悲。

〔一〕與：原作『舉』，據汲古閣刊本《繡刻琵琶記定本》改。

（合）情知不是伴，事急且相隨。（并下）

# 第十八齣

（外上唱）

【傳言玉女】燭影摇紅，簾幕瑞烟浮動，畫堂中珠圍翠擁。粧臺對月，下鸞鶴神仙儀從。玉簫聲裏，一雙鳴鳳。

（白）左右何在？（末上白）畫堂深處風光好，别是人間一洞天。（外白）來。我今日與小娘子畢姻，筵席安排了未？（末白）已安排了。（外白）怎見得？（末白）［水調歌頭］屏開金孔雀，褥隱繡芙蓉。獸爐烟裊，蓮臺絳蠟吐春紅。廣設珊瑚席子，高把真珠簾捲，環列翠屏風。人間丞相府，天上蕊珠宫。錦遮圍，花熳爛，玉玲瓏。繁絃脆管，歡聲鼎沸畫堂中。簇擁金釵十二，座列三千珠履，談笑盡王公。正是：門闌多喜氣，女婿近乘龍。（外白）狀元來了未？（末白）遠遠望見一簇人馬鬧炒，想是狀元來了。

【女冠子】（生上唱）馬蹄篤速，傳呼齊擁雕轂。（外唱）宫花帽簇，天香袍染，丈夫得志，佳婿乘龍。（占上唱）粧成聞唤促，又將嬌面重遮，羞蛾輕蹙。（净、丑執掌扇上唱）這姻緣不俗，（合）金榜題名，洞房花燭。

（丑白）請新人交拜。（生、旦介）

【畫眉序】（生唱）扳桂步蟾宫，豈料絲蘿在喬木。喜書中今日有女如玉，堪觀處絲幕牽紅，恰正是荷衣穿緑。（合）這回好個風流婿，偏稱洞房花燭。

【前腔】（外唱）君才冠天禄，我的門楣稍賢淑。看相輝清潤，瑩然冰玉。光掩映孔雀屏開，花爛熳芙蓉隱褥。（合前）

【前腔】（占唱）頻催少膏沐，金鳳斜飛鬢雲矗。已逢他蕭史，愧非弄玉。清風引珮下瑶臺，明月粧成金屋。（合前）

【前腔】（浄、丑、末唱）湘裙顫六幅，似天上嫦娥降塵俗。喜藍田今日種成雙玉。風月賽閬苑三千，雲雨笑巫山一二六。（合前）

【滴溜子】（生唱）謾説道姻緣果諧鳳卜，細思知此事豈吾意欲？有人在高堂孤獨。可惜新人笑語喧，不知舊人哭。兀的東床，難教我坦腹。

【鮑老催】（合唱）翠眉謾蹙，赤繩已繫夫婦足，芳名已註婚姻牘。空嗟怨，枉嘆息，休摧速。畫堂富貴如金谷，休戀故鄉生處樂，受恩深處親骨肉。

【滴滴金】（合唱）金猊寶篆香馥郁，銀海瓊舟汎醽醁，輕飛翠袖呈嬌舞。囀鶯喉，歌麗曲，歌聲斷續，持觴勸酒人共祝。人共祝，百年夫婦永睦。

【鮑老催】（合唱）意深愛篤，文章富貴珠萬斛，天教艷質爲眷屬。似蝶戀花，鳳棲梧，鸞停竹。男兒有書須勤讀，書中自有黄金屋，也自有千鍾粟。

【雙聲子】（合唱）郎多福，郎多福，看紫綬黄金束。娘分福，娘分福，看花誥紋犀軸。兩意篤，兩意篤。豈非福，豈非福。似文鴛綵鳳，兩兩相逐。

（合白）清風明月兩相宜，女貌郎才天下奇。正是洞房花燭夜，果然金榜掛名時。（并下）

## 第十九齣

（旦上唱）

【薄倖】野曠原空，人離業敗。謾盡心行孝，力枯形瘁。幸然爹媽，此身安泰。恓惶處，見慟哭飢人滿道，嘆舉目將誰倚賴？

（白）曠野消疏絶烟火，日日荒雲黯村塢。死别空原婦泣夫，生離他處兒牽母。睹此恓惶實可憐，思量自覺此身難。高堂父母老難保，上國兒郎去不還。力盡計窮淚亦竭，淹淹氣盡知何日。空原黄土謾成堆，誰把一抔掩奴骨？奴家自從丈夫去後，屢遭饑荒，衣衫首飾，盡皆典賣，家計蕭然。争奈公婆死生難保，朝夕又無可爲甘旨之奉。只得逼邏幾口淡飯，奴家自把細米皮糠逼邏喫，苟留殘喘。也不敢交公公婆婆知道，怕他煩惱。奴家喫時，只得回避他。（逼邏飯介）公公婆婆早來。

【玉井蓮後】（外、淨上唱）忍餓擔飢，未知何日是了？

（旦白）請喫飯。（介）（淨嫌介，白）然則是饑荒年歲，只兀的教我怎喫？（外白）胡亂這般時節，分甚好歹？

【羅鼓令】（淨唱）我終朝的受餒，你將來的飯怎喫？疾忙便擡，非干是我有些饞態。（外唱）你看他衣衫都解，好茶飯將甚去買？婆婆，兀的是天災，教他媳婦每難布擺。（旦唱）婆婆息怒且休罪，待奴家一霎時却得再安排。（合）思量到此，珠淚滿腮。看看做鬼，溝渠裏埋。縱然不死也難捱，教人只恨蔡伯喈。

【前腔】（淨唱）如今我試猜，多應是你獨噇病來？多應是你買些鮭菜？我喫飯他緣何不在？這些意真乃是歹。（外唱）婆婆，他和你甚相愛，不應反面直恁的乖。（旦唱）我千辛萬苦，有甚情懷？可不道我臉兒黃瘦骨如柴。（合前）

（淨白）擡去，擡去。（外）媳婦，收拾將去了。（旦收介）待奴家去買些東西，再安排飯。（淨、外）你去。（旦白）正是：啞子謾嘗黃柏味，難將苦事向人言。（旦下）（淨白）公公，親的到底只是親。親生孩兒不留在家，今日着這媳婦供養你呵。前番骨自有些鮭菜，這幾番只得些淡飯，教我怎的捱？更過幾日，和飯也没有。你看他前日自喫飯時節，百般躲我，敢背地裏自買些下飯受用分曉？（外白）婆婆，休錯埋冤人，我看這媳婦，好生受不是這般樣人。（淨白）恁的，等他自喫飯時節，我兩人去採一採，方知端的。（外）也說得是。

（合白）混濁不分鰱共鯉，水清方見兩般魚。（并下）

## 第二十齣

（旦上唱）

【山坡羊】亂荒荒不豐稔的年歲，遠迢迢不回來的夫婿。急煎煎不耐煩的二親，軟怯怯不濟事的孤身己。衣盡典，寸絲不掛體。幾番要賣了奴身己，争奈没主公婆，教誰管取？（合）思之，虚飄飄命怎期？難捱，實丕丕災共危。滴溜溜難窮盡珠淚，亂紛紛難寬解的愁緒。骨崖崖難扶持的病體，戰欽欽難捱過的時和歲。這糠呵，我待不喫你，教奴怎忍飢？我待喫呵，怎喫得？（介）苦！思量起來，不如奴先死，圖得不知他親死時。（合前）

（白）奴家早上安排些飯與公婆，非不欲買些鮭菜，争奈無錢可買。不想婆婆抵死埋冤，只道奴家背地喫了甚麽。不知奴家喫的却是細米皮糠。喫時不敢教他知道，只得回避。便埋冤殺了，也不敢分説。苦！真實這糠怎的喫得？（喫介）

【孝順歌】（唱）嘔得我肝腸痛，珠淚垂，喉嚨尚兀自牢嗄住。糠，遭礱被舂杵，篩你簸颺你，

喫盡控持。悄似奴家身狼狽，千辛百苦皆經歷。苦人喫着苦味，兩苦相逢，可知道欲吞不去。（喫吐介）

【前腔】（唱）糠和米，本是兩依倚，誰人簸颺你作兩處飛。一賤與一貴，好似奴家共夫婿，終無見期。丈夫，你便是米麼，米在他方没尋處。奴便是糠麼，怎的把糠救得人飢餒？好似兒夫出去，怎的教奴供給得公婆甘旨？（不喫放椀介）

【前腔】（唱）思量我生無益，死又值甚的？不如忍飢爲怨鬼。公婆老年紀，靠着奴家相依倚，只得苟活片時。片時苟活雖容易，到底日久也難相聚。謾把糠來相比，這糠尚兀自有人喫。奴家骨頭，知他埋在何處？

（外、淨上探白）媳婦，你在這裏説甚麼？（旦遮糠介）（淨搜出打旦介）（白）公公，你看麼，真個背後自逼邏東西喫。這賤人好打！（外白）你把他喫了，看是什麼物事？（淨荒喫介）（吐介）（外白）媳婦，你逼邏的是甚麼東西？（旦介）

【前腔】（唱）這是穀中膜，米上皮，將來逼邏堪療飢。（外、淨白）這是糠，你却怎的喫得？（旦唱）嘗聞古賢書，狗彘食人食，公公、婆婆，須强如草根樹皮。（外、淨白）這的不嗄殺了你？（旦唱）嚼雪飡氈，蘇卿尤健；飡松食栢，到做得神仙侶。縱然喫些何慮？（白）公公、婆婆，别人喫不得，奴家須是喫得。（外、淨白）胡説！偏你如何喫得？（旦唱）爹媽休疑，奴須是你孩兒的糟糠妻室。

（外、淨哭介）（白）元來錯埋冤了人，兀的不痛殺了我！（倒介）（旦叫介）

【雁過沙】（唱）他沉沉向迷途，空教我耳邊呼。公公、婆婆，我不能盡心相奉事，番教你爲我歸黄土。公公、婆婆，人道你死緣何故？公公、婆婆，你怎生割捨拋棄了奴？你怎生割捨拋棄了奴？公公、婆婆。（外醒介）

【前腔】（唱）媳婦，你耽飢事公姑。媳婦，你耽飢怎生度？錯埋冤你也不肯辭，我如今始信有糟糠婦。媳婦，我料應我不久歸陰府，媳婦，你休便爲我死的，把生的受苦，把生的受苦。

（旦叫婆婆介）

【前腔】（唱）婆婆，你還死，教奴家怎支吾？你若死，教我怎生度？我千辛萬苦，回護丈夫，如今到此難回護。我只愁母死難留父，況衣衫盡解，囊篋又無，囊篋又無。（外叫淨介）

【前腔】（唱）婆婆，我當初不尋思，教孩兒往皇都。把媳婦閃得苦又孤，把婆婆送入黄泉路，只怨是我相耽誤。我骨頭未知埋在何處所？我骨頭未知埋在何處所？

（旦白）婆婆都不省人事了，且扶入裏面去。正是：青龍共白虎同行，吉凶事全然未保。（并下）（末上白）福無雙至猶難信，禍不單行却是真。自家爲甚説這兩句？爲鄰家蔡伯喈妻房，名唤做趙氏五娘子。嫁得伯喈秀才，方纔兩月，丈夫便出去赴選。自去之後，連年饑荒，家裏只有公婆兩口，年紀八十之上。甘旨之奉，虧殺這趙五娘子，把些衣服首飾之類，盡皆典賣，糴些糧米，做飯與公婆喫；他却背地裹把些細米皮糠，逼邏充飢。唧唧這般荒年飢歲，少什麽有三五個孩兒的人家，供膳不得爹娘。這個小娘子，真個今人中少有，古人中難得。那公婆不知道，顛到把他埋冤。今聽來得他公婆知道，却又用心都害了。俺如今去他家裏探取消息則個。（看介）這個來的却是蔡小娘子，怎生恁地走得荒？（旦荒走上介）（白）天有不測風雲，人有旦夕禍福。（見末介）公公，我的婆婆死了。（末介）我却要來。（旦白）公公，我衣衫首飾，盡行典賣。今日婆婆又死，教我如何區處？公公可憐見，相濟則個。（末白）不妨。婆婆衣衾棺槨之費，皆出於我，你但盡心承值公公便了。（旦哭介）

【玉包肚】（唱）千般生受，教奴家如何措手？終不然把他骸骨，没棺槨送在荒坵？（合）相看到此，不由人不珠淚流。正是不是冤家不聚頭。

【前腔】（末唱）不須多憂，送婆婆是我身上有。你但小心承直公公，莫教又成不救。（合前）

（合前）（旦白）如此，謝得公公。只爲無錢送老娘，（末白）娘子放心。須知此事有商量。

正是：歸家不敢高聲哭，只恐人聞也斷腸。（并下）

**元本：**王充、仇壽、以忠、以才刊

嘉靖戊申七月四日重裝

三橋彭記

**翻本：**周慈寫
李澤、李潮、高成、黄金賢刊
蘇州府閶門中内街路書鋪依舊本命工重刊印行

新刊元本蔡伯喈琵琶記卷上

# 新刊元本蔡伯喈琵琶記卷下

東嘉高先生編集
南溪斯干軒訂正

## 第二十一齣

（生上唱）

【一枝花】閒庭槐影轉，深院荷香滿。簾垂清晝永，怎消遣？十二闌杆，無事閒凭遍。困來湘簟展，夢到家山，又被翠竹敲風驚斷。

（白）〔南鄉子〕萬竹影摇金，水殿簾櫳映碧陰。人静晝長無外事，清吟，碧酒金樽懶去斟。幽恨苦相尋，誰知離别經年無信音。寒暑相催人易老，關心，却把閒愁付玉琴。左右過來。（末上白）黄卷看來消白日，朱絃動處引清風。炎蒸不到珠簾下，人在瑶池閬苑中。琴書見在。（生）你與我叫兩個學童出來。

（末叫介）

【金錢花】（净把扇、丑把香爐上唱）自少承直書房，書房。快活其難實當，難當。只管把扇與燒香，荷亭畔，好乘涼。喫飽飯，上眠床。

（淨、丑笑介）（生白）院子，這琴是我在先得此材於爨下，斲成此琴，故曰焦尾。自從來到此間，久不整理。今日當此清凉境界，試操一曲，舒遣情懷則個。你來，一個學童搧涼，一個學童管着文書，你管着燒香來。燒香的不要滅了香爐，搧涼的不要壞了扇子，管文書的不要掉了文書。三人互相覺察，違者施行。（衆應）領臺旨。（丑、淨扇滅末香）（淨白）告相公，院子滅了香爐。（生）拿那廝來，背起打十三。（淨打末介）（生）那廝不中用，不要他燒香，教他搧涼。（叫淨）你燒香。（淨）小人燒香。（末扇涼）

【懶畫眉】（生撫琴唱）强對南薰奏虞絃，只見指下餘音不似前，那些個流水共高山？呀！怎的只見滿眼風波惡，似離别當年懷水仙。

（末困淨燒扇）（生白）怎生不搧涼？（末荒介）（淨、丑）告相公：院子壞了扇。（生白）背起打。

（淨、丑介）（生）那厮不中，不要他搧涼，只教掌着文書，你搧涼。（丑）領台旨，學童搧涼。

【前腔】（生又撫琴唱）頓覺餘音轉愁煩，還似别雁孤鴻和斷猿，又如别鳳乍離鸞。呀！怎的只見殺聲在絃中見，敢只是螳螂來捕蟬？

（末又困介）（淨、丑偷書）（白）告相公：院子掉了文書。（生）再背起打。（介如前）（生叫丑）（白）你來拿文書，他依舊燒香。（丑把書）

【前腔】（生唱）日暖藍田玉生烟，似望帝春心托杜鵑，好姻緣還似惡姻緣。只怕知音少，争得鸞膠續斷絃？

（丑囨）（末偷書）（浄、丑介）（白）告相公：院子來偷文書。（生）這厮真個不中。你看滅了香爐，壞了扇。（末）告相公：兩個學童厮粧騙。（浄）他文書險被你來偷。（丑）虧我先准備一條大粗綫。（生）夫人來，你兩個回避。（末、浄、丑白）正是：有福之人人伏事，無福之人伏事人。（并下）（生在場）

【滿江紅】（占旦上唱）嫩緑池塘，梅雨歇薰風乍轉。見清新華屋，已飛乳燕。簟展湘波紈扇冷，歌傳《金縷》瓊巵暖。是炎蒸不到水亭中，珠簾捲。

（占白）相公元在這裏操琴。奴家久聞相公高於音樂，如何來到此間，絲竹之音，杳然絶響？相公今日試操一曲。（生）彈甚麽曲好？（占）《雉朝飛》到好。（生）彈他做甚麽？這是無妻的曲，我少甚麽媳婦？（占）胡説！如何少甚媳婦？（生彈介）呀！錯了也，只有個媳婦，到彈個《孤鸞寡鵠》。（占）我一對夫妻正好，説甚麽孤寡？（生介）你那裏知他孤寡的？（占）相公，對此夏景，彈個《風入松》到好。（生）這個却好。（彈錯介）（占）相公，你彈錯了。（生）呀！我彈個《思歸引》出來。（占）怎地害風麽那？我却知道你會操琴，只管這般賣弄怎地？（生）不是，這絃不中彈。（占）這絃怎地不中？（生）當元是舊絃，俺彈得慣；這是新絃，俺彈不慣。（占）舊絃在那裏？（生）舊絃撇了多時。（占）爲甚撇了？（生）只爲有這新絃，便撇了舊絃。（生介）（占）怎地不把新絃撇了？（生）便是新絃難撇。（介）我心裏只想着那舊絃。（占）你撇又撇不得，罷罷。

【桂枝香】（生唱）危絃已斷，新絃不慣。舊絃再上不能，我待撇了新絃難拚。一彈再鼓，又被宮商錯亂。（占白）你敢心變了？（生唱）非干心變，這般好涼天。正是此曲纔堪聽，又被風吹在别調間。

【前腔】（占唱）非絃已斷，只是你意慵心懶。没，你既道是《寡鵠孤鸞》，又道是《昭君宮怨》，那更《思歸别鶴》，無非愁嘆。相公，你心裏多敢想着誰？（生）不想甚麼人。你既不然，我理會得了。你道是除了知音聽，道我不是知音不與彈。

（占白）相公，只是你心裏不歡喜的上頭，你無心彈，何似教惜春和老姥姥安排酒過來消遣歇子？（生）我懶飲酒，我待睡去也。（占）老姥姥、惜春，安排酒過來。

【燒夜香】（末、净、丑上唱）樓臺倒影入池塘，緑樹陰濃夏正長，一架荼蘼只見滿院香。（合）滿院香，和你飲霞觴。傍晚捲起簾兒，明月正上。

（占白）將酒過來。

【梁州序】（占唱）新篁池閣，槐陰庭院，日永紅塵隔斷。碧闌干外，空飛漱玉清泉。只見香肌無暑，[一]素質生風，小簟琅玕展。晝長人困也，好清閒，忽聽得棋聲驚晝眠。（合）《金縷》

---

[一] 只見香肌：原作『只香見肌』，據汲古閣刊本《繡刻琵琶記定本》改。

唱，碧筒勸，向冰山雪檻開華宴。清世界，有幾人見？

【前腔】（生唱）薔薇簾箔，荷花池館，一點風來香滿。香奩日永，香消寶篆沉烟。謾有欹枕寒玉，扇動齊紈，怎遂得黄香願？（淚下介）（占）做甚麼？（生介）猛然心地熱，透香汗，我欲向南窗一醉眠。（合前）

【前腔】（占唱）向晚來雨過南軒，見池面紅粧零亂。漸輕雷隱隱，雨收雲散。只見荷香十里，新月一鈎，此景佳無限。蘭湯初浴罷，晚粧殘，深院黄昏懶去眠。（合前）

【前腔】（生唱）柳陰中忽聽新蟬，更流螢飛來庭院。聽菱歌何處，畫船歸晚。只見玉繩低度，朱户無聲，此景尤堪戀。起來携素手，鬢雲亂，月照紗厨人未眠。（合前）

【節節高】（净、丑、末合唱）漣漪戲綵鴛，把荷翻，清香瀉下瓊珠濺。香風扇，芳沼邊，㈠閒亭畔。坐來不覺人清健，蓬萊閬苑何足羡？（合）只恐西風又驚秋，不覺暗中流年换。

【前腔】清宵思爽然，好涼天，瑶臺月下清虚殿。神仙眷，開玳筵，重歡宴。從教玉漏催銀箭，水晶宫裏把笙歌按。（同前）

---

㈠ 芳：原作『方』，據汲古閣刊本《繡刻琵琶記定本》改。

【餘文】(合唱)光陰迅速如飛電，好良宵可惜漸闌，拚取歡娱歌笑喧。〔一〕
(生白)樵樓上幾鼓？(衆)三鼓。
(占)相公，歡娱休問夜如何，此景良宵能幾何？
(合)遇飲酒時須飲酒，得高歌處且高歌。(并下)

## 第二十二齣

(旦上唱)
【霜天曉角】難睚怎避，災禍重重至。最苦婆婆死矣，公公病又將危。
(白)屋漏更遭連夜雨，困龍遇着許真君。奴家自從婆婆死後，萬千狼狽；誰知公公一病又成危困。如今贖得些藥，安排煎了，更安排一口粥湯。(煎藥介)
【犯胡兵】(唱)囊無半點挑藥費，良醫怎求？縱然救得目前，飯食何處有？料應難到後。謾説道有病遇良醫，饑荒怎救？公公這病呵，百愁萬苦千生受，粧成這症候。便做這藥喫時呵，縱然救得目前，怎免得憂與愁？料應不會久。他只爲不見孩兒麼，這病可時，除非是子孝

〔一〕歡娱歌笑：原作『歡歌娱笑』，據汲古閣刊本《繡刻琵琶記定本》改。

父心寬，方纔可救。

（白）藥已熟了，且扶公公出來喫些藥，看何如？

【霜天曉角】[一]（旦下扶外上唱）悄然魂似飛，料應不久矣。縱然擡頭强起，（介）形衰倦，怎支持？

（旦白）公公寬心。藥熟了，你喫些，將息身己歇子。（外介）我喫不得這藥。（旦介）

【香遍滿】（唱）論來湯藥，須索是子嘗方進與父母。公公，莫不是爲無子先嘗，你便尋思苦？（外强喫吐介）（白）我喫不得了。（旦唱）你只索將息，怎捨得一命殂？（勸喫藥介）（外白）媳婦，你喫糠，却教我喫藥，可不虧了你？（哭介）（旦唱）元來你不喫藥，只爲我糟糠婦。

公公，你喫藥不得呵，自喫一口粥湯如何？（外喫吐介）

【前腔】（旦唱）他萬千愁苦，堆積在悶懷，成氣蠱，可知道你喫了吞還吐。（外白）媳婦，我敢不濟事，只是死。孩兒又不回來，只虧了你。（旦）公公且寬心。（背哭介）怕添親怨憶，背將珠淚漬。公公，你再喫一口粥湯。（外白）媳婦，你喫糠，却教我喫粥，怎喫得下？（旦唱）苦！他元來不喫粥，也只爲我糟糠婦。

[一] 曉：原闕，據汲古閣刊本《繡刻琵琶記定本》補。

（外白）媳婦，我死也不妨，只嘆孩兒不在家，虧了你。你來，我有兩句言語分付與你。（旦）如何，公公？

【青哥兒】（一）（外唱）媳婦，三年謝得你相奉事，只恨我當初將你相耽誤。我欲待報你的深恩，待來生我做你的媳婦。怨只怨蔡伯喈不孝子，苦只苦趙五娘辛勤婦。

【前腔換頭】（旦唱）尋思，一怨你死了誰祭祀？二怨你有孩兒不得他相看顧，三怨你三年没一個飽暖的日子。三載相看甘共苦，一朝分別難同死。

【前腔換頭】（外唱）媳婦，我死呵，你將我骨頭休埋在土。（旦白）願公公百二十歲，不願得公公有此。倘或有些吉凶事，教媳婦休要埋在土裏，却埋放那裏也？（外白）都是我當初誤你不是。（唱）我甘受折罰，任取尸骸露。（旦）公公，你休這般説，被人笑話。（外）媳婦，你不理會得。留與傍人，道伯喈不葬親父。怨只怨蔡伯喈不孝子，苦只苦趙五娘辛勤婦。

【前腔換頭】（旦唱）思之，公公，你死呵，公婆已得做一處所，料想奴家不久歸陰府。苦！可惜一家三個怨鬼在冥途。三載相看甘共苦，一朝分別難同死。

（末上白）貧無達士將金贈，病有閒人説藥方。公公，這兩日病體如何？（外）我不濟事了，畢竟只是個

（一）青：原闕，據汲古閣刊本《繡刻琵琶記定本》補。

死。張大公，你來得恰好，我憑你爲證，寫下遺囑與媳婦收執。我死後，教他休守孝，早嫁個人。取紙筆來。（旦）公公，你休寫。自古道：忠臣不事二君，烈女不嫁二夫。休寫，公公。（末）小娘子，你休煩惱他，且順他，看如何？（外寫不得介）

【羅帳裏坐】（唱）媳婦，你艱辛萬千，是我耽伊誤伊。你不嫁呵，你身衣口食，怎生區處？休休，當元是我誤了你。今日又教你嫁人，若嫁不得個好人，怨我如何？終不然又教你，守着靈幃？（放筆介）已知死别在須臾，更與什麽生人做主？

【前腔】（末唱）中間就裏，我難説怎提。小娘子，若不嫁人，恐非活計；若不守孝，又被人談議。（合）可憐家破與人離，怎不教人淚垂。

【前腔】（旦唱）公公嚴命，非奴敢違。只怕再如伯喈，却不誤了我一世？公公，我一鞍一馬，誓無他志。（合前）

（末白）員外且將息，去後自有商量。（外）張大公，憑着你留下我這一條拄杖，怕這忤逆不孝子蔡邕回來，把這拄杖與我打將出去。（外虚倒介）（旦、末扶介）

（末白）公公病裏莫生嗔，（旦）寬心保病身。

（合）正是藥醫不死病，佛化有緣人。（并下）

# 第二十三齣

（生上唱）

【喜遷鶯】終朝思想，但恨在眉頭，人在心上。鳳侶添愁，魚書絶寄，空勞兩處相望。青鏡瘦顔羞照，寶瑟清音絶響。歸夢杳，繞屏山烟樹，那是家鄉？

（白）〔踏莎行〕怨極愁多，歌慵笑懶，只因添個鴛鴦伴。他鄉遊子不能歸，高堂父母無人管。湘浦魚沉，衡陽雁斷，音書要寄無方便。人生光景幾多時，蹉跎負却平生願。

【雁魚錦】（生再唱）思量，那日離故鄉。記臨歧送別多惆悵，携手共那人不厮放。教他好看承我爹娘，料他每應不會遺忘。聞知飢與荒，只怕暱不過歲月難存養。若望不見音信，却把誰倚仗？

【前腔換頭】（生再唱）思量，幼讀文章，論事親爲子也須要成模樣。真情未講，怎知道喫盡多磨障？被親强來赴選場，被君强官爲議郎，被婚强傚鸞凰。三被强，衷腸説與誰行？埋冤難禁這兩厢：這壁厢道咱是個不撑達害羞的喬相識，那壁厢道咱是個不睹親負心薄

倖郎。(一)

【前腔換頭】(生再唱)悲傷,鷺序鴛行,怎如烏鳥反哺能終養?謾把金章,綰着紫綬;試問班衣,今在何方?班衣罷想,縱然歸去,又怕帶麻執杖。只爲他雲梯月殿多勞攘,落得淚雨似珠兩鬢霜。

【前腔換頭】(生再唱)幾回夢裏,忽聞雞唱。忙驚覺錯呼舊婦,同問寢堂上。待朦朧覺來,依然新人鳳衾和象床。怎不怨香愁玉無心緒?更思想,被他攔當。教我,怎不悲傷?俺這裏歡娱夜宿芙蓉帳,他那裏寂寞偏嫌更漏長。

【前腔換頭】(生再唱)謾悒怏,把歡娱都成悶腸。菽水既清涼,我何心貪着美酒肥羊?悶殺人花燭洞房,愁殺我掛名在金榜。魆地裏自思量,正是在家不敢高聲哭,只恐人聞也斷腸。

(白)院子過來。(末上白)有問即對,無問不答。告相公,有何指揮?(生)你是我的親的人,我有一件事,和你商量,你休要走了我的言語。(末)相公指揮,男女怎敢漏泄?(生)我自從離了父母妻室,來此赴選,本非我意。雖則勉强朝命,暫授職名。將謂三年之後,可作歸計,誰知又被牛相公招爲門

(一) 親:原作『是』,據汲古閣刊本《繡刻琵琶記定本》改。

婿。一向逗留在此，不能歸去見父母一面，我要和你商量個計策。（末）不鑽不穴，不道不知。男女每常間見相公憂悶不樂，不知這個就裏。相公何不對夫人説知？（生）我夫人雖則賢會，争奈老相公之勢，炙手可熱。我待説與夫人知，一霎時老相公得知，只道我去也不來，如何肯放我去？不如姑且隱忍，和夫人都瞞了，直待任滿，尋個歸計。（末）這的却是。老相公若還知道，那裏肯放相公去？（生）我如今要寄一封書家中去，没個方便；我待使人去，又怕夫人知道。你與我出街坊上尋個便當人，待我寄一封書家去則個。（末）男女專當小心踏逐。

（生）我終朝長痛憶，（末）不妨尋便寄書尺。

（合）正是眼望旌捷旗，耳聽好消息。（并下）

# 第二十四齣

（旦上唱）

【金瓏璁】饑荒先自窘，那堪連喪雙親。身獨自，怎支分？衣衫都典盡，首飾并没分文。無計策，剪香雲。

（白）〔蝶戀花〕萬苦千辛難擺撥，力盡心窮，兩淚空流血。裙布荆釵今已竭，萱花椿樹連摧折。金剪盈盈明素雪，空照烏雲，遠映愁眉月。一片孝心難盡説，一齊分付青絲髮。奴家在先婆婆没了，却是張大公周濟。如今公公又亡過了，無錢資送，難再去求張大公。尋思起來没奈何，只得剪下青絲細髮，賣幾貫錢爲送終之用。雖然這頭髮值不得惹多錢，也只把做些意兒，一似教化一般。正是：不幸喪雙親，求人不可頻。聊將青鬢髮，斷送白頭人。

【香羅帶】（旦唱）一從鸞鳳分，誰梳鬢雲？粧臺不臨生暗塵，那更梳釵首飾典無有也。頭髮，是我耽閣你度青春，如今又剪你資送老親。剪髮傷情也，只怨着結髮的薄倖人。（剪又放介）

【前腔】（唱）思量薄倖人，辜奴此身，欲剪未剪，教我珠淚零。我當初早披剃入空門也，做個尼姑去，今日免艱辛。只一件，只有我的頭髮恁的，少什麽佳人的，〔一〕珠圍翠簇蘭麝熏。呀！似這般光景，我的身死骨自無埋處，説什麽頭髮愚婦人？（介）

【前腔】（唱）堪憐愚婦人，單身又貧。我待不剪你頭髮賣呵，開口告人羞怎忍？我待剪呵，金刀下處應心疼也。休休！却將堆鴉髻，舞鸞鬢，與烏鳥報答白髮的親。教人道霧鬢雲鬟女，斷送他霜鬟雪鬢人。（剪介）

【臨江仙】（哭唱）連喪雙親無計策，只得剪下香雲。非奴苦要孝名傳，正是上山擒虎易，開

---

〔一〕佳：原作『嫁』，據汲古閣刊本《繡刻琵琶記定本》改。

口告人難。

(白)頭髮既已剪下，免不得將去街上貨賣。穿長街，抹短巷，叫幾聲賣頭髮咱。(叫介)

【梅花塘】(唱)賣頭髮，買的休論價。念我受饑荒，囊篋無些個。丈夫出去，那更連喪了公婆。没奈何，只得賣頭髮資送他。

怎的都没人問賣？(介)

【香柳娘】(唱)看青絲細髮，剪來堪愛，如何賣也没人買？若論這饑荒死喪，怎教我女裙釵，當得這狼狽？况我連朝受餒，我的脚兒怎擡？其實難睚。(倒介)

【前腔】(再起唱)望前街後街，并無人在。我待再叫呵。咽喉氣噎，無如之奈。苦！我如今便死，暴露我尸骸，誰人與遮蓋？天天！我到底也只是個死，待我將頭髮去賣，賣了把公婆葬埋，奴便死何害？

(末上白)慈悲勝念千聲佛，造惡徒燒萬炷香。呀！兀的不是蔡小娘子？緣何倒在街上？(旦)公公救我則個。(末扶介)小娘子，你手裏拿着頭髮做什麽？(旦)奴家公公没了，將這頭髮資送他。(末哭介)元來你公公也死了！你怎的不來和我商量，把這頭髮剪下做什麽？(旦)奴家多番來定害公公了，不敢來相惱。(末)説那裏話？

【前腔】(一)(唱)你兒夫曾付托，我怎生違背？你無錢使用，我須當貸。(二)交你把頭髮剪了，又跌倒在長街，都緣是我之罪。(合)嘆一家破壞，否極何時泰來？各出着淚。

【前腔】(旦唱)謝公公可憐，把錢相貸，我公婆在地下相感戴。只恐奴此身死也，没人埋，公公，誰還你恩債？(合前)

(末白)小娘子，你先到家，我便令小二送些布帛錢米之類與你。(旦)公公收了這頭髮。(末)我要這頭髮做什麼？

(旦)謝得公公救妾身，(末)你兒夫曾托我親鄰。

(合)正是從空伸出拏雲手，提起天羅地網人。(并下)

## 第二十五齣

(净扮拐兒上唱)

【打毬場】幾年假，爲拐兒，是人都理會得我名兒。折摸你是怎生俑俏的，也落在我圈圍。

(一) 腔：原作『曲』，據汲古閣刊本《繡刻琵琶記定本》改。

(二) 貸：原作『代』，據汲古閣刊本《繡刻琵琶記定本》改。

（白）自家脱空行逕，掏摸生涯。劍舌鎗唇，俳俏的也引教他懵懂；虚脾甜口，慳吝的也哄交你粧風。鄉貫何曾有定居，姓名那曾有真的？粧成圈套，見了的便自入來；做就機關，入着的怎生出去？騙了鍾馗手裏蝙蝠，脱得洞賓瓢裏仙丹。但是來無跡，去無踪，對面騙人如撮弄；縱使和你行，和你坐，當場騙你怎埋冤？拐兒陣裏先鋒，哄局門中大將。何用剜墻貢壁，强如黑夜偷兒。不索挾杖持刀，真個白晝劫賊。正是：地不長無根之草，天不生無禄之人。自家正無買賣，聽得隨朝佐官蔡伯喈相公家住在陳留，父母在堂，竟無消息。自家先在陳留郡走得却熟，如今只做陳留人，假寫他父母家書遞與他，必有回音。倘或附帶盤纏回家，也不見得却覔一小富貴；便不然，也索與我些少盤纏回家。這裏便是蔡伯喈相公府，進入去咱。呀！怎地都没一個人？（末上白）侯門深似海，不許外人敲。（相見介）你那裏人？來府裏有甚勾當？（淨）小子從陳留來，蔡伯喈的老官人老安人有家書來。（末）相公正要尋方覔便，寄書家去。你來得却好，待我請相公出來。（介）

【鳳凰閣】（生上唱）尋鴻覔雁，寄個音書無便。謾勞回首望家山，和那白雲不見。淚痕如綫，想鏡裏孤鸞影單。

（生白）院子，他那裏來？（末）他説在陳留來。（淨）小人是陳留郡裏來的。（生）你帶得我家書來？（淨）小人帶書來。（生）將來看。（淨遞書介）

【一封書】（生看唱）一從你去離，我在家中常念你。是麼？我也常想家裏，功名事怎的？想多應折桂枝。我功名事成了，幸得爹娘和媳婦，各保安康無禍危。且喜家中安樂，見家書，可知之，及早回來莫更遲。

（介）（生白）我怕不要歸？争奈不由我。院子，你將紙筆過來，我寫一封書與他去；一就取些金珠過來。（末下取）紙筆金珠見在。（生寫書介）

【下山虎】（唱）蔡邕百拜大人尊前：一自離膝下，頓覺數年。目斷家山，鎮長望懸。一向那堪音信斷，名利事，嘆牽縮，謾勞珠淚漣。上表辭金殿，要辭了官，争奈君王不見憐。

【蠻牌令】（又唱）忽爾拜尊翰，極切慰拳拳。喜爹娘和媳婦，盡安康。況兒身淹留在此，不能勾承奉慈顔。匆匆的聊附寸箋，草草伏乞尊照不宣。

（生白）漢子你來。這一封書和金珠，將到我家裏。傳示俺家裏，俺早晚回來，教都放心，不須煩惱也。

（浄）小人理會得。（生）這些個碎銀，與你路上作盤纏。（浄）謝相公！

【駐馬聽】（生唱）書寄鄉關，説起教人心痛酸。你傳示俺八旬爹媽，道與我兩月妻房，隔涉萬水千山。啼痕緘處翠綃班，夢魂飛遶銀屏遠。（合）報道平安，想一家賀喜，只説道他日再相見。

【前腔】（末唱）遥憶鄉關，有個人人凝望眼。他頻看飛雁，望斷歸舟，倚遍危欄。見這銀鈎飛動綵雲箋，又索玉筯界破殘粧面。（合前）

【前腔】（浄唱）西出陽關，却嘆今朝行路難。念取經年離别，帶着一紙雲箋。跋涉程途，只

怕豺狼紛繞路途間，又怕雁鴻不到你家鄉畔。（合前）

【前腔】（末唱）滿紙雲烟，説盡離愁千萬千。想那層樓十二，有個人人倚着危欄。他望歸期，數飛雁，阻關山，見書如見經年面。（合前）

（生白）憑伊千里寄佳音，（末）説盡離人一片心。

（合）須知相別經多載，方信家書抵萬金。（并下）

# 第二十六齣

（旦上唱）

【掛真兒】四顧青山静悄悄，思量起暗裏魂銷。黄土傷心，丹楓染淚，謾把孤墳自造。

（白）〔菩薩蠻〕白楊蕭瑟悲風起，天寒日淡空山裏。虎嘯與猿啼，愁人添慘悽。窮泉深杳杳，長夜何由曉。灑淚泣雙親，雙親聞不聞？奴家自喪了公婆，誰相扶助？到如今免不得造一所墳，把公婆葬了。又無錢雇人，又無人得央靠，只得獨自搬泥運土。（羅裙包土介）

【五更轉】（唱）把土泥獨抱，羅裙裏來難打熬。空山寂静無人吊，但我情真實切，到此不憚勞。苦！何曾見葬親兒不到？又道是三匝圍喪，那些個卜其宅兆？思量起，是老親合顛倒。公公，你圖他折桂看花早，不道自把一身，送在白楊衰草。謾自苦，（介）這苦憑誰告？

（介）

【前腔】我只憑十爪，如何能勾墳土高？（介）只見鮮血淋漓濕衣襖。苦！我形衰力倦，死也只這遭。休休！骨頭葬處，任他流血好。此喚作骨血之親，也教人稱道。教人道趙五娘親行孝。苦！心窮力盡形枯槁，只有這鮮血，到如今也出了。這墳成後，只怕我的身難保。

呀！使得我力都乏了，免不得就此歇息，睡一覺則個。

【卜算子先】(一)（唱）墳土未曾高，筋力還先倦。（睡介）

【粉蝶兒】（外扮山神上唱）趙女堪悲，天教小神相濟。

（白）善哉！善哉！小神乃當山土地。昨奉玉帝敕旨，爲趙五娘行孝，特令差撥陰兵，與他併力築造墳臺。免不得叫出南山白猿使者、黑虎將軍，交他向前則個。猿、虎二將何在？疾速過來。（丑扮猿、淨扮虎上介）（外）唯吾奉上帝敕旨：爲趙五娘行孝，交與他添力，築造墳臺。汝等可變化人形，與他攝化土石，便成墳塚。（淨、丑）領神旨。（外）唯不得驚動孝婦。（淨、丑做墳介）告大聖，墳臺已成了。

（外）趙五娘，略擡起頭來，聽我囑付。

【好姐姐】（外唱）五娘聽，分付與：吾特奉玉皇敕旨，憐伊孝心，故遣我來助你。（淨、丑合

(一) 子：原闕，據曲律補。下同補。

唱）墳成矣，葬了二親尋夫婿，改換衣裝往帝畿。

（外白）趙五娘，你理會得？　正是：　大抵乾坤都一照，（合）免教人在暗中行。（外、浄、丑并下）（旦醒來介）

【卜算子後】（唱）夢裏分明有鬼神，想是天憐念。

（白）怪哉！　我睡間恍惚之中，似夢非夢，聞有人祝付之語，道：　墳已成了，教去京畿尋取丈夫。　但我全憑獨自一身，幾時能勾得墳成？（介）呀！　怎地這墳臺都成了？　謝天地！　分明是神通變化。

【五更轉】〔一〕（唱）怨苦知多少，兩三人只道同做餓莩。　公公，婆婆，我待不葬了你，又不了；　待葬了你，窮泉一閉無日曉，嘆從今永别，再無由相倚靠。　我死和你做一處埋呵，也得相伏事。　只愁我死在他途道，我的骨頭，何由來到？　從今去，這墳呵，只願得中乾燥，福孫蔭子也都難料。便蔭得個三公，也濟不得親老。　淚暗滴，把蒼天禱。

【鏵鍬兒】（末同丑帶鉏器上唱）悲風四起吹松栢，山雲慘淡日無色。　猿啼與虎嘯，怎不慘戚？　趲步行來到峭壁，都與孝婦添助力。

（末白）自家是蔡員外的鄰家張大公的便是。　只爲他兩個老的死了，虧殺他那媳婦趙五娘子，把羅裙包

〔一〕轉：　原作『傳』，據汲古閣刊本《繡刻琵琶記定本》改。

土，築造墳臺。但人家裏造一所墳，不着千百工造不成，他獨自一個女流，如何成得此事？免不得帶將小二，與他添助力氣則個。呀！好怪麽！如何墳都成了？只見松栢森森繞四圍，孤墳新土掩泉扉。娘子，你空山獨自無人問，爲築墳臺有阿誰？（旦）夢裏有神真怪異，陰兵運土與搬泥。築成墳了親分付，教尋取兒夫往京畿。（丑）公公，自古留傳多有此，畢竟感格上天知。長城哭倒稱姜女，娘子，他日芳名一處題。（合）正是：善惡到頭終有報，只争來速與來遲。

【好姐姐】（旦唱）念奴流血滿指，奈獨自要墳成無計。深感老天，暗中相護持。（合）墳成矣，葬了二親尋夫婿，改換衣裝往帝畿。

【前腔】（末唱）我每方將小二，待欲與你添助些力氣，誰知有神暗中相救濟？（合前）

【前腔】（丑唱）你每真個見鬼，這松栢孤墳在何處？恰纔小鬼是我粧做的。（合前）

（末白）娘子，你孝心感格動陰兵，（旦）不是陰兵墳怎成？

（丑）萬事勸人休碌碌，（合）舉頭三尺有神明。（并下）

## 第二十七齣

（占上唱）

【念奴嬌】楚天過雨，正波澄木落，秋容光浄。誰駕玉輪來海底，碾破瑠璃千頃？環珮風清，笙歌露冷，人在清虚境。（浄、丑合唱）真珠簾捲，小樓無限佳興。

（白）〔臨江仙〕玉作人間秋萬頃，銀葩點破瑠璃。（占）瑶臺風露冷仙衣，天香飄下處，此景有誰知？（浄、丑）未審明年明夜月，此時此景何如？（占）珠簾高捲醉瓊巵，（合）正是：莫辭終夕看，動是隔年期。（占）老姥姥、惜春，今夜中秋，月色澄霽，你與我請相公出來玩賞則個。（丑）請，請。夫人請相公玩月。（生房内應）我睡了，不來。（浄）你可知道不請得相公出來？你甚麽臉兒了，相公見了好？我去請。（介）

【生查子】（生上唱）逢人曾寄書，書去神亦去。今夜好清光，可惜人千里。

（占白）相公，今夜中秋，月色可愛，我請你玩賞一番，你没事推阻做什麽？（生）月有甚好處？（占）怎地不好？你看：〔酹江月〕玉樓絳氣捲霞綃，雲浪寒光澄徹。丹桂飄香清思爽，人在瑶臺銀闕。（生）影透空幃，光窺羅帳，露冷蛩聲切。關山今夜，照人幾處離别。（浄）須信離合悲歡，還如玉兔，有陰晴圓缺。便做人生長宴會，幾見冰輪皎潔？（丑）此夜明多，隔年期遠，莫放金樽歇。（合）但願人長久，年年同賞明月。

【本序】（占唱）長空萬里，見嬋娟可愛，全無一點纖凝。十二闌干光滿處，涼浸珠箔銀屏。偏稱，身在瑶臺，笑斟玉斝，人生幾見此佳景？（合）惟願取年年此夜，人月雙清。

【前腔】（生唱）孤影，南枝乍冷，見烏鵲縹緲驚飛，棲止不定。萬點蒼山，何處是修竹吾廬三

徑？追省，丹桂曾扳，嫦娥相愛，故人千里謾同情。（合前）

【前腔】（占唱）光瑩，我欲吹斷玉簫，驂鸞歸去，不知風露冷瑶京。環佩濕，似月下歸來飛瓊。那更，香鬟雲鬟，清輝玉臂，廣寒仙子也堪并。（合前）

【前腔】（生唱）愁聽，吹笛《關山》，敲砧門巷，月中都是斷腸聲。人去遠，幾見明月虧盈。惟應，邊塞征人，深閨思婦，怪他偏向別離明。（合前）

【古輪臺】（淨、丑合唱）峭寒生，鴛甃瓦冷玉壺冰，闌干露濕人猶凭，貪看玉鏡。況萬里清冥，皓彩十分端正。三五良宵，此時獨勝。（丑）把清光都付與酒杯傾，從教酩酊，拚夜深沉醉還醒。酒闌綺席，漏催銀箭，香銷金鼎。斗轉與參横，銀河耿，轆轤聲已斷金井。

【前腔】（淨唱）閒評，月有圓缺與陰晴，人世有離合悲歡，從來不定。深院閒庭，處處清光相映。也有得意人人，兩情暢詠；也有獨守長門伴孤冷，君恩不幸。（丑）有廣寒仙子娉婷，孤眠長夜，如何捱得更闌寂静？此事果無憑。但願人長永，小樓看月共同登。

【餘文】（合）聲哀訴，促織鳴。（占）俺這裏歡娱未聽，（生）却笑他幾處寒衣織未成。

（占白）今宵明月最團圓，（生）幾處凄涼幾處諠。

（合）但願人生得長久，年年千里共嬋娟。（并下）

# 第二十八齣

（旦上唱）

【胡搗練】辭別去，到荒坵，只愁出路煞生受。畫取真容聊藉手，逢人將此免哀求。

（白）鬼神之道，雖則難明；感應之理，不可不信。奴家昨日獨自在山築墳，正睡間，忽夢中有神人自稱當山土地，帶領陰兵，與奴家助力；却又祝付教奴家改換衣裝，去長安尋取丈夫。待覺來，果見墳臺并已完備，分明是神道護持。正是：能可信其有，不可信其無。今則二親既已葬了，只得改換衣裝，將着琵琶做行頭，沿街上彈幾隻勸行孝的曲兒，教化將去。只是一件，我幾年間和公婆廝守，一旦撇了去，如何下得？奴家從來薄曉得些丹青，何似想像畫取公婆兩個真容，背着一路去，也似相親傍的一般。但遇小祥忌辰，展開與他燒些香紙，奠些涼漿水飯，也是奴家心素。（介）免不得就此描摸真容則個。

【三仙橋】（唱）一從他每死後，要相逢不能勾，除非夢裏暫時略聚首。若要描，描不就；暗想像，教我未寫先淚流。寫，寫不得他苦心頭；描，描不出他飢証候；畫，畫不出他望孩兒的睁睁兩眸。只畫得他髮颼颼，和那衣衫敝垢。休休，若畫做好容顏，須不是趙五娘的姑舅。

【前腔】（唱）我待畫你個龐兒帶厚，你可又饑荒消瘦；我待畫你個龐兒展舒，你自來長恁皺。若寫出來，真是醜。那更我心憂，也做不出他歡容笑口。不是我不畫着好的，我從嫁來他家，只見兩月稍優遊，他其餘都是愁。那兩月稍優游，我可又忘了。這三四年間，我只記得他形衰貌朽。這畫呵，便做他孩兒收，也認不得是當初父母。休休，縱認不得是蔡伯喈當初爹娘，須認得是趙五娘近日來的姑舅。

真容已描就了，只就這裏燒香紙，奠些水飯，拜辭了二親出去。

【前腔】（唱）公公，婆婆，非是我尋夫遠遊，只怕你公婆絶後。奴見夫便回，此行安敢久？（介）苦！路途中，奴怎走？望公婆相保佑我出外州。（介）苦！他骨自沒人倚恃，他如何來相保佑？這墳呵，只怕奴去後，冷清清有誰來拜掃？縱使遇春秋，一陌銀錢怎有？休休，生是受凍餒的公婆，死做個絶祭祀的孤魂麼姑舅。

（白）既辭了二親，拜了真容，便索去辭張大公。如何的張大公恰好也來到？（末上白）衰柳寒蟬不可聞，西風敗葉正紛紛。長安古道休回首，西出陽關無故人。（旦）奴家正要到宅上來。（末）如今便去那？（旦）奴家便行。（末）你畫的是什麼？（旦）奴家自畫着公婆真容，一路上將去藉手教化，早晚與他燒香化紙。（末看介）〔鷓鴣天〕娘子，死別多應夢裏逢，謾勞孝婦寫遺蹤。可憐不得圖家慶，辜負丹青泣畫工。衣破損，鬢鬔鬆，千愁萬恨在眉峰。蔡郎不識年來面，趙女空描別後容。我聽得你遠行，有幾貫錢，與你添做盤纏。（旦）多多的定害公公了，又教公公生受做什麼？只一件，奴家又有不識進退之懇：奴家去後，墳所早晚，公公可憐見，看這兩個老親在日的面，與吾看管則個。（末）這個不妨。你去自去，我更有幾句言語祝付你。小娘子，你少長閨房，豈識途路？你當元蔡郎未別去時節，你青春嬌媚。你如今遭這飢年荒歲，貌短身單。正是：桃花一歲歲相似，人面一年人不同。蔡郎當初臨別之時，可不道來：若有寸進，即便回來。如今年荒親死，一竟不歸，你知他心腹事如何？正是：畫虎畫皮難畫骨，知人知面不知心。蔡郎元是讀書人，一舉成名天下聞。久留不知因個甚，年荒親死不回門？小娘子，你去京城須子細，逢人下禮問虛真。見郎謾說千般苦，只把琵琶語句訴元因。未可便說是他妻子，未可便說死雙親。若得蔡郎思故舊，可憐張老一親鄰。我已如今七十歲，比你公婆少一旬。你去時猶有張老送，你回來未知張老死和存。我送你去呵，正是：和淚眼覷和淚眼，斷腸人送斷腸人。

【憶多嬌】(一)（旦唱）他魂渺漠，我身没倚着。程途萬里，教我懷夜壑。此去孤墳，望公公看着。（合）舉目消索，滿眼盈盈淚落。

【前腔】（末唱）承委託，當領略。孤墳我自看守，決不爽約。只願你途中身安樂。（合前）

【鬥黑麻】（旦唱）奴深謝公公，便辱許諾。從來的深恩，怎敢忘却？只怕途路遠，體怯弱；

---

(一) 憶：原作「意」，據汲古閣刊本《繡刻琵琶記定本》改。

病染孤身，力衰倦脚。（合）孤墳寂寞，路途滋味惡。兩處堪悲，萬愁怎摸？

【前腔】（末唱）伊夫婿，多應是貴官顯爵，伊家去須當審個好惡。只怕你這般喬打扮，他怎知覺？一貴一貧，怕他將錯就錯。（合前）

（旦白）爲尋夫婿別孤墳，（末）只怕你兒夫不認真。

（合）流淚眼觀流淚眼，斷腸人送斷腸人。（并下）

## 第二十九齣

（生上唱）

【菊花新】封書自遠到親闈，又見關河朔雁飛。梧葉滿庭除，還如我悶懷堆積。

（白）〔生查子〕封書寄遠人，寄與萬里親。書去神亦去，兀然空一身。自家昨得家書，報道家中平安，極切自喜。當時亦付一書回去，不知如何？常懷想念，番成憂悶。正是：雖無千丈綫，萬里繫人心。好悶！（介）（坐）

【意難忘】（占唱）緑鬢仙郎，懶拈花弄柳，勸酒持觴。長顰知有恨，何事苦思量？（生唱）些介事，惱人腸。（占唱）試説與何妨？（生唱）又只怕伊尋消問息，添我恓惶。

（占白）古人云：顰有爲顰，笑有爲笑。古之君子，當食不嗟，臨樂不嘆。無事而慽，謂之不祥。相公，

你自來此，不明不暗，如醉如癡，鎮長憂慮，爲着甚麼？你還少喫的那，還少穿的？我待道你少喫的呵，

【紅衲襖】（唱）你喫的是煮猩唇和那燒豹胎。我待道你少穿的呵，你穿的是紫羅襴，繫的是白玉帶。你出去呵，我只見五花頭踏在你馬前擺，三簷傘兒在你頭上蓋。相公，你休怪我説。你本是草廬中窮秀才，如今做着漢家梁棟材。你有甚麼不足，只管鎖了眉頭也，啣啣噥噥不放懷？

（生）你道我有穿的呵，

【前腔】（唱）我穿着紫羅襴，到拘束我不自在；我穿的皂朝靴，怎敢胡去踹？[一]你道我有喫的呵，我口裏喫幾口荒張張要辦事的忙茶飯，手裏拿着個戰欽欽怕犯法的愁酒杯。到不如嚴子陵登釣臺，怎做得揚子雲閣上災？只管待漏隨朝，可不誤了秋月春花也，枉干碌碌頭又白？

【前腔】（占唱）相公，莫不是丈人行性氣乖？（生）不是。（占）莫不是妾根前缺管待？（生）不是。（占）莫不是畫堂中少了三千客？（生）不是。（占）莫不是繡屏前少了十二釵？（生）那

---

[一] 踹：原作『揣』，據汲古閣刊本《繡刻琵琶記定本》改。

裏是？不是。（介）（占）又不是？這意兒教人怎猜？這意兒教人怎解？（介）我今番猜着了。

敢只是楚館秦樓，有一個得意情人也，悶懨懨不放懷？

（生）不是。

【前腔】（唱）有個人人在天一涯，我不能勾見他，只落得臉銷紅眉鎖黛。（占）我道什麽來？却又是！（生）不是。我本是傷秋的宋玉無聊賴，有甚心情去計着閒楚臺？（占）有甚事，説與我麽。（生）三分話兒也只恁回，一片心兒也只恁地揣。（占）有甚事？問着也不説，如何？（生）罷！罷！夫人，你休纏得我無言，若還提起那籌兒也，鎮撲簌簌珠淚滿腮。

（占白）由你，由你。待我不勸解，你又只管悶；待我問你，你又不應。我也没奈何。相公，夫妻何事苦相防？莫把閒愁積寸腸。正是：各家自掃門前雪，休管他家屋上霜。（占下）（生吊場白）難得我語和他語，未必他心似我心。自家娶妻兩月，别親數年，朝夕相思，番成怨嘆。我這新娶媳婦，雖則賢會，累次問及，自家要對他説，也教我歸去。只是我的岳丈知我有媳婦在家，必怕我去不來，如何肯放我去？不如姑且隱忍，改日求一鄉郡除授，那時却回去見雙親，多少是好？夫人，非是隄防你太深，只愁伊父苦相禁。正是：夫妻且説三分話，（占介）我理會得了：未可全抛一片心。好！好！你瞞我也由你，只是你爹娘和媳婦須怨你。

【江頭金桂】（占唱）怪得你終朝攧窨，我只道你緣何愁悶深？教咱猜着啞謎，爲你沉吟，那籌兒没處尋。我和你共枕同衾，你瞞我則甚？你自撇下爹娘媳婦，屢换光陰，他那裏須怨着你没信音。笑伊家短行，無情忒甚。到如今骨自道且説三分話，不肯全抛一片心。

【前腔】（生唱）非是我聲吞氣飲，只爲你爹行勢逼臨。怕他知我要歸去，將你厮禁，要説又將口禁。我實瞞你不得，我待解朝簪，再圖鄉任。他不隄防着我，須遣我到家林，雙雙兩個歸晝錦。苦！雙親老景，存亡不審。我前日附那書回家去，只怕雁杳魚沉。（占）真個也没一封書回來？（生）又不是烽火連三月，真個家書抵萬金。

（占白）元來如此。我去對爹爹説道，我和你同去便了。（生）你休説，你爹爹如何肯放你去？莫説破了。（占）不妨。我爹爹身爲太師，風化所關，觀瞻所係，終不然直恁地無仁義？（生）休説，不濟事，枉了。（占）不妨，我自有道理，不到他不從。正是：

雪隱鷺鷥飛始見，柳藏鸚鵡語方知。

（生）假饒染就紺紅色，也被傍人説是非。（并下）

## 第三十齣

（外上唱）

【西地錦】好怪吾家門婿，鎮日不展愁眉。教人心下常縈繫，也只爲着門楣。

（白）入門休問榮枯事，觀着容顔便得知。自家招蔡伯喈爲婿，可爲得人。只一件，自從到此，眉頭不展，面帶憂容，爲着甚麼？必有其故。等俺女孩兒出來，問他則個。

【前腔】（占上唱）只道兒夫何意，如今事理方知。萬里家山，要同歸去，不審爹意何如？

（外白）孩兒，吾老入衣冠，自嘆吾之皓首；汝聲乖琴瑟，每爲汝而懊懷。夫婿何故憂愁？孩兒必知端的。（占）告爹爹：他娶妻六十日，即赴科場；別親三五年，竟無消息。温凊之禮既缺，伉儷之情何堪？今欲歸故里，辭至尊家尊而同行；待共事高堂，執子道婦道以盡禮。（外）唯吾乃紫閣名公，汝乃香閨艷質。何必顧彼糟糠婦？豈肯事此田舍翁？彼久別雙親，何不寄一封之音信？汝從來嬌眷，安能涉萬里之程途？休惑夫言，當從父命。（占）爹爹，曾觀典籍，未聞婦道而不拜姑嫜；試論綱常，豈有子職而不事父母？若重恩唱隨之義，當用盡定省之儀。彼荆釵布裙，既以獨奉親幃之甘旨；顧金屏繡褥，豈可久戀監宅之歡娛？爹爹高居相位，坐理朝綱，豈可斷他人父子之恩，絶他人夫婦之義？使伯喈有貪妻之愛，不顧父母之愆；使孩兒坐違夫之命，不事姑嫜之罪。望爹爹容恕，特賜矜憐。（外）胡説！他既有媳婦在家裏了，你去做甚麼？

【獅子序】（占唱）他媳婦須有之，念奴須是他孩兒的妻。那曾有媳婦不事親幃？（外）你去有甚麼勾當？（占）若論做媳婦的道理，須當奉飲食，問寒暄，相扶持蘋蘩中饋。（外）便做有許多勾當，既有媳婦在家裏了，他孩兒不去也不妨。（占）爹爹，正是養兒代老，積穀防飢。

（外）既道是養兒代老，何似當元休教來赴舉不好？

【太平歌】（占唱）他求科舉，指望錦衣歸，不想道你留他爲女婿。（外）有緣千里能相會，須强他不得。（占）他埋冤洞房花燭夜，那些個千里能相會？只要保全金榜掛名時，事急且相隨。

（外）不聽我説由他，蔡伯喈自悶，交我如何？

【賞宫花】（占唱）他終朝慘悽，我如何忍見之？（外）他自傷悲，你須不曾。（占）若論爲夫婦，須是共歡娱。（外）不妨，他若在這裏，我教他做個大官人，也由得我。（占）爹爹，他數載不通魚雁信，枉了十年身在鳳凰池。

（外）你聽着丈夫的言語，却不聽我説，這妮子好癡迷。

【降黄龍】（占唱）須知，非是奴癡迷，已嫁從夫，怎違公議？（外）你去不妨，只是我没親的人，如何放你去得？（占）爹猶念女，怎教他爹娘不念孩兒？（外）不是我不放你去，既道有媳婦在家裏，你去時節，只恐怕擔閣了你。（占）休提，縱把奴擔閣，比擔閣他的爹娘何如？（外）恁地，教伯喈自去便了。（占）爹爹，那些個夫唱婦隨，嫁雞逐雞飛？

（外）孩兒，他是貧賤之家，你如何伏事他家？

【大聖樂】（占唱）婚姻事難論高低，論高低何如休嫁與？假如親賤孩兒貴，終不然便抛棄？（外）他的孩兒撇不得，你怕甚麽？（占）奴是他親生兒子親媳婦，難道他是何人我是誰？

（外）你怎地只管把言語來衝撞我？（占）爹居相位，怎説着傷風敗俗非理的言語？

（外怒白）這妮子無禮，到將言語來挺撞我。我的言語不中聽？孩兒，夫言中聽我言違，料想孩兒見識迷。本是將心事托明月，誰知明月照溝渠？（外先下）（占白）酒逢知己千鍾少，話不投機半句多。我爹爹好不顧仁義，到説道奴家把言語衝撞他。當元蔡伯喈教我休説的是，如今何顔見他？免不得在此坐一回，尋思個道理，去回他話咱。（占介）

【稱人心】（生上唱）撇呆打墮，早被那人瞧破。要同歸，知爹肯麽？料他每不見許。（介）夫人，你緣何獨坐？想你爹爹不肯麽？伊家道俐齒伶牙，争奈你爹行不可。

【前腔】（占唱）我爹爹，全不怕，人笑呵，這其間只是見差。禍根芽，從此起，災來怎躲？他只道我從着夫言，駡我不聽親話。

【紅衫兒】（生唱）你不信我教伊休説破，到此如何？算你爹心性，我豈不料過。我爲甚胡掩胡遮？只爲着這些。你直待要打破了砂鍋，是你招災攬禍。

【前腔】（占唱）不想道相挜把，這做作難禁慣。我見你每每咨嗟要調和，誰知道好事多磨？起風波，把你陷在地網天羅，如何不怨我？（介）懊恨只爲我一個，却擔閣你兩下。

【醉太平】（生唱）蹉跎，光陰易謝。縱歸來已晚，歸計無暇。名牽利鎖，奔走在海角天涯。知麽？多應我老死在京華，孝情事一筆都勾罷。這般摧挫，傷情萬感，淚珠偷墮。

【前腔換頭】（占唱）非詐，奴甘死也。縱奴不死時，君去須不可。奴身值甚麽？只因奴誤你一家。差訛，假饒做夫婦也難和，我心怨你心縈掛。奴此身拚捨，成伊孝名，救伊爹媽。（占白）相公，妾當初勉奉父命，遣事君子。不想君家有垂白之父母，年少之妻房。致使君家衷腸不滿，名行有虧。如今思之，誤君之父母者，妾也；誤君之妻房者，妾也；使君爲不孝薄倖人者，亦妾也。妾之罪大矣！縱偷生於今世，亦公議所不容。昔聶政姊倚死屍以成弟之名，王陵母死伏劍下以全子之節。妾豈愛一身，誤君百行？妾當死於地下，以謝君家。小則可以解君之縈掛，大則可以救君之父母，近則可以成孝子之全名，遠則可以遺後世之公議，妾死何憾焉？（生）夫人，你知其一，不知其二。身體髮膚，受之父母，不敢毀傷；豈可陷親於不義？那時節人知，只道你從夫言而棄親命，此事不可。（占）也説得是。（生）且慢着。怕你爹爹也有回心轉意時節，且更寧耐，看如何？（占）他雖不從我，也只索説與他人，難道我不是。

正是：大家截了梧桐樹，（合）自有旁人説短長。（并下）

# 第三十一齣

（旦行路上唱）

【月雲高】路途勞倦，行行甚時近？未到得洛陽縣，那盤纏使盡。回首孤墳，空教我望孤影。他那裏誰秋采？俺這裏將誰投奔？正是西出陽關無故人，須信道家貧不是貧。

（白）〔蘇幕遮〕怯山登，愁水渡。暗憶雙親，淚把羅裙漬。回首孤墳何處是？兩下蕭條，一樣愁難訴。玉消容，蓮困步。愁寄琵琶，彈罷添淒楚。惟有真容時一顧，憔悴相看，無語恓惶苦。奴家爲尋丈夫，在路途上多少狼狽。況獨自一身，拿着一個琵琶，背着兩個真容，登高履險，宿水飡風，其實難捱。只是一件，去到洛陽，尋見丈夫，相逢如故，也不枉了這遭辛苦；倘或他高車駟馬，前呵後擁，見奴家如此藍縷不認，可不擔閣了奴家？

【前腔】（旦唱）暗中思忖，此去好無准。只怕他身榮貴，把咱不認。若是他不瞧，可不空教我受艱辛？没，他未必忘恩，我這裏自閒評論。他須記一夜夫妻百夜恩，怎做得區區陌路上人？

只是一件，

【前腔】（旦唱）他在府堂深隱，奴身怎生進？他在駟馬高車上，我又難將他認。我有個道理。來到他根前，只提起他二親真。又怕消瘦龐兒，他猶難十分信。他不到得非親却是親，我自須防人不仁。

（白）哽咽無言對古真，千山萬水好艱辛。
見説洛陽花似錦，只恐來時不遇春。（旦下）

## 第三十二齣

(外上唱)

【番卜算】兒女話難聽，使我心疑惑。暗中思忖覺前非，有個團圓策。

(白)良藥苦口利於病，忠言逆耳利於行。昨日女孩兒要和伯喈歸去，同事雙親，自家不放去他。那孩兒少不得幾句言語勸解自家，自家登時不勝憔燥。如今尋思起來，他句句有理，節節堪聽。自家待要放他去，只是幼長閨門，難涉途路；況兼自家年老無人，如何放他去？如今有個道理，使一個人，多與他些盤纏，教他去陳留將蔡伯喈爹娘媳婦都取將來便了，多少是好？且待叫出女婿、孩兒出來，問他則個。孩兒和女婿的過來。

【番卜算】(生、占上唱)淚眼滴如珠，愁事縈如織。早知今日悔當初，何似休明白。

(外白)孩兒你來，夜間我子細尋思你的言語，都説得有道理。我如今商量來，教你去也難的一般，我如今自使兩個人去，把伯喈爹娘媳婦都取將過來，你兩人心下如何？(占)這個隨爹爹主張。(生)既然如此，多感岳丈。(外白)院子李旺在那裏有？(丑上)頻聽指揮黄閣下，忽聞呼喚畫堂前。喏。(外)來，我如今使你出去陳留走一遭。(丑)娘咳，陳留且是遠，我不去。(外)休胡説！(丑)去做甚麼？若是有錢覓時，李旺便去。(外)如今蔡伯喈老員外老安人小娘子三人在陳留郡裏，我如今交你去請將這裏來。(丑)李旺弗去。(生、占)你去請將來時節，我這裏自多多賞你。(丑)娘子如今説道多多賞我，取得來時，娘子又要爭大小。廝打時節，不賞李旺了。（外）李旺，即自便要你去，不得推拒。我如今更差幾個後生，伴你一同去。（丑）如此却又得。（外）這一封柬子，外有金銀錢米與你作盤纏，休要落後了。（生、占）李旺，你去須多方詢問。若是取得來時節，在路途千萬小心承直。（丑）不妨，我出路慣便。

【四邊静】（外唱）你去陳留子細詢端的，專心去尋覓。請過兩三人，途中須好承直。（合）休憂怨憶，寄書咫尺。眼望捷旌旗，耳聽好消息。

【前腔】（生唱）饑荒散亂無踪跡，存亡想不測。何意路途間，難禁這勞役。（合前）

【福馬郎】（占唱）李旺，你休説新婚在牛氏宅。（外）孩兒，説便又待怎地？（占）他須怨我相耽誤；歸未得，傍人聞，把奴責。（合）若是到京國，相逢處作個好筵席。

【前腔】（丑唱）多與盤纏添氣力，萬水千山路，曾慣歷。（拜介）辭却恩官去，免憂憶。（合前）

（外白）限伊半載望回音，（生、占）路上看承須小心。

（丑）但願應時還得見，（合）果然勝似岳陽金。（并下）

## 第三十三齣

（末扮五戒上白）年老心閒無外事，麻衣草座亦容身。相逢盡道休官去，林下何曾見一人？自家乃是彌陀寺中一個五戒。今日這寺中建一淨土會，不揀什麽人，或是薦悼雙親，保安身己的，都來這裏聚會。真個好寺院、好道場。怎見得？但見：蘭若莊嚴，蓮臺整肅。大殿嵯峨耀金壁，回廊繚繞畫丹青。千層塔高聳侵雲，半空中時聞清鐸；七寶樓晶光耀日，六時裏頻響洪鐘。松下山門，紅塵不到；竹邊僧舍，白日難消。阿羅漢聖相威儀，比雪山三十六萬億佛；比丘僧戒行清潔，似秪園千二百五十人。且看旛影石壇高，惟有棋聲花院静。休説清浄法界，且説嚴肅道場。只見珠幢寶蓋影飄颻，玉磬金鐘聲斷續。龍缾插九品紅蓮，開浄土春秋不老；鳳蠟吐千枝絳蕊，照佛天晝夜常明。齊整整的貝葉同番，撲簌簌的天花亂墜。旃檀林裏，爇着清浄香、道德香；香積厨中，獻這禪悦食、法喜食。人人在十洲三島，個個浄五藴六根。擊大法鼓，吹大法螺，仙樂一齊奏動；開甘露門，入甘露城，幽魂盡獲超昇。寄言苦海林中客，好向靈山會上人。今日寺中建大會，怕有官員貴客來此遊翫，不免將着疏頭，就此抄題幾貫錢，添助支費。道猶未了，遠遠望見兩個舍人來到。

【縷縷金】（浄、丑上唱）胡廝啞，兩喬才，家中無宿火，有甚强追陪？自來粧風子，如今難悔。向叢林深處且徘徊，都來看佛會。

（末白）官人請坐喫茶。（浄、丑白）五戒，你這佛會支費多？（末）便是。休怪冒賣，今日天與之幸，得遇二位官人到此，免不得求告，抄化幾文，添助支費則個。（浄、丑）將疏頭來看。兄弟，錢穀儻來之物，何處不使？那裏不用？（丑）是。咱每這般人，那一日不使幾貫鈔？（浄）我捨五錠。（丑）我也捨五錠。（浄、丑）我兩人都不曾帶得見錢在此，你一霎時隨我去取與你。（末）謝得官人。（浄）你不見遠遠有個婆娘來，生得好。（丑）是有個婆娘來，背着一個琵琶，到和姐姐廝像。（末）又道是遠睹分明。

【前腔】（旦上唱）途路上，實難睚。盤纏都盡了，好狼狽。試把琵琶撥，逢人乞丐。薦公婆魂魄免沉埋，特來赴佛會。

（白）可喜已到得洛陽，今日見説彌陀寺中做佛會，只得就此抄化幾文，追薦公公婆婆則個。（末）娘子，你休傍前來。（淨、丑）你這什麽東西？（旦）是奴家公婆真容。（淨、丑）恁地，娘子你從那裏來？

【銷金帳】（旦唱）聽奴訴與，奴是良人婦，爲兒夫相耽誤。一向赴選及第，未歸鄉故。饑荒喪了，喪了親的舅姑。我造墳墓，今爲尋夫來此。（淨、丑白）你兒夫在那裏？（旦唱）尋夫未知在何處所。

（淨白）你抱着這個琵琶做什麽？（旦）奴家將此彈一兩段曲兒，抄題幾文，就此寺中追薦公婆則個。（淨、丑）你會彈甚麽曲兒？你會彈《也四兒》麽？（旦）不會。（淨、丑）你會彈《八俏手》麽？（旦）不會。奴家只會彈些行孝曲兒。（末）二位官人在此使錢，那裏不用？那裏不使？你就這裏好生彈着，厚賞你。（旦白）凡人養子，懷抱最艱辛。欲語未能行未得，此際苦雙親。（介）

【前腔】（唱）凡人養子，最是十月懷耽苦，更三年勞役抱負。休言他受濕推乾，萬千勞事。真個千般愛惜，千般愛護。兒有些不安，父母憂惶無措。直待他可了，可了歡欣似初。

（淨、丑白）彈得好！是好！（末）真個！（丑）錢那裏不使？那裏不用？與你一領好襖子。（介）

（旦）兒漸長，父母漸歡忻。教語教行并教禮，一意望成人。

【前腔】（唱）兒行幾步，父母歡相顧，漸能言能出路。指望飲食羹湯，自朝及暮。懸懸望他，知他幾度？爲擇良師，又怕孩兒愚魯。略得他長俊，可便懽忻賞賜。

（净、丑白）彈得好！（末）是好！（净、丑白）錢那裏不用？那裏不使？再與你一領好襖子。（介）

（末）這兩個是風子。（净、丑）你再彈。（旦）勤教導，暮史及朝經。願得榮親并耀祖，一舉便成名。

【前腔】（唱）朝經暮史，教子勤詩賦，爲春闈催教赴。指望他耀祖榮親，改換門户。懸懸望他，望他腰金衣紫。兒在程途，又怕飡風宿露。求神問卜，把歸期暗數。

（净、丑）彈得好！彈得好！錢那裏不用？那裏不使？再把一領襖子與你。（末白）元來裏面都是破衣裳。我且問你，官人，你襖子都脱了，身上寒，甚麽意思？（净、丑）寒也自寒，不可壞了我局面。咱每這般人使鈔慣，怕甚麽寒？再唱。（末）且看他這番把什麽與他？（旦）兒在路，須是早回程。忤逆兒男和孝子，[一]報應甚分明。

【前腔】（唱）兒還念父母，及早歸鄉土，念慈烏亦能返哺。莫學我的兒夫，把親耽誤。常言養子，養子方知父慈。算忤逆男兒，和孝順爹娘之子，若無報應，果是乾坤有私。

[一] 忤：原作『五』，據汲古閣刊本《繡刻琵琶記定本》改。下同改。

（净、丑白）你彈得自好，唱得自好。我每没甚麽與你了。（末）我也道。（净、丑作寒介）這般地走將家去，甚麽模樣？（丑）我只賴五戒取衣裳。（净、丑搶末介）好，好，五戒粧局騙我，把我衣裳都剥了。（末）你自把與他，我那曾粧局騙你？（净、丑）我叫道好，你便也叫道好，只管攛掇，你不是騙我？（末）娘子，把還他去，要他做甚麽？（旦介）還你。（净、丑）錢雖是那裏不使，那裏不用，寒又忍不得。（丑）我恰纔道你彈得好，唱得好；我如今尋思起來，你彈得也不好，唱得也不好。你不信，再彈再唱看。（旦）我也唱不得。（丑）可知不敢唱了。（净）尊兄，小子不貪豪富。（末）枉了教人題疏。（旦）你衣裳敢是借來？（净、丑介）可知我脚下無個布袴。（并下）（旦在場白）一斟一酌，莫非前定。奴家准擬今日抄題得幾文錢，追薦公婆。誰知撞着兩個風子，自來蒿惱人一場。遠遠望見一簇人馬，想必是個官員來，不免在此祇候歇子。

【縷縷金】（末、丑喝道，生騎馬上唱）時不利，命何乖。雙親在途路上，怕他災。（末、丑唱）此是彌陀寺，略停車蓋。（合）辦虔心懇禱拜蓮臺，特來赴佛會。

（末白）（打旦介）婆娘躲着，相公來。（打介）（旦介）（白）在他矮簷下，争敢不低頭？（旦先下）（生下馬入寺見真容白）那得這軸畫像？（丑）敢是適間道姑的？（生）叫他來，還他去。（丑）姑姑，畫像還你。（介）去遠了，不見。（生）既不見，與他收下。（末收介）

【前腔】（浄作長老上唱）能喫酒，會噇齋。〔一〕喫得醺醺醉，便去摟新戒。講經和回向，全然尷尬。你官人若是有文才，休來看佛會。

（生、浄相見）（生白）父母來此，不知路上安否如何，特來就此保護，望長老回向則個。（浄白）元來如此。請相公上香通情旨。

【江兒水】（生上香唱）如來證盟，鑒兹邕啓：我雙親在途路，不知如何的？仰惟菩薩大慈悲。（合）龍天鑒知，龍天護持，護持登山渡水。

【前腔】（浄唱）如來證盟，覽兹情旨。蔡邕的父母，望相保庇，仰惟功德不思議。（合前）

【前腔】（末唱）我東人盡日常懷憂慮，只愁二親在路途裹，孝思情意真個感神祇。（合前）

【前腔】（丑唱）我聞知做會，特來隨喜，饅頭素食多多與。若還不與，我自入齋厨。（合前）

（浄白）與佛有緣蒙寵雇，（生）願親無事不艱難。（末）因過竹院逢僧話，（丑）又得浮生半日閒。（并下）

【縷縷金】（旦上唱）元來是蔡伯喈，馬前唱道狀元來。料想雙親像，他每留在。敢天教夫婦再和諧，都因這佛會？

〔一〕噇：原作『撞』，據汲古閣刊本《繡刻琵琶記定本》改。

（白）恰纔這個官人，奴家詢問起來，元來是蔡伯喈。好也，也會相見。公婆兩個真容，想是他收了分曉。奴家如今竟投他家裏去，看如何？大家因此相會，也不見得。呀！莫不是天交相逢是這遭？

正是：不因漁父引，怎得見波濤。（旦下）

# 第三十四齣

（占上唱）

【十二時】心事無告托，這幾日番成悲也。父意方回，夫愁稍可。未卜程途裏的如何，教我怎生放下？

（白）不如意事常八九，可與語人無二三。自嫁蔡伯喈之後，此人常是憂悶，奴家粧盡套去問他。比及問將來，去對爹爹説要和他同去，爹爹不肯。及至爹爹肯了，教人去取他爹娘媳婦來，又不知路上如何？爲他擔了多少煩惱！况兼家裏幾個後生的，都使去了。雖則有幾個使唤的，那裏中使？怎生得一個精細的，早晚公婆到來，得他使唤也好？不免叫過院子出來，問他則個。（末上白）書當快意讀易盡，客有可人期不來。世上幾人能稱意，光陰何况苦相催。喏，夫人有甚使令？（占）你與我街坊上尋問，有精細的婦人，尋一個使唤咱。（末）這個容易。遠遠望見一個婦人來，不知是什麽人？

【遶池遊】（旦上唱）風飡水卧，甚日能安妥？問天天怎生結果？（占介）（唱）梳粧淡雅，看風措堪描堪畫。是何人教來問咱。

（末问旦白）姑姑，夫人教你傍前來。（旦）夫人萬福。（占）姑姑，你做什麼？（旦）貧道教化，望夫人高擡手則個。（末）夫人，這個婦人偏不好，必定是個教化的，何似收留他？〔一〕（占）姑姑，你有甚本事？（旦）貧道大則琴棋書畫，小則針指工夫，下則飲食肴饌，無所不通，無所不曉。（末）夫人且收留他便了。（占）姑姑，你在路裏教化，也生受一般，何似在我府堂裏喫些安樂飯如何？（旦介）貧道雖蒙夫人收録，只怕貧道無可稱夫人之意。（末）也説得是。（占）姑姑，當元你從小出家，還是有丈夫出家？（旦）實不瞞夫人，奴家丈夫久出都下，家内連喪了公婆，都是奴家斷送。把家私都壞了，身無所倚，特來尋取丈夫。一路上把琵琶教化將來，又尋不見丈夫。（占）險些錯了。（末）且問他丈夫是什麼人？（旦介）如何好？（占）姑姑，你丈夫姓甚名誰？（旦介）好教夫人得知，奴家丈夫姓祭名白諧。〔二〕（占、末）姑姑住那裏來？（旦）住在陳留縣。夫人也敢認得？（占）我那裏認得？院子，既他有丈夫的人，難收留他。與他些錢米，教他去休。（末）姑姑，夫人與你些錢米，交你去。（旦）苦也！我不合説道有丈夫，如何好？（介）奴家丈夫，路上尋問來，一個個道是牛丞相府廊下住，夫人如何不認得？夫人想是奚落貧道？（占）我奚落你做什麼？院子，是有這個人麼？（末）没有這個人。

---

〔一〕他：原作「它」，據後文改。

〔二〕姓祭名白諧：原作「姓蔡名伯喈」，據汲古閣刊本《繡刻琵琶記定本》改。

（旦）一個個道是牛丞相府廊下住，若不在這裏，定是死了。苦！丈夫，你若死了，教我倚靠着誰爲主？（哭介）（占）可憐這婦人！休休，姑姑只在我家裏，我一壁廂教人與你尋丈夫如何？（末）夫人也說得是。（旦）謝得夫人。（占）姑姑，你在我府中休恁地打扮，我與你改换衣裝。院子，你取過粧奩衣服出來。（末）領鈞旨。（下）（末上）粧奩衣服在此。正是：寶劒賣與烈士，紅粉贈與佳人。（末下）（旦）奴家有公婆六年之孝，又替丈夫六年之服，如何便脱了孝服？（占）不妨。我老相公須忌諱這般打扮。（旦）苦！如何是得？（照鏡介）

【二郎神】（唱）容瀟灑，照孤鸞嘆菱花剖破。（占）你既不梳粧，改换衣服麽？（旦提衣介）苦！記翠鈿羅襦當日嫁，誰知他去後，釵荆裙布無些？（占）你既不梳粧，帶釵麽？（旦提釵起介）苦！他金雀釵頭雙鳳朶，羞殺人形孤影寡。（占）不帶釵，帶些花，別些吉凶。（旦）説甚麽簪花捻牡丹，教奴怨着嫦娥。

【前腔】（占唱）嗟呀，心憂貌苦，真情怎假？你爲着公婆珠淚墮，姑姑，我公婆自有，不能勾承奉杯茶。姑姑，你比我没個公婆得承奉呵，不枉了教人做話靶。我且問你咱：你公婆，爲甚的雙雙命掩黄沙？

【囀林鶯】（旦唱）荒年萬般遭坎坷，夫又在京華。糟糠暗喫擔飢餓，公婆死，賣頭髮去埋他。把孤墳自造，土泥盡是我羅裙包裹。也非誇，手指傷，血痕尚在衣羅。

【前腔】（占唱）愁人見説愁轉多，使我珠淚如麻。我丈夫亦久别雙親下，他要辭官，被我爹蹉跎。（旦介）他家有誰？（占）他妻雖有麽，怕不似恁看承爹媽。（旦）如今在那裏，夫人？（占）在天涯。謾取去，知他路上如何？

【啄木鸝】（旦唱）聽言語，教我悽愴多，（介）料想他也應非是埋妬。（介）夫人，他那裏既有妻房，取將來怕不相和？（占）但得他似你能掗把，我情願侍他居他下。只愁着程途上苦辛，教人望巴巴。

【前腔】（旦唱）錯中錯，訛上訛，只管來鬼門前空貼卦。夫人，若要識蔡伯喈的妻房，（占）他在那裏？（旦）奴家便是無差。（占介）你果然是他非謊詐？元來你爲我喫折挫，你爲我受波查。教你怨我，教我怨爹爹。

【金衣公子】（占唱）一樣做渾家，我安然伊受禍；你名爲孝婦，我喫旁人駡。公死爲我，婆死爲我，情願把你孝衣來穿着，把濃粧罷。（合）事多磨，冤家到此，逃不得這波查。

【前腔】（旦唱）他當元也没奈何，被强將來赴選科，辭爹爹不肯聽他話。（占）辭官不可，辭婚不可。（合）三不從，做成災禍天來大。（合前）

（占白）姐姐休怪我説，我教你換了衣裳又不肯。你這般藍縷，又怕伯喈羞，不肯認你。姐姐，伯喈平日好看文章書史，你何似去書館中寫幾句言語打動他？交他看了，我與你説合則個。（旦）也説得是。

（介）便做得不好，也索從他。謝得夫人，凡事全靠夫人。（占）姐姐説那裏話？

無限心中不平事，一番清話又成空。

（旦）正是：一葉浮萍歸大海，人生何處不相逢。（并下）

## 第三十五齣

（末上白）少小須勤學，文章可立身。滿朝朱紫貴，盡是讀書人。自家乃是蔡相公府中一個堂候官。我那相公雖居鳳閣鸞臺，常在螢窗雪案。退朝之暇，手不停披。如今晚下，相將回府，免不得灑掃書館，等候相公回來。怎見得好書館？但見：明窗消灑，净几端嚴。明窗消灑，碧紗内烟霧輕盈；净几端嚴，虎皮上塵埃不染。粉壁間掛三四軸古畫，石床上安一兩張清琴。緗帙縹囊，数起看何止四萬卷；牙籤犀軸，乘將來勾有三千車。芸葉分香走魚蠹，芙蓉粧粉養龍賓。鳳味馬肝和那鸜鵒眼，無非奇巧；兔毫麋尾和那象犀管，分外精神。積金花玉板之箋，列錦紋銅緑之格。正是：休誇東壁圖書府，真個賽過西垣翰墨林。且謾着，我昨日去佛會中拾得一軸畫像，不知甚麼故事？相公當時教留下，如今也掛在這裏。我相公實學多才，怕解得這故事，也不見得？（掛介）正是：早知不入時人眼，多買胭脂畫牡丹。（末下）

【天下樂】（旦上唱）一片花飛故苑空，隨風飄泊到簾櫳。玉人怪問驚春夢，只怕東風羞落紅。

（白）摇下落紅三四點，錯教人恨五更風。奴家當初只道蔡伯喈貪名逐利，不肯回家，元來被人强留在此。昨日教化來到這裏，甚感得牛氏夫人收録；又怕丈夫見奴家藍縷，不肯厮認，教奴家題幾句言語打動那蔡伯喈，奴家只得從他。來到這書院中，且謾着，寫在那裏得好？（介）呀！元來公婆真容也掛在此，何似就真容背面題幾句便了。（寫介）

【醉扶歸】（唱）我有緣結髮曾相共，難道是無緣對面不相逢？我鳳枕鸞衾也和他同，到憑兔毫繭紙將他動。休休，畢竟一齊分付與東風，把往事也如春夢。

（介）（寫詩）崑山有良璧，鬱鬱璠璵姿。嗟彼一點瑕，掩此連城瑜。人生非孔顔，名節鮮不虧。拙哉西河守，胡不如臯魚？宋弘既以義，王允何其愚！風木有餘恨，連理無旁枝。寄語青雲客，慎勿乖天彝。

【前腔】（旦又唱）綵筆墨潤鸞封重，只爲玉簫聲斷鳳樓空。這牛氏夫人也怕我藍縷上頭，怕伯喈不相認。我須帶孝來，還是教妾若爲容？我不寫詩打動蔡伯喈呵，只怕爲你難移寵。（介）縱認不得這丹青怕他貌不同，他若認我翰墨，教心先痛。

（白）未卜兒夫意，聊憑一首詩。

正是：　得他心肯日，是我運通時。（旦下）

# 第三十六齣

（生上唱）

【鵲橋仙】披香隨宴，上林遊賞，醉後人扶馬上。金蓮花炬照回廊，正院宇梅梢月上。（白）日晏下彤闈，平明登紫閣。何如在書案，快哉天下樂。自家早臨長樂，夜直嚴更。召問鬼神，或前宣室之席；光傳太乙，時分天禄之藜。惟有戴星銜黑出漢宫，安能滴露研硃點《周易》？這幾日且喜朝無煩政，官有餘閒，庶可留志於詩書，從事於翰墨。正是：事業要當窮萬卷，人生須是惜分陰。（看書介）這是甚麽書？是《尚書》裏是《堯典》。（讀擻介）這《堯典》説道：『舜父頑母嚚象傲，克諧以孝。』（没）他父母那般相待，舜猶自克諧以孝；我父母虧了我什麽，到閃了我不能勾得厮見。看什麽《尚書》？且看《春秋》到好。（介）『小人有母，未嘗君之羹，請以遺之。』（没）古人喫一口湯骨，自尋思着娘。我如今做官人，享富貴，如何可把父母撇了？呀！枉看這書。行不得，濟甚事？你看文書裏那一句不説着孝義？當元俺爹娘只要俺學些孝義，教我讀文書來，誰知道到被文書誤。呀！我怎地是那孝？

【解三醒】（唱）嘆雙親把兒指望，教兒讀古聖文章。比我會讀書的，到把親撇漾；少甚麽不識字的，到得終養。書，我只爲你其中自有黄金屋，却教我撇却椿庭萱草堂。還思想，休休，畢竟是文章誤我，我誤爹娘。

【前腔】（唱）比似我做了虧心臺館客，到不如守義終身田舍郎。《白頭吟》記得不曾忘，緑鬢婦何故在他方？書，我只爲你其中有女顔如玉，却教我撇却糟糠妻下堂。還思想，休休，畢竟是文章誤我，我誤妻房。

（白）既不看文書，看這壁間山水古畫，散悶歇子。（介）這一軸畫像，是我夜來在寺中燒香，院子拾得的，怎地也掛在這裏？（介）這甚麽故事？

【太師引】（唱）細端詳，這是誰筆仗？覷着他，教我心兒好感傷。（細看介）好似我雙親模樣。没，我看我媳婦會針指生活，便做我的爹娘呵，怎穿着破損衣裳？他前日書道：别後容顔無恙，怎這般淒涼形狀？諒着我要寄一封書，不能勾到。誰往來，直將到洛陽？天下少甚麽厮像的？須知仲尼和陽虎一般龐。

我理會得了。

【前腔】（唱）這是街坊誰劣相，砌莊家形衰貌黄。比我爹娘呵，若没一個媳婦相傍，少不得也這般淒涼。（心動介）敢是神圖佛像？更不是。却怎地，我正看間，猛可的小鹿兒心頭撞。這也不是神佛様子，敢是當元畫的不是了？丹青匠，由他主張，須知漢毛延壽誤王嬙。

（白）且慢着，若是個神佛，背面必有標題。（見詩介）呀！這詩不是它在先有的，墨跡兀自不曾乾，敢

是却纔題的？（猜介）什麽人入我書房裏來做甚麽？（生叫介）

【夜遊湖】（占上唱）惟恐他心思未到，教他題詩句，暗中指挑。翰墨開心，丹青入眼，强如把語言相告。

（生怒白）好怪麽？（占）有甚怪？（生）誰人入我書房裏來？（占）没人。（生）我昨日去寺裏燒香，拾得一軸畫兒。掛在這裏，什麽人去背後題着一首詩？（占）敢是當元畫的題？（生）那裏是？墨跡不曾乾，却寫來的。（占背云）我理會得了。相公且讀一番與我聽咱。（生再讀介）（占）你解説與我，交我省得也好。（生）上面引着幾個故事。（占）故事怎地説？（生）這西河守的，便是戰國時吴起，魏文侯交做西河郡守，母死不奔喪。這皋魚乃是春秋時人，只爲周遊天下，他父母死了，後來回歸，自刎而亡。（占）更有甚麽故事？（生）宋弘是光武官裏時節，要把湖陽公主嫁與他，(一)宋弘不肯，回裏官道：貧賤之交不可忘，糟糠之妻不下堂。王允的便是桓帝時人，司徒袁隗要把從女嫁與王允，王允休了自己的媳婦，去娶那袁氏。（占介）相公，不奔喪和那自刎的，那一個孝道？（生）那不奔喪的亂道。（占）那不棄前妻和那休了妻求娶的，那一個正道？（生）這休了妻求娶的亂道。（占）你肯學那一個？（生介）我父母知他存亡如何？我須決不學那休妻求娶妻的。（占）你雖不學那休妻求娶的，似你這般富貴，假如有糟糠之妻，藍縷醜惡，可不辱貌了你？莫不也索休了？（生）怎道醜惡藍縷殺，也

---

(一) 湖陽公主：原作『胡陽公主』，據汲古閣刊本《繡刻琵琶記定本》改。

只是我妻房，義不可絶。

【鏵鍬兒】（生怒唱）你説得好笑，可見心兒窄小。我決不學那王允的，没來由漾却苦李，再尋甜桃。古人云：棄妻有七出之條。〔一〕他不嫉不淫與不盜，終無去條。你道那棄妻的，衆所誚；那不棄妻的，人所褒。縱然他醜貌，怎肯相休去了？

【前腔】（占唱）雖然如此，伊家富貴，那更青春年少。看你紫袍着體，金帶垂腰。做你的媳婦呵，應須有封號。金花紫誥，必俊倬，須媚嬌。若還他醜貌，相公，怎不相休去了？

【前腔】（生唱）你言顛語倒，惱得我心兒焦燥。呵呵，莫不是你把咱奚落，特骨的粧喬？引得我淚痕交，撲簌簌這遭。夫人，題詩的是誰？（占）你待怎地？（生）他把我嘲，難恕饒。説與我知道，怎肯干休住了？

【前腔】（占唱）我心中忖料，想不是個薄情分曉。管教他夫婦會合，定在今朝。相公，你認得題詩的人麽？（生）我不認得。（占）伊家枉然焦，兀自未瞧。這題詩的呵，是伊大嫂，身姓趙。正要説與你知道，怎肯干休住了？

【賺】（旦上唱）聽得閙炒，敢是我兒夫看詩囉唣？（占）姐姐出來。（旦）是誰忽叫姐姐？料想

---

〔一〕妻：原闕，據汲古閣刊本《繡刻琵琶記定本》補。

是夫人召，必有分剖。（占介）是他題詩，你還認得否？（生）夫人，他却那裏來？（占）他從陳留，爲你來尋討。（生認介）是你怎地穿着破襖，衣衫盡是素縞？呀！莫是我的雙親不保？（旦介）

【前腔】從別後，遭水旱，（生）是水旱來。（旦）兩三人只道同做餓殍。（生）張大公曾周濟你麽？（旦）只有張公可憐，嘆雙親別無倚靠。（生）如何？（旦介）兩口相繼死，我剪頭髮賣錢來送伊妣考。（生介）曾葬了不曾？（旦）把墳自造，土泥都是我羅裙裏包。（生）聽得你言語，教我痛殺噎倒。（生倒介）（旦、占救醒介）（生起拜真容哭介）

【山桃紅】（唱）蔡邕不孝，把父母相拋。爹爹媽媽，我與別時，也不恁地。早知你形衰貌，怎留漢朝？娘子，你爲我受煩惱，你爲我受劬勞。謝你送我爹，送我娘，你的恩難報也。又道養子能代老。（合）這苦知多少，此恨怎消？天降災殃人怎逃？

【前腔】（旦唱）儀容想像，是我親描。教化把琵琶撥，怎禁路遥？丈夫，說甚麽受煩惱？說甚麽受劬勞？不信看你爹，看你娘，比別時尚兀自形枯槁也。我的一身難打熬。（合前）

【前腔】（占唱）說着圈套，被我爹相招。逼爲東床婿，怎行孝道？姐姐，你爲我受波查，你爲我路途遥。丈夫，是我誤你爹，誤你娘，誤你名爲不孝也。做不得妻賢夫禍少。（合前）

【前腔】（生唱）撏却巾帽，解却衣袍。（旦）你急上辭官表，只這兩朝。（占）丈夫，我豈敢憚煩

惱？豈敢憚劬勞？歸去拜你爹，拜你娘，親把墳塋掃也。與地下亡魂添榮耀。（合前）

【尾聲】（生唱）幾年分別無音耗，奈千山萬水迢遥。只爲三不從，生出這禍苗。

（生白）我明日和他同歸去，拜守雙親墳臺，行須孝道，你意下如何？（旦）只怕他爹爹不肯。（占）我爹爹見你這般行孝道，如何不肯？

（生）只爲君親三不從，致令骨肉兩成空。

（合）今宵剩把銀缸照，猶恐相逢是夢中。（并下）

## 第三十七齣

（末上唱）

【虞美人】青山今古何時了，斷送人多少？孤墳誰與掃荒苔？鄰塚陰風吹送紙錢來。

（白）〔玉樓春〕冥冥長夜不知曉，寂寂空山幾度秋。泉下長眠人醒未？悲風蕭瑟起松楸。老漢曾蒙趙五娘之所托，教我與他看管這墳臺。這幾日有些貧冗，不及來看。呀！怎地？（末介）

【步步嬌】（唱）只見黄葉飄飄把墳頭覆，（逐介）厮趕的皆狐兔。（望介）敢是誰斫了木頭？怎地松楸漸漸疏？（滑倒）苔把磚封，筍迸着泥路。休休，罷罷。只恐你難保百年墳，教憑誰看你三尺土？

（白）遠遠望見一個漢子來，不知甚麼人？

【前腔】（丑上唱）渡水登山多勞苦，到得這荒村塢。遠觀見一老夫，試問他家，住在何處。趲步向前行，却是一所荒墳墓。

（末白）哥哥，你那裏來？（丑）我是京都來。（末）誰家裏？（丑）我是蔡相公家裏人也。（末）蔡相公是那裏蔡相公？教哥哥來這裏，有甚麼勾當？（丑）我是蔡伯喈相公差我來這裏，取老員外、老安人和小娘子，一同到洛陽去。（末介）

【風入松】（發怒唱）你不須提起蔡伯喈，説他每哏歹。（丑）他有甚歹處？老子無禮來。（末）他做狀元做官六七載，撇父母拋妻不采。（丑）他父母在那裏？（末介）只兀的磚頭土堆，是他雙親的在此中埋。

（丑）元來老員外、老安人死了。不知爲甚的死了？

【前腔】（末唱）一從他別後遇荒災，更無人倚賴。（丑）却是誰承直這兩人？（末）虧他媳婦相看待，把衣服和釵梳都解。（丑）解也須會盡。（末）便是。這小娘子解得錢來糴米，做飯與公婆喫。他魆地裏把糟糠自睚，公婆的倒疑猜。

（丑）公婆只道他背地裏喫了好物事？

【前腔】（末唱）便是他公婆的親看見，雙雙死，無錢送，剪頭髮賣買棺材。（丑）他那般無錢，如何築一所墳臺？（末）他去空山裏，把裙包土，血流指，感得神明助，與他築墳臺。

（丑）這小娘子如今在那裏？

【前腔】（末唱）他如今直往帝京來。（丑）他把甚麼做盤纏？（末）他彈着琵琶做乞丐。（丑）苦！蔡相公特教我來取，老員外、老安人又都死了，小娘子却又去了，交我空走了這一遭。（末叫介）老員外、老安人，你孩兒做官，教人來取你。苦！叫他不應魂何在？空教我珠淚盈腮。（丑）我如今回去，教相公多做些功果追薦他便了。（末笑介）他生不能事，死不能葬，葬不能祭。這三不孝逆天罪大，空打醮，枉修齋。

（末白）你相公如今在那裏？（丑）見今贅居在牛丞相府裏。

【前腔】（末）你如今便回，道張老的道與蔡伯喈。（丑）道什麼？（末）道你拜别人爹娘好美哉，親爹娘死，不直你一拜。

（丑）公公休錯埋冤了人。他要辭官，官裏不從；辭婚，牛丞相不肯。如今好生要歸，又不可得。（末）恁地那呵，

【前腔】元來他也只是無奈，恁地好似鬼使神差。便是他當元在家辭赴選，他父母也不從他。這是三不從把他厮禁害。恁地呵，三不孝亦非其罪。（丑）公公險些錯枉冤了人。（末）這只是他爹娘福薄運乖，人生裏都是命安排。

（末白）總領哥，老漢不是别人，張大公的便是。當元蔡伯喈臨去之時，把爹娘分付與我來。你如今路上見一個道粧的婦人，拿着一個琵琶，背着一個真容的，便是蔡伯喈娘子。你把盤纏與他，一路上承直他去。你傳示相公，道張大公道來：

（末）你的雙親死了兩無依，便做今日回來也是遲。

（丑）夜静水寒魚不食，滿船空載月明歸。（并下）

## 第三十八齣

（外上唱）

【風入松慢】女蘿松栢望相依，況景入桑榆。他椿庭萱室齊傾棄，怎不想家山桃李？中雀誤看屏裏，乘龍難駐門楣。

（白）只因一着錯，輸了一砲落。自家當初不仔細，一時定要招蔡伯喈爲婿，誰想道他爹娘都死了。如今他媳婦來此取他，見説我的女孩兒也要和他同去，不知是否？待俺唤院子過來問他則個。（末上白）紋犀欲下意沉吟，棋局頻看仔細尋。猶恐中間差一着，教人錯用滿枰心。喏，覆相公，有何鈞旨？（外）院子，説道蔡狀元的小娘子來，我的小娘子要和他同去，還是如何？（末）男女也是如此説，這事怕老姥姥知道仔細。（外）老姥姥過來。

【光光乍】（浄上唱）女婿要同歸，岳丈意何如？ 忽叫奴家緣何的？ 想必與他作區處。

（外白）老姥姥來，我的小娘子要和蔡狀元同去，還是如何？（浄）果然如此要去。 他家裏爹娘都死了，都是一個媳婦支持。 今日只是教小娘子去墳上拜祭，有何不可？（外）不中！ 我的女孩兒，如何與別人帶孝？

【女冠子】（浄唱）媳婦事舅姑合體例，怎不教女孩兒同去？ 當初是相公相留住，今日裏怨着誰？（外）我不教女孩兒同去，又待怎地？（浄）事須近理，怎挾威勢？ 休道朝中太師威如火，更有路上行人口似碑。（合）想起此事，費人區處。

【前腔】（末唱）我相公只慮多嬌女，怕跋涉萬山千水。 相公，女生向外從來語，況既已做人妻。 夫唱婦隨，不須疑慮。 相公，這是藍田種玉結親誤，今日裏到海沉船補漏遲。（合前）

【前腔】（外唱）當初是我不仔細，誰知道事成差池？ 念深閨幼女多嬌媚，怎跋涉萬餘里？ 我嫡親有誰，怎生分離？ 休休，不教愛女擔煩惱，也被傍人道是非。（合前）

（外白）老姥姥，由他去，我管甚麼閒是非？（浄）都來了。

【五供養】（生、旦、占上唱）終朝垂淚，爲雙親教我心疼。（占）墳頭須共守，只得離宸京。（生）商量個計策，猶恐你爹心不肯。（合）若是他不從，只說道君王有命。

（相見介）（外白）這便是蔡伯喈的媳婦？（旦）奴家便是。（外、末、浄）賢哉！ 賢哉！（占白）孩兒有一事拜覆爹爹，古人云：娶妻所以養親，是謂奉事舅姑者。孔夫子云：生事之以禮；死葬之以禮，祭之以禮。這姐姐之爲蔡氏婦，生能竭力奉事公姑，死能購資送之禮，葬能盡封樹之勞。孩兒之爲蔡氏婦，生不能供甘旨，死不能盡擗踊，葬不能事窀穸，何以爲人？得罪於舅姑，有愧於姐姐多矣。今特請於爹爹之前，願居於姐姐之下。（外）賢哉我女！（末、淨）也説得是。（旦）怎道人有貴賤，不可概論。娘子是香閨繡閣之名姝，奴家是荆釵布裙之賤妾；況承君命而成婚，難讓妾身而居右。（外）你來。你今日既無父母，又無公姑，你便是我孩兒一般；況你婚先歸於蔡氏，年又長於我兒，不必多辭。

（生）你兩個只做姊妹相呼便了。（衆）這個説得極是。（生）女婿今日拜辭岳丈，領二妻同歸故里，共行孝道。待服滿之後，都得再來。（外）孩兒，其實不捨得你去。今日你爹娘既如此了，我也難留你。

（占）爹爹，孩兒暫别慈顔，實出無奈。爹爹善保尊體，不必掛牽。孩兒此去，想是三年之期。（外哭介）孩兒，你如今去拜舅姑的墳臺？（占）爹爹且放心。（外）休休！女孩兒終是外向，兀的不痛殺我！

（丑）相公放心。

【攤拍】（生拜辭唱）念伯喈爲雙親命傾，遭不孝逆天罪名，今辭了漢廷。感岳丈深恩，非敢忘情。欲待不歸，又負他亡靈。（合）辭别去，同到墳塋；心慽慽，淚盈盈。

【前腔】（旦唱）念奴家離鄉背井，謝相公教孩兒共行。非獨故里榮，我陰世公婆，死也目瞑。我自看待你孩兒，不須叮嚀。（合前）

【前腔】(外唱)辭别去，你的吉凶未憑；　再來時，我的存亡未明。伯喈，吾今已老景，畢竟你没爹娘，我没親生。　若念骨肉一家，須早辦回程。(合前)

【前腔】(占唱)覷着爹顔衰鬢星，痛點點教别淚暗零。爹爹，我左難右難。　誤了公婆，被人譏評。　撇了親爹，又没人看承。(合前)

【一撮棹】(生唱)寬心等，何須苦牽縈？(外)把音書寫，但頻頻寄郵亭。(占)老姥姥，爹年老，我去呵，伊家須好看承。(合)程途裏，只願保安寧。　死别全無准，生離又難定。　今去也，何日到京城？

(外白)孩兒，你三人去，途中須當保重。(生、旦、占)謝得爹爹。

【哭相思】(合唱)最苦生離難拚捨，知他别再會何時也？(并下)

## 第三十九齣

(丑扮李旺上唱)

【柳穿魚】心忙似箭走如飛，歷盡艱辛有誰知？　夜静水寒魚不食，滿船空載月明歸。　歸來後，到庭除，未知相公在何處？

(白)李旺蒙老相公使將陳留去，尋取這蔡相公的老員外、老安人、小娘子。　元來兩個老的都死了，這小娘子走將來了，教小人空走一遭。且慢着，未對老相公説，只去與蔡相公説。（介）怎的房門都閉了？呀！敢是蔡相公出朝去了，小娘子要幽静，自閉了門？（丑叫介）開門。怎地都没人應，静悄悄的？老相公也出那裏去，怎的都不見人呵？

【翫仙燈】（外上唱）門外有人聲，是誰來喧譁鬧炒？（外白）呀！李旺，你歸來了。（丑）告相公，小人歸來了。（外）我小娘子和蔡相公都去了。（丑）那裏去？（外）家裏去了。（丑）蔡相公的媳婦曾到這裏麽？（外）我見了。是他爹娘死了麽？（丑）怎的不是？

【風帖兒】（丑唱）到得陳留，逢一個故老，在他每爹娘墳上拜掃。他爹娘呵，果然饑荒都死了。他媳婦也來到，枉教人走這遭。

【前腔】（外唱）我如今去朝廷上表，説蔡氏一門孝道，管取吾皇降丹詔。加封號，把他召，我自去陳留走一遭。

（丑白）告相公：這個趙氏，其實難得。（外）便是，一家都難得。蔡伯皆不忘其親，趙氏五娘孝於舅姑，我的小娘子能成人之美，如何不旌表？

正是：管取一封天子詔，表出四海孝賢名。（并下）

# 第四十齣

（生上唱）

【梅花引】傷心滿目故人疏，看郊墟，盡荒蕪。（旦、占上唱）惟有青山，添得個墳墓。（合）慟哭無由長夜曉，問泉下有人還聽得無？

（生白）〔玉樓春〕他鄉萬點思親淚，不能滴向家山裏。如今有淚滴家山，山裏家親見無計。（占）荒荒衰草連寒烟，蒼苔黄葉飛蘋蘩。欲聽雞聲來問寢，忽驚蟻夢先歸泉。（旦）人生自古誰無死？嗟君此恨憑誰語？（合）可憐衰絰拜墳塋，不作錦衣歸故里。

【玉雁子】（生澆奠唱）孩兒相誤，爲功名相誤了父母，都是孩兒不得歸故鄉。怎便歸到黄土？爹爹媽媽，乾坤豈容不孝子？名虧行缺不如死。呀！只愁我死缺祭祀。（合）對真容形衰貌枯，想靈魂悲憶痛苦。

【前腔】（占唱）不孝的媳婦，恨當初擔閣我夫。喫人笑談生何補？我待死呵，又羞見公姑。公公，婆婆，我生前未能相奉事，何如事你向黄泉路？只一件，我死呵，家中老父教誰看顧？（合前）

【前腔】（旦唱）今來廬墓，望雙親相與保扶。（旦介）親還有靈歆受此，望恕我兒夫。呀！空

勞死後設祭祀，何如在日供喉嗉？知他享麼？知他居何所？（合前）

【前腔】（末介，上唱）樓臺銀鋪，遍青山猶如畫圖。乾坤似你衰素，添個縞帶飛舞。你擗踊慟哭直恁苦，那堪雪片添淒楚。休恁地哭，且逆來順受麼，抑情就理通今古。（合前）

（生白）張大公來了。（介）多多謝得公公周濟。卑人正欲拜掃了，和賤累都來拜謝公公。（末白）豈敢受此？東流逝水幾時還？破鏡難修枉再看。（旦）要把孤身承重祀，休將慟哭送殘年。（占）雲橫峻嶺家何在？雪擁深林馬不前。（生）知是遠來應有意，好收吾骨此墳邊。（末）相公休恁麼，老漢無可相慰勞。見天道煞寒，只有一杯淡酒，請相公且飲一杯。

【玉山供】（生唱）公公尊賜，念天寒特來問吾。公公，我雙親受三載飢寒，我怎不禁一日淒楚？（末）請，請。（生）心中想慕，謾有這香醪難度。（合）感此恩情厚，這酒難辭，念取踏雪也來沽。

【前腔】（占唱）勞公尊步，念天寒特來問奴。（末）夫人，請，請。（占）公公，這裏是塚上墳間，比不得暖閣紅爐。這般天氣呵，誰人將護，將護我家中親父？（合前）

【前腔】（旦唱）釵荊裙布，謝得公公諸般應副。嘆奴身未得報深恩，如今再蒙相顧。非奴獨感德，我爹娘也啣恩在陰府。（合前）

【前腔】（末唱）人生如朝露，論生死榮枯有定數。相公，休只管慟哭爹娘，也須要繼承宗祖。

況腰金背紫，不枉了光榮門户。（合前）

（生、占、旦白）甚勞公公，却當厚謝。

多謝深恩怎敢違，（末）相公，開懷寬解免傷悲。

（合）休道世情看冷暖，果然人面逐高低。（并下）

## 第四十一齣

（外上唱）

【劉袞】乘驛騎，乘驛騎，陳留去開旨。（淨、丑上唱）略請行軒，到此少住。（外）唯此間是何處？住此還怎地？（淨、丑）此間站裏，待將鞍馬來換取。

（外白）這是站裏，換了馬者。（淨、丑介）站官那裏？

【前腔】（末作站官上唱）聞知道，聞知道，相公忽來至。喏，不及迎接，萬乞罪恕。（外）不索要講禮，疾忙與分例。（末）同去便與，不敢稽違。

（末白）總領哥，不敢拜問這相公還是去那裏勾當？（淨）你不理會得？這是太師牛丞相。（末）如今那裏去？（淨）將着詔書，去陳留旌表孝子門閭。（外）站赤，你疾忙與分例鞍馬者。（末）領鈞旨。（淨）兀剌赤，俺路上要喫得些介分例，俺那裏喫得勾？須索多討些個。（丑）有道理。待小人取了，總領偷將去，只道不曾與便了。（末與介）酒四瓶，肉三斤，米兩斗。（丑收）（净偷介）（丑）告相公，站官不與分例。（外）唤那厮來。（净拖末跪告介）（丑指净）却是你拿將去了。（外）站赤，大体例與咱分例，你主甚麼意不與？你不怕那？（末）小人取來。（净）那裏有？（末）兀剌赤將去了。（丑）小人不知。（外）打這蠻驢。（净打末介）（末）小人與。（外）監那厮去。（末再支與，丑收介）（净）兀剌赤還有甚麼來將去？（丑）只説道不與，剥了衣裳，捋了頭巾，便打偷分例。（介）好不與分例，俺剥了衣裳，捋了頭巾。（末）告相公，窮站官喫剥了衣服。（外）這潑祗候只爲口腹。（丑）大丞相不管是非。（净）破頭巾且將來裹肉。（并下）

【逍遥樂】（生、旦、占上唱）寂寞誰憐我，空對孤墳將淚墮。（合）光陰撚指過三春，幽魂渺渺，夜府深沉，誰與招魂？

（生白）夫人，你見麼？兩木連枝誰手栽？（占）相馴白兔走墳臺。（旦）無情勁直呈祥瑞，否極應須會泰來。（末上白）一封丹詔從天下，忽聽傳聞動郊野。説道旌表門閭，未卜何人也。呀！怎的？只見墳傍白兔真稀詫，連理木分枝兩跨。喞喞。畢竟孝道感將來，此事如何假？相公，賀喜咱。（生、旦、占）賀甚喜，公公？（末）外厢傳有詔書，旌表孝子門閭，府中已接了，想必爲相公而來分曉。（生）人之孝者亦多，卑人何足稱孝？假如周公、曾子之孝，亦是人子分内當爲之事，何足旌表？（旦、占）敢不是？（末）夫人，你説着那裏話？古人云：孝弟之至，通於神明，光於四海，無所不通。見古木生連理之枝，白兔有馴擾之性。祥瑞如此，吉慶必來。

【六么令】（末唱）連枝異木，見這墳臺兔走如馴。禽蟲草木尚懷仁，這一封詔，必因君。（合）料天也會相憐憫，料天也會相憐憫。

【前腔】（生唱）皇恩若念臣，我也不圖禄及吾身。只愁恩不到雙親，空孤負，這孤墳。（合前）

【前腔】（旦唱）知他假和真？謝得公公，報説殷勤。公公，空教你爲我受艱辛。今日有誰旌表你門庭？（合前）

【前腔】（占唱）來的是甚人？悶中無由，一聲詢問。（生）（一）悶中問甚麼？（占）無由詢問我家尊，知他安與否，死和存？（合前）

【前腔】（丑扮縣官上唱）敕書已來近，鬧得街坊上人亂紛紛。我每聽得便忙奔，辦香案，接皇恩。（合前）

（生白）何方宰相，直到此間？（丑）好教足下得知，今日牛丞相親自賫擎詔書，到此開讀，道旌表足下門閭，加官進職；二位夫人，皆有封號賞賜。小官特來鋪設，請相公、夫人改换吉服。（生、旦、占）不可。（丑）先王制禮，賢者俯而就之，不賢者跂而及之。今足下服制已過，有何不可？（生、旦、占）也説得是。（合白）不是一番寒徹骨，争得梅花撲鼻香？（生）遠遠望見一簇人馬來了，想必詔書到也，不免

（一）生：原闕，據汲古閣刊本《繡刻琵琶記定本》補。

迎接則個。

## 第四十二齣

（外、浄上唱）

【六幺哥】風霜滿鬢，玉勒雕鞍，走遍紅塵。今日到此喜忻忻，重相見，解愁悶。（合）料天也會相憐憫，料天也會相憐憫。

（外白）這是那裏？（丑）這是蔡家莊，請相公下馬。（外下馬介）（浄介）

【前腔】（生、旦、占換衣上唱）心荒步緊，想着皇恩已到寒門。披袍秉笏更垂紳，冠和帔，一番新。（合前）

（外白）跪聽宣讀：　朕惟風俗爲教化之基，孝義者風俗之本。去聖逾遠，淳風日漓。彝倫攸斁，朕甚憫焉。其有克盡孝義，勸勵風化者，可不奬勸，以勉四方？議郎蔡邕，篤於孝行。富貴不足以解憂，甘旨常關於想念。雖違素志，竟遂佳名。退官棄職，厥聲尤著。其妻趙氏，獨奉舅姑，服勞盡瘁，克終養生送死之情，允備貞潔韋柔之德。糟糠之婦，今已見之。牛氏善諫其親，義相夫子，罔懷嫉妬之心，實有遜讓之美。曰孝曰義，可謂兼全。斯三人者，朕實嘉之。使四海億兆，皆能儀刑斯人，取法將來。風移俗易，教美化行，唐虞三代，誠可追配。是用寵錫，以彰孝義。蔡邕授中郎將，妻趙氏封陳留郡夫人，牛氏封河南郡夫人，限日下到京； 父蔡從簡贈十六勳，母秦氏贈秦國夫人。於戲！ 風木之情何深，允爲教化之本； 霜露之思既極，宜沾雨露之恩。服此休嘉，慰汝悼念。謝恩！（拜興介）（生拜外介）荷蒙褒表，何以克當？（外）説那裏話？（占）自别尊顔，且喜無恙。（外）孩兒，且喜各保安康，再得相見。（指浄介）這是差來的官。（生見介）重蒙軍騎，特降寒門。（外指末介）這是誰？（生）是張大公，多多謝得此人。（外相見介）大公，我女婿的爹娘，多蒙扶持，未克報恩。伯喈，我有金子一錠，聊爲報答這公公七德之萬一。（生）如此感蒙。（末）大人，救災恤鄰，古之道也； 何勞尊賜？（生）且自收下，卑人自效犬馬之報。（末）説那裏話？（收金）

【一封書】（外唱）我親奉帝旨，涉程途千萬里。念親親的意美，探這孩兒并女婿。孩兒，數載艱辛雖自苦，一旦榮華人怎知？（合）耀門閭，進官職，孝義名傳天下知。

【前腔】（生唱）兒不孝，有甚德？ 蒙岳父恃主維。呀！ 如何免喪親，又何須名顯貴？ 可惜二親飢寒死，博换得孩兒名利歸。（合前）

【前腔】（旦唱）把真容再取，如今日封贈伊。把這眉頭放展舒，只愁瘦容難做肥。豈特奴心知感德，料他也啣恩泉世裏。（合前）

【前腔】（占唱）從别後痛戚，況家中音信稀。爲公姑多怨憶，爲爹行又長垂淚。本見公姑無愧色，又得與爹行相倚依。（合前）

【永團圓】（末、浄、丑唱）名傳四海人怎比？豈獨是耀門閭？人生怕不全孝義，聖明世，豈相棄。這隆恩美譽，從教管領何所愧，萬古青編記。如今便去，相隨到京畿。拜謝君恩了，歸庭宇，一家賀喜。共設華筵會，四景常歡聚。顯文明，開盛治；說孝男，并義女。玉燭調和，聖主垂衣。

（生）自居墓室已三年，（旦）今日丹書下九天。
（末）要識名高并爵貴，（浄）須知子孝與妻賢。

新刊元本蔡伯喈琵琶記卷下
嘉靖戊申歲刊

# 舊題校本琵琶記後

書之失古也，六經三史，源同流異，矧稗官野乘，率易爲竄易者哉？《會真》《琵琶》爲傳奇鼻祖，刻者無慮千百家，幾於一本一稿。求其元物，昭陵永閟，蓋已久矣。適錢子遵王出示《琵琶》一編，係嘉靖戊申刻之郡肆者已。又手一册示余，首脱一葉有奇，末脱二葉，上下刓敝，僅存墨闌。而字刻頗類歐、顏，紙色亦極蒼古。計葉二十八行，行三十字，分上下二卷。每卷自首至尾，盡卷爲度，別無折數名目，曲白尤與今本逕庭。下卷首行標『元本琵琶記』，信未經後人改竄者也。用較郡刻，元本首簡脱處，郡本居然滿列。尋其行墨，巧相配合。自此以後，兩本某字某處，毫髮無爽。只末第三葉後幅，元本横裂其半，方有異同。考之存字部位，亦不相合，始知郡本即從此本翻刻，踵殘闕而補綴之。并前後三葉，俱屬補入，或未足深據也。按：元本文三橋識云『嘉靖戊申七月四日重裝』，而郡本亦云『嘉靖戊申歲刊』。又郡本識云『蘇州閶門中街路書鋪依舊本重刊』。而三橋實爲郡人，其所從來，人益可信不誣云。戊戌三月五日虞山陸貽典識。

# 手録元本琵琶記題後

向借遵王《元本琵琶記》，校之别本，距今十七年矣。遵王固有二本，其一元本，其一郡肆翻刻本。後俱歸之太興季滄葦，滄葦又作故人，此書已不可復見。而余書籍散亡，校本尚存，斯已幸矣。方余校時，定遠亟稱花邊本，已從求赤得之。附入行間，丹黄塗乙，展卷棘目，雖予亦熟眎乃辨。令他人觀之，頭目眩暈，當抵棄之不遑。則此元本者，求不爲廣陵散，其可得哉？每撫塵編，輒擬謀之副墨，忽忽未爲。秋冬之交，齋居偶暇，奮筆録之。然性不耐書，舉筆輒誤，欲中止者數四。勉爾卒業，以存元本之舊。後之覽者，毋以《虞初》九百忽之也。甲寅仲冬廿七日，覿菴記。

# 附録

元本上卷末有童子像，手執一牌：忠孝兩全之書。像之右有方罫：板共三十七塊。像之左有方罫：書共六十九張。下之右方墨書云：嘉靖戊申七月四日重裝，三橋彭記。并有中吴錢氏收藏印，蓋錢磬室圖記也。下之左方，又有文嘉印。

下卷前半葉像：高堂捲簾，池荷盛開，伯喈右向撫琴，牛氏對坐。右階下一婦執壺，一婢執饌，若相語者。意其爲老姥姥、惜春也。推此，則上卷前亦必有像已。

翻本上下卷前幅無像，下卷末童子執牌，牌書云云，與元本同。像之下方右記：板共三十三塊。左記：書共六十四張。蓋因元本殘缺，故就減損也。

元本曲名俱白文。【前腔】或書或不書，或用圈間；或空一字，或連上文。録本【前腔】一遵元本，其圈間空白處俱誤連寫，一用朱圈印記。其元本連文應斷者，照時本段落，并從此例，仍以○⊙别之。元本從⊙，時本從○。

元本曲中襯字襯句多不區分，翻本有明晰處，録從之。俱不落場語或有或無，或四句，或二句，或加襯白，初無定例。截然四句，今本甚拘。應作大字，録時惑於時板，改從白例爲允。

每折之末着『并下』二字，或一『下』字，空一字寫次折去。今本標目折數，皆後人蛇足也。

插科處止着『介』字，任人搬演。今人硬作差排，未免死句。元本『介』多作『个』，翻本改正，今從之。

元本曲白字樣多無大小之區，而白中間作小字，如『没』字、『嘈』字、『唧唧』字當是插科，非白語。

時本『張太公』，元本皆作『大公』，『伯喈』多作『伯皆』，『首飾』多作『首飭』，『兀』多作『骨』，『做』多作『佐』，『媳』多作『息』，『圓』作『員』，『捱』作『睚』，『龐』作『庬』，『瞧』作『噍』，『躃』作『擗』，『憐』從『怜』，『攀』从『扳』，『閒』從『閑』，『魔』作『磨』。他如『猶』作『尤』，『教』作『交』之類甚多，不及盡書。

上卷前數葉有破損處、補寫字樣，雖不經意，骨格自存，翻本一從之。其餘未補者，想此本在當時已不易得，而翻本所補，又未知何本也。

翻本較元本已少五葉，不知何物。録本較翻本又少二葉者。二本插科處，上下俱小空，此則連文耳。